伪满洲国

{上}

迟子建 著

人民文学出版社

图书在版编目（CIP）数据

伪满洲国：上下/迟子建著. —北京：人民文学出版社，2023（2023.10重印）
ISBN 978-7-02-018090-5

Ⅰ.①伪… Ⅱ.①迟… Ⅲ.①长篇小说—中国—当代 Ⅳ.①I247.5

中国国家版本馆CIP数据核字（2023）第122542号

责任编辑　薛子俊
装帧设计　陶　雷
责任印制　张　娜

出版发行　人民文学出版社
社　　址　北京市朝内大街166号
邮政编码　100705

印　　刷　北京盛通印刷股份有限公司
经　　销　全国新华书店等

字　　数　671千字
开　　本　850毫米×1168毫米　1/32
印　　张　33.125
印　　数　10001—15000
版　　次　2004年3月北京第1版
印　　次　2023年10月第2次印刷

书　　号　978-7-02-018090-5
定　　价　139.00元（全二册）

如有印装质量问题，请与本社图书销售中心调换。电话：010-65233595

目　录

第一章　一九三二年

民国二十一年　昭和七年　大同元年

一

吉来一旦不上私塾，就会跟着爷爷上街弹棉花，这是最令王金堂头疼的事了。把他领出去容易，带回来难。吉来几乎是对街上所有的铺子都感兴趣，一会儿去点心铺子了，一会儿又去干果店了，一会儿又笑嘻嘻地从畅春坊溜出来了。他从点心铺子出来时嘴角上沾着芝麻，而迈出干果店时手里则抓着桃脯或者杏干。最要命的是误入畅春坊，老鸨会满脸堆笑地追到门口，冲着吉来吆喝："这位爷别走哇，给你找个好姐姐裹奶吃——"吉来就偏过头对着裤脚肥大的老鸨说："裹你妈的奶！"他出了畅春坊又进了杂货铺，无论是农具炊具总要上前摸一摸，结果摸了一手的灰回来了。王金堂在街角罗锅着腰弹棉花，见孙子两只手脏得像老鸹爪子，就叹息说："瞧瞧你的手，唉，瞧瞧你的手——"虽然他并未深入责备，吉来已经受不住了，他一噘嘴就走了。边走边嘟囔："你弹的棉花绒子呛死我了！"他又去了张开顺家的布店，见有一种紫底黄花的斜纹布上了柜，非常豁亮，就想碰一碰。然而他知道张开顺在盯着他的脏手，便识趣地用脸蛋去触一触。一触就爱惜得不行了，仿佛闻到了布上黄花的气息，连说："真好，真好。"张开顺就呷了一口茶说："等你长大了娶媳妇就扯这块布，保证把你的新娘子打扮得花枝招展的。"吉来说："我才不要那玩意儿呢。"张开顺敲了一下茶壶盖说："到时你就要了。"吉来觉得败兴，就出了布店去寻戏院，然而戏院基本都在城中心，路太远了，于是他就近买了一块油炸糕，倚着铺子的青砖墙边吃边望着过往行人。

四月午后的阳光是雪亮的。它把房屋和道路照得清清白白。清的是房屋，白的是道路。屋顶青色的瓦楞上有褐色的麻雀跳来跳去，它们好像把凸凹相间的瓦楞当成了编钟，企图弹奏出悦耳的乐曲。然而瓦楞并不发音，这使麻雀大为不满，它们吱吱喳喳地发着牢骚，一轰而起飞到别处寻风光去了。吉来想起了爷爷在三月的某一个傍晚对着屋顶的积雪所说的话："还不出阁啊，都老成什么样子了！"屋顶的积雪大约也意识到自己的肌肤不那么莹白动人了，所以终冬后的暖阳稍稍把触角伸向它，它便春心萌发，化成水滴，羞羞答答地走下屋檐。虽然那土地还泥泞着，不如它想象的归宿好，它还是心甘情愿地与大地融为一体了。积雪一旦把自己干净利索地嫁掉，屋顶就重现它的本色了。不惟棱角分明的瓦楞露出了狐狸似的尖尖脸，瓦楞间的枯草也一蓬蓬地随风飘舞了。然而要不了多久，这枯草就成了绿草，欣欣向荣了。

吉来把目光从屋顶收回后，油炸糕已经落入肚中了。他看见一个极其眼熟的人提着一摞中药从药铺出来，他垂着头走路，差点与一位拉车小跑的人撞个满怀。拉车的骂："长没长眼睛啊！"提药的人茫然地抬了一下头，然后乖乖让到路边。吉来认出这是教书先生王亭业，他多愁善感，又养着一个病病歪歪的老婆，所以整个人就像一帖用过的膏药，委靡不堪。他曾几次动员吉来的爷爷，说不要把孙子送到私塾里去，那里面教的东西与社会不合拍，孩子长大了跟痴呆没什么区别。而王金堂却喜欢私塾，因为私塾先生七十八了，单凭他那一把雪白飘逸的胡子，就不会有人对他的学问有丝毫怀疑。而且王金堂认为学生教得少才精，像学校里学生一群一群的，在他看来跟放羊没什么两样，别指望老师对学生指点到位。而私塾先生则不一样，他会让每一个学生将学过的内容背诵一遍，不过关的就会打戒尺。王金堂喜欢戒尺，认为小孩子是不打不成器的。王亭业发现了吉来，他提着药朝吉来走来。他穿着灰布对襟棉袄，围一条雪青色的呢绒围巾，这两种颜色使他的脸颊显得更无血色。他将要接近吉来时，挺了挺腰杆，把双手背到身后，那摞草药就一下一下地荡在他的腿肚子上，就仿佛一条黄狗在叼他的裤脚。

"吉来——"王亭业撇着嘴角问，"不上私塾了？"

"先生伤风了，鼻涕都淌到胡子上了。"吉来说，"今天就不让我们去了。"吉来发现王亭业的两片前襟沾了不少油污，袖口处则更是污秽，分不清是米汤还是面糊弄在了上面，使那里的布呈现出金属的特征：又亮又硬。

一辆毛驴车从他们身边经过。车上坐着一个呵欠连天的中年女人，她拉着两板豆腐出来卖。驴大约是起大早拉完磨又被套上车出来，所以已累得无精打采了，走的步又碎又慢，而且边走边拉屎。一个个圆鼓鼓的驴粪蛋就散发着热气滚在路上。恰恰有个小孩子在奔跑时一脚踩中了一个粪蛋，他跌倒在地，本想马上爬起来，但见身边围绕着五六个驴粪蛋，让他恶心和委屈得慌。于是孩子就先哭了起来。他的母亲随后急急赶上来，她踢了一脚儿子的屁股，说："活该！让你跑，让你不好好走路，活该！"

王亭业见往来行人都把目光集中到那对母子身上，就对吉来说："你不上学校也好，你不用学日本话了。"

"我们先生说了，中国人要说中国话，不学日本话。"吉来的话刚一出口，王亭业就把脖子左右扭了扭，四顾无人后，他说："你说话的声音太大了，这样不好。以后在街上说话要小声点。别告诉别人我刚才跟你说的那些话。"

王亭业提着药摇摇晃晃地离开了。他离吉来远了的时候，就不再背着手走路，那撂草药又回到前面去了。吉来憋不住想笑。他想虽然街上的日本人越来越多了，他不和他们打交道就是。这座城市刚刚来了一位皇上，把长春改成了新京，年号也变了，可街上的店铺还是老样子，流氓地痞该有还有，吃的用的也不是不能买到，他没觉得有什么了不得，虽然他私下里也听大人们的议论，说是将来的日子好不了，挨饿受冻不说，人的命就会像蚂蚁一样轻薄，由着人去践踏。吉来还没有想那么远，他才九岁，想的最远的事情是想去趟平顶山，他姑姑嫁给一个矿工已经两年了，还从来没有回来过。吉来有点不信任姑姑所嫁的那个男人，原因是他太瘦了，万一姑姑病了，他都没有力气背她看医生。而且他的模样也不讨人喜欢，一双小老鼠眼分得很开，鹰钩鼻子长得像个拴马桩，最糟糕的是脸颊上生满了黑痣，仿佛落了一层苍蝇，给人一种很脏的感觉。姑姑一直在娘家呆到三十二才出嫁，这一耽搁就没有碰上好货色。所以这个瘦男人坐着火车来接姑姑的时候，吉来就偎在姑姑怀里不舍得出来，弄得姑姑泪流满面。吉来记得男人进了他家说的第一句话是："宽城子并不大嘛。"吉来就立刻回敬他："平顶山不也是个屁大的地方嘛。"很多人都管长春叫宽城子。那男人并未和吉来计较，而是和颜悦色送给他一袋用玻璃纸包着的五颜六色的糖球。吉来咯嘣咯嘣嚼糖吃的时候，姑姑已经跟着那男人坐火车去平顶山了。从此平顶山就成了吉来心目中最向往的地方。前几日姑姑来信说怀孕了，到了秋天会生孩子。奶奶由于老糊涂了不可能去伺候月子，吉来的爷爷就说待孩子满月后领他去吃酒。

　　吉来想了一会儿姑姑，再望眼前的街景时就有了几分伤感。他百无聊赖地沿着土路去寻爷爷，他想早点回家了。爷爷罗锅着腰，骑在木马一样的木架子上蹬着风轮。每蹬一下，那巨大的竹制风轮就咿呀旋转，板结的棉花就会被弹得蓬松如云。春秋是弹棉花的旺季，秋季来弹棉花的人多半是为了过冬，想把棉衣絮得更暖和些；而春季弹被褥的多是一些要办喜事的人家，纯粹地买新棉花有些承受不起，于是就用弹旧棉花来创造新意。吉来很奇怪，那些又脏又硬的旧棉絮一旦被弹出来，的确是雪白柔软。爷爷弹棉花的手艺是出了名的，他弹了三十年了。

王金堂见孙子今天回来得早，就说："还得两个时辰才能完活，你再去玩吧，只是不要走远了。"

吉来没有吭声，他恹恹无力地蹲在地上。

王金堂马上说："走远了也没事，告诉爷爷你去哪家铺子，省着回家时我挨个铺子地找。"

吉来有气无力地说："我哪儿也不去了，想回家了。"

王金堂以为孙子口袋里的钱花光了，就说："手里没子儿了吧？"爷爷把钱叫做"子儿"。

吉来拍了一下口袋，说："子儿多着呢。"

仿佛是为了应和吉来的话似的，那口袋里的"子儿"一阵脆响，就像鼓掌一样。

二

火烧云像除夕时窗棂上的剪纸，红通通地贴在西边天上。它们有的像奔马，有的像卧牛，还有的像汪汪叫着的狗。人们在被火烧云映红了的玻璃窗里忙晚饭，等晚饭利落了的时候，火烧云就变浅变淡了。奔马缺了头和四蹄，卧牛已没有一只猫大，先前像狗在叫着的火烧云，已经只剩下一条短短的尾巴。王小二通常是在这个时分用一双筷子挑着些残缺的馒头或者窝头走进吉来家，他来吃饭了。

王小二其实叫王顺林，只因他在一家饭馆当店小二，所以就被周围的邻居唤作王小二。王小二也不恼。王小二瘦小瘦小的，刀条脸，薄嘴唇，今年二十二岁，还没有娶媳妇，喜欢开玩笑。他开玩笑不分对象，所以容易把比他年长的人给惹恼。吉来的爷爷常常用烟袋锅敲着他的脑袋斥责他："没老没少的！"王小二就龇一下牙，双手作揖告饶。以前吉来是讨厌王小二的。他看中了自己的姑姑，常常在黄昏时一身油腥味地来给姑姑献殷勤。一块猪排、几条干炸小镜鱼，或者是盐水煮的毛蛋，都是王小二希望得到青睐的牺牲品。它们当然都是从灶上得来的，不会花一文钱。姑姑从来不吃王小二带来的东西，仿佛吃了就得登上人家的花轿。但姑姑并不让王小二把东西带回去，而是分给吉来，由他当着王小二的面吃掉，反正吉来又不会嫁给他，吃了无妨。吉来虽然看不起王小二，觉得他干瘪得不配给姑姑提鞋，但吃了他的东西，就不对他怒目而视了，于是王小二就趁着这团和气给吉来讲武侠故事，讲得唾沫星子溅到姑姑怀中的白猫身上，猫抖着毛"喵呜——喵呜——"地叫着。吉来听完故事，往往会对王小二说："你要是长得再高一些，也许能练成一身武功。"王小二就像被人揭了疮疤似的跳着脚说："我跟你说像我这么矮瘦的人的优点多着去了！省粮省布不说，坐车时占的地方也小！就说我们馆子，有一段招了一个高个子伙计，他给人端菜倒茶时笨笨磕磕，而且他一弯腰头就会偏向饭桌，能把客人吓一跳。老板娘就把他给赶走了。我个子矮不假，可别人都喜欢我，我不猫腰客人也以为我猫着腰，对他们恭敬。所以武大郎个子虽矮，可他的炊饼卖得好！"听得吉来一家人捧腹大笑。

然而吉来的姑姑不为所动，她还是嫁到平顶山去了。王小二为此丧魂落魄了好一阵，弄得吉来的爷爷很过意不去，领着吉来去看王小二，深有感触地劝他："吉来他姑比你大一旬，你现在年轻时可能不觉得，真要是娶了她，再过二十年，她就年过半百了，你还那么年轻，会嫌弃她的。"

王小二就泪花闪闪地说："我怎么会嫌弃她，我喜欢她。她胖得好看，笑得也好看，说话悄声慢语的，像大户人家出来的小姐！"

"谁让你整天价净给她带吃的？你就不知道买点姑娘们喜欢的东西——花布啊、手袋啊、镯子耳坠儿啊，哪怕是扣子也好啊。"王金堂埋怨他。

王小二颇为委屈地说："我在馆子里干活，见人吃好东西的时候最高兴，我就给她拿吃的。用的能缺了她吗？我攒的钱早早晚晚还不是她的？她要嫁个好主儿倒也算了，那人跟我一样瘦，比我还黑，长了满脸的痦子，个子也比我高不了多少，而且嫁的地方又小，离家这么远，弄得我天天做噩梦！不是梦见她掉进井里了，就是让马车给轧了，再不就是一条毒蛇盘上了她的脖子。一宿下来，弄得我头昏脑涨的，去馆子干活时腿直发软，提茶壶的力气都没了！"说完，他接着哭。

从此以后，一片痴心的王小二就感动了吉来一家人，成为他们的座上宾。两家算是前后邻居，走三分钟的工夫就到。王金堂就唤上晌午班的王小二到家来吃晚饭，反正多做出一口就是。王小二也觉得一个人吃饭孤单，一呼即来。来时带着从馆子里搜罗到的剩干粮，用筷子明目张胆地挑着，就像卖糖葫芦的一样。王金堂一家人也不嫌弃，只管预备下菜，就着他带来的干粮就是了。

王小二由于在馆子里见识过南来北往的客，知道的事情多，所以每回来都要把听来的事情讲给大家，至于是否添枝加叶了，一看他灵活的眼神料必如此；反过来又想想他对吉来姑姑那份真情，人们就把他说的所有事都当真的听了。

自从溥仪带着皇后来到长春，王小二每日听到的消息更加多了。比如三月九日晚上，他进了王金堂家冲口而出的话是："昨儿下晌皇上到咱这儿了！车站那儿热闹得不行了，又是奏乐又是鼓掌的，人人还都拿着小旗子，看来他是不走了，想和日本人在这儿闹独立王国了！"

王金堂就说："这个没骨气的皇上，让冯玉祥给赶到天津，又被日本人给弄到这里，早早晚晚没个好。还不如一根小绳把自己勒了净心。"

说归说，骂归骂，日子还得照样过。天气好时王金堂照例还得上街弹棉花。只不过他对吉来的管教更加严格了，让他一丝不苟地背书，长大了好为这世道做点什么。所以他隔三差五就去私塾先生家，询问吉来学业有无长进，让先生别忘了多让吉来挨戒尺，有时还给私塾先生带点烟或者一卷豆腐干。弄得老先生反而少让吉来尝戒尺的滋味了，觉得那样心里愧得慌。于是吉来仍然高高兴兴地上私塾，摇头晃脑地背"四书五经"，偶尔跟随着爷爷上街弹棉花，像老鼠一样在街上的铺子里窜来窜去，这样就把春天给混过去了。

天气一热火烧云便也旺了起来。王小二来吃饭时带来的消息也就更多。他说馆子里有一天来了个讨饭的，衣衫破得处处露肉，自称从嫩江来，儿子去年冬天跟着马占山保卫嫩江大桥，被小日本给杀了。他的老伴为此害了心口疼，不出半年也死了。他就离开嫩江，到昂昂溪去奔另一个儿子。哪知这个儿子也下落不明，有人说他当和尚去了，还有说他当土匪去了。弄得他不知该去哪里找才好。当和尚倒也好，有寺庙可以去寻，当土匪则是有了今天没明天，尸骨扔在哪处荒山让野狗吃了都不知道。老人边哭边说，弄得老板娘心里难受，忙让伙夫把他领进后堂，单独给他做了一锅肉骨头烩面，又送给他一身旧衣裳，老人这才千恩万谢地作着揖走了。

"他怎么要饭要到这里来了？"王金堂问。

"他听说皇上住在新京，就打这里来了。说是要在他眼皮子底下讨饭吃，让皇上知道他的日子过得有多苦。"王小二说，"我看他精神已经不对路了。"

"哼，他还能进皇宫里去要饭？怕只怕连门边都靠不上！"王金堂啐了口唾沫说，"他还得讨他的饭，皇上照旧还得喝他的珍珠白玉汤！"

吉来这时就会问："啥叫珍珠白玉汤？"

王金堂就说："背你的书去，说了你也吃不上！"

他们在议论的时候，吉来的母亲和奶奶一般是不插话的，仿佛说话是男人的权利。母亲不说话已成习惯了，自从父亲抛弃她后，她永远都是低眉顺眼、不吭不响的。家里所有的活计都包揽在她身上了。吉来的奶奶比王金堂大十四岁，已经七十二了，胖得一走路就气喘吁吁，眼神差得常常把猫咪当成吉来。奶奶是满族人，祖上曾有人在朝廷当差，所以她幼时过惯了衣来伸手、饭来张口的小姐生活。她长得也很福相，耳垂很圆润，就像刚被剥了皮的新鲜荔枝。眼睛细长细长的，手脖儿戴着一只白玉镯，因为裹足走起路来飘飘摇摇。本来她该嫁个好人家的，岂料二十岁的那年父亲经营的粮栈突然起火，把家烧个精光，从此她就与贫穷为伍了。她先是嫁给一个车夫，新婚一年丈夫就害了痨病死了。过了三年，她又嫁了个开油坊的，头两年日子过得倒也甜蜜，但随着油坊生意越来越红火，男人天天在妓院里吃花酒，彻夜不归，把她给气出了头晕的毛病，不得不三天两头去看医生。结果认识了中药铺配药的伙计程十发，程十发看上了她的丰腴，常常对她动手动脚，她一想着自己的男人就像饭馆门前挂着的幌子一样只是个招牌，守活寡的滋味也不好受，于是就和程十发偷情，其乐融融。头晕病不治而愈，肚子倒是落下了大毛病，她有了程十发的孩子。丈夫知道后将她一顿暴打，孩子流产了不说，还一脚把她踢出家门。她再去找程十发时，他已经闻讯而逃了。程十发在乡下有老婆孩子。万般无奈之下，她才嫁给了比她小十四岁的王金堂，他是个罗锅，看上去不足一米五，人很正直，手艺也不错，她想跟了他不会遭到遗弃。他们婚后生下了一子一女，王金堂待她十分体贴，总把好吃的留给她，她也就知足了。不过她不爱出门，怕邻里碰见她会问她的年龄。等她上了岁数不在乎这些想出门的时候，又没有力气了。所以她常叹自己是个苦命人，时不时诅咒自己几句："快死了吧，死了好托生个牛。"想到牛是个挨累的动物，于是又改口说："托生个猫，天天睡懒觉。"原先她最喜欢把白玉手镯从腕上摘下来摆弄，那是她出嫁时从娘家带出的惟一物件，她常常摩挲着手镯唏嘘落泪。后来她一往无前地胖起来，手镯就褪不下来了，只能死死地嵌在腕上，与她生死与共。

自从溥仪把"满洲国"的首都设在了长春，吉来的奶奶就仿佛受到了什么鼓舞，精神头比以前足多了。开始大家不解，后来才明白她自认骨子里流着皇家的血液，她的靠山就在眼皮底下，于是就颇为理直气壮地开始唤王金堂为"罗锅子"，并且让他给自己倒洗脚水，家人知道她有些糊涂了，来日无多，也就随她去。

王小二今日看上去忧心忡忡。他说自己没脸见人了，有两个日本商人去馆子吃饭，临走时付的钱不足，他就追出去要，被赶上来的老板娘当街给打了一耳光。老板娘对日本人点头哈腰地赔笑，他们才叽哩呱啦地走了。老板娘回到馆子把他好一顿训斥，说如今是什么世道，怎么敢骑在老虎屁股上要威风。让他以后不要多管闲事。王小二觉得自己很窝囊，钱没要回来不说，还被当众打了耳光。俗话说打人还不打脸呢。他决心到哈尔滨去投奔二姐，反正在新京他也是光杆一人，到哪里都能混口饭吃。吉来一听说他要走，就急得扯着他的袖子说："你别去哈尔滨，秋天时我和爷爷带你去平顶山看姑姑，姑姑要生孩子了。"

王小二拍了一下吉来的脑壳，苦笑道："她生的又不是我的孩子，我跟着去看，你姑夫还不得把我扔下煤窑闷死。"

这时吉来的奶奶突然嘟嘟囔囔地说了一句："皇上是哪天来的

了？来的那天穿着龙袍没有？"

没人理会她的话，吉来跑到院子中伤心去了，王小二要走使他觉得身上缺了块肉。再吃晚饭的时候，谁还会用一双筷子挑着些干粮进来，给他讲外面的故事呢？他想当初若是让王小二娶了姑姑就好了，这样谁也不会离开他。他越想越伤心，抬眼一望火烧云一丝都不见了，就愈发觉得凄凉而哭了起来。

三

街上的杨树叶子被晒得又蔫又软，阳光比无赖还无赖，只管往行路者的头上一把一把地甩那炽热的光线，它们像钢针一样扎得人头疼。王亭业没有想到才入六月天就突然热成这种德性，男女老少都迫不及待地换上了短袖衣裳，很多临街的铺子一盆盆地往台阶上泼水，希望能赶走一些从门口汹涌而入的热气，结果是不足五分钟，那些水就会被阳光吮吸得溜干净，热浪照旧激情澎湃地横冲直撞。

王亭业中分式的头发已经长过鬓角了，他想着去理发店剪一剪，这样也许会凉快一些。

也许是天太热的缘故，理发店的生意很冷清。王亭业一进去发现只有一把椅子上有客人，其余的都闲着。以往他来，每把椅子都坐着披着白布单的人。他们有的头向后仰着在刮胡子，有的微微斜着头在推头发。今天的这位客人在剃光头，已经推光了大半面，青白青白的，像个被吹大了的猪尿脬悬在那儿。王亭业择了一把背阴的椅子坐下，嘱咐老师傅不要把自己的头发剪得太短，那样看上去像个阿飞。老师傅就说："这么热的天，剪短了能散散火气。"

王亭业仿佛听出了弦外之音，就说："我没火气。"

"你们教书的自然没有火气了。"老师傅认得王亭业，说话也就不那么顾忌了，"一个是郎中，一个是教书匠，哪朝哪代都是香饽饽！"

王亭业陡然红了脸，张口结舌地解释道："不就是为了养老婆孩子嘛，你说——你说——"老师傅就不让王亭业说了，他拿着闪闪发亮的推子"咯嗞咯嗞"地剪起头发。每逢剃到颈处的时候，王亭业就一阵一阵地缩脖子，像小孩子一样嘟囔道："痒——痒——"

剃过头，又就着肥皂用温水洗了洗，王亭业顿时觉得浑身一爽。付过钱，将要走出店门的时候，剃头师傅长长地叹了口气，说："这日子哪有个奔头儿哇！"

王亭业就问："怎么了？家里出了什么事了？"

"憋屈。"剃头师傅只管说，"就是憋屈。像你们憋屈了会说，我不会说。你们还会写，我也不会写。不过你们写了也没什么人看，自古秀才造反一事无成。"

"我们没写什么呀！"王亭业的声音已经吓得变调，并且频频朝店外眺望。店里没有外人了，再没有另外的客人进来。透过竹制门帘倒是可以看见店外隐约有人走过，不过谁又有心情偷听他们的谈话呢？

"看把你吓的，头掉了不过是个碗大的疤嘛。"剃头师傅鄙夷地啐了口痰说，"所以说我没让闺女嫁给教书先生是对头的，他们只会缠绵，不经世事。"

王亭业臊得只能掉头而走。先前的那种清爽感荡然无存了。王亭业很理解剃头师傅。他的胞弟在日军侵占锦州时饮弹身亡。锦州盛产苹果，胞弟原来是远近闻名的水果商人，每隔两三年就会带着大量吃的用的东西来长春探望哥哥。哥哥的理发店就是由他出资建成的。开张的那天他专程前来捧场，做第一个客人，把胡子刮得雪青，穿着一件青色的印着"福禄"大字的软缎长袍，殷勤地帮助哥哥招揽生意，让过往行人无不羡慕。听说他把所有的资产都捐给了"红枪会"，让他们配备武装去打小日本。他自己也弃商从戎，在锦州城中四处动员富商都要以国家为重，暂时停止生意，成立了一个商人救亡会。由于他生性风流，并未娶妻生子，所以孑然一身，死了之后，倒无后顾之忧。

王亭业回到家里时显得灰心丧气的。他老婆因为患了严重的风湿病，连带着身体各器官都不正常，所以几乎是天天躺在炕上。不过天气热了以后，她的病有所缓解，气色也暖丽了，夜间待王亭业时也就有了几分温存，这毕竟是对心情郁闷的王亭业的一种安慰。她正哄着五岁的女儿宛云，给梳着歪桃辫的宛云讲能照透人五脏六腑的魔镜，见王亭业今天回得早，就说："早哇，没事了？"王亭业垂头坐在炕沿上，很疲乏地说："没事了。""剪了头发精神多了。"女人说，"锅里还有疙瘩汤，你喝一碗吧。""在街上喝了碗棒子面粥了。"王亭业很无趣地说。"那东西怎么顶饿？两泡尿就没了。"

女人说，"再喝一碗吧。"王亭业觉得难得女人这份关心，就去灶房了。

宛云吃着自己的鼻涕问："妈妈，那个魔镜是什么做的？"

"是铜啊。"女人说，"它不单能照出人的心肺来，还能把妖怪照出来。"女人接着绘声绘色地给宛云讲故事，说是有个书生进城赶考，带着书童走了一天的路，夜里在一家客栈歇脚。由于天气热，夜里书生睡不着，就去花园里逛。那天晚上有月亮，散发着香气的花朵隐隐约约能看得见。书生就凑近一株牡丹，低头去闻那香气。这时忽听背后有人在哭，回头一看，见是一个浑身缟素的女子像根垂柳似的立在那儿。书生上前询问她，她说是家中父母双亡，有个相依为命的哥哥，不曾想前两天也死了。为了买副棺材葬哥哥，她借了屠夫的钱。屠夫见她还不上钱，就要娶她当老婆，她不从，屠夫就威胁说要把她杀掉。书生顿生怜惜之情，见那女子在月下显得很标致，忍不住就去拉她的手。那手又酥又软，连骨头都没有，书生就朝女子怀中去了。

这时宛云忽然问道："就像我往妈妈怀里扑着去吃奶一样吗？"

女人忍不住笑了起来："对，他也是去吃奶的。"

"书生那么大了也吃奶呀？"宛云说。

女人的故事就没法再讲下去了，她笑得用手直捶炕沿。王亭业闻声从灶房过来，对女人说："你身子虚，别笑大发了，能笑背气的。"

女人就收敛了一些，然后气喘吁吁地尽快把故事的结局讲给宛云："书生一跟那女子好起来，也就不想科举的事了。他带着这女子返家，介绍给父母，明媒正娶地入了洞房。可是成亲以后，书生一日比一日瘦，那女子的肤色倒是一天比一天艳。家里人觉得不对头，就唤一个道人来给书生算命。道人在门厅一见那女子，就觉得她神情非人，从怀中掏出铜镜一照，只见上面映出一只狐狸来，原来她是狐狸精变的！"

王亭业就颇为不快地说："古人的故事最爱捉弄书生。他们惹不起官人和商人，就把痰往自己身上吐，真是自轻自贱！"

女人知道王亭业心中不快活，就缄口不语了。

宛云又问："牡丹花我怎么没见过呀？"

大人们都不理睬她，她就赌气地把辫绳解开了，歪桃辫顺势散开，使她看上去像是一只芦花鸡。

晚饭后王亭业到街巷中散步，在一家车行碰到了同事郑家晴。郑家晴教历史，二十八岁，风流倜傥，是单身女教师竞相追逐的对象。王亭业知道郑家晴组织了一个教育界的"读书会"，每周聚会一次，以磋商学业的名义宣传抗日。九一八事变后，他们还组织学生张贴传单。他也曾动员过王亭业加入读书会。王亭业这一段心绪烦杂多半缘自对这件事的举棋不定。郑家晴穿着条米色西装裤，白衬衣的下摆掖在裤子里，看上去利落而又时髦。他笑着和王亭业打招呼，说："散步啊？"

王亭业说："吃了饭憋得慌，出来转转。"说着，紧张地看过往行人。见有一个熟人正欲经过，连忙握起郑家晴的手，很动情地摇着，仿佛他们是许久未见的朋友了。熟人见王亭业与人寒暄，点了个头就过去了，王亭业这才讪讪地把手抽回。

"你这是去哪里？"王亭业小声问。

"你知道去哪里。"郑家晴也小声说，"要不要跟我去一次？去了你就不烦闷了。"

"让我考虑考虑。"王亭业问，"还有谁去了？"

郑家晴笑而不答。王亭业自知问到忌讳上了，就连连道歉，然后退后两步，与郑家晴告辞。王亭业转身走了不足五步，就有些魂不守舍地又转身看了看郑家晴。郑家晴走得很悠闲，所以并未脱离他的视野。他那散漫的步态更像一个公子哥儿在寻艳。王亭业忽然想起了已故的研究考古学的父亲告诫他的一句话："遇到什么事拿不定主意时，不如就身体力行地实践一次。不实践永远都是失败的，而实践了则可能成功。"王亭业想想解决矛盾的最好办法也许就是去实践一次，不然自己这种优柔寡断的性情将会使心灵永远处于水深火热之中。

一旦下定决心了，王亭业就激动得热血沸腾的，他不由暗中握紧了拳头，匆匆追赶着郑家晴。当郑家晴经过一家调味店欲往一条更为繁华的巷子里拐时，王亭业已经离他几步之遥了。他很奇怪读书会聚会的地点竟择了一个热闹的去处，在王亭业想来，应该是一条极幽僻的少见行人的巷子才是。不过也许在熙来攘往的人流中才不至于引人注意吧。

王亭业悄悄拉了一下郑家晴的衣裳。郑家晴头也不回地说："我就知道你会跟过来的。"说完，回头冲他笑着，"就要到了。"

他们前后脚进了一家裁缝店。店面并不大，一个五十上下的女人正在给一个客人量尺寸，她见了郑家晴殷勤地打招呼："把不合体的裤子带来了吧？"

"穿来了。"郑家晴笑着伸出一只裤脚，说，"再裁短一些，天气太热了。"

王亭业仔细一看，发现那裤腿的确是有些过长。

女人量完尺寸，给客人开了取衣服的票据，长嘘一口气，把皮尺挂在脖子上，然后将花镜摘下来放在台子上。

客人收好票据离开了。郑家晴这才向王亭业介绍她："这位是胡师母，不仅衣服做得好，烹饪也是一把好手，还会拉京胡，胡教授真是好福气！"

"家晴的嘴巴最甜，不知哪个女子能有福气嫁给你，天天听你的甜言蜜语。"胡师母很矜持地笑着。郑家晴接着又介绍王亭业，说以后他可能要常来，让胡师母多多关照。胡师母连说："知道知道。"

他们推开一扇果绿色的侧门，就进了后院。别看前面店铺的铺面小，后面可是曲径通幽，别有洞天。院子中栽着几棵柳树，柳树下又有矮株的丁香和桃红。晚景中垂柳的影子就像细雨一样柔曼。王亭业有些发怔，心想如何显赫的人物会拥有这样的院子。他们沿着树间的石板路来到一座朴拙的有木格窗户的房屋。推开门，先看见一个梳着齐耳短发的姑娘立在一张红木方桌前倒茶，她倾着身子时那浓密的刘海遮住眼睑，看上去就像水中芦苇的倒影。她见了郑家晴放下茶壶，微微笑着说："来了？"郑家晴答应着，问："什么时候回沈阳？"姑娘低下头有些羞涩地说："快了。"姑娘圆脸，眼睛又黑又亮，看人时有些怯生生的，穿一件水粉色丝绸短袖衫，露着的两条胳膊丰腴而白皙，像藕一样；而她则如一蓬睡莲，看得王亭业有些不知身在何方。姑娘所处的地方是"过堂"，经过它，就是他们聚会的场所了。那是间大约有二十平方米的会客室，已经有十几人身居其中了。只有几位王亭业眼熟，他们与他在同一所学校供职。人们有的在喝茶，有的在吸烟，大多数人的手里都摇着一把扇子，他们那种颇有些风雅的情态使王亭业惊讶不已。坐在向北正位的是一位老者，他戴一副金丝边眼镜，白脸，穿灰布短褂，端茶碗的动作颇有风度，让人觉得他是有来历的人。后来王亭业知道他就是胡教授，学历史的，精通金石篆刻、古玩字画，原在北平一所大学教书，后来因病赋闲在家，便与夫人同来长春，他的岳丈是服装厂的老板，如今已偕夫人到香港避难去了，房屋就是由他留下的。王亭业羡慕这闹市处清静得有些令人不可思议的院落，也为那个斟茶姑娘的端秀淡雅而有些魂不守舍。那天聚会议论的中心话题是国际联盟派来的李顿调查团，有人认为这个调查团既然是先去了日本，就会先入为主，必然会由于偏听一面之词而对整个东北不利。还有人认为国际联盟会公正无私地制裁日本，不会承认他们炮制出的"满洲国"。有消息灵通的人士还说，李顿一行在整个东北境内的一切活动都受到日本严密监控，据说房间的电话也安装了窃听器。总之，虽然他们流露出某种悲观情绪，还是对李顿调查团抱有希望。他们这种希望很像幼稚的小孩子等待家长帮助他们圆了自己的梦想，却不知梦想是自己的。

王亭业那天晚上回到家里时已经很晚了。他的女人已经哭得气息奄奄。在她的想象中，王亭业已经在街上被车撞死了，所以王亭业回家的脚步声使她怀疑是通知她去领尸的人，便头不抬眼不睁地哭得更加昏天黑地。后来她听见宛云在叫"爸爸"，才虚弱地支撑着病体从炕上爬起来，果然是王亭业，她便不顾一切地扑过去，连连说着："你还活着，你还活着，感谢老天的保佑！"她那喜出望外的表情，仿佛丈夫是个起死回生的人，弄得王亭业有几分惶然。

那一夜王亭业失眠了。他的脑海中老是浮现着那个院落中细雨般的垂柳，以及那个温婉秀美的女孩子。郑家晴介绍说她叫于小书，是胡师母的侄女，在沈阳一家洋行工作，懂五国外语。她是专程来探望姑母的，今年二十一岁，据说还没有男朋友。

郑家晴在与王亭业分手的时候打趣他："你是不是觉得娶了老婆之后，可爱的女孩子才一个一个地蹦出来？"

四

王小二在傍晚时总到松花江边逛上一圈。他来哈尔滨已经快一个月了。这一段雨水很盛，所以松花江水分外丰满。夕阳朝江水一侧沉沦的时刻非常有弹性，它探头探脑的，生怕落脚时风浪太大而闪了身子。当它终于被江水完全接纳之后，江面上就会涌动着柳叶形状的金光。王小二很喜欢看这些光，因为它们存在不了多久，把它想成什么就是什么。想成话语，它们就会发音；想成眼睛，它们就会眨来眨去；想成嘴唇，它们就会一张一合；而想成泪水时，王小二的眼睛就会花了，因为泪水像蝌蚪一样游进了眼眶。而这些想象的出处都集中在一个人身上，那就是吉来的姑姑，那个比他大出一轮的胖而爱笑的姑娘。王小二以为离她越远，会把她忘得更干净，谁料相思这种东西是愈远愈生动、缠绵和凄美。在制革厂工作的二姐见弟弟仍是孤身一人，就为他介绍女朋友。王小二看了两个，一个在孤儿院里当勤杂工，比他大六岁，又黄又瘦，胸是瘪的，可她却嫌王小二太单薄，怕他的身子骨将来经受不了摧打，婉言回绝了。气得王小二搓着脚直骂："操，我还嫌她经不起摧打呢！"另一个倒是比王小二年轻，也丰满，腿粗得像刚灌好的香肠，一边嘴角有些歪，说是小时候有天晚上睡觉没关好窗，邪风入内所致。她对王小二倒是一见钟情，所以接连三天往王小二的姐姐家跑，给他送热包子吃，还帮助王小二的姐姐洗衣裳。可王小二却看不惯她的歪嘴角，它好像永远对什么事情怀有不满，让人看了以为有什么事情对不起她了，王小二可不想在诚惶诚恐中过一辈子。所以为了报答姑娘对他的一片好心，他买了个花布兜送给她，作为友好分手的礼物。姑娘气得哭着把花布兜朝他怀里一扔："留着你自己讨饭用吧。"

　　话是说到了王小二的痛处。他来哈尔滨后，还没有找到一份比较固定的工作，这种无所事事的生活状态，使他顿生闲愁，所以每日黄昏都到江边去看落日。他觉得落日的命运比自己好，困倦之后想睡在哪里就睡在哪里。想睡在江里就朝江水深处落下，想睡在山里时就朝山谷落下。想必睡在江里的日子是想干净干净自身，而睡在山里的日子是为了沾染点花草树木的香气。有一两个捞鱼虾的人，他们撑着破旧的木船，在江上游来荡去，从他们近岸时麻木僵硬的表情上可以看出收获微薄。

王小二一直把夕阳看进松花江里，看到金色的波光神灯般一盏一盏消失，这才朝家走去。

二姐家在道外北二道街，不远处就是一座规模较大的制粉厂，王小二的姐夫就在那里磨面粉，所以每天回家一身的白。姐夫寡言少语，喜欢吸烟，牙齿黄得仿佛锈蚀了，因为胃不好，终日打着嗳嗝，一股酸腐的气味在屋子里弥漫。二姐家有两个女儿，一个十五，一个十三，都很瘦，她们在上中学。十五岁的孩子叫谢子君，爱静。而十三的孩子谢子兰则爱说爱笑，喜欢唱歌跳舞，她每天傍晚都去道里石头街的一个俄罗斯老太太家中练习声乐。老太太是修筑中东铁路时随丈夫来到哈尔滨的，有一子一女。她丈夫去世后，她嫁给一位经营裘皮生意的中国商人。老太太精通古典音乐，她家有一架钢琴，她常常自弹自唱。谢子兰与老太太的孙女柳芭是好朋友，所以能够得天独厚地得到老人的指点。一旦谢子兰事先说要回来得晚，二姐就会打发王小二去接她。王小二基本不坐电车去道里，一是不喜欢电车在钢轨上行走的咣唧声和牵引着电车的高空线磨擦出的电火花，二是不舍得花那份车钱。由道外向道里的路很远，可王小二乐意行走。沿街会看到许多事情，譬如野鸡在昏暗的路灯下向往来的男人软绵绵地打招呼；譬如嗜赌成性的男人拿着家里值钱的东西去当铺换现钱，他的女人扯着他的衣袖哭嚎。还有披着水泥纸袋的乞讨者在菜市场门口捡那些已经烂成泥的蔬菜，当然也有一些有名的饭店在夜色中散发出柔和而富丽的灯影，诱人的香气勾人魂魄地飘扬出来，歌舞厅的霓虹灯变幻莫测地闪烁着。在这街上还能看到西方的传教士，他们的身影就像幽灵一样，使他们经过的街道有了某种神秘感。

俄罗斯老太太住在一幢米色的二层小楼里，大约有七八户人家，楼下的院子种着绿草和丁香，绿地倒是很干净，不过丁香树上吊着一些纸鹞，想必是淘气的小孩子所为吧。王小二见过柳芭，她总是穿着白色的布拉吉，看人时笑意盈盈。柳芭的父亲是俄罗斯血统，而母亲则是中国人，所以混血的柳芭被人称为"二毛子"，她的脸部轮廓是西方式的高鼻深目，而身材和气质又具有东方的纤柔和典雅。如果王小二来得早，谢子兰还没有出来，他就坐在门前的绿草上望夜景，欣赏着从楼里飞出的琴声和歌声。柳芭的歌声像雾，而谢子兰的则像清澈的流水。每回谢子兰从里面出来，看见了王小二，就会把手搭在他的肩头撒娇般地说："只有好舅舅才会来接我。"柳芭每回送谢子兰出来，看见王小二，就会埋怨他为什么不进屋子，屋子里有茶和点心，王小二就连忙声称自己喜欢坐在草地上，喜欢听草地上虫子的叫声，柳芭就笑。柳芭一家都是天主教徒，所以每个礼拜日都要去教堂做祈祷，在王小二看来，他们一家过的日子就像天堂般的生活。吃茶点、弹琴唱歌、做祈祷、去花店买玫瑰和百合，这些都不是一般人能享受到的。穷人倒是也能去做祈祷，不过从教堂出来能够享受到的除了上天赐予所有人共同的阳光和空气之外，回到家里面临的还是黑黢黢的小屋里举步维艰的生计。所以王小二不信任何宗教，认为上帝或者其他神祇都是偏心眼儿。王小二的姐姐也信奉天主教，每回从教堂祈祷归来，她都显得无与伦比的平静和超然，在王小二看来，那也是一种麻木。只是不敢把这想法说出来，他倒不怕得罪上帝，上帝跟他没有任何关系，他是怕姐姐伤心。谢子兰其实有王小二那般高了，加上王小二长得比实际年龄小，所以他们看上去更像一对兄妹，谢子兰几乎是对街上所有的店铺都感兴趣，表店、鞋店、饭店、时装店、冷饮店、花店，而王小二能陪她逛得起的，只有冷饮店。谢子兰一气能吃下七八块冰糕，问她的胃能否消受得起，她就打着哆嗦连连点头，并且用舌尖去舔唇角的冰糕沫，说："没问题！"王小二却没有这本事，两块冰糕落肚就足以让他打寒颤了。谢子兰便嘲笑舅舅身上没火力，要是上了战场非得当逃兵不可。王小二有些恼火，但一想自己算是长辈，就由谢子兰胡说，不过下回再进冷饮店时，他就说钱带得少，只能请她吃两块冰糕。谢子兰嘟一下嘴，很仔细地吃掉两块冰糕，然后对王小二说："舅舅，我觉得你这个人内心是勇敢坚强的，你上了战场一定能当英雄！"王小二明知这是个温柔的陷阱，可还是不能自持地跳进去，他会装作无意地翻一下口袋，带着惊讶的语气说："噢，这里还有几个钱，够你再吃几块的！"谢子兰的嘴角便会泛上得意的笑容。他们吃过冰糕走出冷饮店后，谢子兰就会张罗着坐电车回家。她倚着车窗，看见大饭店门前进进出出的那些珠光宝气的女人，就会有些失落地说："有钱人过得可真舒服哇。"

王小二的姐夫见内弟只是吃闲饭，还占据了本来就不宽绰的家中的一间屋子，就有些不太痛快，时不时阴沉着脸，把咳嗽声搞得很响，好像向人家示威：他的气血已为维持这个家耗得差不多了。有时他还去装作无意地说他路过哪家厂子，见门口聚了好多人，都是去招工的。王小二就很知趣地问那厂子在哪儿，做什么活计，然后跑去碰运气。然而结果总是碰一鼻子灰回来，令他愁肠百结。他开始怀念在新京的生活，怀念王金堂、吉来和馆子里的那些伙计。在哈尔滨，他连个可以痛快淋漓开玩笑的人都没有。虽然说哈尔滨看上去很洋气，满街的欧式建筑，各类教堂晚祷的钟声不时响起，给这座城市增添了某种庄重感，他对它还是喜欢不起来。相反，有些土气的新京倒给他一种温暖感。王小二想着如果到秋天自己的工作还没有着落，他就打道回府，给老板娘赔个不是，继续当他的店小二去。然而未到天高云淡的时节，王小二的命运就发生了重大变化。

进入七月中旬以后，天气总是阴多晴少。老天仿佛有了极端悲痛的事情，三天两头就哭一场，雨水淅淅沥沥地下个没完没了。松花江干流的水位突涨，以往平静的松花江突然变得狂躁起来，腾起的巨浪激烈地拍打着大江两岸的堤坝，江面凉风漫卷，给人一种鬼气森森的感觉，再没有人敢撑船去江里捞鱼虾了。八月一日，江北的小岛已是汪洋一片，江南市区的低洼之处，也已积水成潭。王小二姐姐家所居住的地方，江上是石坡土堤，堤上砌有防水墙；而过了道外十八道街，则一律是土堤。这些堤坝段面狭窄，多年失修，毫无防御能力。八月七日凌晨，大多数市民还在梦乡中的时候，道外九道街江堤首先决口，倏忽间就垮掉了五十多米，洪水咆哮着冲入市区。一些早起的小摊贩正准备在街角支起摊子卖早点，忽然间被滚滚而来的洪水给吓得蒙头转向。他们一时以为眼花了，洪水怎么可能说来就来了呢。然而洪水的的确确是上岸了，而且像一群膘肥体壮的雪青色骏马一样穿街走巷，首先将几个不知所措的人掠倒。年轻力壮的人从水中爬起来了，而一个患风湿病的老人则彻底被它劫走了。王小二正梦回新京，领着吉来到城南的影剧院看戏，说是铃声响后就开演。可铃声叫了十几分钟，还不见银幕上有影子动，王小二就愤怒地高喊："开演了，到点了！"结果他把自己给喊醒了。他听见马路上一片喧闹，姐姐一家人也从梦中醒来了，谢子兰撩开他住屋的门帘惊慌失措地说："舅舅，发大水了，快起来吧！"王小二的姐姐家在三楼，他蒙蒙眬眬挨近窗口，向下一望，了不得了，洪水已经切断了能望得见的一切道路，水泛着白沫拍打着房屋，人们大呼小叫着，不知该逃到哪里去。发大水不像着火，起了火人们只管离开现场就是。而水患则迫使人们往高岗上跑。可是外面已是洪水汹涌，又没有船可以游荡出去，于是绝大多数住户通过烟道或者天窗攀上屋顶。

　　王小二的姐姐跪在圣母玛利亚的像前祈祷，口中念念有词，王小二便冲姐姐说："那个胖娘们儿在天上，没有水淹得了她。她不会管你的，求她有什么用！"他把圣母玛利亚称为胖娘们儿，惹得危难之中的谢家一对姊妹吃吃地笑起来。

　　姐姐温和而又严厉地对王小二说："还不快忏悔！"

　　王小二说："她要是能把这洪水给立马退了，别说是忏悔，我认她当咱的干娘也成！"

　　姐弟二人在关键时刻为了玛丽亚而拌起了嘴，这使做姐姐的觉得弟弟罪孽深重，连忙又为弟弟祈祷，请求圣母宽宥弟弟的无知和莽撞。王小二见街道上仍然有人在水中打着晃扶着墙走路，便知水深不过两尺有余，便穿鞋下楼要去街上转转。谢子兰连忙拉住舅舅说："你又没有船和救生圈，不能到街上去！"王小二笑嘻嘻地说："我是鱼变成的，洪水吞不了我。"一直沉默不语的姐夫突然说："面粉厂的面粉还不得全泡汤了？你要是不怕，就跟我去厂子搬面粉！"王小二答应着，就随姐夫下楼。谢子兰在他们背后带着哭音说："咱们家的人都有毛病，顾别人的命不要自己的命！我得要自己的命！要是我死了，你们还到哪里听歌去！"说完，她满腔悲愤地怒吼了一声，随手把一只茶杯从窗口抛向窗外的洪水中。

　　除了道外区的江堤决口之外，没有几日，洪水又汹涌澎湃地涌入道里。它们犹如一条条飞舞的银蛇占据了繁华地段，把一群一群罹难的人赶上南岗的高岗。许多无家可归的人聚集在文庙和极乐寺一带。极乐寺的僧人竟然随着东省特别区长官张景惠，携带着猪羊祭品，驻足江岸燃放鞭炮，焚香诵经，祈求水神保佑。诵经声就像一群蚂蟥在飞，洪水不能遏止诵经声，诵经声同样也不能遏止洪水，它一意孤行地深入市区，把哈尔滨变成了一座水城。然而洪水终于玩厌了，它嚣张了几日，尽情抚摸了街道、教堂和一些建筑，觉得陆地的日子不过如此吧，于是就偃旗息鼓地退潮。市民们又纷纷回到自己的住屋，住在底楼的人家不得不在叹息声中翻晒那些被淹的物品。王小二的姐夫自水灾后对王小二另眼相看，因为他帮助自己谋到了一份好差事，在制粉厂看管仓库，不用再消耗体力，这完全赖于水灾之时，他能勇敢地带着内弟赶到厂里成为第一个抢救仓库面粉的工人，他为此还多得了一个月的薪俸。而王小二也在柳芭家找到了差事。这个差事来得很偶然。有天晚间他去接练唱的谢子兰，在院子的草坪上听见两个男人在为一笔大豆的账目的计算而颇费踌躇，善于心算的王小二听明白了他们计算的内容，就走过去把结果告诉给他们。其中有一位就是柳芭的父亲阿廖沙。阿廖沙说你这么精明，在街上闲逛可惜了，跟着我做生意算了。王小二自此摇身一变，换上一身体面的服装，成了阿廖沙办的粮油购销公司的一名职员。

五

　　丰源当的招幌有两个，一个常挂，另一个则常歇着。常挂的招幌是长方形的木牌，四角用铜片包饰，上方"丰源"二字以小字号面目出现，而"当"字则大得如一块巨石，占据了招幌的绝对主导地位。这使得"当"字上方的"丰源"二字更像落在大树梢上的一对鸟儿。另一个招幌是木制包铝，青白色的，上面的字迹规模与常挂的招幌基本一致，这种招幌只是逢了雨雪天气才出，名为"雨牌"。别看雨牌出工的日子少，可它为当铺迎来红红火火的生意，来当东西的人纷纷打着雨伞，络绎不绝地朝丰源走来。被当的东西掖在怀里，而当东西的人则把头埋在雨伞下，分不清他是张三、李四还是王二麻子。雨伞就仿佛一块遮羞布，把当者的窘态完全掩埋住，他们的自尊仍能像炉中的残火一样得以维持。至于从当铺中典押出来的钱，就跟结核病人脸颊上的红晕一样，带给当者的只是一种虚假的丰盈。从丰源当出来的人，有的步态踉跄，有的则脚下生风。步态踉跄者多半是家境贫寒而又本性善良的人，他们去米店或者药铺买家里应急的东西。而脚下生风的人多半是去了酒馆、赌场或者妓院，在这些场所熬一夜出来的男人，不惟钱袋空了，步态也踉踉跄跄了，他们也一样家境贫寒，只是生性浪荡而已。

丰源当算不得奉天的名当铺。它并不位于繁华的市中心，所以远离一种喧闹。但它也并不偏僻，周围既有茶坊也有戏院，不远处的烟馆也招徕着南来北往的客，这使得它的生意一直没有过分冷清过。

王恩浩一直觉得丰源当的格局极像父亲的罗锅形态，看上去给人一种头重脚轻的感觉。当铺的门脸比较简陋和狭窄，看上去只是临街的一座青砖瓦房，招幌挂在探出屋檐的一根铁质横梁上。而它的背部则内容丰富得多，给人一种富贵人家后花园的感觉，幽深而奇丽。后部不再是平房，而是依着平房而起的一座三层小阁楼，被典押的物品都存放在这里。一层主要保管着当进来的比较廉价的物品，多为普通的衣服和简单的生活日用品。在它的西北角有一间不足八平米的更房，是守夜人的居所，一根被磨得极为光亮的松木柱子上挂着盏马灯。二层为稍微值钱一些的物品，如裘皮和古董。这里最主要的是防虫和防晒。裘皮怕虫咬，而古董惧骄阳暴晒。三层为首饰间，无数的红色织锦盒大大小小地摆在木格架上，里面装着珍珠、玛瑙、玉石等等材料做成的戒指、项链、手镯、头簪和耳环，让人觉得这是女人的天堂。防火墙从一层一直穿越至三层，通风口每层皆有，而窗口的设置则是各层有各层的不同。一层窗口很多，二层居中，三层最少，只有两个，好像是首饰间不需要阳光。也的确，那些珍珠玛瑙的光泽已足以令人眼花缭乱了，虽然说它们被封闭在织锦盒中，但任何走入首饰间的人，都会觉得有一种别致的光芒在房间游荡。一层正门的左右两侧供奉着火神和号神；库房忌火，便以火神为尊；又忌耗子肆虐，便尊号神。此外，丰源当大柜台的正北方向的神龛里还供奉着"三财"，即赵公元帅、关夫子和增福财神，每逢初一、十五的日子为"三财"上香。

丰源当的历史不长，只有七年。它的主人王恩浩刚满四十，体魄健壮，面目白净，看上去慈眉善目的，像是一尊佛。他走路慢慢腾腾，说话慢条斯理，看人时目光也是慢慢的，所以经常引起一些女人的幻想，把王恩浩慢慢的目光理解为一种痴情。有意于他的女人就卖弄风情或者暗送秋波，结果都是失意而归。暗送秋波的女人兀自长叹一声了事，而卖弄风情的女人自认是绝代佳人，便忍不住怒气冲天地骂他："瞧他那副德性！手指比女人的还长，走路慢得像女人揣了崽子，胡子稀得要望不见，那裆里的玩意儿肯定是软的！"当然，骂也是骂在了背后，王恩浩听不见。听见的人赵钱孙李都各不相同，大家也是笑笑而已。王恩浩依然走他的慢步，用他女人般的纤纤长指拈起棋子与人对弈，而且常常在入夜时分到当铺去看那些有沧桑感的物品，在昏暗的灯影下，陷入无边的遐想之中。

丰源当的人对王恩浩都很尊敬。他从不对人大发脾气，也不颐指气使地发号施令。逢年过节，他还多为当铺的伙计发一些钱，所以慕名而来找事做的人很多。王恩浩用不了那么多人，只能婉言谢绝。他用的人对典当业务非常精通，就是初始不太懂的人，慢慢也很精通了，他们觉得端王恩浩的饭碗要对得起他。有一年丰源当的头柜陆子宣收当了一只明代官窑的青瓷花瓶，在他转身的一瞬，被当者掉了包，将真品迅速收回，而将惟妙惟肖的赝品摆在原处。陆子宣浑然不觉将它收当入库。待到发现上当时，已悔之晚矣。陆子宣自觉对不起王恩浩，就将这笔令丰源当受蚀的钱补给王恩浩，打起行囊准备回家。王恩浩再三挽留，也无济于事。陆子宣为此事回家后一病不起，撒手西去。王恩浩闻讯后，亲自前去吊孝，把他的丧葬费用全部包揽，并且让他的小儿子来当铺学徒，给他口饭吃，一时成为丰源当的美谈。

王恩浩不穿皮鞋，喜欢布鞋，而且是那种看上去笨头笨脑的圆口布鞋。他的鞋是住在丽水巷的张荣彩老人专为他做的。她是个七十多岁的孤老太婆，喜欢做鞋。她的炕头上总是晾着袼褙，雪白的麻绳一团团堆在柜顶。别看她年纪大了，纳鞋底时用锥子依然有力气，一锥子就扎透，将麻绳穿进去后一提一顿的动作也很利落干练。她做的鞋子耐磨而舒适，所以生意也不错。她基本上是为老主顾服务，将吃喝钱赚足后，她就会歇息几天。她到街上喝茶、吃酸菜水饺，也去邻居家嗑葵花子谈天说地。人家见她七十多岁还有一口白牙，眼睛也不花，就说："你活一百岁肯定不成问题。"她就一撇嘴说："这世道有什么意思，我活够了。"人家就问她："这世道怎么了？"她就一捶腿说："咱们祖宗留下的地让小日本来住了，真不像话。"说完，眼神就凄凉了。别人也觉着凄凉，大家就不多说了。张荣彩老人的老伴去世得早，儿子在南京教书，几次来接她去，她嫌南京是个火炉子，自己身上没有多少油让它煎熬了，说什么也不去。在做鞋的老主顾中，她最喜欢王恩浩，认为他是个菩萨心肠的人，常常唤他为"干儿"。王恩浩也唤她作"干娘"，每次取新鞋时都要带些点心水果给她，她总是劝王恩浩把丢在外地的妻儿老小接来。"一家人不在一个地方过日子，那还叫一家人吗？"她这样教训王恩浩。她知道王恩浩月月往家中寄钱，在她看来，既然有钱养老婆，就要把老婆放在身边才对头。不过王恩浩依然我行我素，独来独往，这使老人大为不满，声言不再给他做鞋穿了。但她一见着王恩浩，心就软了，觉得干儿子不像是那种负心的公子哥，他在奉天也从不拈花惹草，想着也许他是男人当中的各路人，也就不再教训他。不过最近老人对王恩浩经常出入大和饭店大为光火，她认为去那里吃日本饭就是对祖宗的不敬，并且认定他还睡了日本女人，不然怎么一连两个月不登她的门了呢！"他一准儿是套上了狼，不穿布鞋了！"老人这样对自己说。她认为皮鞋不是人穿的东西，跟石头一样板脚，所以把它称为凶恶的狼。若是她看见老熟人中有穿皮鞋的，就撇着嘴角十分小孩子气地说："套着个狼不咬脚哇？"人家为了逗她，就说："不咬脚，挺舒服的。"她就气得直喘粗气，并且大声宣称阎王殿里不收那些穿着皮鞋的人，让他们下一世没有去处，孤魂像野狗一样游荡。人家依然笑着说："那才好呢，阎王殿不留人，就永远留在人世间！"老人便无下文了，只能干咳几声，捶捶腰，慢悠悠回她的屋子继续纳鞋底，边纳边唱乡间俚曲，不亦乐乎。王恩浩最近每个周末去大和饭店，是因为认识了山口川雄。山口川雄行伍出身，来到中国后本应在军中服役，然而不幸患了风湿性心脏病，就由在奉天经营满铁的舅舅给安排在一家外国银行工作。山口川雄喜欢古董和围棋，汉语讲得格外流利，对战争流露出深恶痛绝的情绪，与王恩浩一样喜欢沉湎于旧物所营造的哀婉侈靡气氛中，所以他们一拍即合。他们相识在丰源当挂雨牌的一个黄昏，街巷中细雨敲击青瓦的声音分外缠绵，天色黯淡得使房屋的轮廓模糊不堪，王恩浩正在三层的首饰间看一只镶嵌珍珠和玛瑙的头簪，负责付赎的刘东贵上来向他请示，说有个人持了当票来赎杨玉井当的一只唐代鱼纹彩陶，声称是杨玉井的至交。期限和当票都合乎手续，只是来者不是杨玉井，怕是杨玉井不慎把当票丢了，让人给捡着了。如果物品被冒赎，当铺有损失不说，杨玉井那里也不好交代。王恩浩也觉得马虎不得，杨玉井前一段贩卖烟草失利，不得已才当了这只心爱的彩陶以解燃眉之急，若是杨玉井真的不慎丢了当票也该差人跟他说一声才是。带着这份蹊跷，他随刘东贵下楼去察看取赎的人。他从来者的相貌和语调中立即觉悟到他是日本人。

山口川雄穿着件墨绿色雨衣，腰微微弯着，苍白的额角上有汗珠滚动，气质十分文弱。尽管他的汉语讲得比较地道，但从他语间的停顿和尾音处理的生硬来看，他并不是中国人。王恩浩看了当票又仔细询问了当票的来历，山口川雄说是喜欢中国的古玩，听说杨玉井那里有一只上好的唐代彩陶，于是就托人去找他，不料杨玉井把它当入丰源当了。山口川雄就说服了杨玉井，买来当票，又付了一大笔钱给他，日日盼着赎期临近的日子。王恩浩忍不住问他："你又没见过这只彩陶，怎知真假，不怕上当？"山口川雄很认真地说："人家都说丰源当信誉好，我想当进这里的东西都是被行家验定了的，不会有假。"说完，他微微一笑。他笑的时候抿着嘴角，很矜持。王恩浩凭直觉判断不会有诈，就唤刘东贵付赎。山口川雄见到彩陶那一瞬间沉郁的眼神突然灼灼动人地亮起来，他抚摸彩陶的手指战战兢兢，极像一位生者在抚摸挚爱亲人的遗骨，给人一种触目惊心的感觉。王恩浩就是在那个瞬间把他认定为自己的朋友。他唤人烧水沏茶，到后楼的居所与山口川雄饮茶对弈，仿佛与他相识已久。他们的棋风很相似，都温和而少见锋芒，又绝少出纰漏，所以一盘棋能下得很长，最后总是在胜负未定时推开棋盘，谁也不计较输赢。山口川雄谈日本的茶道、歌舞伎和插花艺术，而王恩浩则谈中国的山水画和古代绚丽多彩的服饰文化，他们越谈越投机。从此之后，王恩浩与山口川雄常常聚会，有时在丰源当，有时去大和饭店。大和饭店位于火车站东北方向，在浪速街与富士见街的交叉口，看上去气派典雅。豪华的大餐厅的正面有舞台，这里经常有音乐会和舞会举行。出入大和饭店的多为日本人，也有中国人、俄国人以及奉天各界上流阶层的人士：阔商、军官、领事馆的官员以及戏院当红的名角。王恩浩和山口川雄从不下舞场，只是吃饭喝茶，谈天说地。王恩浩很喜欢日本的清酒、米果和鱼丸，它们清淡的风味很对他的胃口。从大和饭店出来，大多的时候夜色已深，他们叫来一辆车，穿越满城的灯火回家。多半的情况下是王恩浩送山口川雄先回去，他体质弱，王恩浩希望他能及早上床休息。然而也有例外的时候，比如有两次王恩浩贪杯过甚，不胜酒力，刚被扶上人力车就呼呼大睡，山口川雄只能先送他回丰源当。丰源当值更的老头挑着盏昏蒙蒙的马灯迎在路口，看到主人醉得里倒歪斜的，只能叹着气把他扶回屋里。一次更夫有意无意地对山口川雄说："我们家主人以前从不这样，他要是让人瞧不起了，我们也没脸面见人了。"说得山口川雄不敢再请王恩浩去大和饭店，只是有时从店里把王恩浩爱吃的几样东西买了来，租了车直接来丰源当。丰源当的人都知道山口川雄的真实身份，所以对他既不过分热情也不过分冷淡。太热情有些违心，而太冷淡又恐主人不快而砸了自己的饭碗。战乱中的饭碗无疑像树上的金苹果一样诱人。这样往来久了，王恩浩与山口川雄的友谊就与日俱增，一周不见就想得慌。他与山口川雄时常流连于当铺的古董柜前，爱不释手地把玩一件件或朴拙或精致的器皿，沉浸在对远古历史的追思之中，有时恍若听见了凝聚着膏脂的富丽的流水，水上漂浮着花瓣和夕阳，小桥一侧的茶坊就有琵琶声传来，烧制器皿的窑火像晚霞一样绚丽地弥漫。如果逢到外面有风或雨，他们的内心就有一种泪如雨下的感觉。

不过他们也有不同的地方，王恩浩不喜欢女子和孩子，而山口川雄则在恋爱之中。王恩浩见过那个叫于小书的姑娘，她的圆脸粉嘟嘟的，看人时敛着目光，有些害羞又有些生怯的样子，分外惹人怜爱。山口川雄问王恩浩对自己的女朋友有何印象，王恩浩冲口而出："还不错，穿着圆口布鞋，一看就是个好女孩。"说得山口川雄不由得大笑起来，并以此推断王恩浩只喜欢穿布鞋的女人。

王恩浩确实没有对任何女人动过心，尽管他娶妻生子，也曾过了一年多的婚姻生活。他与老婆只上了屈指可数的几回床，觉得男女之间赤裸裸的肉体交欢实在不雅，所以清晨起来穿上衣服后就有一种摆脱不掉的羞耻感。他的父亲王金堂一门心思地要抱孙子，见儿子时时抱着枕头去另外的屋子睡，就拿着木棍去打儿子的屁股，骂他是睡在土中的鼹鼠，灰头土脸不明事理。待到后来王金堂发现儿媳的肚子一天天蓬勃壮大起来，就不管儿子去哪里睡了。吉来满月刚过，王恩浩就离家出走了。走前他希望与老婆脱离婚姻关系，让她再去嫁个喜欢的人，女人哭着说："只要你活着，我就是一辈子不和你住一块儿，也是你的老婆。我会帮你伺候老人和孩子。"听得王恩浩险些落下泪来。他到沈阳先是在一家钱庄当职员，后来靠与人合伙由江浙贩卖茶叶而发了笔财，盘下一块地皮，依着间老房子开起了丰源当。他偶尔也能想起老婆温顺隐忍的眼神，想起她浑圆的胳膊搂着他脖颈时的那股力量。想起他离家出走时只像个小肉球一样蜷在老婆怀里的儿子，然而这些想头就像树梢上的秋叶一样经不起吹打，些微的风雨就把它劫掠一空了。

张荣彩老人眼见着天气一天比一天凉，王恩浩还没有来做棉鞋的意思，就有些沉不住气了。有一日午睡起来，她喝了两杯清茶后就放开大脚朝丰源当走去。她不裹足，虽然遭到了同辈老女人的耻笑，可她在街巷中穿行时，总是遥遥领先于她们，步态稳健而快捷。她的老主顾见她一副风急风火的样子，都问："这是去哪儿？""丰源当。"她答。"看干儿去呀？""哼，他眼里哪儿还有我这个干娘！"老人气咻咻地指着街上的树叶说："都快黄了叶子了，连个影子都不往家里招，这个小王八犊子！"

丰源当的中缺开完一份当票正欲把它递给典当者的时候，一眼望见了张荣彩老人穿门而入。看来是路上走急了，她额前一绺花白的头发被汗水濡湿了，像团残雪一样显出很脏的样子，再加上她衣襟上满沾着打袼褙时弄上的糨糊，使她看上去颇有几分乞讨者的落魄相。中缺知道老人不缺钱用，不会是当东西来的，于是就笑吟吟地上前打招呼："快歇歇脚吧，累了吧？"老人从兜里掏出一张皱巴巴的纸，把一口痰吐在里面，然后团成个球儿随手掷向门外。她用颇为理直气壮的口吻对中缺说："把我干儿给揪出来，这个小老鼠藏到哪里去了，干娘来了也不见，真是越来越没王法了！"

王恩浩其时正换好衣裳准备出门，去估衣行处理几项死当，听见了干娘的声音，就满脸笑意地迎了过来。老人见干儿的胡子刮得雪亮，衣着也洁净，精神头十足，而且脚上仍然穿着布鞋，火气就撤了几分。但转而一想他过得好好的却不知道看望她，不满的情绪又潮涌般袭来。她也不顾周围有客人和丰源当的职员在场，指着王恩浩的鼻子说："你跟我说说，你怎么跟个日本人好起来了？那大和饭店是咱们这路人去的地方吗？"

王恩浩的脸刷地红了，但他仍然殷勤地赔着笑脸，招唤干娘去他后院的屋子叙谈。老人便十分孩子气地说："那你得给我沏上好的龙井才是！"王恩浩连连点头。老人又颐指气使地说："还得给我备一盘刚出炉的红豆沙馅饼。"王恩浩连忙回头吩咐当铺的伙计："快去买两斤刚出炉的红豆沙馅饼。"

老人走向后院的通道了，但她硬朗的声音仍然铿锵有力地传回收当的职员的耳朵里，她说："你跟我说说，你是不是睡了日本娘们儿，你把自己的种子撒在别人的地里，会吃大亏的，知不知道？"

不知道王恩浩听了这话是什么心情，丰源当的人却是不约而同地笑起来，他们已经许久没有这样开怀过了。

六

中秋圆月被云彩半掩的时候，吉来的姑姑把一张方桌摆在院子里，然后把一盘水果和一盘月饼端了上去。婆婆见儿媳在"供月"，就走出屋子唤着她的芳名说："美莲，许个愿给月老儿吧，保佑你生个大胖小子！"美莲笑道："要是生个丫头呢，就没我们娘俩儿的好日子过了吧！"丈夫刚好咬着半个苹果从屋里出来，他接过话头说："那是，要是生个丫头，月子里就别想喝猪蹄汤、吃鸡蛋和小米粥了！""这么毒啊！"美莲抚摸着肚子说："没我们娘们儿的活路了，我还不如带着她回长春！""你敢！"丈夫用手刮了一下媳妇的脸说："嫁给我就跑不掉了！"婆婆见小夫妻恩恩爱爱地打情骂俏，心下觉得舒坦，就和颜悦色地对儿媳说："你要是给妈生个丫头，我可就烧了高香了。"老人的大儿子和二儿子已经为她生了五个孙子，她对孙子的热情已经逐日减淡，巴不得小儿媳给她生个女孩呢。"你别听妈嘴上这么说，她还是希望你生个带把儿的！"丈夫嘻嘻哈哈地笑着说。"哼，是你们自己想要男孩，倒把赃栽到我头上了。"婆婆故作生气地说，"赶明儿进城，我去绸缎铺先挑上几尺鲜亮的头绫子，预备给我们的丫丫扎小辫用！"

婆婆所说的城是抚顺，它离平顶山并不远，只有八九里的路。平顶山人喜欢进城，因为抚顺有高楼和戏院，人流也多，而他们居住的平顶山不过四百多户人家，生活相对单调一些。人们进城的方式是多种多样的，有的搭煤矿进城的方便车，有的赶着马车，还有的干脆步行。美莲嫁过来后总共进了三次城，每次回来都大包小裹的，左手是点心包，右手是瓜子和糖果，独独不见她买用的东西。婆婆知道儿媳在家是个老姑娘，过惯了散漫生活，对自己挑起门户过日子还有些陌生。大度的婆婆就进城为儿媳买居家用的东西，碗盆、手巾、肥皂等等，几回下来就使儿媳茅塞顿开，声言再进城时不单要买吃的了，还要买些纽扣、墙纸、勺子、针头线脑等东西。不过她没有付诸行动，因为她很快怀孕了，婆婆不让她进城，乘车怕车行不稳，颠着了她，走路又怕她劳累而动了胎气，这样她就闲在家里。她与婆婆相处很融洽，她们都开朗，有话说在明处，谁也不给谁脸子看，这令美莲的丈夫十分满意，左邻右舍的人都说他娶了个好媳妇。美莲呢，她觉得丈夫虽然看上去瘦小丑陋，但对她十分温存，在矿上工作也积极，觉得小家庭的将来也错不了，于是也柔情蜜意地服侍丈夫，声言要为他生许多孩子，唇角的笑意也就从长春一直跟到了平顶山，像晴空中亮丽的云朵一样动人地浮现着。婆婆的大儿子和二儿子一个住在抚顺城里，另一个则在马圈子务农。住在城里的大儿子一家五口一大清早赶到平顶山来过中秋团圆节，婆婆被三个淘气的孙子闹得直头晕，一再声称她喜欢女孩子。美莲明白婆婆是在给她吃宽心丸，怕她头胎生个丫头而气馁。她才不气馁呢，她觉得凭着自己宽阔的骨盆和明朗的心态，想生多少孩子就能生多少，生得多了，肯定就不会是一路色，男女都会有，那时他们的院子就会被小孩子闹得沸反盈天，供桌上的水果和月饼没等月亮沾沾嘴呢，他们就会一哄而上把它抢光吃掉。想到此，美莲不由用手抚摸着肚子喃喃道："小淘气鬼，将来你要不听妈的话，妈就打你的屁股！"说到"妈"字，她的脸微微热了。她便抬头望月，云彩飞走了，月亮圆圆满满地照着大地，使院子泛着一层明净的白光。她想起了远在长春的一家人，父亲弹棉花的生意可好，母亲的病体是否有起色，吉来上私塾是否挨了戒尺。她甚至想起了王小二，记得有一年中秋节晚上，他给美莲带来一块有脸盆那般大的月饼，是他亲自去灶房做的，馅里裹着枣泥、豆沙、水果丁、花生和芝麻，面是用鸡蛋和牛奶和的，他把它放在火炉上烤得外焦里嫩，只是掰下一小块来，从中就溢出一股极浓的芳香气，就像开着繁花的果园的气息。那一年全家分吃了那块她此生见过的最大的月饼。美莲不知道王小二如今怎样了，他还在馆子跑堂吗？他有了女朋友了？父亲上次来信把家里每个人的情况都介绍了一番，说是等她生下孩子满月后带吉来到平顶山来吃酒，只是只字未提王小二，也的确没什么理由提他嘛。美莲望着月亮便不免有了几分伤感。这时从城里来的三个侄子一个追着一个从里屋打闹着出来，他们见了桌子上的月饼和水果，就说："婶婶，月亮吃过了吧？"不等美莲回答，他们的手就去盘子中抓着吃了。婆婆在院门口觑见这一幕，不由得数落他们："真是不懂规矩，供月还没供了一个时辰，你们就拿供品吃，明儿月亮生气了，非给你们颜色看看不可。"婆婆的长孙不以为然地说："用不着它给我颜色看，我也不稀罕它照我，反正夜里我得睡觉。"最小的孙子随之附和道："我也不要月亮照了，我只要睡觉，以后能天天睡觉就好了，白天黑夜都睡，连太阳也用不着见了。"婆婆觉得孙儿的话甚为不吉，就朝地上啐了口痰，骂道："你们这几张小乌鸦嘴，看我不把它们都用针缝上！"

一家人说说笑笑着，直到吃了月饼，觉得外面有了夜露的凉爽气息，这才张罗回屋睡下。婆婆和三个孙儿挤在一铺炕上，大儿子和大儿媳住在小后屋。美莲与丈夫熄了灯后偎在一起说话。丈夫十分委屈地用嘴亲吻她的脸颊和胸脯，抱怨孩子占着老婆的肚子还不出世，害他受了这么些天的苦，发誓生了这一胎后，绝不让第二个孩子来调皮捣蛋了。"还不如让我呆在里面呢。"他拍着美莲的肚子半是威胁地说，"再憋下去我就去逛窑子了。""你敢！"黑暗中美莲揪住了丈夫的耳朵，"回来后惹上一身疮，我就把你当癞皮狗一样埋了！"说到"埋了"的时候，美莲觉得团圆夜说这样的话有些诅咒人，便抚摸着丈夫的胡须说："再过一个月，孩子就给你腾地方了。"说得小夫妻俩都笑了。

子夜时分，美莲被响声惊醒。她推了丈夫一下，睡眼惺忪地说："外面很闹，出了什么事了。"丈夫翻了个身嘟囔一句："才睡多一会儿，你就弄醒我。"美莲就不再理他，摸黑下地穿鞋。才出屋门，就见婆婆慌慌张张地迎过来，说："配给店失火了，煤场也起火了！"其实不用婆婆说，美莲已经看见不远处熊熊的火光了。火烧得很旺盛，半边天都是红的了，空中的月亮被映成了玫瑰色，看上去就像未出阁的少女的脸，粉面桃花的。左邻右舍的人也都起来了，大家聚在一起喊喊喳喳地议论着。知内情的人说这是抗日游击队要去攻打抚顺，路过采矿所，为了给小日本一个下马威而采取的纵火行动。有个矿工说游击队早几天就开始在杨柏堡一带活动，他们让住在工人宿舍的人带来采煤矿场的引火材料和煤块，缠上破布，用线绳捆扎结实，做成火把，眼前露天煤矿南面一带的火光，肯定就是火把引燃的。

美莲的丈夫也趿拉着鞋出来了。他光着脊梁，穿着又肥又大的花裤衩，大家见了都笑。有个矿工开玩笑道："你看你穿的这个德性，你媳妇的肚子都那样了，你还不老实。"说得美莲的脸热辣辣的，她嗔怪丈夫："还不快回去多穿点衣服，伤风感冒了难受可是自己招惹的。"

大家对这冲天的火光有些兴奋又有些害怕。兴奋的是有一批勇敢的人能与日本人交锋，害怕的是赖以维持生计的煤矿全部焚毁之后，他们到哪里吃饭去？他们就这样担惊受怕地挨到黎明。火光渐渐熄灭了，只是不知抚顺城里会是什么样子。很快有消息传来，说是采炭所所长渡边宽一被处死了，采炭所的仓库、机械工厂、木工厂、选炭所、变电所无一幸免地被焚毁。美莲的婆婆忧心忡忡，不知道大儿子一家五口马上回抚顺安全呢，还是继续留在平顶山太平，最后是觉得家人都团聚在一起更有主心骨，于是就让他们一家留在了平顶山。

美莲一家人的早饭和午饭是连在一起吃的。美莲与大嫂打了一锅疙瘩汤，大家无精打采地吃了，侄儿们嚷着要去纵火点看烧焦了的煤炭，这时美莲见先吃了饭出去探听风声的丈夫脸色灰黄气喘吁吁地走进屋来，他倚在门框上断断续续地说："不好了，日本守备队、包、包围了、村子，谁也、出、出不去了——"婆婆正在埋头擦拭锅盖，因为心烦，为了消磨时光她已经把铝质锅盖擦得纤尘不染，亮得能照出人的五官来。她一声不吭地走进里屋，只一会儿工夫，手托着一个红布包出来了。她招唤家人都靠过来，然后打开红布包，指着那一小堆金银细软对儿孙们说："妈苦了一辈子，和你死去的爹就攒下这点家底。原先怕你们哥儿几个将来不孝心，就留着它防防老，买副棺材。现在看来用不着了。"她首先拿起三条银项链给三个孙子，嘱咐他们长大了要做正派人，不许在外面吃喝嫖赌，三个不谙世事的孩子接了项链都嘻嘻地笑，他们打算着用它去换吃的和玩的东西。婆婆又把两个红玛瑙手镯分给两个儿媳，说："结婚时你们每人都给了一个戒指，这手镯是我年轻时跟你们爹去天津时买的，夏天穿短袖衣裳戴上了最漂亮，我原想着进棺材时戴着它们去见你们爹，怕他嫌我老了认不得了。认不得人，他该认得这镯子。"说着，她的眼泪和儿媳的眼泪都落下来了。当她抽出两个镶玉的烟斗要对身边的两个儿子说句话时，院子里一阵骚动，日本兵已经气势汹汹地冲了进来，婆婆把那个红包塞给美莲，飞快地说："剩下的还有老二一家的东西，将来见了他们，不要忘了带过去。"她又对小儿子厉声喝道："别一副吓得尿了裤子的熊样，护好你媳妇，她肚里的孩子可是你的根！"

穿着土黄色衣裳的一个日本兵端着刺刀闯了进来。他先是用日语叽哩咕噜地乱吼一气，样子就像一只发情的公狗。然后他才用生硬的汉语摇头晃脑地说："照相照相的，出去出去的！"美莲将头靠在丈夫肩头，希望能得到一些力量，然而他的肩膀在剧烈颤抖着，更加深了她内心的恐惧。倒是婆婆镇定自若地说："我们都有相片，能不能不去照相？"日本兵火了，他端起刺刀逼向美莲的丈夫："不照相的，死了死了的有！"

一家人只能战战兢兢地相挨着走出屋子。路过院子的时候美莲想起忘了给鸡喂食，就朝鸡架走去。丈夫连忙用手拉住她："找死去哇！"丈夫的手心又湿又黏，仿佛刚从河里捉泥鳅回来。美莲看见篱笆上匍匐的植物枝蔓已经变黄，这才想起还有个沉甸甸的留做种子的倭瓜没有收，若是再经历几场秋雨，非要把它沤烂不可。她还想起在裁缝店做的那件蓝底白花上衣到了取的日子了。

左邻右舍的人也都被从家里强行给拖出来。未经世事的小孩子在大人的肩头快乐地拍手叫着，他们望见户外树梢上蹦跳的小鸟和在路口哀怜地走着的绵羊了。他们蹬着腿，想学学鸟儿飞翔的姿态，也想当一回绵羊去啃篱笆间的青草。大人们的脸上阴气沉沉，他们一言不发。几朵铅色的浮云像失了群的马一样在荒凉的天空流浪。美莲见后一趟房的九十二岁的老奶奶也颤颤巍巍地走在路上，她的两个儿子架着她，她边走边流鼻涕，手中抓着个手绢，老想跃跃欲试地擦擦鼻涕，而儿子们不让她擦。她就嘟嘟囔囔地说："我这么大岁数了还照什么相，我又不是新媳妇了！"然而没人再为她的话而笑一下。只有一个人脸上挂着始终如一的笑容，他身上总共套了五件衣裳，一堆花花绿绿、形形色色的领子像野鸡的羽毛一样聚在颈口，他的裤袋里斜插着玉米秆，手中摇着一根赶羊的鞭子，嘴角流着口水，是个三十多岁的整天在村子里游荡的痴呆。他不时地出其不意地晃到一个行人的脸前，挡住人的去路，展览他那无忧无虑的笑意。

午后一时许，全村男女老幼都被逼到东山坡的洼地里。中途曾有几个人试图逃走，都被日本兵用枪托暴打给赶了回来。人们被勒令坐在地上。大家也确实支撑不住了，纷纷坐下来。有些人一坐下来就尿湿了裤子。美莲坐在婆婆与丈夫之间，婆婆小声埋怨自己不该把大儿子一家人留在平顶山，"兴许城里还是没事的呢。"她颇为后悔地说。美莲的大嫂善解人意地宽慰婆婆："城里也许更糟糕呢，我们一家人能在一块儿，就是……也值。"她把"死了"二字微妙地略去。

他们所处之地的南面站着一排排手端刺刀的日本兵，北面的奶牛饲养场的铁丝栅栏像网一样阴森森地断了他们的后路。西面的断崖陡壁如冷面杀手一样让人不可逾越，东面的山坡上则放着几个用布盖着的带支架的东西。人们窃窃私语着，把它们当成一台台气派的照相机。有个还在襁褓中的小孩子叼着妈妈的奶头香甜地吮吸着，他不时发出"吧唧吧唧"的裹奶声，就好像鱼儿在水中悠闲地吐气泡。一对平素总是吵闹不休的小夫妻紧紧地拥抱在一起，男的不时用手去揉搓妻子的头发，使那头发蓬起如一堆乌云。正在人们惊魂未定的时候，蒙着什么东西的布被刷拉拉地扯开了，一挺挺机关枪把它黑洞洞的枪口对准众人。就在一个日本军官挥手之间，机关枪的火舌像炽烈的岩浆一样喷涌而出，顷刻间，人群中血肉横飞，惨叫声惊天动地地响起。一个八岁的孩子当时正啃着月饼，子弹当胸穿透他的脊梁，他弹跳了一下，手中的半块月饼飞向空中。这月饼落下时滑着一个老人血肉模糊的脸，立刻就成了血饼子。美莲眼见着婆婆先中弹倒下，哥嫂连忙把三个哇哇乱叫的孩子压在身下。美莲的右肩中了弹，她倒下时丈夫立刻趴在她身上。开始美莲还能觉得丈夫用唇温存地舔她的嘴，一如他们做爱前甜蜜的爱抚，后来她突然觉得身上的丈夫剧烈地痉挛了一下，仿佛他在高潮时的举止，然而涌到美莲身上的不再是滋养她的纯白芬芳的生命之泉，而是汩汩流下的血水。她从未觉得丈夫是如此沉重。她的肚子开始觉得一阵阵剧痛，体内的小生命仿佛在挥着手哭喊着。美莲所听到的惨叫声越来越微弱，机关枪和步枪的火舌却仍然杀气腾腾地袭来，她努力仰起头想看一看天，然而她一丝力气都没有了，就连抬一下眼皮的力气也没有了。不久枪声止息了，美莲听见许多日本兵哇啦哇啦地叫着走来，他们在用刺刀挑开最上层的人，看看压在底层的还有没有活着的。只要逢到一息尚存的，锐利的刺刀就会穿透这人的咽喉，人会发出最后的"呃——"的呻吟，如同吃饭时被什么东西卡住了的声音。美莲觉得自己身上的重量忽然减轻了，丈夫被刺刀给拨拉到一边，她连忙闭上眼睛装死。这时她忽然觉得身上一阵凉爽，在一阵狞笑声中她的裤子被扒下来了，她高高隆起的肚子一览无余地呈现在苍天和手持刺刀的士兵面前，她微微颤动的肚子把生命喘息的信息危险地传达出去了，她只觉得肚子突然一阵粉身碎骨般的裂痛，刺刀已经挑开了她的肚腹。美莲惨痛地狂叫着，恍惚中看见刺刀忽然挑出一团紫红的东西，她觉得肚子空空如也，她拼足力气挣扎着起来扑向那团血肉，日本兵机敏地将刺刀端头的婴儿抛绣球般掷向远方，然后反身麻利地刺中美莲的咽喉。美莲照例同经历这个瞬间的其他人一样"呃"地叫了一声，便再无声响了。她的肚腹却依然喷出一汪汪的血水，远远一看，就像艳极了的红牡丹的花瓣在临风舞动。就在人们的肉体经受着枪林弹雨、暴怒鞭笞的同时，平顶山人居住的房屋已是一片火海。日本兵纵火焚烧着那一座座还残留着炊烟的房屋。水缸在烈火中的崩裂声就像除夕夜燃放爆竹，挂在山墙上的农具的木柄被烧得赤红，远远看去就像鲜艳的冰糖葫芦一样一串串地挂着。房屋被烧落架的声音"噗——噗——"响着，鸡鸭鹅狗在小巷中狂乱地奔逃，能够飞向空中的麻雀得天独厚地靠着它们的翅膀飞离了这片火海。没有人语了，有的只是烈火跳荡的声音和动物的哀鸣。

快近黄昏的时候，在日本兵已经撤离屠杀现场还没来得及焚尸的时候，美莲的二侄杨浩从一堆僵硬的胳膊和腿中拔出头来，他的手中还紧紧攥着奶奶分给他的银项链，如今它已成了血红的了。他的左侧是母亲的胳膊，右侧是父亲千疮百孔的腿。父亲头趴在下面，母亲则仰着头，她的眼睛还没有闭上，那眼神就像她在路口张望儿子回家一样，充满了企望。他的哥哥和弟弟已经没有呼吸，而他的小婶美莲的肚子就像腐烂了一样，血肉模糊得让人看不得。

十岁的杨浩鼓足力气从亲人们身上爬过去，他的手不时被鲜血给滑着，他爬一会儿就停下来倾听一下是否还有脚步声，结果他什么也听不见，四周静极了，静得好像刚才的一切不曾发生过，这些尸体只是哪个懂魔法的人给随意点化成这样的。也许巫师再吹一口气，这些人就会像盛夏水边的芦苇一样一枝枝地挺起来，他们该回家烧饭的就去烧饭，该去吃喝牲口的就去吃喝，该擦拭农具的就去擦拭，平静而均匀的呼吸又会从每一个人口中呼出。杨浩顺着南面的缺口奋力爬着，当他爬出陈尸累累的人丛后，他加快了爬行的速度。他不敢站起来，怕他的身影会引起注意，他尽可能使自己紧贴土地，当他终于爬出南坡的缺口，跌跌撞撞地进入一片玉米地时，一个七十多岁的老汉一把抱住了他。老汉轻声说："孩子，你命大哇，我没见哪个孩子能活着出来。"他抖开一条麻袋说："我把你装进麻袋里，你要蜷着身子，不能吭声，要是被鬼子发现咱爷儿俩都没命了。"杨浩就一头钻进了麻袋，老人倾尽力气把他扛到肩头，慢慢地沿着一条小路朝前走去。麻袋里臭烘烘的粪味包裹着杨浩，这是一只装粪的袋子。杨浩蜷缩成一团，觉得自己就像一盘牛屎。

七

婉容坐在窗前呆呆地看雪，侍女端着茶点推门进来都没有惊扰她。侍女犹豫了一番，又把茶点端出去了。婉容穿着紫底白花滚边的缎子小袄，脚上蹬着一双红色的棉底拖鞋，发髻盘得高高的，就像海螺一样端坐在头顶。她浓密的刘海齐着眉毛，一对珠串耳环探向肩头，使她的下巴显出几分俏皮。

婉容喜欢这些飘飘扬扬的雪花，这是新京惟一能让她喜欢的东西。新京的雪真是多啊，几乎隔不上一周就降一场。有时雪很大，天地间全是白茫茫的；有时则淡淡的，就像满月之夜疏朗的星光一样。雪大的时候多半有朔风伴随，玻璃窗就被拍打得发出哗哗的声响。而雪小的时候往往微风不起，你甚至能看清雪花落地时娴雅的表情。婉容隔着玻璃和这些雪花交谈着，她在心里问它们：你们的心透透地凉吧？我给你们送点火炭吧，不过你们一旦暖和了就会没命了，可别怪我呀。雪花簌簌落着，对她的话置若罔闻，婉容就微微地叹口气。她最近常常这样独自叹气。皇上整天忙着自己的事情，在婉容看来他忙不出什么名堂来。围绕着他的除了日本人，就是前清的那几个满脑子鬼念头的遗老遗少。最近皇上又在这个天寒地冻的时节在西南郊的杏花村修筑"天坛"，以备"登极"前"祭天"用。婉容觉得冬天地气里没有温暖之气，就是登极了也会走向穷途末路。可婉容不敢把这直觉告诉皇上，她的话毕竟是女人的话。婉容看着温存的雪花想起了二格格韫和结婚的情景。那时他们才从天津来新京不久，溥仪把妹妹韫和许配给郑孝胥的孙子郑广渊。结婚的那天是四月十八，天气还很凉，她一大早就到植秀轩，把二格格接到缉熙楼，亲自给新嫁娘梳妆。婉容觉得很奇怪，二格格的头发柔软得就像丝绵，好像每根发丝都被蜜给泡软了。太监李长安立在一侧随时听候吩咐，傅妈、刘妈和侍女张春英的脸上都流露着笑意，仿佛出嫁的是她们自己。婉容给二格格梳妆妥当，又为她穿上法国红色花丝绒旗袍，二格格看上去鲜艳而不失却端庄，举手投足之间都洋溢着无处不在的魅力。想想女人当新嫁娘的样子真是可爱。婉容由二格格而想起了自己的婚礼，想起了独自在坤宁宫所度过的那个泪涟涟的长夜。虽然婚礼的排场和热闹场面使婉容出身的荣源家族的人觉得无上荣光，然而军乐队、陆军马队、警察马队、保安队马队的盛装护驾与招摇的龙凤旗伞、銮驾仪仗都没有给婉容带来溥仪对她应有的温存和爱抚，所以婉容有时在梦中再见到自己的婚礼场景时，那些龙凤旗伞全都化成了招魂牌。新婚皇帝与皇后的第一夜，按照传统是要在坤宁宫里的一间十米见方的喜房度过。婉容并不喜欢那间喜房，一铺炕就占去了四分之一的空间，而且整间房子红得吓人：红褥子、红被子、红帐子、红枕头，她身穿着红衣裳、红袜子，佩戴着红花、涂抹着红脸蛋……婉容觉得自己就像是进了一座火房子，被烧得眼晕而难受。溥仪吃过了"子孙饽饽"，走入喜房，婉容记得他站也不是、坐也不是，蹙着眉，碰也不碰她一下，好像只是把她当成了喜房的一支红蜡烛。后来他终于像个贪玩的孩子没有找到兴奋点一样索然无味地离开了，婉容忍不住用手捧住脸，泪水就从指缝间簌簌地落下来了。

　　雪花模糊了婉容的视线，她慢悠悠地转过身，望着黯淡的室内的旧家具，在她看来，它们都是笨头笨脑的样子，垂下的吊灯也呆板得像个大木瓜，让人喜欢不起来。她很想能独自出门逛逛新京城，去首饰店、点心铺子、戏院、眼镜店看看，然而她没有这份自由。偶尔与皇上出去几次，也都是去规定的场所，见什么人说什么话，都是事先就有人安排的，所以也很无趣。她见溥仪初来时兴致勃勃的，现在也开始有叹息声了。不过他骨子里对复辟大清江山还是坚定不移的，所以对修筑天坛倾注了极大的热情。婉容还清楚记得在天津时，当溥仪获知乾隆与西太后的陵寝被盗时的那种悲愤。他气得浑身颤抖，泪水沾裳，对着祖宗的遗像一再发誓，要把盗墓人孙殿英碎尸万段，用他的头来祭奠祖宗不安的灵魂。围绕着溥仪的那些老头子更是涕泪横流，他们在摆放着乾隆、慈禧的灵位前叩头长跪，在香案前上香，并且开始捐资以期重修祖陵。张园上下，一时被浓郁的葬礼氛围所笼罩。婉容也不得不日日前往"灵堂"祭奠，这当然不比去买服装、鞋袜、手表和化妆品等来得惬意。婉容还喜欢天津"起士林"的西餐。然而这些平静的生活被盗墓事件给完全打乱了。偏偏又不断有火上浇油的消息传来,说是孙殿英把墓中的随葬品送了一部分给蒋介石的新婚夫人宋美龄,那个美丽高傲可以讲洋文的蒋夫人竟将慈禧凤冠上的珠子穿在鞋上做饰物,随意践踏,闻听此言的溥仪气得捶胸顿足,发誓若不报仇就不是爱新觉罗的子孙。那是婉容第一次真切地体会到溥仪内心世界对祖宗的崇拜和敬意。婉容却不想这么多,她要好好地享受,希望自己穿得漂亮、住得舒服、吃得可口,不然她何必当这个孤独感始终伴随着她的皇后呢。所以寂寞之极的时候她就抽大烟,那时她的全身心会有无限迷醉和放松的感觉,头脑里空空如也,世事的纷杂完全被抛到九霄云外,她有一种在云中漫步的逍遥感。然而夜深人静的时候,她还是渴望获得溥仪对她哪怕些微的爱抚和关心,然而这种愿望总是像落在水面的秋叶一样无助,只能随着流水任意东西。婉容便很羡慕在静园时见过的肃亲王的女儿十四格格,她有个中国名叫金璧辉,还有个日本名叫川岛芳子。十四格格的个子不高,穿着男式西装,着长靴,头上戴着礼帽,面色苍白冷峻,有时手中拿着一截手杖,风度翩翩如美男子。据说她喜欢听戏,喜欢抽鸦片,生性孤傲而又风流,传言她与养父川岛浪速有暧昧的关系,这使婉容觉得十四格格是一个神秘而又充满了魅力的女人。她可以随心所欲地举着酒杯与男人谈论时事,可以纵声大笑地揶揄任何一个她视为可开心的人物,可以随时骑马去郊外踏出一股股飞旋的尘土,当然,也可以在花树前穿上长裙潇洒地扮靓。婉容想自己若是十四格格就好了，她会比现在痛快许多。虽然宫内的一些老臣认为像十四格格这样与男人搅在一起的女人不会有好下场，可婉容觉得自己的下场也不会比她好多少，既然这样，能够神气和快乐一时也是至关重要的。婉容胡思乱想着，她抬头看了看挂钟，是上午十点了，她觉得饿了。雪花却不饿，依然激情澎湃地飞舞着。这个时辰皇上也许刚起来，也许正坐在马桶上看报纸和裁可文件，镜片背后的眼睛若是休息得好，就会发出一股逼人的幽光，婉容不止一次地为那幽光吓着，她想是目光穿透镜片后给她造成的幻觉。

　　侍女再次端着茶点进来时婉容抬起了头。由于心情郁闷，侍女穿着的蓝袍子在她看来就像被雨沤得霉烂了的树叶一样难看，她不像平素那样跟侍女打声招呼，而是随手指了指桌子，示意她将茶点摆在那里。偏偏侍女不会察言观色，她以平素与婉容交往的经验作为底气，对她说："你说冬天怎么会有老鼠？老鼠在厨子脚下跑来跑去，真是成了精了！"婉容一想到这点心是从有老鼠的地方端出来，就不免有些恶心，她说："这些厨子肯定偷懒了，弄得东西不干净，又招了老鼠，他们再弄下去就会把自己身上的虱子当成芝麻弄在点心上。皇上要是知道了，不要了他们的小命才怪呢！"侍女听了大惊失色，她连忙解释道："我只是听厨子这样说，也许他们是在故意诳我，这些人就爱拿我取笑。我一进御膳房，厨子们都笑，我身上有什么可笑的呢。"侍女现出很伤心的样子，婉容便知确实是个玩笑，御膳房怎么会出现老鼠呢，就是真有，也不会胆大包天到从人们眼皮子底下窜来窜去的地步吧。婉容叹了口气，嗔怪了侍女一句："你也不长脑子，把笑话当真事传给我。要是皇上在跟前听了，管他是真是假，一旦犯了忌讳，厨子们就别想过安生日子了。"侍女有些眼泪汪汪地退去了，她原本想讲个有趣的故事给主人解闷，却不料反倒惹皇后发了一通脾气，她便想着那些面色油红的厨子没有一个好东西，真该扒光了他们的衣服把他们冻在雪地里！

婉容用过茶点，仍然觉得心里不畅快。雪还在下，一年就要过去了。她想着该到外面走走去，也许透了新鲜空气就会好受些。婉容换上暖和的棉鞋，围了条桃红色围巾，抄着袖子就要下楼，这时老妈子连忙迎了过来："皇后娘娘，外面下着雪呢，可别惹上风寒，等雪住了再出去吧。"婉容漠然地看了一眼老妈子，她忽然觉得服侍她的这些女人没一个可爱的，她们唯唯诺诺又絮絮叨叨，就像枯藤一样缠着她不放。婉容没有搭理她，径直下楼出去了。

她一下楼就撞见勤务班的三个孩子提着食盒子一溜小跑地朝缉熙楼而来。一定是溥仪"传膳"了。由于是冬天，怕吃的东西凉了，食盒里的菜碟下放着热水罐，正一阵阵冒出白色的热气来。这些孩子多是从孤儿院领来的，一个个瘦骨伶仃。他们的头上甚至都没有戴棉帽子，雪花就落在头发上，每个人的耳朵都冻得像鸡冠一样红艳。其中有个孩子抬头看了一眼皇后，没有留心脚下，险些滑倒在地。他趔趔趄趄的时候，汤水从食盒中漫溢出来，吓得这孩子呜呜哭了，怕皇上发现了而暴打他一顿。婉容说："皇上还没打你你就哭，你这个小贱坯子，还不回御膳房再换一盒回来！"然而这孩子见另外两个同伴照旧往前走，也只好跟了进去。婉容知道这孩子要有一番苦吃，爱洁到极点的溥仪绝不肯吃碗壁上沾着汤水的食物的。婉容不想再听孩子的哭声，所以远远离开了缉熙楼，朝着荒芜的东花园走去。

　　花园实在太荒凉了。一处鲜艳的色彩也没有。雪花落在假山上，使它看上去更像一座坟墓。就是在有花的时令，这里的花也是没有朝气的，一朵朵瘦瘦弱弱的，花匠说是花肥没有用好，转年的花肯定会像大胖小子一样招人稀罕。当时花匠打这个比喻的时候，婉容笑得喷出一口痰来。她想虽然花开的日子短，倏忽间就凋零了，可另一年春天它肯定还会开，虽然说每年开的花各有各的不同，有的朵大，有的朵小，有的颜色深重，而有的浅淡，但它们是照开不误的，蜜蜂和蝴蝶也照来嬉戏不误。女人就不一样了，女人的花仿佛只能开一季，凋了也就彻底完了，脸上有皱纹不说，皮肤的光泽也会黯淡，手脚拿东西不那么利落，既爱唠叨，又丢三落四，胸脯和腰上的赘肉使身体失却了优美的曲线，再名贵的衣裳加身也显示不出风采来，女人的一生就处于夕阳西下的时分了。婉容这样一想就有无限悲凉的感觉，她忽然在这一瞬间同情起皇上来了。听跟随着溥仪多年的那些老太监讲，皇上小时候鬼念头特别多，养过蚯蚓，喂过蚂蚁，还喜欢捏泥人。有时更是别出心裁地把自己化装成女人去拍照，将照片送给他的妹妹们令其大吃一惊，让人不知照片上的人为哪家小姐。就是现在到了新京，他也用一个大玻璃缸养了一群花花绿绿的热带鱼，晚上洗脚时总是坐在鱼缸旁，一会儿洗洗脚，一会儿又看看缸里漫游的鱼。有时他的脚在水盆中会不安分地划来划去，想必是想学学热带鱼游水的样子。婉容常常觉得皇上还是个孩子，他在该玩的年龄没有好好玩过，所以成人以后仍然对童年游戏无比热衷，老天让这样一个玩心不减的人去坐江山真是罪过。再过几十年，皇上会老得步履蹒跚，大约连发脾气的力气都没有了，更何况玩呢。婉容便觉得皇上同她一样也是个可怜的人。她恨他又有什么意义呢，也许他也是恨自己的，不然他怎么有那么多的烦恼去佛堂里说。皇上打坐的时候纹丝不动，十分专心，仿佛是被灌注了水银，这个时刻宫里宫外的随侍最怕有人弄出声响来。夏季时常有一群群的野鸽子朝宫里飞来，它们真是不识时务，单往溥仪寝宫的窗口上落，咕咕咕地叫个不休。皇上几次打坐都被这些野鸽子惊扰，不得已让下人在窗台下密密麻麻地钉了层铁钉，并且让钉尖像毒蛇的嘴一样朝上，使野鸽子无法再涉足此地，使他能心无旁骛地与佛主说话。

雪花弱了一些，雪片也变小了，看上去分外柔软。假山一侧的人工养鱼池落满了雪，夏季时从假山用水泵抽水制成的假瀑布，就流进养鱼池里。婉容觉得假瀑布细弱得就像一股股尿水，就连它流泻的声音也与撒尿没有两样。溥仪有兴趣的时候还差人去御膳房拿了馒头来，去养鱼池喂鱼。养鱼池养的是肥头肥脑的红鲤鱼，要不了多一会儿它们就会把馒头渣吃掉，皇上大约觉得能吃的鱼有些蠢，所以就离它而去。宫内府的太监还不知趣地跟在身后问："皇上，要不要再拿个馒头来？"婉容也不喜欢那些丰腴的红鱼，它们更像一群久处闺房嫁不出去而又盛装华服的老姑娘。

　　婉容的头脑又是一片空白。最近她的头脑常常出现一片空白，使她见到熟得不能再熟的侍女时都叫不出名字，这使她很恐慌。她想自己是一个人呆得太憋闷了，她多想有一个知己的人与她说说心里话啊。这宫里的男人除了太监就是那些不谙世事的勤务班的孩子，太监除了温顺外还个个学得油嘴滑舌。他们跟女人一样的白脸和娘们儿气十足的腔调令她作呕。真正的男人都在宫外，她怕是今生今世也出不了宫了。她一直讨厌文绣，也许只是因为文绣是皇上的妃子，婉容不喜欢身边有这样一个影子。照她看来，皇后投下的影子还应是皇后，宫里宫外的人都该奉敬她才是。而文绣却赢得了一些下人的好感，幸而她在天津时离开皇上而去了。她这个大胆的举动令婉容震惊。现在她有些后悔，文绣离去了，皇上对她更加冷淡，连话都懒得跟她说一句，也许把文绣出走的账算在了她身上。婉容想，文绣出去了靠什么生活？她还会嫁人吗？有人敢娶皇上娶过的女人吗？在婉容看来宫内的日子虽然不尽如人意，但衣食有靠，有名位身份。她憎恨自己既迷恋宫内的某些生活又对宫外想入非非，也许是这种矛盾心理才造成她的头脑经常出现空白。婉容怕这空白出现得久了，自己就会成为一个痴呆，想到此，她不寒而栗，连忙离开阴气沉沉的花园信步朝同德殿背后的书画库走去。路上碰见几个下人正扛着扫帚来扫雪，他们看到她显得很慌乱，他们齐声叫着"皇后娘娘吉祥"，弯腰弓背个个如弯曲的榆树，这使她内心的阴霾减淡许多。婉容从鼻子里微微哼了一声，继续踏雪散步。

　　书画库是一座小二层灰楼。皇上从北京故宫偷运出来的大部分珍贵典籍都存放在这里。婉容对里面的大藏经和宋版图书知之甚少，那些书大都纸页泛黄，透出清秋的气息。皇上常常吩咐下人要注意书画库的书不要潮了，又特别关照这里千万不要失火，否则他的宝贝就会付之一炬。婉容刚停在书画库的一刻，忽然觉得眼前光灿灿地勃然一亮，太阳跳出了灰蒙蒙的云层，它积蓄已久的光芒投在书画库的墙上，使书画库看上去就像喷出了火焰一般，有了某种动感。婉容想，如果所藏经书的字化成一群蜜蜂嗡嗡飞走了，皇上不哭才怪呢。

第二章　一九三三年

民国二十二年　昭和八年　大同二年

一

匪头朱运山腊月二十六的黄昏陷入弥留之际。他的四梁八柱中的顶天梁王明业在前几日的一次砸窑中死于非命。他们袭击的是某村大户人家张隆发。他家开着七八个作坊，有油坊、粉坊、香坊、烧锅等等。张隆发家深宅大院，院墙很高，养着一群凶恶的狼狗。据说这些狼狗都镶了一颗毒牙，只要被咬上，没有不丧命的。他们袭击张家是因为他家从日本人那里弄来一批枪支，知情者说就放在院宅西北角的磨房里。朱运山一伙人便萌生了夺枪的念头。他们这伙只有四十几人的匪绺在辽河两岸已经活动了近十年，其中有的还有妻室，冬季时下山回家"猫冬"。这些年他们抢了不少金银财宝，可以说是吃喝不愁了。自从九一八事变后，很多匪绺纷纷投奔抗日联军，这使得朱运山觉得自己的绺子也该投身抗日。只是他不想投奔任何一支队伍，要干就自己干。他们共有十八匹好马，各种刀具也有上百把，只是枪支奇缺。朱运山的外四梁打探好了这批枪支的行踪和数目，他们就制订了周密的砸窑计划。事先由搬舵的（相当于军师）掐算好了良辰吉日，定在腊月二十三过小年的这一天。朱运山初始不理解，觉得搬舵的太大胆，过小年时张家大院肯定张灯结彩，人来人往，这样怎么下得了手呢。而搬舵的则说灶门爷升天的日子，必然就会有人入地，张家遭劫可视为入地，事在人为。另外过小年时人们必定是因欢乐过度而疲惫，夜深时定会睡得死死的，这时下手十拿九稳。朱运山觉得话说得在理，就开始做砸窑的准备工作。这次行动非同小可，只能成功，不能失败，所以他们把跑得最快的几匹马喂以最精的粮草，希望行动时它们疾如旋风。

匪绺里有个神枪手叫胡二，是迎门梁，每次行动时都由他打前锋，退却逃走时由他殿后。他的枪法神到什么程度呢？你用头发丝拴住一只活蹦乱跳的蚂蚱，把它吊在窗棂下，胡二站到离它大约有二十米远的地方，不用瞄准，一抬手在枪起弹发之间，蚂蚱就会被打得四分五裂，粉碎成一些绿毛随风飘舞。胡二很仗义，有次路过一座小村子，见有个人家给老者买不起棺材，只用炕席裹了往墓地去，胡二当即去棺材铺买了副棺材，又给死者亲属留了些银钱，让他们好生给老人入殓。胡二喜欢喝酒和睡女人，每隔半个月必定下次山去逛窑子，不然他会烦躁得在山中用脚狠踢马的肚子。胡二听说要去张家大院砸窑，就显得异常兴奋，说是他早就侦察到了警察所的一个人的日本老婆就住在村东，平素喜欢到河边去洗衣裳。冬季时爱买猪头肉和烧饼吃。这个日本女人身段很好，肤色白里透粉，没有孩子，平素爱喝酒，她常常在下雪天的时候喝了烧酒去街上闲逛。胡二说眼瞅着就要过年了，既然要去那个村子，不如顺路把那个日本娘们儿抢回来好好让兄弟们享受享受，开开洋荤过大年，反正鬼子也没少糟蹋咱东北的大姑娘。胡二的话立刻引起了一些人的赞同，说的确应该把这个日本娘们儿一并弄来，既抢了枪支，又羞辱了日本女人，也算是抗日了。朱运山觉得不妥，他说你把日本娘们儿抢到山上，是把她再放回去还是结果了？胡二满嘴喷着唾沫星子说："立压（强奸）了她，当然让她睡（死）了，还指望着她囫囵个回去把我们兄弟都交代了？"朱运山漠然不语，觉得这样做违犯规矩，必定引火烧身。胡二就颇为不满地顶撞了匪头，说："你除了知道啃海草（吸鸦片），去雾土窑子（烟馆），就不懂得立压有多舒服，真是白白当了回男人。你裆里的种要是老不用，还不成了软球，留着再多的片子（钱）也没用！"在匪绺里，匪首就如一个大家族的祖师爷，地位是至高无上的，怎么可以任由四梁八柱的人胡乱骂一通呢，朱运山显然有些愤怒了。胡二并不是一开始就跟朱运山起事，胡二最早所在的匪绺报字"夜老黑"，靠吃票混日子。所谓吃票，就是不做绑票和抢劫的事，只在交通要隘、商旅必经的道口、渡口等处设置关卡，盘剥路人。当然，他们的首要前提是武装齐备。神枪手胡二的好枪法就是在那时练就的。采参的、押运白米的、贩卖黄烟的、淘金的甚至采药的都曾遭到过他们的吃票。胡二是犯了内部的匪规而被清理出去的。有一次一辆满载货物的带着篷顶的马车经过某处山口，埋伏在附近的胡二带人下去吃票，撩开马车的老气横秋的蓝布帘，陡然见到一个花容月貌的女人穿着绿缎子的小袄端端坐在那里。马车上载着布匹。据说她是某县布店老板的二太太，此次是专门押送布匹回家。胡二对这女人顿起歹心，他谎称要为这女人的马喂些粮草，请她下车喝一壶清茶。女人对这些吃票的早有所闻，并未显出慌张，她说："该给的都给了，谢谢你的茶了。我们出来时喝足了，马也喂足了，就不劳您费神了。"说着吆喝车夫上路。胡二哪能眼睁睁看着美艳之极的妇人离她而去，他勒令手下人押住马车，在众目睽睽之下把那妇人抢到山口背阴处的草坡上，不由分说地强暴了她。一次觉得不过瘾，又来了一次，直把那布店主人的二太太折磨得连骂人的力气都没有了。人高马大的胡二就像卷破炕席一样将她松松快快地夹在腋下，走下草坡，将她扔在马车上。当夜匪首听闻此事，勃然大怒，勒令把胡二五花大绑地捆在柱子上，在骄阳下暴晒三天，不许给他任何水米。第三日傍晚，匪首见柱子旁的胡二耷拉着脑袋，气若游丝了，就命令人给他松了绑，念着他对匪首的几次舍身救命之恩，放他一条活路，让他以后永远不许再回来，胡二自知能够侥幸活命已经万幸，于是就离开了夜老黑。他独自在山中游荡数月之后，投奔了朱运山。朱运山看中了他百发百中的枪法，虽然胡二生性浪荡，但为人仗义，朱运山也就不计较了。匪绺里的人因为胡二常去逛窑子，就编了首歌给他："胡二爱老二，三天不立压，踢碎马卵子。下山如猛虎，归山如老太。一步一哼哟，浑身散了架。亲娘老子哟，都怪骚窑姐，吸干爷的血！"胡二听了也不恼，只是嘿嘿讪笑。朱运山觉得胡二忠勇过人，若没有这点毛病便可在自己不测之时把位置让与他，然而他性格放荡，不能委以重任。

朱运山下了死命令：去张家大院砸窑时绝不许去劫那个日本女人，如若一意孤行，立刻让他吃枪子！胡二不再争执，不过从他的眼神中可以看出，他对此事耿耿于怀。他有两次借酒撒疯，非说他的床底卧着一只红狐狸，勾引他夜夜难眠，还煞有介事地把床底翻腾得乱七八糟。还有一次酒后说他看见了一个三千年前的冤魂，说是夫家虐待她，她没有活路就投了井。如今她要还魂，不知这伙在山上吃香的喝辣的人能不能收留她，她会做饭，会裁衣，会种地，还会生孩子。匪绺的人听了胡二的一派胡言不由哈哈大笑，说他连看见的鬼魂都是女的，花心不改！还说咱们爷们儿有自己的山头，招个娘们儿来行动起来不方便，岂不自讨苦吃。胡二这时就不装疯卖傻了，他信誓旦旦地说若有女匪来"靠窑"，全部由他一人照应，保证不让她拖了众兄弟的后腿。大家就笑着骂他：你只会照应到自己的裤裆里去！

腊月二十三的这天早晨朔风大作，山上的积雪被刮得四处飞扬，天空一片混沌。朱运山觉得天象不吉，就让搬舵的再卜一卦。搬舵的占到"履"卦，说是要踩到老虎的尾巴上，觉得有些不吉，但既然定好了日子，就不应再更改，于是搬舵的对朱运山笑笑说卦呈吉象，不会有意外，只管前去就是了。一行人就开始打点装备，给马加料，将最结实的马鞍搭在马背上，先拉出去让它们溜溜，马儿若十天半月不出门，蹄下就会生涩。午饭后朱运山命令大家透透彻彻地睡上一觉，养足精神头晚上砸窑。他们睡醒后天色已昏，风已止息了，山上的矮树棵子看上去十分安静，就像一群温顺的绵羊似的。

粮台的老伙夫已经做好了晚饭，猪肉块炖粗粉条、盐水卤黄豆、大蒜蒸鱼干。他们常年不断的菜便是粉条和黄豆，因为它们易于贮藏和运输。逢年过节，他们才下山购买肉食。到了冬季能存住冻肉的时候，他们往往一次性地买回十几口猪，把它宰了埋在雪窝子里，随用随取。不过有年冬天的冻肉被黄鼠狼给吃了大半，气得他们下了不少鼠夹子，黄鼠狼没夹着一只，冻肉倒是照少不误，可见黄鼠狼比人还机敏。朱运山给每个弟兄斟了一碗酒，嘱咐大家行动时不可莽撞从事。他在给胡二斟酒时特意拍了拍他的肩头，说："等将来干得大发了，让你到哈尔滨逛窑子去，那里的窑子有名，别说日本娘们儿，黄头发高鼻子的都有！"胡二耸耸肩，龇了一下牙，说："我要是熬到去哈尔滨的那个年月，肯定老得横在路上动不得了。"朱运山便沉下脸，兄弟们也都沉下脸，因为大家都忌讳这个"横"字。搬舵的见气氛有些紧张，连忙过来给胡二打圆场，说胡二一定是饿得昏了头，让他赶快用筷子夹块肉吃。胡二便擎了筷子，夹了块像白发老翁一样颤颤巍巍的肥肉，将它抿进嘴里，叫着"真香"，然后满嘴流油地将筷子横在桌子上。他们的规矩既忌讳说"横"字，更忌讳把筷子横在桌上，应该顺着才是。朱运山觉得胡二的举动有些故意，就严厉地对胡二说："你要是不舒服，今晚就留下吧。"胡二拍着胸脯说："我把手花子（短枪）擦得晶晶亮，飞子（子弹）也上好了，单等跟弟兄们下山解解馋，怎么能留下来呢？"说完，还很节制地放下酒碗，单是吃菜。朱运山便说事成后，一定带弟兄们吃一顿漂瓢子（饺子），想推牌九的也可去赌场玩个痛快！朱运山说完咳嗽不止，最近他已经三次咯血了，每回都在深夜，幸好没有其他人在场。他很恐惧自己有一天会突然七窍出血，一命呜呼。所以咳嗽了几声之后，他赶紧离开了正在海吃的众兄弟，一个人到外面去，怕不慎吐出的血会扰乱军心。他走出前声称要去甩浆子（撒尿）。

吃过晚饭，弟兄们开始准备行装。他们穿上了紧腿马裤，打上绑腿，宽大的棉袄被腰带紧紧勒住。腰带是足有四米长的蓝布，它们一圈一圈地缠在腰间，就像千层饼一样，这腰带用途广泛，既可以往里面插枪，也可以在解开上衣的纽扣后使它成为一个小贮藏室坚实的地基，这里面便可藏匿抢来的金银细软等物。它还可以在行动时当绳子用，爬墙上树、绑秧子（绑票）等。当然，有时若是受了伤，这腰带又可以当作绷带。他们所穿的鞋一律为棉靰鞡，轻便暖和，行动起来脚步声极其轻微，很难让人察觉。他们还清一色地戴着长毛的狗皮帽子，帽耳均有撸扣，在马上跑得太久时可以把帽耳向后拉起露出耳朵来散散热气。他们所训练的马匹，在砸窑时无论进入任何乡村集镇，都不会发出意外的声响，绝不嘶鸣和打响鼻，尤其在主人望风而未下手之前，它们更是乖乖垂着头，在原地连步伐都不会挪动一下。朱运山所在的匪窝离起事地点大约有五六十里远，他们在夜色中足足赶了两个多小时的路，才靠近那个有三百多户人家的村落。从山顶向下望去，村子里还有几处零星的灯火，有一户有着高大门楼的人家还亮着两盏红灯，在门首的一左一右，就像一头雄狮的两只美目一样炯炯有神，它就是张家大院。朱运山悄声问搬舵的，若是张家的灯亮个通宵，行动上是否不方便？搬舵的胸有成竹地说："这些大户人家别看开了一连串的作坊，手中片子多得哗哗响，他们对待小事上都很抠门。过不了十二点，两盏灯准会让更夫给灭了。"他们又挨过了大约半小时，先消失的是那几处零星的灯光，跟着张家门楼有人出来，这人大约手脚不利落，足足用了七八分钟才把两盏红灯灭掉。这时整个村子就陷入真正的黑暗之中，房屋的影子十分模糊，只有纵横的小路在星光下泛出隐隐青白的光泽。顶天梁的马鞍上备着两口袋香喷喷的肉包子，包子里下着蒙汗药，这是为了对付张家的那群狼狗的。怕肉包子冻成了实心团，狼狗无从下口，这两口袋热包子被放在热量最足的一匹马身上。马两侧的肚腹一左一右地温暖着口袋的里侧，外侧则用狍皮紧紧裹了一层，以防寒气侵蚀包子。顶天梁在等候时机的时候拍了拍那口袋肉包子，与同伙小声开着玩笑："这些狼狗还真有口福，今晚好好让它们过个小年，非把蓝眼珠子吃冒了不可！"众兄弟就接二连三发出压抑在喉咙里的笑声。砸窑之前的一刻，他们是很需要缓解一下紧张的神经的。

待到夜晚深得不能再深，天气冷得开始使人身上打哆嗦时，朱运山见时机已到，就唤弟兄们策马进村。开路的胡二怀中也揣着二十几个肉包子，使他的胸脯看上去丰满得就像坐月子的女人。他的包子是为了打点过路人家的狗的，包子里也一律下着蒙汗药。比较精灵的狗对夜半的任何一点风吹草动都能做出反应，只有老眼昏花的狗才趴在窝里跟主人一样呼呼大睡。果然，有一两只狗叫了起来，胡二立刻撇了包子过去，狗很快就不叫了。这样狗叫声就不会连成一片，进入沉沉梦乡的人们就不会被惊醒。他们眨眼间就来到了张家大院。马匹贴着墙直直站着，身轻如燕的两个翻墙高手准备越墙。这时忽然就响起了狗叫声，这条狗先是试探性地"汪汪"叫了两声，待到它分辨出院外确实有动静时，它就汪汪汪地叫个不休了。一条狗叫了起来，别的狗也不甘示弱地叫了起来，顶天梁连忙往墙里面"噗——噗——"地撇肉包子。狗陆陆续续地跑了过来，贪吃的就不叫了，忠于职守的仍然叫着。朱运山见势不妙，连忙给一个弟兄使了暗号，示意他到门楼前对付更夫。大户人家的更夫比狼狗还精，他们夜里意识清晰得就像无任何污染的浅水下的卵石。果然，更夫提着一条棒子打开门楼，向外张望着，潜在门首右侧柱子背后的人飞身上前，一拳打在他的太阳穴上，使他处于晕眩状态，手脚用麻绳捆住，像扔一条野狗一样把他扔在门背后。这样大门洞开，他们也就意外地省却了翻墙的麻烦，可以直接潜入院子。世上的狗大约没有不贪吃的，没过十分钟，狗就不再叫了，只是偶尔有一两只还在哼哼。又过了几分钟，哼哼声也没有了，大家知道蒙汗药已经渐渐发作，狗们一定横躺竖卧倒在地上。他们顺利溜进院子。去西北角的磨房，要经过一间正房和两间厢房，他们猫着腰，贴着墙根像旋风一样快捷地游动，很快贴近了磨房。磨房看上去是很不起眼的一间草棚泥屋，窗口低得三岁的孩子都能跨进去，胡二几乎没费什么力气，三下两下就把窗口给捅开了。磨房的门倒是上了钢筋铁锁，可窗口却简陋得不堪一击。也许是张家主人疏忽了，以为人该走人应走的门，而窗口是走飞鸟和猫鼠的。胡二虽然身高马大，但翻起窗口来格外灵巧，他就像一条丰满的青鱼一样"刷——"地游进窗台，很快在磨盘下的草坑里发现了装有枪支的三口沉甸甸的木箱。他麻利地用钳子把捆扎着箱盖的铁丝一一掐断，然后撬开箱盖的木板，把一支支枪从窗口递出去。枪多半是长枪，只有几支短枪夹在其中。枪的总数在三十支左右，让人觉得张家要拉自己的队伍，不然防身和保家护院怎么用得了这些枪呢！一行人飞快地把枪支盗运出去，胡二从窗口爬了出来，然后站在外面冲着磨房里狠狠啐了口痰。这是胡二的习惯，每次砸窑离开现场前都要把一口痰留在里面，仿佛是在吐掉他身上的秽气。他们神不知鬼不觉地离开张家大院，把张家的院门轻轻掩上，仿佛一切照旧，什么都不曾发生。村落里的狗能叫的都被肉包子给打倒了，那些老气横秋的纵然是闻到了一点风声，也懒得出窝巡游察看。老狗也许想，来日无多，还不如赖在暖和的窝里多享受一会儿呢。胡二殿后，他们带着枪飞身上马，一溜烟地离开村子。马蹄声哒哒响着，给这寂静的冬夜增添了某种动感，仿佛村落是一处宁静的海湾，人是海风，而马蹄声就是突然涌起的潮汐。他们上了回盘踞点的山间小路后放慢了速度，既可使马喘口气，亦可让自己透口气。每次砸窑响当当地成功，他们的内心都洋溢着快感，就像三伏天吃冰那么痛快。马队中有人哼起了小调，哼的是肉麻的情歌："妹的奶子溜溜暄哪，惹得哥哨不够哇。妹妹铺上了扎张子（褥子）呀，单等哥甩浆子呀……"弟兄们听了都笑，并且不约而同想起胡二，不由自主回头看殿后的胡二有什么反应。然而队伍里面没有胡二，他神不知鬼不觉地消失了。搬舵的连忙向朱运山报告："胡二不见了。"朱运山勒住马缰绳，回头望了一眼，摇头叹息道："他不会回来了。"

大家不言自明，胡二定是去劫那个日本女人了。朱运山下过死命令，一意孤行去劫日本女人，定让他吃枪子，胡二无论如何是不会再回来了。可匪绺里缺了胡二，就让人有一种空落落的感觉，胡二给兄弟们带来的快乐是任何人无法替代的。先前的快乐气氛一扫而空，大家都黯然神伤。顶天梁王飞立与胡二最为知己，他提出要回去掩护一下胡二，若是胡二抢日本女人时遭遇不幸，就会惊醒全村人，张家大院的人也会醒来。胡二如果被捉，就暴露了他们匪绺的身份，张家也许会纠集日本人进山讨伐他们。朱运山只好应允王飞立前去营救胡二，他自己带着一干人马继续前行。王飞立转身拍马上路，离开前他告诉兄弟们不要等他，若他遭遇不测，马会跑回来报信的。他再次进入村子时感觉到一处房屋有声音传来，不过没有灯亮，王飞立想也许这就是日本女人的家了。他循声而去，只见这家大门和屋门都敞开着，先前的声音倒是消失了，院子中并不见马，胡二也许离去了。王飞立正在踌躇之间，忽然发现屋门背后有团黑影在游动。他刚要从腰间拔枪，屋门那一侧的枪声先响了，那人不愧在警察所工作，一枪就打在王飞立前胸上，他在栽下马前的一瞬用力揪了一下马的耳朵，这匹训练有素的马知道是让它回去报信，就冲着主人哀鸣一声，然后扬开四蹄冲出院子。枪声再次响在王飞立身上的时候，这匹马已经跑过半个村子，就要接近山间小路了。它知道主人已经魂归九泉，就抱起两只前蹄剧烈地嘶鸣一声，哀怨地与主人告别。王飞立在咽气的那一瞬间听到了这声音，不过他不会看见马儿满含热泪的眼睛。他最后仰面望见的事物就是星星，它们朦胧的光泽也像是满含热泪的样子。

朱运山看见顶天梁的马独自回来了，就知道王飞立出事了。他立即改变了行路方向，不能再回他们的老窝去了。他们被迫撤离到一个叫下三洼的山头，山中间有一个茂草遮蔽的洞口，夏天时里面盘着许多蛇。他们只好在此躲避风声。这时朱运山开始频频吐血，到了腊月二十六的黄昏，他的眼睛已没有任何神采，身上惟一的血色就在脖颈处，那是因为染了从嘴角吐出的鲜血的缘故。腊月二十五的晚上，出外打探风声的人来报，说是顶天梁王飞立的尸体被张家大院的恶狗给分食掉，胡二抢走了一个女人，不过并不是日本女人，而是他们家的丫鬟。丫鬟那夜和主人偷情，而日本女人则睡在别一间屋子里。胡二大约以为睡在男人身边的人肯定是日本女人，他把那男人打晕后，喝令女人穿上棉衣棉裤，然后堵上她的嘴抱着她骑马离去。黑暗中他也没看清她究竟是谁。待到那男人苏醒过来，就从枕头下摸出枪来，并且叫醒了那个日本女人。他们见大门和屋门洞开，判断劫匪已经奔逃了。男人告诉老婆贼寇劫走了丫鬟，日本女人就有些不解地进了丫鬟的屋子。只见被子整整齐齐叠着，她便去了男人的住屋，结果她在男人的炕上发现了丫鬟的裤衩和小背心，知道丫鬟和男人偷情，就气愤地厮打男人。王飞立最初听见的声响就是他们的对骂和厮打声。原来日本女人得了妇科病，有一个月不和男人同床了。他们正争执不下的当口，忽然听见马蹄声传来，于是两个人就住了手。男人提着枪掩藏在门背后，顶天梁的马一踏入院子，他就准确无误地击中了他。此时张家大院的更夫也苏醒过来，只见院子里的狼狗像一条条冬眠的蛇一样横躺竖卧在那里，他就喊醒了主人，结果发现磨房的枪全部被盗了。后来枪声响起，惊醒了全村人，张家人循声而去，判断出劫匪既弄走了他家的枪又抢了日本女人的丫鬟。他们当中有人认得王飞立的尸首，说最近常见他在这一带游动。张家就差人端了朱运山的匪窝，将留守的几个人悉数杀尽，放火烧了他们充足的粮草，致使朱运山一伙人在山洞里忍饥受冻。眼见着自己就要过不去年了，朱运山开始交代后事，他让弟兄们不要再这样在山中小股地游荡了，让他们去投奔"老北风"的绺子。

老北风原名张海天，清末由山东逃荒到东北，流落到海城安家，自幼给地主扛活、砍柴。放猪的活也做过，深受地主的凌辱。有年辽河涨大水，张海天被迫当地警察充当杂役，终于因为不能忍受他们频繁不断的拳打脚踢甚至更重的肉体折磨而逃走。走时盗出枪支投奔老头票匪股，报字老北风，活动于阜新、黑山一带。后来由于他赢得了弟兄们一致的爱戴，就被推举为首领。九一八事变后，老北风率部抗日。不过初始时也走过弯路，因不明真相，被日本豢养的汉奸凌印卿收买，成立所谓东北民众自卫军，封老北风为旅长，实质是为日本人效劳。不久，张学良闻讯派人求老北风反正，老北风这才顿悟过来。他以设宴为名将汉奸凌印卿以及日本顾问仓岗繁

太郎等十人一网打尽，随后又在隆冬时节阻击从海城向田庄台进犯
的日军，并且配合东北军第十九旅铁甲车护路队收复大洼车站，以
东北民众抗日义勇军的名义向全国发出通电，号召人们起来抗日，
一时名声大振。朱运山觉得自己死后没有一个顶天立地的人物可以
接替他，不如让他们去投奔一个有前程的匪绺为好。在朱运山看来，
未来的日子是与日本人斗争的日子，谁抗日谁就是赢家，所以弟兄
们投奔老北风才会使他安然瞑目。搬舵的和众弟兄跪在朱运山身边，
满含热泪答应匪首要他们"靠窑"的遗愿。洞里燃烧的松明将跳跃
的光焰一抹一抹地涂在朱运山的脸上，使那张脸看上去突然焕发了
光彩。朱运山在咽气的一瞬努力挣扎了一下，他很想抓住点什么，
譬如童年时吹过的一支柳笛或者饮马的水桶，然而他什么也没抓住，
他两手空空地离去。洞里的松明依然将浓郁的光明和芳香播撒到他
的脸上，虽然他的脸已凝然不动，感受不到火光的照耀，但他的灵
魂却随着松明的香气飘出洞外，在寒风中流浪着，寻找着再生之地。

二

王亭业被捕的消息使读书会暂时解体。郑家晴告病外出，说是
肺部有了阴影，至于他去了哪里，一时众说纷纭，有人说是上海，
还有人说是热河，传说中的两个目的地是南辕北辙的。那处裁缝铺
后面别有洞天的院落也就顿时冷清起来。胡教授也携妻离开新京，
说是妻子患了类风湿，去乡下找偏方治疗去。至于哪个乡下，又是

让人糊涂的，乡下是太多了。所以胡教授的去处就会有更加五花八门的说法。走前他把值钱的古玩字画也带上了，他家院子中的树在残冬中冷着脸孔，看上去仿佛遭了丧事。

王亭业觉得自己被捕实在是个玩笑，他既不是读书会的发起人和负责人，也不经常参加聚会。他在初始进入读书会的时候之所以热情高涨，完全是因为胡教授家那个叫于小书的姑娘，他太喜欢她那羞怯的样子和浅浅的笑意了。尽管于小书对王亭业只是出于礼貌做一般性的交谈，这就足以令王亭业夜不能寐了。他想世上有一种女人天生就是一幅画的，于小书就是这样的女人。无论她身处何种背景，昏暗的墙壁、凌乱的街道或者模糊的树影前，于小书都给人一种画中人难以言传的美感。他并不想着得到她，只想着去看。看了，欣赏了，心底会有一种愉悦与忧伤交织的感觉，他就满足了。后来于小书回了奉天，王亭业再去读书会时就索然无味，人们高谈阔论着，今天说张学良不该率东北军出关，指责日本炮轰北大营时张学良竟然在北平的戏院同赵四小姐看戏，明天又痛斥南京政府对日的不抵抗政策，说蒋介石早早晚晚会成为英美软刀子下的阶下囚。王亭业心里想他们自己比张学良更糟，真正的抗日队伍用自己的生命真刀真枪地与鬼子打游击战，听说一些胡匪也加入了抗日行列，而他们自己不过是啜着清茶在颇为雅致的居室里清谈。他们做得最大胆的事情，不过是在深夜时往一些伪政府机构的墙壁上张贴一些传单，为一些遭受日寇屠杀的无辜平民做个简短的哀悼仪式，全是些无关痛痒的事情。久而久之，王亭业对读书会产生了动摇甚至厌恶的情绪，他去的次数越来越少，春节过后，几乎是不去的了，他宁愿守在家里听老婆给女儿讲鬼怪故事。在这样的故事中，鬼怪都是温柔而善解人意的。

然而，三月的某一天傍晚，他却被捕了。被捕的那一瞬间他很恐慌，尤其是听着妻子女儿生离死别的哭喊声，他也想跟着哭。但当他随着警车进入监狱之后，他就平静下来了。他一厢情愿地认为自己肯定是因为参加了读书会而被捕的，不管是什么人出卖了他，他绝不出卖任何一位成员。这样一想，他的内心就有了一种大义凛然的英雄感。最初的一周，审他的日本人看上去并没有想象的那么凶恶，他手中总是玩着一支漆黑的钢笔，等着王亭业自己交代。王亭业反复说的话就是那么几句："我没有参加任何组织，我只是个教书的，老婆一年之中有三个季度是在炕上生病，孩子又不懂事，我只求家中太平，哪有心思去关心外面的世道，只要有我们的饭吃，什么日子都能过下去。"他用讨好的语言为自己开脱着，审他的日本人时时从喉咙发出"呃呃"的声响，仿佛他被噎着了似的。终于有一天，当王亭业还在复述上面一段自己已经背熟了的话时，日本人从口袋中取出一张叠得方方正正的红纸放在王亭业面前。王亭业疑惑万分地展开那张红纸，看见了由他亲笔代写的一首打油诗。是理发店的老师傅求他写的。理发店的老师傅念一句，他就写一句。他并不知道这其中有什么名堂。后来老师傅关了理发店，带着全部家产离开了新京，紧闭的理发店的门前就贴上了这张由王亭业的笔写的打油诗。

小花小草向日，

冬日穿暖抗冻。

不忘本去还乡，

儿女要快跟上。

饺子水要滚开，

有鸡还能生蛋。

一些理发店的老主顾当时聚在店门前，对着这首让人莫名其妙的打油诗嘀咕不已。有人据诗分析店主去了乡下了，去过常常能吃饺子的日子了。他的店门也只是暂时关闭，早晚有一天他会回来旧业重操，不然怎么会说"有鸡还能生蛋"呢。这张纸像喜帖一样红通通地贴在那里，一呆就是几天，吸引了很多人，谁解其中意，也许只有当事者才最清楚。王亭业记得自己那天心情还不错，剃头师傅来求他的时候不惟自带纸张笔墨，还给他带了一瓶酒和一对猪耳朵。猪耳朵根儿割得深深的，所以那上面的肉很厚，吃起来香喷喷的。他们把一瓶烧酒喝光，两只猪耳朵也被咯吱咯吱地咀嚼成囊中之物后，王亭业在微醺状态中饱蘸笔墨，在宽大的红纸上笔走龙蛇，按照老师傅的复述写完了这首诗。只见那一个个字规矩而不失却优雅，浪漫而不放纵，王亭业自称赶得上乾隆帝的御笔，一时得意忘形。

王亭业在狱中的审讯室再见到这张红纸时竟有一种与久违的老朋友相逢的亲切感。他甚至用手轻轻在字迹上抚摸了一番，他的手痒痒了，突然怀念起那些能写字的日子。他在黑板前背身写着字，爱搞小动作的同学就开始在书桌前弄出一些响声，爱交头接耳的就喊喊喳喳说话，而一旦他写完字转过身来，教室里就鸦雀无声，学生都规规矩矩坐着，使王亭业有一种要笑的欲望。

王亭业见罪魁祸首不过是这张红纸，心里顿时明朗了，有一种拨云见日、畅快淋漓的感觉，他单纯地以为解释清楚后，离出狱的日子就不远了。而且心下暗喜：幸亏没有交代读书会的任何事情，原来他的入狱与读书会并无任何关系，他为无缘无故担惊受怕了这些时日而感到有些委屈。

王亭业说："这是我写的，是理发店的老师傅求我写的。"

日本人终于拍着那张纸开口了："你的、什么意思的有？"

王亭业连忙申辩："什么意思的也没有。人家不会写毛笔字，知道我是个教书的，就来求我，来时还带了一瓶烧酒和两只猪耳朵，我吃了人家的喝了人家的，不写就太过意不去了！"日本人拧开了手中一直拿着的墨笔的笔帽，他冷笑了两声，然后用笔在纸上打了个大大的叉，这个叉的一条斜线从字首的西北角一直贯穿到东南角，而另一条斜线则由东北角贯穿到西南角。这两道斜线组成的大大的叉看上去就给人某种恐怖感，仿佛这些字统统要被枪毙。王亭业仍然浑然不觉地望着这张突然被打了叉的红纸，因不明真相而惊恐万状。这时日本人忽然让他把被叉打上的字念一遍，王亭业这才幡然醒悟，这可能是一首藏头诗。他战战兢兢地先念了一条线："小日本快滚蛋"，就已经头晕目眩，浑身沁出冷汗了。日本人又逼他念另一条斜线上的字："有子要去抗日"，王亭业一旦全部念完，就瘫软在硬木椅子上，有一种被人给剥得赤身裸体扔到风雪弥漫的户外的感觉。那一时刻他几乎丧失了意志。在他的眼前，是一扇沉重的铁门重重地永久关闭的情景。他眼前漆黑，脊背有一种砭入骨髓的寒意升起。他哆嗦着嘴唇，词不达意地说："这算什么，这些个字，这算什么……""你的、阴险的、死了死了的有！"日本人这时不那么温文尔雅了，他从裤兜里掏出一根盘绕在一起的韧性极好的皮鞭，抖开后朝王亭业劈头盖脸地抽去，"你的、通共匪、的有……"他一边鞭打一边怒骂着，王亭业开始时还可怜巴巴地叫道："长官，冤枉，冤枉啊——"后来疼痛使他丧失了思辨能力，只是大声地惨叫，他越是叫得凶，落在他身上的皮鞭也就更凶，渐渐地，王亭业的眼前就跟锅底一样黑，他渐渐丧失了意识。

接下来的日子就是无休无止的酷刑。可王亭业仍然没法交代什么，若是真有什么事，他倒不能保证长此以往自己会不会依然守口如瓶，每次施刑时他都屁滚尿流的，大约他不坚强的品性和丑态更激起了施刑者的恶感，所以王亭业所受的苦头是永无休止的。他被灌过辣椒水，也被头冲下悬在柱子上。他的手指曾被钢钉穿透，脚板也受到过炽热的铁板的灼伤。不同的是手指被钢钉穿透时流出的是血，而脚踏上烧红了的铁板时冒出的是白烟，蹿出的是"嗞——"的声响以及焦煳气味。每次暴刑之后回到牢房，另外三名狱友都会过来帮他清理伤口。这三人中一个是工人，他曾组织砖厂工人罢工，抗议日本工头克扣他们的工资；另一位是农民，他在乡村帮助抗日联军运送粮食；最年轻的是一名大学生，他在一次集会上与几名爱国学生焚烧了日本天皇和伪满皇帝溥仪的照片。王亭业觉得自己最窝囊，那首诗并不是他写的，他是代人受过。他相信理发店的师傅也没有写此等打油诗的高深本领，这幕后定有人操纵。他觉得自己被人无形中暗算了，死也是个糊涂鬼。他开始想念妻子女儿，想念昏暗灯影下妻子端上桌来的热汤。他憎恨剃头师傅，如此害人的把戏藏在诗中，为什么他只字不露？他与他又没有什么深仇大恨。看来那一瓶烧酒与两只猪耳朵给他摆的是一出鸿门宴。不过那天他是如此愉快，酒后他觉得运笔时有如神助，那些字看起来充满了生机和神采。剃头师傅临走时对他赞不绝口地说："还得是秀才！看看这些字，都是字的样子！"当时他还觉得好笑，心想剃头师傅真是没文化，字不是字的样子，还能是猫狗的模样？那晚他做了个异想天开的美梦，他拉着于小书的手去公园的湖边游玩，后来他们下湖去划船，于小书坐在船尾给他唱歌，歌声使湖水泛起温柔的波纹。后来天色昏暗，月亮一跳一跳地升了起来，湖面的涟漪就望不见了，不过湖面的微风却裹挟着阵阵花香送入他的鼻息，于小书忽然温情脉脉地倒在他怀里。他丢掉双桨，捧着她那张比月亮还要姣好的圆脸，他亲吻着她湿漉漉的眼睛、嘴唇，喃喃地用诗的语言赞美她，说她的睫毛是水边青青的芦苇，她的嘴唇是玫瑰的花蕾，她的耳朵是毛茸茸的兰花，他们情深意切，如胶似漆。正当她陶醉得忘乎所以的时候，小船突然剧烈摇晃起来，湖面的风也陡然增大了，他连忙去拾双桨，然而双桨已经落入湖水了。小船只能任狂风拍打着，他死死地抱住于小书，叫道："不要——不要——"然后虚汗淋漓地从睡梦中惊醒。醒来的一瞬，他仍然惊魂未定，老婆拉着他湿漉漉的手问道："你梦见什么了？你'不要'什么？"王亭业撇开老婆一贯冰凉的手，说："没'不要'什么。""可是你说'不要'了，说了两声了呢。"老婆依然伤感地说。王亭业只好唉声叹气地说，"我能'不要'什么，我有什么，就得要什么，没有的东西，我要也要不来。"老婆就分外委屈地说："我知道你要了我以后没过几天好日子，我也想健健康康的，可身体就是不争气。"王亭业只好侧过身把老婆拥入怀中，嗅着她满身的中药味说："胡思乱想些什么，你是我老婆，我对你有责任和义务的。"结果老婆感动得鼻涕一把泪一把的，把他的背心弄得又湿又黏，那一瞬间他彻底明白了梦与现实的距离究竟有多远。

王亭业不知道自己身处监狱的确切位置。从稀稀零零的汽车行驶声中，他判断出被关押的地点可能在城郊。狱屋的窗口很小，又很高，只有正午时阳光才能给它对面的墙壁涂上亮色。墙壁是水泥的苍青本色，它很冷地向人提示身处何方。王亭业若是看得清墙壁，而恰恰伤口又能沁出血来，就别出心裁地把血水往墙壁上抹。他不涂抹文字，觉得这东西太虚伪，太害人，太奥妙，太难以捉摸，他涂抹的只是鱼、蛇、鹰和花朵，鱼和花朵倒是有红色的，而让蛇和鹰也成为红色则勉为其难了。他涂的鱼和蛇线条简洁，只是在墙壁拉上一条红线，不同的是蛇的曲线比鱼的曲线要长，然后在首处点上个圆点，蛇眼和鱼眼是没多大差异的。至于花朵，因为涌出的血水有深有浅，倒使它的花瓣看上去分外有层次，重重叠叠的，飘飘洒洒的，仿佛临风怒放的样子。同室的狱友见他如此自残，就劝他不要自暴自弃，要坚持住。王亭业觉得前途只有两个，一个是出去，一个是留在狱中。出去就是生存，而在狱中的活法实在非人，他不想如此活下去了。除了绝食之外，在狱中你别想割腕和上吊这样的死法，因为没有绳索和刀片玻璃片之类的尖锐器皿，即使真有绳索，也找不到一个可搭绳索的地方。什么叫"寻死不能"，这就是。王亭业忽然觉得在狱外是多么自由，你想坐茶馆就去坐茶馆，想在休息日睡个懒觉就可以十点钟不起床。想怎么死就怎么死，可以上吊、投井、割腕、服毒，现在这些死法对狱中的他来说都是美丽的童话了。而在狱外的时候他总是闷闷不乐，其实到底有什么不快乐的呢！王亭业这样一想，就觉得自己是个软骨头，太没民族气节。既然进了监狱，就得做个堂堂正正视死如归的人才是。狱中的饭食不用说是差的了，主要以半生不熟的高粱米饭为主，菜汤多为熬白菜，上面漂着的油星就像各啬鬼被迫施舍给乞讨者的几枚铜钱，少得可怜。可王亭业的胃口却出奇的好，吃过后肆无忌惮地放屁，那些屁都很蔫，就像除夕夜放的哑炮一样。他胡子拉碴，衣衫破烂，好端端的棉袄棉裤被抽打得到处是洞，棉絮露了出来，有的贴在伤口上，就和伤口长在了一起，解手时连裤子都脱不下来。硬脱的结果是使伤口的痂随着棉絮一起被扯下来，伤口涌出脓血来，让他自己都恶心得慌。至于他被抓进来时戴着的那条雪青色呢绒围巾，早已被当成绑腿了，因为膝盖那点棉花已经掉光了，他若不裹上腿，会非常冷。王亭业为了判断自己的罪究竟有多重，他一次又一次地请求审讯者唤他的家属给他送来换洗衣裳，他还想要一包糖。然而他的希望总是落空。他想若是允许他的女人给他送东西，说明他们并不想让他死；而如果对他的话不理不睬，看来自己是秋后的蚂蚱了。

有一天，王亭业意识比较清醒的时候，忽然想到了这样一个问题，剃头师傅求他写字，只有他们双方才知道。他把那张红纸贴在店门前，看的人大多不知道王亭业是谁，怎知是他的笔法？必定是熟识他笔体的人才会做出辨识。而这个告密的人会是谁呢？王亭业想到了学校的同事，想到了读书会的成员，他想泄密者跑不出这两个圈子。而这两个圈子中，既是同事又是读书会成员的人的可能性最大。他想到了郑家晴，然而只是想了一下，就责备自己怀疑他太不君子，因为春节时郑家晴还亲自登门看望他的妻女，并且分别给她们带了礼物。郑家晴走后，妻子还一直夸他人长得帅，笑起来很有禅意，非常耐人寻味。听得王亭业酸溜溜的，骂女人个个都是水性杨花的贱货，妻子听了"扑哧"一笑说："你个醋坛子，我病得像个骷髅，只有鬼才稀罕！"

就在王亭业觉得自己已经命在九泉的时候，有一天看守突然送进牢房一个包袱，掷在他面前。王亭业看着那个包袱，一时不敢上前打开。如果里面藏着一颗炸弹呢？他想。他这样想的时候意识到自己还想活。他战战兢兢靠近那个包袱，把它四角对折的死扣解开。

这时他看见了自己的毛衣毛裤和两件衬衫，他惊喜得不敢相信自己的眼睛。这一定是妻子给他捎来的。他把每一件衣服都仔细搜寻一遍，抖搂了一回又一回，希望能从中找到只言片语。然而没有任何纸条向他透露一丝家中的消息，不过这足以令他感到欣慰了。看来日本人并不想把他杀掉，不然怎么会尊重他的要求取来了这些衣裳呢？这些可是换季的衣服啊，换季，意味着他还能享受春日的阳光、花朵的馨香以及满天飘飞的柳絮和榆钱儿。王亭业在毛衣的灰色标签上，意外发现了用翠绿色的笔画的一只鸽子，如果不细看，肯定以为这是毛衣的商标。但王亭业看出这只鸽子是女儿宛云画的，宛云喜欢画动物，家里的墙壁贴满了她画的老虎、大象、狮子、斑马以及海豚和兔子。她画一只绿色的鸽子给他，说明她在告诉父亲绿色的春天就要来临了，这使王亭业内心洋溢着一股暖洋洋的温情。他的一件衬衣的袖口还沾有面糊，看来这期间老婆的身体一直不好，没有力气把脏衣服给洗了，这又不免使他忧心忡忡。那一夜王亭业就捧着这堆衣服坐着睡着了。待到新一天的审讯开始时，他的步履已然轻快了许多，他甚至感激涕零地对那些曾对他施以暴刑的人拱手相谢，因为他看见了女儿画的那只神秘的鸽子。

"你的、想明白了的、没有？"审他的日本人这次和颜悦色地指着王亭业的脑袋问。

王亭业毕恭毕敬地说："我没通共匪，我只是个教书的，会写几笔字，胆子比老鼠大不了多少，你们也看出来了，我能做什么大事？我什么组织都没参加过。我要是知道那首诗里藏着那两句话，就是天王老子跪下磕头求我，我也不会写的！"

日本人不再说什么，他撇开王亭业走出了审讯室。王亭业望着他对面那张冰冷的审讯桌一时陷入了幻想，认为日本人终于相信他的话了，也许正出去研究什么时候释放他。把他关进牢房确实是个玩笑。然而审讯室的铁门再次打开时，进来的这个人却让王亭业不寒而栗！他是王亭业的大学同学，当时两人都酷爱书法，曾一起去过西安的碑林。毕业之后王亭业留在了新京，而这位同学娶了个漂亮老婆去了齐齐哈尔。王亭业怎么也想不到如今他竟穿着一身日本军服，他的气色看上去真好，胡子刮得干干净净，身上一尘不染，马靴擦得锃亮。原来他投靠了日本人！王亭业在心里鄙夷地骂着他，觉得同学穿的那身衣裳看上去像条黄鼠狼。他是什么时候来到新京的？王亭业终于明白是谁发现了他的笔迹，他对他的书法了如指掌啊！同学张口说的第一句话是："你的衣服是我叫人去家里取来的，你受苦了。"王亭业激愤地反抗了一句："我不苦！"同学笑笑，说："我知道你背后有人指使，你把他说了就是了。我看在老同学的情分上，保证让你出去后跟老婆孩子团聚，去过太平日子。"王亭业笑笑，不无挖苦地说："我要是出去过太平日子了，还有你的太平日子吗？"王亭业突然咆哮道，"我以为只有我是个软蛋，没想到你竟然软蛋到当汉奸，你真给同学丢人哪！"王亭业捧住脑袋，悲痛欲绝地哭了。同学却不为所动地抽身离去，走前他抛给王亭业一句话："将来我可以派你去东洋。"王亭业抬起泪眼模糊的脸声嘶力竭地骂："我不想去那个狗日的地方！"这是他有生以来说过的最粗鲁的一句话。

三

路边的蒲公英开出金灿灿的黄花了。杨浩给家里的猪采最后一次野菜。他的竹篮里已经有了不少苣荬菜、灰菜和车轱辘菜。苣荬菜有些老了，根已发硬，叶片的淡紫色变成了深紫色，而灰菜还嫩着，水灵灵的，叶片上那层灰色的覆膜就像银粉一样闪闪发光。杨浩知道老奶奶就要死了，她在等待这口猪被卖了之后来殓她。昨夜她咳嗽了一宿，清晨起来她有气无力地把老头叫过来，问："小妹能出阁了吗？她怕是有百八十斤了。"老头知道老奶奶挺不过几天了，就说："她行了，该打发她出门了。"小妹是头花母猪，黑底白花。那些白花就像云彩一样一朵朵地附在身上，给人一种俊俏之极的感觉。杨浩平素几乎不与人说话，而他和小妹却有说不完的话。他还用一把豁了好多齿的破木梳给小妹梳毛。每天家人把猪食拌好了，也都是由杨浩来喂的。眼瞅着小妹出落得一天比一天漂亮，却要被卖掉了，杨浩心里十分难过。他采了几朵蒲公英花放进竹篮里，小妹不吃花，但杨浩想着在它出门时亮堂堂它的眼睛。

杨浩自从在平顶山那个血腥的屠杀场里侥幸生还，被这个拾粪的老爷爷救出虎口后，他就跟着他来到了乡下。老爷爷恰好也姓杨，他常说能救出杨浩是老天的安排。他有一对双胞胎的孙子，今年十八岁，一个叫杨昭，一个叫杨路。杨浩唤他们为哥哥。杨老汉的老伴偏瘫在炕，已是风烛残年，爱说一些稀奇古怪的话。当时她见杨老汉又领了个半大小子回来，就唉声叹气地说："你还嫌家里的嘴不够，捡了这么大个粪蛋回来！"杨浩初来时足足昏睡了两天两夜，他觉得浑身乏透了。睡足了这才觉得饿，可杨老汉并不让他敞开肚子吃，只允许他每顿喝一碗稀粥，一直到杨浩脸上有了血色，能下炕了，杨老汉这才让他吃干饭。杨家不富裕，干饭多为菜饭团子，粮食的成分很少，杨浩常常吃上一个就说饱了。其实他是不饱的，他只怕给杨家增加负担，若是杨家把他轰出去了，他哪儿还有家可去？杨老汉对邻里一直称杨浩是从阜新来的，说他的父母在煤矿上工时因为瓦斯爆炸双双死了，这个孩子沦为乞丐，要饭要了大半个东北，被他在捡粪的路上给碰到了。有去过阜新的人就会兴致勃勃地问："那里的老革家包子铺还在吗？城南的鞋厂生意还红火吗？"杨浩想哪个城市都少不了包子铺和鞋厂，只管点头称是。听的人就分外怅惘地叹息一声："从那里出来十来年了，当时要是不出来多好哇。"还有自认为很了解外面世界的人则问他："这么些年你讨饭去过哪儿？给我说说看，知道周家店吗？知道依兰吗？知道榆树吗？"杨浩也只管点头称是，然后默默地垂头走开。杨老汉这时就会责备问话人："显着你们见过世面，问东问西的，就不知道问到孩子伤心处了，揭人家的疮疤，你自己又不疼得慌。"别人咂咂舌，说一声"还真向着他"，下回就不问了。杨老汉对杨浩说了，要他把发生在平顶山的事忘掉，让自己过去的事永远烂在肚子里。不要跟人说念过书，看见认识的字也要做出不认识的样子，以后只管踏踏实实在家务农。杨浩便说还有个叔叔在马圈子，他可以投奔叔叔，杨老汉说："你就别想着这事了。你叔叔见了你还不得哭死哇？他要是把你看着的事给张扬出去，你的小命就没了。再说了，马圈子也不是富裕地方，你去了还不一样种地？"杨浩就眼泪汪汪地说他家在新京还有个亲戚，他小婶的爸爸在那里弹棉花，听说很有名，有个叫吉来的孩子跟他差不多大。杨老汉就啐口痰说："弹棉花的再有名还能怎么着，手艺人的日子都不会好过的！再者说了，他闺女死了，他还哪有心思收留你？你和他家的亲戚更是八竿子打不着，远去了！"说得杨浩觉得自己是个没人要的孩子，呜呜哭个不休。从此以后杨浩就寡言少语地帮助杨家干活。他自幼没做过农活，连农具的名字都叫不出来。他爸爸和妈妈是抚顺钢厂的技术人员，家里吃的和用的都比较充裕和齐全。杨浩做的家务活，不过是把袜子和背心放到水盆中洗，往往把一盆水洗得只剩小半盆，他和哥哥、弟弟把盆里的水弄到喷水壶中，满院子喷着玩。有一次他们站在凳子上，生生把屋檐下燕子辛辛苦苦筑的泥巢给喷掉了。傍晚燕子回巢，见窝已不知去向，就在屋檐前徘徊不已，看上去很伤感的样子。杨浩兄弟三人被妈妈给狠狠揍了一通，母亲说燕子是益鸟，它们会给主人家带来吉祥和平安。若是把燕子窝弄掉了，主人家就会招灾。杨浩当时不相信母亲的话，现在他信了。他很后悔自己捣毁了燕子窝，不然也许全家人仍能团聚在一起。有时晚上睡不着觉的时候，杨浩就觉得发生的一切只是梦，因为他能在黑暗中恍惚看见哥哥的身影，听到弟弟的话语，也许他们也一样逃了出来呢，他便从黑暗中霍地坐起来，小声地说："哥哥，我是小浩，我看见你了，你别藏起来哇。"觉轻的杨老汉总是眼睛眯着一条缝睡，听见杨浩的话，他就扭过身子冲炕下"呸呸"地吐痰说："谁敢招惹我们小浩，我就打折他的腿！"杨浩就哭着对杨老汉哀求说："爷爷，我看见哥哥的影子了，还听见弟弟的声音了，他们真的没死，求求爷爷放他们进来吧，他们走路走累了，口也渴了，求求爷爷了！"杨老汉就会更加骂不绝声："你们这两个小厌世鬼，这么远还找上门来了，再不滚蛋，我就把你们的卵子都捏碎了！"然后又是一通"呸呸"的吐痰声。事后杨浩才知道，啐痰是民间的一种驱鬼方法。杨老汉告诉杨浩，他托人打听了，从平顶山逃出来的再没有姓杨的孩子。那些尸首由日本人指使，被朝鲜浪人用铁钩子钩到山崖下堆起来，浇上汽油焚烧，然后又把山崖用炸药崩塌，把尸骨全都埋掉了。"你就别想着他们了，他们死在了一堆，在阴曹地府照样是过日子，他们互相有个伴，他们狠心才抛下了你，你不要想他们了。"杨浩就分外委屈地问："那他们为什么不带上我？去阴曹地府的日子怎么过？"杨老汉就有些烦躁地说："他们为什么不带上你，你问他们去！兴许你平时太淘气了，他们不乐意带你。阴曹地府的日子怎么过，我现在怎么知道。将来就是知道了，也是没法告诉你的，你就死心在这过日子吧。"

　　杨浩就更加沉默寡言了，幸好家中及时来了小妹，杨浩有了可以倾诉衷肠的对象。小妹是在一个晚秋的早晨到杨家的，那时已经见不到绿色植物了，屋顶和荒芜的园田上都凝着白霜，天气已开始冷了。杨浩起炕后到园子中撒尿，忽然看见垄台上站着一头浑身长着癞的小猪，看上去它也不过二十几斤的样子，肚子瘦得瘪瘪的，嘴巴脏脏的，好像在泥土里拱过。它见了杨浩，一歪脑袋，"嗯——"地叫了一声，好像在问候他。杨浩以为自己又花眼了，一大早晨怎么会跑来一只小猪！他在这之前曾在某一个黄昏看见黑猫，也在某个正午看见一只白兔，后来叫家人出来看，他们都说没有，而杨浩却看得分明，这使他很难过，怕杨老汉一家把他当成了撒谎的孩子。杨浩不再看这头小猪，他撩开裤子，哗哗地尿了起来，尿水把一片白霜给融化了，这时他忽然觉得腿肚子一抽一抽的，原来小猪走过来在拱他的腿！杨浩想这次看见的东西应该是千真万确的了，于是就回屋报告："爷爷，咱家的园子里来了头长着癞的小猪！"杨昭、杨路正在穿裤子，他们蓬头垢面的，杨路唤杨浩帮他把袜子从地上捡起来，他说昨晚把袜子是脱在炕上的，肯定是夜深时老鼠把它叼到下面的。杨老汉就说杨路："你那袜子香，耗子就爱吃那一口！"他们对杨浩报告的消息置若罔闻。杨浩也不多说什么，他到灶房生火。这时屋门被什么东西拱得咣咣响，杨浩知道是小猪，可他懒得去开门。杨老汉听见声音把门打开，果然看见了那头瘦得皮包骨的小猪！它看上去可怜之极的样子，似乎再挺一会儿就会瘫在地上。"天哪——"杨老汉惊叫道，"真是头小猪！"他们从未在村中见过谁家养过这头猪，不可能是别人家走失的。然而它的的确确地从天而降了！杨老汉一家喜不自禁。老奶奶哭着说："这是老天爷发了慈悲把它送给我们的。把它养大了，我的棺材钱就有了，我就可以放心地死了！"杨老汉一家靠种地为生，前两年秋涝，收成全都泡汤了，而日本人又对土地强征强买，每坰熟地只给一块钱的价格就把大片的土地收购去了。剩下的除房前屋后的园田还比较肥沃之外，其余均为生地，非得侍弄几年才会有好收成。为了把生地尽快开发出来，杨老汉带着两个孙子起早贪黑耙地，四处拾粪，希望把生地以最快的速度改造过来。他们有时拾粪拾得很远，会走许多里的路。平顶山发生惨案的那天，是他走得最远的一天。他鬼使神差走了几十里路，现在想来，冥冥之中只是为了救出杨浩这个孩子。

老奶奶听说这头小猪是个母的，又瘦弱，而且是个花猪，就唤它为小妹。杨家在菜园上给它搭了个窝，絮了些干草，钉了个长方形的木质食槽。初始时喂它些米浆，待到它存活下来的希望已经能达到百分之九十以上的时候，他们就喂它熬熟了的干菜叶。杨老汉还用仅存的一些钱买了一麻袋麦麸子给它，小妹出落得尽如人意，很快就消了那些青紫色的癫迹，身上本有的白色花纹奇诡地呈现，尾巴也不总是顺着了，它时时得意洋洋地打着卷，就像在结兰花扣一样。到了初冬飘雪的时分，它可以用溜光水滑来形容了。

小妹听得出杨浩的脚步声，只要他出门，即使不是来猪圈喂它，也会一骨碌从窝里爬起来，嗯嗯叫着用嘴拱木栅栏，仿佛在问杨浩："你要去哪儿？"杨浩很喜欢听它嗯嗯叫着的声音，叫得短促时是问候，叫得绵长的时候是乞求——那往往是在它没有吃饱的时候。杨浩出门多半是为了给小妹弄食，他肩上搭条麻袋，手中拿着铁钩子，到田间垄沟去翻找那些白菜帮以及大头菜叶。有时运气好，还能捡到几个又蔫又软的萝卜。杨浩把这些菜放到锅里去熬，然后兑上麦麸子，这便是小妹的美餐了。每逢小妹吃饱喝足的时候，它都会仰着脖子发出温情的叫声。杨浩就会用手抚摸着它湿漉漉的嘴问："告诉我，你究竟是从哪里来的？"小妹有些神秘地晃晃身子，微妙地"嗯"一声，仿佛它来头很大，天机不可泄露，杨浩就说："你不说我也知道，你是一个人死后托生的，也许就是我弟，因为他属猪。"小妹就颇为缠绵地连续叫唤着，眼睛看上去湿淋淋的，弄得杨浩也眼泪汪汪的。

　　与杨浩一样喜欢小妹的是杨昭。杨昭是双胞胎中的弟弟，比杨路晚出生七分钟。他的脖颈正中长着一块青记，有人说那是阎王爷放在那儿的一把锁，他要是稍不听话，就咔叭一声锁了他的咽喉拿他到阎王殿去。杨昭父母在世时很担心杨昭会突遭变故，所以三天两头就去庙里烧香，为杨昭的性命祈祷。后来杨昭的父母相继故去，就没人为杨昭的命操心了。杨老汉的人生哲学是：对孩子越是精心，越是出事，你要是不管他，他反而无病无灾地长得好好的。杨昭母亲的猝死就与他有关。杨昭七岁时与村里的孩子去采野菜，天黑了别的孩子都回来了，可杨昭却无影无踪。杨昭的妈妈急得去野地寻找，因为那一段传说有一股吃小孩的红胡子在这一带游动，他们把孩子的心剜了煎着吃，肉剔下来包包子，骨头则用来熬汤。据说这伙匪徒个个吃得腰肥体阔，面目年轻。是否确有其事，没有谁家经历过。然而传说是越来越丰富和具体，具体到肉包子里放了些干菜，而被煎的心是用香草浸泡的，这就令所有的家长都毛骨悚然了。所以他们不让孩子独自出门。就是结伴而行，也不能出远门。杨昭那次出去采野菜，就是趁母亲去庙里烧香的时候。待母亲满手香灰地回来，见杨昭不在屋里，就有些慌张。杨老汉就对儿媳说："我准他出去的。一个小男孩，整天圈在家里，圈得大了没个男人样，我们又不往宫里送太监。"儿媳心下不悦，杨老汉也觉得话说得过头，就说："他们五六个孩子搭着伴儿，不让他们走远的，晚晌饭前就回来了。"儿媳嘴上答应着，可脸上却愁云笼罩。结果到了晚上，别的孩子回来了，杨昭却不见了。与他同去的小伙伴说，到了野地里，过了没有多一会儿，杨昭就没影了。他们四处喊他的名字，没有回声，以为他先回家了。杨昭的妈妈就失了神地在野地里东一声"杨昭"西一声"杨昭"地唤个不休，岂不知杨昭跟着卖油郎听故事去了。卖油郎那一日生意不好，赶上天气不错，他就担着油来野地睡觉。他把油担子放在蒿草中，脱下上衣铺在地上睡了起来，后来杨昭在蒿草中发现了他，被扰醒的卖油郎就问杨昭爱不爱听故事，杨昭说爱听，卖油郎就说，那得有个条件，你听了故事我得上你们家吃晚饭。杨昭说行，不过他也有个条件，就是如果故事不好听，这顿饭就不能白给。卖油郎答应了。他担起油担子，领着杨昭回到村子，拣了东头背阴的一处闲掉了的牛棚坐下，给杨昭讲鬼怪故事，听得杨昭一惊一乍的，总觉得眼前鬼影憧憧。杨昭越听越着迷，不知不觉天就黄昏了，卖油郎的故事却泉涌一样奔流不止，而那面在野地里寻找爱子的杨昭的母亲却忧心如焚，晚风把蒿草吹得起伏跌宕，她觉得儿子肯定是被土匪给劫走分食了，她头晕目眩，心口疼痛，突然一头栽倒在地上，这一倒下就再也没有起来。事后杨昭的父亲责备卖油郎，既是在蒿草中躺得好好的，何苦非要进村子讲故事？在哪里还不是一样讲？卖油郎颇为委屈地说："不过是想着说完故事去家里吃饭方便。再说我在蒿草中也睡足了，躺够了。"

从此后，村子里就有人说杨昭克母，及至他父亲因病故去后，少年杨昭就成了家喻户晓的人物，都说他是煞星，说他脖颈前的青记会给家里带来绵绵不绝的厄运。果然，他奶奶随后不久便中风瘫痪了。人们甚至夸张到说谁要是多看几眼杨昭的脖子，就会夭寿或者丢魂儿。弄得孩子们都不愿和他玩，就连私塾先生也不教他了，对杨老汉说杨昭认的字够用了，把他打发回家。杨昭便沉默寡言，在村子里碰见人总是垂下头，从不与人打招呼。只是近两年，他看上去有些活泛，他经常去邻村的一座教堂做礼拜，他信奉上帝了。发誓将来要当教士。杨昭对杨浩说："这头小猪就是上帝送来的。上帝知道每一个人的苦难，只要你诚心忏悔和祈祷，上帝就会赐福给你的。"

杨昭最喜欢小妹右耳上的花纹，它比身上的花纹更纯白一些，看上去纹路奇妙妖娆，像腾空的马，又像张牙舞爪的人参。每逢杨昭去揪它的右耳的时候，小妹就温情十足地叫着，仿佛知道人家在欣赏它。

杨浩喜欢杨昭，而讨厌杨路身上的许多坏毛病。因为杨路很野，总是跟他发号施令，一会儿让杨浩为他刷鞋，一会儿让杨浩帮他挠脊梁，把杨浩当成了仆人。杨路最近老是神出鬼没的，有时一失踪就是两三天，杨老汉也不着急，说大不了是在外面勾引小女孩，若是把人家肚子勾引大了，领回来当孙媳妇就是，他好早些抱重孙子。而杨昭则悄悄告诉杨浩，杨路是和外村的几个小青年去山里寻找抗日队伍，他想打鬼子去，当个大英雄。杨浩就对杨路有了某种好感。杨昭还说："人要是都信上帝，就不会相互残杀了。人迷了路才会杀人。"他说所以自己要去当教士，要给人们讲教义，让人们都信仰上帝，天下就太平了。杨浩就说："要是鬼子听了你的教义后悔杀人了，他们还能把死去的人变活吗？"杨昭说："那可不是一回事。"杨浩就对杨昭所信奉的教没有了兴趣，觉得它并不能帮助他。

最近杨昭杨路纷纷表示要离家去做他们喜欢做的事业，杨老汉就一抹嘴巴满不在乎地说："你们爱哪儿去就哪儿去，不过得等给你奶奶尽了孝。"所谓尽孝，无非是在葬礼上披麻戴孝、出殡时摔丧盆子、扛灵幡。所以杨浩觉得他们哥儿俩都在有意无意地盼望老奶奶快入土。杨浩可不希望她这么慌慌张张就去见阎王爷。她没有一件好衣裳可穿，袜子的底补了好几层，灰色背心磨出了许多圆洞，就像弹孔一样，而且她没有一双像样的鞋。照杨浩看，虽然老奶奶现在不用穿鞋，到了阴间未必她的脚还是不能动的，若是需要走路了，她光着脚怎么行？更为关键的是他闲来无事喜欢听她半阴半阳的话，她非说自己的前世是只小白兔，后来碰上了个猎人，她才残了腿，在炕上动弹不得。她还说死去的儿子在那边坐着官椅，指挥几百号人，吃的是糯米糕，洗脚水都是牛奶，一大群俊俏姑娘要给儿子当老婆，可儿子眼眶高，谁也没瞧上。杨老汉在一旁听了就"呸"地吐口痰，说："那你就快去跟随你儿子享清福去得了，省得我一天到晚还得给你弄屎弄尿。"老奶奶就如法炮制地"呸"一口杨老汉，说："你就是那个狼心狗肺的猎人，把我的腿生生地给打残了。我告诉你，下辈子我可不是你的人了。"杨老汉就故意长嘘一口气说："那我得去庙里好好烧上几炷香，你这个老妖精总算不缠我了。"于是老奶奶就像老母鸡一样哑声哑气地咯咯笑起来，杨老汉也跟着嘀嘀笑了。杨浩很乐意听他们之间孩子气十足的争执。有一次杨浩小心翼翼地问老奶奶："你能看见你儿子当了大官，那你能知道我爸爸妈妈在干什么吗？我奶奶还能叫出我的名吗？我哥哥还爱捉蛐蛐吗？我弟弟晚上睡觉还爱蹬被子吗？我小叔的胡子长了谁帮着刮？我小婶肚子里的孩子生了没有？是男的还是女的？"

老奶奶就煞有介事地"咦喝"一声，她使劲吧唧几下嘴，头头是道地说："你爸爸妈妈能干什么？他们还不是干着过去的老营生？你奶不记得你的名了，她在那里忙昏了头了。她又种果树，又要养鸡，还想找个疼她的老头，哪儿顾得上你。"老奶奶突然呼哧呼哧地笑了，"你哥在那里当然是淘气的了，不过那里没蛐蛐可捉，他就捉蛇，让它们一条条像鱼干一样晾着，给家里人熬汤喝。你弟这个小厌世鬼他哪里还敢蹬被子？那里天天夜里都跟冬天一样冷，见天不见日头，再蹬被子，不把他的牛牛冻坏了才怪呢。"她愈发笑得大发了，嘴角流出涎水，然而思路却依然有条不紊："你那个小叔，他的胡子用不着刮了，那里的男人不长胡子，那里没盐吃。你小婶当然生了个大胖小子，他才不省心呢，把家里的东西扔得到处都是，跟鸡窝一样窝囊。"老奶奶说完，"呸"地吐口痰，然后使劲哼哟几声，说她浑身不得劲，连骨头缝都疼，一定是蚂蚁趁她睡觉时爬了进去，她不想再活了，活着太遭罪了。她的原话是："遭不完的血罪呀！"她把这话重复了两遍。

杨浩挎着竹篮从野地回来的路上又想起了老奶奶说的这番话。他想老奶奶真是了不起，她能在炕上一眯眼睛就看见阴间的事情。只是他不明白，哥为什么要捉蛇，蛇万一有毒咬着他怎么办？那里为什么没有盐吃？那里没有海产盐吗？小婶生的男孩子叫什么名字？他怎么一出生就不省心，长大了也糟蹋东西怎么办？杨浩还有个很重要的问题没问老奶奶，不是他忘了问，而是不敢问，那里也有可恶的日本鬼子吗？他怕老奶奶的回答是肯定的，他的家人若是再死一回，是不是连魂都没有了？没有了魂他就连做梦也梦不见他们了。

杨浩觉得春日午后的阳光就像刚捞出锅的面条，又新鲜又好闻。路上前些天还泥泞的地方被晒干了，凸出的地方像一簇簇牛屎，而凹下去的土坑里窝藏的阳光则圆圆满满、清清亮亮的，看上去就像一只只鹅蛋。杨浩进村不久就望见了一团红鲜鲜的东西，它看上去就像落在大地上的一团晚霞。待细瞅时，见是一口棺材放在手推车上，在这棺材周围站着三个男人。一个是卖油郎，他光着脊梁穿一件灰布马甲，卖油郎旁边站着一个五十上下的胖男人，他穿着黄胶鞋，戴顶怪里怪气的灰帽子，耳朵上夹着香烟，一双鹰眼看人时就像甩小刀子一样，令人胆寒。杨浩想他一定就是开棺材铺的杨三爷了。在杨三爷身后，推着车的是十八九岁的青年，他看东西时老是盯着一个方向，目不错珠，脸上始终挂着笑靥，并且不时发出抑制不住的笑声，杨浩想他肯定是个傻子。杨浩停住脚步望了他们一会儿，他不明白他们怎么这么早就来拉小妹？不是说好了吃过晚饭吗？他篮子里丰盛的野菜小妹还一口没吃呢。

卖油郎发现了杨浩，他挺奇怪地"哼哟"叫了一声对杨三爷说："三爷，这就是杨老汉收留的孩子，看上去长得不孬吧？这孩子勤快得很，那口猪就是他喂大的。"

杨三爷就走到杨浩面前拍着他的肩膀问："你老家在哪儿？"

"阜新。"杨浩头也不抬地说。

"上过学吗？"杨三爷把"吗"字咬得很重。

杨浩摇摇头，说："俺是小要饭的，家里穷死了，没上过学，都不知字长个啥模样。"

杨三爷突然哈哈大笑起来："字当然长得文绉绉的模样了，不可能长成我这德性！"他用手抬了一下杨浩的下巴，说："你怎么不看我？我的样子长得吓人吗？"这回他把"吗"咬得更重了。"吗"就仿佛一块巨石，压得杨浩透不过气来。

杨浩赶紧逃之夭夭。卖油郎和杨三爷在等豆腐房的豆浆喝，他们走乏了，要解解渴。

杨浩进了家门直奔猪圈。小妹已经"嗯嗯嗯"地叫着把两只前腿搭在木栅栏上张望杨浩。它的尾巴像蛇一样摇来摆去，耳朵也一伸一缩的，看上去很调皮的样子。杨浩把一篮野菜倒进圈里，对它说："小妹，今天你就要走了，接你的杨三爷我都见了，他带着个傻子推着手推车，要把你给捆走了。"他说着就有些哽咽，"都怨那个卖油郎，是他把你给卖出去的，他从中赚钱呢。就是他年轻的时候瞎讲故事，把杨昭哥哥迷住了，哥的妈妈找他时给急死了。这些人没一个是好的！"杨浩的眼泪哗哗地落了下来，他用手去摸小妹毛茸茸的拱嘴，小妹拱一下他的手心，接着又去吃野菜了。它吃得很贪婪，一种菜没吃完，赶快又去吃下一种，把野菜拱得杨花一样四散。

杨昭从屋里出来了，他一声不响地走到猪圈旁，站在杨浩背后，说："家里早晚还会来一头小猪的，上帝怜悯我们。"

杨浩抽泣着说："我只喜欢小妹。"他觉得杨家实在有趣，一个人专爱讲阴间的故事，而另一个专爱讲天上的故事。他们都一厢情愿地认为杨浩死去的家人是去了自己所津津乐道的那个世界。

"接小妹的杨三爷来了。"杨浩十分伤心地说，"我在村子里见了。他的眼睛真是不善，让人看了怪害怕的。"

"不是说好了晚饭后来吗？"杨昭说，"奶奶还惦记着要看一眼小妹，要对它说几句体己话。"

"那我们还得把奶奶从屋子里抬出来。"杨浩说，"她的眼睛受得了太阳吗？她不是说她怕见光吗？"

"我们把小妹赶进屋里让她瞧哇。"杨昭说。

他们看着小妹，再无言语了。小妹把喜欢吃的野菜吃净，不喜欢的被它拱到干草一旁，它们就像一只只青蛙似的趴在那里。小妹转来转去无所事事的时候，卖油郎领着杨三爷来了。杨三爷的胡子上沾着豆浆，他对闻讯迎出来的杨老汉说："本家哥哥，你身子骨还硬实啊？"杨老汉一撇嘴说："一身的贱骨头，还没受够穷呢，赖活着呗。"

杨三爷说："你收养的那个孙子挺机灵的，他叫什么？"

"杨浩。"杨老汉说，"一个小叫花子。"

"多大了？"杨三爷扭了一下脖子问。

"十一了。"杨老汉说，"看他可怜，就把他领了回来。将来也是个愁事。我和老婆子要是都死了，谁来管他？"

"那你把他给我不就结了？"杨三爷大喜过望地跺了一下脚说，"我一眼就相中那孩子了，能吃苦的样子，脑子又好使，不多言多语，我的棺材铺正愁找不着这样一个孩子当帮手呢！"

杨老汉大惊失色地说："那可不行，这孩子跟我贴心，他走了我可舍不得。再者说了，他这么小的孩子，在你的阴间铺子能干个啥？他又不懂木匠活。"杨老汉把棺材铺叫阴间铺子。

"你放心，我又不是白白领走他。"杨三爷说，"你们家的猪可以给老嫂子换一副棺材。然后呢，你把这孩子给了我，我叫人给你送来一副棺材，用水曲柳的材料，棺盖上有最好的花纹——"

未等杨三爷说完，杨老汉连忙摆手摇头说："不行不行，说死了也不行，我死了也用不着棺材，这身贱骨头睡在那里头也不安生。有张破席子把我一裹就完事了。"

"嘀——"杨三爷眼睛一勾说，"老哥还真不给情面。我跟你说，咱二话也不多讲，再过半个月，我叫人给你送棺材，孩子我领走！"杨三爷霸气十足地说完，吆喝大家把手推车上的棺材往下抬。杨老汉招呼杨昭："过来接你奶奶的寿材！"他接着骂杨路："告诉他今儿不要出门，他又出去招摇了！"杨浩就懂事地凑过去，帮助扶一下棺木。他想杨老汉是不会同意杨三爷把他领走的，若是在棺材铺子里呆着，还不得天天做噩梦？杨三爷还不得一天三顿给他皮鞭吃？

小妹被赶进屋里，由老奶奶望了一眼。她只看了一眼就别过头大哭道："多俊俏的小妹哇，我下辈子也记着你的恩德！"

小妹在被捆绑的时候出人意料地服帖。它甚至很有些顺从的样子。当它被扔在手推车上，那个力气很大的傻子拉着它要走出院门的时候，杨浩眼泪汪汪地招唤它，它都没有答应一声。它来得无声无息，走得也安安静静。这使杨浩相信它确实不是一头普普通通的猪，听说杨三爷也是听了卖油郎添油加醋的一番诉说，才动了要这口猪的念头，他需要一头有灵性的猪去还八月十五的一个愿。小妹届时将被屠宰，成为祭祀品。

棺材停放到院子的第二天黄昏，老奶奶便一命呜呼。死前她非要吃面条，杨老汉就骂她临走还要把家里好吃的带了去，是个馋婆子，从不知为亲人着想。杨浩知道杨老汉是故意这么说的，他其实并不愿意她死。杨老汉说："擦屎擦尿都习惯了，你走了我还怪舍手呢。"他一边擀面一边落泪。这边面条刚从锅里捞出来，那边等不及的老奶奶就咽气了。杨老汉端着面条进了屋子，见老婆子已无气息了，就长叹一口气，一弓腿上了炕，双腿盘在炕沿上，有滋有味地挑着面条吃。吃过半碗后，他把余下的递给杨浩，说："替你奶奶吃了吧，吃完了到门口望望你杨昭和杨路哥哥，他们又不知疯哪里去了。"杨浩却无论如何吃不下，虽然说他许久没吃面了，肚子里馋得慌。他见杨老汉端来一盆清水，把一条毛巾拧湿，对老奶奶僵硬的身体说："听话啊，给你擦擦身子再上路，要不你进了阴曹地府，阎王爷嫌你不干净再打发回来，我可不想伺候你了。"杨浩把面碗搁到窗台上，默默走到院子里，他看着那口棺材的时候想：老奶奶其实并不喜欢小妹，喜欢它就不该用它去换这口棺材。可没有这口棺材，老奶奶又怎么入土呢？

葬礼过后的第三天晚上，杨老汉把杨昭、杨路叫到了身边，对他们说："爷爷说话算话，你们已经给奶奶尽了孝，我就不拦着你们兄弟了。你们该去找教堂的就去，该找队伍的就去找，男孩子不能这么没出息地一辈子窝在这两亩三分地上，现在也没那么多好地可种了。你们出去闯荡，不管成龙还是熊，有一点不能丢，就是要做个正经的人，别不着调，不能吃喝嫖赌。将来也不用惦记着我，若是顺便路过这，我也还活着，就回家来我给做碗面吃。要是我死了，也不用去坟上哭，我不图希那东西。"说完，他从怀中取出两块半圆的黄铜似的东西，对杨路、杨昭说："这是我和你奶奶一人一半的铜镜，把它合在一起是个圆的，你们兄弟一人一半，将来就是走散了，镜子也不会散。"说完，他把两块铜镜对在一处，果然是个圆圆满满的镜子了，它使坐在炕尾的杨浩立刻联想起中秋节的月亮和月饼，浑身便不由自主地哆嗦起来。杨老汉说："这块镜子可有历史了，要是不残的话，能值俩钱呢。"他指着铜镜背后的花纹说："看看，这花枝看上去多俏，看看，花枝上的喜鹊的尾巴多好看，看看，这些水纹多清亮……"杨老汉接着讲了这铜镜的来历。原来它是杨老汉年轻时与同村大户人家姑娘定情的信物，杨老汉要去外面闯荡世界时，他心爱的姑娘把家里祖传的铜镜一分为二，一人持一半，约定此生永不分离。他们说好了，若是杨老汉回家乡发现姑娘不见了，他们就在每年的七月初七到邻村的果园上相会。杨老汉在第三年七月初五回到家乡，果然发现姑娘不见了。村子里的人都说他们一家迁到营口去了。杨老汉却依然在七月初七的这天去邻村的果园，那天下着小雨，他看见有个持了半枚铜镜的姑娘朝他走来，她说："她爹逼着她嫁给一个商人了，她让我来告诉你，说对不起你。"杨老汉说："我一看这个报信的姑娘胖乎乎的很有福气的样子，就娶了她。她就是你奶奶。"他的这段离奇曲折的爱情故事把三个晚辈听得目瞪口呆。杨路说："爷爷，你瞎编的吧？你怎么会和大户人家的小姐好？"

杨老汉一仰脖子，说："你爷爷年轻时可不像现在这个样子，看上去精神着呢。不过我要真是和了那个大户人家的闺女，就不会和你奶奶生下你爸，更不会有你们了。这是命。"

杨昭、杨路各自接过一半铜镜。杨昭用手轻轻抚拭着铜镜，仔细看那背后的花纹；而杨路则用正面照了照自己的脸，说："半个镜子也能照出囫囵的脸，不孬！"说着，嘬起嘴朝铜镜吹了一口气，好像要给它制造点云雾似的。

杨浩第二天早晨起来，发现杨路、杨昭已经上路了。杨老汉端过一碗米糊对他说，"以后就是咱爷孙俩的日子了，清闲！"

四

羽田少尉是第二次护卫移民开拓团成员去北满东部了。他感觉自己就像个农场主，在把他的一大群羊往一个目的地赶。两批被保护的成员人数基本一致，都是接近五百人。不同的是上一批移民时是深秋，沿途是苍凉的景象，而且由于不断受到抗日武装的袭击，他们整日提心吊胆，船当时靠了佳木斯港的码头却不敢让开拓团成员上岸，只能在船上诚惶诚恐地过夜，弄得成员们心情很坏，他们有无数问题问羽田："满洲国的人跟我们不是一家人吗，他们为什么不让我们上岸？"羽田想说："你们来种他们种着的土地，他们当然不会高兴了。"可羽田不能这么说。那批所有来北满的人员都抱怨这里气候恶劣，怎么进了十月就这般冷，风像金属碎屑一样刮得人脸生疼。羽田明白，关东军之所以把移民重心放在北满，是为了增强对苏联的防御能力。因为苏联在近些年以极快的速度充实了对东方的军事设施，"满洲国"在陆上防线几乎完全被苏联控制，一旦再爆发第三次日俄战争，受害者无疑是日本。

羽田这次护卫的移民是七月八日从东京出发的，经过一星期之久的海上漂泊和跋涉，他们个个显得面目憔悴。一位来自北海道的移民后悔不迭地说，他以为到满洲来一路会受到老百姓的欢迎。因为他们是来帮助他们建设新国家的。没料到沿途的群众对他们十分不友好，他在街上看见一个中国小女孩长得非常顽皮可爱，就把手中提着的一个小木偶送给她。女孩的妈妈坚决地拒绝了，抱着孩子飞快地走掉，好像那木偶里藏着炸弹似的。这位移民很伤感地说，早知如此，不如在家继续当渔民了。每天驾着船出海打鱼，不管收获如何，心总会让海风吹拂得舒舒展展。他说："这里没有海，没有海的地方怎么能活人，我不想在这活了，除非这里造了海。"羽田少尉听后不由笑了起来，他打趣道："叫你来这里就是造海的。你要是逃跑，就把你毙了扔到海里去喂鱼！""这里没有海，你就是毙了我也没地方去喂鱼。"渔民固执地说。

　　第二批开拓团成员中有一个爱唱故乡歌谣的，名叫中村正保，是个铁路工人的后代。他唱歌时即使是坐着也要做出种种抒情的动作。有时动作过大，就会碰着与他一同坐着的人，他的小调中立刻就会把"对不起"这个词编进来，让人听了忍俊不禁。他的单眼皮很厚，因而眼睛就给人一种深藏的感觉，他是来到满洲后第一个声言喜欢这里的人。他会指着起伏着狂劲绿草的平原说："这里种地好，养鸟也好。"别人就嘲笑他养鸟做什么？中村正保一本正经地说："让鸟跟我学唱歌啊。我不能让全世界的人都听到我的歌，可我把鸟教会歌后，它们会飞到全世界去，人人就能听到我故乡的调子了。"说完，他又情深意切地唱了起来，双臂当胸展开，很直抒胸臆的样子。

　　他们一行几百人到达佳木斯港后，稍事休整后就朝永丰镇而去。正值雨季，道路泥泞不堪，沼泽地就像当地人的破衣烂衫一样时时大面积出现，当地有些老百姓称它为"鬼沼"。据说若不小心陷入"鬼沼"，在烂泥深处就会有小鬼扯着你的双腿一直往下拉，直到你的头被泥淖吞吃，会有一串串泥泡儿咕嘟咕嘟地冒出来，泥泡儿就像歌声的余韵一样袅袅消逝。传说有两个巡逻的日本军人就是在沼泽地一带失踪的。鉴于上一次移民的艰难，这一次他们配备了足够的武装，以备不测。然而经过沼泽地时羽田还是有某种紧张感，虽然说这里要埋伏任何兵力几乎是不可能，然而传说的可怖还是给了他很大的精神负担。任何一只小鸟从芦苇深处飞出，都会令羽田悚然一惊。中村正保看到一块块的沼泽地兴奋异常，他说这一带的芦苇这么茂盛，要是办一个大型的造纸厂肯定不成问题。他要造最好的纸，把最动人的乐谱印在纸上，散发到全世界去。中村正保的活跃给令人忧心忡忡的迁移带来了许多明朗的色彩。

　　羽田知道，从本土来的移民对满洲的天气知之甚少，对这里严酷的冬天估计不足，完全把这里当成了一片乐土。而他们所居住的房屋和占用的土地，基本都是靠强行驱赶当地农民来获得的，所以民愤很大。有的农民在离开家园时痛哭流涕，因为他们看惯了自己园田的牛耕作的情景，看惯了夕阳落在油漆斑驳的窗棂上的情景。他们舍不得熟悉的房屋、鸡舍、猪圈、牛棚，所以在离开时毫不犹豫地把除房屋之外的牲畜的居所破坏和拆除了。若是拆房屋，他们就会有生命危险，所以他们只能对牲灵的居所发泄愤怒。

　　羽田这次下来还有两项特别任务，就是考察今后移民的选址和搜集这一带抗日队伍的活动情报。羽田已经没有初来满洲时的那种雄心壮志了。那时他在日本接受了很多报纸电台所宣传的思想，认为满洲人对日本人很凶恶，他们肆意杀死他们的士兵，野蛮而又凶悍，羽田发誓要为自己在满洲死难的同胞报仇雪恨。然而来到满洲后他发现事实远非自己想象的那般，这里的大多数老百姓都是安静的，那是压抑之后接近木讷的安静，但至少羽田没有从中看出传说中的那种蛮横和残暴。至于日本对国际社会声言的对满洲利益的维护，在羽田看来就是一种攫取。羽田觉得在满洲的土地上有两只饿虎，一个是日本，一个是苏联，他们通过两次日俄战争把满洲所应拥有的利益瓜分殆尽。所以羽田认为真正的受害者是满洲的人民。然而他所从事的职业就是镇压这些人民。他要效忠国家，同时又觉得长此以往，日本会走上穷途末路，尤其是日本因"满洲国"问题而愤然退出了国际联盟，更加使自己在世界上处于孤家寡人的位置。他在出征离开本土前，已经退役在家的老父亲忧心忡忡地对羽田说："满洲人数众多，日本同这样的民族打仗，没有不败的道理。"

羽田二十四岁，已有几年服役历史。他面目白净，不留胡子，看人时总是露出探询的目光，让人觉得他对人所持有的深深的怀疑态度。他平素寡言少语，不仅没有吸烟喝酒的习惯，更不像其他服役的人一样去逛妓院。他惟一对一个女子怀有一种眷恋，那是在离开本土前，他走在银座灯火灿烂的大街上，看到有几个少女手持黑色腰带，在请过往的女人们为腰带缝上一针。据说缝上一千针后，就能够防治伤寒疟疾等疾病。少女把这样的腰带赠予即将出征的士兵，祝他们平安归来。很多士兵与其说是为了得到腰带护身，莫如说是想与那些笑意盈盈的持腰带的少女搭话。他们追逐着这些少女，争相抢她们手中的腰带。羽田也希望得到一条腰带，可他羞于与人争抢。他就站在外围旁观。有一个少女穿着蓝底白色百合花的和服，那些百合花硕大而妖娆，被变幻的灯光映得一闪一闪的，仿佛真正的花儿在开放。她看上去满脸稚气，也许为了掩饰这稚气，她把发髻盘得又松又垂，努力显示她已经是个大人了。然而她求过往女人们为腰带缝上一针时的话语和笑意还是暴露了她年少清纯的本色。她的开场白总是："您晚上心情好。"然后就双手捧过腰带说："请您用您美丽的手缝上一针吧，您这一针可以使离家的士兵健康平安。"受邀的女人无论老幼，都很乐意地上前挑针缝上一针。这时少女就会用她清澈如泉水的声音谢道："前线的士兵会记着您，您真是个好人，祝好运伴随您。"往往这腰带还没有缝上一千针，就有心急的士兵上前来讨。少女就会像保护自己心爱的宠物一样把腰带紧紧揽在怀里，说："一千针还没到呢，你们先去喝茶吧，喝过茶回来后就行了。"然而没有士兵离去，他们仍然围着她转，她就会轻轻嗔怪道："我又不是茶，别这样好不好？"然而羽田却觉得她果真如茶般清洌动人，她的笑意在夜色中就像云层背后的闪电一样绰约美好。当这条腰带终于被往来的女人缝够针数后，她突然一转身把它抛给站在人群外围的羽田，羽田愣怔了一下，把那条温暖而柔软的腰带接在手中，一时觉得周身热血沸腾。少女大声对羽田说："祝你平安归来！"士兵们把目光全都转向羽田，一时间口哨声四起，羽田红着脸带着那条腰带穿过银座的大街。他第一次觉得脚下的路是柔软的，柔软得好像他是踏光而行。他恍恍惚惚走进一家茶馆，坐在榻榻米上的矮桌前叫侍者送上一壶茶来。他从未觉得茶会像雾一样在他的舌尖清新湿润地飘舞，茶气比海风还要有效地把他的五脏六腑洗刷得干干净净。当夜色渐深，他走出茶馆时，街上行人已经少了大半，羽田去寻那位少女，可她已经不见了。他向一位士兵打听她，那位士兵说："谁能知道她是哪里人，她叫什么名字，没有人知道的。"见羽田有些怅然若失的样子，士兵又说："明天你再来这里寻她就是了，她肯定还会来这求人缝腰带。"羽田第二日黄昏便去了银座大街，然而一直等到子夜时分，少女也没有出现。之后他又不甘心地连去三日，仍然没有看到那位少女的身影，他便有些胡思乱想：她是出了车祸了，还是生了重病了，抑或突然嫁人了？他见到那些手持腰带的女人总要问："前几天晚上有一个穿白色百合花和服的姑娘，她现在去哪里了？"女人们都摇摇头，有的答："不知道她去哪里了。"有的则说："穿白色百合花和服的多着呢。"直到他即将离开本土出征的前一天晚上，羽田又去银座大街寻她，一位常在这一带卖艺的老人对他说："她呀，不是东京人，听她的口音，应该是下关人。她是来东京送她的哥哥出征的。"羽田就焦急地问："你怎么知道她是送哥哥来的？"老艺人就说："她第一天来银座，就是一个男人陪她来的。那男人穿着军服，他们的面目很相似，肯定是她的哥哥。""你听到她叫哥哥了？"羽田忐忑不安地问。"我不用问，也不用听，那个男人肯定是她哥哥。"老艺人说，"她现在肯定回老家去了。"羽田对老艺人的判断将信将疑。如果那男人不是她的哥哥，而是她的恋人呢？羽田一想到这里内心就隐隐作痛，他知道自己已经开始喜欢这个他连名字都不知道的少女了。痴心妄想的羽田买了一个羊皮手袋，把它送给老艺人，嘱他若是在银座大街上再遇见那位少女，就把手袋送给她。手袋里夹着一封信："我不知道你的名字，可我记住了你美好的笑容。当我带着你送我的腰带去远方征战，即使战死疆场也在所不惜。谢谢你对我美好的祝愿，但愿胜利归航时能在码头的晨雾中再看到你那比天使还要美好的笑容。"羽田来到满洲后，不止一次后悔应该记下老艺人的地址，他可以去信询问一下，那位少女是否又出现了，羊皮手袋中的信她看到了没有？羽田最后选择了一个补救办法，他写信给在东京一家银行工作的哥哥，求他去银座大街寻找一位面色黧黑的卖艺人，问他是否见到了那位少女，羊皮手袋转交给她没有。羽田还嘱咐哥哥把自己在满洲的地址转告给老艺人，求他给回封信。然而哥哥来信说几次去那里，都没有碰到年老的卖艺人，后来托人打听，说有一个年老的面色黧黑的卖艺人得了肺病死了，想必他就是羽田要寻的人。羽田当时捧着哥哥的那封信分外难过，因为要寻到那位少女的惟一线索就像雨后的彩虹一样突然消失了。在以后的梦境中，羽田就常见到断裂的情景，桥塌了，山崩了，树木被闪电摧折了，梦醒后的他在满洲隐约的黎明中觉得心一阵阵下沉。每当他思念那位少女的时候，他就捧出那条腰带，猜测哪一针是她缝的。针脚太小的不可能是她缝的，因为她不是那种过分拘泥的女人，她天性活泼；而针脚太大的也不可能是她缝的，那样的女人往往粗心大意。只有那些不大不小而分外匀称的针脚，才有可能是她所为。

然而这样的针脚有十几处，他分辨不出哪一处是她所为。就仿佛进了花店突然面对十几支同样鲜浓的玫瑰，令他难以确定选择哪一支更好，索性就把这十几处针脚全都疼爱起来，它们就像星空中最迷人的星星一样让他百看不厌。羽田心绪烦闷时只要用手触摸一下那些麦粒似的针脚，内心就会泛起浓浓的温情和无边的乡愁。他渴望着早些回到故土，渴望着他靠岸的一刻能看到那种深深烙印在他心灵深处的笑容。他将向她求婚，他将和她生下几个顽皮的孩子。

腰带就真的成了羽田永不离身的"护身符"了。

第二批开拓团成员终于如愿以偿到达七虎力屯。成员们进驻当地老百姓倒出的房屋后，开始生火做饭。中村正保在锅灶前一边淘米一边唱歌，他对即将离开七虎力屯的羽田说："将来你要是心里不痛快了，就来这里听我的歌声。"

羽田半开玩笑地应道："好啊，你派一只小鸟把我接来。"

羽田脱下军服，换上当地百姓的便装，独自离开了七虎力屯。他一直向着东方而去。他扮成一个商人，说是去收皮货的。羽田的汉语不会露出丝毫破绽，纯熟流利。如果没人握他的手，不发现他手心的老茧，就不会有人知道他曾当过苦力、摸过枪杆子。向东的旅行愈发艰难，不惟人烟稀少，车马不便，天气也时时捣乱。几乎每天下午都要落一阵雨。羽田在一个小村子雇了当地人的一辆马车，这辆马车时时陷入泥泞中。赶车人是个四十多岁的汉子，一口黄牙，说话唾沫星子四溅，喜欢喝酒。羽田喜欢这样的人，他口无遮拦，羽田从中可以获知一些情报；他心无猜测，羽田的商人身份就不会得到怀疑。逢到有雨的天气，他们就把车马停靠在某一处客栈，一边喝酒一边谈天说地。汉子名叫李记，山东人，有四个孩子，老婆是本地人。他喝多了时就会无限幸福地骂老婆："那个结实，谁见了不稀罕？操，我第一眼就相中她了，她做姑娘时屁股就圆得像小马驹的屁股，直撅撅的。要向她求婚的不下十个人。"他伸出双手，晃晃十指，然后十分诡秘地摇摇头说："不过就我把她弄到手了。"他得意洋洋地啃着已无肉丝的油汪汪的骨头，自满地笑着。羽田便问："你有什么本事？"李记毫不介意地指了指自己的裤裆说："把老二先给她使上，她有了你的种，就得嫁你了。"羽田的脸腾地红了，他很不自然地垂下头。李记说："嗬，还不好意思哪。我知道你们这些有钱人更花花，还不得三天两头就去找女人？"羽田赶紧转换话题，问他："除了种地和拉脚，你还靠什么维持生活？"李记"呸"地吐了口痰说："我这个人知足，有俩钱儿就够花，冻不着饿不着就中。"他说，"小日本一过来，日子就没有以前好过了。听说好几个地方的人都被鬼子给赶走了，他们一批批地往这里移民。万一他们移到我们村子，我连个家都没有了，再去哪里混日子，这个鬼世道！"羽田就大着胆子问："那你恨日本人吗？"李记把那根肉骨头狠狠掷在饭桌上，咬牙切齿地说："恨！他们要是落在我手中，剩下的只能是这样的骨头，我操他个奶奶的。我要把他大卸八块，喝光这帮狗日的血！"羽田便觉得周身一阵缩紧，好像正有刀在一下一下地剜他的肉。李记又说："别说，我第一眼见你，觉得你特别像小日本，听听你说话就不像了，那帮鬼子讲的中国话就像嘴里含着个屎，呜噜不清楚。"李记拍了一下羽田说："老弟，跟我说个实话，像你这样有钱有模样的人，明着暗着的女人共有多少个？"羽田只能顺水推舟，故作风流地说："也没几个，三四个吧！"李记一拍大腿说："操，三四个不多，像我这样的人还有两个呢！"他沾沾自喜地说。羽田没有心思和他继续男女间的话题，他问李记："那你平时参加抗日活动吗？"李记一摇头说："我有老婆孩子，不能扛枪打仗，我要是单身汉，就到队伍里混去。""那你周围的人也不抗日？"羽田小心翼翼地问。李记说："有些人组织起来，劫了鬼子运的粮草，打死了两个人。""除了这个，他们还要做其他的吗？"羽田为了打消李记的疑虑，先自将自己铺垫上去："像我们这些做买卖的，还捐款支持抗日的人呢。""我可不能胡说。"李记半开玩笑地说，"万一你是个日本特务呢，我不是把兄弟们都交待了吗？"李记对羽田说："别瞎打听了。其实我也不知道多少事情。我这个人是狗肚子存不了二两香油，要是真知道，你不问也先招了。"李记咧嘴一笑，对店小二吆喝："天放晴了，我们该上路了，给我套马！"

　　羽田乘着李记的马车行走了一星期之后到达乌苏里江畔。由于饮食不卫生和淋了雨，羽田先是拉肚子，之后便是感冒发热，所以到达当地赫哲人居住的渔村时，羽田支持不住地倒下了。

　　这一带的赫哲族自称"那乃"，冬季狩猎，夏季打鱼。因为盛产貂，所以毛皮生意极佳，每年都有商人来这里收貂皮，羽田的到来也就不足为奇了。他们居住的房屋是低矮的泥屋，屋前的栅栏上晾满了型号各异的渔网。李记告诉羽田，赫哲人原先不定居，夏季住桦树皮搭成的屋子，冬季搭个马架子，苫上厚实的帆布。男人冬季时穿戴着貂帽狐裘，很有神采。

羽田所居住的那户人家的女主人叫作玛尼，个子很高，颧骨突出，眼睛的形状酷似鱼，鼻孔有些上翻，嘴唇很厚，说话时特别爱绞着十指。她穿一件鱼皮缝成的衣服，边缘缀着闪闪发光的铜铃，形似铠甲，加上她裸露的修长的棕红色的双腿，使她看上去更像斗兽场里的斗士。她用生鱼片来招待羽田和李记，并把家里存的貂皮一件件拿出来摊在地上，等待羽田品评。羽田因为身上所带的钱有限，只能像当铺收当的人一样故意把好的说成破的，弄得玛尼很不高兴，她又着腰，用土语发着牢骚。为安全计，羽田要了三件貂皮，并且以优惠价钱付给玛尼，她就像孩子一样兴高采烈地唱起歌来。玛尼把貂皮铺在地上的时候，她的两个孩子像熊猫一样在貂皮上滚来滚去。她的丈夫去城里采购食盐、肥皂、油等物品，并且要补充一些子弹，要三四天后才会回来。

羽田很喜欢这个临江的赫哲族渔村。村前的乌苏里江幽蓝幽蓝的，仿佛河床里淤满了蓝宝石。渔民的生活看上去有条不紊，悠然自得。羽田觉得这个小村子做移民点尤为合适，它水草丰美、土地肥沃，与苏联只有一江之隔。占据它，就如同把网撒在了鱼窝子上，肯定收获颇丰。可羽田又有另外的疑惑：如果这里作为日本移民的居住地，这些赫哲族人该到哪里去？这个逐水而居的世世代代生活在这里的民族会心甘情愿放弃这样一个地方吗？他们家家户户都拥有武器，恐怕关东军的驱逐行动将会受到致命抵抗。

羽田在第二天深夜病情加重，他发起高烧。他气喘吁吁，喉咙发干，玛尼为他加了两床棉被他还冷得打哆嗦。高烧时他胡话连篇，恍惚觉得眼前这个体格健硕的赫哲族女人眼睛突然变大了，而李记变大了的则是大张的嘴巴，他们仿佛看到鬼魂一样惊悸。原来羽田在高烧时持续不断咕哝的是纯熟的日语。

五

丰源当的伙计在院子里翻晒那些布衣之类的当物。阳光炽热，把衣裳烤出一股混浊的太阳味来。太阳本来是好味道，可一旦从那些形形色色的被典押的旧衣裳中钻出来，就带着股老妓女的味道，让人闻不得。伙计一边用木棒捶打衣物一边骂："这些狗日的烂衫！"

伙计骂痛快了，也捶打完了那些衣物，就丢下木棒，回屋喝了杯凉茶，换上双宽松的布鞋，准备到街上给主人买瓜果点心。今天是礼拜日，王恩浩又要请山口川雄过来饮茶对弈，这令伙计很不开心。想着要为一个日本人采办吃的东西，便觉得自己投映在路面上的影子很有几分王八相。他就伸脚去踩自己的影子，然而他总是踩不到，他一出脚，影子就逃，气得伙计直骂："王八蛋！"骂过，他又痛快了，于是就哼着小曲来到德记号鲜货店。店外的招牌上醒目地写着："货真价实，童叟无欺"，而银粉色纸的广告上则用古蓝色小楷字写着本店经营品种：天津鸭梨、北京白梨、顺德秋梨、永平菠梨、北山广梨、上海金橘、曹州木瓜、烟台苹果、广东香蕉、盘山柿子、昌黎葡萄……看上去仿佛是应有尽有。伙计进了店里就先闻到了水果的芳香，再加上摆脱了阳光的追踪，心中觉得无限舒坦，不由兀自发了一声感慨："外面像下着火，还是屋里凉快！""就是，多凉快一会儿再出去！"店主殷勤地和伙计打着招呼："今年也不知怎么了，都八月末了，还这么热！"伙计便附和道："就是，热得爷们儿个个都是软茄子，妓院里的肉都白白闲着！"店主把一个烂梨撇向伙计，骂他："就你嘴损，再不积德，这辈子就别讨老婆了！"

他们在逗趣的时候，伙计望见店里的长凳上坐着一位十一二岁左右的少年，他穿一件簇新的海蓝色短衫，有滋有味地吃着一个鸭梨。在他旁边站着一个骆驼似的罗锅，他背着一个黄帆布包，手中擎着条手绢，像仆人一样不时地去给那少年擦嘴。边擦边说："嘿，攒着点肚子，一会儿到了你爹那儿，他还不得给你东西吃。"少年不搭话，依然把梨吃得有声有色。伙计觉得这个孩子的面目有几分眼熟，他的宽额头微微向外探着，很有特点。店主一边给伙计称水果一边悄声说："这爷孙俩打听丰源当呢。"伙计从鼻孔里哼了一声，说："指不定又去当什么东西了。穷成这样，还让孩子这般享受。"伙计颇为不满地说。

店主在向伙计报价钱的时候，伙计叫了起来："怎么这么贵？我不过才买了一斤葡萄、二斤梨。"店主无可奈何地说："我有什么办法，运来的鲜果因为工人闹事，在铁路上耽搁了一个礼拜，桃是烂得没几个好的了，梨和苹果还将就着。再说现在这税那税的，要让你们都满意，我得赔得连裤子也穿不上！"店主拍了一下伙计的肩膀说："花的又不是你自个儿的钱，你心疼什么。"伙计一抖肩膀说："他把钱给了我，当然就是我的钱了。我省两个，不就挤出包烟来抽了吗？"店主骂他："鬼念头倒不少！"

伙计即将提着水果迈出店门的时候，店主热情地招唤那对神色有些疲惫的爷孙俩："你们不是打听丰源当吗，跟在这位爷的身后走。"伙计本来不愿意身后跟着两个当东西的人，但店主把他抬举成"爷"了，他就不好驳人家的面子。伙计冲他们一招手，吆喝道："跟在我后头，可要跟住啊，我走路可是快。"

年纪很大的罗锅儿拍了一下孩子的肩膀，说："快走，省得一会儿咱们还得自己找。这么热的天，问个路都不爱张口。"

爷孙俩就跟在伙计身后。伙计一钻入巷子就像老鼠一样出溜得很快，他这样走惯了。但凡是兼做伺候主人的铺面的伙计，大都腿脚麻利，脚下生风。有时主人这边坐在饭桌上了，却突然想吃酱肘子或者五香花生米，他一差你，你只能放开步子快捷地出去把东西买回。伙计走快了的时候，就觉得对背后的爷孙俩有些过分，那个老罗锅儿看上去少说也有六十岁了，说不定家里遇了什么难事，才会出来当东西。这样一想心下同情，就放慢了脚步，并且回头张望一下。岂料那爷孙俩停在了一处冷饮店前，男孩正手持一支雪糕在吃。伙计叹口气，兀自道："摊上这么个能花钱的小厌世鬼，非要把大人的骨髓油都榨干了不可。"伙计不再等他们，先自回丰源当了。

不久这爷孙俩就并排走进了丰源当。由于老人罗锅得几近九十度，男孩就仿佛是牵着头老牛进来似的。他们进了门先是用毛巾擦汗，然后就打量当铺的格局。当班的二柜没精打采地招唤老人："用钱啊？"老人摇摇头，说："找王恩浩。"老人说话的时候，少年走到柜台前去看它旁边挂着的"望牌"。望牌上满是密密麻麻的字和符号，少年无论如何看不懂，只认得一些"天、地、元、黄、日、月、盈、者"等字样。二柜站在高大的柜台后面探出头问："你是王掌柜的什么人？"

老人微微颤着声说："他见我叫啥，你就知道我是他什么人了。"老人又强调道："我不可能不是他的什么人，你们叫他来吧。"

"当家的晚上才能回来。"二柜说，"他出去了。"

"哼，这么热的天他还出去，他不是爱头晕吗？晕在街上谁来管他？"老人嘟嘟囔囔地蹲下身子，他本想找把椅子坐，见没有，就把自己的一双鞋脱下来垫在屁股底下坐上去，他的光脚板立刻蹿出一股恶臭。老人唤男孩说："吉来，你瞎看什么，别挡着人家的生意，你过来歇会儿不行吗？"

男孩不满地回敬了爷爷一句："我看看又怎么了？"

这时有个客人进来当东西。他面色青黄，穿短褂，鞋子露着脚指头。他当的是一件毛衣。二柜收过只是瞟了一眼，就用唱腔叫道："破衣一件，秃领烂袖，虫吃鼠咬。"然后把一根号牌掷给账桌先生，账桌先生据此开出当票并把钱付给顾客。那人把当票掖进裤兜，而把钱紧紧攥在手中，一颠一颠地离开当铺。二柜对着他的背影鄙夷地说："又推牌九去了，回回都输，回回都赌，不长个记性。我看他老婆跑了是对头的。"

　　吉来问："这毛衣挺新的嘛，怎么说它是破衣？"

　　二柜说："你懂什么，一边呆着去。"

　　吉来说："这是我家的地方，我凭什么一边呆着去？"

　　二柜对正在卷当的徒弟说："这小孩子，口气倒不小，不知他们是掌柜的什么人。"他摇摇头，叹道："嗨，这世道什么人都有！"好像吉来和他爷爷是骗子似的。吉来想想这当铺就是由他父亲开着的，就颇为理直气壮，虽然说他对父亲没有任何印象。他径直走向库房后面的院子，对收拾衣物的伙计说："你怎么走得那么快？脚下就像抹了油。"吉来其实是不喜欢说话的。但他想在新环境中若是话跟不上趟，别人就会以为他是傻瓜。

　　伙计叫道："你怎么溜到这里来了？这可不行，快出去！"

　　吉来说："怎么不行了？"他将一口痰吐在地上。

　　"外人不能进这里来！"伙计说，"还不快跟你爷爷走！"

　　吉来索性一屁股坐在了地上，他的头触着被晾的衣服，感觉就像有猫在用爪子抓他，他一撩衣服说："这一股的霉味儿，真是熏死我了，爷爷把我放在这么一个地方，我可受不了。""那你就快滚吧。"伙计抓起捶打衣服的木棒，说，"要不我敲碎你的脑壳，让你下辈子是个呆子！"

　　挨了骂的吉来便觉得这当铺从里到外没有一处让人看着舒服，他嘟囔了几句什么，然后去前面告诉爷爷："我不想留在这个破铺子里，我要回新京。"

　　王金堂因为疲劳过度，已经迷迷糊糊地睡着了。他俯着身子，头几乎垂地，看上去就像一团刺猬。吉来见爷爷不理他，便百无聊赖地去街上闲逛了。他的口袋里还有一大把零钱。他先是买了个竹制风车，因为没有风，风车是不转的，他就鼓起腮帮子去吹，风车便哗哗地转了起来。然而他很快觉得腮帮子发酸，风车就玩厌了，正巧有个妇女抱着个不会说话的孩子路过，小孩子流着口水咿咿呀呀叫着，张手指着风车，吉来就趁势送出去。小孩子的母亲正言厉色道："我可没钱给你呀。"吉来说："是白送的。"女人这才和颜悦色地对小孩说："快谢谢哥哥。"小孩子哪懂得感谢，他有滋有味地把玩风车去了。吉来接着望见有个老婆婆推着凉糕过来了。凉糕被摆在玻璃柜里，莹白莹白的。有的做成菱角形状，有的则是布袋形，方方正正的。吉来买了块菱角形的，它的中央夹着山楂泥，吃过很开胃。老婆婆见吉来飞快地吃了一块，以为还会要，就停下车等。吉来很善心地又买了一块布袋形的，这里面裹着的是豆沙。太阳已经向西了，街上的光芒就给人一种倾斜的感觉，榆树投下的影子把老婆婆的脸弄得支离破碎的，那张脸就给人一种不真实的感觉，仿佛拼的似的。吉来向老婆婆打听这附近有没有好玩的地方，老婆婆就问："你想玩什么？"吉来说："我也不知道想玩什么。找个有意思的地方就行。""那你就沿着这条街一直前走，走到头时往左有一条道，那里有玩杂耍的。"老婆婆见吉来有些疑惑，就说："耍猴子、耍狗、耍猫的。"吉来"哦"了一声，就慢吞吞地朝那里走去了。

　　王金堂和儿子王恩浩找到吉来时天已暗暗的了。吉来在杂耍场里已经睡着了。他就睡在后排的空地上，那上面既有果皮、废纸又有烟蒂，所以他被提起来时衣裳的后背被弄得一片污秽。来看杂耍的都是那些下层人，拉车的、跑堂的、修脚的、扫街的，他们坐在光溜溜的条凳上，看见猴子会吸烟就乐，看见猫会作揖就乐，看见狗能用嘴叼着自己的尾巴转圈就乐。他们乐的时候往往无所顾忌地放着响屁，弄得场子里空气很浊。吉来开始觉得很兴奋，并且也跟着嘣嘣地放屁，后来他见动物的招数不过就那么几下子，便觉无趣，于是就跑到场后，往地上一倒便睡着了。王金堂和儿子来寻他的时候，杂耍已散，看门人把他们拦在外面，说是里面已经清了场子，没人了。王金堂了解孙子，说他指不定藏在什么地方睡了。看场子的人将信将疑地把他们父子带入场子，他们用手电筒照了一圈，果然发现了吉来。

　　吉来看见爷爷身边站着一个男人，便知他是自己的父亲。王金堂对吉来说："快叫爸，你吃的用的哪一样不是你爸寄钱给的？"

　　吉来叫不出来。他还没睡够呢，他打了个长长的哈欠，跟着大人身后软绵绵地走出杂耍场。一到户外，他就说："天都黑了。"大人都不搭理他，他就又说了一句："晚上倒是挺凉快的。"

　　吉来的母亲春季时突然得场怪病死了。她看着吃的东西就恶心，但对水却情有独钟。一看见水就管不住自己，直到喝得肚子胀得跟皮球似的，而皮肤上的血管则像钻出土的蚯蚓一样勃勃颤动。终于有一天她支持不住地倒下了，她口口声声要水喝，当吉来给她端过一瓢水时，她张了张手就过去了。王金堂找左邻右舍的人帮忙把儿媳殁了，依然送吉来去私塾读书。平顶山发生的惨案只有王金堂一人知道，他不敢告诉老伴，怕她经受不起。老伴对儿媳的故去不但没有任何恻隐之情，反而有种痛快淋漓的感觉："她就是该死，她是又克别人又克自己。不叫她，我那儿子能离家出走吗？"王金堂就骂老伴："你怎么这么歪，没有这个儿媳伺候着你，你怕是早就成了小鬼了！"王金堂骂归骂，对老伴还是无微不至地照顾，他认为她是老糊涂了。吉来则不时央求爷爷去平顶山，姑姑生下的孩子早就该出满月了，为什么还不带他去吃酒？他威胁爷爷，若是再拖下去，他就自己去，或者去哈尔滨寻王小二。吉来变得有些古怪，有时无缘无故地就要骂骂水缸或者屋檐，说水缸长着个王八肚子，说屋檐一副尖嘴猴腮的刻薄相。有时也骂碗、镜子、袜子甚至天上的云彩，好像这大千世界中的每一件事物都有罪于他，而且他开始逃学了，早晨出去时说是上私塾了，可下午私塾先生就找来，问吉来是否病了，王金堂孝敬他的下酒菜使他对吉来的学业抱有始终如一的关心态度。王金堂便慌慌张张地去街上寻，哪容易寻得出来，街上的铺子实在太多了，王金堂只好守株待兔地在家门口等他。吉来回来时天色通常昏黄得像人上了火的尿水，他见到爷爷什么也不说，只管大摇大摆地往屋里走。有一次回来竟然酒气熏天，气得王金堂直说要剜瞎自己的眼睛，不想再看他胡作非为了。就在来奉天的前一周，吉来闯下大祸，他在家中发现了一窝老鼠崽，王金堂让他将它们踩死，扔到门外的垃圾堆去。吉来答应着出了家门。谁料他走了五条街赶到一家粮栈，硬是把一窝吱哇叫着的还没长毛的小老鼠给放在米桶前。他走后粮栈的伙计便发现了，于是一路追他，直追到王金堂门前，气得王金堂追打吉来，把一根烧火棍给打折了。粮栈的老板嫌秽气，非要求主人亲自把老鼠连窝端回不可。王金堂只好去代孙子受过，这边他才捧着老鼠窝出来，那边便由伙计挑起一帘鞭炮噼啪放起来驱除邪气，送瘟神似的，弄得王金堂灰头土脸的。吉来倒是振振有词地说："这么小的老鼠，还没有尝过粮食是啥味道呢。把它们捏死了，它们不是白白当了回老鼠？"说得王金堂哭笑不得，万般无奈之下动了将吉来送到奉天的念头。吉来失去母亲后，王金堂想想自己和老伴也都是来日无多的人，万一有个三长两短，只好让他去找父亲。可王金堂知道儿子不喜欢家室，他不接受吉来怎么办？想着只要自己活一天，就让吉来留在身边更体己，也就不想其他了。然而吉来无法无天地闹腾起来之后，王金堂只能痛下决心了。吉来原先并不知晓自己有那么个爸爸在奉天。他曾问过王小二，王小二含糊其词地搪塞他，说吉来的爸爸好像老早就去世了，又说他漂泊到南洋做生意去了。闹来闹去，居然活生生在奉天开着当铺，这让吉来有些怒不可遏：离家这么近便，过年时为什么不回家团圆一下，母亲去世时，他为什么不赶回来看她一眼？吉来想父亲一定是个狼心狗肺的东西，长得一定狰狞可怖。然而他没料到父亲长得慈眉善目，看人时目光那么温存，走路那么斯文。而王恩浩也没料到老婆会突然去世，妹妹已经惨死，一个宽额头的少年突然而至地来认父亲了，这令他沮丧而又兴奋。当铺的人一旦弄清了吉来的真实身份，就纷纷宠着他，他要做什么就做什么，这使得王金堂在离开奉天时忧心忡忡，他一再嘱咐儿子："孩子不能惯，不打不成器。"王恩浩没有搭话，可见心里是不认同父亲的话。王金堂又嘱咐儿子要让吉来去上私塾，要找那些饱学诗书的老先生，不能让他放羊似的整日在街上闲逛。不要给他过多的零花钱，他花钱的本事比什么都大。王金堂还告诫儿子以后不要往家寄钱，他靠弹棉花完全能生活得起。

吉来本来是跟着爸爸要送爷爷到火车站的，可中途他被一家寿衣店门前的纸牛纸马给吸引住了，于是就停了下来。王金堂召唤了孙子几下，他都不理，王金堂只能摇头叹息。王恩浩见儿子不走了，就让铺里的伙计把父亲的旅行包交给自己，让伙计等着吉来，把他及早带回当铺。

吉来留在了丰源当。他不喜欢和父亲住在一起，只喜欢和伙计住。伙计叫张弓子，他便常常笑嘻嘻地称他"弓子"，张弓子就会一顿头说："别弓子弓子地叫，谁都知道我不是母的！"吉来就笑得没边没沿了，伙计就呵斥他："笑吧，人没有哭死的，可却有笑死的。"吉来想想若真笑死了有些不合算，就收敛了笑声。然而没有绷多久，笑声又像灶上的开水一样哗哗响了。当铺的人都说吉来前世修行得好，一脸福相，天生就是来人世间享福的。说这话的时候他们都叹着气，感慨自己没有那么好的运气，时时刻刻为着生计而操心。

王恩浩对待这个突然而至的儿子有几分惶然。他为吉来联系了两家私塾，让吉来自己选择。结果吉来选了离家较远的，它处于闹市区，周围满是招牌各异的商行店铺。私塾每周上四天课，而且都是半天，这样吉来就有充足的时间逛街。他打算吃遍奉天所有的风味小吃，把大大小小的店铺都转一转。王恩浩不得不专派张弓子服侍吉来，每日由他接送吉来上私塾，然后陪着他逛街。吉来讨厌别人陪他，常常把张弓子给甩在街上，他独自快乐地在大街小巷穿梭，往往是精疲力竭地独自在黄昏赶回家时，张弓子像只受伤的狗一样垂头丧气地坐在当铺门外等他。张弓子埋怨吉来的话永远都是："小少爷，你要是出点差错，我们的小命也就留不住了。您可掂量着点，别把我的脖子用刀给抹了。"吉来就嘻嘻笑着说："我又没有把刀架在你脖子上。"

吉来不上私塾又不出门的日子，就和当铺的员工混在一起。人们教他这个行当的黑话。如称袍子为挡风，裤子为叉开，长衫为幌子，椅子为安身，鞋为踢土，帽子为遮头，宝石为云根，等等。吉来一旦学会了，就会把这些东西绘声绘色地排在一处，他说："我上穿挡风，下穿叉开，外面套着幌子，头戴遮天，脚蹬踢土，手中握着云根，坐在安身上看窗外的小孩撒尿。"大家听了哄堂大笑，更加有兴趣地向他传授有关当铺的知识。吉来一学就能记住，当铺颇有眼力的头柜便对王恩浩说："掌柜的有福，我看这孩子将来经营当铺不会比掌柜的差。"王恩浩笑笑，说："只是他玩心太重了，不像有出息的样子。""他还是个孩子嘛。"头柜说，"还没到他当家的日子，到了那时候，他也大了，玩心自然就减了。"

吉来有无数问题要问张弓子："为什么要把翡翠、白玉称为'硝石'，为什么要把红木、花梨木这样的好木叫做'杂木'？"

张弓子说："要是不这样叫，你今天开了铺子，明天就得关门。"

吉来就一连串地问："为什么？为什么？"

张弓子说："这还不简单，你夸他当的东西好，他的本金就高了，那你挣什么？吃什么？"吉来想不明白，想不明白也就不去绞尽脑汁了。

吉来因为学会了许多当铺行话，所以连带着把它们运用到生活中，惹得私塾先生颇为不满。因为吉来把一到十的十个数字非要念成：喜、道、廷、非、罗、抓、现、盛、玩、摇。私塾先生听不懂，他就数落他是个老糊涂蛋。这个老糊涂蛋就气咻咻地找到王恩浩，说他是开私塾的，给孩子开化脑袋的，不是开当铺的。王恩浩只能点头哈腰赔罪，回头还得让张弓子买上几斤水果点心送过去，这令吉来颇为不齿，认为父亲这是在"犯贱"，于是变本加厉地捉弄私塾先生，捉了蚂蚁，塞到他的眼镜盒里，把他的椅子上悄悄放上碎玻璃碴。私塾先生明明知道这是吉来所为，但为了生计，能多留一个学生就多留一个，也只好对他听之任之了，这样纵容得吉来愈发无法无天，有一天他居然把清凉油弄到老先生的茶壶里，喝得私塾先生直咳嗽，只好把满壶的茶泼了。

王恩浩有时在深夜睡不着觉的时候就想，吉来果真是他的儿子吗？他满脑子的鬼念头是与生俱来的吗？有时他想和吉来认真地谈谈话，可总是鼓不起这个勇气。吉来之于他，仿佛一笔从天而降的巨额遗产，接受的时候总有一种诚惶诚恐的感觉。他认为吉来也是有几分畏他的，比如他突然看见父亲时总要把手迅即插在裤袋里，并且闭起嘴巴装作不吭不响的乖模样，一望便知是装规矩给他看。他几次想说说儿子喜欢乱花钱的臭毛病，然而话到嘴边又咽了回去。想想还是有钱才会让他花，吉来花钱也不到挥霍的程度，而且听张弓子说有一回碰到叫花子，吉来还送给他几枚钱儿，就觉得儿子的过失都是可以原谅的。

吉来也想新京的爷爷奶奶。有时他会自言自语地说："今儿爷爷去街上弹棉花了没有？奶奶吐痰的盒子谁来帮她倒？"

王恩浩自从见到吉来后，才知自己以往寄到家中的钱都用在谁身上了，所以吉来在奉天落脚后，他照样给家中寄钱，他知道弹棉花挣的只能是小钱儿，靠它来维持日常生活要紧衣缩食，难乎其难。想到妹妹惨死在平顶山，王恩浩就淡了与山口川雄交往的兴趣。山口川雄有一次兴致勃勃地来当铺看他，王恩浩也没有了以往的热情，自尊的山口只下了半盘棋就投子认负，叫车离去。当铺上上下下的人见吉来的出现使主人疏远了山口川雄，都暗中喜悦，也就愈发宠着吉来，口口声声称他为"少爷"。吉来不爱听人家叫他"少爷"，他就一撇嘴教训人家说："少爷什么，叫吉来。"

丰源当以它良好的信誉和优质服务一直生意不错。吉来也渐渐喜欢了这里，有时他帮助伙计打扫院子，有时帮助徒弟把那些卷当物品往库房送。碰到腿脚不利索的人来当东西，吉来还眼疾手快地上前扶他，并且帮他递上当物，十分知冷知热的样子。当铺的人都夸他仁义，说他将来肯定能娶一个好女人。吉来就一撇嘴说："我才不要那玩意儿哪。"伙计们就笑，说："到时你就想要了。你爸要是不给你娶媳妇，你还会骂他呢。"闻听此言的王恩浩尴尬笑笑，袖着手匆匆向他的屋子去了。头柜小声数落那些口无遮拦的伙计："咦，真是哪壶不开提哪壶。"

<h2 style="text-align:center">六</h2>

王小二啃一穗烧焦了的老玉米时，不慎锛掉了一颗门牙，所以他与当地农民讨价还价时往往口齿不利索，不得不动用手指来辅助数字的表示。别人对那价格表示基本是清楚的，但因为不满意那价格，就做出糊涂表示，弄得王小二抓耳挠腮。

王小二来时穿着夹袄，没想到三江地带已经冷得超乎他的想象。虽然十月末的太阳偶尔也在某日下午时朗照一刻，然而它已不是艳阳了，它的亮堂中夹杂的暖意已经微乎其微。王小二不得已穿上当地人提供给他的薄棉袄，然而他仍然冷得直流鼻涕，农民就说他火力不旺，还把他比喻成一棵豆芽菜。王小二也不恼，随人们怎么说，只要能为主人低价收购上粮食就好。

由于关东军推行的"地籍整理"，强征强买了农民大片大片的土地，耕种面积突然减少，加上去年世界性的经济不景气，运费提高等等因素，王小二把收购的粮食价格杀得极低。王小二在桦川收购时，就遭到了农民的驱逐，人们说他是黑心的白眼狼。王小二觉得屈得慌。他也是为主人争取最好的利益才不得已而为之的。三江一带盛产大豆、玉米、小麦、高粱，而大豆和小麦是阿廖沙的公司最大的出口产品。一年来阿廖沙对待王小二关怀备至，他的经济宽裕了，还能不时接济姐姐。姐夫对待他也恭敬有加，他一回家姐夫就去买酒买肉，使其成为座上宾。王小二觉得境遇的改善完全来自阿廖沙，所以对他忠心耿耿。阿廖沙便把每年收购粮食的艰巨任务交给了王小二。

王小二喜欢住在农民家里，听他们拉家常是一种享受。若是你与他们混熟了，他们还会把掏心窝子的话说给你听。与王小二同来的两个帮手也顺从王小二的意愿住在老百姓家里，一则省钱，二则图个家庭的生活气氛。不过在选择房东时王小二很有讲究，最不能住的是寡妇家，寡妇门前是非多，你就是规矩别人也会说心怀不轨；新婚夫妇的家也不能住，你看到人家甜甜蜜蜜的，会觉得自己活得太凄凉；丧偶老人的家里也住不得，他拉住你的衣襟会说个没完没了，他有一肚子的苦水要倾诉，你就是哈欠连天，也要支棱着耳朵听。最好的是这样的房东，他们房屋宽绰，上有老、下有小，三代同堂，这样的家庭井然有序，而又颇具生活情调，汤是热的，炕是热的，洗脚水是热的，他们看待你的眼神也是热的。王小二选择的正是这样一家房东。男主人四十多岁，姓李，他的老婆长得很结实，不爱打扮，但很整洁，男人们谈话时她总是满面温顺地坐在一旁忙手中的活计，时不时起身给他们续上些茶。他们夫妇的膝下有一儿一女，一个二十三岁，是男孩，一顿能吃上五个玉米饽饽；女孩十八岁，总是坐在窗前跟她的奶奶学剪纸和刺绣。王小二一旦多看了几眼这个叫秀娟的女孩，同行的帮手就会私下拿王小二开心："看上她了吧？她的模样挺俊俏的，领回哈尔滨入洞房算了！"王小二就一龇牙说："咱是出来干正经事的，怎么能胡思乱想。"然而他确实有些想入非非了，以至于有天晚上看见秀娟守着炉中的火炭烤老玉米，明明知道自己的牙经不起磕打，他还是逞能地陪秀娟啃玉米，结果活活折磨掉一颗门牙，使他的口腔折损一员大将，本来就有些弱不禁风的稻草相再加上牙的缺彩，王小二自觉跟秋后漂在冷水上的水葫芦的叶子一样委靡难看。为了能在秀娟家多住些日子，他把收购来的粮食都囤积在李家，由李家人经管着。为此除了吃住的费用外，还要付给李家一笔可观的停放粮食的费用。王小二一边趁着天清气朗抓紧收购，一边着力联系运输用的马车。由于时局动荡，阿廖沙还给王小二配备了武器，以备押运粮食的路上遭遇埋伏时使用。王小二从未接触过枪，所以初次接过时，就像手抓了一个烧红的烙铁，十分恐惧。阿廖沙笑着安慰他，不必为一支枪过于紧张，平素你不用它，它也就不存在了。王小二并不把枪佩戴在身上，而是放在随身的行李中。

平顶山惨案发生后半年之久，王小二才得知这一悲剧的上演。他不相信地托阿廖沙问了一些可以与关东军接触的军界人士，结果得到肯定的答复。这使得王小二悲伤得浑身发冷。他特地托回新京的人再朝王金堂打听，也许美莲会幸免于难，她那么爱笑，一脸的福相，她的阳寿不可能这么短。然而王金堂的回话也是肯定的：美莲不在了。一个曾在王小二眼前活生生的女人就这样悄无声息地消失了。王小二很不理解：人怎么会说没就没了呢？他开始痛恨那个把美莲娶走的男人，如果不跟他嫁到平顶山，她留在新京，王小二也不至于流落到哈尔滨。也许他们会成家，生儿育女，他在黄昏时领着腆着大肚子的她出去遛街。接下来的一段时间，王小二在梦中看见美莲，她始终如一地冲他微笑着，什么也不说，这更加令王小二痛苦不堪。他不知美莲在那里缺些什么，衣裳有几套，短不短换季用的？鞋子是否单的棉的一应俱全？粮食能否供上嘴？房子住得暖不暖？王小二有一万个问题要问。为了免除心中的忧虑，他去道外找有名的胡半仙，求他给遁入黄泉的美莲捎一些东西。胡半仙七十八岁，瘦得走路直打晃，据说他常常能看见阴间的事情，所以他开的纸花铺生意很兴隆。王小二觉得胡半仙的样子特别像蝴蝶蜕掉翅膀后的几近干瘪的蛹，他总给人一种气若游丝的感觉。他听了王小二的述说后，闭目养神了足足有一个小时，才睁开眼睛含了一口茶水，并把茶吐到王小二脸上，说："觉不觉得这水刮脸？"王小二被这突然一击搞得十分狼狈，仓促中点头称是。胡半仙一龇牙说："这就对了，你说的美莲她也记挂着你，刚才她用手刮你的脸来着。"说得王小二不住地摩挲脸，期望能在无形中触到一双柔软温暖的手。按照胡半仙的说法，美莲在那里一无所有，日子过得暗无天日，只等着王小二给她置办点东西。于是王小二就按照胡半仙的吩咐买了纸衣纸裤，纸袜纸鞋纸箱子柜子，纸锅碗瓢盆，纸屋子纸灯，纸牛纸马纸鸡纸羊……吃的用的可谓应有尽有。为此，王小二花掉了一个月的薪水，可他觉得值。胡半仙领着王小二在院子中烧这些东西的时候口中念念有词，黄昏中有一只燕子从火光上空掠过。王小二确信那只燕子就是美莲的化身。当这些东西化为灰烬的时候，王小二确实有一种无法言说的轻松感，当夜美莲入他梦中，虽然仍然没有说话，但那湿漉漉的满含感激的眼神却令王小二醒来久久不忘。王小二为此买了一个猪拱嘴和一瓶烧酒酬谢胡半仙。

王小二所住的村子由于经常有抗日游击队的踪迹，而格外引起日本宪兵队和警察署的关注。他们经常在半夜时搞突然袭击，把人们从睡梦中扰醒，将他们视为可疑的人押回去审查。因此，王小二不断提醒自己不可因为迷恋秀娟而长驻于此，要尽早把粮食购足，联系车马运送出去。附近的百姓闻知收购粮食的人住在李家，就来打听价格，议好了价的人家就把粮食拉过来过秤。秀娟认得秤，王小二吆喝帮手过秤时，她就负责报秤和记录。王小二越来越觉得这样一个心灵手巧的女孩子再难遇到，于是就讨好地为主人家挑水、烧火、扫院子。岂料他身板实在太差了，每样活只干上一会儿就气喘吁吁，主人就会笑着说他："你身上那点劲还是攒着吧。"王小二觉得这话含有挖苦人的意味，就酸溜溜地说："人的力气还不是锻炼出来的？有谁天生就是个大力士？况且能干力气活的人命也往往不好，一辈子当牛做马的，不似我吃香喝辣的。"秀娟就会笑眯眯地问："'喝辣的'是指什么？"王小二兴致勃勃地说："是酒啊。"秀娟说："那东西有什么享受的。"王小二就说："哼，自古男人没有不好酒的。不好酒的男人没人样，将来在世面上混不明白！"虽然他嘴上这样说，王小二还是清楚自己的酒量不过是蜻蜓点水就有三分醉意，只是觉得夸张自己能喝酒可以显示男子汉气概。谁让他浑身上下没有几处赢人的地方呢！他清楚自己比秀娟年龄大了许多，可他认为男人比女人大会疼老婆；他其貌不扬，可这样的男人一般不会出去花里胡哨；他居无定所，但凭自己的聪明早晚有一天他会站稳脚跟，也许将来能开创比较大的事业。每当他考虑自己的缺陷而有些垂头丧气的时候，他就不停地给自己打气，在他看来缺点的尽头就是优点，如同黑暗的尽头注定是光明一样。王小二暗下决心：一定要事业婚姻两不耽误，把粮食购齐备了的时候，就鼓足勇气向秀娟的父母提亲。为此他每天都精神抖擞的，时不时学几声鸟叫，有时还打几下口哨。帮手说他的口哨实在太细弱，小孩子听了直想撒尿。王小二便开怀大笑："我要能让小孩子尿炕，本事倒也算大了。"

就在天气已经冷得绝少看到小鸟，家禽也不爱出窝的时候，王小二购足了几万斤的粮食，他联系了三架上好的马车，车夫都是常年在外拉脚的人，经验很丰富。他们配备了充足的给养，准备近日启程。王小二看见屋顶和园田的白霜在清晨的阳光中闪着银子一样的光泽，内心便洋溢着喜悦。他想这是求婚成功的好兆头，于是就信心满怀地去找秀娟。然而他很吃惊地发现那个清晨中的秀娟是跟一个身强力壮的男青年站在一处的，他们站在屋后的牛棚前说话，看上去很亲密。秀娟看见王小二显出羞涩的样子，而那个男人只是礼貌地和王小二点点头。王小二那一时刻脑袋里仿佛飞进了一群蜜蜂，嗡嗡直响，他不明白这个从天而降的男人到底是谁，是秀娟的对象，还是李家的亲戚？王小二心急火燎地去找秀娟的父亲，开门见山地问："李哥，跟秀娟站着的人是谁呀？"房东笑了："秀娟的对象啊,他们元旦时要结婚呢。"王小二终于沉不住气了,他说:"这怎么可能呢,我在你家呆了快半个月,从来都没见过他,他怎么说来就来了呢。"房东依然和善笑道:"他不是俺们村子的,前一段又都忙着打粮晒粮,就不能说来就来了。"房东说,"再说小年轻的老往一块凑也不好,耽误正事。"

那一瞬间王小二失望得直想投河。他可怜巴巴地说:"我以为秀娟还没有对象呢,你们也不提早告诉我一声。我这头的炕都热起来了,她那头却凉了,让我怎么受得了!"说着,就有些眼泪汪汪的了。房东其实早就看穿了他的心思,而且也料到王小二要在走前提亲,为了不扫他的兴,他们才把邻村秀娟的表哥找来做挡箭牌。他们不愿意把女儿嫁到那么远的地方,再说他们对王小二的体质和过分机灵的样子不放心。房东故作恍然大悟地对王小二说:"原来你看上了秀娟啊。她可没那个娘娘命,她只配给个种地的人当老婆,做做饭,养养猪,缝缝衣裳。"王小二开始流着眼泪说:"我要是娶了她,肯定不让她受屈。有一文钱我都会花在她身上,看看还能不能改变了?"房东带着同情的语气说:"这怎么好改变呢。他们订婚三年了,眼瞅着就要结婚了,是我们秀娟没这个福分!"王小二知道再坚持下去既无济于事,而且有失体面,这才收敛了泪水,很不好意思地对房东说:"我这个人泪窝子浅,其实也没什么。我在哈尔滨时别人给介绍了一大堆女朋友,我都没相中,将来也许还能碰上合适的,现在不过是缘分未到。"房东连忙顺水推舟地说:"就是,凭你的身份,什么样的找不着?别着急,好菜不怕晚。"有苦难言的王小二只能做出洒脱状，该干什么还去干什么，不过他内心有种格外凄凉的感觉，觉得自己在爱情上就像冬日旷野上可怜的兔子，非但找不到自己的猎物，还往往使自己成为比它强悍的动物的牺牲品。

三驾马车如约来到李家的院子，王小二吆喝帮手和车夫装车。粮食都用麻袋装着，从中透出来的气息是一种富足的香气，十分好闻。天气很晴朗，看不到云彩，虽然天色泛白，没有夏日那种碧蓝色的晴朗，王小二还是对这样的天气暗念阿弥陀佛。只要下不下雨，他们的旅途将会一帆风顺。而若是赶上阴雨绵绵的日子，重载的马车在泥泞中跋涉，不知要费多少周折呢。王小二请一个懂得天象的人给看了，他说未来一周都是晴朗的日子，就是有些云彩也不要紧，这个季节的云彩已是强弩之末，不会兴风作浪了。虽然如此，王小二还是为每挂马车准备了雨布，不怕一万就怕万一，看天象的人不可能把几百里外的天气也预测得那么准确。

王小二押着开路的马车，其余两位帮手分别押另两辆车。王小二与李家所有人一一告别。轮到与秀娟告别时，王小二故作大度地说："将来结婚时缺什么东西，就给叔捎个信，叔给你寄来！"既然做不成丈夫，他就一下子抬高了自己的辈分，做出高姿态来。李家主人连忙拍了一下女儿的肩膀："还不快先谢谢叔！"秀娟笑盈盈地叫了一声"叔"，直叫得王小二仿佛一头栽进了冰窟窿里，冷得直打哆嗦。他跳上马车，悠悠上路了。

由于粮食摞得很高，王小二坐在车上就有一种高高在上的畅快感。他先是躺在上面舒舒服服地眯了一觉儿。醒来后就从小面袋里往外翻吃的东西，花生米、烧酒、盐水煮的蚕豆、油煎的鱼干等。他把它们摊开，有滋有味地吃喝起来。他看不到路上的行人，望见的只是澄净的天气。有时还能看到沿路的树的树梢，它们脱光了叶子，光秃秃的，很有些饥饿的样子。王小二就捏着鱼干炫耀地对树梢说："眼馋吧？眼馋也不行，我要是把你们喂饱了，我就得瘪茄子了。你们喝西北风去吧。"说着，"嗞——"地抿一口酒，快意地哼几声，觉得生活实在太诗情画意了。他能离天这么近地饮酒，跟呆在月亮里又有什么区别呢。其实没有老婆的日子也清闲，自在逍遥，你一个人吃饱了就净心了。若是拖家带口的，就会有层出不穷的生计问题等着你去操心。王小二这样一想，就觉得自己是彻头彻尾的快乐了。他想起了美莲的笑容，相信美莲的灵魂就在这大地上四处飘浮，于是就丢了一粒蚕豆到车下："美莲，你吃吧，给别人我心疼，你吃多少我都乐意。"说着，又丢了一粒蚕豆。待他喝了半斤左右的酒，已经有与云彩为伍的浪漫感了，他就仰着脖子跟天说话："我离你可真近呀，你要是给我弄一副翅膀，我就能立马飞回哈尔滨去。"天并不跟他搭话，但把持续不断的微风传送给他，王小二很知恩地说："吹得我这个舒服，我没被这么好的风吹过。"他异想天开地认为微风就是嫦娥，嫦娥也对他动情了。后来他喝得尿水上涌，想想下去解手太啰嗦，就站在粮食堆上解开裤子，哗哗地冲着车下尿起来。尿水呈弧形飞溅，银蛇飞舞一般，王小二觉得这泡尿尿得实在过瘾，使他的五脏六腑有一种无比舒畅的感觉。他不由快意地对已经枯萎的花草树木说："你们谁淋了我的尿，明年春天谁就会出落得最漂亮！"车夫听到王小二的一派胡言，知道他喝得难以自持了，就大声冲他吆喝："少喝两口，醉得脚软了再一头栽下去！"王小二嘿嘿笑着说："那怎么可能呢，我这个人海量，八仙都不是我的对手，喝上一大木桶都没问题！"车夫甩了一下鞭子，对王小二说："行啊，你怎么折腾都行，别把屎拉在粮食堆上就行。"王小二十分不满地反抗道："我怎么会把屎拉在上面呢，粮食是人吃的，还要出口呢！知道吃它们的是什么人吗？外国人！外国人是什么？就是那些黄头发大鼻子、脸上好像涂了漂白粉的人！这帮狗日的爱吃咱们这里的粮食。知道咱这里的粮食为啥好吃吗？因为生长期长，生长期长的东西就有营养，像南蛮子种的那些地，一年能收两三茬，那打出来的粮食还有个吃？这就跟女人生孩子一样，孩子在娘肚子里呆的时间长，下生时个个白白胖胖，要是呆上个四五个月就出来，不但又黄又瘦没法看，连小命都保不住！"王小二发完一通长篇大论，把裤子系了，四仰八叉倒在粮食堆上，极舒服地哼唱着小曲。他把云彩比喻成心肝宝贝，他什么时候要看就可以看；还把秋天的路比喻成装着屎的猪大肠，怎么也掏不干净。他哼唱小曲的声音有些尖厉，听起来就像是猫在叫春。车夫"啪——"地甩了下鞭子，兀自叹道："男人就得娶老婆，不然就会魔怔！"

王小二是听不见车夫的话了，他又一次呼呼大睡了。晌午的阳光照着他，就像照着一堆垃圾：他一只脚穿着鞋子，另一只脚却光着，他的裤子皱巴得像揉搓得软了的牛皮纸，最可笑的是他的上衣，因为怕路上受冻，里三层外三层地总共套了四件衣裳，衣裳是套得一件比一件小，所以衣襟也就一层层裸露，颜色变化多端，就像老婆婆用碎布打的袼褙一样。王小二睡得自由、踏实、甜美。当他再次醒来的时候，发现马车不动了。三个车夫和两个帮手正在一起猜拳行令。王小二斜过身子向下一望，气得大骂："真是大胆！怎么不赶路了？啊，你们以为我睡着了就偷懒，这叫什么话！天黑前要是赶不到预定地点，就让你们在野外喂狼！"王小二见哥儿几个喝得面色红润，个个谈笑风生的，就愈发气不打一处来："你们可真会找地方风光啊，难道我给你们的钱是大风刮来的？酒是到了地方才能喝的，现在喝了耽误正事，要我怎么好交差？"王小二说着跳下马车，由于跳急了，脚心生疼生疼的，他不由跳着脚一阵叫唤。后趟的车夫说："咱们走不了了，车轱辘冒泡了，起码得收拾几个时辰。""车轱辘怎么会冒泡呢？"王小二立刻有种火烧火燎的感觉，他说："这天又不热，胎里的气又不那么满满当当，怎么会冒泡呢？"说着，就疾走几步去看那辆出现故障的马车，果然是瘪了胎！王小二只会一遍遍地说："我让你们出门时要检查好了，你们说没问题，可现在有了问题了，你们却坐在这里又吃又喝的，嫌我没派头是不是？"王小二的酒早已醒来，他说："我告诉你们，爷爷我也不是好惹的，我还带着枪呢，把我惹急了，子弹可是不长眼睛！"

　　几个人连忙给王小二赔不是。说是走得人困马乏了，不过是歇歇脚而已。至于那瘪了的车胎，大家齐心协力换上新的就是，反正他们带着备用胎呢。不过损失了一个车胎，钱得算在王小二身上。王小二一拍胸脯说："你们这帮狗日的就知揩我的油！你们看看我身上哪儿有多少油了？"说得几个人都哈哈笑起来。王小二又说："别当我是傻瓜，你们出来时把又旧又破的胎用上，单等它冒泡了来讹我。我就是土鳖，也不能让你们合伙这么欺负吧？"王小二话音刚落，三个车夫连忙摇头摆手说："可不能冤枉好人，我们穷是穷，还不至于变着法子坑人。"王小二从鼻子里哼了一声，说："算了算了，我也不说你们不清白，把车胎钱给你们就是了，只是再有车胎冒泡的话，我可就不客气了！你们那点心眼儿跟我比——半斤八两！"说得三个车夫面红耳赤，两个帮手则连忙把吃的东西收拾起来，一行人手脚麻利地去换车胎，然后重新上路。这回王小二可不敢打盹儿了，两个帮手毕竟不是公司的人，所以胳膊肘是往外拐的。王小二一旦认清了这些，坐在粮食堆上时就频频回头，看后两辆车跟得紧不紧，车夫和帮手是否交头接耳。待他发现一切正常后，这才略微放了放心，欣赏着大平原上滚滚西下的落日。那落日先是橙黄色的，流金溢彩；之后又变成了猩红色，就像一个大火球在熊熊燃烧。晚霞这时就腾空而起，变幻多姿地缭绕了整个西边天。那晚霞比他在新京时见到的要热烈，仿佛那里正热热闹闹地举办正月十五的灯会。晚霞给天地染上最亮丽的色彩，把马车涂抹得一派辉煌，仿佛马车运载的不是粮食，而是黄金。王小二就这样默不作声地看着落日沉沦，看着晚霞缕缕飞逝。天黑前他们终于如愿以偿来到一家客栈。吃过饭后，王小二吩咐店主给大伙烧上一大锅热水来泡脚解乏。店主应着，麻利地续火烧水。待水热了，王小二却一个伙伴也找不见了。他唤店里的伙计去寻，伙计回来说：几个人正在给马车换新轮胎。王小二不由得意地笑了。

次日又是一个晴朗的日子。王小二一行人在天蒙蒙亮的时候就上路了，所以他们是在路上迎来的日出。太阳很腼腆地从平原上羞答答升起，一些呈带状的金红色云霓环绕着它，使初升的太阳显得尤为明媚。他们在路上遇到了一队贩卖鸦片的车队，车夫告诉王小二，为首的人叫刘麻子，是黑社会赫赫有名的人物，他吃喝嫖赌，无所不好。最近又勾结上了日本人，由日本人给配备了武器，更加不可一世地招摇撞骗。他常常给日本人通风报信，告诉他们抗日游击队的行踪，帮助日本人镇压老百姓。所以这一带的人编了一段顺口溜骂他："刘麻子小日本，又有钱又手狠，今天劫良民，明天睡姑娘。同穿一条裤，忘了老祖宗。刘麻子小日本，别看今日蹦得欢，有了今天没明天，野狗拖尸荒郊外，下到地狱难翻身！"王小二听了这段顺口溜牙根儿直痒，他责备车夫说："你要是提前告诉我这混蛋是个大汉奸，我就立马掏出枪给他半路上放血！"车夫摇头叹息说："他人多势众，又有日本人做后台，咱可惹不起他。他不找咱的麻烦就不错了！"车夫又说："刘麻子特别爱察言观色，他要是路上碰到什么人物有反日的嫌疑，就会先去日本人那里报告，邀功行赏！""你这么一说我就更气不过了！"王小二大声说，"给我卸下一匹快马，我回头去追他，把他的脑袋打下来当午餐！"车夫好言相劝道："算了，你不但打不了他，反而可能要了自己的命。咱们抓紧赶路吧，刘麻子保不准又去给日本人通风报信了，他一看见我们运三大车粮食，眼珠子不怀好意地转！"王小二觉得车夫的话有些道理，这些粮食又不是他王小二的私人财产，他不能拿阿廖沙的钱去冒险。想到自己身不由己的处境，王小二不禁喟然长叹一声："人什么时候能想干什么就干什么就好了。"

那之后王小二都无精打采。他不想喝酒，不想唱歌，不想吃任何东西。午间停靠一家饭店，面对他以往最爱吃的爆炒腰花，也吊不起任何胃口，心里仿佛堵着块石头，闷闷的。他觉得与其这样混饭吃，不如扛起枪打小日本更过瘾。他若是参加了队伍，就先去打那些汉奸，把这些狗日的全都阉了，让他们男不男女不女，一辈子苦不堪言。尤其像刘麻子这样的混账，他不但要阉了他，还要把他的耳朵割下来，把眼睛给他剜瞎了，让他又失明又失聪，让他千人恨万人骂，姥姥不亲舅舅不爱，让他在苟延残喘中生不如死地过日子。王小二把手指头摁得咔咔直响，就像子弹从枪膛中飞出来的声音一样。而王小二做梦也没有想到，就在当日黄昏他们再有五里路就将停靠一个比较大的县城歇脚时，日本人的马队从背后迅疾追来。王小二刚刚把枪掏出来，握枪的手就被一个日本兵眼疾手快地击中一枪，王小二的枪甩到马车下，三驾马车全部被扣留。

王小二所中的那枪正在手腕上，他疼得一下子跳下马车，扑向那个朝他开枪的日本士兵。他为此付出的代价是脚又中了一枪，这样右侧的半边身子就像患了中风动弹不得。几名车夫乖乖地依照吩咐把马车赶向日军指定的地点。王小二明白，一定是刘麻子谎报军情，以为他们押运的粮食是送给抗日游击队的。王小二一遍遍地申辩："这些粮食是运往哈尔滨的，不信你们派人打听打听去！"没人听王小二的话，他被押解到邻县的日军守备队。三名车夫第二天就被释放了，只留下他和两名帮手。王小二身上所带的钱被搜刮干净。两名帮手不断埋怨王小二，说他不该在李家逗留那么长时间，要是早些上路，就不至于遭遇这种不幸了。王小二反唇相讥道："若不是带着你们这两个笨蛋，我自己早就脱身了！"两名帮手撇撇嘴，没说什么。

王小二脚上的伤没有打到要害，所以还能蹒跚走路。他手腕上的伤可就不妙了，右手一天天萎缩麻木，急得牢房中的王小二一遍遍地用那只好手砸铁门央求看守："快放我出去吧，我的手再不看医生就要残疾了！你们抓错了人，到时候我们家主人找来，你会后悔的！"两名帮手也帮他央求："快让他去看医生吧，他的手再挺下去就化脓生蛆了！"看守是日本人，他对汉语一知半解的，他背着枪过来洗耳恭听半响，也听不出所以然来，于是就哇啦哇啦地说一通王小二他们也听不懂的日语，优哉游哉地走掉。王小二流着泪水骂："你们这帮狗日的！"

阿廖沙见王小二超期多日没有购回粮食，便知他在路途中遭遇不测了。而且他判断很可能是落到了日本人手中。他托在关东军第十四师团的一位日本朋友帮助寻找，王小二这才得以脱身。由于在狱中关了半月之久，王小二出来后手上的伤口已经溃烂了，他的那只手看上去青紫青紫的，就像一朵暴雨前的乌云。他先去县城的一位有名的接骨老先生家中看病，老先生毫不客气地告诉他那只手只能锯掉。王小二听后一跳老高："那怎么行，没了手我怎么过日子！"老先生说："你就是找遍名医，你那只手要是能留下来，我就把自己的手剁下来赔你。"王小二听后呜呜哭了，他从未如此悲痛欲绝过。他觉得老天爷真是不长眼，他这么年轻，还没有成家立业就成了一个残疾人，往后的日子该怎么过呢！老先生还说，若是那手再不锯断，很可能连带着把整条胳膊都拐带坏了，王小二只能痛下决心，把那只手锯掉了。当他看着自己原本好端端的手突然从身上掉下来，那种骨肉分离的悲凉感使他泪流满面。他发誓要为他的这只手报仇，发誓要把那个可恶的刘麻子和朝他开枪的日本兵都捉到手中，把他们剁成肉酱！虽然出狱时日本人碍于阿廖沙的面子把钱全部还给了王小二，然而那三车粮食却是不知去向了。王小二打发两名帮手回哈尔滨报信，他自己则留在县城处理手伤。这时大自然已经进入冬季，雪花来了，下雪的日子城里就白茫茫的。王小二常常在傍晚时节带着残手去酒馆吃酒，他很不习惯用左手拿筷子和酒盅。常常是菜刚夹起来筷子却掉了，酒盅被哆哆嗦嗦端到唇边时却已洒了大半。他每次都喝得酩酊大醉，跟跄在街头时不住地摔跟头。初冬的头几场雪是极难存住的，它们融化后使道路变得泥泞，王小二就常常在摔倒时啃了一嘴泥巴。他就软绵绵地有气无力地咒骂这些泥是野鸡，只知往人的身上黏糊，却不管人喜不喜欢它。拉车的人见王小二挡着自己的路，就骂他："你这下三烂，还不快滚开！"王小二就舌头发硬地回敬："你这臭拉车的，你敢骂爷爷，爷爷阄了你！"拉车的在经过王小二身边时就毫不客气地踢了他一脚，骂："你这个酒疯子！"王小二哼哼几声，连反抗的力气都没有了。清冷的月光照着他，远远过来的人都以为他是一堆垃圾。

第三章　一九三四年

民国二十三年　昭和九年　大同三年　康德元年

一

　　除夕街上的行人明显少了。王亭业的老婆领着宛云去找张元庆借钱。她在路上一遍遍地问宛云："妈跟你说的话你记住了？"宛云就说："记住了，我唤他张伯伯，就说爸爸回不了家，我们家没钱过节了，求张伯伯先借给我们一点钱，过了年我们给他当牛做马也会还。"宛云说完又补充，他给了我们钱，我就跪下来给他磕头，祝他今年福如东海，寿比南山。说着宛云又问"东海"和"南山"是什么意思？王亭业的女人使劲拉了一下女儿的手说："等你爸爸回来了给你讲就会明白了，他学问大。"宛云又问："爸爸什么时候回来呀？爸爸做了什么错事让人抓走了？"她很伤心地说："爸爸做错了事就快改嘛，改完了不就回来了吗？"王亭业的老婆心猛烈地抽动了几下，她说："爸爸早晚有一天会回来的。"宛云带着哭腔说："我画的大象和龙，爸爸还没有看到过呢。"

　　自从王亭业被捕后，刘秋兰带着女儿宛云整日惶惶不安。开始时她以为抓错了人，丈夫除了学校和家里，平素很少出门，交往的人员也很有限，不至于冒犯当局。后来监狱里来人取丈夫的换季衣裳，刘秋兰既高兴又难过。高兴的是知道丈夫仍然活着，难过的是既取了衣裳，他就要继续在狱中度日了。刘秋兰不知王亭业关在哪家监狱，托人也打听不出来，他认识的人都不是有头有脸的。刘秋兰就去找郑家晴，以为他神通广大，然而学校的人说郑家晴休病假去了。刘秋兰又去找王亭业的几个同事，大家见了她都有些躲闪，一再说平素与王亭业只是彼此点个头的情分。校长倒是很和善，他偷着给刘秋兰补发了两个月的薪水，一再叮嘱她不要把事情说出去。刘秋兰对他千恩万谢，但那点钱对于多病的她来讲无疑是杯水车薪。刘秋兰迫不得已停了多年服着的汤药，把有限的钱都用在柴米油盐上。她和宛云每天只吃两顿稀饭，一夜下来尿罐被她们娘俩儿尿得浮悠浮悠的，直往外漾。宛云明明想吃干饭，但她知道父亲一走家里就没有进项了，所以还故意对母亲说："我原先就爱喝稀的，可是你们老不给我做。"说得刘秋兰把泪往肚子里咽。若是没有宛云，也许她支撑不到今天了。她的风湿病严重的时候下炕都困难，浑身的骨头缝都疼，她恨不能在房梁搭上一根绳子吊死。只是她痛快后一了百了，宛云没爹没妈的怪可怜的。她便想要不把宛云也一块弄死，去药店买包砒霜便是。她惟一一回这样灰心丧气地设计宛云的黑暗结局时，家里的灯绳突然断裂，一盏灰尘累累的灯正砸在她的肩膀上，使她惊叫着坐起。宛云走过来帮助她揉肩膀，说："妈妈，你刚才乱想什么了，你的眼睛看着好吓人，我不敢说你，我就看灯，灯知道我的心思，它就掉下来告诉你不要瞎想。"刘秋兰不由得抱过宛云哭了，她发誓要把她好好抚养成人。

近一年来刘秋兰总共朝张元庆借了两回钱，因为王亭业的同事都声称家里不富裕，没钱借给她。张元庆是惟一可以接济她的人。张元庆是一家大饭店白案上的师傅，比刘秋兰大七岁，他们是同乡。只是刘秋兰与王亭业结婚后，他们之间很少走动。当刘秋兰需要帮助时，这才想起了张元庆。于是就带着宛云去借钱，张元庆很痛快地把钱借给她。然而她第二次独自去借钱时却遇到了张家女主人的冷脸子，她说家里孩子的裤子破得不成样子，都不舍得扯块新布来做，说张元庆的一双布鞋穿了六年了，刷洗得底儿都薄了，也没敢买双新的，弄得刘秋兰觉得自己这样屈辱地活着十分无聊，强忍着泪告别女主人凄凉地回家。走到半路上，张元庆叫了一辆车追上来，给了刘秋兰一些钱，让她别跟自己的太太说就是。不是到了年关迫不得已的话，刘秋兰是绝对不会再去找张元庆的，她也知道这样借下去不是个办法。为解燃眉之急，她又把家中值点钱的东西都当出去了，就连棉衣也是刚赎回来不久。她很想找一份事来做做，可她没有手艺，又干不得力气活。她想如果再有一年王亭业不出狱，她若不想卖身的话，只能带着宛云回乡下的娘家了。

刘秋兰忐忑不安地领着宛云踏入张元庆的家门。门的右侧吊着一盏金色的南瓜灯，门楣两侧则挂着红纸黑墨字的对联：富贵人家喜事多，吉庆有余万事兴。两个硕大的福字端端正正地坐在两扇对开的木门的中央，看上去就像两个方头大耳、作威作福的老爷子。刘秋兰暗自叹口气，心想看看人家多有过年的气氛。

　　宛云一直扯着刘秋兰的衣襟，那样子有几分胆怯，仿佛母亲要把她卖入张家当童养媳似的。一股炒瓜子的香热气扑鼻而来，张元庆的老婆穿扮一新地站在灶前用铁铲翻炒着锅里的瓜子，她的一双儿女偎在灶前尝瓜子，看火候是否到了。刘秋兰鼓足勇气和女主人打招呼："张嫂，忙年货呢？"女主人大约想到过年对人冷若冰霜有些不善良，所以挤着笑说："这点瓜子还是前年存下的，一直没舍得吃，放陈了，都有点跑味了。"她对自己的女儿说："快给妹妹抓把瓜子！"宛云很懂事地说："谢谢张伯母，我不爱吃瓜子。"女主人也就不客气了，她单刀直入地对刘秋兰："妹子，我真不好意思大过年的跟你哭穷。"她使劲翻炒了几下瓜子，然后蹲下身子将柴火往灶外撤了撤，说："这不元庆出去了，大过年的也得加班，就图多挣那俩钱儿，手头实在紧。俺婆婆在乡下得了半身不遂，前些天元庆刚把家里仅有的那点钱换成一袋面、一袋米，还买了一捆粉条送回乡下，不然婆婆家里连年也过不下去了。"刘秋兰觉得脸一阵阵发烧，她只好附和道："唉，我知道谁家的日子也不好过。"女主人说："我知道你现在一个人带着孩子不容易，可我实在帮不上你什么了。"刘秋兰觉得这样再提借钱的事就太不谙世故了，只能强颜欢笑地说："我今天带宛云来，只是来谢谢嫂子和元庆对我的一片恩情，可惜手头紧，没带什么东西来，嫂子不见怪就是了。"女主人喜出望外地说："说这话不就见外了吗？你和元庆是老乡，人家不是说嘛，老乡见老乡，两眼泪汪汪，这情分不浅呐，我是元庆的老婆，咱们也该算是姊妹了，你跟我还客气什么！"说着，把炒瓜子的铲子丢给自己的女儿，说："替妈妈炒一会儿，我跟你姨进屋唠会儿嗑儿！"刘秋兰连忙推脱："大过年的，你这里还有一堆活要忙，我也得赶紧领宛云回去收拾收拾，家里还没扫尘呢。"女主人更加喜不自禁地大张着嘴说："那我就不留你了，等元庆回来我跟他说你来过了。"刘秋兰满心都是泪水，但她还是笑意盈盈地对宛云说："快提前给张伯母磕个头！"宛云犹豫着，不肯跪下来。女主人连忙说："磕什么头，都是自家人，咱不兴这个，别难为孩子！"她不由分说地把宛云拉扯到灶台前，一把一把地往宛云的衣袋里抓瓜子。由于瓜子烫，每抓一回她都要"唉哟"叫一声，宛云觉得很不自在，但她发现母亲冲着她微微点头，也就由着女主人一惊一乍地滥施热情了。

刘秋兰领着宛云再次回到街上时觉得街景更加单调和寂寥。天空灰蒙蒙的，这种天色不是由于近晚的缘故，而是因为云气下沉。惨淡的云密不透风地聚集在一处给人造成了压抑感。刘秋兰不知道天是否也过年，如果是那样，它该现出一些彩云才是。看来天也是没有情绪过年的。宛云知道母亲没有借到钱心里难过，就紧紧拉着刘秋兰的手，想这样母亲就不至于流泪。有几个如她们一样落魄的人在街上愁容满面地蹒跚，有个乞讨者竟然把刘秋兰当成富贵人家的太太，"扑通"一声跪在她们母女前行的路上，带着哭腔说："可怜可怜我吧，我家里穷得过不去年了，小孩子在炕上饿得嗷嗷叫。"刘秋兰叹口气，说："你找错人了，我们家也穷得揭不开锅了。"乞讨者再也没脸抬起头来，他匍匐到路边，将路让开，看上去就像一只缩着脖子的乌龟。宛云小心翼翼地问他：“你们家的小孩子几岁了？会嗑瓜子吗？我送给你一兜瓜子吧。”说着，就要从衣袋里往外掏瓜子，刘秋兰拍了一下宛云的肩膀小声说：“哪有送人家瓜子的。”乞讨者却头也不抬地麻利地从裤袋里掏出一块脏兮兮的蓝布，把它铺开摊在地上，宛云便心领神会地将瓜子一把把地抓到那布上。黑壳的瓜子就像一群暴雨前的蚂蚁一样聚着堆儿，吸引着过往行人侧目观望。宛云快把两个口袋的瓜子都掏空的时候，刘秋兰连忙扯着女儿的胳膊朝前走，因为有些行人已经停下了脚步。乞讨者也没说声“谢”，顾自埋头哆哆嗦嗦地把蓝布对角折了，然后把瓜子掖进怀里。等宛云再次回头张望时，他已经从地上爬了起来，惧怕冷风吹打似的斜着身子向前走；待到宛云将要拐弯再次回头张望时，乞讨者又跪在了一个行人面前，远远看去就像一条狗。宛云有些难过，她就把所剩无几的瓜子一颗颗地往嘴里扔，“咔咔”地清脆地嗑着。瓜子很香，不像是放陈了好几年，倒像吸足了当年的阳光精华才孕育出来的，它格外饱满、芳香、充盈，吃得宛云满嘴溢香。刘秋兰见状也不由得从宛云衣袋里摸出十几粒，每嗑一个她都有不同的感慨：“嗯，真香，肯定是当年的，怎么说放陈了呢？”“嗯，确实是当年的，一点也没跑油，唉——”“黑瓜子就是比白瓜子香。”“把这瓜子仁碾碎了包江米元宵才好吃。”“我小时候看别人家种的向日葵快成了的时候，还跟邻居家的小兰去偷过呢。新抠出来的瓜子皮毛茸茸的，它的仁是甜的。”“嗯，吃瓜子养脑子，早年你爸爸爱头疼，我就常买瓜子给他吃，吃得他的门牙愣是划出了一个豁儿——"刘秋兰说不下去了，她也没心思吃下去了，她们慢慢腾腾地走着，多么希望除夕夜此时就能轰隆而至，与她们立刻擦肩而过啊。

她们母女回到家里后都觉得累，于是就倒在炕上睡了。醒来时天色已经昏暗了，才下午四点左右的光景，夜的感觉就明显起来，足见新京深冬时节的昼短夜长。刘秋兰打来一盆清水，把箱箱柜柜又擦了一遍，其实清晨她已擦过了。她还把所存的几张彩纸拿出来，铰了几张窗花贴上去。由于许久不动剪子了，她的手涩了不少，因而鲤鱼的尾巴处理得没有纹路，看上去闷乎乎的，很蠢；而腊梅花铰得更像金橘，那花朵的边缘没有起伏和层次，秃头秃脑的。虽然如此，它们还是给屋子增添了某种喜庆气氛。刘秋兰把早就存好的二斤白面拿出来，打算包一顿白菜水饺。虽然没钱买肉，可柜橱里还存着几两虾皮。用白菜来借借虾皮的海味儿，料必饺子的味道也不会差到哪里去。宛云帮助母亲把白菜洗了，然后跟着她挑虾皮中的沙子和海草。她们做这些事的时候默不做声，昏暗的灯光把她们的身影投映在黯淡的墙壁上，墙壁上就仿佛有了一大一小两座山的剪影。刘秋兰突然叹了一口长气，然后抬起湿漉漉的眼睛看着宛云。宛云连忙说："妈妈，要是包饺子太累，咱们就不吃了，我不馋饺子。"刘秋兰哀怨地笑了，说："哪有过年不吃饺子的。我是想你爸爸在那里怎么过年？他能吃上饺子吗？"宛云说："爸爸肯定能吃上饺子，他不是总说自己有口福吗。"刘秋兰良久未语，宛云问："妈妈，过了这个年我就七岁了吗？"刘秋兰点着头，说："你要是十七就好了。"

宛云听了格外难过，心想自己只能慢慢地长，也不可能一口气就把她吹大。她想如果自己不能突飞猛进地倏忽间变成十几岁的大姑娘，还不如由哪个魔王吹一口气把她给变回零岁，让她化为乌有，这样母亲就会省心多了。

宛云的眼里涌上了泪花。刘秋兰刮了一下女儿的脸，说："妈妈和你开玩笑呢，你要是十七了，离出嫁就不远了，谁还能守着妈做妈的贴身小棉袄呢？妈可不愿意你那么快地长大。"这时外屋地的门被人推开了，这里的老百姓相互走动从不敲门，只管大大方方地推门而入就是，好像他们进的是自家门。来人是邻居张家老太，她又矮又胖，喜欢抽黄烟，爱打扮，常常穿与自己年龄和身份不相称的衣裳。比如她过六十大寿时，竟然穿一件蓝底紫红色团花的软缎对襟上衣，自觉无限风光地在巷子中走来走去，惹得邻居们耻笑。还有一回她穿着件露肉的灰色丝网短袖衫，能清清楚楚地看到她的一双奶像发过了头的面团一样胀着。她还喜欢当媒婆，凭着一张三寸不烂之舌说合了不少对夫妻，有的做了鸳鸯后恩恩爱爱，而有的则同床异梦、劳燕分飞，当然这也不是她的过错。她胃口很好，嘴里老也不着闲，总是嚼着什么，这大约也练就了她的一副可以无坚不摧的好牙齿。她的牙又白又亮，一颗不少，甚至连虫蛀的也没有。别人都觉得奇怪，心想这老太婆的黄烟抽得如此甚，怎么牙质却一点也不变色？莫非她有护齿的诀窍？人都说老人牙齿太好，后代就不兴旺，所以她的儿孙们对她的牙颇为抵触，每每用壮汉都嚼不烂的牛蹄筋或者坚硬的蚕豆来折磨她的牙，然而这些东西很快在她的牙齿间化为齑粉，败下阵来，令她那些委靡的儿女叹息不已。平素，刘秋兰不和张家老太来往，王亭业讨厌她高声大气说话的腔调，讨厌她的粗俗。所以刘秋兰若是在巷子里遇见了她，只是仓促地点个头。若是你开口问候她，一旦启开了她的话匣子，她才不管你灶上煮着粥或者有什么要紧事要出去做，叽哩咕噜地就会和你说个不休。她喜欢贩卖个人的那点人生经验，总把比她年轻的人当成涉世不深的孩子。她当然是好心好意，可别人却嫌她唠叨。

　　张家老太今天穿了件雪青色缎子袄，袖口、领口和扣襻均镶着翠绿色的流苏，让人觉得春天的嫩芽正顶破泥土生气勃勃地迎接着春节。她的手里抓着把黄豆，吃得咯嘣咯嘣地响。刘秋兰唤宛云给她搬了把椅子，然后麻利为她倒上一杯水。张家老太却不坐下，她不停地挪着脚环顾着屋子，对刘秋兰的持家能力赞不绝口。"一看你就是个过日子的人，屋里这个干净，嗯，一点浊味儿都没有！"她眼尖地发现了窗花，"你铰的吧？手真是巧，看看这鲤鱼胖乎得招人稀罕，这个花开了这么多朵，多眼亮呀！"张家老太发够了感慨，这才慢吞吞地坐在椅子上，问刘秋兰缺不缺过年的东西，问王亭业几时能回来。张家老太的腰板挺得很直，双腿不断地叉开又合上，像大雁的翅膀在一张一合。每逢她合上腿的时候，就会有"呲儿呲儿"的声音发出来，像是有人在擤鼻涕，原来她穿着条簇新的条绒裤子，声音正是由于布料的纤维相互磨擦发出来的。待她知道王亭业还没有确切消息，就兀自叹口气，说："唉，我看他文文静静的不声不响，谁知他在外面也会闯祸。"刘秋兰便有些反感地说："我们家亭业不偷不抢，不赌不嫖，肯定是抓错了人。没准儿用不了十天半月，他就会回来的。”张家老太“哼”了一声，说：“要是他们想放人，早就该放了。这帮王八犊子才不会那么善心呢，没一个好种！”她接着郑重其事地跟刘秋兰说既然王亭业归期难料，她们母女没有经济来源，她介绍一个轻巧的活给刘秋兰。说是南市街酱菜园的老板李金全，有个十七岁的傻儿子，终日里走街串巷地惹是生非，家里先后雇了四个保姆来看管他，没一个受得了他的气的。他喜欢和保姆恶作剧，不是把她们的花镜盒里装上蝈蝈，就是趁保姆熟睡时用剪子把她们的头发给生生剪掉。有时还把保姆的鞋放在油灯的火苗上，烧出一个又一个窟窿。张家老太说：“你说这些保姆也是，偏偏一个比一个小心眼儿，都和傻子计较，一生气就走人了，你说她们也不想想看，那孩子缺心眼儿，跟他一般见识不就太不宽宏大度了？”刘秋兰点了一下头，张家老太就更受鼓舞地说，“酱菜园那个老板，你是没见过，他人出手才大方呢。不过是人长得不太受看，眼睛斜着，他看着别人跟你说话时，你可别以为他怠慢你，他其实看的就是你。”刘秋兰忍不住笑了，说：“那他盯着我看时，我也不必太在意就是了，也许他看的是窗户上的剪纸或者门后的扫把。”张家老太拍了一下大腿，嗬嗬大笑着说：“你这么说也没错。”她指着刘秋兰的鞋说：“我知道你日子过得紧，这些年冬天在路上碰见你，看见的总是这双棉鞋，我知道教书的挣不了几个钱，何况你男人现在又出了事呢！你可别怪我大过年的说话嘴损，你不能这么死等下去，将来断了炊都没人理会。我跟李金全说了你的情况，说你心眼儿好、脾气好，不会看不起他的孩子，他愿意让你去家里帮着做事。"刘秋兰连忙说："只要他们不嫌弃我，哪有我嫌弃人家的道理？"张家老太精神更为抖擞地说："我就知道能说成这件事，这对你和他家都是好事情。"说着，就将手插进裤兜，摸出一卷钱，捻开后把它们一张张展平，散在炕沿上说："第一个月的工钱已经先付给你了，人家知道你过年手头紧，就好心地先付钱了。"刘秋兰看着那堆钱，就像看见宛云长出第一颗牙时的心情一样，喜悦而激动。她问："什么时候开始做工？"张家老太说："明儿初一，李老板家中的应酬多，磕头作揖的人断不了的，傻子在家弄不好就是闹事，让你一大早就去南市街，把他领到街上逛一天。午饭就在街上吃，李老板会给吃饭的钱的。"刘秋兰连连点头称是。张家老太又说："明儿一大早我就过来接你，把你带到南市街，让你认个门，以后你就是他家的保姆了。"刘秋兰简直有些感激涕零了，她甚至为自己以往贱看张家老太而感到羞愧。张家老太也不再多耽搁，说家中的饺子馅等着她回去拌，还说给儿孙们的压岁钱还没用红纸包起来，就拍拍衣襟起身告辞了。她拍衣襟绝不是因为屋子里有灰尘，而是因为身上的新衣裳。仿佛不拍几下，就辜负了它们的新意和美意。

二

胡二提着一只野鸡和两只飞龙走进地窨子。紫环蹲在炉门前烧火，她的脸颊被炉火映得通红。胡二讨厌"紫"字，觉得这个字陈旧而俗气，所以称紫环为环儿。当他"环儿环儿"地叫她的时候，紫环总是疑心自己借了胡二什么东西没有还，就在心里嘀咕：我还他什么呢？胡二每每一身寒气地把他的猎物带回家里，所做的第一件事就是把冰凉的双手插进紫环的怀里，使劲揉搓她的奶。紫环浑身上下打着寒颤，由着胡二胡闹。胡二收拾猎物时喜欢吹口哨，间或还要与手中的猎物打趣："你说你往高树枝上飞什么呀？飞那么高还是被我给打落下来，费那个力气值不值？"一边说，一边掏着飞禽的内脏，命令紫环走过来亲他一口。紫环若是不从，胡二就会伸出一双污血淋漓的手威胁道："我掏你的胯裤裆了。"吓得紫环赶紧上来亲胡二的脸，他说的亲一口往往只是个基数，胡二一会儿指挥紫环亲他的耳朵，一会儿又命令她亲他的额头，不管亲什么地方都要"叭叭"地像车夫甩鞭子似的亲出声响来，否则他就会踢她。紫环最恨亲他的胡须，感觉就像有把铁刷子在刮她的嘴，生疼生疼的；她还不喜欢亲他的嘴，臭烘烘的像涌满了屎的猪大肠。紫环迫不得已时乐意亲他的地方，就是左右两颊，虽然它们粗糙不堪，但毕竟像是远离了垃圾场似的，没有什么异味。

　　自从张家大院砸窑之后，胡二一直委靡不振。原以为抢到手的是日本女人，不料却是与主人偷情的丫鬟。他带着紫环先是在山中游荡数日，后来听说王飞立为了救他而遇难，匪头朱运山也一命呜呼，弟兄们已经投奔了老北风的绺子，胡二就觉得自己罪孽深重，再无脸去投奔任何人。他挟着紫环北上，经奉天、新京、哈尔滨、齐齐哈尔一直辗转到大兴安岭，与一伙鄂伦春人成了朋友。鄂伦春人夏季住撮罗子（一种尖顶形的可以移动的桦皮房），以狩猎为生。他们喜欢骑马，喜欢喝酒，他们待客的规矩是把客人灌得酩酊大醉。虽然他们与汉人比较友好，但并不喜欢他们与本族人住在一起。胡二就与紫环在山中独居。夏季住撮罗子，冬季睡地窨子。别看外面寒风肆虐，地窨子里却温暖如春。炉火把地火龙烧得直烫手，炕也是热燎燎的。紫环出了地窨子需穿絮了厚棉花的棉袄棉裤，而在地窨子里只穿一件线衣就是。他们夏季时还能吃到新鲜蔬菜，而一入九月，就难见绿颜色了，吃的东西除了易于储存的白菜、萝卜、土豆之外，再难有什么了。而白菜因为受地窨子里热气的熏染，腐烂得非常快，萝卜也很快丧失了水分，风干得发柴，无论蒸煮都出不来好滋味。只有土豆无论何时都能吃得上口，胡二喜欢用土豆炖野兔、野鸡，吃得他彻夜放屁。他浑身的力气全都发泄到了紫环身上，紫环最恨夜晚来临。她在胡二身下痛苦呻吟着，盼望着有人能够代替她。

紫环十岁丧母，父亲续娶的老婆是个赌徒，把紫环父亲置下的那点家产输个精光，气得紫环的父亲每日都囔心口疼，说是上不来气，不到五十岁就归西了。紫环其时十五岁，继母看她模样生得好，便打起了如意算盘，想把她嫁给一个跛脚的米店老板。紫环察觉后便在一个清晨趁买菜的时机逃跑了。她跑到了营口，给一家客栈当勤杂工，衣食算是有了着落。然而也许正应了"红颜薄命"这句话，客栈的老板虽然已经五十多岁，但他看上了紫环的姿色，有个夜晚摸进她的住处强奸了她。紫环把这事告诉了同在客栈做事的姐妹朱丹。朱丹帮她出主意，让她去找老板，就说自己怀孕了，让他娶了她，否则就去报告他乡下老婆。紫环虽然觉得老板年事已高，能做自己的爹了，但一想到老板有钱，而且自己又被他破了身，嫁了他也无妨。然而岂料她的肚子不配合，它并没有怀孕的任何迹象，紫环又尝试着和老板住了几次，她的肚腹仍然波澜不起，不到两个月就露馅了。老板将她轰了出去。紫环便去了另一家客栈做事，并且偷偷去看郎中，老医生说她子宫后倾得厉害，怀孕的可能性微乎其微。这简直比她当初遭强奸时还觉屈辱，她觉得自己的青春就像流水一样白白过去了。从此后她就放纵自己，随随便便地跟任何男人上床，有一次恰好遇上来营口办事的一个日本人住在客栈，紫环便和他有了一夜风流的历史，这日本男人对她割舍不下，几个月后突然来营口找她，说是让她去家中做丫鬟。紫环厌倦了在客栈的生活，就随他去了乡下。那个日本女人对紫环总是不冷不热的，她喜欢喝酒，紫环与主人偷情通常是在她烂醉如泥昏昏沉睡之时。紫环平素上街买菜，总有一些流里流气的小青年冲她打口哨，跟在她背后说脏话，张家大院一个满面油红的厨子更是中意于她，三天两头就托媒人来说亲，要把紫环娶回家中。紫环却仿佛中了邪一般，死心塌地地留在原处。日本女人喜欢紫环给她捶背和捏脚，喜欢吩咐她下灶房炖红烧肉、包酸菜水饺。紫环吃得面色如盛开的桃花，闲来无事在家看艳情小说。本来她与主人偷情都是滴水不漏的，令日本女人浑然不觉。然而那一段日本女人犯妇科病，身下不利索，她就与丈夫分床。紫环只是那夜胆大包天地与主人睡在了一起，结果就被劫匪给袭击了。待到她把事实真相和盘托出后，胡二只能带着她北上，她觉得这是报应。

紫环在北上大兴安岭的途中曾一次次地试图逃跑，胡二都以枪相胁："让你的脑袋开花！"紫环去厕所他都要跟着。在齐齐哈尔，胡二有天吩咐紫环上街给他买两包烟来，紫环认为这是出逃的最佳时机。岂料她走了不到两条巷子回头一望，就看见了客栈的店小二鬼头鬼脑地跟着她。紫环知道这肯定是胡二使了钱派来盯梢的，只能乖乖地去寻烟摊。胡二对她很粗暴，常常把她压在身下骂："你他妈的和什么人好不行？偏偏贴乎那帮日本狗屁！"再不就是："你这个骚货！你这个挨操的东西！我胡二不是东西，你也不是个玩意儿，咱们俩天生就是一对王八！"紫环在胡二身下呻吟着，觉得自己就要粉身碎骨了。胡二每每发泄完毕，便有些于心不忍，道歉的方式就是背着猎枪进山打些猎物，然后给紫环做一顿美餐。胡二的菜做得很地道。紫环吃饱了喝足了喜欢到外面去转。遮天蔽日的森林把直泻的阳光阻隔得到处都是阴影，森林中的阳光就给人一种雾蒙蒙的感觉。紫环喜欢林中的野花，最爱的是野百合与芍药，其次是达子香，达子香开得早，这边背阴坡上的雪还没有消融，向阳山坡的达子香却如火如荼地开了。它们根部往往还残留着积雪。它的花呈浅粉和深红，花蕊很甜，紫环喜欢吸它的甜气。每每她吮了花蕊回到家中，胡二一舔她的嘴唇就会说："你又出去糟蹋花了。"

紫环又往地火龙里塞了两块柴火。柴火半干着，能压得住火，耐烧。胡二把两只鲜艳的野鸡毛插在紫环的鬓角，奚落她是一头长角的鹿。胡二告诉紫环，前些时过春节的时候，有个鄂伦春人骑马出去换盐和肥皂，中途碰到一个似人非人、似鬼非鬼的怪物，匍匐在地上吃一只野兔。他的牙长得很尖利，五官倒是有人的模样，眼、耳、鼻、喉、舌都有，只是不会说话，他穿着狍皮缝成的衣服和毡靴，看见鄂伦春人的马就磕头作揖。鄂伦春人把他带回家中，与他交谈，猜测他可能是采山货的山民，迷了山，从此在森林里与动物生活了许多年。鄂伦春人留下他过年，给他吃的东西穿的东西，为他取名为乌日楞。乌日楞开始时不习惯家居生活，他随处大小便，而且喜欢吃烟蒂，像狗一样四脚着地行走。过了半个月，他就开始模仿人行走的姿势，慢慢起身行走，只是腰躬得很厉害，脚用不上力气，走起来里倒歪斜的，好像是喝醉了酒。乌日楞善于察言观色，男主人患咳嗽病已经多年，夜里咳得一家人都睡不好觉，乌日楞就进山捋了些达子香叶回来熬水给主人喝，不到一周竟好了。女主人因为有妇科病，长年累月面颊青黄，乌日楞便用冬青和百合根等植物来熬水，只三服药下去，女主人的气色就如拨云见日的天空一样晴丽了。

"他看上去有多大年纪了？"紫环问。

胡二"呸"了一口说："这犊子有多大年纪了？看上去少说也有四十岁。有人说他可能给日本狗屌当过向导。"胡二在说到有关日本的话题时，无论是人还是事，都用"狗屌"来形容。紫环每每听到此时都要蹙一下眉。胡二就会暴跳如雷地骂："你又想那个日本狗屌了？你这个挨操的玩意儿！我非整死你不可！"紫环见胡二张牙舞爪地冲自己来了，便一如既往地不躲闪不反抗，由着他去掐去拧。胡二在报复她的过程中，紫环甚至也不叫，胡二一旦罢手她往往还能心平气和地与他说话。紫环问："那个男人怎么会给日本人当向导？谁有证据？""谁有证据？"胡二一撇嘴十分不屑地说，"不能是天证地证，天地都是哑巴，有证据就是人证物证！"紫环听后微妙地叹口气，胡二骂得愈发嚣张了："你还不相信是吧？你这个丧门星！你知道从乌日楞身上发现了什么？一张地图！地图上注的是钩钩叉叉的字，一认竟是日本字！"胡二接着骂日本字是窃贼，把中国字的偏旁部首都给偷出去了，连个招呼也不打，就跟他们来东北一样蛮横无理，声言有一天若得了天下，第一遭事就是漂洋过海，到日本国把老祖宗创造的字给讨回来，让日本人丧失语言，无法交流，全国上下一片喑哑之声。紫环听后忍俊不禁地笑。紫环一笑，胡二的气就消了大半，他的语气也变得轻柔了，说是十几年前就有日本人来当地侦察这里的军事情况，还有勘察队的来探察金矿、煤矿的情况。他们不熟悉当地复杂的地形，就找经验丰富的山民作为向导。这些人多半是猎人，既懂露宿的规矩，又能有效抵御黑熊、狼等野兽的袭击。传说有一个日本特务在撒尿时被黑熊发现，熊舔掉了他的半面脸，使其成为单面怪人。做向导报酬优厚，一次下来，够一家人吃上半辈子。当然对方在选择向导时也谨慎严格，要选那些身体健康而又能保守秘密的人，口无遮拦的人就是有最佳的山林生活经验，也会弃之不用。胡二说，传说十五年前有个汉人给日本人做向导勘察大兴安岭金矿的分布情况，到二十一站时，这个向导突然失踪了。他的老婆孩子等了他足足一年，也未见回返，便判定他出了横事，永无归日了。如今这女人早已嫁到漠河，有人张罗着去找她，让她来认一认乌日楞，可否是她失踪多年的男人？

"那女人嫁了人，还会认他吗？"紫环捅了捅炉火说。胡二本已收敛的怒火又上来了："你以为那女人像你这么贱？逮着谁跟谁，没点刚烈劲！"紫环再不声张了，她去淘米了。胡二想吃芸豆焖高粱米，紫环前几日用两张狍皮换来一口袋芸豆，她想着过些天再换些盐来，盐只有半桦皮篓了，熬不过这个冬天了，胡二吃盐吃得凶。紫环想着过几天去看看这个叫乌日楞的人，如果他真有医术的话，该能使她的生育能力苏醒。胡二常常拍着紫环的肚子哀叹："你这个中看不中用的东西！你这个不下蛋的母鸡！你怎么就不开怀呢？"紫环只有在这时才会反抗一句："你当胡子作了损，当然要断子绝孙了！"胡二听后哈哈大笑，说："骂得好，我就该是个老绝户头！要问我干过哪些损事，我数也数不清。要问我干过哪些善事，我也数不清。从今往后，我是洗手不干了，放下屠刀，立地成佛！"说完，还微闭双眼，抿着嘴角，双手作揖，勾出个不伦不类的莲花指，做出慈眉善目的样子，惹得紫环笑个不休。胡二与紫环的隔阂就像海底的冰山，忽而涌现，忽而又消失得踪影皆无。

胡二只想领着紫环在深山老林里度过余生。他已经厌倦了过去那种颠沛流离的生活，外面世道不太平，而这里却相对平和许多。他喜欢和鄂伦春人喝酒，特别钟爱这个民族的女人，她们身材不高，但格外健壮，屁股和胸脯都鼓鼓的，给人一种喜悦之感。她们虽然塌鼻梁，眼皮很厚，面容也粗糙，但由于她们喜欢顺着眼睛，就给人一种柔情似水的感觉。胡二特别想和一个鄂伦春女人睡一夜，然而他不敢，怕的倒不是紫环，而是那些鄂族女人。她们热爱家庭，对自己的丈夫忠心耿耿。而且，她们也善于使用猎枪。万一他强人所难时，也许她们会开枪打碎他的脑壳，让乌鸦把他的尸体给分食掉。胡二这样一想就规规矩矩了，他逍遥自在地出去打猎，用猎物与人交换物品时寸步不让，惹得商人背地叫他小男人。

有一日天气晴好，没有风，一个干干净净的白太阳光光地当空悬着，林地的白雪被映出一层毛茸茸的幽蓝的光，仿佛雪在燃烧。紫环出了地窖子，朝鄂伦春人的居住区走去。她戴顶貂皮帽子，穿着翻毛的羊皮袄，看上去更像一个男人。胡二下山去买子弹和黄豆，紫环想趁他不在的时候去看看乌日楞。

胡二没有说错，乌日楞看上去有几分兽相。他尖利的牙齿十分骇人。他正在灶门口用锅底的灰熟毛皮，看见紫环进来，打了个寒颤。女主人殷勤地招呼紫环坐下，给她从仓房里掏出一捧冻成一坨的牙格达果，紫环一边吃着酸甜的牙格达一边和乌日楞说话。乌日楞的耳朵很大，看上去像是一对蒲扇。鼻孔粗得仿佛能插进一双鹅腿。紫环向女主人询问了乌日楞的来历，又问她的病可否是乌日楞给治好的？女主人不断点头。其实紫环一进屋门，就发现了女主人脸上朝霞般鲜润的气色了。女主人悄声告诉紫环，他们托人打听已经嫁到漠河的可能是乌日楞老婆的那个女人。那个女人说自己的丈夫早就死掉了，有人看见了尸首。还说她夜里梦见他时，他都是鬼的样子，不会是他回来了，死活不肯走一趟来辨认。紫环叹了口气，说："这样的男人谁还会认呢？"

乌日楞虽然不会说话，但从他的举止上可以判断他听得懂人话。紫环向他述说自己的病情时，他虽然一副充耳不闻的架势，但紫环相信他听懂了。因为他的耳朵微妙地颤动，而且不时用舌头舔着嘴角，仿佛那里存了蜂蜜。乌日楞穿着蓝布棉裤，裸露的双脚像松树皮一样斑斑驳驳，女主人说有一天猫喵呜喵呜地打他脚畔经过，硬是被那双脚给划疼了，猫悚然回头竖着胡子冲乌日楞叫了起来，大约以为他把脚插上了钢针来陷害它。紫环听了忍不住咻咻直笑。紫环笑的时候，乌日楞就停下手中的活计定睛地看着她，目光充满了温情。紫环喜欢男人眼里发出这种目光，它就像夏日雷雨中的闪电一样带给她一种猝不及防的美感。胡二的眼睛里从来没有流露出这种目光，胡二的目光就像一池污水，从未清澈过。紫环给乌日楞讲完了自己的病情，又接着告诉他这十几年来发生的一些重大事件。女主人在户外忙着活计，紫环对乌日楞倾诉的时候听见了歌声，女主人的歌声就像暴风雪一样强悍，乌日楞起身缓缓挪到窗前，用手掌拍着窗棂企图抓住越窗而入的歌声，紫环微笑着告诉他，这种声音就像高天上的云朵一样可望不可即。乌日楞分外伤感地把手垂在双膝间，再也不抬头了。紫环知趣地起身告辞，她告诉了乌日楞自己家的地窖子所处的位置，嘱他有空出去转转，不要老是呆在屋子里。乌日楞是否听得进她的话，紫环不得而知。紫环离开时说："我知道你给日本人当过向导，你有过老婆孩子。你肯定吃过许多许多的苦。你放心吧，这里没有人伤害你的。"

紫环出了屋门又站在雪地上和女主人说了一会儿话。女主人说，前几日在林中发现了一只狐狸，一个老猎人举枪去打，不料这狐狸突然转身，将两只前爪提起作揖求饶。老猎人一惊，扔下枪放它一条生路。夜深时老猎人梦见了这只狐狸，它向老人诉说自己前世今生的往事。狐狸说自己也曾做过孽，杀过三个人。他本姓丁，家中有老母和妻小。他过世后被阎王殿的判官给扔进火海里足足煎熬了两年，其后才让他化成一只狐狸。他苦苦修行已经有二十年了，再有三年即将修得功德圆满，它感谢老猎人对他的救命之恩，说是要把他的阳寿延长到九十岁。还说给他送了些礼物在门口。老猎人醒来之后，只觉眼前红光一闪，接着屋门自动打开了，他看见门口堆着许多猎物，有狍子、野兔、松鸡和飞龙。老猎人拱手向遭遇了狐狸的方向的山林说："从此后我绝不杀生了，哪怕我饿死呢。"女主人说老猎人如今七十六了，耳朵有些背，牙齿也松动了，可是一觉醒来之后，儿媳在后屋裁衣的轻微声响他都能清晰无误地听到，一把隔年的坚硬的蚕豆也能被他的牙齿给咬得粉碎。紫环听后叹口气说，看来人真是有来世的呢。人都说后世不生养的人，是前世糟践花蕊的人，也许我前世真是个摧花的妖魔。女主人安慰她道，生孩子有早生晚生的，不必太把这事挂在心上。

就在紫环见到乌日楞的第三天傍晚，胡二回到家扔下一个黄纸包对紫环说："乌日楞给你的药。你要治什么？是治不下蛋的毛病吗？"紫环不理睬胡二的挑衅，她展开纸包，见里面有一些黄土般的东西掺杂着褐色的树皮和晒干了的马莲花瓣，她将信将疑地把它放在瓦罐里去熬，然后趁热喝下。一个月之后，清晨的呕吐出现了，胡二就像发现了兽迹一样乐不可支，他拍着紫环的肚子大叫："我要让我的儿子识上几十马车的字，让他穿上龙袍坐天下！"紫环微笑着嗔怪道："要是生个丫头呢！"胡二激情澎湃地喊："我撒的种子多结实呀，你不可能生个母的！"

三

杨浩看见卖油郎担着担子从远处的泥泞中跋涉而来，就急忙从棺材铺子跑了出去，将一块事先钉好的钉尖朝上的木板塞进卖油郎必经的泥路里，然后一溜烟儿地又跑回了棺材铺子。杨三爷正满手油腻地提着猪血肠大嚼大咽，看见杨浩慌慌张张地进来，就说："邢四家的纸牛，你扎了两天了，还只是个空架子，人家明天可就来取了，你要是给我把活耽误了，小心我割下你的小鸡煎了下酒！"杨浩就小声嘟囔一声："那你还不吃得满嘴的臊味儿！"杨三爷就大声嚷嚷："你说什么？你再说一遍？你这个小混账！"小混账杨浩什么也不说，他动作麻利地坐在了纸牛架子前，把铰好的呈穗状的白纸往牛架子上糊。每糊一下他都想卖油郎就快过来了，他就要踩中那块木板了，他的脚一定会被扎出血眼，他会像被勒住脖子吊在树上的狗一样难受得嗷嗷直叫。只是这时巷子里千万不要有人抢在他先经过，否则可就遭殃了。杨浩心不在焉地糊着纸牛，不时地抬眼看看门外。

敞开的门灌进来的虽然是春风，但还是有几分寒意，柳树枝头的嫩
芽才有黄豆粒那么大。杨三爷吃得意了，就哼着小曲用脚揉搓依偎
在他身前的猫。杨浩不喜欢这只猫，它很贪婪，爱糟蹋粮食，欺老
凌弱，嫌贫爱富。有一回村中最穷的顾小六来买烧纸给老母亲烧百
天，顾小六穿得实在太破了，猫就上前用嘴撕他的裤子，把本来已
够惹眼的洞扯得更大，顾小六知道杨三爷钟爱这只猫，也不敢发怒，
只能战战兢兢地站着，由着这只猫折腾。顾小六离开棺材铺时裤子
就破得开了花，一块一块的碎布招展着，顾小六就仿佛挟着一片乌
云在行走。事后杨浩故意趁人不备时踩住猫的前爪，并且用一根铁
丝去捅它的嘴。猫从此后对杨浩更是怒目而视。

　　杨浩终于听见卖油郎那类似猪遭屠戮一般的惨叫声了，他抿嘴
乐了一下，接着糊纸牛。杨三爷一拍屁股起身走出门，他冲卖油郎叫：
"你不好好卖油，哭的什么丧！"卖油郎大骂："是哪个王八犊子把
钉子给下到了泥里，疼死我了！"卖油郎已甩下担子，滚到路边洗
染店高二嫂的门前。高二嫂正在奶孩子，她两手青紫地抱着孩子出
来了，孩子叨着她的油瓶形状的奶，高二嫂侉声侉气地关心卖油郎：
"你怎的了？好好地走着路，怎就叫唤起来了？吓得我这一激灵。"
卖油郎平素最觊觎高二嫂像棒槌一样结实的奶，总想看上一眼，如
今这艳福就搁在他眼皮底下，可他没有任何心情来瞄一眼。高二嫂
见卖油郎的脚渗出血来，便说："你怎踩上了钉子？"卖油郎恼怒
地说："准是你家高二甩在泥里的钉子！上回我给他打油少了半两，
他就存心陷害我！"高二嫂不听则罢，一听满腔的同情心转而被怒

火填满了，她说："好呀，原来你给少打了半两油！上回我发现高二打回的油不对劲，以为他昧了半两油钱，还和他吵了一架！你这个该杀千刀的东西，真是报应！"高二嫂一激动，险些把孩子闪手掉在地上。孩子丢了奶头，又受了惊吓，哇哇地哭起来。卖油郎很不知趣地说："谁让高二天天霸占着你呢，我少给他半两油，这还是抬举他呢！"高二嫂见杨三爷横着身子走过来了，也不和卖油郎计较了，转身回了洗染店。高二嫂憎恨杨三爷，认为他心黑手狠，专发死人的财，没做过一件善事。前一段有个日本人得病死了来买棺材，杨三爷很没骨气地差人把一口上好的棺材抬了去，一文钱也没要。杨三爷说："谁当朝就得维护谁，有奶便是娘！"结果第二天早晨他推开棺材铺的门，见门口放着几堆狗屎。杨三爷也不在意，他说："几泡狗屎就能镇住我哇？镇不住！我杨三爷就是活得让你们眼热，吃香的喝辣的，想要几房老婆都能成！"村里人虽然仇恨他，也只能敛声屏气地任他耍威风。他们办丧事时离不开他。高二嫂很同情铺子里那个叫杨浩的孩子，他文静，内向，能吃苦，又非常懂事。有一次高二嫂从米店买了一袋米回家，谁承想口袋漏了，米哩哩啦啦地撒了一路。是杨浩叫住了高二嫂，并且端出个瓦盆沿路帮高二嫂一粒粒地捡米，足足用了一个正午。高二嫂知道杨浩是要来的孩子，杨三爷待他时好时坏，私下里就跟高二商量，想帮杨浩逃出去。高二知道杨三爷惹不起，便警告高二嫂不要多嘴多舌。然而热心肠的高二嫂依然我行我素，她见杨浩总是穿着一件上衣，颜色已经旧了，就为他重新染了衣服。见杨浩的鞋被脚指头给顶破了，就做双新的鞋送过去。每回杨三爷看见高二嫂的时候，都不无挖苦地说：
"嗬，我家杨浩的干娘。"高二嫂便笑着答应，说："杨三爷莫不如
把好人做到底，就把杨浩过继给我得了！"杨三爷就会吐着痰说：
"嗬，我才没那么傻呢！这孩子正是出活的时候！"

杨三爷问卖油郎："你上回卖的豆油还有多少？那次的油榨得
好，烧起来不起沫子，又香，要是还有的话，你给我担二十斤来！"

卖油郎带着哭腔说："三爷，你倒是帮我把油先担回你的铺子，
帮我请吴老冒来上点药！"吴老冒开着一家药铺，他比杨三爷还抠
门。人都说吴老冒若是拉下的屎中夹着个豆粒，他会毫不犹豫地拣
出来吃了。

杨浩从窗前望见这一幕情景乐得直想欢呼。他仇恨卖油郎，如
果不是他在中间牵线卖掉杨老汉的那头猪，杨浩就不会见到杨三爷，
杨三爷也就不会动了收留他的心思。杨老汉不愿意用一口棺材来交
换杨浩，杨三爷就说到做到地抬来一口棺材，气得杨老汉直吐血，
不出一周就死了。杨路、杨昭都不在杨老汉身边，他们也许至今不
知道爷爷的死讯。杨三爷顺理成章地把杨浩领回家中，第一顿饭就
给他下马威，让他吃猫剩下的食。那是一碟只剩骨刺的鱼，碟周围
有些许饭渣。杨浩心中作呕，扭身就走掉了。杨三爷在他背后冷嘲
热讽地说："咦呵，谱儿摆得倒不小，我告诉你，当年你杨三爷出
道的时候，还吃过东家的猪食呢！不当人下人，哪得人上人！"接
下来的三天，杨浩得到的仍是猫食，虽然他饿得头晕眼花，还是不
肯吃一口。杨三爷大约觉得这么折腾下去，小家伙有可能支持不住，

传出去好说不好听。万一杨浩真的饿死了，他还得弄口棺材打发他上路，实在划不来。于是就给他人吃的饭了。杨浩其实饭量并不大，他在杨老汉家还尽量克制自己的食欲，基本处于半饥半饱的状态，但在杨三爷家里，他却狼吞虎咽，食量大如牛。他认为不糟践杨三爷家的粮食白不糟践，谁叫他一肚子的坏水呢。杨浩每顿饭都撑得直打响嗝，屁声持续不断。杨三爷就吐着唾沫说："你个小崽儿，倒赶上我的饭量了！"杨浩并不在意，照吃不误。气得杨三爷的婆娘不止一次饭后指桑骂槐地数落杨三爷，觉得他收留这个孩子实在土鳖。杨三爷讨厌女人指手画脚，就吹胡子瞪眼睛地训斥婆娘："你怎么说话的？小心我休了你！"婆娘也不是省油的灯，当面不敢顶撞杨三爷，背地里就拿杨浩撒气，每每把一些杂活全都留给他，杨浩做到深夜才能弄出个眉目。结果这边杨浩还没睡上几个时辰，那面太阳也还睡着，婆娘又赶在第一遍鸡叫前把杨浩从被窝拽出来，把新活派给他。杨浩恹恹无力起来做活，有时忍不住又瞌睡过去了。若是睡在炉边时婆娘就会用火钩子将他打醒，若是睡在未洗涮完的碗盘前，婆娘就会兜头将脏水泼下，杨浩只能硬挺着起来继续做活。

杨三爷帮助卖油郎把担子担到了棺材铺子前。卖油郎跳着脚一蹦一蹦地单腿过来，像只大蚂蚱。他进了铺子见到杨浩，就说："你这个小王八犊子，见了我怎么爱理不睬的？"杨浩头也不抬地说："我扎纸牛呢。"卖油郎气急地说："我的脚被钉子扎了，你看没看见谁把木板塞到泥路里的？"杨浩依然头也不抬地说："我扎纸牛呢，怎么能望窗外。"卖油郎被杨浩的态度激怒了，他骂："你也太目中无人了，你算个什么玩意儿，说话都不看着我！"杨浩不卑不亢地说："我又不是不认识你，看你干吗，你的脸又没长花。"气得卖油郎把脚上的一只鞋脱下朝杨浩打去，骂他："肯定是你这个坏小子干的！"杨浩仍然忙他的活计，不紧不慢地辩驳说："我在这扎纸牛呢，哪有工夫去扎你的脚。"杨三爷的婆娘闻讯从里屋蓬头垢面地出来，她满嘴蒜味地接过杨浩的话茬对卖油郎说："这孩子就是坏，也坏不到给你下钉子的分上，你休想讹我们的药钱。"卖油郎苦不堪言地说："我的好嫂子，你怎么这么想我，一个脚扎了，能用几吊钱，我要是想讹你，天打五雷轰！"他们三人斗嘴的时候，杨三爷领着吴老冒来了。吴老冒是村子里惟一既穿长衫又着软缎马甲的人。别人也穿长衫，可没有配马甲的。吴老冒的行头则齐全得多。有时他还会配上一顶黑缎子瓜皮帽，把他的狐狸脸衬得像个鬼。吴老冒提着个棕红色的猪皮药箱，看上去神情活跃。一是他眼前有患者了，二是村人皆知的拖累了他大半辈子的瘫痪在床的老婆去世了。传说吴老冒想再娶一个，他手中的银钱多的是呢。吴老冒见了卖油郎惯常地说一句"不打紧，不要怕"，这是他对每一个患者的开场白，然后他察看了卖油郎的伤势，每看一眼都惯常地"唉哟"叫一声，仿佛病人已病入膏肓。他说："扎得还真不浅，这里面都存了锈了，谁把生锈的钉子立在路上了？"杨浩听了想乐，然而只能忍着，依然全力以赴地扎纸牛，牛头已经初见端倪了。杨三爷在一旁说："按我的土法子，用鞋底子把这些冒血的眼儿狠拍一顿，然后用盐水杀杀就行！"吴老冒说："按你的法子，他就得烂脚！"经不起打击的卖油郎十分孩子气地说："我可不能让脚烂了，瘸着可怎么挑担子卖油？"吴老冒从药箱里取出一个紫色药瓶，然后用药棉球蘸着药水给卖油郎消毒。不用吴老冒说，杨浩已经知道他要说："这药可是洋药，打海上过来的呢。"村里的人都知道吴老冒的这句口头禅。不论什么药，他都说是从外国运来的，仿佛不如此这药就不金贵。杨三爷呸了一口说："操，你什么东西都是打海上过来的，你裆里的玩意儿要是也打海上过来，全村的老娘们还不都得给吓跑！"说得吴老冒立刻涨紫了脸，神情已有几分窘了。杨三爷的婆娘连忙来打圆场，说："干什么容易？这药不打海上来，也不能是自己从土里冒出来的。就说我们家的铺子，撑了这么些年，容易吗？大家都乡里乡亲的，抬头不见低头见，什么时候多要了别人的棺材钱？这木料和钉子像死孩子翻白眼仁似的见天涨价涨得吓人，我们也没把棺材翻倍地涨价，还有人背后说三道四，真是狼心狗肺！"吴老冒这才觉得自己的脸还能像饭馆门前的幌子迎风招展，他复又和颜悦色地给卖油郎清理脚伤，敷上草药，用绷带裹好。卖油郎付钱给他的时候，他也装腔作势地说："有就给俩，没有就算了，治病救人要紧！"卖油郎故意吓唬吴老冒："早晨我担着油出来，一两还没卖出去呢，手头真是没钱，下次再给吧。"吴老冒立刻慌神了，他紧张得鼻涕都流下来了，他说："没有钱也没关系，反正你的脚也没法穿鞋了，这双鞋给了我，顶药钱就是了，我也不嫌弃，给远房姨姥家的孩子穿，他每天下地干活，用不着穿好鞋。"卖油郎才不舍得这双布鞋呢，才穿了不到半个月。他连忙从兜里摸出钱来，甩到吴老冒怀中："够了吧？不够也将就着吧。"吴老冒满脸赔着笑，如释重负地把药箱锁好，坐在长条板凳上跟杨三爷聊天。

这三个男人每人卷了一支喇叭烟，抽得铺子里烟气蒙蒙的。杨浩已经开始用白纸糊牛肚子了，纸被他弄得哗啦哗啦地响，仿佛强劲的春风吹在了洋铁皮上。吴老冒说，他听说邻村有几个抗日的人最近要从队伍上回来，日本人已经摸清了行踪，回来后就会杀他们的头。吴老冒挤眉弄眼地对杨三爷说："你的生意也就来了，少说也要卖掉五口棺材！"杨三爷说："这帮穷鬼死了哪儿睡得起棺材？他们能用破炕席卷着走就算烧了高香！"卖油郎也附和道："就是，这样的人死了，家人怎舍得花钱发送？恐怕是连个照面也不敢打，怕牵连上一家人。"吴老冒展了展长衫的褶皱，说："我还听说杨老汉的孙子杨路也要回来，听说他不到一年就在队伍里混上了个小官！"杨三爷挤着眼示意一下吴老冒，又用嘴角撇了撇杨浩，吴老冒心领神会地转移了话题。杨三爷对杨浩说："你去洗染店把我前些日子送去的夹袄取回来，高二嫂最近只知道养孩子，连生意也不做了！"杨浩装作没听见，仍然糊他的纸牛。卖油郎就添油加醋地对杨三爷说："你看没看见，这小东西越来越牛气了，你吩咐他的活，他就是不给你做。前些天你让他帮我提回一篮子土豆，他中途硬是给偷着扔了几个，我一到家就发现土豆不对头了，有两个麻脸的不见了！"吴老冒拍了拍马甲说："该收拾，惯子如杀子，何况是个徒弟！"杨三爷说："小崽子敢不听我的，我就捏碎他的卵子！"说着过去一脚把杨浩踢倒在地，杨浩像球一样在一堆白纸上弹跳了一下。他抬起头，瞪着双黑漆漆的眼睛定定地看着杨三爷。杨三爷叉着腰说："刚才我跟你说话，你聋了是不是？"杨浩说："你不是跟我说过吗，做事情要专心，我在糊纸呢，耳朵里听到的只是纸声。""你还敢犟嘴！"杨三爷气急地说，"你就是个吃的本事，今早吃掉了我两根猪血肠，依着你这么吃，村子里所有的猪一根肠子都剩不下！""三爷，你也真舍得，"吴老冒"啧啧"说道："一顿让他吃掉两根猪血肠，我就是嘴馋的时候，也只敢买一根，一根哇！"他那副苦大仇深的样子分外惹人发笑。卖油郎也火上浇油地说："三爷，我上次吃你半块猪耳朵，你就心疼得肉跳，给这小东西一家伙吃掉了两根血肠你却不吭气了！"卖油郎又说："让他去洗染店取回衣裳后，再跑我家去一趟，告诉我屋里人，就说我扎了脚，今天卖不了油了，让她来棺材铺子帮我把油担回去。"杨三爷数落着卖油郎说："就你爱使唤人。你要是得了势，天底下的人非得被你折磨死不可！"杨三爷说罢伸手去拉杨浩，有些于心不忍地拍了下他的脑壳说："你出去吧，先去人家报信来取油担子，然后再取衣裳。反正衣裳也不急穿。"杨浩从纸堆上站起，一声不吭地出门了。杨三爷冲他的背影喊道："完事就回来，纸牛还等着用呢！"

杨浩沿着棺材铺子前的泥路慢吞吞地朝卖油郎家走去。他穿着一身蓝布衣裤，黑布鞋。以往他是讨厌这泥泞的，觉得双脚就像陷在大酱缸里一样难受。现在他却觉得这泥泞十分可爱，因为它掩藏了那块木板，使他的计策神不知鬼不觉地得以实现了。杨浩特别想哼一首歌，可他心底里一个歌也没存下。一只孱弱的猪瘦得皮包骨地在泥路上拱来拱去，弄得满嘴是泥。几只被铰了尾巴的鸡仓促地跑来跑去，把泥路印满了爪印，恍若一片松枝的投影。村子里最近风传鸡可以上房，动不动就扑棱棱地飞起来，人们就别出心裁地铰掉鸡的尾巴，使它们难以飞高。杨浩实在不喜欢这个村子，无论杂货店、粮栈，还是油坊，都是老气横秋的模样。村子里的房屋矮矮趴趴，每一条巷子都是脏的。尤其是融雪以来，初春的风将经冬存下来的污垢一览无余地暴露出来，这边散布着废铜烂铁，那边又遗弃着臭鞋底和烂棉花，让人觉得栖身之处就是个大垃圾场。杨浩觉得光顾这里的月亮也是破破烂烂的样子，所以他夜晚时噩梦连连。今夜梦见桥塌后洪水汹涌着冲走房屋，明夜又梦见死去的一家人在火海中挣扎着发出求救的呼号。坏消息就像水纹一样，一旦出现就是一片，接踵而来的噩耗使杨浩更加沉默寡言。他跟着杨三爷学会了打棺材的一些诀窍，尤其学会了扎花圈和做纸制品的本领。他喜欢把一头牛扎得蛮气十足，似乎尖利的矛也难以捅破它；喜欢把马扎得飘逸非凡，似乎若不牵着它的缰绳，它就会放开四蹄疾风般地穿山跨河。杨浩还喜欢把纸童男童女扎得神采飞扬，童男虎头虎脑的，煞是可爱；而童女的羊角小辫像两缕流云一样可以飞起来。杨浩最不喜欢叠的，就是那些纸元宝，每个元宝看上去都像只蠢极了的小鞋。

卖油郎的婆娘坐在墙根下晒太阳，手中拿着一块豆面饼，吃得津津有味。她看见杨浩后"咦呵"叫了一声，那双本已十分突出的眼球更显得突了，似乎谁用手指轻轻一触就会滚出来。她说："你不是从来不串门的吗，今天怎么来了？"杨浩说："你家男人让我告诉你，让你去取油担子，他的脚让钉子扎了。""这个废物！"女人骂了一句，又笑着逗引杨浩，"你跟我说说，你和杨三爷住在一起，你管他叫什么？""我什么也不叫。"杨浩说。"那你和他说话怎么说呢？"女人饶有兴趣地问："你也不能像吆喝牲口一样地叫他吧？""我就揪他的衣襟。"杨浩说，"一揪他的衣襟，他就知道我和他说话了。"女人把剩下的豆面饼使劲往嘴里填了填，填得两个腮帮子胀鼓鼓的，几乎无法咀嚼，她含糊不清地问杨浩："杨三爷和他婆娘睡一个被窝吗？"杨浩装着没听见，他转身朝外走。杨浩听高二嫂说过，杨三爷和卖油郎亲如兄弟，可他们的婆娘却颇为不和，只要见面就会吵架，有时还会动手，引来一群看热闹的人。她们原本是表姐妹，自幼在一起长大，感情融洽，连穿的衣裳都是一种花色的。要扎头绫子就都扎头绫子，要剪短发就都剪短发，甚至连她们的笑声都是一样的，又甜又脆，就像香瓜一样诱人。她们长大后同时看上了村中的教书先生，喜欢他穿着长衫仪表堂堂的样子，喜欢他把指甲修得轮廓分明。结果教书先生哪个姊妹也没看上，娶了个豆腐坊的比她们大七岁的小寡妇为妻，令两姊妹伤心不已。姐姐埋怨妹妹横刀夺爱，妹妹嫌姐姐不自量力。从此后她们不再讲话。姐姐嫁给了棺材铺子的杨三爷，妹妹在村中再挑不出比杨三爷更财大气粗的，只能屈尊嫁了卖油郎。她自认为比姐姐姿色动人，因而失落感也就强，嫁给卖油郎后总是长吁短叹，懒于操持家务，弄得家不像个家的模样。猪浑身长癞，鸡饿得老去别人家啄食，被子上有茶渍和月经的累累污血，玻璃窗永远混浊不堪。她闲来无事就仰躺在炕上哼小调，她的一双儿女穿得又脏又破，终日拖着鼻涕，她不止一次嚷着要把他们送人。虽然她如此破罐子破摔，卖油郎还是对她忠心耿耿，心甘情愿把她养起来。村子里有人背后讲究他的女人，卖油郎还义正词严地予以还击，骂别人下贱，将来到了阴间必定被阎王殿的判官给割了舌头。至于他自己的舌头谁来割，他自己是不管的了。

杨浩边往回返边想，卖油郎的女人若是去棺材铺子担油，还不得踅进铺子和她表姐大吵一通？她们可别把他扎的纸牛弄破了。杨浩经过粮栈的时候看见了吴老冒挎着药箱远远过来，杨浩不知道他们说杨路一些什么坏话。杨路能在队伍里混上个小官，将来也会错不了。杨浩盼望他有一天带着自己的队伍打回来，把那些小日本全杀光了。吴老冒的缎子马甲在阳光下闪着迷乱的光，他一直低着头朝路面上看，企图能意外捡到什么东西。吴老冒肯定没谈尽兴，就往家返了，人人都知道他即使闲着，也要闲在家里，仿佛闲在外面的光阴没有家里的更金贵。

四

丁香花团团簇簇地在哈尔滨的大街小巷开放的时候，香气就像流经城市的松花江水一样滔滔不绝。那花色与香气仿佛都是紫色的，一种红到极点、带有点奢侈之气的色彩。羽田很不喜欢这色彩和香气，觉得太热烈和刺目，气味令人窒息。

羽田自从护卫第二批开拓团成员在赫哲族渔村暴露身份而侥幸生还后，精神上更加苦闷和彷徨。尽管如此，他还是奉命参加了三月的对土龙山农民暴动的镇压，给他记忆最深的是与韩家大院遭遇的情景。韩国文是土龙山六保六甲的甲长，家中拥有十余支快枪和洋炮，当附近十几个村屯的百姓前来避难时，他毫不犹豫地接纳了他们。韩家大院里有人员两百多，门前的马车连成一片，不下五十辆。当他们用机关枪和迫击炮摧毁韩家大院时，避难农民被凶猛的火力击到半空后，最先落下的是蓝布帽。羽田常见外出的满洲农民戴顶蓝布帽，帽檐不长，呈弧形，遮住脑门，很庄重的样子。本来那不是戴蓝布帽的时令，但是还是有不少农民在逃难时戴着它，外面罩上狗皮帽子，仿佛这帽子是他们最大的家产和吉祥物。羽田每每看见火光中腾飞的蓝布帽的时候，心中都要想着永不离身的腰带，内心就有一种酸涩感。

道里的餐馆比比皆是，招幌一个比一个惹眼，羽田周末最爱坐的，就是苍泉酒馆。"苍泉"两字在招牌上是狂劲的草书，"泉"字写得恰如一弯水，动感十足。而"酒馆"二字则是隶书，规矩得就像两名不苟言笑的学徒工。羽田原本是不喝酒的，也不留胡子，自去年秋天他逃回哈尔滨后，不惟蓄上了胡子，还喜欢独自喝酒。不过他惟一没有改变的，就是不逛妓院。尽管他走在夜色沉沉的大街上，尤其是周末微醺时分总有妙龄女人上来用柔软的手扯他，羽田还是无动于衷。苍泉酒馆的主人是个五十多岁的女人，矮矮胖胖的，不爱讲话，闲来无事喜欢坐在靠窗的椅子前修指甲。她穿着入时得体，非常会掩盖自己的形体缺陷，因而即使她身材和相貌平平，却给人一种超凡脱俗的气质。羽田觉得她特别像日本的工艺木偶人，神态怡然，丰腴美丽。苍泉酒馆的风格就与女主人一样，敦实、朴素、亲切。它的门脸不大，招幌不招摇，店内的陈设也很古朴。木窗、木门、木地板都是深咖啡色的，给人一种走进历史的感觉。中空垂下的吊灯也不缀着零碎的闪光珠片，只是一个南瓜形的奶白色的灯赫然垂吊着，显得很悠闲、大度。餐桌是菱形的，灯光下的菱形桌就给人一种旋转的感觉，好像那些食物自天上下来，是上帝赐予的圣餐。餐椅很矮，四只椅腿又粗又壮，敦敦实实，靠背则很高，使你能充分舒展腰身。其他酒馆都有的厚重的窗幔，在苍泉是看不到的。它的几乎通到屋顶的大窗户用的只是银灰色的透明窗纱。天色明朗、阳光飞舞的时刻，灰色窗纱透过来的光也是温存的；而天色黯淡时，窗纱透过来的光虽然有些灰暗，但绝不清冷，食客们依然能怡然自得地吃喝。羽田喜欢这自屋顶横溢而下的窗纱，觉得它像晨曦前的瀑布一样动人。与苍泉别致陈设一致的，便是它特别吸引人的菜肴了。苍泉最负盛名的是红烧猪耳和蒜蒸鲐鱼两道菜。猪耳在别的店里只适用于做凉盘，切成一道道的丝，佐以各种调料，而苍泉的掌勺师傅却别出心裁地把猪耳囫囵个地红烧，里面放上枸杞和青豆作为配料，出锅后那猪耳颤颤欲动，红润得流油。枸杞和青豆红绿分明地散布着，浓香气扰得人馋涎欲滴。与这道菜相配的，便是一把精致的明晃晃的钢刀，用它来切割猪耳。明明是中餐，却又有西餐的吃法，实在风雅得很。而蒜蒸鲇鱼则不用任何调料，只把蒜瓣轻轻拍松动了塞进鲇鱼的肚腹，将盐撒均匀了放在笼屉上蒸它个半小时左右，鱼肉泛白了，将它拿出淋上少许香油，再撒上一把香菜末，这鲇鱼的味道就清淡得如同在池塘边吃刚捞上来的藕。羽田每回来苍泉，必定要点两道菜中的一个，然后再配上一碟小菜。苍泉的小菜也不同凡响，花生是用豆浆卤出来的，海带丝拌的是芝麻酱。辣白菜中有少许黄豆，细粉丝拌的是虾皮。一道主菜、一碟配菜，外加一壶烧酒，是羽田周末在苍泉的主要内容。羽田喝酒是慢慢地呷，时不时抬眼看着窗外。行人经灰色窗纱和暮色的双重映衬，个个显得灰突突的。

苍泉有几名老主顾也喜欢周末来，一个是大安表店的师傅，另几位则是阿廖沙一家人。阿廖沙一家人来的时候，往往还带来一位少女，她看上去十四五岁的样子，爱笑，说话声音清脆，春季时总是穿着条洋红色毛线连衣裙，给人一种无忧无虑的感觉。羽田听阿廖沙一家人唤她为谢子兰。谢子兰进了餐馆总是东张西望着，总像是第一次来的样子。而且她十分顽皮，总是抢先第一个落座，仿佛那位置不马上坐上去就会落空。与她坐在一起的柳芭则文静得多，她喜欢穿亚麻色的绒线长裙，曲曲弯弯的金色刘海恰如西边天上的落霞一般灿烂。阿廖沙与苍泉的女主人看上去很熟，每回女主人都要让伙计赠送一道水果拼盘端上来。谢子兰吃这最后一道菜时每每都要大惊小怪地叫着，勺子把瓷盘频频磕出响声，而且发出响亮的品尝声，就像青蛙在暮色的池塘畔叫。羽田一听到这声音就忍不住要望上谢子兰一眼，若是谢子兰也恰好望着他，就会给他扮个鬼脸。腼腆的羽田就连忙把目光投向窗外，窗外纵有千万条人影憧憧经过，羽田也一个都不会看到，这时他的意识里一片空白。独酌的大安表店的师傅总是比羽田要早些离座，虽然他没有正式和羽田攀谈过一次，但他走时总像对老朋友一样跟羽田打声招呼："你慢喝哇，我表店里还有活儿。"羽田就起身点一下头，目送步履蹒跚的老师傅走出店外。谢子兰不惟跟羽田扮鬼脸，有时也和修表师傅逗趣。有一次她走到修表师傅的餐桌前，擎着筷子要吃人家的爆炒腰花。修表师傅说："这东西你吃不上口，里面放辣子了。"谢子兰不信邪地非要尝一口，夹起一块腰花填进嘴里，结果被辣得没等咀嚼就吐了出来。羽田觉得这女孩子虽然有些张扬，但看上去内心纯洁。有一次她离开餐馆时出其不意地走到羽田身后，说："你可真趁钱，老能来馆子吃饭。什么时候你请我出去吃一顿呢？"柳芭过来拉她，嗔怪道："不许胡闹。"谢子兰一本正经地说："这有什么，他请我吃饭，我也不是白吃，我会唱首歌作为答谢。"说完，还扬起脖子煞有介事地哼唱了几声，臊得羽田耳根发热，支支吾吾无言以对。谢子兰快意地奚落道："你的脸皮可真薄，开个玩笑都不会。我们班的耿勇和杜薇，上街还搂着肩膀呢。"

有时谢子兰不来，羽田还有些挂念。想她可能学习紧张，再不就是生病了。偶尔晚上失眠的时候，他还推测谢子兰完全亮开喉咙之后会唱了什么歌，她会唱《荒城之月》吗？阿廖沙一家人来吃饭，基本不谈什么话题，只是极享受地吃喝。通过苍泉的女主人，羽田了解到他们经营着一个比较有规模的粮油购销公司，那位雍容华贵的苏联老太太精通音乐，弹得一手漂亮的钢琴。羽田几次想和他们说说话，可是最终没有鼓起勇气。有时出了苍泉，他走在灯火阑珊的大街上，还有意地往几条幽深的巷子深处走去，希望能看到谢子兰的影子。

羽田当时在赫哲族小渔村暴露身份后，车夫李记和女主人玛尼就趁一个月黑之夜把他装进一只鱼篓扔进江里。羽田记得李记在最后一瞬对他咬牙切齿地说："你这个鬼子兵，你还装孙子，你们这帮祸害精！我让你到江里去喂鱼虾。你死后可要学好，你要是想回老家，就顺着江往下漂，能不能漂回你的日本国，就看你的本事了。"玛尼倒是什么也没说，她只是直直地站在江畔，就像一截黑椴木立在那里。最后李记欲把他扔进江里的时候，玛尼抢先一步行动，一把将鱼篓推进江里。那是一只特大的鱼篓，足有一米长，用红柳编成。鱼篓的口又细又窄，伸出胳膊都困难。为了把羽田能顺利囚在里面，李记对它特意进行了改造，将鱼篓中央抠出了个圆洞，做了个精巧的笼门。李记把羽田五花大绑着，后来发现很难把他装进鱼篓，又为他卸下脚下的绳子，然后费尽周折把他弄进去，将笼门用铁丝拧上。羽田被塞进鱼篓时折腾得浑身关节咔咔直响，他想自己的一生就此了结了。能死在一条美丽干净的江里，羽田也知足了。他最后为一个人所做的祈祷，就是那位赠送她腰带的日本少女。他希望她幸福、快乐，活到白头。羽田落入水中后本能地挣扎，他反绑的手恰好触着笼门，只是轻轻一碰，那笼门竟自动开了，羽田顺势缩紧身子，使脑袋探出笼门。羽田自幼就喜欢在海里游泳，而且能潜入水中很久不出来。他一边带着个球形鱼篓在水面上漂浮，一边深呼吸使整个身子渐渐从鱼篓中抽出来。由于双手反绑着，羽田只能剧烈挣扎，皮肉被绷紧的绳子勒得钻心地疼。羽田几乎不抱什么希望了。江水很凉，但波浪不大，相对平稳，羽田一次次地朝岸边靠近，并且奋力挣脱绳索。绳子好像缠人的毒蛇，很难把它挣断，然而他的努力没有白费，被挣得松动的绳索使他得以抽出一只手来，这下他全身自由了，他舒展自如地游向岸边。在江水中有一种要把心底所有的泪水都撒在里面的欲望。羽田战战兢兢地上了岸，这时他离赫哲族人居住的渔村已经很遥远了。他潜入附近的一个小村子，在一户人家的猪圈旁用干草烘暖身体，待身上的衣服半干后，趁着天色未亮悄悄离开了村子。有几只野狗吠叫着，但并没有一户掌灯出来看看发生了什么事，也许人们对乱世之中的任何动静都习以为常了。羽田没有对任何人讲起自己的这段经历。对于一个军人来讲，这经历是不光彩的。而对于一个人来讲，这经历却又是幸运的。羽田仇恨李记，曾发誓有朝一日要让他的脑袋落地成泥。而对玛尼，他却无论如何恨不起来。有时他还想起她所穿的用鱼皮缝成的衣裳，想起衣裳所缀的那些闪闪发光的铜铃，似乎听到了风吹它们所发出的悦耳的响声。他甚至相信是玛尼在推鱼篓入江的时候悄悄把笼门上的铁丝给解开了，不然她为什么抢在李记之前行动呢？笼门的铁丝怎么会自动松开呢？羽田心目中的这个赫哲族女人更加可爱了，他甚至想用一块木头雕刻出她高颧骨、厚嘴唇、鼻孔上翻的形象，把它当成他的另一件吉祥物随身携带。玛尼不知不觉中就成了故乡的一种歌谣，只要重温起来，就带给人一种亲切的怀想和伤感的喟叹。

　　暮春晚景中的哈尔滨有些清丽、有些灿烂、又有些侈靡。清丽的是松花江畔的景致，风是淡的，行人的脚步是轻的，江上的波纹也是柔曼的。灿烂的是各处酒店前的灯火，它们把房屋和马路照得白昼一般，每盏灯都明亮得给人一种要爆炸的感觉，你若从这样的酒店门前经过，会生出这样的疑问：人世间要太阳有什么用呢？侈靡之处在道外，那些不规则的小巷子横七竖八地扭结在一起，像是堆乱肠子，灯火极其黯淡。在一些幽僻巷子行走的男人多数是寻欢作乐的，桃花巷的各种妓院生意兴隆，赌场和烟馆也打开店门，拉开了夜生活的帷幕。王小二就在一家叫作醉云的烟馆做事，这家烟馆是个三层小楼，外面漆着鹅蛋青色的涂料，远远一望恰如一团青烟闲卧在那里。一楼有几间房是烟馆主人和仆役的住处，其余均为吸烟泡的场所。来一楼的，多为生活中的下等人，穿着破烂，嘴里呕出粗茶淡饭的气味。他们无钱多吸，有的呆上个半小时就得恋恋不舍地离去。二楼为一些中层人士吸烟的场所，有华丽的布幔隔开空间，而且有躺的地方。他们可以随时叫茶，烟具也较为讲究，多为黄铜的。三楼是那些社会名流、达官显贵跻身的场所，各有独立的房间，不仅陈设讲究，烟具也一律是红木镀金的。每一铺小炕上都放着茶具，茶大多从江浙一带运来，很嫩很鲜。每间房又都有一个丫鬟伺候着，或扇扇子，或捶背、捏脚、倒茶。丫鬟大多为穷苦人家的孩子，没有超过二十岁的，身材和姿色都好。她们若有一副好嗓子可唱上几段戏，就更加受瘾君子的青睐。若是客人打起了丫鬟的主意，主人多半是不答应的，他们会去妓院叫妓女过来。然而有时也有睁一只眼闭一只眼的时候，只要人家两厢情愿，就随他们折腾去，只要流到主人手上的是白花花的银子便是。每到夜深时分，醉云酒馆就满是吐烟泡的人，这些人吸时陶醉沉迷，而离开烟馆时个个腿脚发软，面色憔悴。

王小二残了右手后先是在乡下小镇过了一个冬天。经当地一位农民的介绍，他认识了活跃在饶河一带的抗联队伍中的一名战士。王小二提出要一同打鬼子去。这人很善意地提醒他，他是个残疾人，既不能使用武器，又无法做些鞍前马后的后勤工作。王小二觉得报国无门，就想先宰了刘麻子再说。他到处走访，打听刘麻子的行踪。有一天终于得知他率马队要经过东村，运送一批丝绸。王小二那时还不会用左手，因而无法准确地用武器袭击他，就想了个主意，准备设置一道路障给马下绊，使刘麻子的坐骑受惊，把他从马上颠下来摔死。至于最终能否使他摔死，王小二自己一点把握也没有。王小二设置的路障是用绳索连接着的木桩。木桩分别置于绳索的两端，然后打进泥土里一部分，暴露的树桩用树枝遮住。王小二将绳子松松地横埋在路面上，然后躲在树丛一侧像木偶艺人一样手中提着一个端头的绳子。这段绳子通过的木桩中央打了个洞，所以它能自如地松动和抽紧。当它抽紧时，横埋在地上的绳子就会勃然弹起，离地几十公分，这样飞速疾奔的马如果不被绊得人仰马翻，至少也会因受惊而狂奔不止。王小二选择了一处平坦而稍有些下缓的路面，这段主人多半是纵马快行。刘麻子一行经过这里恰恰是黄昏时分，他们要赶到下一个村落歇马吃饭，因而马队前行的速度之快可想而知。王小二未见马队，先听到了急促的马蹄声，眨眼间，一股浊黄的烟尘旋风般刮起，跑着的马队像顺流而下的木排一样呼啸而至。真是老天有眼，王小二最担心刘麻子居于中央而难以掌握好时机下手，他万万没有料到刘麻子竟然落在最后！这样待马队基本通过路障，只剩下刘麻子的马时，王小二眼疾手快地拉紧了绳索，马像个球似的剧烈抖动了一下，然后长嘶一声把刘麻子甩向十几米外的树丛，王小二乐得一蹦老高，趁马队一片混乱之际飞快逃离现场。当夜村子里就风传，说是刘麻子遭到了埋伏，从马上摔下来，休克了十几分钟，如今虽然苏醒可口齿不清，浑身摔碎了七八块骨头，就是活下来也是个瘫子了。王小二兴奋得踅进一家酒馆，一直把月亮喝得西下，酒馆的老板娘一次次嚷着打烊，哈欠连天地声称只要王小二离开酒馆，就可免了他的酒钱，王小二也不为所动，一直喝到东方泛白，老板娘都趴在桌子上睡出了一摊涎水，王小二这才里倒歪斜地离去。他把所剩无几的钱都留在了酒桌上，再也不会来那里了。出了酒馆的王小二觉得小镇初春的清晨可爱得就像十七八岁少女的脸，他伸出那只好手什么都想碰一碰。凉津津的石灰墙被他摸出了暖意，粗糙的门畔的柱子也不使他觉得扎手，甚至连垃圾场也变得光彩勃发，似乎他随手捡起的东西都会价值连城。王小二乐呵呵地对着每一位过往行人发出邀请："让我抱你一下吧！"大多数人对他不理不睬，一走了之；但也有爱面子的妇女骂他一句："流氓！""瞧你那副孬种相！"王小二也觉失落，依然乐此不疲地与人相邀。最后总算有个拖着鼻涕的痴呆回应了王小二，他一头钻进王小二的怀里连发哆声，不想出来。王小二被强烈的温柔撞击得趔趔趄趄，几难招架，惹得路人围观耻笑。

王小二回到哈尔滨后不想再到阿廖沙的公司做事了，尽管阿廖沙对他一再挽留。王小二的姐姐见弟弟残了一只手，愁得眼睛总是蒙着层眼翳，常把圆的看成扁的，把白的看成粉的。她发动熟人为王小二介绍女朋友，然而这希望就像撒在惊涛之上的网一样，一无所获。王小二把阿廖沙补偿给他的残手的钱基本都用在了醉云烟馆。有一回他竟然包了三楼的一间房，叫了个妓女来过夜。那是王小二第一次与女人在一起，他连那女人的相貌都没记住，因为灯光很暗，那妓女又比他高出许多，他在她身上时头顶正对着她的脖颈，看她一眼都吃力。只记得她很肥，欲望很强，总嫌王小二毛手毛脚。她像鹅一样伸长脖子叫着，指教着不谙世事的王小二。事毕王小二找到醉云烟馆的主人闹事，嫌他花的是上等人的钱，给他叫来的却是一个松松垮垮如棉花包的妓女，让主人退钱给他。主人只得赔不是，王小二便得寸进尺地要求烟馆收留他，他虽然缺了一只手，可头脑和脚都灵便，给人端茶倒水不成问题。烟馆正缺这样一个单身帮手，想想雇个残疾人价钱又划得来，何乐而不为呢，于是就派他在一楼做事。王小二遂在门的一侧做迎来送往的事，他的那只好手锻炼得就像变戏法人的手，快得很，这边殷勤的问候话语刚落下，那边他就帮人把围巾或是帽子摘了挂在门后的衣架上。王小二的记性好得出奇，只要来过一次烟馆的人，他都能过目不忘，而且能在一排衣架上点着名辨认出客人的衣帽，令主人欢心不已。王小二喜欢开些小玩笑，往往又逗得一楼那些社会底层的人开怀不已，醉云烟馆的生意如火如荼，如日中天。王小二劳作一天后也喜欢抽上几口，然后迷迷糊糊地睡至第二日正午，烟馆到了黄昏时分才开张。王小二的姐姐见弟弟整天一副醉生梦死的样子，就痛心得多次来找他，让他学好，找个好工作干，将来娶上个贤惠媳妇。王小二就一梗脖子说："就我这个样子，能把自己养活得了就不错了，还养什么老婆！"王小二最喜欢谢子兰，她总是无忧无虑的，别人都不敢言及他的右手，怕揭他的疮疤，谢子兰却是无所顾忌地拿他的右臂开玩笑，声言要把一朵花吊在断臂下，让他见到漂亮姑娘就频频招手，没准会有人爱上他呢。王小二也乐得把挣来的钱悄悄给谢子兰一些，她又馋又喜欢打扮，恨不能把满街的美食都搜罗到肚子里，把最漂亮的服饰都抱回自己家里。王小二每每把钱给了谢子兰，下回见她时就会发现一些悄悄的变化，比如书包带上佩戴了一朵绢花向日葵，脚上新穿了一双时髦的木跟黑丝绒高跟鞋。王小二常奚落谢子兰，说她将来若不嫁个有钱人，非要进青楼才能维持她的开销。谢子兰就一撇嘴道："我的好舅舅，你非要让我像奴才一样生活才高兴是不是？"王小二就无下文了，他其实明白自己就是个奴才。有时是主人的奴才，有时是钱的奴才，有时又是自己的奴才。不过他觉得只要不给日本人当奴才就好。刘麻子当了奴才，最终被王小二的路障

给弄得生不如死，只能躺在炕上苟延残喘。王小二打听到刘麻子一
天吃不上二两饭，由于吃喝拉撒睡都在炕上，身下长了褥疮，婆娘
当着他的面偷汉子，手下人也把他的家产分得一干二净，气得刘麻
子两眼泛红。王小二觉得这是报应。每当王小二意气消沉的时候，
只要一想到刘麻子，他就会有一种荣誉感和胜利感，仿佛这世上的
正气全都聚集到了他的身上，有一种英雄出世的感觉，走起路来把
腰板拔得直直的。别人觑见他这副样子，就说："残手不残心，倒
精神！"

　　谢子兰已经央求过王小二几次，让他带她到苍泉去吃一顿饭。
王小二鄙夷地说："苍泉算了什么？你拣比这有名的馆子我带你去
吃，苍泉我都没听说过，你舅舅的钱包即便不那么鼓，可也不瘪得
像张煎饼！"谢子兰就会撒娇地说："你要请我去别的馆子，我就
天天去醉云烟馆吐烟泡！"骇得王小二连连摆手，说："下个周末
就去苍泉，记住，只去这一次！"

　　羽田终于在一个微雨的周末见到了谢子兰。他惊喜地站了起来，
朝谢子兰点头致意。谢子兰却仿佛漫不经心地直奔座位而去。使羽
田感到意外的是，她竟然同一位又矮又瘦的残手男人而来。这人穿
着一套不合体的蓝布制服，努力做出庄重的样子，可看上去更像个
学徒工。他的眼神流露着玩世不恭的意味，可举止却委委琐琐。谢
子兰点菜的时候，他一直朝苍泉的女主人张望。女主人慢条斯理地
修指甲，她满面平静的表情犹如窗外柔曼的细雨。大安表店的师傅
刚好湿着头发走进馆子，见到谢子兰和一个其貌不扬而又略显老气

的男人坐在一处吃饭，以为是她交的男朋友，就十分惋惜地叹口气跟谢子兰唠家常："我们家的邻居吴老妈的闺女，要多聪明就有多聪明，又漂亮，怎么着？让一个小地痞看上了，学都没上完就成家了，才十六岁就当了娘。怎么着？那小地痞又看不上她了，又是打，又是骂，真是好女无好夫，一朵鲜花插在了牛粪上！"谢子兰听后心领神会咯咯笑着指着王小二对老师傅说："他可是我舅舅哇！"老师傅讪笑了一声，这才和颜悦色地坐下点菜。羽田也放宽了心吃喝，并且蛮有心情地关心老师傅："怎么不打伞？头发都湿了。"老师傅说："小毛毛雨，碍什么事。多喝一盅酒，头发自然就干了。"

　　谢子兰发现舅舅那一餐饭吃得心不在焉，他总是不由自主地盯着女主人看。羽田和大安表店的师傅纷纷离去后，在谢子兰的一再央求下，王小二这才有些恋恋不舍地离开苍泉。才出餐馆，王小二就频频回头，并且对谢子兰说："苍泉还真不赖！红烧猪耳很好吃，下次舅舅还请你来！"

五

　　一只苍蝇落在了溥仪心爱的留声机上，其时他正在如醉如痴地听《游园惊梦》，是梅兰芳与小翠花合演的段子。梅兰芳的唱腔如蚕吐丝，丝丝缕缕层层叠叠地缠绕着他，就像晚秋的月光一样哀婉动人。溥仪坐在椅子上眯缝着眼，右腿随着唱腔转换而晃来晃去，看上去像是在发梦魇。忽然，他听到了一种极细微的嗡嗡声由留声机处传来，溥仪一惊，疑心是炸弹的引信发出的声音，鞋也没顾上穿就跑出屋子。随侍听到响声连忙过来询问，后来查明是一只苍蝇在作怪，溥仪才略松一口气。溥仪讨厌苍蝇，认为它们是世上最肮脏最令人恶心的东西。若是有苍蝇落在了手上，他要用酒精棉反复消毒几次才放心。遭到训斥的随侍连忙赶跑了苍蝇，并且用酒精棉仔细把留声机擦了个遍。即便如此，溥仪的火气也没有消，他觉得下一餐饭无论如何是不能吃的了，他的胃口被这只苍蝇给祸害了。他就差他的侄子惩罚没有看住苍蝇的随侍，打他的脸，还让他说"舒服"，让他爬在地上学狗叫。

溥仪原本以为成为"满洲国皇帝"后一切都会大变样，然而仿佛是事事不遂心愿似的，他觉得自己光复大清的政治抱负就像薄雾一样虚无缥缈。有变化的是那套他不得不穿的陆军大礼服，浅蓝色的呢绒布料之上镶有两条黄带，两列纽扣像整齐的麦苗一样排布着，衣襟上的全金色双龙刺绣看上去更像两块收割不均匀的麦场。溥仪的胸前要佩戴兰花章以及"建国功劳章"等多枚徽章。腰间斜挎着一柄大元帅佩刀，刀鞘上有很多黄金饰物，看上去像是薄暮天空中的流云。最让溥仪别扭的，是那顶高檐军帽，金光闪闪的帽尖上垂下来的那绺狮毛帽缨总给他一种插着鸡毛的感觉，仿佛老妓女的脏手帕一样令他作呕。溥仪喜欢的，还是在杏花村举行"登极"典礼时穿的龙袍。那是祖传满族古式祭服，是从北京荣惠皇太妃那里取回的。溥仪喜欢它通身所绣的五彩云霞和金光灿灿的龙。然而日本人请他出去巡视时绝不允许他穿龙袍，只能穿那套死板的陆军大礼服。尽管如此，溥仪还是热衷龙袍，即位不久，他便委派侍卫官和族亲存耆到北京去订制龙袍。在大栅栏祥义号绸缎洋货店，存耆为溥仪订购了黄贡缎绣流云十二章全龙立水袍裁料一件、黄实纱绣流云十二章全龙立水袍裁料一件、天清江绸绣流云四章四正全龙褂裁料一件、天青实纱绣流云四章四正全龙褂裁料二件。存耆还为皇后婉容定做了明黄缎细绣五彩凤凰牡丹旗袍一件、姣月软缎细绣五彩凤凰牡丹大坎肩一件、姣月软缎细绣五彩凤凰牡丹紧身一件。虽然它们大多的时候派不上用场，但溥仪相信终有一天他会每时每刻都穿着它们。

生活除了服饰的变化之外，还有偶尔的饮食变化，能让他觉得日子正在吊儿郎当地向前晃着。年三十的饺子，正月十五的元宵，二月初二的猪头肉，清明节的红皮鸡蛋，五月初五的粽子以及头伏饺子二伏面，三伏的烙饼摊鸡蛋。接下来还会有中秋的月饼和腊八的粥。这些风俗上的吃法一旦周转了一圈，飘飞的大雪就会把新京装扮得银装素裹，一年就结束了。过年时依然有清朝的遗老遗少穿着长袍马褂跪下来给他磕头请安，只不过称颂"万岁"时的声音不够宏阔而已。

最近令溥仪很扫兴的是七月间父亲带着弟、妹来新京看他的时候所发生的事情。他派出了以宫内府宝熙为首的官员和由佟济煦率领的一队护军，声势浩大地到车站迎接。晚上大摆家宴，由乐队奏乐，人们盛装华服，依次坐下，吊灯垂下的光将杯中的酒映得泛出奶色的光晕。大家吃着西餐，刀叉起落，笑语喧天，其乐融融。待到喝香槟的时候，溥杰带头举杯对着溥仪高呼："皇帝陛下万岁，万岁，万万岁！"家族的人马上跟着起立，山呼万岁，溥仪只觉得浑身舒展得似一朵祥云，他陶醉得忘乎所以。然而第二天便有坏消息传来，宝熙告诉溥仪，说关东军司令部派了人来，以大使馆名义提抗议，说用已配备了武装的护军去车站，违反了前东北当局与日本签订的协议，亦即铁路两侧的范围内是"满铁"的附属地，除日军外任何武装不准进入。虽然溥仪心怀不满，但想毕竟风光够了，随日本人抗议去吧。只是内心有一种无以名状的痛楚感，觉得自己的护军势单力薄，手无缚鸡之力，与强大的关东军相比起来，简直是蚂蚁与猛虎的差别。溥仪一旦心烦意乱了，就会去听留声机，若是还不能气定神凝，便去佛堂打坐，口念阿弥陀佛。若是有谁这个时候骚扰他，溥仪就会大发雷霆，恨不能一手把帝宫的瓦片都搜罗到一处，将这人给活埋了。这种时候最倒霉的是厨役们，本来溥仪在吃上是很讲究的，这种时候就愈发挑剔得难以伺候。惯常的大米饭端上来了，可他却想吃高粱米；高粱米传上来了，他又嫌糙，欲吃小米，给他炒菜一律用花生油，可他偏偏说豆腐里用的不是花生油，要扣厨役半个月的工钱，吓得宫内服侍他的一干人提心吊胆、面如土色。中膳不对他的脾性了，就改洋膳，而洋膳往往是新娘子袖口上的繁杂流苏，中看不中吃，溥仪便骂厨役将洋膳做串了味，又要罚工钱。厨役们噤若寒蝉，恨不能将自己的胃换给皇上，让他什么都消受得起。

　　孙小龙是新近来到帝宫的孩子，他只有十三岁。溥仪偶尔见他一面，觉得这孩子生得机灵，不招人烦，又爱微微笑着，于是就让他到茶房工作。茶房不单单是供应茶水，而且还要制作各式各样的干鲜果品及果汁饮料，诸如豌豆黄、甑儿糕、糖葫芦、江米藕以及酸梅汤等等。他们制作的果品虽然市场上也买得到，但比其要洁净、细致得多。比如糖葫芦，市场上卖的都是用一根竹签串着五六个山楂，而且未掏核；而茶房制作的，一根竹签只串一个山楂，去核蘸糖。孙小龙曾对这样的糖葫芦馋涎欲滴，可他只能干巴巴地瞅着。每天晚睡前，孙小龙都要把一食盒新鲜果品送到溥仪的寝宫，每逢这时他就要把鼻涕清理干净，以备俯身闻果品的甜香气。每闻一下，他的浑身都要打个激灵；心想自己怎么没福气做皇帝呢？每回他送食盒归来，走在夜色沉沉的帝宫里，树影在地上鬼似的飘移，孙小龙都有一种委屈感，心想自己这辈子可能都要这样看着想要的东西而得不到，就特别想哇哇哭一场。茶房的老师傅看着孙小龙单薄，就趁别人不注意的时候偷着给他半块点心。孙小龙什么也不说，飞快把它吃掉，想着将来若是发达了，一定把老师傅当成自家老爷子一样侍奉。孙小龙最喜欢老师傅给皇上做五汁，那是苹果汁、鸭梨汁外加荸荠、甘蔗、藕等汁液调和而成的，是溥仪夏季最喜欢喝的饮料。每逢给鸭梨和苹果去核的时候，老师傅都要把果核偷着给孙小龙，虽然果核很硬，残存的果肉也酸，孙小龙还是吃得津津有味。老师傅若是有心情时，还会给孙小龙讲皇上在北京故宫的故事，讲过去朝代的君臣之间为争权夺利而残杀的故事，当然也讲鬼怪故事。孙小龙是个孤儿，最听不得鬼怪故事中善良的鬼回报人间的事情，这样的鬼在故事中不是青面獠牙、白衣素缟的形象，而是行侠仗义的男人或者善良敦厚的女人。他们能使穷苦人家的粮囤一夜之间囤满五谷，能使一个破衣烂衫的儿童即刻有吃有穿。当然，也能让一个黑心肝的富人一夜之间遭到大火的洗劫，即刻成为穷光蛋。孙小龙每每听这样的故事时，就觉得自己身世可怜，没有一个鬼来把他解救出去。孤儿院的生活他不喜欢，在宫里的生活他也同样不喜欢，他不知道自己喜欢的生活都去了哪里，好生活是否也像燕子一样，专拣富贵人家的屋檐做巢？孙小龙每每见到皇上时都要双腿发紧，有一种头晕目眩的感觉，生怕自己端上的果盒歪斜了。他还特别担心自己见到皇上放屁，他平素放屁放得甚，尤其是夜晚就管不住它。人都说皇上无所不知，无所不能，孙小龙又怕他送果盒的路上偷闻果香会被皇上明察秋毫地知道，那样他就会有一顿皮肉之苦。呈上果盒之前，孙小龙往往能看见昏暗灯影下的皇上坐在椅子上发呆，他看上去就像稻草人一样表情僵硬。他所戴的那副眼镜总给人滑稽之感，孙小龙觉得皇上的鼻梁那儿就像趴着只大青蛙。他听老师傅说皇上光眼镜就配了好几十副，平素戴黑框的，偶尔也戴金丝边框的。他还听说他有一个大书库和一个大药柜，孙小龙不明白一个人怎么能看得了这么多书，用得了那么多药。

后来他想明白了，皇上就是拥有很多东西的人，用不着的让它闲着也得有。就像这宫里有几十号人都得服侍他一样。孙小龙便跟老师傅说，像皇上这样的人活一辈子不合适，他得活两三辈子才划得来。吓得老师傅把一口痰吐在衣襟上，警告孙小龙不得跟人胡说。

皇上可是真龙天子，能千秋万代的。所以孙小龙再见皇上时，总想从中看出龙的影子，然而皇上总是衣着整洁、不苟言笑地坐着，一点张牙舞爪的样子也没有。孙小龙便想也许皇上晚上睡着了才会变成一条大龙。

溥仪觉得自己既然是"满洲国"的皇帝了，就应该随时随地出去"巡幸"。然而外出都是由日本人做统一安排，去什么地方，说什么话，甚至途中经过哪里，市镇或者乡村，都是由日本人来运筹的，这不免使他有些败兴。然而一旦巡幸的日子定了，他也就不计较以什么方式出行了，就像小孩子盼过年似的感到兴奋。若是去稍远的地方，他会差人准备出去这几天的衣食和药品，感觉倒像是出去避难。宫里的人在高墙里呆得腻歪了，都想跟着出去逛逛风景，所以溥仪一旦要出去"巡幸"了，不少随侍都跟着高兴。随侍也提前预备好过年时才穿的缎子衣裳，想跟着主子出去风光风光。一天孙小龙听说皇上要出去巡幸，大约要出去一星期，就央求老师傅跟管事的太监说说，让他也随着去。老师傅说："现在天气快凉了，皇上不会在外面多呆的，他不能带茶房的人出去。"孙小龙就急得提前做感情的透支，说自己将来若是有家了，第一件事就是接老师傅到家里享福，不让他做饭和下地干活，只让他抽烟、喝茶、逗小鸟、遛大街。老师傅笑了，说："我要有那晚景，现在就是累折腰也值！"老师傅去找太监说了，结果是不同意，原因是皇上出去所用的茶点，都由巡幸地的人准备，不另做安排，就是御膳房的厨子，此次也要呆在宫里。大失所望的孙小龙就想亲自跟皇上说说，也许能感动龙颜的。

有一日晚上，孙小龙到寝宫去给皇上送咖啡和点心，路上他就想好了计策，既然皇上爱洁到极点，又胆小和疑心，就装作无意说自己的舅舅曾喝了一杯沤了的茶而险些丧命，皇上必然会对出行的饮食格外重视了。那时他就趁机说愿意随皇上出去，随时准备好新鲜的茶点。溥仪睡得很晚，他晚上喜欢看书、写字、听留声机和念佛。孙小龙呈上点心的时候溥仪正扶着眼镜垂立着看一块印章，他的裤线笔直得像刀锋。溥仪听见响动微微转身看了眼孙小龙，孙小龙便张开嘴笑了笑。他想努力笑得好看些，可他平素很少笑，笑也是装，只觉得腮帮子上的肉直哆嗦。溥仪散漫地看了眼茶点盒，放下印章，嘴唇嚅动了一下，想说什么，然而终又忍住了，他坐在椅子里。孙小龙没有退下，他仍然强撑着笑容，溥仪再次望他时两个嘴角向下撇着，用很低很低的声音问孙小龙："怎么还不退下？"一旦皇上真和自己说话了，孙小龙反而把准备好的话忘得一干二净，他的脸憋得通红，腿有些抖，最后是吞吞吐吐说了句词不达意的话："万岁爷的裤线真直，苍蝇要是飞到上面肯定会被弄折了膀儿。"溥仪俯身看了眼自己的裤线，小声嘟囔一句："你看见苍蝇了？"孙小龙忙摆手说："我只是打个比方，万岁爷的屋子怎么会有苍蝇呢！"溥仪顿了一下头，不易察觉地笑了一下，说："倒胆儿大！"孙小龙手心已经出汗了，他不知道皇上说的"倒胆儿大"是指他还是苍蝇，想想不跟着出去巡幸也死不了，要是自己再这样莽撞下去，也许会有祸事临头，于是转身要走。这时皇上倒是把他叫住了，他问：

"你笑什么？"孙小龙说："我看见万岁爷高兴，我就笑。"溥仪笑了，说了句："倒聪明！"孙小龙想皇上夸的不是苍蝇，肯定就是他了。于是就胆大包天地说："万岁爷，我能给你讲讲我舅舅的故事吗？"溥仪觉得蹊跷，就问："你舅舅是做什么的？"孙小龙在皇上手势的示意下壮着胆往前走了几步，说："我舅舅是个商人，他整天在外面跑。他爱抽烟，还爱赌钱，我舅妈跟他过了不到三年就散伙了，他嫌我舅舅不是个好人。其实我舅舅心眼儿好，赚到了钱就爱给那些穷人花。我要说的是，我舅舅心眼好，可是命不好，他做买卖整天在外面跑，逮着什么吃什么，逮着什么喝什么。有一回他到锦州去弄苹果，货也搞到手了，我舅舅很渴，也就是现在这样的季节吧，天很热，他就在街上买了一碗茶喝，谁知道外面的茶不干净，隔了不知几夜了，一下子就把我舅舅给喝趴下了。"溥仪抬头看了眼孙小龙，饶有兴致地问："他喝坏了肚子？"孙小龙的舅舅还健在，只不过人踪飘荡而已，有人说他在重庆，还有说在云南，总之他已离开了本地，孙小龙就权当他死了，于是就变本加厉地说："我舅舅坏了肚子，就起不来炕了，吃了好几种药也不见好，后来就死了。"孙小龙把"死"字说得斩钉截铁，听得溥仪脸色煞白，他说："一碗茶就送了命，你舅舅是个短命鬼！"孙小龙连忙说："万岁爷要是出门，可千万不能喝外面的东西，不是自己带的东西不能用！"溥仪便大惊小怪地说："谁说我要喝外面的东西了？"孙小龙："我估摸着万岁爷要出门了，万岁爷出门要是带上我，我就时时刻刻弄新鲜的茶侍候万岁爷！"溥仪短促地笑了一声，然后摆摆手对孙小龙说："皇上的事还要你操心吗，你好好做你的事就是了。你要是敢偷懒，我就让人打烂你的嘴！"孙小龙就仿佛真挨了一顿嘴巴似的，觉得两腮火烧火燎地难受。他急速转身，几乎是一溜小跑地离开了皇上的寝宫。回去对老师傅学了刚才的事，老师傅骂："你这个胆大包天的小鬼，敢和皇上说那些话。皇上要是知道你编舅舅死了的事来吓唬他，明儿七月十五鬼节时爷爷我就得给你放河灯了！"孙小龙也觉得倘真如此，得不偿失，于是就在担惊受怕中过日子，再派他给皇上送茶时，他连头也不抬，送完飞快地走掉，好像皇上感染了伤寒或鼠疫，要避他远远的。有一天他和老师傅在茶房给梨子去皮时老师傅悄悄告诉他，说皇上不出去巡幸了，日本人又把日期推迟了，也许要在秋后才行。皇上这几日气不顺，老师傅嘱咐孙小龙端茶时要手脚麻利，不要多嘴多舌，免得犯上而招来皮肉之苦。孙小龙连连点头，声言再也不胡说八道了。

　　孙小龙自幼丧父，母亲把他屎一把尿一把地拉扯大，谁承想母亲有一天到街上买米，却被车给挂倒了，当时看着伤并不很重，额头有道两寸长的口子，不过是高烧说胡话而已。到了出事的第五天，她仿佛是退了烧，神志也清醒许多，张着手要水喝。一碗水刚喝下去，人脸上的血色就倏忽褪尽了，脖子骤然一歪就咽了气。孙小龙只得进了孤儿院。后来宫里的勤务班要招一些孩子来，孙小龙因为模样生得好就被选中了。孙小龙以为皇上要比普通人高上两倍，手臂长得能够到树梢上的鸟窝，走路能把大地震得嗡嗡直叫，吐一口痰到水中也要溅起一朵巨大的旋涡。谁承想皇上长得这么单薄，仿佛连只蚂蚁也踩不死，说话也不洪亮，掩映在眼镜片后的那双眼睛也没有神采。孙小龙觉得皇上甚至没有舅舅生得好，只不过比常人多了几分威严而已。

一个淅沥的雨夜，孙小龙刚把茶点送到寝宫，皇上就把他叫住了。皇上说："上次是你说我要到外面去，不让我喝外面的茶，嗯？"孙小龙吓得差点尿了裤子，他唯唯诺诺地点点头，一个劲地想溜。皇上说："你听谁说皇上要出去的，嗯？"孙小龙哆哆嗦嗦地带着哭腔说："我什么也没听说，我是自己猜的。我想着天气好，万岁爷好长时间没出去了，可能就会出去了。我想跟着万岁爷出去，别的没瞎想。"溥仪用手指轻轻叩了一下茶色圆桌，忽而从椅子上霍地站起指着孙小龙说："你这个害人精！你咒我出去喝茶喝坏了，咒我出不了宫！"他声嘶力竭地叫道："来人啦，把这小东西给我拉出去，打死他！"随侍连忙奉命来抓孙小龙，连踢带打把他弄出寝宫。溥仪听见孙小龙的哭叫声并不很凄厉，便冲出门外对惩罚孙小龙的随侍说："我叫你往狠里打，你省什么力气？你再这样打，我就让人也打烂你的嘴！"随侍还想留着自己的嘴吃喝和说情话，所以再打孙小龙时就一往无前了。孙小龙爹一声妈一声地叫得凄惨，溥仪这才觉得心中畅快了，他回到屋里悠闲地喝了杯咖啡，吃了半块枣泥馅的点心，读了几页闲书，做了两句干巴巴的诗，然后洗脚睡去。

缉熙楼前的树叶隐隐泛黄了。扫庭院的老人每每看见了一片或者两片落叶，就会叹息着俯身把叶片捡到簸箕里。一片落叶他就叹一声，而两片则叹两声，若是有个七八片落叶，他就把自己叹息得有些喘不上来气，愈发老眼昏花。

老人每天清晨打扫庭院总要用上两个小时。他从书画库开始，经过游泳池、同德殿、东花园而至缉熙楼，一扫帚一扫帚地扫下去，让地上连根草刺也没有，扫得地跟中秋节的月亮一样光洁。有时清晨有雨，他就穿着雨衣扫，扫得地上的雨水刷刷响。通常情况下，他是把太阳扫得升了起来，宫墙上的琉璃瓦被阳光照得辉煌夺目。老人喜欢看琉璃瓦，它的釉光和色彩总给人一种极其富丽的感觉。老人从北平开始就在宫中做事，一直跟着皇上逃难到天津，来到新京后他不习惯这里的天气，几次要出宫告老还乡，都被管事的人劝了下来。老人其实也舍不得离开皇上，觉得他还像个孩子，要多一些像他这样的老随侍服侍才妥帖。不过皇上前几日处罚茶房的孙小龙叫他看不下眼，那孩子单薄，又没什么错，生生地给打得半死啦。

老人扫到缉熙楼前的时候停下来朝窗里张望了一下，皇上还没起来呢。他想着皇上要是起来了，他就壮壮胆给他提个醒，叫他对宫里的孩子手下留情，万一出了人命，下一世可要当牛做马地偿还罪过了。老人又发现了两片落叶，他接连叹息两声俯身把它们捡起，然后抬头看了一眼皇上寝宫的窗户，这时他隐约看见窗纱背后有团黑影在移动，他想一定是皇上起来了，老人就站在那里招了招手，那团黑影仍然没有离开窗前，看来皇上并不为所动。老人这才觉得自己老糊涂了，皇上怎么能因为他招个手就出来呢？皇上像小孩子，可皇上是皇上啊。老人有些懊恼地提着扫帚和簸箕离缉熙楼而去，经由西花园快到植秀轩的时候，老人忽然听见背后有人叫："等等——"他回头一望，双腿自然而然屈在一起，跪在地上，连连叫着："皇上，奴才给皇上请安！"溥仪叫道："起来吧，刚才是你向我招手吧？"老人连忙又叩了一个头说："正是奴才。奴才想跟皇上说句话。"溥仪说："讲吧。"老人说："茶房的那个孩子，你差人把他打了之后，他吃不下饭，睡不好觉，天天只是哭。他一个小奴才，一身的贱骨头，揍也是该揍，可揍得也太狠了，要是没了命，传出去恐怕对皇上不好。"溥仪"哼"了一声说："难怪这几天换了送茶的人了。"说完，转身疾步朝回走，老人忙又跪下叩头给皇上送行。随侍看了眼老人，小声骂道："扫好你的院子得了，多管闲事！"老人也有些后悔，尤其听到皇上那一声"哼"，就像听到了茶房那孩子的断气声一样感到难过。心想好忙没帮上，也许会令那孩子雪上加霜处境艰难。老人步履蹒跚地到宫门口去倒那些落叶，待他慢吞吞地回房休息时，茶房的老师傅神色愉悦地告诉他，皇上特意派御医来给孙小龙诊病，让厨子单给孙小龙做一份饭。看来皇上是后悔打了他啦。老人只觉眼睛一湿，不由哽咽道："皇上就是个好心人，有德有量，唉，我就是死了，下辈子也要再托生成个奴才，孝敬皇上！"茶房的老师傅没有附和他，即使对皇上感恩戴德，他下世也不想再当奴才，那滋味实在不好受。

然而皇上的好心并没有换来孙小龙生命的复苏，一周后，一个落寞的黄昏，这孩子睁着一双恐惧的大眼睛离开了人世。溥仪闻讯后大为恐慌，只觉得四周鬼气森森，他一连几天吃素，并且坐在佛堂敲着木鱼念经为这个孩子超度亡灵。木鱼声给人一种清冽动人的感觉，仿佛炎夏时节孙小龙端给皇上的一杯茶。

六

四平街头的狂风使所有的店铺都关上了门窗。剃头师傅背着个蓝布包袱吃力地沿街行走，寻找寻安客栈。由于风中夹杂着细沙，他几次迷了眼睛，愈发难以辨认昏黄光线中那些牌匾的字迹。只记得组织派他出来接头时强调的一点，四平有二十几家客栈，若问当地人寻安客栈在哪里，他们很可能指的是君安客栈的位置。所以要看清客栈的招牌。为此，剃头师傅还特意把"君"与"寻"对比了好长时间，力图把二者分开。结果是越区别越混淆，最后彻底是"君""寻"不分了。不过也没关系，剃头师傅记住了寻安客栈的左侧是一家鞋铺，右侧是拉面馆，对面则是一家调料店。结果午后一进四平他就被漫天席卷的狂风牵制得分不清东西南北，晚秋的凉意和肃杀之气就尤为明显起来，满街看不到一片绿叶，见不到一朵鲜花，有的只是不绝如缕的狂风和黄沙。剃头师傅接连走了六七条街巷也没有找到寻安客栈，街上的行人又都缩着脖子瑟瑟缩缩走路，没等他张口把话问完，那人已经若无其事地走出几步远了。眼看天色渐晚，剃头师傅只得叫了一辆人力车，在风中又转了半个小时后，车夫把他送到一家客栈门前，然后搓着冻得快麻木的双手说："这就是寻安客栈了。"剃头师傅付了车钱，并没有叫车离开，他说要查明是否是自己要找的客栈，若不是，还要用他的车继续寻找。剃头师傅先看客栈左面的店铺，果然是家鞋铺，右侧也确是家拉面馆，隐约见窗里的老师傅一抖一抖地抻着面。只是客栈对面看上去不像调料店，车夫见剃头师傅盯着对面很疑惑地望着，就说那里原本是家调料店，上个月店主死了，家里人便把它变卖了。如今新店主开了家煎饼铺，生意很不好，开两天关三天的，恐怕挺不了多久又要改头换面的。剃头师傅这才放宽心走进客栈，并回头对车夫说："都下过霜了，眼瞅着就是冬天了，拉车该戴手套了。"车夫很感激地说："谢谢了。像我们这样拉车的人，吃了这顿不知下顿能不能接上溜儿，冻点比饿着强！"剃头师傅便从怀中又掏出几个小钱给车夫，说："买副手套去吧。"车夫接了钱很热情地问："头回来四平吧？是做生意的？这几天要是用车，我就提前来这里等着。"剃头师傅连忙摆手说："不用不用，我只在这住一夜，明儿一大早就到奉天去。"

剃头师傅离开新京后，就参加了抗日游击队，转战在辽河一带。他也无牵无挂，女儿已远嫁他乡，女婿是小业主，待女儿很好。剃头师傅的老婆去世之后，弟弟就是他惟一的亲人了。弟弟被日本人杀害后，剃头师傅觉得堂堂七尺男儿再这么浑浑噩噩活下去，对祖宗都有愧。于是扔下新京的理发店毅然从戎。走前他挖空心思琢磨了那首藏头诗，求王亭业写了贴在店门口。由于他对东北地貌的熟识和能扮成各色人等的相貌和气质，他频频为游击队进行地下联络工作。一年来，他到过奉天、齐齐哈尔、天津、大连、锦州等城市，组织后方为前方的战士准备粮草，并且探听日军装备情况，武器弹药的存放地点。他此次来四平，就是为了初冬的一场对日军守备队的袭击，他们急需枪支弹药的补充，而驻四平的日军有一个大的弹药库设在这里。四平的地下党组织已经搞清了弹药库的确切位置，并且制订了几套行动方案，剃头师傅便是来寻安客栈接头的。

寻安客栈是个二层小阁楼。一楼是客人存放物品和吃饭喝茶的场所，二楼才是客房。客栈的后面还有马厩，专供骑马过路的商人使用，马厩备有草料。剃头师傅登记好客房，把行囊中的毛巾和肥皂取出来，到楼下的洗脸池洗脸。天色已晚，风仍然如饥似渴地狂热地刮着，把玻璃窗拍打得刷刷响，仿佛筛米似的。有两个人也在洗脸，全都垂着头，无精打采的样子，看上去不是落魄的商人就是逃难或者奔丧的人。剃头师傅洗过脸，就到伙房叫了一碗米饭和一盆白肉炖萝卜，吃饱后又叫了一壶茶，然后向伙夫打听店主在哪里，有个老朋友托他给店主带来几斤黄烟。伙夫说店主一大早出门了，采办一批蔬菜、粮食和肉食，大概要很晚才回来。剃头师傅觉得回房也是枯坐着，躺在床上解乏不如在伙房喝茶更舒服，于是就安然坐在硬木椅子里喝茶。伙夫在灶间边做菜边用勺子敲着锅沿儿发牢骚，一会儿骂户外的狂风都是婊子养的，不管人家喜不喜欢只管往人的脸上贴乎；一会儿又骂灯泡上的油垢积得太厚了，散出来的光就像抽大烟人的脸一样昏暗；一会儿又骂油菜被虫子咬得太狠了，说油菜叶被嗑得像张网，让人看了没食欲。听得剃头师傅直想乐，心想伙夫什么也看不惯，看来是气不顺。剃头师傅就搭讪道："老弟日子过得还好？"伙夫丢下勺子从灶房探出一张油红的脸说，"穷人的日子什么叫好？什么又叫坏？能吃饱了就是好，身体不闹毛病就是好，家里不遭灾也就是好。"说完，又连忙缩回头去搅和锅里的菜，骂道："这对游手好闲的主儿，口味倒是高！知道秋天该补了，就顿顿吃萝卜炖羊肉，倒会享受！有钱人就是会享受！"说完，很响地吐了一口痰，剃头师傅不知道他把痰吐在了哪里，若是他对享用这菜的人怀有怨恨，吐在锅里也未可知。

伙夫见菜已炖到时候了，就熄了火，过来与剃头师傅聊天。他说来寻安客栈住的人并不特别有钱，基本都是做本钱不大的生意的商人。来四平一般都是过路，吃顿饭、睡一宿、歇歇马就走人。而最近来了一对模样挺受看的男女，说是对夫妻，打扮忽而很入时，忽而又土气十足。看他们穿着入时地出双入对，客栈的人就觉得他们住在这里太寒酸了，应该住高级客房、吃高级馆子才是。然而过不了一天，他们又穿粗布衣裳了，看上去真是奇怪，就像是拍电影的人似的。他们每日一大早就出门，早饭不在客栈吃，而晚上则一天不落地回来，有两道菜是必不可少的，一个是羊肉炖萝卜，一个是土豆片炒芹菜。问他们来四平干什么，他们说是新结婚的，出门旅行来了。还说四平有朋友和亲戚，白天时去走访他们。当然，也流露了他们做生意的迹象，他们经常向人打听四平各种纺织品的价格，伙夫猜测他们在上海或者奉天有棉纱生意。伙夫还问剃头师傅是做什么的，在客栈住几天，来四平服不服这里的水土？剃头师傅一顿头说："我是路过四平的，只停一两天。要说起我干什么，打死你也猜不出。"剃头师傅说着伸出双手，让伙夫看自己的满掌的老茧，说："一个修鞋匠！"伙夫倒高兴了，他霍地站起来抬起自己的右脚说："瞧瞧我的鞋，还算是皮的呢，上脚不到半个月就张嘴了，你看着给收拾收拾，我明天白让你吃个炖菜！"剃头师傅笑了，说："手中没家把什，拿什么给你修？"伙夫很败兴地落下脚，说："倒也是，谁出门带那玩意儿？出门都是图清闲的，唉。"

正说话间，伙房的门开了，昏暗的灯影下探过一颗戴礼帽的人头，问："菜好了吗？"伙夫高声说："好了好了，快来吃吧，都快炖烂了。"这人说："我们先去洗洗，刮得这一身的灰，洗完就来。"剃头师傅见男人后面有团粉红的东西一闪，想必是那个女人了。接着是一串噼啪乱响的上楼的脚步声，想必他们去取洗漱用的东西。伙夫小声对剃头师傅说："得，我也唠不成嗑儿了，该去伺候人了。那女人这两天总要酸菜吃，我看没准是有了，反正在这客栈呆着，晚上大长的夜，那男人不能让她白白闲着。"剃头师傅笑了，想着要等这对夫妇过来吃上饭再走，于是就说："女人有没有身孕，我一打眼就能看出来，等我看了跟你说。"伙夫乐了，一龇牙说："要是刚怀上，肚子就看不出来，你还能钻进她肚子看看有没有种？"

剃头师傅记住了寻安客栈的主人叫李继东，他跟他接头时就自称营口来的，有个老朋友叫付安成，托他给李继东捎几斤黄烟叶。店主人要是说："啊，付安成是我在铁岭的老乡，亏他还记得我爱抽黄烟。"然后他甩一下长衫的袖子，这头便是接上了。若是店主人不这样回答，也许就出了问题，再赶快找四平一家印刷厂的管事张品茗，他会把情报交给他的。若是张品茗也联络不上，就说明四平的地下党组织出了问题，要赶快离开此地。剃头师傅从相貌上看既像个暴发户，又像个安分守己的农民，说他是屠夫或者伙夫都会有人相信，这也便是他这种特殊身份的优势，无论他到哪里，都不那么引人注意。

剃头师傅喝茶时不由想起了新京那间小小的理发店。每逢阴历二月初二的时候，他就会忙得脚打后脑勺，为接踵而至的男人剃龙头。大多数的人喜欢推个寸长的平头，但也有人喜欢前蓬后缩的背头或者像一双大雁硬翅膀似的左右叉开的分头。最讲究的是那些有点身份和地位的人，发型是固定的，这样的头很难剃，然而这样的头最挣钱。一则是他们囊中充盈，二则是因为老主顾，常来。剃头师傅那时年轻，老婆也健在，他剃头，她就打扫毛发，帮助客人洗头、倒茶。待店内没有客人的时候，他们就凑在一堆儿说情话，说到各自的旧情人时，就说得急赤白脸，各自指着对方的鼻子骂，恨不能撕碎了婚契；而情话说到深处，令彼此感动而迫切需要对方时，他们也不管是在理发店，赶紧关了店门，在窗前拉道白帘忙中寻欢。想想那一段和风细雨的美日子，剃头师傅的眼睛不由微微湿了。

伙房的门外闪进来一对男女，女的在前，穿条黑色裤子，粉红色短毛衣，头发微微烫着，看上去神情活跃，见到剃头师傅在场时还笑了一下。男的令剃头师傅很眼熟，细高挑的个子，穿一件灰布长衫，脸白，目光有神，气宇轩昂。剃头师傅想他肯定就是刚才戴礼帽的男人了。当时他的上半面脸被礼帽压着，给人一种面目糊涂的感觉。如今除了礼帽，就像一座山摆脱了雾气，明朗、挺拔多了。剃头师傅想不起在哪里见过这男人，因而有些心急。后来想自己对英俊的男人大都多看两眼，看得多了，就觉得英俊的男人都是一个模样，因而有一种相熟之感。而丑陋的男人则容易记住，因为特点鲜明。

伙夫把羊肉炖萝卜和土豆片炒芹菜一一端了上来。这时男人提出要一壶热酒驱驱寒意，刚才坐车回来冻得手脚都麻木了。伙夫说："喝酒当然舒坦，舒筋活骨，喝得晕乎乎的，晚上还睡得香！"说着，就给他烫酒去。剃头师傅便注意看了眼那女人，她三十出头，皮肤滋润，眼睛细长，眉毛弯弯，小巧的鼻子，只有嘴巴是宽阔的。因而她脸的上半部是柔和的、古典的，而下半部则给人很野性的感觉。她大约是饿极了，先自夹菜很爽快地吃着。伙夫烫好一壶热辣辣的酒上来的时候，左手还拈着两个酒盅。他对那女人说："陪你家男人喝两盅吧，天这么冷，回房也没有火，会冻得你受不住。"女人笑了，指着男人说："我才不冷呢，他是个火炉子，夜夜烤死我！"说得伙夫很不好意思地收回一个酒盅。男人对伙夫说："再添一个酒盅来，咱们三个男人喝一场。"他仿佛老相识似的自然而然转向剃头师傅："新住下的吧？咱们认识一下。我叫郑存孝，这是我的妻子沈雅娴，出门旅行结婚的。"剃头师傅连忙作了个揖对二位说："恭喜恭喜！"他接着道："你们慢喝，我是酒足饭饱了，在这泡壶茶，不耽误你们了。"郑存孝说："哪里哪里！今天咱们能聚在这里，也是有缘分，来，别客气，没什么好菜，再加双筷子就是。"伙夫倒是很乐意地又拿来一只酒盅，两双筷子，并且拽过来两把椅子，剃头师傅便只好过来了。女人撂下筷子看着剃头师傅说："先生是做生意的吧？经营布匹吗？"她细长的眼睛睁得大了，看上去像两只蚕蛹。师傅笑了："我哪是生意人，一个粗人，无非给人修个鞋、剃个头。"伙夫敲了一下桌子叫道："原来你还会剃头？"说着捋着自己的头发说："麻烦老哥给理理，都长得快能扎小辫了，忙得我倒不出空儿去理发店。"剃头师傅笑了："剃头发的推子还真带着，等明天我给你剪。晚上光线不好，铰不齐就跟狗啃似的。"伙夫摸了摸后脑勺说："咱一个颠马勺的，没那么讲究，谁稀罕看哪？晚上回家老婆都不看，只管紧着鼻子嫌我这一身的油烟味。你说不叫这味，一家老少吃什么？喝西北风得了！她还嫌我，说要跟别人过去，一天瞎闹腾我。你说就凭她的模样，还能给皇上当娘娘去？跟我也就不错了！"伙夫的这一通牢骚就像穿透阴霾的阳光一样，带给大家明朗的笑意。剃头师傅接过话茬，说："给皇上当娘娘那么好当？不过像个鸟一样被养在笼子里。"伙夫夹了一片土豆扔进嘴里，很干脆地说："就是，当那个娘娘有什么用？不过就是个名分！就像现在的皇后，不也跟着皇上一样土鳖吗？人家让你住哪里你就得住哪里，想像咱们这么自由地想去哪儿就去哪儿，没门儿！"郑存孝已经把三个酒盅满上了，三个男人一齐举杯，一饮而尽。郑存孝在畅饮之后抿着嘴角笑了一下，这一笑剃头师傅蓦然想起了在新京所见过的一个客人，他是被王亭业给介绍来理发的，个头也是这般高，眉目也如他一般清秀，不过是没有面前的这个人胡子大。他的后脑勺很难剃，长着三个头穴，每个头穴都像个旋涡，使头穴周围的头发朝那聚拢。剃头师傅明明知道"一个头穴好，两个头穴坏，三个头穴死得快"的谚语，可他故意跟客人开玩笑说："人都说一个头穴好，两个头穴坏，我看你生着三个头穴，肯定坏上加坏！"客人很矜持地抿嘴一笑，这笑容被剃头师傅从对面的镜子中看到了。那笑容很特别，意味深长，很像是端坐在莲花上的观世音的笑容。事后他见到王亭业还说，你的那个同事，笑起来很有禅意，将来不会做出家人吧？王亭业说："他那么一表人才，女孩子看了都跟在屁股后面转，他要是出家，得有不知多少女孩子陪着当尼姑！"剃头师傅越看此人越像新京见过的那个人，他想张口发问，倘若是，该知道王亭业的情况，他还有些挂念着他。可他又怕暴露了身份，倘若真是王亭业的那个同事，他为何到四平来了？这个季节学校不是没放假吗？难道他在新京出了事了？剃头师傅为了验证自己的判断，起身佯称出去方便一下，待他再次回到伙房时，特意从那男人身后经过，他清清楚楚看到了他后脑勺上打着的旋儿，三片头发就像起伏不定的草一样东倒西歪地倾伏着，剃头师傅心下一惊，再回到酒桌前时就对这对男女有了某种戒备。

那个男人正是王亭业的同事郑家晴。王亭业被捕后，他很担心自己也会入狱，于是就请了病假出去躲避风声。他隐姓埋名，说是家中破了产，到天津投奔舅舅去。他先到奉天，以为于小书会收留他，然而他自作多情了，于小书爱上的是个日本人，这使郑家晴的自尊受到了侮辱，他与于小书分手时指责她毫无廉耻，把自己的青春活生生地出卖了，说将来她的子孙后代会掘了她的坟。于小书很沉静地接受了这些斥骂，最后只是淡淡地对郑家晴说："我爱的是山口川雄，而不是日本人。"郑家晴讥讽道："这么说你要是嫁给一个日本人，还是爱国的举动了？全国的进步学生还得给你鼓掌和奏乐？"于小书不卑不亢地说："你既然有正义感，逃到奉天找我做什么？你不是不惧怕砍头吗？你不是最痛恨日本人吗？"说得郑家晴哑口无言，面红耳赤。觉得自己不仅在爱情上打了败仗，在信仰上也被人糟蹋得一败涂地。离开奉天的郑家晴丧魂落魄，甚至有些嫌弃自己。他想着一定要成就一番大事业，让于小书看看，我郑家晴是不是一条硬铮铮的男子汉。然而郑家晴的心中是茫然的，他不知该到哪里去。如果逃到关内，参加一个进步组织，也不过是举行个游行、发表个演讲、散发散发传单而已。郑家晴想真刀真枪地和日本人白刃相见。可他又认为抗日队伍中的人少有知识，勇猛有余而谋略不足。就这样左右摇摆不定的时候，他在途经庄河去大连的时候，在庄河街头意外遭遇了大学同学沈初蔚。沈初蔚在大连经营一家纺织品进出口公司，此次是来推销产品的。沈初蔚告诉郑家晴，前几天庄河游击队袭击驻庄河的日军，有个游击队员被日军打死，割下首级，悬在树上示众。那棵树是榆树，很高很阔地孤立在田野大路的一侧，往来的车马行人都能清楚看到。沈初蔚说没有一个过路人敢上前捧下那颗人头，使他能够安然入土。他见那棵树上坐着好几只乌鸦，它们已经快要把人头上的肉吃空了。郑家晴听后只觉得恶心，他问："那棵树下有日军守卫着？"沈初蔚摇摇头说："要是有守卫的，恐怕连乌鸦也不敢上树了。"郑家晴沉默不语，他和老同学进了一家酒馆，要了一斤猪头肉，一盘盐水黄豆，一碟臭豆腐，喝了足有两斤烧酒。郑家晴喝得舌头发硬，把沈初尉叫做"枕猪会"，并且泪眼朦胧地诉苦，说自己在爱情上是个傻瓜，如今回不了新京，又不想到关内，参加游击队又嫌那里聚集的多是草莽之人。沈初尉拍着郑家晴笑道："你天生就是个情种，怎么当得了英雄呢？干脆跟我到大连做事算了。世道这么乱，你跑到哪里都是一样的。不如弄个小安乐窝，也不亏了自己。"郑家晴虽然醉到深处，但意识还未彻底沦丧，他说："安乐窝里呆的都是狗。"不管他想做狗还是人，酒后的第二天清晨，沈初尉租了辆马车携郑家晴出庄河。他们在阵阵的凉风中倾听马儿的铃铛声。大路上的晨光仿佛也听迷了这铃铛声似的，显出如醉如痴的柔和光影。经过那棵老榆树的时候，郑家晴看见了那颗已成骷髅的人头。树上没有乌鸦，树是静止的，树干和枝丫都给人铜铸的感觉。他仿佛听见了风儿穿过骷髅的深孔发出的呜呜的叫声，惨白的人头在微风中更像一团浸在秋水中的月亮。郑家晴心下一阵痉挛，他握了一下沈初尉的手，只吐出斩钉截铁的三个字"去大连"。郑家晴到大连后改名为郑存孝，只在生意场上混了半年多，他就对纺织生意了如指掌，这使沈初尉格外高兴，觉得找到了一个好帮手。他们如亲兄弟一样到海滨游泳、吃馆子、谈生意，看使馆区门前泛滥的灯火和充满霸气的小洋楼。当然，有时也去码头看靠港的国外货船，船上的水手一下船便奔各色妓院而去，青楼的生意在那一夜就像初一庙门里的香火一样旺盛。转而到了除夕的时候，沈初尉一家人来大连团聚，郑家晴与沈初尉的姐姐沈雅娴相识。他的风度就像沈雅娴夏季时最喜欢喝的一种薄荷饮料，令她大为青睐。郑家晴常常一觉醒来刚走出房门时会看见她笑意盈盈地端着茶点过来，她还在晚睡时给他的床头插上一枝白色百合花。到了正月十五灯节全家人一同出去看灯的时候，他们彼此的好感使他们自然而然脱离了家族观灯的队伍，沈雅娴很大胆地指着一盏金光灿灿的南瓜灯对郑家晴说："我爱你！"郑家晴则把目光放在一盏绿茵茵的白菜灯上微笑。他可不想被人一靶子就击中。沈雅娴颇有些失落地离开大连，连寄给弟弟的信中都不问郑家晴一声好。就这样又过了一段时日，沈雅娴盛夏再来大连的时候，郑家晴与她已是难舍难分了。沈雅娴与冬季时简直大变了个样。冬季时女人们被厚的毛衣毛裤和大衣武装得缺乏丽人气质，只有脸是鲜润的；而夏季的女人脱出这些羁绊，一袭低领短袖连衣裙就把女人打扮得分外妖娆动人。郑家晴看到了沈雅娴长而白皙的脖颈、细腻的胸脯、圆润的胳膊和诱人的小腿。晚风若是大胆些，郑家晴会看到裙子像一朵云一样倏忽升起，沈雅娴修长的腿暴露无遗地展现在他面前。郑家晴想不爱美人是蠢货，于是就与沈雅娴花前月下约会。到了秋天，他们就趁着热情还未消减而把婚结了。沈雅娴比郑家晴大四岁，很温柔，也很浪漫。她最大的梦想是当一个电影明星，声言郑家晴挣足钱后，她就去上海发展。所以在待人接物上，沈雅娴会不知不觉地做戏。在与丈夫的日常生活中，她不但时时更换服饰、发型、口红的颜色，而且喜欢用不同的腔调跟郑家晴说话，声调浪荡时她把自己想成妓女，而声调沉静时则把自己当成淑女。郑家晴觉得娶了这样一个老婆就像抱着个大万花筒过日子，眼前总是五光十色的，倒也其乐无穷。所以此次蜜月旅行中，妻子让他穿长衫就穿长衫，让他穿粗布短褂就穿粗布短褂。他们一面推销自己的纺织产品，一面交朋结友，外出游玩，看上去逍遥自在。

剃头师傅起身告辞。他说自己实在太倦了，要回去休息。伙夫打了个饱嗝，说："我可不是吓唬你，这客栈有女鬼。前年夏天有个女财主在这被人谋害了，从那以后夜晚老是有响动，还有人听见鬼在哭。"剃头师傅笑了："我一个光棍汉，巴不得女鬼来呢。"沈雅娴夸张地瞪大眼睛说："那她可会吸干你身上的精血，使你成为一个骷髅！"这话令郑家晴很不自在，他蹾了一下酒盅，沈雅娴不识时务地笑着对丈夫说："要不今晚我扮成女鬼吧？"郑家晴说："你几岁了？"沈雅娴从他意味深长的口吻中听出了挖苦的意味，便有些不高兴地说："闷死了，不过开个玩笑嘛。"正说着，客栈外一阵响动，有吆喝马车停下的声音传来，伙夫连忙起身说："我家店主回来了，我得出去搬东西了。"剃头师傅想尽快离开伙房，于是就率先起身。然而才走到门口，就被一个矮个子穿灰布棉袍的人挡住了去路。那人招唤伙夫："快帮着往下卸东西！"伙夫答应着，不忘跟剃头师傅介绍店主，并且说："你不是要捎几斤黄烟给我家主人吗？"剃头师傅只能点点头。店主仿佛没有听见似的，他对伙夫说："去了两家屠宰场，都没有买到猪大肠，如今天凉了，吃猪大肠的人也多了。"说着，风急风火地朝客栈外走去。剃头师傅只能回房休息。他觉得那一对男女行为怪异，店主也神色不对，也许寻安客栈已经被人盯上？他想着等店主把马车上的东西收拾停当后，即下楼和他接头。若是接不上头，寻安不是久留之地，要连夜离开。

剃头师傅倚在床上小憩，迷迷糊糊中听见有人敲门。他打开门，看见已换了长衫的店主微笑着问他："是你给我捎来黄烟的吧？"剃头师傅说"正是"，连忙把店主让进屋来。店主坐在一只磨得光光亮亮的方凳上，看着剃头师傅说："累了吧？待会儿打一盆热水来烫烫脚，解解乏。"剃头师傅说："四平的风可真大，天都这么冷了。"店主点点头，说："就是，我今天出门时将棉袍都穿上了。"

剃头师傅沉吟片刻，这才小声对店主说："您叫李继东吧？"店主顿了一下头。剃头师傅说："我是从营口来的，我有个朋友叫付安成，听说我来四平，就叫我来寻安客栈住，顺便捎几斤烟叶给你。"店主连忙起身说："啊，付安成是我在铁岭的老乡，亏他还记得我爱抽黄烟。"说着，甩了甩长衫的袖子，剃头师傅觉得就像手中握着的鱼竿突然被咬钩的鱼拽得下沉一样感到欣喜，他说："我刚才还担心接不上头呢，在下面时你对我不理不睬的。"店主小声说："那对男女在你身边，我不敢说什么。他们来这儿有一段日子了，打扮上一会儿土一会儿洋的，叫人不放心。我把你要的东西放在了印刷厂张品茗那里，以防万一。"

剃头师傅说："我看着他们也有点不大对头。那男的我看着很眼熟，好像以前教过书的。他会不会给日本人当了奸细？"

店主说："他们这几日的行踪我基本都掌握着，看起来好像并没有太明显的迹象。他们到布店推销纺织品，还带着一些花里胡哨的布头，倒是很像兢兢业业在做生意。也许我们多心了。"

店主随之介绍了四平的进步组织的一些活动。说是前一段教育界召开了一个集会，结果不知怎的泄露了风声，警察署出动抓了好几个人，至今还没有出狱，想必其中出了内奸。剃头师傅扬扬头说："有句话我也许不当说，我瞧不上那些喝了点墨水的人，打扮得都跟个棍儿似的挺，说话咬文嚼字，就是个发牢骚的本事，叫得比谁都欢，动真格的就一个个瘪了茄子。不是我把他们都看扁了，要是说砍他们的头，保准一个个吓得尿了裤子，跪下求饶！"

店主抻了一下长衫的前襟，说："这样说倒是过分了。他们当中偶尔有动摇分子，但大多数人都是爱国的。他们能写文章呼吁老百姓起来抗日，这东西也跟刀枪一样，戳得日本人心口疼。去年四平就有一个抗日的地下刊物被查封，可是没过多久，这刊物又出来了，封也不会封住的。"

剃头师傅便明白了欲接头的印刷厂的张品茗，肯定是印刷抗日刊物的负责人。他说："明天一大早我就去印刷厂，取到东西后就会离开四平。"

店主说："好好休息吧，把那几斤黄烟给我。"

剃头师傅把黄烟叶从床底拽出来，店主碾碎了一些烟叶在手中，放到鼻子下嗅了嗅，说："还真不错，够我抽一个冬天的了。"

剃头师傅便觉得昼短夜长的冬天真的来临了。他似乎闻到了初雪温凉的气息。他叹息了一声，说："四平快下雪了吧？"店主说："这样的风再刮上两天，树上的叶子恐怕就一片也存不住了。到了那时候，雪就会来了。"剃头师傅说："雪一来，年就要来了。"店主微笑道："过年时，我要穿上大红的长袍，驱驱这满城的闷气！"听他的口气，仿佛要在过年时把自己变成大红蜡烛，将四平子时的暗夜烧得如白昼般通明。

第四章 一九三五年

民国二十四年 昭和十年 康德二年

一

　　丰源当在除夕时总是比别的店铺招来更多的乞讨者。乞丐都知道王恩浩菩萨心肠，见不得人落难，所以年年逢这个时候都来讨东西。王恩浩给他们的有吃的，用的，当然也有钱。丰源当的伙计在腊月二十八九就忙起来了，一方面忙当铺过年用的祭品，另一方面忙的就是乞丐的年货。通常，在王恩浩的授意下，伙计会给乞丐准备一件衣裳、一包点心和一些钱。衣裳多为永远没人再赎的"死当"，虽是旧物，但收拾保管得很好，乞丐穿上后就显得不那么落魄了。点心自然也是新出炉的，花样繁多，点心包里还印着烫金的"福"字。至于钱，虽然是小钱，但也够乞丐吃上一顿热热乎乎的团圆饭了。乞丐们来丰源当的时辰，通常是除夕的黄昏，这时街上行人稀少，店铺也关了许多，大多数的人都聚在家里忙年。丰源当的伙计老远看见乞丐来了，就会唤王恩浩出来。王恩浩按过年的老规矩穿上绛红色的缎子长衫，将钱物交给乞丐。乞丐们便一齐跪下来给王恩浩叩头，祝他来年身体好，生意兴隆。王恩浩也说几句祝福话给他们。乞丐们就纷纷离去了。自从丰源当开张后，来的乞丐每年大多是七八个，最多时十三个。年景不好后，乞丐的队伍也就庞大了，所以王恩浩在今年的除夕准备了十六个乞丐的东西。乞丐中有老有少，有年年都来的熟面孔，也有初次来的新面孔。有个老面孔连着来了五年后不来了，王恩浩一打听，知道人已冻死了，就唤伙计去纸花铺定做了两件纸棉袄，写上那人的名字，连夜烧了。

今年丰源当给乞丐准备的衣裳与往年不同，都是簇新簇新的，特意让裁缝给做的。点心也比往年好，有桂花馅的圆饼，也有枣泥芝麻馅的江米炸糕。包点心的黄纸被点心上的油浸透了，又光又亮的，像是一块风干得流油的肉皮。吉来就恶作剧地把双手往这油纸上蹭，然后用这双油手去摸伙计的新衣。摸得人家的衣领和袖口印上油污，心下不乐意，恼又恼不得，只能忍气吞声地趁人不备飞给吉来几个白眼，吉来反正是看不到的，就是看到了也权当这白眼是初开的茉莉花，带给人馨香的感觉。只有张弓子的反应是不同的，只要吉来的油手上了他的新衣，他就会骂道："你这个小厌世鬼！"然后去捉吉来，欲提着他的耳朵弄疼他，然而吉来敏捷得像狐狸，张弓子总是追不上他。追吉来时张弓子会慌里慌张被门撞了，或是掀翻了椅子。这时当铺的管事就会叉着腰训斥张弓子："你也是孩子是不是？"张弓子并不怕人吓唬，他太在意自己的那件新衣了，便理直气壮去找王恩浩，向主人诉苦，让他看他衣裳上的油污，王恩浩便说："都是惯的。"主人没说是谁惯的，想必也包括张弓子在内。张弓子也无可奈何，油污是除不掉的了，它们就像小孩子的尿水一样，很有些湿意地印在他的衣衫上，他想着见丽水巷的瑶琴时，她不知会怎么嘲笑自己的衣裳，对吉来的火气也就像盛开的金菊，分外火爆了。

黄昏时张弓子老早点上门首的灯笼，袖着手到门外迎候乞丐。街巷中有零碎的爆竹声响起，偶尔也有小摊贩吆喝生意的声音夹杂进来。人人都想着过年吃饺子，所以卖烧饼的人的担子总不见轻，一条巷子一条巷子地穿过去，也不见有人凑过来。卖糖葫芦和梨膏糖的小车前却很快聚来了老人和孩子。老人是拗不过孙子的纠缠，拿出零钱给孙儿们打发打发嘴上的馋意，顺便也为自己夜间忍不住的咳嗽而买两块梨膏糖。人们都穿上了过年的衣裳，因为穿了平素不穿的衣裳，所以人的神色就有些异样，走路也不自然，像是被新衣裳给欺负了。张弓子美滋滋地想着瑶琴，想她的粉脸和唇角的笑意，想她过年时穿什么花色的衣裳，若是粉底白色百合花的衣裳就最好看了，水灵灵得让人动心。若是红底紫马兰花的也不错，不过有些老气了。张弓子既不希望她穿得太招人眼，又不希望她穿得过于黯淡，他想自己送给瑶琴的绿缎子黄菊花的布料不知她做了没有，做了又会不会穿？正在胡思乱想的时候，猛然腰部被人捅了一下，不用回头，张弓子就知道那是吉来。他嘻嘻笑着，手中抓着一只冒着热气的鸡腿，吃得满嘴油光。张弓子呵斥他："这鸡腿打哪里来？"吉来理直气壮地说："鸡腿能打哪里来？当然不能打猪和牛的身上来。"张弓子大叫："你偷着把整只鸡上的鸡腿给拽下来了？"吉来满不在乎地说："是能怎么样？鸡出了锅不让人吃，不是白白闲着了？"张弓子跺了一下脚说："等会儿你爸爸不揍你才怪呢，那鸡是今晚上供用的，不能缺膀子少腿的！""上供的东西我也见了，说是给神吃，也没见神动嘴。"吉来一撇嘴说，"上供的鸡端下来时连个鸡皮疙瘩都不少，鱼也是连皮都没碰破，人家神要吃神才吃的东西，哪儿能吃这些破鸡烂鱼？"张弓子拍了一下大腿，咧着嘴数落吉来："你天生就是个祸害人的东西，连神也敢说，你就说吧，有一天神会悄没声儿找你算账的！""神算什么东西？"吉来一撇嘴说，"神还不如那些叫花子呢，你给叫花子吃的东西，他们还能跪下来给你磕头。你给神供东西，他不但不吃，还得你跪下来给神磕头，你说神牛气什么？"张弓子已经捂起了耳朵，他是不想再听这些忤逆不道的话了。他还想着让神保佑自己能把瑶琴娶到手，至于神是什么，他也是糊涂的，人们挂在嘴边的老天爷、佛爷、菩萨、地神、灶门爷、财神爷……在他看来都是神气十足的。众神就像天上的云彩，悠闲地飘着，也不知哪块云彩会把雨淋到他身上。张弓子想得很实际，哪方神仙能让他时来运转，心想事成，那神仙就是至尊。人都说除夕的时候众神来到了人间，所以张弓子不敢在外面随便小便，怕尿水浇到神仙的头上而迁怒于他，甚至走路时他都要提心吊胆地看着路面，生怕一不留心踩着了神仙的裤脚而坏了运气。吉来如此轻慢神仙，张弓子确是动了真气，想起这一年来他接送吉来上私塾而遭受的种种的苦，便有一种说不出的委屈感。

　　丰源当前面的巷子原是条长巷，人走在上面，会有一种走不到尽头的感觉。巷子两侧店铺林立，生意兴隆。后来一位有权有势的人看上了这条巷子的繁华，就强行拆迁了几家铺子，在巷子里建了座三层红楼。红楼里有客房、餐室和娱乐厅，一时间成为社会名流的聚集场所。由于它占据了南北通道，阻塞了交通，使这一带出行的人甚为不便，于是就招来了骂声。三轮车的车夫对这座影响了他们生意的红楼更是恨上加恨，常常在入夜时到楼下面拉屎撒尿，俨然把红楼当成了厕所。一些居民更是在夜深时把垃圾扔在红楼下面，死老鼠、烂梨烂杏烂菜叶、废纸残渣等等遍布周围，使这座楼散发着酸腐气息。久而久之，红楼就经营不下去了。有一年冬季，给红楼打更的更夫由于大意而失了火，把这楼烧了大半，那位有权势的人只得把它贱卖了。买主想用它的残身开家妓院，然而没有妓女肯到这里来卖身，她们嫌这里风水不好。这样红楼又经过了两三个生意人的手，终是越卖越贱，毫无用途，最后就算是废弃了。又过了两三年，残垣断壁上开始有荒草长出，有小孩子喜欢到里面捉迷藏，偷情的人也把这里当成欢愉的温床。当然，无家可归的老人和弃婴也出现在这里。有一回王恩浩凌晨从红楼经过，听见小孩子的啼哭，进去一看，见褓褓中有一个粉面皱脸的女婴，才出生没几天的样子，对着王恩浩抽搐着脸哭个不休。王恩浩把她抱出红楼，问谁谁都不认，只得抱给丽水巷的干妈。张荣彩老人对着那婴儿浑身一通拍，见她乱踢乱踹而且哭声嘹亮，说这孩子什么毛病也没有，看来是勾搭成奸、无法名正言顺抚养孩子的人所为。老人就骂："就图一时痛快是不是？把孩子搞出来了，却不管了，真是作孽啊。"骂归骂，张荣彩老人还是热心地给这弃婴找了家主人，那对夫妇一连气生了四个儿子，正想要个女儿，就收留了她。张荣彩老人还做了几双水灵鲜艳的虎头鞋给她穿。有时路过人家的门口，非要进去看那孩子两眼，一进院子，就会说："我来看看那个没人要的小丫崽子，她长牙了吗？会冒话了吗？"主人嫌她多嘴多舌，不愿意让人说孩子是抱养的，怕孩子大了会反目。所以孩子长到四五岁时，老人再来看孩子，主人多半是不给开门的，老人只好嘟嘟囔囔离去。走时往往要在门口给那女孩摆上双新鞋，由于少见孩子，小孩子的脚长得又出人意料地快，鞋子往往都要小上一码。张荣彩老人也不知实情，以后仍按这个基础顺路做下去，当然是一错到底了，女孩也就始终没有机会穿老人做的新鞋。

　　除了以上的故事，残破的红楼还藏过枪支，发生过斗殴打架的事。一些人顺路走到这里，若是有了屎尿这等十万火急的事亟待解决，也趱进里面一泄痛快。有时无家可归的乞丐会背着卷破炕席铺开来夜宿。而新近清贫来丰源当的人，由于初次当东西，惟恐撞上熟人，往往走到红楼时就会在那里猫一刻，见过往行人全都是陌生的面孔时，才抽身而出，不再踯躅，垂头喘吁吁一溜小跑地闪进丰源当。

　　张弓子看见远远的红楼那里闪过一排漆黑的人影。他便知道乞丐们就要过来了。乞丐在除夕时来丰源当也有个讲究，就是背着自己还说得过去的一套衣裳，钻进红楼，把破衣烂衫除下，将自己收拾得稍微体面一些，为的是给王恩浩一个好印象。王恩浩也不因为他们穿着不很寒酸而打却了施舍的念头，相反，他会一厢情愿地认为乞丐的日子过得有起色了，温饱自如了，因而在恩典衣食时，脸上也挂着满意的笑容。

待乞丐们换好了衣裳，他们就在暮色中默默站成一排，有条不紊地朝丰源当走来，张弓子连忙回屋喊主人，通告乞丐们已经来了！王恩浩早已穿上了绛红色的缎子长袍，并且换上了干妈给做的黑棉布鞋，把头发梳得又光又亮，不时甩一甩袖子，仿佛在拂去岁月的浮尘。吉来听说乞丐来了，就撇下鸡腿往外跑，口中叫着："要是去年的那个小叫花子还来，我还和他玩'天下太平'！今年我不会输给他！"说着，就扯住张弓子的袖子，让他把四块玛瑙石取出来，他要当棋子用。张弓子也不顾主人在场，梗着脖子发泄对吉来的不满："你看看你的油手，把我的袖子都摸成尿布了，回头我怎么出门给人拜年？我那几块玛瑙石是我爹给的，祖传下来的，我才不给你当棋子用呢！不过是玩个'天下太平'，用石头子和玻璃碴就行，还想那么讲究，哼！"吉来听了张弓子的话也生气了，他蹿到他背后，用双手故意去蹭他的衣裳后背，变本加厉地捉弄他，说："我就摸你的衣裳，你的衣裳跟耗子皮一样贱，怎么就摸不得？还有你那几块玛瑙石，也没什么了不起，你要不让我当棋子，回头我就用榔头把它们砸得像面那么碎，哭死你这个大臭虫！"吉来一旦上了脾气，冠以张弓子的称谓简直就是人间害虫的大集锦：老鼠、乌鸦、苍蝇、蚊子、蟑螂、黄鼠狼……每回都听得张弓子火冒三丈，他不止一次跟丰源当的伙计说，自从伺候吉来后，他的肝脾都气大了，右肋常常隐隐作痛，嗳气而茶饭不思，再这么折腾下去，他恐怕就要离开丰源当了。大家听了只是笑笑，全不把他的话放在心上，一则张弓子舍不得丰源当，二则他不会真的和小孩子计较。他与吉来一旦和睦相处起来，张弓子就一下子小了十好几岁，与他捉迷藏，有时还趴在地上给吉来当马骑，弄了一身的灰土。当铺的头柜往往会用苍老的声音警示张弓子："你就不教他学好吧，只是惯着他玩，惯到长大了他就是个废物，你就把他给坑苦了！"张弓子便急赤白脸地说："我还能把他害了，他不把我坑苦就算我前世积了大德了！"

牢骚归牢骚，张弓子还是如以往与吉来争辩一样驯服于他，嘟嘟嚷不休地去睡房取那四块玛瑙石。想着吉来要把玛瑙石放在地上，口中叫着"天下太平，你输我赢"，他还是有些气不过，不过把气转嫁给了发明这游戏的无名氏身上："真是吃饱了撑的，弄这游戏做啥，还不如在被窝搂着老婆睡觉带劲呢！"想想发明者未必就是个男的，于是又补充说："弄这游戏还不如炒把瓜子嗑嗑有意思呢，真是闲的！"就这么一路骂着，把那四块圆润晶莹的玛瑙石拿在手中，心想要是有套子就好了，将这玛瑙一块块包裹起来，就不会有丝毫磨损。

乞丐们已经接近丰源当了。王恩浩迎候在门口，默默地查着前来的人数。由于暮色已深，加之眼睛发花，他只查了前几位，后面的就像深水中的水草，一片模糊。王恩浩拱着双手，早早地做出祝福的姿势。这时走在最前面的老乞丐的话语已经传过来了，他在嘱咐后面的兄弟："不要吐痰和擤鼻涕，王掌柜可是个干净人。"

吉来见张弓子把玛瑙取来了，就说过了正月十五再上私塾时，不用他接送了，他自己叫车去，也不会再把油手往他的袖子上蹭了。张弓子虽然明白这只是些口头许诺，但心下还是高兴，把玛瑙石痛快地递给吉来，说："你可省着使，别使劲摔。"

乞丐们齐刷刷地跪倒在地，他们同声念道："祝王掌柜的身体健康，生意兴隆！"王恩浩连连拱手相谢，说着："各位辛苦了，来年有福了！"说完，就唤乞丐起身，然后将早已备好的点心、衣物和钱一一分交给乞丐。吉来已经蹿入他们的行列，寻找那个去年和他玩"天下太平"的小叫花子。乞丐们都叫他"狗耳朵"，因为他机灵过人。去年他排在队尾，穿着很寒酸，见到吉来就说："你是这当铺的小掌柜吧？"吉来就问："我是小掌柜的跟你有啥关系，我又不能多给你一文钱，我花钱还得朝大人要。"小乞丐就说："我上你们家来，可不是讨饭的，而是取东西的。是你们家叫我们来的，不然的话，我会绕着你家走过去！我最怕上富人家要饭了，他们给你的是冷眼冷饭，而穷人给的是热话热饭！"就是他这一番争辩，使吉来有了要跟他交朋友的欲望。他和狗耳朵钻进堂屋，在地上画了个十字花的棋盘，快意地玩起了"天下太平"。吉来用父亲的围棋子当棋子，而狗耳朵用的则是从兜里掏出的黄豆。结果吉来连输三局，越输越不肯放人走，恨不能和狗耳朵玩个通宵。后来候在外面的乞丐们实在受不了寒冬这份苦，就唤狗耳朵快出来。吉来快快不乐地放他走，声言明年要把他赢得底儿朝天。狗耳朵笑着说："我除了自己，没什么可输的了。我把自己输给你吧，到时就不会挨饿受冻了。"吉来正要夸下海口说没问题，睡觉刚好多了个伴，但见张弓子冲他挤眉弄眼直摇头，便什么也没敢说。事后张弓子唾沫星子四溅数落吉来："你怎么那么傻，想答应他进当铺呢？我告诉你，这些叫花子什么坏事都干，别看他们低眉顺眼的，一旦得了手，谁也不在他们话下，他们会偷、会抢、会挑拨是非。到时当铺的小少爷就不是你了，可能就是狗耳朵了！"吉来一撇嘴说："我也不稀罕这个破铺子，谁爱要谁要。别说是狗耳朵了，就是驴耳朵和你这个猪耳朵要也行！"张弓子属猪，他哭笑不得地抽搐着嘴角，为慈面善心的王掌柜抱不平。他怎么会有吉来这样的儿子呢，在张弓子看来，他就是个败家子！

　　冷风微微吹着，乞丐们领受了东西后一一站起。四周并没有围观者，不是说人们不想来看，而是觉得王恩浩尽情施舍了，自己若是袖着手看一毛不拔，良心上说不过去。再加上除夕之夜，猫在家里的人多，走在街上的看见丰源当门前的场面，也就绕着走掉了，他们不想在岁末看别人的悲哀了。乞丐们很有礼貌地回答王恩浩的问话，说是今年除夕他们还买了一些炮仗，子时要放一放听听响，除除秽气。王恩浩庆幸自己多准备了几份东西，因为只剩下了一份。队伍中的生面孔又多了几张，王恩浩嘱咐他们保重身体，去别人家讨饭时不要被放出来的狗给咬了，夜里在野地露宿时不要睡在风口，容易中风口眼斜歪，说得一行乞丐心里热乎乎的，跟吃了团圆饺子似的舒坦。

　　吉来没有找到狗耳朵，他就揪住领头的乞丐的衣襟说："狗耳朵怎么没来？他是不是怕今天玩'天下太平'时输给我？"老乞丐笑了一声，说："狗耳朵以后不会来了，他有家了。"吉来一听急了，他说："他不是没家吗？他还要把自己输给我呢。"老乞丐又笑了一声，说："他今年夏天跟人成亲了，娶了个比他大十六岁的寡妇。"乞丐的笑声短促，仿佛不曾笑过，笑得粗哑，简直像打干嗝。吉来十分恼怒地叫："狗耳朵怎么这么不守信用，他说不来就不来了，成亲有什么意思呢？那个寡妇能陪他玩'天下太平'吗？"吉来就要哭了，他觉得委屈，而张弓子则大松一口气，至少他的四块玛瑙石不必被掷在地上颠来颠去的了。王恩浩说："狗耳朵才十几呀，怎么就成家了？"老乞丐一五一十地从头道来："狗耳朵得了风湿，平时走路也困难了，虽说才十四五岁，看上去跟个老头差不多了。有一回去一个村子要饭，正赶上那家死了主人，寡妇就把席上的剩饭给我们吃。狗耳朵心灵手巧，看见人家的水舀子瓢偏了，就用一根铁棒给敲打一番，修得一点坑儿也没有，还把坏了的门给修好了。寡妇带着两个孩子过日子，见狗耳朵很仁义，又勤快，就留下他在家帮工，狗耳朵刚好也有热炕睡了。谁知留下后不到一个月，他就和那寡妇成亲了，这也真是命。听说那寡妇待他很好，把他养白了、细发了。"老乞丐说完，再次率领众乞丐给王恩浩叩首感谢，然后离开当铺。

回到当铺的吉来满心不痛快，看着什么都觉别扭，忽而踢踢椅子，忽而又踹踹门帘，忽而又把鸡毛掸子折成两截，骂寒风是小鬼变的。王恩浩也不理睬他，依然有条不紊地忙过年的东西。他叫伙计给干妈准备了寿糕和衣料，打算带着吉来亲自送去。现在吉来闹了起来，他就想独自去了。否则吉来中途要起来，他实在没辙哄他。想想吉来已经是个大孩子，还这么任性，不谙世事，只图享乐，王恩浩不免有些痛心。吉来见没人理睬他，索性放声哭了起来。这一哭不要紧，把丰源当上上下下的人都吓坏了。因为主人最忌讳除夕夜有哭声。他们手忙脚乱地哄吉来，这个给他递苹果和鸭梨，那个又给他递鸡肉和馒头，还有人握着痒痒挠要给他挠挠脊梁。吉来一样东西也不接受，只是哭。边哭边说想爷爷奶奶了，要回新京过年去。张弓子就说："现在都啥时候了，你又要找爷爷奶奶去。我要是能变成鸟就好了，把你驮着飞到新京去，可我也长不出翅膀啊。"王恩浩见吉来愈发嚣张，无法无天，忍无可忍地说："他要是走就让他走，我看他能走到哪里去！不让狼吃了才怪呢。"王恩浩从不说诅咒别人的话，一经说出，浑身打了个寒战。吉来也未想到父亲会如此不留情面，他大叫着："走就走，反正你也不把我放在心上，打小你就撇下我，我妈真可怜，白白活了一辈子，临死你都不去看她一眼，你是个狼心狗肺的爸！"说着，拔腿就往外跑，急得张弓子帽子也顾不上戴，赶紧追着他去，边追边喊："吉来，大过年的，你别生气了行不行？我送给你一块坞堭石，不行送两块也行！"吉来跑得飞快，那瞬间他渴望着有辆车能把自己撞倒，撞得头破血流，以此来报复父亲。

王恩浩抽搐着脸，只能摇头叹息。他回头沉郁地对腿脚麻利的小伙计说："你快去追那些叫花子，问问那个狗耳朵在哪个村子，不行把他接来一趟，不让他们玩一回'天下太平'，吉来怕是不会让我消停地过个年。"小伙计不敢耽搁，戴上帽子和手套就飞快地出门了。王恩浩对余下的人说："该忙什么就忙什么，小孩子不要紧，闹闹也就过去了，要不了多一会儿他就会回来了。"仿佛是为了验证王恩浩的话似的，没出一刻钟，吉来垂头丧气地回来了。他冻得脸通红通红的，就像盏红灯笼，两串清鼻涕就像绿豆粉条一样沾在唇上，十分惹人发笑。张弓子也冻得嘶嘶哈哈直打喷嚏，连说要重伤风了，可能明早起不来炕出去拜年了。王恩浩走到儿子身旁，用手怜爱地抚了一下他的头发，说："你都十二岁了，该懂事了。狗耳朵他来不了，我们也不能变戏法把他弄出来。你要是想玩'天下太平'，谁都可以陪你玩。"吉来的悲哀就像闪电一样，来得迅猛，消失得也快。当他闻到灶房的肉香气时，所有的不平和怨愤也就在胃的和颜悦色下涣然冰释了。他一边甩着鼻涕一边朝灶房走。大张着嘴打喷嚏的张弓子对王掌柜说："掌柜的，别跟孩子过意不去，你看他说不生气就不生气了，这孩子仁义——"说着，又是一串喷嚏，这回把鼻涕也打出来了。王恩浩见状不由笑了，说："难为你这么关心他。你和瑶琴怎么样了？明年能成亲吗？瑶琴要是不嫌弃咱当铺，过了门跟你一同住在这里也行。"张弓子喜出望外地说："谢谢掌柜的，瑶琴肯定喜欢这里。她手巧又勤快，不会吃闲饭的。"说完，赶快溜着墙边走掉了。这是张弓子的一个毛病，一旦他发自内心地喜悦了，老想掉几滴眼泪，否则那喜悦也许会变成哀愁。他想寻个清静无人的地方掉些眼泪，在这除岁的时分喜悦喜悦。

王恩浩提着寿糕正要出门时，店里的小伙计气喘吁吁地回来了。

他说："狗耳朵住的地方离这里远着呢，今儿是别想接他来了。"王恩浩说："吉来没事了，不用找他了。"小伙计接着把怀中的一个纸包递给王恩浩，说："我刚走到门口，看见了那个日本人，他托我把这个东西交给你，说是过年了，一点小意思。"王恩浩犹豫了半晌，最后还是展开了纸包，只见里面有两支灿烂的秋菊和两袋日式米果。米果是以往王恩浩最喜欢的下酒菜。王恩浩的眼前闪现出山口川雄的瘦削身影，心下一阵悸动。他把两袋米果递给小伙计，说："给吉来吃去吧。"接着又亲自将两枝黄菊插到花瓶里，用水养上。然后戴上围巾手套，去给干妈送礼品。户外冷得人直缩脖子，稠密的星星也仿佛被冻僵了，连眼也不眨一下。这使星星看上去就像子弹一样布满天空，充满了杀伤力，零星的爆竹渐次响着，宛如痴呆儿时断时续的笑声，忽而高亢，忽而喑哑。

二

杨昭深刻地记着自己离家远行的那天清晨的阳光，那柔美清亮、有些毛茸茸的春日的阳光。阳光恰如刚出锅的阳春面，撩人心魄。在以后的梦中，他就常与这种阳光见面。不过有时阳光变了形，在梦终时变成蛇或者弓箭，使他梦醒后心头隐隐作痛。

杨昭踏上远行的路后并未急于寻找一个落脚之地，而是游历一些跟神灵有关的地方。他最早去的是长白朝鲜族居住地的灵光塔。听人说，这座塔在夜深时会唱歌。想必一座能唱歌的塔无论昼夜都应该通体辉煌。然而杨昭想错了，当他黄昏时第一眼望见这塔时，它就是灰蒙蒙的，连夕照的余晖都没有，天阴阴的。他踅进一家餐馆吃了碗辣气十足的朝鲜冷面，然后就找旅馆。问来问去，旅馆的价格都很高，他身上的钱仅够果腹的。于是杨昭就决定宿在灵光塔。去灵光塔的路上他听见一街的人都在说他听不懂的话，叽里咕噜的，语速快、尾音重，就像每人都在奋力嚼着陈年的铁蚕豆，他想打听灵光塔附近还有什么出名的寺庙或者教堂，然而愿望成空，他们说给他的答话是本族语。他们并非不会说汉话，只是不喜欢而已。灵光塔就在沉沉暗夜中迎来了将它作为栖身之所的杨昭。这是一座砖造的楼阁式空心方塔，由通道、甬道、地宫、塔身和塔刹五部分组成。远远一看，它就像平地的一炷青烟。据传从葫芦形的塔刹滴落下来的雨即刻会化成白花花的银子。杨昭宿在第三层塔上，开始觉得凉，当他双手合十一番祈祷后，竟觉得身下热乎乎的了。他在梦中见到了杨浩，他个子高了不少，但更加瘦骨伶仃的。手中拿着钉子和锤子，在一堆木头上敲敲打打。醒来后天有曙光，杨昭到塔外的田野上尽情撒了泡长尿，然后仔细打量这座塔。塔两侧均匀探出的菱角牙子看上去就像锯齿一样，仿佛黎明不够鲜亮，它们要把这暗暗的幕布锯碎，让灿烂的光芒横溢而出。在灵光塔的拱门上部两侧和第一层另外三面，分别砌有整块褐色花纹砖，东西两面为莲花瓣纹，南北两面为卷云纹，它们的花纹比杨昭手中的半块铜镜的花纹要朴实、凝重。东面砖形如"国"字，南面形如"立"字，西面形如"王"字，而北面形如"土"字。读下去便是"国立王土"。杨昭在这塔上总共住了三天，第三天深夜时，他仿佛听见了塔在唱歌，很柔曼的旋律，清晨起来他见大地湿漉漉的，雨的清新气息在大地上飘拂。杨昭心臆舒畅地离开了灵光塔。

接下来他又去了两座旧城、四处寺庙。旧城里随处可见远古时代的棕红陶片，然而附近较少居民。见得最多的是在旧城上游来窜去的老鼠，因为远离了人类甘美垃圾的滋养和粮食的供奉，它们看上去瘦骨伶仃，跑起来也没那么伶俐，一副垂头丧气的样子。有两只老鼠甚至无精打采地停在杨昭的脚前，哆嗦着，似乎乞求杨昭使它们毙命。杨昭甩甩脚，抽身离去，心想老鼠的命运还是由它们自己掌握为好。旧城偶有人烟时，那人烟也是寥落的。住户格外稀少，人们见了陌生人的表情是木讷的。杨昭向他们讨水喝，他们往往是给他舀满满一大瓢，看着他喝。他若是一口气痛快地喝光，他们的脸上就有某种自足的表情，而若他只喝了一半，他们就很凄凉地看着剩下的水，仿佛它被糟蹋了。杨昭有时闷得慌，就请他们讲传奇故事，他们只是眼睛亮一下，嘴唇嚅动一番，像是要讲的样子，可却吐不出一个字来。仿佛生活在旧城里的人都是哑巴。也许该说的都让周围的植物和动物说了。青草总是每天跟阳光咕咕哝哝地说着话舒展地生长，麻雀则吱吱喳喳地流连于天地之间。狗在深夜时狂吠，驴在日上中天时叫午。这些话语经常响起，听得杨昭像旧城上的人一样喜欢把话往肚子里咽。

旧城在杨昭足下消失的时候，几处寺庙的香火就将它缠绕了。吃斋的和尚穿着粗布衣给他讲西方的极乐世界，讲人生的苦，讲摆脱这些苦的方法。诵经声就像一群蚊子在嚷，杨昭在这诵经声中总有一种昏昏欲睡的感觉。为了看看自己的佛缘究竟有多深，杨昭一连去了四座寺庙。第一座他经历的寺庙在乡下，不大，只有一位住持和六个僧人。他们种了几亩地，日子过得很散淡。来此拜佛的多是女人，她们喜欢跪拜的是观世音菩萨，有的求子，有的求健康，还有的求嫁个好人家。杨昭在此吃了三天斋饭，正赶上艳阳当空的酷暑，杨昭帮寺里由一里外的河沟往回挑水，中途总要歇上几气。有时歇久了，过往的香客就会跟他搭话，问他可否想出家？若是出了家，能不能守住五戒？杨昭只是笑笑，并不作答。他去的后三家寺院规模稍大一些，建筑也讲究些，红砖围墙上贴满了明黄色的琉璃瓦。山门殿、天王殿、大雄宝殿、藏经楼次第延伸，一重又一重，香火旺得如盛夏的蝉鸣。寺院的僧人有的念佛，有的敲钟，有的则清扫寺院，看上去很自在。香客一进寺院，就是一路跪拜下去，神灵也多，惟恐得罪了哪一位，因而拜时也要留心观察，别拜了大的，忘了小的。通常来说，山门殿只供奉金刚力士。天王殿左右两侧供奉着四大天王：南方青脸的增长天王，持青光宝剑；东方持国天王，白脸，抱碧玉琵琶；西方广目天王，红脸，握混元珠伞；北方多闻天王，黄脸，托黄金宝塔。而天王殿的正中，则是笑容可掬的大肚弥勒佛。杨昭最喜欢弥勒佛那袒露胸腹、无所顾忌的姿态和彻头彻尾的笑意。在他看来，弥勒佛就是和蔼可亲的长者。他喜欢摸摸他的手和肚腹，一摸内心就洋溢着喜悦，仿佛一位远离故乡的游子踏上了归乡的路一样舒畅。来大雄宝殿的人居多，这里有释迦牟尼的坐像和十八罗汉。释迦牟尼的左右两侧为迦叶、阿难尊者侍立像。记得有一日午后，杨昭正打算离开一家寺院，忽然寺院骚动起来，就在大雄宝殿内，一位手持铁棒的中年男人把释迦牟尼像打得惨不忍睹，缺胳膊少鼻子的，香客如惊弓之鸟四散。这男人边砸边骂："你算什么东西？装模作样坐在这里，你普度众生个屁！众生都被欺负死了，该杀的杀了，该糟蹋的糟蹋了。该饿该冻的也都受了，你却在这里假清净、假善心，你算个屎！"众僧人闻讯连忙上前制止，然而他情绪亢奋，不惟砸了释迦牟尼坐像，还砸了十八罗汉。最后总算有两个腰肥体阔的僧人上前合力把他擒住。被擒的一刻他号啕大哭，说他老婆被小日本糟蹋了，女人受不了这污辱投井自尽了。他说他老婆是这世上最好的女人，又漂亮，又贤惠，服侍公公婆婆从无怨言，对待两个孩子也是格外细心。他骂这些佛被人惯坏了，只是懒懒地坐着，不知道出来仗义执言，惩恶扬善。从他的言谈举止中，人们感觉他精神不大对头了。同情他的人就默默帮他烧一炷香，多念几声阿弥陀佛。杨昭离开寺院的那一刻，心中有种说不出的凄凉感。他不喜欢那俗气的香火，弄得佛龛前到处是灰迹，很脏，而且他也不喜欢木鱼声，觉得它就像深夜水边的蛙鸣一样扰人。

　　杨昭又走访了几座教堂。随着中东铁路的铺设，东正教教堂就像雨后的蘑菇一样旺盛地生长起来。无论城市乡村，总能看到洋葱头式的教堂尖顶标志。杨昭喜欢教堂的穹窿，它给人一种向上的开阔的感觉，仿佛在牵引着你的灵魂上升。他还喜欢教堂晚祷的烛光，喜欢人们望弥撒时的庄严神圣表情。他乐意做一名教士，然而他的教士生涯并不顺利。把持教堂的多为俄国人，也有法国人和德国人，他们这些神父对入教的中国教士总是带有某种挑剔的眼光。他们查问他的祖宗三代中有没有犯罪记录，有无赌博、吸鸦片、卖淫的，确证无疑后，又对他的文化程度和健康状况发出深深疑问，让人觉得神父就是天堂之门的把持，杨昭很难登堂入室。一番曲折后，杨昭对做传教士也失去了信心，那时秋天已经来了，天凉了，收割后的大地游走着悠闲的牛羊和疲倦的农人。有一天杨昭在宾县郊外遇见了一个屠夫，他看上去四十多岁，干瘦，正扛着个耙子在遛土豆。他脚上的袋子显得空空荡荡的，看来是收获微薄。屠夫说，他是个佛教徒，吃素。而为了生计又不得不杀生。这样他身上的罪就重了。为了赎罪，他就动员方圆十里的百姓开笼放鸟。这一带人家多半喜欢用笼子养鸟，夏季时吊在院子的花圃前，而冬天则吊在室内的窗棂下。屠夫说当他动员别人放了上千只的鸟后，他老婆的小儿麻痹竟好了，走路不再跛，而是轻快如风，他家一盆已养了多年的仙人掌竟然火爆地开花了。就在放鸟的那一段时日，屠夫的生活到处呈现祥瑞之气。有一日在河滩上走，被什么东西绊了一跤，垂头一看并没有石头，倒是有几个蚌壳，摆成莲花形状，每一个蚌壳里都塞着莹白如玉的珍珠。宾河从未发现蚌壳里有珍珠，这马上轰动了整个城里。屠夫将这些珍珠全部卖给了珠宝店，用那笔丰厚的钱自费翻印经书，然后送给礼佛的善男信女。屠夫还说有一日在集市上卖肉，快到黄昏时卖净了，正在拭刀提秤归家，忽然来了几个头裹孝布的人，说是家中遭了丧事，请丧饭需要半口猪，要他现宰一头。屠夫见人家有了难处，就唤来肉铺伙计，捆来一头猪，将它宰了。猪当着所有的人面又是嚎叫又是吐涎水的，险些把绳子挣断，总算是将它宰了了事。这边一行人抬着猪肉回到家里，那边棺材里已死了多时的僵人却张牙舞爪地活了。他跳出棺材，见人就抓，恰恰看见他的儿孙们抬着肉进来，就把他们打得气息奄奄。儿孙们连打带吓，个个昏厥过去，老人这才两眼僵直地收拢双臂，噗一声倒在地上死定了。屠夫说本来宰猪是他在犯罪，买肉的人并没罪。可这几个人因为没肉了就逼他杀猪，犯罪的就是他们了。死者刚巧托生在被杀的怀仔的母猪身上，这一下把他的来世也葬送了，他当然要坐起来对他们一通棒喝了！听得杨昭津津有味又有些毛骨悚然，他就把家中的小猪小妹的经历讲了，屠夫一听一拍手说："这不结了，这就是老佛爷开了恩送给你们家的，这猪可不是一般的猪！"屠夫还说信佛要口常念佛、心常念佛、眼常观佛、耳常听佛、意常想佛、身常礼佛，而且还说他若不是因为上有老人，下有孩子，也会剃度为僧，手捧经书在寺院里度过一生。他说现在是乱世，只有佛地才是净土。他劝杨昭不要再去那些教堂碰壁："咱不能说人家外国的那些神父不好，可他们终归不是中国人。中国人信什么的多？还是佛！"屠夫建议他去哈尔滨的极乐寺出家，说哈尔滨的秦家岗，传说是一条土龙，是整个哈尔滨的风水所在。俄国人在此修建了尼古拉、圣母安息等三四座教堂，当地老百姓认为这是霸占了中国人的风水，十分忧虑，于是纷纷要求在秦家岗修建中国寺院，夺回风水。此事成功得益于陈飞青居士，陈飞青笃信净土，故将此寺命名为极乐寺。极乐寺开光于民国十三年九月二十八日，香客如云涌来，当天即收了几百元布施，这以后寺里香火更盛，许多僧人慕名而来，聚集一起。杨昭听完屠夫的一番话后天色已晚了，他能看见不远处的宾河水中湿漉漉地浸着的猩红的晚霞。几只鸟在光秃秃的树梢上栖息着，使它们看上去更像几枚风干的果子缀在那里。杨昭忽然有些悲哀了，因为他想去的地方很困难，神灵之间暗暗之中也有争斗，那么信仰又有什么用呢？他想不如再回乡下，跟爷爷和杨浩生活在一起，虽然日子过得艰难，但很和谐。他开始想念杨路，离家后他很少想起他，平素他们只要开口讲话就会拌嘴，不知他现在投靠了队伍没有？他吃得了苦吗？打鬼子受过伤吗？若是他枪法不准怎么办？冬季在外露营受寒怎么办？杨昭从未这样惦念过杨路，就在宾河岸边的那个浓重的黄昏，他想着杨路不由潸然泪下。屠夫以为他不愿意出家，就说："我只是说说，你不出家也一样信佛的。你这么年轻，怕是受不了出家的规矩。"屠夫接着关切地问他老家在哪里？父母大人安在？有几个兄弟姐妹？杨昭一一作答，他们一直谈得夜色席卷了田野，这才徒步回城。屠夫将杨昭带回家里，引他见过自己的老婆和孩子，给他煮了新磨的玉米糊糊粥，还炒了两盘土豆丝。那是杨昭出行以来吃得最舒服的一顿饭。饭后，屠夫安顿他到西屋住下。杨昭见屠夫的老婆丝毫没有小儿麻痹后遗症的迹象，的确是脚步轻快地穿行在房屋与院落之间，一会儿刷碗，一会儿扫地，一会儿拉窗帘铺被子，吆喝孩子上炕睡觉。杨昭看见这女人忙碌的时候眼神是快活的，这样的眼神就像月光下的波纹一样动人。屠夫家在东屋南侧供了一尊佛。佛前有香烛和水果。佛像下面的地上有一个用麦秸编成的蒲团，屠夫说每日早晚他都和老婆跪在上面拜佛。

杨昭睡在温暖的火炕上觉得很服帖和舒展，感觉是扶摇而上睡在了夏日的云朵里。灶房的蛐蛐在夜晚很欢快地叫着，就像他幼时在田野里吹柳笛。杨昭睡得很踏实，第二天他醒得很晚，屠夫已经去市场宰猪了，他老婆殷勤地给杨昭端来了早饭，还送给他一件棉秋衣。女人很不见外地说，她上午要出去帮助邻居把母猪赶到配种站配种，配种站远，路又不好走，可能会回来得晚一些。她求他帮她照顾两个孩子，别让他们出去跑，别糟蹋囤里的粮食，说是今年收成不很好，供给的粮食既少又多是糙米，若是被小孩子再祸害一些，今年冬天恐怕就要扎脖子了。这番话使杨昭为着自己多吃两碗饭而有些羞愧。

女人走了之后，杨昭在屋里觉得闷得慌，就带着一大一小两个孩子出去闲逛。宾县城里称得上热闹，布店、饭馆、理发店、水果店、点心铺子、药铺、当铺、杂货店比比皆是，只是不知生意怎么样。小餐馆前迎风飞舞的红幌子大都蒙满灰尘，看上去陈旧不堪。往来的车辆挟起的灰尘呛得人直咳嗽。屠夫共有三个孩子，老大十九岁了，是个男孩，如今在讷河的舅舅家帮着开旅馆；老二也是个男孩子，十一岁，有些呆，从未上过一天学，有时屠夫会带他上市场卖肉。但他往往是把已卖了的肉再从人的手中抢回来，闹得买主很不高兴，再加上他特别喜欢一口接一口地吐痰，屠夫就不爱带他去集市了。

最小的是个女孩，七岁，长得很灵秀，头发是黄的，嘴巴甜，又爱笑，很讨人喜欢。她自从上街后嘴巴就没停过，她会指着某个人说他是个大烟鬼，抽得快成鱼干了；她还指着某个点心铺子说，那里面的油炸糕很好吃，豆沙馅里掺了枣肉。听得杨昭十分过意不去，觉得自己该给她买一块。然而他游历到宾县时已身无分文。通常是他一边走一边给人打零工，挣得一些吃饭的钱。能够徒步旅行的，他绝不坐一次车。有时主人雇他干活，并不给他钱，只提供吃住。由于几个月不理发，他至怀德时，很多过往行人都盯着他看，大约把他当成了精神失常者。杨昭连忙到理发店剃了个头，又刮干净了胡子，这回再到街上时就没人再张望他了。

屠夫的二儿子上了街可不像在家里那么木讷了。他逢人就笑，逢铺子就进。有时别人正讲着话，他便进去插话，他的话往往弄得交谈者捧腹大笑。别人正讲着冬闲时该做些什么，他却过去对人说："公狗骑在母狗身上了，还摇尾巴呢。"别人在悄声议论一件风流艳事，而他凑过去丢下的话是："天狗要吃太阳了。"杨昭一会儿去追那个呆子，一会儿又要照顾小女孩，顾此失彼，忙得满头大汗，已打算率领他们回家了。正当此时，街中央的人群忽然像被洪水冲刷的苇草一样迅速朝两边倾倒，一架受惊的马车呼啸着横冲直撞过来，而呆子还在街中央优哉游哉地仰望一家铺子牌匾上的金字，口中念着"鸟、鸟……"杨昭见状连忙冲过去拽那个呆子，奋力把他推到街边去。岂料小女孩紧紧跟随在杨昭身后，她眨眼间就被马车撞倒，一直被车轱辘带到二十米外的茶坊前，才像一个雪球似的滚着停了下来。围观者一哄而上去看这个小女孩，早已有女人的哭声起来了。人们不约而同说出的话是：这是谁家的？若是有大人上街带了小孩子，而小孩子这一刻又恰好溜到了别处，这人看一眼那死孩子就会昏厥过去，以为不幸降临到了自己身上。直到杨昭哆哆嗦嗦地带着呆子出现在人丛中，呆子俯身喊道："妹——妹——"别人才明白这个死去的孩子是屠夫家的。念着他们夫妻这些年来所做的善事，人们都唏嘘落泪，诅咒老天爷不公平：纵是撞了别人家的孩子，也不该撞屠夫家的；纵是撞屠夫家的，也该撞呆子才是啊。

这架马车拉了半车的布匹，正打算运到布店去。眼瞅着到地方了，街面上突然出现一条高大威武的狼狗，这是小野正二的狗。小野正二喜欢吃过早饭带着狼狗在街上尽情遛一圈，不料使马受惊。它一路狂奔下去，一直冲到郊外，才茫然地在一片广阔的衰草中停下来。

屠夫被人早早地从集市给喊了回来，他望着女儿，干嚎了好几声也没哭出来。好心人帮助他把孩子抱到丧葬铺子，说是小孩子不宜再弄回家里，鬼气大，不如尽早埋了了事。埋前让她妈妈再看一眼。

临近正午，街面上的阳光充盈起来的时刻，屠夫的老婆兴致勃勃地与邻居赶着一头心满意足的母猪回家了。人们告诉她，她女儿让马给惊着了，如今停在丧葬铺子前，这女人便"扑通"一声坐在地上，任谁也拉不起来了。

埋了小女孩后，冬天就来了。雪来了，燕子没了。雪来了，花朵和树叶也没有了。大地白茫茫的，干干净净的，让人不忍心去踩。杨昭总认为自己罪孽深重，是个不吉之人，母亲因他而丧生，小女孩也因他而丧生。看来他脖颈处的青记果然是夺命虎口。屠夫夫妇从未责备杨昭一句，他们彻夜念佛给小女孩超度亡灵，让她到西方极乐世界去。他们虽然神情黯然，但依然该做什么还做什么。他们对待生命消失的这种大彻大悟的精神深深震撼了杨昭，就在这年冬天，他来到哈尔滨极乐寺，剃度为僧，开始了吃斋念佛、苦苦修行的生活。在这以后，每当春光融融地照着香火缭绕的寺院的时候，他都会想起离家远行的那日的阳光，故乡的丝绸样的阳光。

三

新京街头的雪刚刚露出消融的迹象，溥仪就带着一百多名随行东渡日本了。登极大典时，日本天皇派秩父宫雍仁亲王来满庆贺，此次访日算是答谢。溥仪为了访日的顺利圆满，提前一个月就做了周密安排。带什么礼品，带什么人，以至带什么样的厨子，他都亲自过问定夺。随行中有文官和作为武官的扈从员。他还带了"御玺"、"国玺"，这样一来，就仿佛是带着整个"满洲国"去了。

他们从新京乘火车至大连。大连港的海风仍是凉气森森。翻卷在海面上的云彩也是浓重如铅色。早已停泊在此的"比睿号"军舰看上去就像一只巨大的水靴泊在港口。溥仪看见了欢迎的人群，听见了震耳的军乐声，这使他稍微有些低沉的心为之一振。日本昭和天皇曾乘坐"比睿号"军舰检阅日本海军，它的特殊身份使溥仪觉得无上荣光。溥仪身着绿色大元帅装，迈着轻快的步子，走上这艘战舰，与伫立在甲板上的专为迎候溥仪而来的枢密顾问官林权助男爵及其他十三名接待委员一一握手，并且频频露出笑意。只不过由于旅途疲惫，平素又很少笑，笑到最后两个人时，溥仪只觉得腮帮子有些哆嗦，眼睛也酸涩，笑得也要呕了。他下意识地扶了一下眼镜，依然鼓舞起精神朝船舱走去。

给"比睿号"军舰护航的，还有"白云""丛云"和"薄云"三艘战舰。起航时军乐声再次激昂地奏响，就像八级海浪声一样，喧嚣震耳。溥仪把乐声当成飞溅的浪花，愉悦地享受着。船离开码头的那一刻，他周身的血液沸腾起来，有一种壮志凌云的感觉。海天在他的眼里变得湛蓝湛蓝的，流浪的白云在他眼里就是轻纱曼舞的屏风。三艘护航舰小鸟依人般紧紧相随，姿态是那么优雅可爱。溥仪准备喝一杯茶，他先用蒸馏水漱口，然后将水喷入海里。海真是太大了，连一滴水珠都没溅起来。溥仪觉着有趣，又接二连三地漱口，频频将水吐到海里。最后漱得喉咙疼了，这才张手要茶。随侍战战兢兢地提醒道："皇上，海上风大，不要站在甲板上喝茶，胃会不舒服的，还是回舱里吧。"溥仪就对随侍说："你张着嘴，站在这里吃上它一个时辰的海风，我看你胃难受不难受！你晚上照样吃得跟个猪似的！"说完，一扬手回舱里去了。惊魂未定的随侍只能张着嘴面向大海，一任海风倾灌，他那样子倒像是向大海讨吃的。

溥仪上了船一会儿就有些疲倦了。他回舱里躺了下来，想着是躺在海面上，身下就有痒痒的感觉，于是就侧了个身。他听见了海浪声，它们拍打船舷的声音铿锵有力。溥仪合上眼皮，可他无论如何睡不着，因为这是在海上。万一遇到台风、海啸怎么办？在这茫茫无际的大海上，救生衣又能顶什么用？这船上的油储备得足不足？万一遇到海盗船的袭击怎么办？溥仪越想越紧张，连忙起身到舱外去看海。海仍然一望无际地涌流着，海天相接处的地平线有一带微红的云霓在飘舞，已经是夕阳作别大海的时分了。海鸥的颜色幻化成了银灰色，这使它们更容易让人联想到精灵。随侍仍然大张着嘴面向大海，往来的人都憋着笑，看来内心已承受不了这笑了。溥仪走到随侍面前阴阳怪气地问了一句："海风的味道好不好啊？"随侍从鼻子里"哼"了一声，仍然大张着嘴，不敢搭腔。溥仪就笑了，说："要是吃饱了就住了吧。"随侍连忙"扑通"一声跪在铁质甲板上，一迭声地叩头说："谢谢皇上，谢谢皇上。"

溥仪觉得自己身为"满洲国"的皇帝，出门要有威风不说，跟随着他的"满洲国"臣民也要穿着体面才是。那些老臣一律穿着簇新的缎子长袍，胡子修得很利索，脚上的鞋子也是新的，这使他们举手投足笨笨磕磕，仿佛他们是才学会走路的小孩子，有些欣欣然，又有些战战兢兢的。至于那些换上了新衣的随侍，更是僵得连走路都不知该先迈哪只脚才是，逢了人就傻傻地笑。溥仪心下想："这些穷命鬼，穿了件好衣服就不知道屁从哪里钻出来才是了。"他很气闷，只能摇头叹息。平素在宫里他总是要午后才吃早饭，午睡醒来则是傍晚时分。他真正的白天却是在夜晚，这时他要吃要喝，要听戏和裁可文件，宫内府侍候他的一干人嘴上不敢说什么，心下都觉得这分明侍候的就是一个鬼。然而到了船上，皇上的生活却没有那么规律了，溥仪总觉得不能浪费了这大好光阴，船在行驶，每时每刻的风景都有变化，溥仪愿意把这每一个变化都看在眼里。跟随他的人就愈发辛苦了，不知他何时传膳，何时用茶，何时就寝。溥仪在甲板望海的时候，脑海中不禁浮现出郑孝胥的影子，心中便有几分不快。这个溥仪不得不看重的老臣，满脑子都装着"共管"思想。他在旅顺与本庄繁订立的密约使他登上了国务总理的宝座。那十二条密约条款包括："满洲国"的"国防、治安"全部委托日本；日本管理"满洲国"的铁路、港湾、水路、空路，并可增加修筑；日本军队所需各种物资、设备由"满洲国"负责供应；日本有权开发矿山资源；日本人得充任"满洲国"官吏、有权向满洲移民；等等。当三年前的盛夏郑孝胥将这份密约递给溥仪求他裁可时，溥仪认为自己受到了奇耻大辱，这耻辱并不是因着密约的内容。谁都明白，日本不订立这密约也拥有了这些权利，而是因为自己竟被这个满嘴忠君的老臣给欺骗了，他的越俎代庖的行径使溥仪恨不能断了他的手足。尽管如此，大发雷霆之后，他还是在密约上签了字。郑孝胥出任国务总理后，陈曾寿、胡嗣瑗、宝熙、佟济煦等都和他疏远了，他们骂他是乱臣贼子，应该"人人得而诛之"！溥仪对郑孝胥只能听之任之。这个瘦老头子写得一手好字，喜欢附庸风雅。他以往慷慨激昂地给溥仪讲光复大清的梦想时，往往是一语终了，声泪俱下，显示其忠心耿耿的姿态。每逢这时，郑孝胥就唾沫星子四溅，有一次弄到了溥仪的脸上，他就仿佛被淋了尿水一般，反感得很，连忙用酒精棉球将脸擦拭一番。从那以后，他与郑孝胥说话总要隔一段距离，怕那唾沫肆意飞溅。宫里的人说，郑孝胥吃相不雅，全不像个学人的样子，很脏，倒像个饿了多日的乞丐。爱洁净的溥仪就似乎闻到了他身上的酸腐气息。然而他每日倒是穿得利利索索，脸也光洁，溥仪怀疑他的胡须里生着虱子或跳蚤，照例不愿意多看他的脸。郑孝胥却浑然不觉，依然很风雅地在各种场合指点江山。想到郑孝胥，溥仪又想到了陈曾寿，他负责皇后婉容的学习，是个满腹经纶而善良倔强的老头子。年初溥仪本打算去旅顺避寒时把婉容也带去，宣布"废后"，将婉容留在旅顺，打入冷宫。他对婉容的神经病越来越无可容忍。在此之前，他曾委婉暗示陈曾寿，让他辞去给皇后的讲席，不然到了废后之后他再脱卸，恐怕面子上有碍。溥仪深知这些饱学诗书的人对面子看得比命还重要。陈曾寿是婉容比较喜欢和信赖的师傅，因而他对皇后也是忠心耿耿。迫不得已，陈曾寿只能辞去讲席。婉容知道后深受刺激，她衣冠不整，大哭大闹了几个昼夜，只想和陈曾寿再见一面，可溥仪就是不准。溥仪心想，你发了疯哭死才好呢，算你命薄，也省我动心思再废你。然而婉容闹了几日后就平静了，她依然吸她的大烟，把那些压箱底的衣服折腾出来，换来换去；时而哼一段民谣，时而又在屋子里迈着莲荷步叉着腰晃来晃去。溥仪懒得看见她，所以婉容连出门的机会也没有了。他曾想让服侍皇后的老妈子在她的住屋的地上涂上光滑的蜡或者洒上灯油，把婉容跌个粉身碎骨。然而他怕留下恶名，终究忍住了。使他颇为不快的是，日方不同意婉容去旅顺，他废后的举动只能化为泡影。面向暮色沉沉的大海的这一瞬间，溥仪浮想联翩，内心生出了某种凄凉感。这种时候，他特别渴望吃点甜点，喝点热茶，于是就跺了一下脚，厉声吆喝了一下随侍的名字，随侍像幽灵一般从甲板的一侧闪出，吓了溥仪一跳，于是又骂："你个贼奴才，你个孽障！"随侍只能"扑通"一声跪在地上，听候发落。"比睿号"战舰的人在夜里望海时就觉得自己是个哑巴，想着平素说话说过头了，海才不给他们说话的机会，于是纷纷回舱休息。皇上和"满洲国"的主要官员自然在头等舱和二等舱里，而那些随侍和扈从员则住在底层。底层基本处于水线之下，空气流通不好，很闷，而且光线昏暗，呆在里面，总以为外面是日暮时分、阴气沉沉。发动机的马达声也轰轰地响个不休，好像一头蠢驴犯了呆劲永无休止地拖着石磨转圈。这些人开始还凑在一起偷偷讲笑话，后来实在忍不住疲倦，便倒在铺位上眯缝着眼。他们不敢睡得太实，怕有什么吩咐后因行动迟缓遭到斥骂。皇上在宫里惩罚人时通常是喊："把他给我拖出去——"在新京拖出去无所谓，拖出去也是土地，只不过挨些皮肉之苦。若是在船上皇上吆喝："把他给我拖出去——"他们可就心惊胆战了，拖到哪里为止？若是拖下海里怎么办？海在他们眼里就跟地狱一样没有分别，进去了，就别再想出来吃窝窝头。

溥仪在船上睡了一夜后攒足了精神。不过他错过了海上日出的情景。听人说海上日出很壮观。文雅的人说太阳初升时如宝瓶般莹莹动人，而下人则说它像刚下生的婴儿，红乎乎的。溥仪吃了两块豌豆黄、一碟油煎豆腐，然后就到甲板望风景。随侍怕他着凉，将披风轻轻搭在他肩头。溥仪看见阳光飞舞的海面上波光粼粼，像是无数银鱼在跳舞，他的内心忽然泛滥起一股诗情，有一种直抒胸臆的欲望。他搜肠刮肚地拾捡前人有关大海的一些诗词绝句，欲在此之上进行改造，然而只想了一句"海上生明月"便无下文了。溥仪很气馁，继续苦思冥想，竟想起了风流才子唐伯虎的一首题钓鱼翁画的诗：直插鱼竿斜系艇，夜深月上当竿顶；老渔烂醉唤不醒，满船霜印蓑衣影。他心下暗笑：想什么诗不好，偏想这烂醉的老渔翁，想那凄凉的风景。由渔翁他联想到自己，一时玩兴上来，特别想让人把自己装扮成个老渔翁形象，独立船头，看海上浓云。少年他在故宫时，就常常把自己装扮成各色人等，神气活现地吓唬那些侍候他的太监。那些太监也真是呆，见了他的新形象个个吓得面如土色，好像皇上被人拉下马了。溥仪转过身欲要吆喝随侍为他准备鱼竿和蓑衣，转而一想这是在船上，哪里搞得来这些东西？纵是搞来了，他在船上这么闹可能也不大合适。如此一想，愈发气馁了，恰恰一群海鸥从头顶飞过，有白色的鸟粪像毛毛虫一样当空落下，落在披风上，让他恶心得慌，他就扔下披风气冲冲地回舱里了。

"比睿号"在海上行驶时，另外三艘战舰始终如一地在左右护着航。溥仪在船上看书、喝茶、作诗、望风景，转眼就过去了两天。离日本越来越近的时候，溥仪开始有些兴奋了。他想象着欢迎的场面一定是军乐齐鸣、礼炮震天，想着日满一体的历史性会晤将会给世界历史留下非凡的一页。他想日本离不开他，他们的人民正逐渐移民到满洲的国土上。他们需要满洲的粮食、煤炭、石油、矿山、森林。想起年初的正月十三他过万寿节的情形，溥仪对即将抵达的日本就怀有更加充足的热情了。万寿节是他的生日，上午九点整，东京和新京的广播电台同时播送为溥仪生日而专门编采的文艺节目。东京台播送了"满洲国国歌"和军事参议官菱刈大将的祝辞，其时身穿军礼服的溥仪正端坐在勤民楼上聆听这越洋的问候。到了晚上，东京广播电台照例继续播放为庆祝"满洲国皇帝"寿辰而集成的文艺节目。溥仪听着歌舞乐的曼妙韵律，陶醉得不忍睡去。

　　海也并不总是风平浪静。到了航行的第四日，溥仪在船上观看了一次日本海军七十条舰艇的演习，它们在海上排出各种阵式，其势威武，令他为日本海军的强大而深深震撼，同时也为自己未能拥有像样的军队而感到忧伤。虽然他把弟弟和一些人送到了日本陆军士官学校进行培养，然而建立一支强大军队的梦想似乎正逐渐化为泡影。检阅一结束，海上就起了风浪，船开始剧烈颠簸，吃过饭后的溥仪本想在甲板上多流连一阵，然而他觉得头晕目眩，心慌恶心，就急忙往舱里走。然而没走几步，突然"哦——"的一声，一股尚未消化好的酸腐的食物从口腔冲出，溥仪连忙俯身哇哇大吐起来。每吐一下，浑身就痉挛一下，随侍闻讯而至，一个个呆在那里，一时不知该怎么办才好。溥仪只觉得自己要把五脏六腑都吐空了，他俯身俯得很厉害，眼镜便掉到了甲板上。正落在他所吐的那些东西之上。溥仪听见了一阵轻微的笑声像鱼腥味一样飘来。溥仪暴突着眼球，很狼狈地去抓眼镜，随侍们这才醒过神来，这个帮助捶背，那个帮助拿眼镜，另一个则去端清水漱口，还有一个找笤帚来清理呕吐物。重新戴上了眼镜的溥仪便气得浑身直哆嗦，恨不能把随侍个个剁成肉酱去喂大鲨鱼，在他看来这群贱骨头统统该死。他掉下眼镜时是谁在胆大包天地笑？溥仪想他们肯定没人敢承认，便恼羞成怒地命令四个随侍分成两伙对打，要下狠手打对方才行。随侍们只能听命，他们苦不堪言地击打对方，直到双方脸上都血痕纵横，溥仪这才叫他们罢手。溥仪回到舱里，换了身衣裳，又差人把眼镜擦拭干净，静坐了一刻，脑海里竟浮现出了一首七言绝句，连忙抓起纸笔，把它们写了下来：万里雄航破飞涛，碧苍一色天地交。此行岂仅览山水，两国申盟日月昭。写完这首诗，溥仪精神大振，先前的郁闷一扫而空了。

受到打击的随侍直到船将抵达横滨码头时才从舱底钻出来。只见夜幕沉沉的大海之上，有十几艘军舰前来迎接圣驾，它们一齐将强烈的探照灯光芒投向"比睿号"战舰，使它通体流光。礼炮"咣——咣——"地鸣响着，仿佛大海在咆哮。溥仪伫立船头，频频向欢迎的军舰挥手致意。随侍甲私下嘀咕，日本倒是真讲究，出发时派来了三艘护航舰不说，中途又搞了一次海军编队大演习，将到码头时，又派来十几艘军舰迎接，看来是对皇上不薄。另一个鼻青脸肿的随侍乙鄙夷地说："你懂个屁！这叫黄鼠狼给鸡拜年——没安好心！让你大满洲国的皇上看看，我日本厉害不厉害，你惹得起吗？！"随侍甲连忙左右看看，然后劈手打了随侍乙一下："你还嫌自己的脸打得不够烂是不是？你这张臭嘴，早晚会让人给割了舌头！"随侍乙不以为然地说："我也活腻歪了，该杀该剐随他去！"随侍甲吐了口唾沫说："呸！好死不如赖活着！"

船正式靠在横滨码头是清晨时分，海一层层地亮了。它越亮越广阔。横滨码头早已有了欢迎的人群，空中盘桓着几十架飞机，秩父宫雍仁亲王在海风中伫立迎接。他先陪溥仪检阅了海军陆战队，然后乘火车去东京，昭和天皇、王公贵族以及全体内阁大臣都在车站迎接溥仪。溥仪握住昭和天皇的手的那一瞬间，有一种见到了久违亲人的冲动感，不禁热泪盈眶。

溥仪住在赤坂离宫，而随侍则有一部分住在帝国旅馆。随侍甲住在了赤坂离宫，他要办理上奏文件登记以及掌管"御玺"和"国玺"。随侍乙住在帝国旅馆，相对轻松一些。日本的各大报纸都在显要位置用醒目标题报道溥仪访日的活动。溥仪无非是按惯例参加天皇举行的国宴，检阅军队，拜见日本皇太后，举行答谢宴会，等等。随侍不认得日文，也不会说日语，但每当望见卖报人手中的报纸上招摇着皇上兴致勃勃地参观游览的照片时，他都会在心中暗笑：皇上只要到了好玩的地方，玩兴一起来，就会忘乎所以了。

随侍乙闲来无事，就约了同伴上街去转。日本的樱花开得正盛，浅粉的花朵像薄暮的流云一样四处弥漫着，好像东京永远都是日落时分。银座大街车水马龙，随侍乙觉得店家林立的招牌多得就像乱坟岗子上一望无际的墓碑。心想这招牌整日高高吊着，实在是累得慌。一日傍晚他独自溜进一家酒馆，顺着长长的走廊来到一间餐室。要了几瓶清酒、一些生鱼片和米果，快意吃喝起来。想着自己一生也就出来风光这么一次，便觉得应该把兜里辛辛苦苦攒下的那些钱全部花掉才是。他打着手势叫来了一个艺伎，她二十岁上下的样子，挽着发髻，穿和服，有些瘦，笑起来喜欢叉开五指，仿佛快乐正透过手指向外释放。餐室一侧的木架上陈设着古玩陶瓷、土俑、茶具等古香古色的物品，席草编就的榻榻米散发着干草的芳香。随侍乙分外喜欢那艺伎穿着木屐行走时发出的"嗒嗒"声，仿佛新京初春屋檐的滴水声一样。艺伎给他表演了一个歌舞节目，又一个歌舞节目。随侍乙在微醉中把口袋中的钱全都摸出来塞进艺伎和服中的小口袋。艺伎的眼睛放着光，凑过来亲吻随侍乙的脖颈和脸颊，然后将手指迅速挪向他空空的裤裆。她突然"哇——"的一声惊叫起来，面露疑惑和同情之色。随侍乙夹紧了双腿，一下把剩余的清酒当头浇下，呜呜咽咽地哭起来。艺伎连忙上前用绵软的双手为他擦泪，并且把兜里的钱退还给他一部分，陪着他一杯杯地喝酒。恍惚之中，他只觉得艺伎往他的兜里一次次地塞着什么东西。他醉得已经回不了帝国旅馆了，幸而同行者发现他进了这家酒馆，于是将他找回。随侍乙第二天清晨起来，发现兜里鼓鼓囊囊地塞着一些东西，掏出来一看，竟是白色的手帕、小巧的木扇、香荷包以及红色的剪绒花等物品。香荷包的气息在那个清晨如醉如痴地弥漫着，使他觉得余下的时光就像凋零的樱花一样黯淡。他拍了一下自己的脸，大声说道："没白出来！"

四

南市街酱菜园的门脸，晦暗得像是间丧葬铺子。刘秋兰每每踏入其间，都有一种来到阴间的感觉。壁立在街面的房屋基墙是灰色的，门窗的油漆是古铜色的，而酱菜园的招牌是黑底绿字。绿字由于风吹日晒久了，全无鲜润气象，斑斑驳驳的像发了霉的菜团子。刘秋兰几次想跟主人说，那招牌换成白底或深蓝底色的不好吗？纵是仍用锅底色的黑颜色，涂在上面的绿字也该重新描描才是啊。绿字一旦旧起来，就跟黄脸婆般难看。

宛云到了该入学的年龄了，可她没有去。刘秋兰没有多余的钱供她，王亭业这一去杳如黄鹤，再无消息。她几次托人打听他的下落，均无音信。幸而酱菜园的老板给了她看管他傻儿子的活儿，不然她和宛云的衣食都成了问题。

酱菜园共有三个比较大的作坊。一个是存储和处理新鲜蔬菜的地方，另两个则是放置大大小小的缸和坛坛罐罐的地方。后两个作坊透出的是一股浓浓的咸味，好像那里是晒盐场。在酱菜园工作的人总是裸着通红的双臂，他们的手指由于长久在咸水中浸泡而肿胀红润。由于经常接触水，他们喜欢穿着水靴，夏季时，从水靴里钻出来的气息跟烂鱼塘的味道没有分别，格外刺鼻。刘秋兰初去时正值隆冬，由于无法开窗通风，作坊的气味就熏得她直恶心。到了春季，尘埃累累的密封条一撕下来，窗外的空气涌入作坊之后，酱菜园的空气就不那么让人心烦了。久而久之，刘秋兰倒是习惯了那气息，一旦回到自己家里与那气息隔绝了，还有些失落呢。

酱菜园的老板李金全，五十多岁了。长得又高又瘦，斜眼，因而看人时给人一种心怀鬼胎的感觉。他娶了个朝鲜媳妇，生了两个孩子。老大是个女孩，已经出嫁了，生了个男孩，常常在星期日带他回家来。老二即是傻子，生下来就弱智，这使得李金全夫妇不敢继续再生下去了。惟恐接下来的个个呆头呆脑，难食人间烟火。经营酱菜园的是李金全，而背后支撑这一切的却是他的老婆朴善玉。这个朝鲜族女人非常能干，从采买蔬菜到清洗腌制的整个过程，几乎都是由她亲自参与的。腌制酱菜的配料也是由她独自调配的。她腌的酱菜既有东北风味的咸、香，又有朝鲜族风味的酸、辣，爽口极了。在配料中除了大蒜、红辣椒、花椒、大料、糖、醋等这些常见的东西，还有茴香末、芝麻、杨梅、梨核、枸杞等果品。由于造价较高，酱菜园的咸菜价格高于普通市面卖的大众咸菜，因而一般的老百姓并不常吃它。它的销路大部分都集中在各大饭店和旅馆，都是些吃住比较讲究的人享用它。即使如此，它的生意仍很兴隆。因为作坊是家庭式的，规模有限，腌制的酱菜较少有存货。而且有些酱菜腌制时间长，味道醇厚，一经出手就会供不应求。除去给作坊的几个工人开支外，酱菜园的剩余也很丰厚，这使得李金全特别喜欢出去花销。家里本来有好茶，他偏要叫上车去茶馆喝，只要戏院有新戏上演，他场场都不落过。他很少跟作坊的工人讲话，跟刘秋兰也少话，有时看她一眼，就会使劲揉揉眼睛，好像刘秋兰是粒沙子，把他的眼睛看疼了。

傻子乳名阿永，酱菜园上上下下的人都这么叫他。他高兴的时候，你若喊他"阿永"，他就会笑嘻嘻地说："阿永在这里。"说着便捏自己的鼻子，生怕自己一不留神跑了。而他情绪低沉的时候，你若叫他"阿永"，他就会气咻咻地挥舞着胳膊说："阿永丢了！"说着，还要打自己一个嘴巴，像是顷刻间要把自己拍得灰飞烟灭。他发起脾气来就会不由分说地砸家里的东西，碗、杯、花瓶、茶壶这些易碎的东西不知有多少成为他手下的牺牲品。刘秋兰很奇怪李金全夫妇并不在意阿永摔东西，摔过后还要如数添置上。有一回朴善玉从旧瓷器市场买回来一篮子碗盘，专门放在阿永屋子的窗前，以备他摔的时候能信手拈来。阿永也不客气，摔得劈啪作响，破碎的瓷片千姿百态地散布在地上，使从它上面经过的猫蹑手蹑脚的。

　阿永看上去比较得意刘秋兰。他像对付其他保姆一样喜欢跟刘秋兰恶作剧。如他捉了只虫子偷偷将它塞进刘秋兰的脖颈，再如他把刘秋兰的提包藏在酱菜坛子底下。刘秋兰只是笑着呵斥一声："阿永！"便不再深入责备了。因而阿永愿意把好吃的东西留给刘秋兰，只要他晚餐时吃了什么好的，也不管隔了夜后它还会不会好吃，阿永就会将那吃的单独放在一个碗里，搁在窗台上，说："给兰的！"他管刘秋兰叫兰，而管宛云叫云。宛云常常跟刘秋兰来酱菜园，把她独自留在家里刘秋兰不放心。但宛云有时不愿意来，说是若是爸爸回来了，进屋连个人影都不见，还不得以为他们搬了家了？说得刘秋兰泪眼蒙眬的，盼望王亭业有一天会像福音书一样从天而降。既是被人抓走了，他肯定受了不少折磨，瘦肯定是自然的了，他的身体会不会出现大毛病？他的精神是否如从前一般健全？刘秋兰盼夫的心情就有些忐忑不安了，这不像以往她做了一锅饭等着他回来吃，他进屋时肯定会好模好样的。现在两年不见了，他又去了个非人的场所，回家后是否就是个形销骨立的鬼样的病人？或者是个精神恍惚、答非所问的人？刘秋兰每每这样想的时候，眼前就会浮现出阿永的形象，便有些害怕王亭业归来。若是那样归来，还不如永无归期的好。这样想的时候，刘秋兰就觉得自己罪孽深重，她立刻惩罚自己，用针刺一下手指，或者用手狠狠地掐一把大腿。而此时若恰恰在酱菜园，她就会让阿永薅自己的头发，使劲往起拔，拔得头皮生疼生疼的，阿永发出止不住的嘿嘿嘿嘿的笑声。

朴善玉是个闲不住的人。她忙酱菜园的活计，也忙家里的一摊事。家里人的换季衣裳、饮食、出行等等，没有一件她不关心的。她的嘴巴很少有停下的时候。就是她独自一个无法与人交流时，也是张着嘴唱歌。唱那些颇有些凄婉意味的朝鲜族民歌。作坊的工人喜欢她，不管比她大的还是比她小的，一律唤她为朴大姐。刘秋兰也叫她朴大姐。除了看阿永之外，她也帮朴善玉做些缝缝补补的活计，午饭便在酱菜园吃。有时宛云没有跟来，朴善玉就会问："云呢？"她与阿永一样喜欢叫她云。朴善玉常说的一句话是："云美。云真美。云大了以后，身后会跟着一群男人。"阿永不懂宛云身后为何要跟一群男人，就说："噢，他们要抓云的尾巴了！"这时刘秋兰便会笑，对阿永说："云要是长尾巴，我就把她送到山上和狼呆在一起了。"阿永知道狼不是好东西，就十分恼怒地威胁刘秋兰说："我薅光你的头发！"朴善玉和刘秋兰愈发笑个不停了。朴善玉和李金全都是协和会的人，有时协和会有聚会，酱菜园的一干事就都由刘秋兰代为料理。阿永若是安静起来，酱菜园里便是一团和气。而他一旦闹起来，阿永的父母又恰恰双双去了协和会，刘秋兰就有些力不从心，要扼制身体强壮发疯的男孩子，非要有力气不可。每逢这时，只要宛云在场，她只需扯一下他的衣襟，说声："阿永哥哥，你别闹了。"阿永就会立刻停止摔摔打打、乱踢乱蹬的行为，偃旗息鼓。而若宛云刚好留在了家里，作坊的人也在忙别的活计，刘秋兰往往会与他撕扯得披头散发，头晕目眩。待阿永恢复常态，她就会恹恹无力地偎在椅子里，连喝水的力气也没有了。

开春以后，阿永特别喜欢到街上去逛。只要有热闹，他就会停下来看上半晌。他不怕下雨，一旦下雨了，他就会伸出舌头去接雨滴，嚷着："真好喝！"有时雨下得很大，远远近近都是白茫茫的，街上没有任何行人，阿永也会跑出去兴高采烈地叫："洗澡了！快来洗澡了！"刘秋兰只能打着伞去拽他回来。阿永不管在雨中站多久，回来后都不会感冒，连喷嚏都不打一下，食欲还比以往要好。而淋了雨的刘秋兰则是喷嚏一个接一个，只得煎姜汤来驱寒，不然一旦病起来，宛云也会跟着受罪。

自从到南市街酱菜园做阿永的保姆之后，刘秋兰的身体倒是比以往好了一些，风湿痛不那么严重了，而且饭量比以前大了。邻居张家老太就会时不时地对她说："你可真是个有福的人，这个酱菜园子养你哇，瞅瞅你现在脸上颜色照早先鲜亮多少？你家的教书先生，一准是个风流鬼，把你折腾得跟个纸人一样单细，我看他不回来倒好，回来后仍是磨你！"话虽是恭维刘秋兰的，可因为连带着把王亭业给骂了，刘秋兰便不痛快，又不好当面反驳，只能在她晃悠悠地离开后冲她的背影骂一声："多歪的老太太！"宛云跟着起劲地附和："歪得邪乎着呢，歪得眼珠掉下来，落进茅坑里了呢！"刘秋兰便笑歪了身子，点着宛云的脑门说："别这么厉害，长大了该嫁不出去了！"

朴善玉待刘秋兰很知心，有什么话都说给她听。她不喜欢别人叫她们是半岛人，听着不大顺耳。她来中国比较早，先是在湖北一带种水田，后来认识了李金全，就跟他结了婚，到了东北。她说自幼在朝鲜时受够了苦，家里穷得常常断炊。她的兄弟姊妹只有三四套衣裳，谁上街就把衣服穿出去，另外的则只能钻进破被子里等。那时从朝鲜来中国的人很多，说这里能吃饱饭，有地可种，朴善玉就偷偷跑来了。她不敢让父母知道她的下落，父母对儿女的教诲是不管出生的地方有多穷，都不能离开它，否则就是大逆不道。不过她还是托人打听了家人的消息。她父母在她离开五年后的同一年去世了，一个是因为吃了发霉的粮食中毒而死，一个是自杀。父亲自杀前把几个儿女都撺到亲戚家里，然后他独自在家用刀片割断了手腕上的静脉。朴善玉每说至此时都要唏嘘落泪，觉得父亲实在是傻，为什么要走那一步呢？刘秋兰便也陪着落泪，少不了要说几句安慰的话。朴善玉告诉刘秋兰，之所以选她来当阿永的保姆，还是李金全的主意。因为他不止一次在街上看见过刘秋兰，她经常出入药铺，又听说她男人出了事，一个女人家没有着落会走绝路的，于是就托张家老太去说合。张家老太喜欢吃酱菜，常来向朴善玉打听腌制的秘方。她这个人好交际，自来熟，屁股沉，一坐下来就是大半天，只听她像乌鸦一样呱呱地说，容你插不上一句话。把刘秋兰成功地介绍给阿永做保姆后，她来得更勤了，而且很理直气壮的样子，茶水要好的，瓜子要吃新炒出来的，走时还要拿一碗酱菜。朴善玉也不和她计较，由着她久坐和摆谱。因为能给阿永找一个合适的保姆，实在不是件容易事。而且张家老太也能带给大家一些乐趣，她总是不厌其烦地讲年轻时那些贱骨头男人如何追求她，甚至连哪个男人在床上对她什么姿势都讲。讲的时候往往由于肠内消化物的异常蠕动而噗噗地放屁，十分可笑。刘秋兰这么一听，倒也不反感张家老太了，以后她再去家里时，只管由她胡说，张家老太就像到了亲闺女家一样随便，顺手牵羊地拿个针头线脑不说，有时竟然动手翻刘秋兰的箱底，说是看看她有什么体己，若是什么也没有的话，将来给她说婆家时要它个一应俱全。她常说的一句话是："这群贱骨头男人娶了老婆就往死里使唤，不能白白让他们这么穷折腾。该要的东西就要！"而你若反问她当初要了什么，她就会伸出十指说："金镏子呀，看看，多好的成色！"说着，使劲抖着戴了金戒指的手指，之后又晃着脑袋说："还有金坠子呀，瞧瞧，富贵不富贵？"吊在耳垂下的金耳环就像一对蜜蜂晃来晃去，刘秋兰就说："您年轻时是个美人，男人当然肯在您身上花钱了，不似我，一个棺材瓢子！"本来她是要恭维张家老太的，谁知道就这么轻易把自己捎带着轻贱了，心里还是有些感伤。张家老太说："女人在收拾，穿上套漂亮衣裳，抹上胭脂描上眼眉，再插朵花，你就不是棺材瓢子了，就是春天的一棵羊角葱！"刘秋兰可不想当那棵羊角葱，若是嫩到那般程度，几口便被人吃了。她不求漂亮，只求健康、体面地活下去，把宛云拉扯大。王亭业若是回来了，她也不想让他再教书了，在这个世道中，教书也是件危险的职业。不知道哪一句话错了，就会面临杀头的命运。她要始终如一地和朴善玉融洽好关系，想着将来若是王亭业平安归来，求她跟老板李金全说说，让他来酱菜园的作坊当工人。在她看来，这活很不错，在作坊里可以随意开玩笑，可以胡说八道，活不很累，又锻炼了身体，家中一年四季还不用买酱菜，何乐而不为呢？

六月来了。雨也多起来了。阿永淋雨的日子也就多了。只要淋了雨阿永就会高兴好几天。刘秋兰有时给他讲故事，那些故事宛云全都听过，若是宛云在，她就接着讲下去，讲得绘声绘色的，逗得阿永笑个不休。然而到了礼拜天，朴善玉的女儿带着丈夫、儿子一家三口回来时，阿永就会哭闹。他不喜欢姐夫，更不喜欢那个淘气的小外甥。看着五岁的外甥在酱菜园为所欲为地踩椅子翻窗，阿永就会骂个不休。骂小外甥是野猫，是耗子，是黄鼠狼，是只大臭虫，是个恶心的绿头蝇。明明知道他是个傻子，朴善玉女儿的丈夫还是和阿永计较，他会立刻做出要带着一家三口回家的决定，也不管灶上已经准备了七碟八碗。弄得做丈母娘的很难堪，留也不是，不留也不是。当初她就没有看上女儿找的这个女婿，他初次来酱菜园便就着可口的酱菜喝了一斤白酒，气得李金全说女儿分明找了个酒桶。这男人很小心眼儿，不愿意让妻子与左邻右舍的男人打招呼，也不愿意她出去找事做，只是留在家里伺候他和孩子。他在交通部任一个不大不小的官，俸禄优厚，有许多日本朋友，他常常出去与他们聚会饮酒。平素他若发现有哪些话对当局不利了，便会摆出一副主子的面孔教训人。比如阴历二月初二时一家人团聚在酱菜园吃猪头肉，李金全发了句牢骚，说皇上干吗要把奉天、吉林、黑龙江和热河四省分割成十个省，这不是越分越乱吗？管起来能那么容易吗？他的女婿就高声大气地斥责岳父："皇上这样分自然有皇上的道理，家是分工越细越好，国家更是如此！"气得李金全恨不能把女婿的眼睛剜出来喂狗吃。所以阿永一旦对女婿怒目而视了，他嘴上埋怨阿永，心里却是高兴，巴不得阿永给姐夫几个响亮的耳光子吃。不过他不乐意外孙小钢回去，而小钢又是不能不随着大人们走的。权衡来权衡去，仍然是阿永占了下风，星期日只要小钢一家来，刘秋兰就得把他从南市街接到自己家中，直到火烧云浓浓地堆满了西边天，阿永才能回酱菜园。阿永倒是乐意来刘秋兰家，他喜欢到院子里和泥玩，将大团小团的泥巴往墙上抹，弄得刘秋兰家的墙面像是长满了蘑菇。阿永一来，张家老太也来了，她喜欢逗引这孩子，叫他"干儿子"，阿永则叫她"太"。张家老太跟阿永最爱说的一句话是："干儿啊，太给你找个媳妇要不要？"阿永仰起头，斩钉截铁地说："要！"张家老太问："要啥样的？"阿永一本正经地说："要脸像云的，胳膊和头发像兰的，屁股像太的！"张家老太就笑得几乎要背过气去。她悄悄跟刘秋兰说有些生下来的傻子是有来头的，他们当中有的成了亲之后竟会大彻大悟变成个正常人，洞房花烛夜后就开了窍。张家老太说这种人身上有两世，一世是和尚命，一世则是老爷命。

只要迈过了愚顽不化这道门槛，他们当中的人多半是大有作为，当皇上也未可知。刘秋兰才不信这一套呢，她想若是阿永突然间能变得智慧超人，也许她一夜之间也能变成个珠光宝气的阔太太。这实在是个空洞离奇的梦想。张家老太见刘秋兰不附和，就举一些例子来说明，这例子是有名有姓的，可刘秋兰仍觉得子虚乌有。实实在在的生活是，她在周末的黄昏牵着阿永的手在新京最肮脏的街道上踽踽穿行，有时阿永会出其不意地拽女孩子的辫子高呼"马尾巴"，刘秋兰就得在被袭击者的斥骂和诅咒声中给人赔不是和笑脸，而此时阿永飞速逃掉，她又得气喘吁吁地追他，追上时，往往是他掐着裆里的玩意儿旁若无人地站在街面上撒尿，惹得过往行人个个掩面侧行，嘻嘻而笑，她只能红着脸上前为他遮羞，不知道的还以为是一家人，便在一旁说："哼，也不看好家里的人，这么随便就让他尿了。"刘秋兰就特别想顶撞一句："你要跟他一样，不也照样不知廉耻地乱拉乱尿吗？"可她不屑与他们理论，只是更加怜爱地拉起阿永的手，慢慢地领着他走。直到把黄昏走得更加昏暗，一些财大气粗的店铺提前让门额外的灯盏亮起来，街面上有了纷杂的流光碎影的时候，刘秋兰才把阿永送到酱菜园。此时李金全往往早已候在门口了，他见阿永总是先伸出手抚摸一下他的脑袋，说："阿永，出去开心不开心？"阿永响亮而简捷地答一声："开——"就大踏步地进了酱菜园。

酱菜园有一个伙计，名叫丁立成。长得五大三粗的，豁唇。别看他人长得粗，心倒灵巧得很，他会用纸叠各种玩具，洋娃娃、轮船、飞机、坦克等等。他叠的洋娃娃眼睛会动，轮船则有好几层甲板，而且窗口一应俱全。他叠的飞机的翅膀能自动收缩，而坦克的履带能前后移动。宛云和阿永都喜欢他。他是蒙古人，食量很大，因为抗婚离家出走。朴善玉告诉刘秋兰，他父母为他做主，娶一个头人的闺女。他不喜欢那姑娘，于是骑着马离开了故乡，从此改名更姓为丁立成，过着隐姓埋名的生活。在酱菜园工作之余，他喜欢用纸叠这些千奇百怪的东西，而且喜欢耍刀子。他佩戴着一把一尺多长的蒙古刀，耍起来令人眼花缭乱，那刀在他怀里，恰如银蛇飞舞。李金全不止一次说他："别带那刀子，让人以为你是叛乱分子，私藏武器，塞进笆篱子可就谁也保不出你来了。"丁立成不听这一套，我行我素地与他心爱的刀形影不离。他识不少字，爱坐在阳光下的酱菜坛子上看书，每翻一页书，必定用粗粗的大拇指蘸一下唾沫，哗啦一声翻过去。有时读单面的报纸，他也要下意识地伸出肥厚的舌头，用拇指蘸一下，在报纸上印下一个湿痕。有一次他读李金全从协和会拿回的《回銮训民诏书》，愣是把"銮"读成"兰"，还频频看刘秋兰，惹得酱菜园的人嬉笑不已。朴善玉私下对刘秋兰说："我看丁立成是相中你了，他还真是个有骨气的男人。"刘秋兰立刻涨红了脸，说："我男人会回来的，家里的门天天都给他留着呢。"

五

　　松脂的香气随着雨季的来临而浓郁了。雨丝就仿佛是小锥子，将松树扎出一个个小孔，令香气袅袅而出，如雾般氤氲地飘拂。紫环喜欢用桦皮篓背着儿子去雨后的松树林闻那动人的香气，她会对背上的孩子说："除岁，闻闻这味儿吧，多清香、多养人啊！你长大了娶媳妇，就要娶身上有这种味儿的姑娘！"除岁咿咿呀呀地叫着，只管吮手指，鼻子里忙着往出流鼻涕，才顾不上闻什么松香气呢。紫环是一月一日生的这孩子，因而给他起了个乳名，除岁。大名则是胡二起的，因为当时醉了，初始给他起的名是胡吃喝、胡天下、胡走、胡闹，清醒后定名为胡永续，胡二希望孩子能够顶天立地地为他传宗接代下去。

除岁七个月了，白白胖胖的，长了四颗乳白的小牙。紫环奶水不旺，就喂他米汤和鸡蛋羹。胡二每天外出归来回到地窨子的第一件事就是抱起除岁，左一声"儿子"右一声"儿子"地叫个不休，把孩子亲得哇哇直哭。除岁一哭，胡二就歪着头瞪着眼珠说："我说兄弟，我这可是稀罕你哪，怎么这么不识逗呀？"紫环在旁边嗔怪道："你个傻瓜，跟儿子称兄道弟的，降了自己的辈分都不知道！"胡二便放下除岁，使劲吮她的舌头，把她的奶从衣裳中掏出来，将她往炕上抱。也不管当时紫环在灶上煮着什么东西，胡二就龇牙咧嘴地行他的乐事。在那过程中他一遍遍地叫："再给我生个儿子，除了除岁，还要个端午！"胡二喜欢过端午节，希望紫环再生孩子能赶到端午节这一天。

有了除岁后，胡二和紫环的关系就融洽了。胡二不似以往一喝就酩酊大醉了，他也不乱花钱了，说是要攒足钱将来供他的儿子上学。虽然说远远近近没有一座学校，晚清留下的零星学校就像深山中的野花般自生自灭了。胡二很天真地把他会写的一些字用炭灰写在洁白的桦树皮上，一张张地吊在地窖子墙的四周，就像雪片一样。那字有"一、二、三、四、五、六、七、八、九、十"，也有"人、口、手、足、爸、妈、爷、娘"，还有"猪、羊、狗、牛、鸡、虎、鸭、蛇"，胡二常常抱着除岁在那字下流连，指指点点地大声朗读。无论什么字音，除岁跟着发出的都是"咿——"音，胡二就笑着拍一下儿子的屁股蛋说："你咿个屁！"

胡二这几日正在犹豫冬季时是否去开库康的实业所参加采伐队。实业所是黑河下属的亲和木材公司的一个分支，由亲日的把头掌管着。那里有几个大型贮木场。被招募去的人属于满洲劳工协会的劳工。他们采伐了大量优质原木后，从黑龙江上一部分运到黑河作为军需建设用品，一部分则漂洋过海运回了日本。听说实业所储备了大量物资，米、面、油、酒、布匹等应有尽有，劳工领到的多是现钱，住得也不错。胡二想去那里干上一个冬天，攒点家底，他不能让除岁长大后像乞丐一样贫穷。只是采伐下来的木材归日本人使用，胡二有些愤愤不平，觉得对不起死去的朱运山和王飞立。然而他靠自己的能力挣钱比较吃力，春夏以来他几乎没有打过什么猎物，家里的粮食顶多能吃到年底。胡二想为了宝贝儿子就得忍辱负重，留得青山在，不怕没柴烧。凭他的号召力，若是到了采伐点待遇不公，他会纠集一帮兄弟揭竿而起。只不过这要万不得已才可如此，因为他不比从前，是个有家室后代的人了。他出了事不要紧，老婆照样会跟着别人跑，而除岁却没有亲爹了。

　　乌日楞的神医名声在附近的几个村屯越来越响亮。不过他能使一些病入膏肓的人起死回生，也能让只有微恙的人命丧黄泉，这使得求他看病的人总有些战战兢兢，疑神疑鬼的。胡二和紫环都很感激乌日楞赐给了他们一个儿子，有了好吃的东西就送一些给他。紫环还常常在雨过天晴之后，闻够了松脂的芳香以后到乌日楞家去。乌日楞已经习惯站着走路了，脸颊也丰满了一些，只是看人时眼神仍有某种惊恐。乌日楞很喜欢除岁，只要除岁一来，不管手中忙着什么活，他都会像受惊的兔子一样倏地蹿过来，用舌头去舔除岁的眼睑，舔得除岁咯咯地笑。若是除岁好久不来了，乌日楞就会突然出现在地窖子前，手中拿着一根木棒，伸出舌头去寻找除岁。紫环很奇怪乌日楞外出时为什么总要带根木棒。胡二说："还不是跟野兽搏斗惯了，一走起路来还以为走着从前的老路，就会顺手握着木棒。"按胡二的揣测，乌日楞至少打死过几十头熊和上百条的狼，不然很难活到现在。乌日楞的腿上有两处鲜明的紫斑，胡二说那肯定是毒蛇咬伤后留下的痕迹。胡二还跟紫环开玩笑说，乌日楞牙齿尖利，看来吃了数不清的兽肉。别看他弱不禁风、骨瘦如柴的，身下的玩意儿肯定结实得像山上的石头，不信就让她试一试。紫环就把一口唾沫喷到胡二的脸上，骂："你个黑心烂肺的东西，一肚子的花花肠子！你要是嘴上不积德，下世就会被阎王爷给割了舌头！"胡二鄙夷地啐口痰说："真要是到了那地方，阎王爷的舌头还不得让我给割下来！"紫环知道跟他争不出个青红皂白，他若撒起野来，就是皇上来了也抵挡不住，于是只能私下叹口气，由他胡说八道。

紫环每每和乌日楞在一起的时候，就会给他讲一些故事。乌日楞看似听得漫不经心，然而却时时能做出反应。这是他的一双蒲扇似的耳朵提供的信号。只要他对这故事有想法了，他的耳朵就会一张一弛地颤动，就像是在拉风箱。而如果他对这故事无动于衷，耳朵就纹丝不动。只要他的耳朵一直颤动，紫环就会把这个话题继续深入下去，反之，则迅速打住，再择其他话题。紫环听人说，乌日楞治死的两个人，一个是酒鬼，一个是烟鬼。酒鬼也是鄂伦春人，一天喝三顿，眼睛都喝花了，进山打猎出枪射中的结果与目标往往是南辕北辙。他想打东面的一只飞鸟，而落下地的往往是东南方树上的一枚松塔。家里人都劝他少喝，可他就是不听。有一次竟然舌头僵硬地威胁妻子："你再藏我的酒桶，我就剜出你的心烤着下酒吃！"吓得他女人面如土色，双腿抖了整整一个晚上。后来酒鬼天天头疼，他便骂家里人，说他们背后念他的咒了，有时他头疼得撞墙。来看乌日楞的时候，酒鬼的头疼病正发作着，他咆哮着对乌日楞说，要是他不能立刻止了他的头疼，就不让他活到日出时分。乌日楞给了他三服药，他回去吃下第一服后果然不疼了，于是又放开量大喝了一通，直喝得脸上呈现猪肝色，喘不过气来。于是连忙吃第二服药，药一落肚气脉就畅通了。酒鬼便夸乌日楞是神医，说要给他找个强壮的女人伺候乌日楞。然而子夜时分，酒鬼突然大口大口吐血，折腾到凌晨时便气绝身亡。而烟鬼是个汉人，家里本来穷得揭不开锅，可他就是断不了抽鸦片的瘾，抽得面黄肌瘦，走路直打晃，就像被暴风雨袭击的一棵小树。他满口坏牙，从不漱口，嘴里老是发出盛夏厕所的味道。他妻子不愿意和他同床，他就剪乱她的头发，撕碎她的衣裳，声言要把最大的女儿卖到窑子里去。女人只得顺从他，听凭他摆布。突然有一天他的牙剧痛起来，疼得他全身抽搐，嘴都歪了。他老婆善心肠，就搭了个马车来向乌日楞讨药。回去后给他吃下，牙是永远不会疼了，因为他一命呜呼了。于是有人怀疑乌日楞下的药有毛病，请明白人把没吃完的药仔细看了，不过是些草根、树皮、花瓣之类的东西，绝不可能吃死人的。于是人们只能感叹死者命短。

紫环给乌日楞讲了胡二想在冬天去开库康山林队当采伐工的事。紫环说："他还拿不定主意呢，你说他当去不当去？"乌日楞的薄耳朵颤动了一下，然后摇摇头。紫环就说："不去怎么办？有了除岁就不比以往了，他得攒钱了。"乌日楞垂下头，把头埋在膝间，突然又抬起头来，伸出舌头，用手使劲地点着舌头。从舌头上滴下的涎水弄湿了他的脸。紫环大惑不解地问："你是说去了山林队他会成为哑巴？"紫环笑了，"这绝不会的。你还不知道吧，胡二是胡匪出身，厉害着呢。他不割别人的舌头就不错哩。要想割他的舌头，除非是他死了！"乌日楞收回舌头，用袖子擦干净了嘴，张着手要吃的。紫环给了他一块玉米饼，吃过后乌日楞就往回返了。走时他没忘记拿着木棒。

紫环越来越喜欢这里了。她与鄂伦春人也混熟了，他们打了狍子和犴，就会分给她一些肉。紫环也礼尚往来地把腌制的咸菜送一些给他们。最难过的是冬天，天太冷，几乎出不了屋，暴风雪隔三差五就来，人蜷缩在屋子里似乎连路也不会走了。然而春祭以后，天气日渐转暖，冰消雪融后嫩绿的草芽在向阳山坡上青凛凛地闪现了，人们换下了笨重的棉服，跑到外面透彻地换上一口气，说声："唉呀，真的春天了！"就赶紧回去烙春饼吃。紫环记得五月春祭时，远远近近的萨满神都来了，他们戴着镶有铁角的神帽，穿着怪异的服装，然后在一个空场地上跳神。参加的鄂伦春人骑着马赶来，马背上驮着完整的狍子和犴等祭品，将它们摆放在达子香枝条上。萨满在场地中央跳，而鄂伦春的百姓则在场地四周祈祷。祈祷的神有太阳神、月亮神、火神、萨满神、祖神、男人神、女人神、孟姓神、郭姓神、狐仙神、小孩神、灶王神等，真是神气十足，无处不在，似乎你手触之处都是神。鄂伦春人信奉万物有灵，所有静止不动的事物在他们看来都有生命，这使紫环走在路上时总有些战战兢兢，脚下的石子、草叶、纸片、木棍若是都有神性，被踩的它们会不会迁怒于她？紫环把这想法说给胡二，胡二啐口唾沫不以为然地说："我的屄就是你的神，还是个大神，你恭敬好它，这辈子就不会受委屈的！"气得紫环真想一刀骟下他的神，让他疼得抱头鼠窜，再不敢信口雌黄。

　　鄂伦春妇女夏季时喜欢到山上扒下整张的桦树皮来晾晒。她们用它来做桦皮船，也用来做各种器皿。紫环常常背着除岁到他们的居住区学这手艺。她们做"红改"（底大口小的桶），"敖沙"（椭圆形针线盒），"斯卧开依"（半圆形装神像的盒子），"塔弟通乌依开敖河"（长方形箱子）；她们还喜欢在桦皮摇篮上描画花草、小鸟、神像、蝴蝶等等图案。除岁睡的那个摇篮，四围就画了芍药、百合和啄木鸟的图案。除岁常常伸出手去拍摇篮的侧壁，不是拍在花蕊上，就是拍在鸟嘴上。每逢此时紫环就俯身点一下除岁的脑门，说："小淘气，那花不是让你给拍闭了？"或是："啄木鸟咬着你的手了是不是？"除岁激情荡漾地乱蹬着双腿，呜哇叫得直流涎水。胡二发现地窖子里的桦树皮器皿越来越多，而且都派上了用场，就不免惊奇地问紫环："这些是人送给你的，还是你自己做的？"紫环一挑眉毛一字一顿地说："当然是我自己做的！"胡二就将头探向窗外，冲着远方的树林呼喊："我老婆紫环谁能比得上？干啥是啥，儿子养得结实，饭做得香，东西也做得漂亮！"紫环便上前捂胡二的嘴，嗔怪道："你这破锣嗓子，别吓着那些鸟和树。"胡二嘿嘿一笑，说："树也有个胆吗？"八月的一个午后，紫环忽然发现摇篮中的除岁一阵惊悸。她连忙抱出孩子，将他的身子贴在自己胸口。然而除岁仍然一耸一耸地抖着肩膀，似乎害冷的样子，脸色煞白。胡二外出买马去了，在森林中没有马就像脚上没有鞋子穿，行动起来甚为不便。最近鄂伦春人也不愿意与他们来往了，他们说汉人都是坏蛋，说日本人说了打死汉人还有奖赏。紫环也不敢贸然踏入他们的居住区。胡二想买了马后，能够独来独往地外出打猎、交换食品等等。他还说要教会紫环骑马，万一有了意外，他们可以随时随地双双出逃。

　　紫环抱着除岁去找乌日楞。乌日楞病了，他躺在炕上只是昏昏沉沉地睡，连水也不喝一口。女主人说，乌日楞前日在院子中用犴毛编褥垫子，忽然一个惊雷响起，当时就把乌日楞震昏过去。把他抬回屋里后，并没有发现身上有被雷电击中的痕迹，可他却呼吸微弱。于是请来个大神给他跳了一天一夜为他招魂，乌日楞的心跳强烈了，呼吸也均匀了，可惜就是不肯醒过来。女主人看了看除岁说，这孩子像是在发羊角风，这病一旦发作起来便浑身抽搐，口吐白沫，面目狰狞，十分骇人。如果不是羊角风的话，那便是中了邪了。也许她抱着孩子坐了门槛或者木墩、石头，神仙怪罪下来了，来索除岁的命。女主人向紫环介绍了一个老萨满，说他给小孩驱鬼招魂最为灵验，十拿九稳。她让紫环回家等着，她去帮她请神。女主人还叮嘱紫环，神只能晚上才到，这时屋子里绝对不许点灯。跳过一场神，萨满通常要消耗很大的体力，让紫环为他备些吃食，走时带些肉作为礼品。

紫环只能抱着除岁一边流泪一边往回返。由于心神不宁，她走得跌跌撞撞的，就像只中了枪的梅花鹿。除岁不再那么抽搐了，只是脸色还白得吓人，而且也不睁眼睛。紫环埋怨胡二为什么单单赶到今日出去买马，乌日楞又为什么偏偏在这紧要关头病倒。在紫环心目中，乌日楞比萨满更为真实可信，因为除岁就是乌日楞送给她的。要是除岁有个三长两短，她真不知道自己还能不能活下去。紫环回到地窖子时太阳已经向西了，啄木鸟啄木的声音嗒嗒嗒的，就像发射子弹一样。一片马莲宽草叶上有一团团白色泡沫似的东西，那是蛇吐出的唾液。紫环很怕蛇，每年五月初五时都要在自己的手脖儿和脚腕上系上五彩线，预防蚊虫毒蛇叮咬。她想万一除岁不在了，她就让一条蛇咬死自己。她这样设想的时候，就仿佛除岁已经死了，她哭得愈发地凶了。又想想这样事先预支悲痛有些不吉，于是连忙擦干脸上的泪痕，把除岁小心翼翼地放在摇篮里，用一只桦皮篓去捞坛子里的腌肉，给萨满预备礼物。又把地扫了一遍，将炕和桌子除了除尘，俨然要迎接新年的样子。除岁在摇篮里没有声息，紫环甚至不敢上前去碰他一下，惟恐不慎碰岔了他的气。就在这焦灼难挨的时刻，老萨满来了。太阳落山了，天空却仍有饱满的亮色。紫环见老萨满穿着件彩色神衣，拿着"乌吐文"（神鼓）挂着串玛瑙"恩克"（项链）来了。他哑声哑调地招唤紫环把窗帘拉严实，将门关紧，并且让紫环到外面去。紫环本不想出去，但她怕自己留在屋里对孩子不利，就遵命出来。她一掩上门，望着大自然的苍茫景色就跪下了，她的心空空落落的。她祈求每一片树叶、每一棵小草、每一朵花、每一块石头都来帮助她，让她能够一生拥有除岁。这时地窖子里传来了老萨满沉郁的歌声：

孩子呀孩子，波八列，

清晨的太阳别错过，

晚间的太阳很阴暗，

雨间的太阳有彩虹，

冬天的太阳时间短。

孩子呀孩子，

你要回到父亲的身边，

　　你母亲给你准备了花衣服，

　　你父亲给你准备了金子，

　　你母亲给你准备了银子，

　　孩子呀孩子……

　　紫环不由自主地跟着唱"你母亲给你准备了花衣服"，"你母亲给你准备了银子"，那一刻，她恨不能自己化作一块巨大的银锭，由着神享用。

　　你父亲给你准备了最好的肉，

　　你母亲给你准备了糖块，

　　你父亲给你准备了骨髓，

　　你母亲给你准备了白糖。

　　孩子呀孩子，

　　你父亲给你准备了金摇车，

　　你母亲给你准备了金项链，

　　孩子呀孩子你快回到母亲的怀抱，

　　你千万别到黑暗中去，

　　你千万别害怕鬼魔，

　　你父母在你身边守护你。

　　紫环也泪水涟涟地跟着唱"你千万别害怕鬼魔，你父母在你身边守护你"。晚归的鸟在林中发出阵阵鸣叫，空中的浮云由铅色变成了墨色，夜的意味浓了起来。紫环忽然听到了一阵杂沓的马蹄声由远渐近地传来，她想那一定是胡二回来了。

> 你千万别错过清晨的太阳，
> 你千万别错过清晨的云雾，
> 你千万别到黑暗中去，
> 你千万别到鬼魔中去，
> 孩子呀孩子。

马蹄声更近了，它们就像初春冰封河流的迸裂声一样给紫环带来欣喜。

> 你手中有金顶针保佑你平安，
> 你手中有骨戒指保佑你安全，
> 你摇车里有三个小人保护你，
> 你摇车里有鼠有鸟保护你，
> 孩子呀孩子。

一团玄色的影子倏忽间飘移到紫环面前。胡二的声音随之兴高采烈地传来了："环儿，我买了匹这一带最好的马！它跟你一样结实，跑三天三夜也不会累！"得意洋洋的胡二跳下马的那一瞬间，一股浓郁的酒气也跟着跳了下来。紫环恍惚见得是一匹黑马，它性格大约有些烈，边打响鼻边刨蹶子。紫环上前一把抱住胡二的腿，泪如雨下地说："除岁病了，里面正在跳神呢，你不要进。"胡二的兴趣仍在马上，亢奋使他听不进任何话，他说："环儿，有三个人都看上了这匹马，这马出价还不高，可他们谁也休想领走它。他们一牵它的缰绳它就跳，用蹄子踢他们的腿，全把他们吓跑了。我领它的时候，它就乖乖的，俯首帖耳的，连它的主人都奇怪，你说我和它的缘分深不深？"紫环只能使劲掐了一把胡二的大腿，令他在疼痛中清醒过来。这一招果然奏效了，紫环把屋里的事讲给胡二听，胡二立时就蔫了。他将耳朵贴在门板上，喃喃说："老天爷，你可得长长眼，除岁是我的心肝宝贝。要是清算我作的孽，可别找到孩子身上，我一人做事一人当！"

　　胡二和紫环偎依在门前，就像一双守夜的狗，惶惶不安地望着四周。后来门终于开了，老萨满的声音响起了："掌灯吧，他的魂儿回来了。"紫环和胡二连忙进了地窖子掌灯去看孩子，除岁果然没事了，他咯咯笑着望着父母，还不时把大拇指放到嘴里去吮。紫环连忙跪下来给老萨满磕头。胡二虽然没跪下，但他感动得涕泪横流地对老萨满说："你喜欢家里的什么东西，你就拿吧。"老萨满也不客气，他把刚拈起来的茶碗放下，说："就要外面的那匹黑马吧。"胡二虽然有些恋恋不舍，但还是说："你要能把它牵走，它就归你了。"老萨满没说什么，他重新拈起茶碗，慢条斯理地把茶喝完，然后蹒跚着走出地窖子。他慢吞吞地走向那匹黑马，那黑马也慢慢地将头转向他。黑暗中胡二只觉得一团更黑的东西迅疾地飞到黑马身上，接着是清脆的马蹄声在寂静的夜里像灿烂的水花一样四溅开来。胡二忍不住喃喃自语道："这都是人间的事吗？这个鬼人间！"

六

狗耳朵在潮湿的酒坊里透过窗户呼吸着深秋的风。他原本不喜欢这砭人肌肤的凉风。这种凉风不似夏日深夜的凉风，带给人的是惬意。这凉风一旦一阵紧似一阵地长久刮下来，那就是深秋了。深秋的尾巴上缀着白雪茫茫的冬天，他们外出乞讨时甚为不便，露宿也成了难题。而且他的风湿病一到深秋就重得几乎难以行走。自从他留在了寡妇家，和她成亲后，狗耳朵仿佛一夜之间长大成人了。他说话的语气重了、语速慢了，看人时眼神也专注了，不再似以往那么一瞟一瞟的。而且他也不讨厌深秋的凉风了，他不再是居无定所的人了。他媳妇虽然比他年长许多，但并不显得苍老，她对待狗耳朵非常疼爱，更像是对待她的两个儿子。两个孩子一个八岁，一个十三，十三的只比狗耳朵小三岁，比狗耳朵长得壮，他常常鄙夷地把痰重重吐在狗耳朵面前。狗耳朵也不介意，心想你不怕浪费唾沫就吐，吐坏了你的嗓子和肺还得你自己遭罪。十三的孩子叫丁力，八岁的孩子叫丁阳。丁力见狗耳朵不在意他的痰，就用一些小把戏来折磨他。比如往他的棉鞋里塞上死老鼠，往他的上衣口袋装一只癞蛤蟆。狗耳朵见着有肉的东西都想吃，也不介意地把老鼠和蛤蟆放到火上烤，津津有味地吃掉，丁力便捂着肚子直想呕。丁阳到底少不更事，很好哄，两颗糖球、一个风车、三粒蚕豆就可以让他叫爸爸。丁阳一管狗耳朵叫爸，丁力就毫不客气地一脚踢在弟弟的屁股上，叫道："咱爸早死了，你这个傻瓜！"丁阳就咧开嘴放声大哭，哭得鼻涕像毛毛虫一样蔫软地垂吊着，俨然一个痴呆。狗耳朵也不和丁力计较，他想反正我是跟你妈过日子，你若看不上我，有本事就自己闯世界去。

狗耳朵留在寡妇家三个月后，也就是他们成亲半月后，满洲政府开始了大范围的归屯并户，建立集团部落的行动。原来村子只有四十几户人家，由于把邻近的两个小村屯的人也一并兼收过来，便使原有的村子膨胀到两百余户。这些新入住的居民都住着临时搭起的土坯房子，鸡栏、猪舍、牛圈等等由于土地的紧张往往被搭建在一处。人与人之间住久了会闹不和，牲畜之间也是如此。牛常常在正午时撵得猪四处撞墙，而猪则把鸡轰得乱飞乱叫，鸡把猪的食物中的精华部分先自用利喙挑出独享，自然引起了猪们的愤怒。

重建后的村子呈正方形，村落之间的巷子十分狭窄。有的地方甚至都容不下一架马车通过。村子四周筑有三米左右高的围墙，围墙上缠绕着铁丝网，四角还构筑了方形炮台。在围墙外面挖有深壕。要想出村子，得先出示警察署签发的出行许可证。外出时经东门和南门，而归村时则经北门和西门。那些被归屯并户的村民，每户只在村落周围分得两垧熟地，耕种时还不许栽种土豆、玉米等直接能食用的农作物。他们的生活所需品，都是统一配给的。除了少量粗粮，见不到一粒大米、一两白面。小孩子个个瘦骨伶仃的，而大人都裸露着突起的颧骨，看上去像是群异族人。狗耳朵有些后悔留在此地了，可不管怎么说，他现在也是一家之主了，再不能无牵无挂地浪迹天涯了。寡妇本来已怀了他的孩子，接连几个清晨都要站在窗前干呕一番，然而她却意外流产了。在狗耳朵看来，这是丁力设下的陷阱。狗耳朵注意到媳妇一干呕，丁力就会莫明其妙地摔东西，口中骂不绝声，当然骂的对象是坛子或者水壶。但在狗耳朵看来，坛子和水壶就是他自己。有一天下起了连绵小雨，丁力忽然湿着脑袋进屋对他母亲说，鸡舍来了只黄鼠狼，正在掐鸡脖子喝鲜血呢。丁力的母亲放开大脚出了屋子就朝鸡舍跑去，不料双脚踩飞，跌出三四米远，跌得腿间立刻鲜血淋漓，清晨的呕吐就此止息了。而鸡舍并无黄鼠狼，丁力说他看花了眼。寡妇跌倒在通往鸡舍的一块雨布上，平素是没有它的，丁力说他因为心急把雨布落在了院子里。事后狗耳朵仔细用手抚摸了那块雨布，结果他的掌心油渍斑斑。狗耳朵猜想这是丁力故意所为，人跑着经过这样滑得让人咋舌的雨布，没有不跌的道理。初始时狗耳朵伤心、愤懑，想给丁力点颜色看看。然而他找不到一点绝招能对付丁力，而赤手空拳与他对峙他只能甘拜下风。相反，丁力倒是隔三差五给狗耳朵来点下马威，弄得他战战兢兢，锐气全无，一副老气横秋的模样。自从成了集团部落的一员后，狗耳朵甚至庆幸那胎儿没有孕育成功，不然孩子也会跟着这么人不人鬼不鬼地活着，实在冤枉得很。

寡妇家原本是小业主，开个酒坊。男主人死后，酒坊基本关了，不是因为没人经营，而是生意越来越冷清，酿酒的粮食原料也甚为紧张。寡妇在夜深人静时常常回忆酒坊红火的往事，当然这回忆里必不可少地会出现一个人，就是她已故的男人。她讲他的语气是亲切的、惆怅的、怀恋的，嫉妒得狗耳朵心想果真是做活人没有做死人幸福。寡妇搂着狗耳朵，给他讲造酒的流程：卧浆呀、淘米呀、煎浆呀、用曲呀、合醅呀、上糟呀等等，真是头头是道。寡妇说早些年粮食丰收，造的酒香，名为口口香，喝得十里八村的汉子个个筋骨强壮，喝得远远近近的女人都有桃花般的气色。她说自己一到冬天每晚都要喝一海碗的口口香，不然就睡不踏实。狗耳朵就醋意十足地问："你掌柜的不陪着你喝？"寡妇笑道："他不陪我谁陪我，我喝一海碗，他就能喝三海碗。"狗耳朵心想："幸亏他死了，不然还不把自己的女人灌成了个酒桶。"寡妇讲起酒来总有说不完的话，什么煮酒用桑叶烘最为醇香呀，什么暹罗酒很冲，能打下人腹中的蛔虫什么的。她还知道黄精酒、白术酒、菖蒲酒、天门冬酒、五加皮三骰酒等药酒的功效，让狗耳朵觉得这女人天生就是为酒而生的。虽说关了酒坊，可酒窖里还存着三坛不为人知的好酒，寡妇在馋涎欲滴时常常舀一勺偷偷陶醉地咂摸。

　　狗耳朵喜欢一个人在黄昏时站在酒坊的窗前看暮色。窗户虽只有两尺见方，且被木格分割成更多的小窗口，但是眺望外面的风景还是绰绰有余。狗耳朵熟知深秋的暮色，它是一种酱黄色，似乎散发着一股咸味。从外面疾驰而来的风带着股爽利气息，宛若一个干净利落的女人，非要把你浑身上下弄得没一星儿灰尘才是。这样的风仿佛使胸脯中的肺突然张开了翅膀,有一种格外舒展的感觉。狗耳朵喜欢这风,喜欢这风把不远处荒芜了的平原上的枯叶败草悄悄地席卷过来,喜欢看窗外那些在风中游走的牲畜。

由于规定夜晚时不准点灯,狗耳朵每至黄昏降临都会有一种怅惘的感觉。他知道留不住夕阳,何况又是深秋的夕阳,它就像水性杨花的寡妇一样,这边白亮的孝布还顾不及摘下,就随着人慌不迭地坠入温存的黑暗中了。狗耳朵惧怕冬季来临,那时日落得更早,黑暗将会无限制地延长,他和媳妇在黑暗中还有那么多想说的话吗?如果有话讲,是否又都是关于酒的话题?在狗耳朵看来,他的女人爱酒会爱到什么程度呢,假如一夜醒来天空下的雪突然变成了白花花的酒花,她一定会快乐得发狂。

集团部落里已有两个人故去了。一个是病死,一个则是服毒。病死的是个三十七岁的痨病男人,而服毒的是个年满七十的老太太。老太太恋过去的旧家,想念她那间暖洋洋宽敞的南屋,想念灶房的那口用了大半辈子的锅灶,想念东窗前的两棵沙果树,想念场院里干爽的牛圈。现在她被强迫离开故土来到这样一个私下被村民议论成"人圈"的集团部落里,便天天喊心口疼,整日头晕目眩,常常把路看成汹涌的河水,把西窗的斜阳看成熊熊燃烧的大火。当初村子里也有似她这般不愿意离开故土的人,结果被伪军当做通匪的罪犯给枪毙,并且烧了他们的房屋,老太太只得在儿女的一片哀求声中迫不得已跋涉而来,来后不到两个月就自杀了。两桩葬礼都是悄悄进行的,死者的家属的哭声也甚为简洁,哭个三声两声便罢了。

死者的棺材由南门出村，葬到不远处的坟地里。参加葬礼的人很快就从西门归来了，人们也不吃丧饭，不过是聚在死者的家门口用清水洗洗手，除除阴气，一走了事，惟恐因聚会交谈而惹是生非。

凡是外来的亲戚，要想进入集团部落，必须事先通告和申请。此人从什么地方来，什么身份，来此的目的，居留时间等等都要登记得格外详细。所以来这里串亲戚的人少得可怜。就是外出，有时还要搜身检查，若发现有了粮食、食盐、衣服等军需物品，必是一顿严刑拷打。狗耳朵觉得这跟蹲监狱没有太大的区别。还不如他提着根打狗棍沿街乞讨来得自由。虽然有时饱受白眼和屈辱，但毕竟可以无拘无束地嬉笑怒骂。有一年中秋节，他和几个老乞丐要了两斤羊肉馅包子，躺在人家的牛圈里赏月。牛安闲地卧在一侧，并不和他们争地盘，使他们在干草堆上舒舒服服地把个白白亮亮的月亮看了个够，然后心满意足地睡去。今天他们睡牛圈了，明天可能就是猪圈，后天又可能是人们废弃不用、四处漏风的破屋子。饥寒交迫的滋味算是尝了个透彻。然而他们却是自由的，想去哪儿，就去哪儿。

狗耳朵一直把暮色看出了愁意，铅灰色的云彩显出惨淡的样子，而席卷的风发出了低低的呜咽声，这才不再留恋已显出昏昧气象的景色。他正要出酒坊，丁阳推开门跑进来了。他叫道："耳朵耳朵，我哥出事了！"丁阳在情急时会像他母亲那样招唤狗耳朵，而不是叫爸。狗耳朵觉得能省去"狗"字也算他们母子俩仁义了。狗耳朵强作镇静地问："你哥怎么了？"丁阳结结巴巴地说："他偷黄豆吃，让人给吊在南门上打呢。"狗耳朵问："谁家的黄豆？"丁阳说："就是那伙灰狼的！"

两个月前，集团部落的居民依照年龄，把一部分青壮年编入了"自卫团"。所谓自卫团，无非是站岗、放哨，有时还要被人驱赶着外出修路。丁力和狗耳朵都是自卫团成员，他们管它叫劳务团。管自卫团的三个人穿着制服，住在东门外的一座新建的房子里。人们背地叫他们大灰狼。他们整日游手好闲，随地吐痰，大声吆喝部落的人做这做那，吃得比普通居民不知要好多少倍。有人说只有他们放出的屁才有臭味。闻闻他们的臭屁，就知他们吃了上好的粮食和肉。很多人巴望着自己有朝一日能穿上制服，不是图风光，而是为自己混得一副好下水。狗耳朵赶到南门时见他媳妇正架着丁力往回走。村民们不敢上前去看热闹，只偷偷在自家的僻静处观望。女人一遍遍地训斥儿子："你缺不缺心眼？啊？贪图那一口，挨这顿打值当不值当？你这个丢人现眼的东西！"狗耳朵迎上前欲搀扶丁力，被丁力一胳膊肘撞开，丁力骂道："去你妈的狗耳朵！"狗耳朵挨骂已经习惯了，并不觉得很委屈。女人恨恨地说："等会儿到了家里再算你的后账，你个畜牲！"丁阳拉着狗耳朵的手，紧赶慢赶地跟着。他气喘吁吁地说哥哥："黄豆有个什么吃头！不熟的豆子多腥啊，还不如菜团子好吃呢。"丁力回头骂弟弟："你懂个屁！你个吃屎的货！"丁阳很少挨骂，他委屈了，呜呜咽咽地哭起来。不过是边走边哭着，所以狗耳朵用不着停下来哄他。狗耳朵说："哥哥比你大，要是爹死了，长兄为父呢，他骂两句就骂两句吧。"丁阳仍然伤心地哭，哭得像麻雀那样闹人，狗耳朵便有些烦了，他说："我五岁时就不会哭了，因为我发现眼泪是咸的。咱连盐都吃不起，再把身上那点盐味浪费了，是不是缺心眼？"丁阳才不管什么盐味呢，他有的是眼泪，所以是一直哭到家门口。

丁力一瘸一拐地被扶到炕上。他的左腿的膝盖和脚踝都疼得动弹不得。女人把儿子弄到炕上后先去灶房，摸黑把傍晚时煮的高粱米粥分盛到四个碗里，又端出碗咸菜，唤大家来吃。狗耳朵熟练地操起粥碗，用手指托着碗底，转着圈吸溜吸溜地喝起来。女人曾不止一次指责他这种端碗的方式，说是穷命鬼才这么拿碗。狗耳朵心想自己就是个穷命鬼，照旧按老方式用碗。丁力在炕上不吭不响，而丁阳止了哭声，朝灶台走来了，他肚子饿了，老是吃不饱。狗耳朵总是听见他的肚子叽里咕噜地叫，哪怕是他们刚吃完饭，让人不明白丁阳把饭都吃到了哪里。他瘦骨伶仃的，脸上长满了癣，就像落了层雪花似的。他和丁力睡在一铺炕上，有时夜里做了噩梦，他就会叫着跑进狗耳朵和寡妇住的屋子，不由分说地跳上炕，战战兢兢地钻进他们的被窝。狗耳朵只能抚摸着他的头发，连连说着："孩儿不吓，孩儿不吓。"他对待丁阳，确实有了某种父爱。虽然狗耳朵看不清楚，他也知道丁阳把粥碗抱在了怀里，他喜欢这样吃饭。寡妇忙着灶上的活计，铲子和盆常常发出叮叮当当的响声。丁阳才吃了几口，就恹恹无力地问母亲："妈，不给我哥送碗粥去？"女人说："他这个没出息的东西，见谁骂谁，别理他，饿死他！"丁阳说："哥都挨打了，打得都瘸了，不吃东西更没劲了。"寡妇撇下勺子，叹了口气说："唉，都是一个娘养的，一个这么仁义，一个就跟野驴似的！"说着，端起一碗粥去给丁力送饭。狗耳朵知道女人盛了四碗粥，有丁力的份，她其实等的就是丁阳的哀求。狗耳朵也不理会，依旧喝得啧啧有声。突然，从屋里传来"啪——"的一声脆响，是碗被重重摔碎的声响，跟着便是丁力破口大骂的声音："我操那三个灰狼！我咒他们下世到地狱里去！我只偷吃了他们两把黄豆，狗操的，就把我吊起来打！让我丢人现眼！我没脸了！我不要脸了！！我为什么要饿呢！我不吃东西了，再也不吃东西了！！"丁力声嘶力竭地叫着，狗耳朵听见寡妇在"咣咣"地飞速关窗户，怕被外人听了去。狗耳朵本不想进屋劝阻，但一想碗已经碎了，若不及时清扫了，碎碗碴也许会扎了老婆的脚。在狗耳朵的心中，丁阳的母亲的称谓是不时变化的，有时他叫她老婆，有时叫她寡妇，有时叫她媳妇，有时又叫她女人。每当他在内心叫她老婆的时候，便是对她油然而生怜爱之情了。老婆也真是不容易，操持这样一个大家业，狗耳朵有时真的很心疼她。可惜不让点灯，清理碎碗就费周折。他用撮子和小笤帚一点点地扫，扫得碗碴挤靠在一起脆生生地唱歌。这时丁力又朝狗耳朵吼起来："你少他妈的勤快，我摔的碗用不着你来扫！你这个叫花子，从你来了之后我们家就没得好！"寡妇关严了窗，这下她是动了真气了，她扑向丁力，朝他劈头盖脸打去，骂道："你要是不愿意呆在这个家里，就滚出去！有本事你滚啊！"丁力也毫不示弱地还击道："这家姓丁，要滚的是你们这些外姓人，是你和狗耳朵！"寡妇号啕大哭起来："我前世造了什么孽啊，养了你这么个逆子！"

狗耳朵遭到谩骂后非但没恼，反而笑了。他一笑倒把丁力给吓着了，丁力不再咆哮。女人见狗耳朵像是被人搔了胳肢窝般地笑个不休，就小心翼翼地劝说："别笑了，笑大发了会出毛病的。"狗耳朵才不管出不出毛病呢。他仍然畅通无阻地笑下去，笑得声音变幻万千，忽而嘘嘘嘘的，像是在催促小孩子撒尿；忽而又哈哈哈的，像是个穷人突然掘到了金子；忽而又嘿嘿嘿的，像是与仇人狭路相逢、分外眼红。一直到他把自己笑累了、瘫软了，这才摇摇晃晃地回屋睡觉，他倒在炕上就睡着了。也许真的是笑得伤了元气，狗耳朵第二日起得很迟。女人不在屋里，丁阳过来说她出去给哥哥请郎中去了，丁力的腿还是不敢动，也许给打折了。狗耳朵头晕眼花地下了炕，茫然地站在窗前看了会儿天，觉得阴沉沉的天实在让人压抑得慌，就到灶房去喝水。丁阳一直像影子一样默默跟在他身后，不时地吸鼻涕。狗耳朵只要一转身，他就连忙把头转向别处，装作去看水瓢或者吊在门框上已经褪了色的纸葫芦。狗耳朵就说："你玩你的去，我做我的事。"丁阳就说："天不好，要下雨，我去哪里玩？"狗耳朵就说："出不了屋，你就去酒坊玩。""我不喜欢那里的味儿，我一闻到酒味就恶心。"丁阳像大人似的晃了晃脑袋，"再说了，哥哥呆在酒坊里呢。""他怎么跑到那里去了？"狗耳朵说，"他不是不能动吗？""他有一条腿能动，他就拄着拐去了，他一大早晨就过去了，坐在那里也不说话，怪吓人的。"丁阳忽然很热切地朝狗耳朵叫了声"爸爸"，然后眼泪汪汪地问："哥会不会成了个瘸子？

要是接不好骨头，他落下了残疾怎么办？他就不能爬树了，也不能下河捞鱼了。妈走时对我说，要是接不好我哥的骨头，他将来连媳妇也说不上了。"狗耳朵嘻嘻笑了，他揪着丁阳的两只耳朵说："你小小年纪，操的哪门子心？"说完，就掀开锅盖看看有什么可吃的，见里面凝着一坨昨晚剩下的高粱米粥，像猪血似的，很败人的胃口，复又盖上盖儿，微微叹口气，到酒坊去了。因为过惯了挨饿的日子，狗耳朵每天少吃一顿饭，也不觉饿得慌。

丁力四仰八叉地倒在酒坊靠东的木板铺上，两眼直勾勾地看着房梁。他听见狗耳朵和丁阳进来，仍然不为所动。他不仅没动一下身子，连哼也没哼一声。丁阳以为哥哥所望之处是有什么蹊跷，跟着仰头定定地看了一刻儿，阿弥陀佛，有的只是挂着灰尘的房梁，连个蜘蛛都不见。丁阳便说："哥哥，你的腿坏了，别再累伤了眼睛！"丁力突然笑了，他说："眼睛多好啊，它藏在肉里，我一合上眼皮，谁也休想动它。"说完，骨碌了一下眼睛，然后合上眼皮，他的眼睛果然就不见了。狗耳朵着实被丁力吓了一跳，不是因为他的举动，而是他的声音。那声音一夜之间竟变得如八九十岁的老翁，颤颤巍巍、粗粗哑哑、苍苍凉凉的。狗耳朵的心哆嗦了，他轻轻触了一下丁力的腿说："你别怕，你的腿肯定能治好，瘸不了的。你弟说了，你妈给你请郎中去了。"丁力没有睁开眼睛，但眼角处却流出了又圆又大的泪珠。狗耳朵又说："等我哪天想出个招儿，治治那些灰狼，他们吃香的喝辣的，牛气成那样，还在乎那一把鸟黄豆，真是黑心烂肺！"狗耳朵说："酒坊里潮，你回干爽的屋子歇着。"丁力突然睁开了眼睛，他说："我不回去，我在酒坊跟爸爸说话。我今天早晨一进来，就看见他向我招手，他说'力啊，在那里受委屈了吧，来这里吧，爸爸能保护你'。"丁力边说边流眼泪，"爸穿着很干净的蓝衣裳，胡子刮得光光的。穿双新布鞋，看上去可真利索。"狗耳朵吓得面如土色，而丁阳则吓得哭了起来。狗耳朵环顾左右地说："我说老兄，我知道你惦记这个家，可你走了，换了我做主人了，你就不要老是回来了。酒坊又没什么呆头，潮着呢，春天还闹老鼠，你说你回来干什么？快走吧！"丁力说："别撵我爸走，他跟我说话呢。他给我讲酒令，讲得真好听哇。你们知道投壶的游戏吗？喝酒时摆上一个大壶，人都往里面扔箭头，谁中得少，谁就喝酒。还有击鼓传花的酒令，虎棒鸡虫的酒令，爸知道得可真多哇。"丁力喃喃自语道，"我要跟爸走，那里没人能把我吊在南门下揍我。真丢人啊，让人给吊在那上面揍，就因为一把黄豆，爸说了，我要是去那里，想吃多少黄豆都可以。"

　　狗耳朵拉起丁阳的手不由分说出了酒坊。他让丁阳引路去找女人回来。他想要给丁力请的不仅仅是接骨的郎中，还要请回个招魂的巫师。他们在路上急匆匆地走着，走到以前的种猪站的时候，女人和一个骷髅般的男人迎面过来了。狗耳朵把丁力的一番谶语说给女人，女人惊了，而郎中却不慌不忙地说，他不仅能接骨，还会招魂儿，只是报酬要双倍的。女人说："双倍就双倍吧，只要能把孩子治好就行。"狗耳朵觉得这个趁机敲诈的郎中就像稻草人一样，他两脚便会把他踹得稀里哗啦。他不相信他能治好丁力的病，在狗耳朵看来，郎中倒是随时有进棺材的危险。

他们四人鱼贯进入酒坊。丁力不在了，可他的拐杖还在。女人喊了一声"丁力"，突然发现酒窖的门打开了，急忙奔了过去。蹲下一看，一团黑影墨似的沉稳地游在酒窖深处。一股久违了的酒香气徐徐飘上来。她马上有了一种不祥之感，有气无力却又是凄惨地叫了声"丁力"。

丁力掉在五米深的酒窖里摔死了。酒窖里竖着个梯子，显然丁力没有用梯子，他是纵身跳下去的。他撞碎了一个酒坛，这坛陈年老酒的香气立时就把骨瘦如柴的郎中馋得滴下涎水。他们只用一张破旧的炕席把丁力裹了，当夜就匆匆葬了。出南门时他们的手不由颤抖起来，一下没有抱住炕席，丁力落到地上。三个穿制服的人看见了丁力，他们掩了一下鼻子，就溜到屋里了。葬完丁力回来，寡妇把酒窖里所剩的两坛酒中的一坛搬出来，足足喝了一个晚上。喝完她就钻进狗耳朵的被窝，紧紧抱着他说："我怎么觉得外面在下雪，这一年已经过到头了呢！"说完，她酒气熏天地哭了起来。

第五章　一九三六年

民国二十五年　昭和十一年　康德三年

一

正月十五的花灯只是间或在平民百姓居住的房屋出现几盏。热闹的是那些大饭店的门脸，除了大红的宫灯外，还点缀着粉嘟嘟的莲花灯、紫英英的茄子灯、翠生生的白菜灯。这些斑斓的光投映在路面上，使过路人的双脚显得变幻莫测，忽而张牙舞爪如蟹爪，忽而又规矩圆润如马蹄。这样的灯前也就聚拢了一些人，他们指着莲花灯念王母娘娘，指着茄子灯念灶门爷，指着白菜灯念嫦娥。总之，念的都是神仙。虽然说这些神仙与这灯没什么干系，可他们硬是往上扯。他们还喜欢联想秧歌队，虽然说并没有秧歌可看，可他们就是想。想秧歌队里踩高跷的、跑旱船的。想那热闹动人的喇叭声和绚丽多彩的绸带。当然，想多了的时候就会忍不住失落地叹上一声：唉，那日子过的！可说没就没了……

王金堂和老伴从除夕时就想吉来想得心焦。糊里糊涂的老太太总是问："吉来到底哪儿去了？两年都不回来，这个没良心的小杂种，就不记着我对他有多好！我给他吃黄米饼子，给他叠小老鼠。

他要让小老鼠长红尾巴，我就得给系上红线绳。如今这小王八羔子
一走就没音信了，说是出去给我买什么来着——"她问王金堂。王
金堂慢声细语地说："买核桃糕。""噢，买核桃糕，我前两日还记
着，怎么今天就忘了？"老太太絮絮叨叨地说，"买个核桃糕买了
两年，现如今的点心铺子是不是都要关了？咱皇上跟我可是一家人，
我倒要去问问他，点心铺子还开不开？核桃糕还做不做？要是没有
师傅会做，我就出山了，我知道和什么样的面，加多少糖、油和核
桃，知道上了炉该烤多长时间！"老太太越说越激动，弄得气喘吁
吁的。王金堂心疼她，为了让她少费点唾沫，王金堂只得接过话茬，
细水长流地说下去："点心铺子的事哪里劳得你操心。你想吃什么，
那帮伙计哪敢不立马动手做？吉来你也是知道的，我估摸他是跑出
去玩了，玩野了，不爱回家了。你记不记得他五岁时馋汇源饭庄的
三鲜饺子，溜进人家的灶房，藏了整整一夜？第二天吃得小肚子撑
得跟蝈蝈一样圆，还得给他抓药消食。他姑姑那天晚上因为找不见
他，哭得眼睛都看不清东西了，心疼得小二直骂吉来是个厌世鬼。"
王金堂不提女儿则罢，一提则勾起了老太太的愤怒，她骂："我算
是白白养了这个闺女！她结了婚就不再回来看我了，我当初养她做
什么？全都是一群没心没肺的东西！不是说她嫁的那个煤矿离这不
远吗，怎么回来一趟就这么难！她是不是心疼路费？她那儿不是产
煤吗，今天偷着卖两块，明天再偷着卖两块，路费不就结了吗？这
个死心眼儿的妮子，就随你这个偻罗锅子，榆木脑袋不开窍！她就
是真没有路费，写个信来吱一声也行啊，我给她出！"说着十分豪

迈地伸出手，晃着手脖上套着的白玉手镯说，"把这块老玉镯帮着我褪下来，能卖个好价钱！"王金堂忍不住笑了，心想这辈子你是别想褪下来了，你胖得让它只能形影相随着。老太太使劲捋了捋自己的手镯，它纹丝不动，仿佛已嵌进了肉里，她就嚷嚷："我的手脖子怎么肿了？是不是让毒蛇给咬了？"王金堂不由笑着搭话说："这大冬天，你要是能给我找出一条活的毒蛇来，我可就天天给你烙黄米饼子吃！"老太太生气了，她用手拍了拍炕沿，说："急了我用斧子把这镯子砍碎了，我看它下来不下来！"王金堂连忙弓着背上前赔着笑脸说："我的老祖宗，你就好好享你的清福吧，吉来他姑缺不了你这几个钱。再说我弹棉花也挣了些，哪儿能让你卖镯子呢。你戴上它多喜气、多富贵啊。"这一番话，倒是把她说高兴了，老太太努了下嘴，晃了晃脑袋，颇为骄傲地说："我年轻时就戴这个镯子，那时我的胳膊那个细啊，镯子戴上后老是往下秃噜。若是洗衣服时沾上了点肥皂水，不得了了，它就自己掉下来了！这玉也真是好，掉下来好几次也没有一点伤，皮实着呢。"王金堂便打趣她说："敢情了，这镯子是你相好的给买的，怎能孬呢！"老太太一撇嘴说："那是了，他出手大方，有的是钱，花费起来不吝惜，才不像你呢，一个子儿你能掰成八瓣儿花！"王金堂哼地笑了，心想："他不怜惜钱，也不怜惜你，说扔不也扔了吗？还得我这个罗锅子最后收留你。"

王金堂起身到灶房给老太太端元宵。先前早已煮好了，只是怕烫着她，没敢端上来。老太太虽然年事已高，牙齿和胃都走在下坡路上，然而她仍喜欢吃黏的东西。城里元宵紧俏，很难买到，王金堂托了个老主顾，在饭店里弄到二十多个。老太太爱吃甜的，他就特意嘱咐饭店的厨子多加些糖。他总觉得这女人年轻时受了不少苦，老了不能亏待她。虽然说她看来并不把他放在心上。他觉得自己就像老太太的一条狗，总是伸着舌头温情地舔舐她，乖乖的，驯顺的，还得看主人的脸色。老太太一旦对哪一餐饭蹙眉了，他就诚惶诚恐地检讨自己，下一顿定能使她龙颜大悦，胃口大开。

老太太看着碗中莹白的元宵，怔了半晌，这才慢慢吃起来。她边吃边喝汤，由于喝得不利索，弄得下巴上黏糊糊的，王金堂只得眼疾手快地用毛巾把它们擦干净，不然这些汤水穿越下巴后漫溢到上衣的领口和胸襟，还得腾出空儿为她洗衣服。虽然说他不吝惜伺候她，但也不希望无端多了一项活儿。老太太把元宵悉数吃下，用一种将军检阅完士兵的口气说："这些混球，吃起来真不赖。"王金堂不由笑了，说："你个老祖宗吃它们，它们敢不把自己打扮得溜光水滑、香喷喷的吗？"老太太听得嘴角溢满了笑意，但她还故作没听清，让王金堂再说一遍，王金堂心想哄人哄到底，又重复了一遍，听得老太太心花怒放地说："今儿是正月十五吧，要不怎么能吃元宵呢？"王金堂连忙点头称是。老太太伸出十指绞来绞去，仿佛是在查数，末了有些不高兴地说："都正月十五了，那初七就是过去了。初七是人日子，怎么没有擀面给我吃？看我没有面条那么杨柳细腰，就不理会我了不是？"王金堂连忙打了一下自己的脸说："我哪儿有那个胆儿这么怠慢你。初七是人日子不假，可那不是小孩子的人日子么？正月十七是年轻人的人日子，正月二十七才是老年人的人日子。到了那天，我罗锅子要是不给你擀面条吃，天打五雷轰！"老太太憋不住笑了："还天打五雷轰呢，就你那身臭皮，轰也轰不破！"王金堂说："轰不破是你的福气呢，要是离了我，你怎么活？谁陪你说话，谁给你铺被窝？谁给你做饭吃，谁给你捶背？谁给你掏耳朵，谁给你倒尿罐？"老太太一瞪眼睛霍地站起来说："你不用吓唬我，离了你我照样过得好好的！我让你伺候得快没人样子了，巴不得一个人过呢！"王金堂说："好，你一个人过吧，明儿我搬出去，省得惹你心烦。"说完，故作不高兴地端着碗进了灶房。他还要去刷碗呢，没时间再和老伴斗嘴。

　　王金堂收拾灶房的时候发现锅台上有两只蟑螂在爬，他连忙悄悄舀了一瓢热水，跟踪蟑螂。蟑螂行踪诡秘，它们先是爬到灶台下端的凹缝里，然后才爬回自己的老窝。那是紧依灶台的火墙上的一个圆洞，王金堂待那一双游玩得尽兴的蟑螂刚一归巢，就猛地把一瓢热水顺着圆洞浇过去。顷刻间，一只只蟑螂从里面半死不活地拱出头来，纷纷落到地上，王金堂便伸出脚一只只地去踩，边踩边骂："你们这些恶心人的东西，该死不该死？"王金堂话音才落，就听见里屋传来老太太的号啕哭声，他也顾不得收拾蟑螂的残尸了，慌不迭地进屋去看老太太。老太太坐在地上，头发乱蓬蓬的，就像一堆被猪践踏过的草，灰头土脸的，鼻涕和眼泪把脸弄得很混浊。王金堂连问怎么了，是没吃够元宵还是有屎拉不下来？她这段日子大便干燥，喝了一瓶蜂蜜也没把肠子润好，常常憋得脸色铁青铁青的。

老太太分外委屈地说："你不过是看我老了，脸上不鲜亮了，就给我摔脸子。在灶房还骂我该死，你不过是盼着我早死，好领个大姑娘回家来睡！"王金堂哭笑不得地将老太太往炕上抱，可她实在是坚如磐石，难以抱动，只能寄希望于她积极配合，自动起来。王金堂说："我在灶房骂什么？骂的是那帮混账蟑螂！我把它们的老窝给端了，不信你去看看！"老太太泪眼婆娑将信将疑地把手伸向王金堂，王金堂倾尽全力地将她拉起，摇摇晃晃地扶她入灶房。此时的老太太恰如在冰面上疯狂旋转的陀螺，那头重脚轻的姿态总给人某种危险感。她到了灶房，见地上果然有几只死蟑螂，这才不再使性子，说："我估摸着你不敢那么欺负我。你不怕我，还不怕皇上？皇上跟我可是一家人，一家人能不亲吗？"王金堂连忙卑躬屈膝地说："说的就是了，我哪儿敢欺负你呢，就是借我十个胆儿也不敢！"说着，赶紧脱鞋上炕为老太太铺被窝，好让她早些睡了了事。不料她的愤怒又起来了："今儿元宵节，你就这么早让我睡了，就不知道领我出去看看灯？嫌我老了、肥了，拿不出手是不是？"王金堂只能大呼冤枉，连忙给她找来棉鞋、棉帽、棉手套，一一为她穿上，然后锁上门领她上街。离开家门的那一瞬，王金堂想她至少有五年没有上街了，便越发同情她，紧紧挽着她的胳膊，生怕有个闪失，老太太很温顺地随着王金堂走，每走一步都要大喘几口。小巷子因为前几日的一场大雪的降临而有些滑。行人很少见，偶尔过去一两个人，也都缩头缩脑的样子，似乎很害冷。王金堂不时朝四处张望，希望有一处离家不远的地方可以看到灯，这样能让老太太省些力气。

老太太走了几分钟没有发现灯，便停下来训斥王金堂："你记错了日子，今儿肯定不是正月十五。这么冷清，一街的寡妇气！"王金堂不吱声，他已经看到了通亨里饭庄有彩色的光焰呈现出来，就扶着老伴朝那里走。他们一个罗锅而瘦，一个高而胖，他们在一起的背影就像匹骆驼，骆驼的头部是老太太，而凹下去的部分则是王金堂。通亨里饭庄的门脸前挂着三盏灯，一盏莲花灯，一盏宫灯，一盏走马灯。走马灯做得不那么灵便，中轴不会自动旋转，要想看它四壁上的风景，人只好在它下面仰着头转圈，累得脖子发酸。老太太老眼昏花，看不真切，就骂这夜不够黑，显不出灯的色调来。王金堂只能给她描绘那四壁上的图形，道是一面是童子抱鲤鱼，一面是猪八戒背媳妇，一面是卧龙出山，另一面是八仙过海。老太太便问童子抱的鲤鱼胖不胖，猪八戒背的那个媳妇俊不俊，诸葛亮出山时穿什么衣裳，八仙中的何仙姑梳着什么发式。王金堂也没看清那走马灯上究竟描画着一些什么，只是信口胡说的，所以答话时也就顺势说好话，什么鲤鱼自然胖了，胖得跟猪羔似的；猪八戒背的媳妇俊得让人眼睛发直地看；诸葛亮出山时穿着灰布衣裳；何仙姑梳着个发髻，脑后就像吊个宝瓶似的。老太太果然高兴得手舞足蹈，她还煞有介事地说，她也看见了猪八戒的媳妇，穿着个红袄，脸上涂了胭脂，眼睛水灵得像新摘下的葡萄。王金堂差点笑出声来，他恭维她说："还是你眼睛好使！"

饭庄的生意看上去并不好，大约一刻钟后，才从里面走出来两个食客，他们打着酒嗝儿，很知足的样子。然而却不见外面有人再进去。不知是天冷，还是人们手头拮据，抑或是都猫在家里过元宵节的缘故？老太太突然叹了口气，说年轻时自己进饭庄的次数多着去了呢，她最爱吃酸菜烩鱼和尖椒炝竹笋。她嫌今日的住户和饭庄都吝啬，很多人家都不挂灯了，哪儿有过节的气氛？就说眼前这个饭庄，总共才挂了三盏，一点也不热闹。宫灯好做，干吗不多吊几盏？挣的那些钱又不能像母耗子那样一窝窝下崽，不用留给谁。王金堂想着该领她回家了，一则她久不出来，别再受了寒，她这把年龄再有点小病小灾，可就承受不起了。二则她的声调越来越高，若被饭庄主人听见，免不了又是一番口舌。于是哄孩子一般地说要回去给她做一盏灯看，不能在外面耗太多时间。老太太"嗯"了一声，很听话地跟着王金堂向回返。路上碰见一对年轻人边走边吵嘴，不见男的吱声，只听女的一遍遍尖厉地叫："你把它弄哪儿去了！你把它弄哪儿去了！你把它弄哪儿去了！"也不知这个"它"是牲畜还是物品。老太太呼哧呼哧地走着，突然又停下脚来说："罗锅子，你领我去皇上住的地方看看行不行？"王金堂斩钉截铁地说，"不行！路太远了！"老太太说："皇上那里肯定挂了不少灯。皇上和我是一家人，他肯定会把我让进院子里看灯的！"王金堂鄙夷地说："皇上还得给你端上一杯热茶来孝敬你呢！你个痴婆子！皇上这土鳖没那么傻！"王金堂一说完就后悔了，因为他很眼熟的一个人从眼前经过，他是南市街酱菜园的老板李金全，他没有叫车，孤单单的一个人走，瘦高的影子就像根突兀的竹竿一样。他显然也认识王金堂，他张望了他们一眼，接着走路。王金堂不由心惊肉跳起来，不知李金全是否听到了他的话，听到了会不会报告给协和会？他知道李金全是协和会的人，在他看来去那里的人个个都是日本人的走狗。他来这偏僻的地方做什么？王金堂突然想起了刘秋兰，她在酱菜园看管他的傻儿子，也许李金全去的是刘秋兰家。然而王金堂的心只是一闪念就过去了，到了他这把年纪，恐怖只是薄薄一层窗纸，一戳即破，非常脆弱。因为即使灾难来临，那灾难也不会把人折磨太久，大不了就是个死。不过王金堂还是怕死的，他死了老婆子谁来照顾？女儿没了，讨厌家庭生活的儿子能否把吉来抚养到底都是个疑问。老伴活一天，他就得陪着活一天。他曾想若是有一天自己病入膏肓，不如买点毒药包顿团圆饺子，带着老婆子一同去见阎王爷。他不舍得她一个人孤孤零零地留在人世间受苦，那样他在阴曹地府会把自己蜷缩的角落哭得湿漉漉的。

　　老太太总算跟着回家了。她回到屋后怔了半晌，问王金堂今年是哪一年了？王金堂告诉了她。老太太说："皇上怎么搞的，正月十五也不让城里多点几盏灯，皇上说了不算吗？""皇上坐在金銮殿上，一瞪眼睛下面的人就得吓尿裤子，说了能不算吗！"王金堂答着，准备把一只大土豆挖空心了，坐上一小截蜡，给她做盏小巧别致的土豆灯放在炕头，也不算他失言。老太太嘟嘟囔囔地说："皇上如果说了算数，你怎么还骂他'土鳖'？你骂皇上不怕杀头？还敢在街上，你这个罗锅子真是弹棉花弹得脑袋也塞满了棉花绒子，糊涂得不开窍了！"王金堂并不吱声，他先给她脱衣脱裤脱鞋，让她去热被窝里躺下，然后出去找土豆。待他拿着土豆进屋时，老太太的呼噜声已经响起了。但他还是一心一意地挖空了土豆，把半截红烛坐上去点燃，然后关了电灯，将这盏有股土豆气息的灯摆在老太太的枕畔。他看着烛光摇摇曳曳地散发着枯黄的光焰，听着老伴起起伏伏的呼噜声，有种分外温暖的感觉。

天气很差的时令王金堂一般不上街弹棉花。但他在家里闲不住，有时也出去帮人做些事。正月十九的早晨，才吃过饭，祝兴运就急匆匆地来找他，说求他帮个忙，一起到乡下去拉一车黏豆包回来。祝兴运是修鞋匠祝青山的独子，开着间杂货铺。本来是不卖食品的，但杂货铺生意越来越冷淡，近期新京的黏豆包又奇缺，他就联系了一家饭店，去乡下找一个亲戚给进一批黏豆包，以图手头宽裕些。祝青山生前和王金堂交往甚好，一个在街这面弹棉花，一个则在另一面修鞋。活松的时候，就聚在一起谈天说地，有时也去茶坊嗑一碟瓜子，风雅一番。祝青山死后，祝兴运每年大年初一也会来给王金堂拜个年，磕个头，说几句吉祥话。祝兴运求他帮忙，他自然不会拒绝。王金堂跟老伴说好了，自己只出去一个晚上，第二天晚饭时准回来，让她想着热点饭吃，老太太一撇嘴说："你走你的，我又不是小孩，别以为离了你就扎脖子挨饿！"

王金堂离开家之后，老太太只简单吃了些东西，就倒在炕上睡觉，一直把天色给睡昏暗了。起来后洗了把脸清醒了一刻，就坐在窗前打开灯望着窗户底层的霜花发呆。霜花莹白莹白的，有的像树，有的像一带河水，还有的像磨盘、像蛇、像奔马、像公鸡。像树的霜花也是不一样的，有的萧条，有的茂盛。就在萧条的树旁，她看见一带弯曲的霜花很像王金堂的罗锅，忍不住笑了，点着那地方说：
"好你个罗锅子，说是去运黏豆包了，这不偷懒躲在这儿图清静吗。"
说得她自己都信以为真了，两次去灶房端粥，唤他出来趁热吃一口。

　　然而王金堂却并没有如他所说的按期归来。一天过去了，再一
天也过去了。老太太挨饿受冻几天后，觉得老头子可能出事了，她
就出门去找祝兴运家。没人知道祝兴运，但是一提祝青山，老住户
便指给了她一条路，说是沿着它走到底，会看见一家杂货铺，祝兴
运家就在那里。老太太侧着身子艰难地走着，因为那天风很大，风
带着呼号的声音，把一些住户的铁皮屋顶刮得咣啷咣啷直响。老太
太不知道地狱会是个什么样子，但她觉得地狱的路也不过如此吧。
待她走到杂货铺时，不由头晕眼花，浑身湿透，仿佛气数已尽。她
倾尽全力推开杂货铺的门，望见黯淡的零碎旧物中立着个粗壮的穿
深蓝衣服的女人，她嗓门很粗地吆喝道："把门给我关严了！"

二

　　醉云烟馆的斜对过，是一家新开的妓院。原本那是间布店，后
来因为生意寡淡，老板就改弦更张，做起了人肉生意。醉云烟馆的
一些老主顾常常到那里寻温柔，它的招牌写的是"锦绣阁"。一旦
到了醉云烟馆发工钱的日子，伙计就会逗引王小二："走，到锦绣
阁叫个排座舒服舒服去！"排座是人们对头等妓女的称呼。王小二
晃着脑袋说："哼，你叫的是排座，没准派给你的是个浑水货，不

花那个冤枉钱！"

听伙计们说，锦绣阁的排座名号四喜，身材适中，眉目周正，肤色白里透粉，才二十出头，舌头香得让你一吮便放不下。王小二便打趣说："我看这四喜的舌头未必有猪舌头好，四喜的舌头吃了会耗你的精血，而猪舌头吃了会长你的力气！"伙计们就笑，挖苦王小二长着个猪脑袋。

出了正月之后天气日渐转暖。虽然早晚时冷风还砭人肌肤，但是正午的阳光却分明有点像要改嫁的寡妇，洋溢着明丽的色调了，王小二也就喜欢到街上逛一逛。一旦到了服装店的橱窗前，他看着每一样衣服都要设想一番苍泉女主人穿上会是什么样子，结果总是锦上添花的效果，那女人在他心中越发娴雅迷人了。他知道她的名字，可他不喜欢叫她的名字，觉得餐馆的名字应该与她相一致，所以心底就唤她苍泉。他对这女人有一种说不出的崇敬与喜爱，总有要把头埋在她丰满的胸前美美睡上一觉的欲望。晚上睡不着的时候，他就想象她的嘴唇、耳朵、脸颊、鼻子，觉得每一处都是可爱的。王小二几乎每个周末都要去苍泉，他挣的那点钱没使在锦绣阁里，绝大部分都用在苍泉了，以致他一闻到红烧猪耳的味道就反胃。可他又必须做出很想吃的样子。女主人总是坐在靠窗的椅子前，无所事事地边修指甲边望窗外。虽然她五十多岁了，但因为身上洋溢着一种懒洋洋的气韵，而有了种超然物外的没有年龄界限的悠闲之美。王小二觉得这种美很亲切，很撩人，又很令人苦恼。以往贪口腹之欲的谢子兰还跟着他来，后来谢子兰讨厌舅舅很没出息地泡在苍泉，老是冲着女主人傻呆呆地望，也不再跟他来。谢子兰说舅舅太掉价，虽然残了右手，好歹还年轻，何苦把热情耗费在一个徐娘半老的人身上，说得王小二简直有些仇恨谢子兰了，尤其听人说这一年来与她常往来的羽田原来是个日本军人，他就更加怒不可遏，声言若要是撞见他们出双入对地出现在他面前，一定把那男人的门牙全部打碎。谢子兰也不客气，分外有力地回敬道："那就让他再镶个满口新牙，牙医还能赚一笔！"

王小二只能把气往肚子里咽。他觉得谢子兰这样下去很危险，虽然他不愿意回姐姐家，还是忍耐着去找姐姐，跟她谈谢子兰的问题，听得姐姐泪眼婆娑地连连叫"主"，说以后要去学校门口接女儿回来，不让她再到处乱跑。然而谢子兰是看管不住的，她就仿佛一只夜莺，只要想歌唱，任风雨雷电都阻挡不住。王小二便想谢子兰若是真的要矢志不渝地跟羽田恋爱，他就使个计策离间他们，谢子兰痛恨他不忠之后，定会离他而去。然而他煞费苦心也找不到一个可实施的完美方案。好在谢子兰毕业在即，该忙的事情多了，见羽田的次数有所减少了。偶尔王小二到学校门口去接谢子兰，她会挑着眉毛挖苦他："我的好舅舅啊，你怎么舍得抽出时间看我，别误了做工挣钱呀，不然你怎么坐苍泉？"说得王小二直恨自己的两条好腿太贱，恨不能立刻把它们给折断了当柴火烧了。

本来王小二是不可能去锦绣阁的，然而那天醉云烟馆让人砸得稀里哗啦，两伙人打得不可开交，顾客们纷纷抱头鼠窜，王小二作为烟馆成员本应守卫着，可他觉得自己又不是老板，砸得灰飞烟灭了也不是自己受损，于是趁乱跑了。出了醉云烟馆的人往哪里溜的都有，去赌场碰运气的，去馆子打发肚子的，去理发店剃头发的，当然也有去锦绣阁的。王小二之所以去那里，一则因为天黑没人看真切他，二则因为这附近的地方除了锦绣阁，他没有没去过的地方，甚至于不足八平米的专制狗皮膏药的铺子他都光顾过。

锦绣阁门前吊着盏扁圆形的粉灯笼。灯罩用的是皱纹纸，因而泛出的光很朦胧。王小二钻进去后立刻便被一股香气给蒙蔽了，那香气一点也不柔和，倒强烈得像狂风中飞舞的沙粒，把他打得头晕目眩。王小二不由在昏昧的光线中发起牢骚："你们还做生意呀，是不是要先熏死两个？"王小二话音才落，便有一只凉而肥腻的手抓住了他的左手，定睛一看，原来是个面带娇嗔的胖女人，五十上下，吊一副环形金耳环，以往王小二在街面上遇见过她，是锦绣阁的老鸨。老鸨拿腔捏调地说："这不是醉云烟馆的伙计吗，今儿怎么舍得出来了？"王小二道："我们烟馆正打着呢，桌子不是桌子，椅子不是椅子了，乱得没处躲，我怕谁身上的血溅到我身上，惹一身的秽气。"老鸨眉飞色舞地问："为了什么打起来了？谁跟谁？"王小二本不想回答她，觉得老鸨是看人的笑话，幸灾乐祸，心术不正。但若是驳了她的面子，自己在这里也不会受到好招待，于是就长话短说："汽车修配行的万担米，不是常去我们烟馆吗？有一天他落下了一个皮兜，兜里塞满了钱。回来找时，老板说他胡搅蛮缠，万担米就带着一帮弟兄来砸烟馆。"老鸨分明已经兴奋起来了，她脸颊潮红，双肩抖着，说："万担米那是个好惹的主吗？就是我们四喜都得好好伺候他，他的势力谁能比得上呢。别说你们一个烟馆，就是十个也敢砸了！"王小二这才想起伙计们曾对他说过，给四喜破瓜的，就是万担米的父亲万青垂。万青垂是赫赫有名的黑社会头目，他的帮会名为"铁斧"，聚在他麾下的多是社会残渣、流氓土匪，他们贩卖粮食、布匹、烟土，备有精良武器，垄断许多店铺和烟馆的生意。万青垂跟隋炀帝一样嗜好处女，虽然六十多岁了，仍然不遗余力地奔走在各色妓院中，花重金为那些童身的少女开苞。某一时期他若是喜欢上了一个妓女，就会花钱捧红她。然而要不了多久，他就会转移视线，把精力耗费在另一个更年轻的雏妓身上。通常，万青垂给妓女破瓜之后，第二天接踵而来与妓女寻欢的，就是他的儿子万担米。人们管这行为叫"覆帐"，妓女跟万担米覆帐的时候，喜欢向他要一块刻有观世音的玉佩，乞求自己今后生意红火，隔绝灾祸。万担米紧随其父，不知奉献了多少这样的玉佩。人们都说，万青垂如果是只虎的话，万担米就是只更加凶狠的豹子，没人敢拦他的路。他们父子关系并不很融洽，万青垂嫌儿子太贪图享乐，只是不明白他这条根就不正。惟一令人费解和可笑的是，万担米竟然喜欢同刚与他父亲交过欢的妓女戏狎，乐此不疲。仿佛他想猎取点父亲身上的智谋，没有面授的机会，只能寄希望于妓女体内残存着的点滴父亲的精髓的滋养了。

　　既然提起了四喜，王小二就对老鸨说："把四喜给我叫上，我要见识见识她！"老鸨像猫那样"哟——"地叫了一声，"叫我们四喜，可要提前来择定日子，今儿她有主了！"王小二一龇牙说："弄那么玄乎给谁看？你们这里的女人，用了钱谁不一样使？"老鸨一挑眉毛说："我倒要看看，这位少爷带了几两银子！"王小二也不客气，倾其囊中所有，一副财大气粗的豪迈气派。老鸨用一根手指头戳着那些钱说："就你这些钱，别说叫我们四喜了，就是叫个老妈堂都不够！"王小二急了："说说吧，你们四喜要多少价？"老鸨说："你做仨月的工钱吧。"王小二一扭头说："有那仨月的工钱，我叫暖云阁的排座都够了！"暖云阁是家有名的妓院，去的嫖客多为达官显贵，社会名流。老鸨一扭屁股说："那你就去暖云阁，那里可没有四喜哟！""没有四喜我就叫五喜、六喜呗！"王小二打了声口哨，把那些已掏出的钱再依次打点回来。老鸨上前抓住王小二的胳膊说："别走哇，到房里喝杯茶、歇歇脚，你们烟馆反正也乱着。四喜陪不了你，还有银花呢，银花也不错。""我要四喜，不要银花！"王小二说，"早晚有一天我会骑在四喜身上，看她究竟是个什么货色！你等着瞧吧。"老鸨知道碰到王小二这样的主儿，你再纠缠也没用，他要的不是快活，而是无聊，他要找的是不痛快，莫不如让他早点滚蛋。王小二一出锦绣阁的门，一不小心脚下一滑，从台阶跌了下去，"唉哟唉哟"暴叫了一通，老鸨不由啐着唾沫解气地骂："摔死你，把你的屁股摔八瓣得了！"

然而王小二并没有摔那么重，他依然是晃着两瓣屁股在巷子里晃。醉云烟馆确实还乱着，门外已聚了一些看热闹的人，里面传来噼噼啪啪的声音。围观者不时惊呼："那人出血了！""唉哟，有人掉耳朵了！""那么好的衣服全撕破了，啧啧！"他们那姿态就仿佛是在看戏，有人嘴里嚼着什么东西，有人一把接一把地擤鼻涕，还有人轻轻哼着小曲。王小二兀自叹息一声："看热闹没有嫌大的，杂种操的！"骂过，他也旁若无人大摇大摆地经过醉云烟馆，无所事事地朝前走。去哪里他是不知道的，只知道走，而且得是向前走。没有人注意他，也没有人认识他，那一瞬间王小二觉得自己是孤独的。心想这混账世界跟自己究竟有什么关系呢？除了谢子兰常常和自己联系外，其他的人就像暴雨前天空的浮云一样在他眼前只是匆匆掠过。他爱慕的女人，没有一个钟情于他，吉来的姑姑死了，李秀娟有自己的男朋友，苍泉的女主人，对他更是置若罔闻，熟视无睹。就连刚才锦绣阁的四喜，也不肯出来见他一面。他丑，他瘦，他矮小，他贫穷，他牙齿发黄，他穿着寒酸，他残疾，总之，他一无是处。一个一无是处的人在华丽的大街上走过，是不是就会让人觉得多余？王小二越想越泄气，因为眼下的日子过得实在糟糕。这样下去他在这座城市不会有一寸真正属于自己的空间，不会有老婆，更妄谈后代了。他突然觉得自己来到哈尔滨后厄运不断，也许当初不该贸然离开新京。都说树挪死，人挪活，可有些树一挪就死，而有些人一挪就倒霉。他想，与其这样下去，倒不如回新京的好，于是就往火车站方向慢慢地走。走到福贵家常菜馆的时候，恰恰碰到这馆子的伙计尤来顺，他也常常去醉云烟馆，很喜欢吹嘘自己的那点陋巷风流史。他拉住王小二，说："来来来，进来吃碗杀猪菜，再来碗烧酒！"王小二甩着他那只好胳膊说："吃什么吃，我要赶路呢。""让你白吃，又不让你掏钱，不吃不是傻瓜吗？"尤来顺说。

王小二便问："那杀猪菜炖的时间长不长？""这是我们家的头牌菜，它要是拿不出手，老板就会把我们这些人的卵子球都捏碎，你放心吃去吧！"王小二一想到血肠炖酸菜的气味，胃就水性杨花起来，虽然腿还想往前走，但是胃却牵制着他，连连拖他的后腿。王小二拍了一下自己的肚子说："我可都是为了你啊，我可是想长志气回长春的。"他随着尤来顺进了餐馆，拣了个昏暗的角落坐下。尤来顺果然给他捧上一大碗热气腾腾的杀猪菜，还烫了一壶香喷喷的酒给他。王小二吃得很卖力，把鼻涕都吃下来了，边吃边叹息着说："舒服呀舒服，享受呀享受。"餐馆里嘈嘈杂杂的，有人大声说话，有人吆五喝六地猜拳行令，还有人自得其乐地哼着乡野俚曲，没人听见他的叹息。王小二便憋足劲放了个屁，然后大叫一声"痛快！"还是没有人注意他。王小二便更加放肆了，他索性用筷子敲着碗唱："三更天，星儿稀，我翻墙头搂阿妹。阿妹不在家，远走寻阿哥。阿哥不是我，泪往心里流。四更天，蒙蒙亮，我翻墙头回老家，阿妹不在家，狗儿欺生叫。我对狗儿说，没搂你阿妹，你叫甚个屁！五更天，大路明，我磨快刀寻阿妹。见着她阿哥，一刀结性命！我抱阿妹回老家，炕上点蜡烛，地里养鸡鸭，和和美美过日子！"没人给王小二喝彩，他就自个儿给自个儿鼓掌，并且大声夸赞："唱得好，唱得好哇！"说着，举起酒盅，端出一副老爷派头，像模像样地摆着谱儿慢慢地喝。尤来顺油红着脸从灶房出来给客人端菜，见王小二那做派，不由拍着他的肩膀骂道："你装个屌！"王小二嘻嘻一笑："我就装个屌，你管得着吗！"

　　那夜王小二醉倒在餐馆，尤来顺便把他扶到自己房里去睡。次日在微明的天色中醒来，王小二早已把回新京的事抛到九霄云外了。他翻身起床，看着呼呼大睡的尤来顺，想起了昨晚的经历，不免在心里对自己说："又混了一夜。"然后穿衣出门。他将带上门的那一刻，尤来顺含糊不清地对王小二说："你兜里的钱我拿了一些，付了昨晚的酒钱。我想让你白吃白喝，可主人不干。"王小二从牙缝里骂了声："你这个小妈养的！"尤来顺下意识地把枕头循声抛来，说："你才是小妈养的！"枕头落在了洗脚盆里，顷刻就湿了。王小二想里面的稻壳会被泡得越来越大，枕头会涨得像八个月的孕妇的大肚子，也就很解气地笑着走了。

　　醉云烟馆停业一周后又开张了。破损的东西重新修补好，烟馆也就跟过去没有太大的分别了。不同的是烟馆外面多了一副大红的对联："吞云吐雾三千里，烦恼忧愁万丈抛"，横额是："飘飘欲仙"。王小二觉得这对联写得有意思，每逢闲暇就站在门口念上一遍，念得多了，就顺口背了下来。客人一进屋，他在接过衣帽手杖的同时，即刻就会说上一句："吞云吐雾三千里，烦恼忧愁万丈抛。"来人冲他笑笑，并不说什么，王小二也不觉得有什么不妥，接着道："飘飘欲仙。"

　　日子在无聊中就忽然显慢了，好像太阳和月亮都懒洋洋的，不爱向前走了。王小二常常觉得心慌气短，着急这日子怎么不快些走。他不知道日子在什么地方蹲着，否则一定狠狠地在它的屁股上踹一脚。不肯向前去的日子灰白惨淡，被它映衬的人也都无精打采的样子，很令王小二泄气。他在这些日子中常常梦见自己已被锯掉的那只手，它忽而变成了一只生锈的铁锚，拖着艘沉重的驳船向前走；忽而又幻化成张牙舞爪的树枝，仿佛正经受雷电的袭击。醒来后王小二便想手也是有魂儿的，它去得冤，当然就回来找它的主人诉苦了。

忽然有一日天清气朗，阳光带着些微暖意白白地映照着大地，一些爱美的妇女穿上了色彩鲜艳的薄缎子棉袄。王小二正想中午时趁着这大好光景上街逛逛，醉云烟馆的一个伙计突然进门，挺神秘地对他耳语道："你不是没见过四喜吗？快出去见吧，她今儿出门了！我见她打扮得跟天仙似的！"王小二说："我干吗要追着她看？我用上钱使唤她算了！"伙计一撇嘴说："那敢情，你使上大钱吧！"说归说，王小二还是找了个借口上街了。顺着醉云烟馆前面的巷子往尽头一望，只觉满巷子的乌青中有一点桃红很妖娆地闪烁着，就像沉沉暗夜中的火光一般动人。王小二想，这桃红肯定就是四喜了。他加快步伐，紧赶慢赶地向前走。碰到熟悉他的人上来打招呼，他也只是简单答应一声，并不寒暄。心想一定要看看四喜的媚气有多浓，也许她并不如传言的那般美丽。倘真如此，他也不惦着去锦绣阁花那份冤枉钱了。

桃红色离王小二越来越近了。王小二不知怎的竟有些紧张起来，生怕四喜突然回头看见他。他觉得自己实在不成器，暗暗骂了声："我这个没出息的东西！"巷子里有人在摆货摊儿，卖些纽扣、袜子、布头之类的东西，因而女人的声音也就明显起来，她们喊喊喳喳评头品足着，寸步不让地与货主杀价。王小二隐隐闻到一股胭粉的气息，他下意识地咳嗽了几声。这一咳嗽不要紧，有个穿紫袄的女人揪住王小二的衣领便骂："你个小王八犊子，你把唾沫溅到老娘脸上了！"王小二慌慌张张地躲闪着，争辩道："我只是咳嗽，又没有吐唾沫！"紫袄女人涂了很厚的胭脂，弄得两腮红得发紫，加上这一气，更显脸紫了，她大张着嘴叫道："你让别人看看，我脸上有没有唾沫！你觉得没喷唾沫，只是咳嗽了，可你把好几星唾沫弄到我脸上了！你赔你赔！"王小二哭笑不得地说："我怎么赔你的脸，我的脸还没有你的脸好看，要是赶得上你，把脸皮撕给你倒也算了！"紫袄女人这才有些沾沾自喜地落下手，不过她马上指着布摊上一块绿底红花的棉布说："我不要你赔脸皮，你赔我一块花布吧。"这时周围便响起一阵起哄声，哄的不是王小二，是那个穿紫袄的女人了。有位老妇人不平地说："怎么讹人家？这还像话吗？"紫袄女人就顾不上与王小二理论了，她像只被挑逗起来的公牛一样亢奋地一头朝老女人撞去，骂："你个老妖婆，哪里轮得到你说话？我就讹他了，怎么了？你管得着吗？有那工夫你好好歇着吧，小心把你的心给操碎了，又没人为你补！"王小二便趁机溜掉了，也顾不得再看四喜，生怕紫袄女人回过身来缠住他不放，让满巷子的人都看笑话。王小二离开那儿的时候，望见的仍是四喜的背影，那团红色鲜润得像雨后的彩虹。

转眼是四月了。王小二已经有几个周末没有去苍泉了。不是不想见那儿的女主人，实在是因为太想把钱攒到一起去锦绣阁找四喜。

王小二觉得自己是个卑鄙的男人，他用情不专一，可一想对谁专一了也不会有人投桃报李地嫁与他，也就心安理得了。街上的积雪渐渐融化，街也就肮脏起来，醉云烟馆的门厅的垫子一天得换三块，不然那上面就会积满泥巴。淘气的小孩子若是起了个大早，最喜欢做的事情就是去巷子里踩水洼上的薄冰。虽然那雪化成了水，而夜里气温仍然较低，结冰是必然的了。那冰只是晶亮晶亮的一层，一踩即破，跟着薄冰下的污水便冒了出来，溅在小孩子的鞋上。大人们若是远远觑见了自家孩子在踩冰玩，便会扯着大嗓门喊："小活祖宗，看看你的鞋还要得不，你个败家子儿！"孩子挨了骂不还嘴，也不恼，依然饶有兴致地去踩下一块薄冰，随着"咔嚓咔嚓"的薄冰碎裂声，小孩子的鞋被污水溅得越发面目糊涂了。大人们只有远远站着叹息的份儿。王小二在一个起着微风的夜晚第二次走进了锦绣阁。他兜里揣着这三个月攒下的工钱。老鸨正在昏暗的灯影下与个老妓女耳语什么，见到王小二推门进来，连忙摇着身子上前迎接。王小二也不客气，拍拍兜说："四喜该见我了吧？"老鸨说："急什么，先喝壶茶。"说着，老妓女提着个铁皮的大茶壶上来，壶嘴长得像仙鹤的脖子，因而她隔你一丈远便能把茶水准确无误地倒入你面前的茶碗，令王小二有些心惊肉跳。老鸨待王小二喝过了茶，仔细把他带来的那堆钱点了一遍，用吃了大亏的口气说："唉哟哟，这些钱跟我们四喜真是便宜了你。看在咱们是邻居的分上，我成全了你吧。"王小二知道这些老鸨嘴上的功夫，她们会说得能让死人喘气，能让石头生出鸡蛋来，王小二心里骂："老不死的狗东西！"嘴上却只能讲感激的话。这样，王小二才被老鸨领到楼上。老鸨指着挂有粉红色帐幔的房间说："四喜在里面呢，我保你吃了这回想下回。"她这么一说，王小二倒有些害臊起来，因而迈进那房间时有些忐忑不安。那房间到处都洋溢着粉红色，窗幔、床、桌椅，甚至桌子上的茶碗都是粉红色的，王小二抬头看了一眼灯，发现它套着个粉红色的灯罩，难怪屋子里粉得让人眼晕呢。四喜正背对着王小二拍打被褥，口中念念有词。王小二不知她在做什么，这时四喜说："这位哥哥稍等，我熏熏房间就得。"王小二觉得那声音很温柔，很亲切，就像鱼儿撩水的声音一样动人。他想四喜果然不同凡响，她竟敢当着客人的面熏房间。熏房间是因为她刚才碰到了不如意的客人，不是暴戾之徒便是小气鬼。熏房间就是把一张纸钱点燃了熏烤门户，祈求邪气就此驱除。王小二垂立着，看着粉色光影中的四喜姣好的背影。他觉得她的发髻梳得恰到好处，既不高高在上，也不松垮低垂，是绾得最丰盈的那种。王小二心想花了钱，不应该这么跟臣仆似的垂立着，应该坐在椅子上。于是理直气壮地拉过椅子，一屁股坐下去，故意把椅子扭得吱吱响。四喜问："你老家在哪里？"王小二心想你管我老家哪里干吗，于是没有好气地说："老家在阎王殿里，任你是谁将来都得回那去。"四喜便惊异地转过身来，目光直直地看着王小二。王小二只觉这女人眼熟得厉害，像是在哪里见过，他不由冲口而出："我好像认得你，在哪里——"王小二想了片刻，终于一跺脚叫道："是秀娟啊！你还记得那年有个拉粮食的人住在你家里吗？你什么时候来哈尔滨的？你怎么叫四喜了？"王小二有一连串的问题要问。四喜仿佛僵了一般，许久许久没有一句话。她嚅动着嘴唇，最后瘫软在一堆粉色的被褥上低低饮泣。王小二手足无措地跟过去，用手抚着她柔软的肩头说："秀娟，家里出了什么事，你爸你妈呢？你那个要娶你的人呢？"四喜也不回答，她只是哭，一直哭得气噎了，这才捶胸顿足地指着王小二骂："你这个丧气鬼，要不是你住在我家里，我爸我妈哪里会死呢！我要你的脑袋给他们偿命！"说着，一头撞到王小二的胸前。王小二本来不堪一击，经这重重一撞，一屁股便跌坐在地上了。他分外委屈地说："秀娟，你怎么能对叔这样？叔那次从乡下回来，路上丢了一只手！我哪里对不起你家了？"四喜并不回答，她咬着牙上前狠狠地踩着王小二的腿，说："我让你再丢两条腿，让你活得像条狗！"王小二觉得莫大的冤枉，他不由凄凉地叫道："你别糟践我了行不行？我已经活得像条狗了！"四喜仍不罢休地踩。王小二觉得双腿针刺般的疼痛，这时的四喜在他眼里跟魔鬼一样可怕。若不是循声而至的老鸹及时赶来，王小二怕是真要残了双腿呢。

三

　　杨路在露营小解时最喜欢找一棵苗壮的小树。他认为这样的树有发展，经他尿水的滋润后定会长成参天大树。每每浇完了这棵小树，杨路都要抚一下它，说："好好长吧，长高点，长到云彩里去！"豪迈的小树有时趁微风摇晃几下，仿佛答应似的，令杨路开怀不已。

他往往在离开时还要跟小树来个自我介绍："我叫杨路，现在是东北人民革命军第一军独立师的连长，我打死过七个鬼子兵！"

冬季时落下的冻疮一到春天就隐隐复发。开始很轻微，只是痒，像蜻蜓在用翅膀扇着你。后来可就痒得伴之以疼了，仿佛有只凶恶的猫用爪子拼命抓挠着。杨路痒得难受时就喜欢说顺口溜，一遍一遍地说下去，直说得嘴皮发麻，身上的痒也就缓解了，队伍里的人管他的这种行为叫"念歌"。因为他说时微闭着眼，摇晃着脑袋，拖着长腔，十分自得的样子。这回他说的是有关上任不到一年的"满洲国务院总理大臣"张景惠："满洲国，无人才。豆腐匠，上了台。浑浑噩噩一锅糟豆腐，有谁还能吃得来。"队伍里的人听了都哈哈大笑。闲时最喜欢把枪擦得锃亮锃亮的李文说："张景惠点豆腐不用卤水，用唾沫，鬼子最爱吃这样的烂豆腐！"于是就有更强烈的笑声掀起来。并且有人起哄地大声叫："张景惠点豆腐不用卤水，用他的尿水！这个老花货，三天就换一个老婆！"杨路见大家闹得欢了，就严肃地说："好了好了，有那工夫都养养神吧。"战士们便不言语了，他们低下头来清点战利品。他们刚打完一个小战役，缴获了鬼子不少枪支弹药和御寒物品。有个战士从一件土黄色的棉大衣里清理出了一支箫，于是气氛又热闹起来，大家先是围着它看来看去，最后就抢着来吹。无论谁来吹，箫只是短促地"呜——"一声，声音十分嘶哑。他们便说这箫是乌鸦变的。杨路将那箫当做烟袋用嘴吮了一下，说："小鬼子倒有心情，还吹箫呢。要是我弟弟杨昭在就好了，他会鼓捣这玩意儿，能吹个曲儿给咱乐和乐和。"杨路说着放下那支箫，喝了一茶缸凉水后带着通信员去营部开会。

　　杨路当年离开家乡，便投奔了南满抗日游击队。他第二年加入了中国共产党。他在介绍别人入党时惯说的一句话是："入共产党吧，这个党打鬼子不打锛儿，好！"说着，还要竖起大拇指。杨路在游击队里作战甚为骁勇，他参加过三源铺、凉水河子的战斗。将汉奸邵本良打得连连败退，闻风丧胆。他最敬佩师长杨靖宇，喜欢他浓厚如墨剑似的长眉，喜欢他讲话时的气势。他在指挥作战上很有一套，常常是声东击西地牵制敌人，以微弱的兵力与强大的敌军相抗衡，所以每一次胜利都因为来之不易而弥足珍贵。杨路觉得跟着这样的人去战斗，就是死了也值得。杨靖宇还是个秀才，他亲自填写了《抗日联军一路军军歌》，杨路最喜欢唱最后那一段："高悬在我们的天空中，普照着胜利军旗的红光，冲锋呀我们的第一路军，冲锋呀我们的第一路军！"这时候他周身热血沸腾，恨不能眼前突然出现一群鬼子兵以拼个你死我活。杨靖宇有一次到宿营地看望战士，见杨路正用一根木棍在湿土上写字，他认真看了一番那些歪歪扭扭缺胳膊少腿的字，幽默地说："字本来是漂亮的，让你给打扮丑了，它们夜里可要找你来算账了！"说得杨路红了脸，用手飞快地抚平了那些字，不无尴尬地说："我打小不爱上学，就是上学了也不爱听讲，老先生教我两筐字，我能留下半筐就不错了。"围观者无不发出善意的笑声。杨靖宇说："那你得把丢下的另外一筐半字捡回来，不然将来打跑了鬼子，怎么有脸回去见老先生？"从此后，杨路有了空闲就喜欢练字。他把字用炭灰写在手心上，相媳妇般一天看上好几十回，终于默认了不少字。战斗间隙、晚睡前和饭后的休息时刻，都是杨路学字的时候。因而他的手心总是黑乎乎的。逢到夏季天热，手心不停地出汗，那字的命运不用说是悲惨的了，面目糊涂着，一副惨遭凌辱的样子。这还算是好的呢，不管怎么说，那字还有些模样，而逢了雨天，这些字就完全成了凋零的花朵，一个笔画也看不出来了。杨路不由骂洋洋洒洒的雨："长没长眼睛，把我掌心的字给刷了，我还没记住呢！"那滋味就跟心爱的姑娘被人家娶走一样难受。战士们见他如此爱字，就背地叫他"杨字痴"。杨路听后也不恼，说："往回捡字那么容易吗！"尽管夏季手上的字命运不济，杨路还是喜欢夏天。夏天宿营时不那么辛苦，月白风清的夜晚还可以躺在地上数星星。而冬季由于天寒地冻，帐篷里生的火在后半夜基本熄灭了，几乎人人都得了冻疮。有的在手脚上，有的则在屁股和耳朵上。冻疮生在屁股上的基本是由于在户外解大手冻的。屎是畅快地出来了，而病也轻松地做下了。每当春季冻疮发作、奇痒难耐的时候，大家就用冬青枝熬水来擦拭，或者涂一些獾油。獾油其实对烫伤才有效，但他们觉得冻疮和烫伤虽然一个因为极寒、一个因为极热而致病，但病的结果却没有太大分别，所以照涂不误。

营部是一座又长又斜的马架子房，房外的空场上游荡着几匹马，它们在吃初春的嫩草。有匹黑马很引人瞩目，它并不高大，甚至还有些瘦，可奔腾起来却如闪电一般快。这匹马有个动听的名字：百合。说是营长与女军医夏季时结婚，仪式非常简单，没有鞭炮没有喇叭没有喜糖没有宴会，营长只给军医预备了一根红头绳。正待婚礼结束之际，这匹黑马突然纵身越过人群跑来，嘴里衔着棵红色的百合花，把它送到军医手中，令在场所有的人热烈地经久不息地鼓掌。从此后人们就称它为百合。百合的同伴在枪林弹雨中已有大部分死亡，它却独一无二地傲立着，甚至连皮伤都少见。人们都说这是匹神马。杨路每每看见这匹马都有想做它的主人的欲望。纵是当不上主人，能骑上它在广阔的草滩上风光一下也好啊。然而百合很难接近，它不似别的马任什么人都可以骑，它只认得营长。杨路曾经很卑鄙地想，要是有一天营长遇难了，他一定想方设法把这匹马弄到手。杨路在走进营部时，便不由自主地回头望着大好春光下更显得矫健的百合，露出无限觊觎的眼神。

杨路的新任务是带领全连偷袭驻守在下石碴子的一个日军守备连。下石碴子原本荒无人烟，只是平原处的几座相挨的土山，在地图上根本找不到它的位置。日本人看上了这一特殊的地理位置，它位于南满和北满的中间地带，离铁路很近，交通很便利却不引人注意。这几座土山被掏空了，成了日军储备武器和粮草的一个秘密基地。驻扎在这里的日军养了几条凶恶的狼狗，平素他们还埋伏在路旁出其不意地抓良家妇女来淫乐，由于这里属于重要的军事基地，被蹂躏后的妇女连性命都保不住，一律被杀掉，扔在旷野上任乌鸦来分享。因而无论是经商的马队还是外出的农民都不敢走下石碴子走。人们给这里编了一套顺口溜："下石碴子多坏蛋，孵不出喜鹊孵乌鸦。大黑嘴一张呱呱叫，准有坏事要来到。"据营部掌握的可靠情报，五月六日有六架运载粮食的马车去下石碴子，这些粮食都是从附近的村屯搜刮来的，主要是黄豆和玉米。押送粮食的有两名日军，其余的则是附近的车夫。杨路要在五月六日他们上路前赶到乌塘洼，乌塘洼是他们去下石砬子的必经之路，虽然没有高山和树林的掩蔽，但乌塘洼两侧是茂盛的柳树丛，连队很容易埋伏在此。他们的计划是把马车截获，打死两名日军，然后由队伍里懂日语的人化装成日军，其余扮成车夫，大摇大摆地去捣他们的老窝。

　　杨路回到连部时天已过午。他传达了营部的指示，然后做战略部署。懂日语的只有李文和姚中才。两个人中李文的日语更好一些，姚中才只会说些你好、天气不错、再见、你吃饭了吗之类的简单生活用语，而李文却是跟舅舅学出来的。李文的舅舅精通英语、法语、俄语和日语，李文自幼跟着他生活，耳濡目染地学会了一些外语。李文是连里文化最高的人，杨路有了不认识的字就去问他。大家都说这回要把李文打扮成个不折不扣的鬼子兵，让他过足当演员的瘾。让他把鼻毛往出揪一揪，再粘上一撇八字胡子。李文开玩笑地说："到时你们可别把我当成真的鬼子兵给结果了！"杨路说："你也太小瞧大家的眼力了！"李文笑着起身走了几个正步，然后一挥手对大家说："幺细幺细，你们收获大大的有！"

　　战前的准备工作要细致、周全。考虑到可能发生的种种变故，还要为突发的不测做善后措施。乌塘洼离下石砬子只有五里的路了，他们不能对那两名日军开枪，一则怕枪声引起注意，二则中枪后的日军的衣服就会沾满血迹，没法再穿，而那军衣上有着进入下石砬子的部队的特殊番号。最好的办法是在他们出发时就有士兵扮作车夫混入运粮的队伍中，然而时间已经来不及使他们这么做了。

连队当夜就出发了。春天的夜晚格外温馨，大自然并不知晓这山河变故，依然把它的鸟语花香送入每个人的心底。他们抄着近路行进，因而时时能与树枝和野花遭逢。杨路喜欢将一把树叶放到鼻子下闻，那清香气实在沁人心脾得很。月亮半残着，但它倾泻而下的光却不无温柔，莹白闪亮，如淙淙而下的泉水。杨路想起了已故的奶奶，她最喜欢唠叨天庭的故事。她把听来的民间故事大肆篡改，因而月宫中的嫦娥已不是偷吃长生不老药的人，而是个寻前世丈夫幽魂的良家妇女了。月宫中的玉兔则被她说成是胖娃娃。她还说月亮在春季时装满了风，夏季时蓄满了雨，秋季时填满了霜花，而冬季时则灌满了雪。一年四季的气候变化就与这月亮有着休戚相关的联系了。杨路当时对奶奶这些半人半鬼的话嗤之以鼻，现在他却格外想听到这些话。他也想念弟弟杨昭，不知他现在是否顺利当上了教士，如果当上了的话，又是在哪一处教堂？弟弟生性温良，不苟言笑，但心志高远，他特别怕他受到打击而灰心丧气。杨路盼望着日本人被打得落花流水、滚回老窝的那一天，届时他将拿着那半面铜镜去找杨昭。他已经打听到爷爷在他离家的当年就去世了，那个小可怜杨浩如今在杨三爷的棺材铺子做工。他知道杨三爷不是个好货色，想着有一天经过那村子时把杨浩解救出来。可又能把他送到哪里去呢？他来当兵还显得身单力薄。杨路还特别想能坐到父亲的坟头跟他说会儿话，他在世时，杨路一说话就爱顶撞他，也不知是为什么，也许只是由于他是父亲的缘故吧。父亲之于儿子，就像门前的一座大山，总给人一种压抑感。而一旦这山在一夜之间突然消失，又会使人怅然若失。

战士们都打着绑腿，避免蚊虫叮咬和树枝划伤。因为沿途经过两条河，因而除了干粮袋是沉甸甸的之外，水壶却是空的。他们要就近取水，以免增加负重。待第二天拂晓前见到了第二条河流，他们畅快地洗了个脸并且喝了个痛快之后，这才把水壶灌满。拂晓时分的平原是一种隐含着动荡的静寂，水面上微波轻摇，朝霞把它最初的嫣红投入水中，使它湿润、活泼、鲜艳而生动。杨路很吃惊地发现从水中的石块下游出几条青色的小鱼，它们像柳叶一样柔曼，像女人用的发卡一样细小，杨路不由伸手去捉。岂料鱼没捉着，却弄得袖子都湿了。通信员见状不由嘻嘻地笑，说："连长，小鱼难抓，它们精着呢。除非你用筛子去兜，它们就没处逃了。"杨路说："等我再打上几个胜仗，过上一两年，它们也长大了，我就回来抓大鱼烧了给你们吃！庆贺庆贺！"说完，转身寻找李文，问："'贺'字怎么写呢？下面是不是有个宝贝的'贝'？"

那天非常晴朗，他们在日出后吃了些干粮，继续赶路。计划当夜到达李家碾盘，在那儿宿一夜，第二天清晨再到乌塘洼。从李家碾盘到乌塘洼，只有不足四十里的路了。

杨路曾经去过李家碾盘，它只有五十多户人家，以种植棉花和烟叶为生。这里有一个共产党的地下组织，负责人是李家碾盘的李育德。李育德是村里的教书匠，没有后代。他老婆精神不好，常常走丢自己，害得李育德十天半个月就得找她一回。有关下石碴子的情报就是李育德提供的。杨路记忆当中的李育德十分清瘦，脸色黑，细眯眼，不爱说话，会拉二胡。他老婆一旦疯病发作，李育德就会用二胡声使她平静下来。琴声对她有一种出奇的魔力。李育德在村中发展了几名党员，他们都是抗日积极分子。他们把积蓄的粮食悄悄运往山中的抗日队伍。他们活动隐秘，常常是昼伏夜出，因而李家碾盘并未引起敌伪的注意。

傍晚时队伍顺利到达了李家碾盘。李家有个磨房，大部分士兵都宿在了那里，其余的则分散在几户党员家中。李育德早已准备了热粥和咸菜，并且烧好了热气腾腾的洗脚水。能洗个热水脚，对战士们来讲是难得的好享受。饭后大家洗过脚休息了，杨路与李育德在灯下说话。李育德看上去有些惆怅，他说日军控制粮食的种植，农民没的吃，有亲戚在关内的，就往那里逃了。留在李家碾盘的，一些人懒洋洋地一天只喝两顿稀的，吃了睡，睡了又吃，一副亡国奴的样子，他很痛心，可又无能为力。杨路说："要给他们讲道理，他们不是不恨日本人，就是没人指点他们该怎么做，给他们引个路。"李育德愁眉苦脸地说："我不怕给他们讲道理，怕的是他们听不明白道理，倒坏了事！日本人到处张贴布告，说是抓到抗联队伍里的人，就有重赏！日本人这边把炮架在他的屁股眼儿上了，他可能还想着领赏的事呢。"杨路觉得李育德太悲观，就说："你要有信心，人都是有骨气的，这骨气就跟埋在地下的黄金一样，要一点一点地挖。"李育德笑了，说："有你这样的人在队伍里，打不赢小日本算咱熊蛋了！"

　　杨路计划要在凌晨三点动身。这时辰人们都在熟睡，他们可以悄没声地出村。到了两点左右，杨路便被二胡声扰醒了。原来李育德的老婆起夜时发现院子里有马，就以为来了强盗，跟李育德大吵大嚷起来。李育德只好用胡琴来抚慰她，一直看着她在琴声中安静下来并且入睡。杨路索性起来到院子中望天，他感觉有些凉，月亮周围有一些墨似的乌云，看来白天不会有太好的天气。李育德跟着来到院子，杨路说："嫂子的病常犯吗？"李育德说："没准儿，她受一点刺激都犯，刚才是因为看见了马。"杨路"哦"了一声，说："把马牵到后院就好了。"杨路不作声了，李育德也不作声了。这时寂静的空气中忽然有极轻微而纷杂的脚步声传来。"外面怎么会有人呢？"杨路警觉地问李育德。未等李育德答话，枪声已经在磨房一侧响起了，空中出现了火光。李育德大叫道："李家碾盘出了叛徒了，快撤！"磨房里的士兵正在睡梦中，他们在黑暗中抓起枪仓促出来应战。眨眼间，李家的磨房已被枪炮声笼罩了。杨路高呼："快从后门撤！"然后将子弹推上膛，冲到后院偏门预备掩护战士们撤退。然而他刚刚接近那扇漆黑的偏门，便被越过墙头的日军的机枪击中。杨路懊恼地叫了一声："狗日的！"然后竭尽全力瞄准那个机枪手，将他打倒在地。马的嘶鸣声、女人的尖叫声、叭叭的枪声使李家碾盘沸腾了。杨路想扶着门努力站起来，然而他丝毫力气也没有了。他感觉像是突然被人扔进了深秋的河水中，内心有种冰凉刺骨的感觉。"我完蛋了！"杨路这样跟自己说，他伸手去兜里摸他随身带着的半块铜镜，以往他喜欢用它来照一照自己的胡子该不该刮。然而他的手才探向兜口就无能为力了。枪声越来越密集，杨路不明白士兵们为什么不从后门撤退，走前门牺牲肯定很大。他觉得眼前发黑，口渴得厉害，心想自己就这么死了，实在有些窝囊，他身边连个人影儿都没有，想留下句话都困难。转而一想自己留下的话无非是要清理叛徒，乌塘洼不要去了，让某个人拿着那半面铜镜寻找弟弟杨昭，也不过如此而已吧。若说此生最大的憾事，应该是没有骑上那匹令人神往的百合驰骋。杨路还特别想找棵小树撒泡尿，然后告诉它："算刚才那个，我一共打死过八个鬼子兵了！"杨路就那么半倚着漆黑的门，怅惘地停止了呼吸。他的左手心上还描着个"虞"字，他还没有完全记住它呢。

四

吉来春末时就迫不及待地换上了绣着各色图案的粗布背心。那件背心是他从丰源当头柜的旧箱子里翻出来的，是头柜的孙子小时候穿过的。那背心绣有金黄的鸭梨、火红的苹果、紫英英的葡萄和翠绿的黄瓜。另一面则绣着红蜻蜓、绿青蛙、蓝孔雀和灰兔子。那背心可以两面穿，但吉来喜欢把有水果的那面放在前面，用手一拍肚子，就仿佛沾染了果香气一般醉人。头柜原本是不肯把这背心给吉来的，一则他穿着有些紧巴，二则头柜的孙子是穿着这件背心死的，他怕给王恩浩的独苗带去秽气。然而吉来是你拿棍棒也镇压不住的主儿，他想做什么，你只能依着。当铺上上下下的人，没有没被他气过的，但也没有不喜欢他的。他十三岁了，个子也长高了，然而依然好吃懒做，不爱读书。陪着他上私塾的张弓子没有一天不抱怨的，声称他的媳妇瑶琴若有一天离开他，定是因为吉来。吉来跟瑶琴恶作剧到什么程度呢？他在夜深人静时扮成鬼的模样对起夜小解的瑶琴尖声大叫，吓得瑶琴当即昏厥过去。他还嫌瑶琴的月白色的绸衫太素气，悄没声地偷去到染房给染了透心的红，哭得瑶琴两只眼睛像烂桃，一把一把地往张弓子脸上甩鼻涕，嫌跟着他嫁到丰源当就是个受气的口袋。张弓子也没办法，他只能安慰瑶琴："吉来还是个孩子嘛。"

吉来愿意到当铺的这些人家中去串门。他一去，人家就得给预备下吃的。若是他钟情于某一种吃的了，走时还得给他拿点。他到了人家也不客气，最喜欢做的事便是翻箱倒柜，看看里面究竟都藏着些什么货色。一旦他看上了什么东西，就非他莫属了。因而他住的屋子已弄了不少从别人家里搜罗来的东西。头柜的孙子穿过的那件粗布背心，就是这样弄来的。王恩浩得知吉来的这些把戏后，心中十分恼火，觉得这孩子怎么跟土匪似的不分青红皂白地抢人家的东西？王恩浩为了教训他，就在出了正月的二月初一差人把吉来赶出家门。吉来身无分文，自然哪里也去不了，他一遍遍地拍门，哭闹，王恩浩只得再放他进来，问他："以后还去夺人家的东西吗？"吉来十分委屈地申辩："谁夺东西了，我都是明面拿回来的！再说放在他们箱子底的东西，又有多少好货！"吉来明目张胆地与父亲顶撞着，他还攻击父亲开的当铺："你这破铺子又有多少好货？"说得王恩浩脸色发青，恨不能把吉来立刻送人。不太热的时节穿背心本来就招人眼，更何况吉来穿的又是那样一件很出格的背心呢。他走在街上的时候，行人没有不看他的，吉来就觉得无限风光，跟尾随着的张弓子说："我有两回见这城里的人显出害怕。一次是米涨价了，他们快把米店的门给挤碎了，一个个怕挨饿吓得脸都白了。一回就是这次了，我的背心快把他们的尿都吓出来了，他们是不是以为我是个傻子？"张弓子在心底痛快干脆地说："没错，你就是个傻子！"可嘴上只能讨好他："谁敢把你当成傻子？你是丰源当的小少爷，穿这背心出来是摆阔气，他们懂什么！"说完，谎称有只虫子爬在了脸上，重重地捆了自己一嘴巴。吉来浑然不觉地问："什么虫子咬着你了？抓来我看看！"张弓子暗自叫苦不迭，怪自己多事，连忙说："那虫子怕小少爷，早就吓破胆儿掉地上了！"吉来这才不追究，赤着两条捂了一个冬天明显白嫩了的胳膊，美滋滋地徜徉于大大小小的店铺之间。教他的老先生近日咳嗽得厉害，他总称自己来日无多，吉来要了他的生辰八字，要占占他的寿命。想着他要是不日即死，自己还可以换一处离家更远的私塾来读。在他看来，读书的地方离家越远越好，除却往返的时间外，读书的时间也剩不下多少了。何况，走远路能看见很多新鲜热闹的事情。

有一条不引人注意的巷子，人们称它为扣子巷。扣子巷里有一个有名的瞎眼算命先生，他算命灵验到了什么程度呢？传说有一位妇人有年冬天串了半个月的亲戚，回家后发现女儿失踪了，在报上登了寻人启事也毫无音信，这位妇人便来求助算命先生。他问过失踪女儿的生辰八字后，一撇嘴说："这孩子没有丢，她就在你家的柴垛里，你男人害死了她。"妇人是带着女儿改嫁到如今的男人家中的，平素丈夫对女儿也和气，料不到会有这等事发生。妇人回家后搬开柴垛，果然看见了女儿的尸首，那禽兽男人强奸了她，将她勒死，连夜埋在柴垛下，想人不知鬼不觉地等待风声过后，冰消雪融前处理掉尸首，没想到却被一个神机妙算的人给兜出了老底。这老先生姓吴，有人称他为吴瞎子，也有人叫他吴半仙，吴大仙。他在夏季时喜欢在门前摆摊儿，穿一件灰布长衫，戴一顶黑色瓜皮小帽，在硬木椅子上端端坐着。他的面前放着张桌子，桌上铺一块明黄色的布，上面只印着一个大大的"妙"字。他算命有时收钱，有时则免了。被免了的通常家里要遭遇点什么变故，类似骨肉离散之类。因而吴瞎子若是不收人家的钱了，算过命的人走出扣子巷时就觉得自己轻飘飘的，跟幽灵似的，好像满身的肉早已悄然脱落，化作了脚下的泥土。久而久之，找他算命的人反而少了。太灵验的事物往往给人带来更大的恐惧感，反倒不如得过且过混日子来得无忧。算好了也是过日子，算不好还得过，那算不算又有什么意义呢？常常是有人因为生活中的种种失意而朝扣子巷走来了，快到卦摊的时候就变卦了，扭头往回走，口中还兀自说着："好孬还能怎么样！"一副曾经沧海、任尔东南西北风无所畏惧的架势。吴瞎子果然生意冷清地枯坐在卦摊前。他戴着黑色瓜皮小帽，双臂环抱着。吉来走上前拍了一下他面前的桌子吆喝道："哎，你就是吴半仙吧，你给我算个人！"说着，吉来召唤气喘吁吁跟在身后的张弓子："把我说的那张有生辰八字的纸拿来！”张弓子一迭声地叫着：“你走那么快干什么！”然后抹着满头的汗找出写有私塾先生生辰八字的那张纸，恭恭敬敬地展开放到卦摊上，说：“算这位先生的阳寿。”吴瞎子没有动，吉来见他的眼皮一下一下地朝上翻，这才想起他是看不见字的，于是就大声念给他听。吴瞎子松开双臂，双手搅在一起，不时地把十个手指头掰来掰去，最后摇摇头问了句：“他是你家里什么人？”“是私塾里的老先生。”张弓子代答。吴瞎子“哦”了一声，“他不是你什么亲戚，我还是收点钱吧。”张弓子连忙掏出钱来。吴瞎子说：“你们现在去看他吧，他明天早晨就会走了。”吉来说：“他都病成那样了，他还能往哪里走？”张弓子拽着吉来的手，连连给他使眼色，然后对吴瞎子连声说谢，硬拉着吉来离开卦摊儿。走得远些了的时候，张弓子说：“‘走’就是‘死’的意思，现在明白了吗？”吉来竟兴奋得跳了起来，说：“这下我能换个地方读书了！”“你就知道玩乐，将来可怎么办呢？”张弓子愁眉苦脸地说，“我可跟你说，你折腾我没什么，我受着，你以后再拿瑶琴起事，我可就不伺候你了！大不了我离开当铺，领着瑶琴回乡下种地。”吉来经他这一威胁，竟有些伤感起来，想着张弓子走了，谁还能像影子似的一天跟在他屁股后头？吉来还没走出扣子巷就哭了。人们见一个穿着有刺绣图案背心的男孩子边走边哭，都很奇怪地打量着。不知道的还以为吉来是张弓子的孩子呢。张弓子顿起怜爱之情，他凑到吉来跟前，小声央求道：“你别哭了行不行？我不过是痛快痛快嘴，我哪里能领着瑶琴回乡下，我们回去又没地种，还不得天天喝西北风哪！”说得吉来就不哭了，乖乖地向前走，垂着脑袋，也不看路，张弓子就连忙去扯他的手，慢慢领着他走。将出扣子巷的时候，吉来回了一下头，他望见巷子里的一些老树投下了一堆堆细碎的树影，就说："跟鸡屎似的！"

　　私塾先生果然在第二日清晨就死了。据说起床时还很清醒，喝了杯热茶，逗了逗挂在廊前鸟笼中的黄雀，还吩咐家人把墨研好，他要教吉来写毛笔字。然而他刚刚坐在他惯坐的苇草编的蒲团上，就是一阵比一阵紧的咳嗽，老先生张了张手，做出要水的姿势。然而没等水端上来，便没气了。吉来到的时候他不过咽气才两个小时，因而脸上还有着某种人间气息。老先生的家人对吉来说，先生还惦着教你写毛笔字呢，他走了，你总该拉一下先生的手让他知道你知恩。吉来看着横在眼前的这具僵尸，不知该如何下手表示告别。老先生的双手瘦骨嶙峋的，它们能活动时吉来就不喜欢那筋筋骨骨的可怜相，更何况如今它们连屈也不屈一下呢。吉来望着老先生花白的胡子，心想还是这把胡子经看，胡子经明亮的阳光一照，比平素还显得雪白，有光泽，就像是阳光太稠了，凝在一处了。吉来上前捋了捋老先生的胡子，觉得它格外干爽、轻盈，甚至有种暖洋洋的感觉。他放下那把胡子时对老先生说："我再也不会惹你生气了。我要走了，你可别这时候突然再活过来吓唬我啊。"吉来听过不少起死回生的鬼故事，因而他是倒着走向门槛的，这样眼睛可以盯着老先生，否则他背对着他，老先生万一纵身一跳出其不意地在背后抓住他，吉来想他怕是要陪老先生一同下葬了。

因为老先生的死，吉来得以在当铺里胡混一周，王恩浩也开始认真考虑儿子的前程。送他去正规学校，吉来肯定受不了那套教育，王恩浩也不情愿他去。二柜的孙子在中学读书，那新出的《满洲国史》中竟然有这样的话："满洲向不隶属中国……实有对峙独立之根据"，二柜悄悄把这课本拿与王恩浩，王恩浩看后，只能长叹一声。再找个像样的私塾也不是件容易的事，何况就是找到了，也多是些陈腐的老学究。让他留在家中，请个专职老师来，倒是个两全其美的好办法，一则省去了在街上的奔波、游耍，二则可以随时随地监督他的言行。他觉得不能再对吉来纵容下去了。

王恩浩认识的人中只有两位做教师的。一位五十上下，一位三十才出头。王恩浩去拜访他们，他们俩均婉言谢绝，说不是不想多挣一份钱，实在是因为时局动荡，怕受牵连。王恩浩起初想不通，心想你教你的书，我给我的报酬，会有什么坎坷呢？后来才想明白做教师的若是私下里教一个当铺掌柜的孩子，很容易被校方误解为有叛逆之心。正常情况下，吉来本是应该去学校的呀。

春末的奉天已经提前进入夏天了。阳光将当铺照得雪亮。王恩浩正对吉来一筹莫展之际，忽一日黄昏，穿布鞋的于小书笑吟吟地来了。她穿一件淡青色绸上衣，银粉色长裙子，看上去飘逸而甜美。她是为山口川雄的事情来的。说是他们计划七月结婚，山口川雄最想请到婚礼上的嘉宾是王恩浩，可他怕遭到拒绝。王恩浩把于小书让到客厅的时候，吉来正歪在椅子上吃椒盐芝麻酥饼，吃得满身都是饼渣。王恩浩招招手对吉来说："怎么跑这里来吃酥饼，出去出去！"吉来满心不乐意地从椅子上慢腾腾地站起来，气恼地把余下的饼丢在椅子上。于小书见吉来团团脸，大眼睛，宽额头，很憨很可爱的样子，忍不住上前抚了一下他的额头，说："真精神，叫什么名字？"吉来指了指父亲，说："你问他。"说完，故意弄出一串难听的干嗝儿走出客厅，王恩浩歉意地对于小书说："这孩子我管教不严，让你见笑了。"于小书问："他是你儿子？"王恩浩点点头，败兴地说："他满脑子都是吃喝玩乐的事。前两年刚来时还知道扫扫院子，帮伙计们干点活，如今非但什么也不做，书也不读了！"王恩浩把积蓄已久的对吉来的怨气一古脑儿地发泄出来。说完，才觉得这倾诉的场合和对象都不大合时宜，于是连忙唤瑶琴上茶，引于小书落座。话题自然而然又转移到了山口川雄身上。于小书说山口川雄喜欢满洲，和她结婚后就定居在这里了。他们在千代田街购置了一处住房，是山口川雄的舅舅出资的。他们打算按照中国习俗举行婚礼，于小书这边不会有什么朋友来，她周围的人和亲戚都因为她嫁给日本人而耻于与她来往。山口川雄那里，他舅舅会带一些在社会上赫赫有名的人物到场，可山口川雄不喜欢他舅舅的那些朋友。于小书说："您要是能参加婚礼，山口肯定特别高兴。他一旦弄到了旧器物，就老唠叨要来丰源当找您，可他怕您不见他。山口这人自尊得要命。"于小书说完莞尔一笑。王恩浩觉得那笑容如初放的兰花一样姣好。王恩浩没法拒绝这种笑容，然而他也并没有一口答应，而是问他们结婚的确切日子，山口的心脏病是否恢复了一些？于小书说他吃了一个春天的德裕药房的汤药，看上去不那么

乏力了。她还说结婚的准确日子还没定下来，他要请个算命先生选
个黄道吉日，一旦择定，定来登门通告。王恩浩起身送于小书出门
的时候，吉来提着个瓦罐走进客厅。这回他光着脚丫，脸上汗涔涔
的。他自言自语这天要热死人，他用瓦罐来洗个脚。于小书便问他
以前在什么地方读书，吉来说去私塾，如今私塾老先生走了。于
小书便问他去哪里了？吉来便用当初张弓子说他的话来说于小书：
"走就是'死'的意思，现在明白了吗？"吉来的无理使王恩浩很
尴尬。于小书却并不在意，她说："你要是一时找不到读书的地方，
这一段我可以来陪你读。"于小书没有说"教"，而是说"陪"，这
就引起了吉来的好感。吉来说："行啊，你能教我什么？我该管你
叫什么？"王恩浩连忙斩断前一个话题，对吉来说："你该叫她于
姑姑。""我都有一个姑姑了。"吉来很伤感地说，"我姑姑结婚后就
不理我了，她有一年来信说生了小孩子就让我们去，我爷爷也答应
了，可就是不领我去。我姑姑生的孩子肯定比我好看，她一稀罕
他，就把我给全忘了。"吉来已经有些眼泪汪汪的了，他放下瓦罐，
毫不掩饰地擦着眼睛。于小书说："你不喜欢叫我姑姑，叫什么都
行。"吉来甩开手，睁大那双泪水朦胧的眼睛说："那我就叫你云彩
吧。刚才我一看见你，就觉得是一朵云彩飘进来了。"王恩浩板起脸，
向吉来发出警告。然而吉来并不看他，王恩浩的警告就像开在盲人
家里的花朵一样，寂寞着无人理会。于小书脸颊泛红地拥抱了一下
吉来，说："那就叫我云彩吧，我喜欢这名字。"

　　于小书前脚出了当铺，王恩浩后脚就回到客厅，对正把双脚插

进瓦罐里尽情搅水的吉来大发雷霆，他拽出吉来的双脚，将那个瓦罐高高举起，重重摔下，碎瓦和水弄了一地。瓦碎得不均匀，而水则碎得很平均，碎成了一摊，汩汩地向四周蔓延着。吉来被这突如其来的举动惊呆了，他傻傻地站着，木木地看着父亲。王恩浩举起手臂朝吉来走来，吉来微微仰起头，将光洁的脸朝向父亲，示意他来打。那脸没有麻子，他又从外面晒了一会太阳进来，好打得很，没准会打得一手的阳光呢。王恩浩看着儿子那张无畏的脸，他自己倒是心虚了，手臂软了，一软就像霜打了的茄子似的萎缩了。王恩浩收回了手。吉来很镇静地指着父亲的那只手说："你打呗，瞧瞧你的手，就像刚秃噜（煺）完的鸡爪一样白。你打啊，我的脸阳光厚着呢，能把你的手打得黑一点，像个人的手！"王恩浩这一瞬间已经为自己的莽撞而后悔了，因而吉来的话再尖刻，他也无动于衷。瑶琴提着茶壶进来，见地上一堆湿淋淋的碎瓦，主人和吉来又是那副敌对样子，便知一定是因为刚才那个女人。她低头收拾那些碎瓦时一厢情愿地认为一定是主人看上了那个女人，吉来不同意，家里才会闹成这副样子。晚上时她将头搁在张弓子的胳膊上悄悄把这话说与他听，张弓子也大吃一惊。

　　张弓子娶了瑶琴以后，吉来就不能和张弓子一起住了。然而他又不喜欢和父亲住，所以自己选择了离张弓子比较近的一间原本装着粮食的小屋。吉来搬进去前，当铺的人为他粉刷了两遍，因而虽然屋子小，里面也亮堂。这间屋子靠近库房，不临街，窗口向西，有些憋闷。然而它的好处是随便，离父亲远些，所以吉来仍是喜欢那里。当铺的人几乎都被他在这间小屋"召见"过，他们都怕到这里来，因为吉来要听故事，故事若是讲重样了，他还不高兴。大家就很急，想自己编故事，可抓耳挠腮编出的故事处处是破绽，吉来一听便知是假。去的人只恨自己没有长着个能编故事的脑袋。吉来一旦听多了故事，也就厌烦了，后来就不召人去讲，他跟张弓子说："听来听去，这故事也都差不离，天下的事也就那么回事吧。"那口气俨然一个尝遍人间甘苦的八十老翁。

王恩浩正不知该如何缓和与吉来之间的矛盾，他自己倒像是什么事也没发生似的来找父亲了。他叫了声"爸"，然后说："我现在想好了，我不想读书了，我要去扣子巷跟吴瞎子学算命。"王恩浩说："算命那算是个职业吗？你就是再没出息，将来帮我管理当铺就是了，也用不着给人装神弄鬼地瞎掐算！""算命怎么不是个营生？"吉来反驳道，"算命是收钱的哇。你没见吴瞎子算命有多准，他算我们先生那天早晨死，他就死了。"吉来说完就出去了。留下王恩浩苦不堪言地呆立在那里。心想就是把他五花大绑地摁在当铺里当条狗养，也不能让他去学算命。他喊来张弓子，怒斥他为什么带吉来去扣子巷这样的地方，去了回来又为什么不通告？张弓子带着哭腔说："少爷要做的事您也不是不知道，我怎么能拦得住呢。"

王恩浩别无他法，只能亲自到扣子巷去拜见吴瞎子。求他别收吉来做徒弟。去时王恩浩带着寿糕和水果，吴瞎子的家人见状对他热情相迎。吴瞎子听明来意后，对王恩浩说："你就是不告诉我，我也不会教他的。算命又不是学出来的。"这使王恩浩略微宽了宽心。交谈中王恩浩得知吴瞎子的瞎是天生的，他五岁就会给人算命，八九岁就能打着竹板走街串巷地招徕生意了。他的子孙后代都是他靠算命一手养活起来的。王恩浩见吴瞎子身体硬朗，便说他肯定能活到九十九。吴瞎子说："我活到哪一年，我知道。等我不行的那一年，这街上的太阳旗也就没了。"说完，哆嗦着嘴唇将头顶的瓜皮小帽拿下来，然后又重新戴上。吴瞎子的家人连忙给王恩浩续水，说："别听他瞎说。"吴瞎子指着自己的眼睛说："你还别说，我可就是瞎说，瞎说可就灵。"王恩浩知道这家人忌讳谈论时局，既然吉来的麻烦不存在了，他也就心无挂碍地告辞回家。次日吉来去扣子巷时果然遭到了冷落。他心犹不甘，又接连去了两次，吴瞎子仍不肯收他，吉来就将那块写着"妙"字的黄布从桌子上揭了下来，骂他是个老榆木疙瘩，发誓不再来扣子巷了。张弓子回去把这事学与王恩浩，王恩浩在放心的同时又给了张弓子一些钱，差他买些新鲜点心送到扣子巷的吴瞎子那里。张弓子接了钱，出当铺的门时，看着自己斜在路上的影子，忍不住朝那儿啐了口痰说："天生长着两条贱腿！"

　　接下来的日子，丰源当传出了于小书与王恩浩的闲话。于小书每周来两个晚上陪吉来读书，吉来也喜欢上了她，天天叫她"云彩"。旁的人不知山口川雄与于小书的关系，都以为王恩浩在物色丰源当的女主人。他们私下嘀咕：掌柜的娶这么个如花似玉的姑娘放在家中，恐怕是不难出乱子的。王恩浩感觉出了人们对于小书的议论，可他又不忍心下逐客令，这朵娴雅的云彩就怡然自得地飘在丰源当里。终于有一天这事情传到了丽水巷的张荣彩老人那里，老人又喜又气，喜的是干儿终于思凡了，气的是这么大的事都不跟她商量商量。于是就在一个午后锁了门来到丰源当，一进门就对伙计们嚷嚷："把那个不认娘的东西给我叫来！我倒要问问，他娶媳妇这么大的事也不跟我言语一声，是不是嫌我穷？我送不起别的东西，掌两双好鞋给他们穿还是绰绰有余！"

五

缉熙楼斜斜探出的明黄色琉璃瓦屋檐又在唱歌了。这是由雨敲奏的歌。溥仪垂立窗前，听着雨的声音。若不是夜晚，他还可以看见它们的形态和颜色。细雨的颜色泛着隐隐的银灰调子，高贵迷人。而暴雨的颜色却是雪白的，那的确给人一种天上飞瀑的壮阔感，飞珠溅玉一般。每逢这个时候，他都有一种强烈的失落感，觉得他的抱负就像这雨一样哗哗地响着，而到头来都是惘然失散。那声音消了，那气势尽了，那色彩也没有了。雨过之后，一切又都是老样子。

凌升死刑的事件在这个雨季一直震动着溥仪。凌升本是清末蒙古都统贵福之子，曾任张作霖东三省保安总司令部顾问。事发之时，他是兴安省省长。凌升性格率直、豪放，想到就说，口没遮拦，溥仪对他印象不错。因此溥仪将自己的四妹许与凌升的儿子，欲做永久的亲戚。然而春天的时候，忽然有消息传来，说是凌升有反满抗日的行为,将他拘捕了。溥仪当时大惊失色,料不到凌升会有此噩运。溥仪委派佟济煦暗中调查，据佟济煦掌握的消息，凌升是因为在一次省长联席会议上发牢骚而惹来大祸的。据说在那次会议上，凌升抱怨自己在兴安省是个有名无实的草包官，他说了不算，一切都是由日本人做主。这样称为独立国的"满洲国"又有什么意思呢？传说凌升说此话时慷慨激昂，以致一口痰噎在喉咙中，咳得他红头涨脸，声称肺要碎了。也正应了他这句不吉之言，会议结束后，凌升一回到兴安省，就遭到关东军的逮捕，不久即被定了勾结外国图谋叛变、反满抗日的罪行而处以极刑。关东军亦明确禀告溥仪要解除他四妹与凌升家的婚约，疏离叛匪，溥仪只能心惊肉跳地唯唯应诺。

凌升处决后，溥仪有两次在梦中见到了他。两次都见他张着大嘴侃侃而谈，仿佛声音很大的样子，可溥仪什么也听不到。不同的是第一次梦见他时凌升穿着一件蒙古族的红袍，腰间佩带着蒙古刀，很有些英雄气概；而第二次梦中的凌升却穿一件单薄的白袍，站在秋风萧瑟的旷野上，宛如一个精神失常的人。醒来后溥仪望着屋子里的每一件器物，都有些疑神疑鬼的，担心凌升的冤魂附着在它们身上。因而若是扇子突然掉在地上了或是椅子突然响了一声，都会给他一种毛骨悚然的感觉。他会立刻双手合十，连声默念阿弥陀佛。

溥仪大都晚上看书、看文件。当雨声弱了的时候，他有了食欲，于是招唤随侍传膳。勤务班的两个孩子，就冒着小雨从御膳房一路小跑而来。溥仪喝了半碗小米粥，吃了两块豆腐，正想慢慢享用鹅掌的时候，随侍通告，吉冈安直来了！

吉冈安直一来，不管此时溥仪正忙着什么急事要事，都要立刻放下来去召见他，不能让他等得太久。溥仪在心里骂了声："下雨的晚上还不让人清静,可恶!"然后很扫兴地放下那只鹅掌,洗净手,整理戎装,去见吉冈安直。

吉冈安直是日本鹿儿岛人,个子很矮,说话喜欢哼哼哈哈,宛如戏中的念白。他的两腮微凹,颧骨很高,溥仪的一个侄子曾说吉冈安直的两个颧骨要是吊下来两盏灯笼,那灯笼都不会碰着脸皮。溥仪先是威胁侄子,要是敢把这话传出去,就割掉他的舌头,让他今生今世当个哑巴,吓得侄子连连捂着嘴说不敢不敢。然而侄子一走,溥仪却为这话暗笑了足有一刻钟,觉得侄子的比喻还真恰当。以致他与吉冈安直面对面谈话时,眼前会出现幻觉,那两个高大的颧骨下会垂下来两盏玲珑剔透的灯笼,只不过有时那灯笼是红色,有时却是紫色或者绿色。

吉冈安直目前有两个身份,一个是关东军的高级参谋,另一个是"满洲国帝室御用挂"。溥仪听说后一个名称的意思就是宫廷秘书。他从来没有跟日本提出过需要这样一个秘书,可吉冈安直就像秋后的冬天一样说来就来了。在溥仪看来,吉冈就是监视他的人。溥仪的一言一行、所作所为都逃不过他的眼睛。他来帝宫可以不分时候,早晨、正午或者晚上,不管溥仪正休息着或者坐禅吃饭、与家人说话,他都可能出其不意地到来,令人猝不及防。溥仪感觉他就像是自己养在这大院子里的一条凶恶的狗,对生人和主人都不忠,而又可以为所欲为地窜来窜去。凌升事件之后,溥仪知道日本人不是好惹的,自己跟烈火上的柴薪一样随时有化为灰烬的可能,而这股火,有可能由吉冈安直煽风点着,所以对他又恨又畏。每每见他都要笑脸相迎，察言观色，他想要做什么，尽量顺着他来。到目前为止，他还没有冒犯过他。

　　缉熙楼西侧楼下的大房间，是一个布置典雅的大客厅。溥仪来了亲戚或者心腹之人需要会见时，就在这里举行。在此可以比较亲近地说些知心话。然而去年冬天溥仪在那里接见了蒙古王公德穆楚克栋鲁普，吉冈安直以为其中有蹊跷而报告给关东军后，日本人就不允许溥仪在那里召见人员了。于是溥仪就把地点转移到了寝宫西侧的书斋。吉冈安直若是晚上来，多半是径直朝书斋去了。书斋的四壁裱糊着绿色的绢纸，地上铺着深红色的地毯。里面有书柜和书案。书案是梨木质地，深咖啡色，玻璃砖压着铺书案的桌毯是蓝锦缕金丝云龙图案的，左角有盏黄铜座灯，还有台电话机。此外还摆放着文房四宝。在书斋的西窗前，有一个方形茶几，上摆一只七窑烧花瓶，瓶身是粉红色的，上有菊花和兰花的图案，瓶内插着两根孔雀羽毛。在西北角摆放着一套沙发，吉冈安直正坐在这沙发里。见溥仪进来，吉冈站起来笑着和溥仪握手，用半生不熟的汉语连比带画地说："这个、雨、下得、大大的、好。"溥仪连忙笑着点头，说："下得好，下得好。不下雨空气就太闷了。"话刚一出口溥仪就觉得有些后悔，怕说空气闷使吉冈联想到其他方面，于是连忙说："不下雨的好，有花香和清风。"吉冈安直似乎并没有领悟到汉语那么高深的寓意，他仍然如初始一样笑着。溥仪注意到沙发上有一卷宣纸。吉冈先是问溥仪觉得前几日送来的糕点味道怎么样，溥仪说了声好。他不敢肯定得太过分，因为这点心是皇太后由日本让人特意捎来给"满洲国皇帝"的，溥仪怀疑里面有毒，就分给下人吃了，他让他们当着他的面吃，吃后看他们的反应，原来是安然无恙的，于是也就略略放了放心。不过两个下人吃时因为紧张而不断地被噎着，他们每每噎着打干嗝儿瞪眼睛的时候，溥仪就吓得浑身发冷，以为毒药发作了。"点心的，大大的好！"吉冈安直肯定地说了一句，这才展开那张宣纸。溥仪见是一幅水墨画，一望便知是吉冈安直所为。吉冈喜爱水墨画，溥仪在天津时，他就曾把画的水墨画拿给溥仪看，并求郑孝胥在上面为其题诗，求溥仪为其题字。吉冈此次展现的是一幅山水画。山的颜色很浓，仿佛有雾，而水也是一派朦胧。这山水给人一种辽远、不真实的感觉。溥仪说着："画得好，好，有意境！"吉冈安直兴奋地说这是雨天给他带来的灵感，他用英语说了句"美好"，然后指着书斋的东墙说："喜欢的，这里的、挂上。"东墙下有一个铺着黄色锦缎的长条几案，案上摆着日式军舰模型和一个梅花图案的小巧玲珑的花瓶，看来东墙的空地早已被吉冈看在了眼里。溥仪连忙感谢，做出受如此精美之物，不胜荣幸之至的样子，令吉冈安直的两撇小胡子几乎要翘到颧骨上方。他"幺细幺细"地叫着，亲自把那画置于东墙比量给溥仪看，溥仪又说出恰到好处的赞美话，并说明日一定差人悬挂上去。吉冈这才意犹未尽地把画重新卷上，放在溥仪的案上，就像放一份重要文件一样庄重。不同的是这份文件不用溥仪在上面装模作样地画可了。

　　吉冈安直和溥仪交谈，他们之间大抵要用三种语言。汉语、日语和英语。吉冈安直掌握着简单的英语，而溥仪的这门语言的水平与之大抵相同，因而他们常借助英语来作为领悟对方话语的桥梁。说来也怪，不管他们说的英语多么别扭、不准确，可双方都能领会对方的意图。吉冈说话时眼睛转得很快，思维极为敏捷，溥仪便觉得生在吉冈脸上的眼睛命运不好，它们总是很辛苦地算来算去。想着吉冈的画就要像这样的眼睛一样悬挂在书斋上每时每刻地注意着他，溥仪就有一种脊背发凉的感觉，他忍不住打了一个喷嚏。吉冈见状，连忙警觉地问："伤风的有？"溥仪摇头，说："不碍事，就是有些凉。"

吉冈安直说，驻守在海城的关东军很辛苦，皇上是不是要派人去慰问一下？以往侍从武官代表溥仪下去慰问，都是年终的时候。这次吉冈突然提出夏季慰问，溥仪也不多问，想来是有他们自己的目的。溥仪点头应允，心想又得写一篇充满谄媚之气的"敕语"由武官拿海城去宣读，伤风的感觉也就明显起来。他又打了一个喷嚏，这下吉冈终于起身告辞了，他让溥仪要注意休息。

吉冈安直走后，溥仪在书斋里静默垂立了许久。看着书案上的那幅画，看着吉冈肥胖身材坐过后稍稍有些凹陷的沙发，他觉得一种极其屈辱的感觉。他甚至仇恨这场雨了，没有它，吉冈不可能兴致勃发地涂一幅水墨画给他，他握着那幅画，飞快展开，先是冲着它做了几个狰狞的表情，然后空啐几口，最后又做了几个撕扯的动作，这才把仍是完好无损的画掷在桌上，垂头走出书斋。

寝宫里的灯光原来是令溥仪深为喜爱的，它不过分明亮，可也不灰暗，与四壁的淡绿泛黄的基调和地毯的银灰色极为谐调，雅致而不让人觉得空寂,偏冷而又不失却温暖。可这个晚上他却觉得这里的灯光陈腐得像老臣嘴上已糟了的黄牙,让人忍受不了。深红色的家具则像凝固了的血块一样骇人地在他眼前矗立着。溥仪坐在写字台前的转椅上,顺手把玩着桌上的鸡血石印章,觉得无聊,又把它放回原处,单脚着地发力,使转椅"刷"地旋转起来。这时屋子里的所有陈设都高速跃动起来,仿佛突然间有了某种生命。白色窗纱就像仙女们的纱裙一样飘飘扬扬,而钢丝床上花花绿绿的被褥则像大公鸡的五彩羽毛一样迎风闪烁。溥仪觉得过瘾,又如此旋转一遍,这时那盖着一男一女两具人体模型的明黄色的布就像一片夕照流云一样朝他涌来,令溥仪有一种头晕目眩的感觉。他有些恶心了,眼前有点发黑,于是摇摇晃晃走到床前,一头栽倒在上面,想去摇床头小柜侧面装着的警铃。那里有三个警铃,红色、白色和绿色。只有最危险的情况发生时才按红色警铃,因而溥仪每每不由自主地触到它时都要颤栗一下,仿佛摸到了一颗即将爆炸的定时炸弹,吓得他手心出汗。平素他用的,基本是绿色警铃。溥仪镇静下来后,起身去开床头小柜的留声机,留声机旁有一串念珠,还有一把用于自卫的马牌小手枪。唱片里放出的是《四郎探母》,只听了不足五分钟,溥仪就厌倦了,于是关了唱机,打开收音机,拨动调谐钮选台,电磁波的吱哩哇啦声就像小老鼠一样叫着。最后选了一个声音很不清楚的台,那音儿忽远忽近,就仿佛有人隔着崇山峻岭与他对话,让人觉得很滑稽。溥仪想起他初来新京时,有一天让李太监去街头寻找说书人来乐和乐和,果然找到了两位。一位六十多岁,很消瘦,说书时下巴上的那绺稀疏的白胡子跟着一颤一颤的，煞是可笑。讲到动情时，老人的鼻涕就会流出来。年轻人很拘谨，因为紧张，说书时磕磕巴巴的，且顺着眼睛，一不留神他掖在袍子里的花格手绢就掉了下来，于是他边说边满脸流汗。尽管如此，溥仪还是觉得很过瘾，赏了他们五元大洋。现在他特别需要有这样两个人来为他解解闷，于是就传李太监，问上回来的两个说书人能否找得到。李太监弓着背小声说："皇上，估摸着是找不到了。当时是在街上遇到的，如今他们去了哪里，谁也说不出来了。何况这会儿是晚上了，没人在街上说书了。"溥仪败兴地说："你们都是一帮没用的东西，下去下去！"老资格的李太监较少挨骂，因而心上有些不痛快，走时抽搐着脸，使劲甩了一下自己的灰布衣袖。然而他才走不久，又缩着身子回来了，他小心翼翼地说："皇上，那个留着仁丹胡的人又来了，等着皇上召见呢！"李太监惯常把吉冈称为留有仁丹胡的人。溥仪一听火了："他刚走,怎么又来了？真是烦死人，不见不见！"发过火，不得已还是乖乖起来，整理起一副好表情去见吉冈安直。吉冈仍是坐在书斋的沙发上，溥仪见他时就觉得他颧骨下面吊着的两盏灯笼成了紫色的，因而那张脸就显得有些滑稽。吉冈安直站了起来，说："后天回日本的人大大的有，皇上、准备给天皇、点心、带的有？"溥仪明白了吉冈这是吩咐他给日本天皇和皇后带些礼物去，于是就说："好好好，我叫人准备。"在吉冈的授意下，这两年只要有人去日本，他总要带些东西给天皇，一盒点心，几件古玩、字画等等，能否悉数到天皇手中，溥仪不得而知。喜爱字画的吉冈是否从中截取一些，实难预料。好在溥仪把东西送出去了，也就不计较它们花落谁家了。日本天皇也礼尚往来地给溥仪带回一些礼物，大多是点心、花瓶，有时樱花初放的季节则送来几枝含苞的樱花。

吉冈安直交代清楚了这件事情，就"嗨"了一声准备告辞了。这个精力充沛的人给人的感觉是每时每刻都能上前线饱满地投入战斗。走前他注意了一眼书案上的画，溥仪连忙毕恭毕敬地说："明天、挂上的有！"吉冈安直像被踩了爪子的猫那样连叫了几声"幺细"，从书斋出去了。溥仪听着他强而有力的下楼的脚步声，兀自垂头长叹一声。

宫内府的人知道皇上这一段又气不顺，所以个个噤若寒蝉，大气儿不敢出。尤其是那些随侍，溥仪一唤他们，他们就心跳过速，头晕眼花，怕皇上寻出气的地方扣他们的月钱，给他们上电刑和灌凉水。他们恨不能天下的好事全都降临到溥仪一个人身上，皇上一高兴，宫内就太平了，他们也不用提心吊胆地过日子了。

一张从华北流入的报纸给溥仪带来了一阵恐慌。那还是由于李国雄引起的。前几日李国雄出宫，帮助溥仪换灯，当时他正在灯饰店的一片大大小小明暗不一的灯前仔细为皇上选灯，听见店主与一个顾客很热烈地寒暄。那人矮个子，自称从华北来，说从大连海关引进了一批法国灯，问店主想不想看看。店主说愿意，于是这人就从随身的皮包里拿出几盏灯的样品，摆在柜台上。皇上喜欢洋货，李国雄想若能买盏法国灯回去，皇上定能欢心几日，也凑过去看。这时那顾客问李国雄："师傅觉得这灯怎么样？"李国雄随口说：

"好看好看。"想想皇上喜欢怪异的东西，就当即购下一盏细脖子圆脑袋的湖绿色的灯。顾客大喜过望，随手掏出一份报纸将这灯包了递与李国雄。李国雄兴致勃勃地把它带回宫内捧给皇上。溥仪看过灯，觉得它大脑袋细脖子的样子给人一种危险感，那脖子仿佛随时都能折断，十分骇人。李国雄本来是深为他喜爱的随侍，但还是遭到了辱骂和一顿皮鞭。那边皮鞭声传来的时候，这边溥仪顺手拿起了裹灯的那份报纸，一看就吓得他脸白了，原来这是份来自苏区的进步报纸，是关东军严禁流入"满洲国"的。报纸上的两条消息使溥仪觉得甚为不吉，一个是以毛泽东、周恩来、彭德怀为首的红军将领联名发出《红军愿意同东北军联合抗日致东北军全体将士书》，指出："中国苏维埃政府与工农红军愿意与任何抗日的武装队伍联合起来，组织国防政府与抗日联军，去同日本帝国主义直接作战。我们愿意首先同东北军来共同实现这一主张，为全中国人民抗日的先锋。"另一则消息是有关续范亭在南京中山陵下剖腹自杀的报道。续范亭是国民党的高级将领，九一八事变后，他专程找蒋介石要求停止内战，蒋介石不予理睬，续范亭又同于右任一起向国民党中央陈述抗日救国大计，仍然遭到拒绝，续范亭终于在中山陵前悲愤剖腹。报纸上还登载他自杀前写下的两首绝命诗："赤膊条条任去留，丈夫于世何所求？究恐民气摧残尽，愿将身躯易自由。"另一首诗中的两句深深刺痛了溥仪："悲壮牺牲者，不出王侯门！"溥仪将那份报纸迅速藏到床垫下。想想李国雄真是胆大包天，这类报纸竟敢带入宫来，若是被吉冈安直看见了，又不知会有什么祸事临头，于是就对李国雄气上加气，唤人继续打他。"打烂他的狗头！"他说。李国雄不曾想自己如此忠心却招来恶报，但他觉得皇上打他也是应该的，因为是皇上打他，当然就不分青红皂白、是非曲直了。他忍着疼，尽量不大声嚷疼。事后李国雄就病倒了，他去年跟溥仪去日本因为在甲板上受了风寒，害了头疼病，回到新京后常常发作。一发作就想用头去撞墙，疼的滋味实在难以忍受。然而溥仪却在此时差人来，说有话要问他，李国雄只得由随侍扶着去见皇上。他见到溥仪时浑身哆嗦着没一点力气，老想往地上瘫。溥仪喝随侍出去，只留下李国雄。他气咻咻地拿出那份报纸，问这是什么人让他带入宫里的？谁看见过这份报纸没有？李国雄说这是在灯饰店买灯时人家裹灯用的，没有人见过这份报纸。溥仪大骂："你个奴才！长着个猪脑袋！"李国雄不明白那报纸何以惹得皇上如此大怒，于是就问了声："那上面有骂皇上的话吗？"这一问使溥仪更加怒不可遏了，他将报纸掷在李国雄面前，喝令他吃下去，吃不下去就剥他的皮，让他变成鬼。李国雄不敢不从，拿起那份报纸就往嘴里填。溥仪转而一想这报纸万一是个陷阱，被李国雄吃掉了岂不中计了？于是又抢下那份报纸，吆喝随侍把李国雄拖出去。溥仪想，那灯饰店是不是日本人控制的地方呢？是不是他们知道李国雄去那里买灯，于是就故意用这份报纸来裹那盏灯，让他带入宫来，试探他与日本人是否真的"一德一心"？倘真如此的话，他若不把此报纸马上报告给吉冈去，关东军更会认为他与日本有贰心而对他严加控制防范。因为有凌升事件的教训，溥仪觉得事不宜迟，连忙拨通了吉冈安直的电话，对他说有件紧要的事要马上通告。一个小时之后，身着黄军服、脚蹬大马靴、斜挎军刀的吉冈匆匆赶到了。由于肥胖，他的脚步声总是那么铿锵有力。溥仪向他出示了那份报纸，接着把事情的来龙去脉细说一番，声称已经狠狠教训了李国雄。吉冈看着那份报，脸色愈来愈阴沉，但他还是不忘了夸赞溥仪和日本人是一家人，"大大的好"，然后提出要见李国雄，要了解那家灯饰店在新京的哪一条街上，店主是个什么样的人，从华北来的商人又是什么样子的？可怜的李国雄再次被一名随侍搀扶过来，他细说了灯饰店的位置，说店主是个好人，店里的信誉一直很好。他这种画蛇添足的话为溥仪深为反感。一个星期后，吉冈安直告知溥仪，那个灯饰店被封了，店主已被关押起来，从华北来的商人也被抓了起来。吉冈握紧了拳头，用力向下一挥，似是一网打尽的意思。溥仪想，这店若是真的关了，证明是自己神经过敏了，店主人也就跟着冤枉了；而若那店仍如常开着，说明那报纸确实是为了试探溥仪对日本是否忠心耿耿。

又下雨了。雨很小，蒙蒙的，恍若巨幅轻纱在天地间轻轻飘拂。溥仪破例撑着雨伞走出缉熙楼，到后院去看李国雄。他给他带了一些散碎银两和一块青缎子布。李国雄见圣驾光临，感动得涕泪横流，"扑通"一声长跪在地上，感激话像窗外的细雨一样绵绵不绝。溥仪悄悄吩咐他，让他病好后立即出宫，看看那家灯饰店关没关。若是关了，打听一下店主的下落，此事不可泄露，否则这回真得把他的皮剥了。李国雄千恩万谢地叩头，承诺绝不泄密。

一个阳光如飞瀑般灿烂流泻的正午，李国雄来到溥仪的寝宫悄悄禀告他，那家灯饰店果然关了。邻家油漆店的老板说是日本人来把店封的，店主是个反满抗日的头目，被抓走了。李国雄还绘声绘色地学着油漆店主的话："那灯饰店的老李，哪承想他脑子里还想反叛的事！原以为他只认得灯，这下好了，老婆孩子没人管了！"溥仪顿了一下手，说着"够了"，让李国雄退了下去。他坐在窗前的摇椅里，看着窗户上玻璃反光中变形夸张的自己，觉得怎么看怎么像个怪物。

六

除岁从摇车中流着口水扔出的玉佩是翠色居多的那面，紫环喜出望外地叫道："我赢了，你该带着我们娘儿俩去了！"的确，胡二在打赌前要的是翠色居少的一面。胡二使劲亲了除岁一口，说："小王八羔子，就亲近你妈，敢情我的奶不出水，你就不向着我！"紫环笑了："还是我儿子疼我！"胡二说："我可告诉你，一路上你得听话，把儿子给我带得好好的，要是磕破他一块皮，我就把你从船上扔到江里去！"紫环笑着说："行啊，扔到江里我就改嫁，嫁给一条大公鱼，到时给除岁添个妹妹，生个小美人鱼！"胡二听了粗鲁地骂了几声，然后说："你要能生，生的也是狗鱼！"紫环并不生气，她开始哼着歌收拾东西去了。胡二又叮嘱她，船本来就不大，又装着货物，如今又加上她和孩子，看来有些吃重了，让她不要带过多的东西，反正十天八天也就回来了。紫环连连应诺，惟恐胡二反悔，一再表示要听他的。

秋天了。秋天的山被霜染成了五花山。五花山就是春夏时节原本的绿树变成了红色和黄色。红色又是丰富多彩的，有深红、浅红、桃红、水红；黄色则有橙黄、鹅黄、酱黄等。山一旦变得五颜六色了，就仿佛满山都在开花，只是嗅不到香气。秋天的森林散发的是一股浓郁的腐殖土气息，它也是极为好闻的，那是一种压榨了树叶和花朵精华的气息，芳菲而微涩，可以让人经久不息地永吸而不腻。紫环喜欢闻这气息。这时节蘑菇毛茸茸地出来了，桦树墩旁雪白如云的蘑菇和草地林间的微黄的榛蘑在雨后的清晨蓬蓬勃勃地闪现着。鄂伦春妇女和孩子背着桦皮篓进山采蘑菇，只一会儿的工夫，就会满载而归。她们把蘑菇根部的土摘净，放到朝阳的空地上晾晒。或者是用针线穿成串，吊在房檐下。这时节最怕的是持续下雨，那样蘑菇就会生蛆、变糟，彻底地烂成一堆泥。蘑菇是寒带人冬天难得的干菜。用它炖肉是节日最好的菜肴。紫环也晾晒了许多蘑菇，想着冬季胡二打了野兔、山鸡，用它们来炖蘑菇吃。胡二喜欢吃新鲜的蘑菇，只用白开水焯一下，不加任何肉，在油锅里爆炒一通，出来的蘑菇要多鲜有多鲜。有时紫环并没有想着采蘑菇，可她抱着除岁在家门口的树林玩，一低头就会与它们不期而遇。不采舍不得，一采就放不下了，蘑菇越来越多地闪烁在她眼前，只有一门心思地采了。除岁刚学会走路不久，还趔趔趄趄的，有时跌倒，恰好就跌在蘑菇身上，起来时屁股蛋就沾着新鲜的蘑菇菌盖，紫环便嗔怪他："看，把蘑菇压坏了不是？"除岁自然是听不懂的，他大约觉得跌倒是很好玩的事情，屁股不但跌不疼，还能沾上黏黏滑滑的东西，于是流着口水呜哇叫着继续跌跤。

胡二揽到一份生意，由三合站往黑河运一船皮货。其中还夹杂着珍贵的鹿茸角。货主是黑河新发祥皮货行的老板，垄断着这一带的皮革和药材生意。胡二是夏天到三合站买盐和肥皂时认识他的。他见胡二一身勇猛，讲信用，就把这趟活给他来做。胡二觉得人家看得起他，因为那一船的皮货足够人吃一辈子的，老板并不担心胡二中途会把它们卷走，连个押船的也没留。

紫环听说胡二要去黑河，就满脸的兴奋，一再央求要跟着去。说是去黑河的照相馆给除岁拍两张照片，留着长大看。还说要去买两块苏联披肩回来。当然，她还想去那儿看上一场戏，坐坐茶馆，听人说上一段古书什么的。胡二当时坚决不允，说："你抱着孩子出门，多啰嗦！"架不住紫环软磨硬泡，胡二有些动心了，他说："领着你出去见世面，你就不回来了。女人都是贱种，天生爱享受！哪个老爷们儿有钱领，就会跟谁跑！"紫环不由咯咯笑了，说："要是没有除岁，我可能还想着往出跑。现在你就是赶我我也不走了！我老爷们儿学好了，儿子又这么好，现在世道不太平，咱在这儿有吃有穿有住的，我再想着跑，不是太不仁义了！"说得胡二心中豁然开朗。于是就把一块玉佩放到除岁手上，让他往出抛，翠浓的那面归紫环，而淡的那面属于胡二。结果落到地上的是紫环的那面，看来除岁也想到黑河逛上一圈，正正经经照上两张相。胡二对除岁说："你个小混蛋，你去逛黑河也是白逛，你能记住个屁！"说着，狠狠亲了他一口。

　　紫环给自己和胡二各带了一套换洗衣裳，而除岁则有三套。江上空气凉，每个人的毛衣也都带上了，因而包袱看上去鼓鼓囊囊的。地窨子里并没有什么贵重东西，因而也不用找人来看着。紫环把半干的蘑菇挪回屋里，让它们自行阴干着。其他没来得及晒的蘑菇则一律用开水焯过，然后用盐腌在坛子里。他们一家三口在一个秋日澄澈的上午坐着马车去三合站了。船停在那里。紫环坐在马车上不停地指点着眼前的风景给除岁看，不厌其烦地给他讲解着，一厢情愿地以为没有除岁听不懂的话。胡二也自得地盘着腿，抽着黄烟，哼着小曲，一家三口其乐融融的。正午时马车停靠在一家驿站，他们喝了顿黄豆汤，吃了几个热气腾腾的白面馒头，趁着天气晴好又上路了。然而他们走得很慢，紫环一会儿要给除岁下去把屎，一会儿又发现了火红的山丁子果要下去折两枝上来。结果当夜赶到预定的地点歇脚时，月亮已快近中天了。紫环的嘴唇沾着浆果的浓汁，红嘟嘟的。胡二趁机用舌头舔着她的嘴唇说："嗯，今年的山丁子酸甜酸甜的，好吃！"紫环就笑，拧着胡二的耳朵说："早晚有一天你吃够的时候！"

　　他们到达三合站时是次日傍晚了。三合站是一个沿江的小村落，人口不多，很干净清爽。这里多数是汉人，也有少量的鄂伦春人和蒙古人。人们见了外来人都很客气友好，远远地冲着你笑。胡二的马车停靠在一家小客店，店主很殷勤地出来打招呼，看上去与胡二很相熟。胡二让紫环管这位店主叫王哥。紫环叫了一声，王哥就使劲拍打了一下胡二的肩膀说："真有艳福，家里有个这么俊俏的媳妇，难怪你越来越瘦了！"说得紫环的脸腾地红了。王哥又唤灶上忙得满面红光的媳妇出来见紫环，紫环依照胡二的介绍叫了王嫂。店主毫不掩饰地指着紫环对自己的女人说："你看看人家长的，毛茸茸、水灵灵的，就跟新长出的蘑菇似的。你瞅瞅你，黑不溜秋的，屁股不是屁股，奶子不是奶子！"那女人很高很粗，确实肤色很黑，嘴唇也是紫黑的，然而她的眼睛却生得很好看，又黑又亮，跟杏核似的，因而整个人还是给人很精神的感觉。丈夫如此贬低她，她并不介意，如常地笑着，看得出她的好脾气来。她说知道胡二今天过来，可没想到连老婆孩子也带来了。店主先前只注意了紫环，而未在意她怀中的除岁，这下他抱过除岁，又夸人家的孩子生得也好，长个牛牛不说，眉目生得英气，脸皮子也细发。说得胡二忍不住和店主开玩笑："你这么抬举她，干脆咱哥儿俩换媳妇得了。"店主神情亢奋地说："那敢情好，你要是不觉得吃亏，今晚咱们就换！我给俺老婆烧一锅洗澡水，好好干净干净她，你要是觉得划不来，干脆我把这小店也给你算了！"看店主的样子，大概是把玩笑当真了。胡二在店主肩上狠狠砸了一拳，说："好好搂你自己的老婆吧，把我胡二当成了什么畜牲！"店主也回敬了他一拳："我不过是过过嘴瘾。我的老婆，二十头母牛我都不换！"

紫环抱着孩子进了他们特意留给胡二的一间屋。屋子不大，但很整洁、暖和。炕上铺着席子，下垂的灯还套着个湖绿色灯罩，使屋子更显柔和。紫环把除岁放在炕上，喂他吃奶。除岁也跟着大人颠簸乏了，吃着吃着就睡着了。紫环把奶头从除岁嘴中拔出来，拽过枕头，轻轻把他放在席子上，又扯过被子给他盖上一角，这才到灶房去帮厨。胡二和店主坐在厅前的硬木椅子里大声说话，胡二在讲他得到的那匹好马如何转瞬之间就被老萨满给牵走了。胡二骂除岁："小狗崽子病得真不是时候！"又骂老萨满："拿什么不好，非要我的那匹好马！"胡二说他心疼得好几个晚上睡不着觉。店主安慰他："不过是匹马吗，我将来帮你留意着，再寻匹好的。好马这世上有不少，儿子你可只有一个！"说得胡二高兴了，从兜里把余下的烟叶掏出来甩给店主，说："我看你喜欢，留着抽吧。"店主说："不行，不行，你还要去黑河呢，路上寂寞呢，带着抽着解闷吧。"胡二"咦"了一声，说："我领着老婆孩子去黑河，哪里会闷呢，乐还乐不过来呢。"这话把紫环给说高兴了，切土豆丝的动作更加干练有力了。心想别看胡二粗鲁，心肠却热着呢。这种男人一旦对女人好起来，就像被蒙了眼罩拉磨的驴一样，你都没处赶他，会始终如一地围着你转。

晚饭后，店主和胡二要去江边装船，女主人说紫环初到三合站，让她也跟着出去逛逛吧。店主说："干脆你也陪着去吧，反正店里有人，小孩子醒了也有人照应。"胡二说："可得把我儿子照应好，小家伙要是尿了炕，自己准会醒。这时你得赶快给他换裤子，不然他就哭个不停。小家伙要面子哩。"店主说："哼，就你胡二的孩子是皇上，金贵成这个样子，放心吧。"紫环连忙把备用的裤子放到除岁枕前，叮嘱了一番照看他的人，这才跟着出去了。

是个满月的夜晚，月亮富富态态地端坐在天庭上，宛若一个高寿而有威望的老太太，等着后生们的顶礼膜拜。空气凉而清新，微微的腥气告诉人们这江中生活着广阔的鱼群。月光是安详的，那是一种洗尽铅华、朴素而无任何杂质的光芒。它照着三合站泛白的街道，一片片矮矮的木房子以及江畔上开阔的庄稼地。胡二和店主走在前面，而紫环和女主人则在后面。女主人对紫环说，她的老家是山东，由于那里连年闹饥荒，她就被父亲的箩筐给挑出了山东。那年她八岁，父亲的箩筐里还挑着另一个孩子，那便是女主人的弟弟。然而她弟弟命短，在山海关换车时他父亲去给他们弄水喝，他爬出了箩筐，摔在铁路的枕木上，大头冲下，当即就死了。女主人说记得当时弟弟爬出箩筐时对她说的话："姐，你等着，我下去给你弄个果吃。"女主人说着哽咽了："夕阳照着路基上的鹅卵石，把它们照出金色和红色来，弟弟一定以为是苹果和橘子散在路基上，这才跌了下去。"她说从此之后她特别害怕看见夕阳，所以傍晚时她从不出门。她父亲领着她在锦州落脚了。她父亲在那里种苹果，又娶了一个老婆，那女人是个寡妇，带着个嗷嗷待哺的孩子，而女主人的生母在她五岁时就去世了。后母和父亲感情不和，三天两头吵架，因而她盼望着快些长大，早点脱离家庭。她十五岁时有一天上街，看见烧饼铺前有一个五大三粗的人坐在板凳上吃烧饼，一气吃下八个，又喝了碗羊血汤，看上去格外健壮。她想这男人肯定不穷，能吃起这么多的烧饼，于是主动上前搭讪。知道他叫王五牛，路过锦州，去齐齐哈尔贩马的。王五牛比她大八岁，以为她家穷才站在路边看他吃烧饼，就买了一锅新出炉的送给她。"就这么着我相中他了。想想他不仅有力气，人的心肠也好。我也没回家，就跟着五牛去齐齐哈尔了。往后又跟他到过穆棱和延吉，都是买卖上的事情，后来坐着船来到了三合站，一来，就喜欢上了这儿，开了这家小店，不想再往旁处去了。"女主人说完叹了口气，很怅惘的样子。紫环也想起了自己的身世，不由得陪着也叹了口气，说："看着王哥挺瘦的嘛。""这些年在这磕打得没人样了。"女主人淡淡笑了，"人也老了，孩子大了，没听他一肚子牢骚吗？""男人就是这副样子。"紫环说着，跟着女主人已走到江边。江很宽阔，但还是能望得见对岸的山影，那山在月光下是幽蓝色的。女主人指着那山说："打那里年年都游过来一些苏联人，他们在那里日子过得也不好。你到了黑河，会发现那里的苏联人更多。他们爱唱歌跳舞，吃毛嗑儿，喝酒，那些女人冬天也不怕冷，都穿着裙子。"女主人说着掩饰不住地笑了，"他们的女人奶子和屁股都比我们长得大，长得圆，前些时金矿局的一个日本人看上了一个苏联娘们儿，晚上去占她的便宜，结果她把日本人踹出门外，她的力气实在是大啊。日本人没杀她，把她家的两头牛给枪杀了，哭得那娘们儿抱庙儿似的。"紫环"哦"了一声，很动情地看着江。江面是有波纹的，它们颤颤涌动着，似在前进的样子。波光被月光给衬得一跳一闪的，宛若星光。抬头一望，发现天空的星星并没有那么多，心想还是水面灿烂啊。紫环很少有机会能到水边站上一刻，这一站，她便喜欢上了。觉得那水很柔曼地一点点地往她的心底流。紫环不由对女主人说："我喜欢三合站了。""我在这儿呆着也寂寞，以后胡二再来，你就跟着，往后夏天来，我们能到江里洗澡。"女主人说，"我比你大，你叫我王嫂也行，叫我姐姐也行，以后咱就当亲戚处了。能跟你说说话，我心里还敞亮些。"紫环便叫了一声"姐姐"，然后说："以后你也去我那里玩，我住在山里，跟鄂伦春人处得也不错。"江上的波光依然粼粼跳跃着，像是初春吊在屋檐下的冰溜儿被淘气的小孩子打掉了，溅起来碎冰点点，银光闪烁的。

紫环和胡二次日凌晨四时就去码头了。店主一直送到那里。江面上有微微的白雾，胡二说太阳马上就会跳出山坳，届时雾想留都留不住。店主叮嘱胡二，反正是顺水走，快的话当夜就能漂到黑河，不过既然带着老婆孩子，碰到好风光了就不妨靠岸耍一耍。说到"耍"字时，店主龇着满嘴黄牙笑了。胡二将烟头扔进江水，说："咱出门是做事的，要耍回家耍去！"说着解开缆绳，撑船离岸。

那条木船不是很大，有六米左右长，一米多宽。船有个小舱，容得下两三个人坐，能遮太阳和避雨。货物用草袋打包成捆，一摞摞相挨着堆放在舱底。紫环抱着除岁坐在船尾，不住地向两岸眺望。除岁第一次坐船，又是第一次看见江，因而在紫环怀中欢跳个不停。胡二有些担心，就不断地对紫环说："你可把儿子给我抱紧了，知道吗，你抱的可是未来的皇上！"也许胡二觉得如今的皇上太窝囊，当不当都没什么用处，又补充说："咱要当皇上，就当秦始皇那样的、李世民那样的、乾隆那样的！除岁你说是不是！"除岁挥舞着胳膊，对着胡二叫个不休，好像是热烈赞同他的话似的。果然如胡二所料，太阳出来后，江上的雾就散了，江面被朝阳浸染得一片橘黄，船行其中，犹如走在丰收了的稻田中，给人一种十分馨香的感觉。紫环情不自禁地哼起了歌，歌声在江水上雾似的弥漫，引得岸上的鸟也跟着唱和，胡二不由兴奋地对鸟儿说："跟我老婆比比嗓子吧，看看谁的亮堂！"其喜悦之情溢于言表。紫环不由嗔怪道："当初还不愿带我们娘儿俩一同来呢，你一个人走寂寞不寂寞！"胡二"呸"了紫环一口，说："我一个人才自由呢，想着带着你们逛黑河，身后跟着条尾巴，扫兴！"紫环也不介意，回敬道："这辈子我是铁了心当你的尾巴了，你甩都甩不掉了！"

由于秋天江水消瘦，船在某些狭窄区域必须向中央荡去，这样离旋涡也就近了。此时紫环就敛声屏息，生怕有个闪失。胡二看穿了她的心思，说："你别担心，我当年什么活儿都干过，撑条船到黑河跟玩似的，手拿把掐！"紫环复又心境明朗起来。不知不觉太阳已升高了，江水由橘黄转为银白，一些水鸟出现在船尾。每当水鸟扑棱着翅膀把水面搅出无数四溅的水珠时，除岁就要欢叫个不休。他已经会叫"爸""妈"了，还会说山、树、狗、鸡、云、雪、雨、屋等简单的话，每当他很卖力地说出个字时，胡二就由衷地夸赞："我儿子，要多聪明有多聪明！"也不管除岁对着风景抒情时用的字恰不恰当，如他此刻就把水鸟称为"鸡"，并且看着胡二叫"狗"。不久，紫环发现了岸上一片茂盛的稠李子树，它们那紫黑的果实压满了枝头，十分诱人。紫环说："这稠李子肯定不知让霜打过多少回了，一准甘甜甘甜的。"胡二说："那咱就靠岸吃上它一会儿。"紫环说：

"不耽误走路吗？"胡二说："这船咱是主人，想什么时候靠岸就靠岸，想哪天到黑河就哪天到！"说着，已经把舵转向岸边。紫环大喜过望地抱着除岁下了船，她把除岁放在地上，由他慢慢地走，她自己奔向了那片稠李子树。稠李子树叶已经基本脱落了，没有落下的，不是黄色，便是半青半红的。果实一嘟噜一嘟噜地坠着，散发着甜香气。紫环仰着头，伸出舌头舔了一粒入嘴，高叫"甜死了"，接着又将第二粒舔入嘴里。那果子芸豆般大，滚圆滚圆的，表皮紫黑色，油亮油亮的，果肉淡绿色，黄豆般大的果核则是月白色或者玫瑰色的。紫环吃得连叫中午不想吃干粮，胡二就说："你可少吃点，稠李子吃多了可拉不下屎来，倒遭罪！"紫环也听当地人说过，若是有人拉痢疾一直不见好，给他吃碗稠李子，保证就止泻了。胡二抱着除岁，让他自己去抓稠李子，除岁抓着一串，很急地要往嘴里填，胡二说："宝贝，这可不行，爸先帮你把核舔出来，不然噎着你。"除岁嘴急，眼见到嘴的东西要飞了，就哇哇哭了。除岁的哭声刚起来，紫环就听见稠李子树林深处一阵喊里咔嚓的响动，她刚要向胡二报告里面有人，胡二却冲她大喝一声："环儿，快跑，里面有熊！"紫环连忙撒开怀中的稠李子树，朝水边跑去。胡二抱着除岁跑在头里，他将儿子放在船上，取下猎枪，朝稠李子树丛跑去。紫环在胡二身后吆喝："咱走咱的，不打它行不行？"胡二没理睬她，仍是向前跑。紫环兀自叹了口气，说："唉，都是我这馋嘴给闹的。"她上船抱起了除岁，对他说："你爸爸要去打黑熊了。他真不该打它，黑熊又没招惹咱，它也吃稠李子呢，兴许还没吃够呢。"语气甚为自责和伤感。这时枪声响了，接连响了两声，紫环的心也就跟着哆嗦了两下。她希望这头熊能幸免于难地逃亡，可她又相信胡二无往而不胜的枪法。果然，仅仅五分钟过后，胡二就钻出稠李子树丛招呼紫环："把船上的绳子拿来，我得把它拖过去，狗日的有二百来斤呢！"紫环不由得鼻子一酸，但她还是把绳子拿了过去。那的确是头足有二百多斤的健硕的黑熊，是只公熊，由于未到冬天，它皮毛的光泽看上去很不好，有些发乌。它吃的两枪一枪在额头上，一枪则在尾巴上。胡二说："给它这样两枪不伤皮毛，整张的皮子好往出卖。"紫环说："咱不该打它，它在吃稠李子，兴许才吃了没几颗。咱今天出来是上黑河的，不该冲它开枪。"胡二鄙夷地从嘴中"咦喝"地叫了一声，说："老娘们儿倒是善心肠！一头熊算得了什么！"紫环便不吱声了。她看着胡二把绳子捆在黑熊的四只脚掌上，然后往岸边拖。那熊偏着身子，枪口处渗出鲜血，把微黄的枯草染红。胡二在把熊吃力地弄上船的时刻，船剧烈下沉着，胡二安慰紫环说，前面就是新街基了，到了那儿上岸把它卖掉。不求卖太好的价钱，能让除岁多照两张相，多吃几块雪糕就得。紫环没有反对。这样船又启动，很快就驶入新街基码头，岸上有两个人在捕鱼，看见有船过来，就扔下手中的活儿垂着头看。胡二眼尖，老远就认出了其中的一个，冲他喊："张大烟袋，快来帮个忙，我刚才打了头公熊！"被唤做张大烟袋的人看上去很瘦，他尖着嗓子嚷："妈的，这不是胡二吗，往哪儿跑船哇？""黑河！"胡二响亮地叫着，"跑船皮货，拿现钱儿！""真有你的啊！"张大烟袋叫着，跑到水边帮助胡二

拴船。他看见了紫环和除岁，说："带着老婆孩子出去哇？"胡二
啐了口痰说："偏要跟着去，不领不就不仗义了吗？"说得紫环有
些脸红，觉得自己处处多余，是死乞白赖的跟屁虫。张大烟袋黄牙齿，
黄脸，黄眼珠，黄指甲，总之整个人就像用黄表纸糊起来的纸人一
样，给人一种走向穷途末路的感觉。胡二上了岸与他交涉，想托他
把这头熊卖掉，张大烟袋说："这时候的皮子不值钱你也知道，熊
掌和熊胆倒是能值俩钱儿，可一时也不好脱手。"胡二"呸"了一声，
说："少他妈的跟我绕弯子，你命好，赶上我白送头熊给你了。去吧，
快回家拿点钱给我，够我儿子上黑河照几张相的钱就行！"张大烟
袋高兴了，他几乎是一溜小跑回家去了。新街基是个小码头，没有
多少时间，张大烟袋就捧着个瓦罐回来了，他把瓦罐放到船上，说：
"钱都在里面呢，你也别查了。你要觉得少，回来时再朝我算账吧！"
胡二说了句："弄个罐子糊弄人，好你个张大烟袋。"但还是把熊卸
了下去。张大烟袋踹了一下熊说："今晚我就把你大卸八块烤了吃！"
胡二离开码头的时候冲张大烟袋说："烤时先别放盐，肉发死，烤
熟了蘸盐吃，要多香有多香！"

　　船离开新街基码头后，太阳已经到中天了。江水更为明亮了。
除岁兴奋得倦了，紫环喂过他奶后，他就睡了。紫环把他抱入舱里，
盖上一条小毯子，然后她悄悄打开那个罐子，料不到从里面竟蹦出
只花蛤蟆来，它跳在舱板上，鼓着眼睛，十分淘气的样子。紫环吓
得面如土色。胡二倒是放声笑了："这个张大烟袋，他一准是相中
你了。只要他相中的女人，他就会搞点小把戏逗你玩。"紫环骂："瞧

他黄皮拉瘦的那副德性，还打我的主意呢！"胡二说："看看里面的钱，用不用回来时再去揍他？"紫环把一堆腻乎乎的钞票点了一通，先是埋怨了一声："这一股的癞蛤蟆味儿。"然后才说："我看就别揍他了，够咱除岁照相和吃雪糕的了。要是紧着点花，说不定还能买块镜子和糖盒呢！"胡二笑了："张大烟袋这人还算义气！"

他们的船卸下了熊，又装上了一只蛤蟆，很顺利地一路漂荡下去。由于夫妻二人不停地说话，中途又靠岸吃了些干粮，因而近黄昏的时候他们才走到三卡。胡二说就在这里住一夜算了，码头有个李拐子，找他帮着看管船上的货物。他家就在码头上，可以住在那里。紫环料不到胡二来大兴安岭短短的两三年时光，竟和这一带的人如此熟悉。仿佛处处都是他的码头。他们将要靠岸的时候，从金色的余晖中一瘸一拐地晃过来一个人影，胡二不由笑了："敢情他知道我要来，先迎在这里了。"胡二高声叫："哎——拐子——"紫环悄声说："这么喊人家多不好，揭人不揭短。"李拐子却愉快地答应着过来了。他说："我都等了大半天了，你这个慢啊。"胡二说："你怎么知道我打这里走？"李拐子指着船说："你这货的主人一大早晨找人捎信来，让我在这把你截住。黑河码头这几天不太平，日本人在那里对进港的货物全都盘查没收。""日他娘的！"胡二骂了一句，"那就不让我去黑河了，把货扔到你这里？""哪里，让你在上马厂靠岸，那是个小码头，离黑河又没多远了。"胡二又骂了一句，这才抱起除岁，领着紫环上岸。紫环心里空落落的，心想都走了一半了，黑河又去不成了。除岁的相还照不照？她的披肩还买不买？

胡二见紫环闷闷不乐，就说："黑河咱照去不误，把货给他撒到上马厂咱就去！"

<h1 style="text-align:center">七</h1>

深冬的海风带着砭人肌骨的寒意。广阔的沙滩在此时因为没有游人而显出空寂来。空寂是海的品格，郑家晴一直这样以为。别看海总是汹涌澎湃着，不绝如缕地把波浪层层叠叠卷起，而它的内心世界却是无与伦比的空寂。当你是一个人面对着海、暮色的冬日的海时，这空寂就体味得尤其深刻。残阳尽了，海极远处的那些猩红的云霞也消失了，它们似乎是被海水溶解了。郑家晴知道太阳经过海面时会有完全不同的命运，一种是勃勃颤动着愈加丰满鲜润地升起来，一种则是摧枯拉朽般地分崩离析。前者是黎明，后者则是郑家晴此刻正经历的瞬间，也是为他所深爱的黄昏。夕阳坠入大海的那一刻，郑家晴总觉得在极深极深的海里有一个老人在说：累了一天，回家歇着吧。海总是给夕阳制造一个最温馨的休息之所，因而次日它复出海面时才更加光艳动人、容光焕发。郑家晴喜欢的是消去了人语的冬令的海，沙滩上几乎没有行人，他常常在黄昏时驱车来到这里，将车停下，感受着海风。海风是咸的，粗粝的，豪迈的。郑家晴感觉到了洪荒时代的那种空寂，那是创世记的时代，地球上还没有人类，那种空寂是一种有美好生命在悄悄悸动的空寂，每逢这种时刻，他都想哭一场，内心总是有某种屈辱的情感要向大海倾

诉。有一回他真这样哭了，哭得鼻涕眼泪都往颈窝里流，哭得眼前的海一片模糊。哭过后他很舒畅，再出入生意场的灯红酒绿时才镇定自若、谈笑风生。有一回郑家晴在那里遇到一个老渔民，老人以为他要自杀，就说："年轻人，世道总有一天会好起来的，你等着瞧吧！"说得郑家晴热泪盈眶，因为老渔民看出了他是忧伤世事的，而不是因为爱情、生意甚至疾病。他久久地握着老渔民粗糙的手，特别想叫他一声父亲。

郑家晴因为生意上的事情在下半年去了北平和上海。一直想在电影上有所发展的妻子沈雅娴也跟随着他，寻求表演的机会。尤其是到了上海，沈雅娴几乎是早出晚归地在各大电影厂之间奔来奔去，毛遂自荐。她为此吃尽了苦头。有的导演嫌她软磨硬泡影响工作，就不耐烦地在剧组里给她个群众角色。没有面部特写，不是弓着背买货物就是戴着口罩清理马桶，一闪即逝了。尽管如此，沈雅娴还是备受鼓舞。郑家晴忙完了生意上的交易，为了不扫妻子的兴，还是陪她多住了一段时日。每天天刚蒙蒙亮，沈雅娴就起床洗漱了。她在打扮自己上总是屡屡出新。若是导演昨天对她的华丽服饰熟视无睹，她今天则一身粗布衣裙，恨不能打起赤脚；而今天若是导演对她的粗布衣裳也不感兴趣了，她回来肯定要骂导演是个疯子，明天会跑另一家电影厂去碰运气。有一天她回来得很晚，眼睛红肿着，一望便知哭过。她见了郑家晴说的第一句话是："你会不会成为第二个张达民、唐季珊？"弄得郑家晴哭笑不得。原来她那天认识了联华影业公司的一个人，这人跟沈雅娴讲起去年轰动上海的阮玲玉自杀事件，说纯粹是张达民和唐季珊之流的男人把阮玲玉逼上了绝路。这种男人贪婪、自私、猎艳、薄情，而阿阮又是一个认真的人，这样她的感情处处受伤害。沈雅娴喜欢阮玲玉的片子，认为她似乎是专为那些悲剧角色而生的，她能演姨太太、舞女，也能演村姑、乞丐、妓女和尼姑。沈雅娴尤其喜欢她的那又细又长又弯的眉毛，那的确是举世无双的眉毛。阮玲玉的香消玉殒，曾经使她落过几次泪。如今听知情者如此细说原委，便对生意场上的男人怀了某种抵触情绪，想着郑家晴会不会在事业蒸蒸日上的时候成为唐季珊式的人物？郑家晴倒是有一句话一直想说却没有说得出口，那就是我郑家晴有可能成为唐季珊式的人物，而你沈雅娴永远也不可能成为阮玲玉。阮玲玉是什么？那是天才演员，几十年甚至几百年才出一个的人！你沈雅娴虽然也有姿色和做戏的才能，但与阮玲玉比起来，却是高山与土丘的区别。然而郑家晴不想刺激沈雅娴，她虽然虚荣，但做事执着，也很善良，不乏动人之处。乱世之中，有这样一个妻子，应该知足了。他们初到上海时住在外滩附近的一家旅馆里，附近有个咖啡厅，在十二层楼上，半圆形的桌子分外别致。坐在这里，可以眺望黄浦江。江水只有在天气极端晴朗的日子里才是湛蓝色的，大部分时候，它都是灰色的。沈雅娴出去碰运气时，郑家晴就喜欢买几份报纸带到这里来读。他只要一杯黑咖啡。报纸上有各种消息，肉类、蛋禽等副食品因短缺而涨价，杂技演员走钢丝从空中跌了下来，蒋介石剿共步伐坚定，七十老妪寻三十年前失散的儿子，等等。这还算有些聊头的话题，有时小报竟然登载老翁寻假牙的启事，再不就是女人生下了连体婴儿，老鼠吓跑了猫，母鸡夜半打鸣使主人一家遭到强盗洗劫，等等，全都是些无聊、猎奇之事。郑家晴看得久了，就对这消息没了兴趣，有时没看完，就把它们垫到屁股底下，而专心致志地喝咖啡，望眼下的那条船来船往的江。侍应生见他总是一个人来，且坐的时间又长，以为是个失恋的有钱的阔少爷，于是自作主张把自己年近三十却未出阁的姐姐引荐给他。那女人妆化得很浓，初见郑家晴就帮他抚了抚衬衣的领子，吓得郑家晴再也不敢去咖啡厅打发时光了，索性彻底从旅馆搬了出来，在北丰路的一个弄堂里租了间房，由房东操持卫生和伙食，不但省了钱，吃得还蛮舒服。房东六十多岁了，喜欢老早就挎着菜篮子去菜市场。她做的醉蟹和腌田螺实在是鲜美得让人难以忘怀。郑家晴起床晚，房东给他的早餐通常是鸡蛋银丝面，她端给他的时候惯常说的一句话是："贪睡不好，伤身，早晨起来活动活动好。"郑家晴不置可否地一笑，吃过面就上街闲逛。

　　初秋的时令，鲁迅先生在上海病故了。郑家晴是买报时得到这消息的。报童说遗体停在万国殡仪馆，很多人都去吊唁了，他也准备去。郑家晴很吃惊一个报童也要前去凭吊，于是就跟他一同去了。他们在殡仪馆旁的花店买了两枝白菊，它开得洋洋洒洒、蓬蓬勃勃、纯白芳芬。然后，尾随着络绎不绝的人流进了殡仪馆。到处是挽联和鲜花，大厅里人很多，但只能听见脚步声，没什么人在说话。郑家晴走到中途时退了出来，他不敢面对鲁迅先生的遗容。他走出殡仪馆，乘车来到黄浦江畔，听着船靠港的汽笛声，觉得自己活得实在惨淡。这是一种为鲁迅先生所不齿的偷生的惨淡。他在新京时，在读书会里，曾经和会员一同讨论过鲁迅的作品，他偏爱他的《孔乙己》和《在酒楼上》。此时此刻，他特别想做一个穿长衫但却落魄的孔乙己，去酒店里吃碟茴香豆。然而他一直走到天昏地暗的时候，也没有找到这样一处咸亨酒店。回到寓所的郑家晴买了一瓶酒，独斟独酌。沈雅娴回来见他酩酊大醉，以为他想回大连了，而自己在上海又处处碰壁，就说到了十月底如果她的事业还是一败涂地的话，就离开上海。郑家晴还是忍不住观看了隔日举行的鲁迅先生的葬礼。万国殡仪馆门前到处是送行的人群，郑家晴夹在其中，将礼帽努力往下压，遮住眼睛。扶灵柩的有气度非凡的宋庆龄，有蔡元培和巴金等人。只是因为看到了这几个人脸上的凝重、悲哀和不凡气度，郑家晴就第二次做了逃跑者。这回他仍是乘车到了外滩，坐在一处水泥栏杆上，吸着烟，看着暮色徐徐降临。江水黯淡的时候，外滩的灯火却灿烂地升起了，它们把黄浦江畔照得一片通明。郑家晴只觉得身上阵阵发冷，仿佛自己是只空空荡荡的躯壳，身上所有的热气都被抽尽了似的。当夜他回到寓所便和房东结账，然后跟晚归的沈雅娴摊牌，她若是还想继续在这里寻求发展，就独自留下，他必须回大连了。沈雅娴先是嘴硬地说留下来无所谓，最后还是抽泣着说要跟郑家晴一同离开。她骂上海是个婊子养的地方，导演都是瘪三，那些走红的女演员大部分都是摆设，没什么内涵。跟着她又说有一个剧组的导演很欣赏她，过段时日有一个写妓女生活的戏要开机，有个女二号可以考虑她。郑家晴便说："那你就留下来当你的女二号，不过拍接客的戏时可不要哭啊。"说得沈雅娴的脸都气白了，骂男人都是狼心狗肺的东西，你要是受了糟践，他就幸灾乐祸。郑家晴没有反驳什么，很没心情地先自睡下了。那边沈雅娴温情脉脉地撩拨他，他也无动于衷。次日沈雅娴又跑了整整一天，给那些她已建立起来关系的电影厂留通讯地址，嘱咐他们有了适合她的角色不要忘了她。

回到大连后郑家晴就陷入了生意场上的事务之中。沈初尉因为有了这样一个好帮手而对郑家晴格外器重。他们的生意越做越红火，与欧洲和南洋都有业务上的往来。沈初尉的胃口很大，目标放得很长远，他想在未来的日子里吞并大连所有的纺织厂，然后在海边建立一个融世界各国最精彩建筑于一体的别墅群，供那些有钱人入住。郑家晴便打趣说自己只要一座爱斯基摩人居住的那种冰屋子。沈初尉笑道："那可不行，那不把我姐姐变成冰美人了！"回到大连的沈雅娴每日在家打扫庭院、买花、帮女佣做饭，为郑家晴熨洗衣服，一派贤良妇女的模样。偶尔，她也会去剧院看场戏，回来后便嘲笑演员个个如冬眠的蛇，生硬得很。这时她就会怀念曾被她骂过婊子养的上海，说那里演戏的气氛好，演员也有发展。每逢她谈戏的时候，郑家晴都做出对戏剧知之甚少的淡然态度，沈雅娴便调侃夫君可惜了这一副好身材和脸庞，要是他在电影界寻求发展，肯定会成为当红明星。郑家晴心想我才懒得假模假样地在戏中打打杀杀或者儿女情长呢。偶尔，他也会想起于小书，只是一闪念。若是想的时间超过了几十秒，他马上转移注意力出去做事。

张学良与杨虎城发动的西安事变使郑家晴格外震动，大连的一些进步组织举行了声势浩大的声援游行。几乎所有的报纸都以醒目标题报道这一事件。"张杨对蒋发动兵变，争取中华民国生存"、"张杨发表救国主张八项"等，一时间西安成了全中国瞩目的焦点。刚开始传来一些小道消息，说张学良捉住蒋介石，取下他的满口假牙，怒斥他当年阻止东北军对日军抵抗，今日要让他人头落地，以雪国耻。还有人说杨虎城将他从浴缸逮出来后弄得满手都是肥皂泡。郑家晴一听便知这情节是虚构的，但事件的实质却与这种描述也无太大出入。蒋介石迫不得已与中共代表周恩来举行会谈，达成了停止内战、一致抗日的协议，举国上下沉浸在一片欢腾之中。驻守在大连的日军这些日子神色紧张，到处是巡警和岗哨。郑家晴从内心里企盼着蒋介石能够积极抗日，但他没有想到要用兵谏的方式。他对张学良和杨虎城钦佩之至，觉得这才叫血气方刚的男子汉。他自惭形秽，觉得自己每每是豪情万丈，澎湃激昂，最终却是委靡不前、缩手缩脚。于是，大海就成了他常倾诉苦闷的地方。

郑家晴驱车回到家里时天已经很黑了。沈雅娴在沙发中看报，她看着丈夫满鞋的沙子，便知他又去海边了。最近他常去那里，每次回来，都像约会了某位女士似的，躲躲闪闪的。沈雅娴有些担忧，就去找弟弟沈初尉，问丈夫在生意上是否有压力或者不顺？沈初尉否认了这点，她就吞吞吐吐问他是不是在外面有了女人。沈初尉笑说："姐姐可不要胡乱猜想。家晴是个进步分子，被我给拉到了生意场上。这回西安闹了兵变，一看全国上下都是抗日的气氛，他心里有些失落。"沈初尉接着用调侃的语气说："家晴是只介于猫和老虎之间的一个动物，不过那猫是只烈猫，而虎是只蔫虎。"沈雅娴这才放心回家。不过她学得聪明了，不再谈论时局，只是有时用的方法不够恰当。比如前些天报上登载张学良护送蒋介石回南京，郑家晴正津津有味地看这份报，沈雅娴便把一杯茶放到丈夫手中，给他讲听来的一个荤故事。说是一个妓女接待一位盲人，想他做事情又看不到她的脸，就变着法子捉弄他。沈雅娴还没讲出用何种办法来对付那位盲人嫖客，郑家晴就把一杯茶泼在妻子身上，骂了声："下贱！"沈雅娴跑出楼，站在寒风中哭了许久。起初是因为委屈而哭，后来则是因为把自己设想成了某个悲剧角色，一发而不可收地哭下去。女佣来劝她回去，她毫不理睬。郑家晴只得亲自出马，他见沈雅娴哭得豪情万丈，便悟到了她可能在做戏。于是就毫不留情地说："别闹了，我又不是导演，你再投入，我半个角色也不会给你的。"沈雅娴也未反驳，立即收敛了哭声，乖乖跟着丈夫回楼。不过从此以后避免谈及时局的话题就不用这类伎俩了，她采用声东击西的办法，煞有介事地把一个无关痛痒的小事无限夸大，对这件事喋喋不休地评头品足个没完，使郑家晴不知不觉转移了注意力。从她煞费苦心希望丈夫心情开朗这点来看，她是爱郑家晴的。

　　年底就在眼前的时候，有一天郑家晴带着武汉来的两位商人去旅顺游玩，他们在生意谈妥离开前特别想看看这座港口。沙俄时代在此设置关东州时这里曾一度贸易兴盛，一些新兴的产业诸如红砖厂、卷烟厂、面粉厂、酒精厂、石灰厂、制盐厂等纷纷兴起。他们到达旅顺后已近中午，天有些阴沉，他们先是到一家清静的餐馆吃饭。这家餐馆是日本人开的，有天妇罗、生鱼片、炸蟹肉和清酒。清酒很淡，每个人都喝了两壶。酒后天色愈发阴沉了，他们驱车去了港口。旅顺港的海水与大连湾不一样，它是深蓝深蓝的，蓝得似乎都有些发黑，尤其是阴天的时候，那种蓝就浓得如墨一般。武汉来的商人看了一眼海水，说："怎么蓝成了这个样子？"郑家晴说："港口水深，周围又有山阻挡着，就是有太阳的话，这里也亮堂不到哪里去。""好吓人啊！"武汉人说着，虽然隔着水有几米的距离，还是忍不住的后退了几步。郑家晴忍不住笑了。也就是在这个时候，一个手拿折扇的老人出现了，他指着海水说："上个月有个姑娘从这里跳下去了。她父亲得病死了，她母亲改嫁了，她哥哥疯了，她自己又不能和心上人在一起，她就跳下去了。"老人说："她那天穿着白裙子，天那么冷，她还穿着裙子，就在这海滩上走，像朵云。我觉得不大对头，就想让她看看我的扇子，这么美的扇子，她看了就不会死了。"说着，老人把他的扇子"刷"地展开了。那扇子确实别致，扇骨是用红柳做的，扇面是雪青色的麻布，上面画着枝瘦梅，只有三朵花。扇钉用的不是普通的铜钉，而是镶嵌着贝壳的白银钉，看上去古朴而高贵。郑家晴一经把玩就爱不释手，连忙问其价格。老人说："我图的不是钱，图的是识货的人。"武汉来的朋友见这老人打扮离谱儿，言语又怪异，就悄悄把郑家晴叫到一边说："还是别跟他废话了，他肯定精神不正常，没看他反穿着裤子吗？"的确，不足一米六的老人穿着一条黑色灯笼裤，而这裤子的里子是朝外的，两道码边的白线分外刺目。他上身穿着一件土黄色的圆领秋衣，上面油渍斑斑。稀疏斑白的头发被海风吹得尤为凌乱，额头和脸颊的皱纹纵横在他那几近干枯的脸上，给人一种莫名的忧伤。老人见郑家晴犹豫，就说："这扇子都是我自己做的，画也是我画的。你要是不喜欢老梅，有的扇子还画着竹子和荷花。你要是才成亲没多久的话，就要荷花吧。"说着，从背后的黄布兜中取出另一把扇子，"刷"地迎风展开，果然是几簇开得程度不一的墨荷，有的盛开，有的只开出两三瓣，有的还是蓓蕾。扇骨依然是红柳，扇钉用的也是白银镶嵌着贝壳的。那贝壳与扇面的颜色很谐调，也是雪青色的，让人觉得它们是一大一小的两个湖。郑家晴当即选了这把扇子，然后倾其囊中所有给予老人。老人查过钱，把它们放到背包中，说："你们开车来的，你们是有钱人。这把扇子我是卖亏了，你知不知道那扇钉用的是上好的银子？那可是祖传的银子！"郑家晴说："你要觉得不合算，就跟我的车走，我再拿钱给你。"从武汉来的商人见状连忙说愿意帮助把余下的钱付掉。不料老人很固执地说："我要跟着车去大连拿钱。"结果他们一行三人在旅顺玩得极其别扭，无论走到哪里，老人都像尾巴似的跟着。快近黄昏的时候，他们败兴地驱车回返。老人坐在副驾驶的位置上，在车上一直东张西望着，一会儿大声咳嗽，一会儿大打喷嚏。他指着车窗外的路说，这段路是沙俄时期修的，他参加了，一天做十二个小时的活，累得时时想死。郑家晴便问："你老高寿了？""八十了。"他说。郑家晴心下暗惊，想不到一个八十岁的老人还能在港口卖扇子。又问他的家里都有些什么人，老人将一口痰吐到挡风玻璃上，说："就我光杆儿一个了。"
此时郑家晴已经有些后悔把他带到大连去。当夜老人取了钱后说没
法再回旅顺了，沈雅娴就很不情愿地留宿他。他像主人一样自然而
然坐到餐桌旁。他喝汤时发出很响的声音，而且鼻涕也跟着下来了。
饭后，他口气很大地对郑家晴夫妇说："我看你们这儿挺好的，我
就不走了。"郑家晴夫妇面面相觑，目瞪口呆，不明白为什么会从
天而降一个爹似的人物要让他们伺候着。

第六章　一九三七年

民国二十六年　昭和十二年　康德四年

一

　　工棚外的西北风呜呜叫了一夜。除夕才过，祝兴运和工友便被工头吆喝着起来干活。工友们来自四面八方，虽都为男性，但年龄和身体状况却是不一样的。有的六十多岁了，身体虚弱；有的则十八九岁，满身的力气。不过在这工地干上两年后，身体虚的就愈发虚的像根枯草，而身体壮的也开始腰酸背痛、咳嗽连天。那些看上去很强壮的人，百分之百是刚被抓来的。他们住的是小杆铺，褥子像煎饼一样薄；被子则被饥饿的老鼠嗑出无数洞来。有时盖着被子，而膝盖却阵阵发凉，因为那里刚好露着窟窿。他们天不亮就要起来吃饭干活。伙食糟糕得就像麻风病人的那张脸，让人一看就恶心，可为了保存体力，又不得不吃。他们的主食是杂合面饼子，有时也吃一两顿馒头。馒头的颜色像苔藓一样绿，放到嘴里感觉到的是一股霉味。春季时生了紫芽的土豆和冬季时冻僵了的白菜，都是他们一日三餐的主要内容。工友们久而久之养成了习惯，吃时不看食物，只管蠕动喉结往下咽，咽下去就是胜利。祝兴运才来一年，就害了关节炎，整个冬季酸痛难忍，就像有群蚂蚁藏在膝盖骨里天天咬他。本来他是满头乌发的，可因为吃了几顿发霉的馒头，头发像其他工友一样脱落了大半。在这点上，他甚至不如罗锅王金堂经折腾。王金堂在伙房工作，比他们在工地上要轻松一些，免了寒风和骄阳之苦。王金堂得到这份在此算是美差的活很偶然。他们一同由新京到郊县去拉黏豆包，才进县城就被抓劳工的人给撞上了。街上停着辆军车，很多人都被强行赶上去。抓劳工的人见祝兴运和个老罗锅在一起，以为他们是父子，留下一个怕泄露了行踪，索性一并抓去。他们坐了两天一夜的闷罐车到了虎林，只见到处是荒地和秃山，雪厚得一脚下去便会没了脚踝骨。工头见抓来个罗锅儿，就牢骚满腹地骂："弄这么个吃闲饭的来干什么？让我给他买副棺材是不是？"工头是个中国人，矮瘦矮瘦的，小眼睛，鹰钩鼻子，也许是因为得到了日本人的重用，在打扮上便与东洋人很靠拢，头发梳得油亮油亮的，唇上蓄着撇乌鸦翅膀似的八字胡，看人时仰着头，斜睨着眼睛，很不屑很不齿的神情。自从王金堂被捉住的那一时刻，他就打定了主意，无论多么艰难困苦，也要活着回去。听工头如此一说，他立马当众"扑通"一声跪在地上，很讨好地说："你别看我罗锅儿，可我一身的力气，什么都能干；看着我挺老的了，其实我刚满五十岁，上个月才过完生日。长官留下我吧，给我个活儿就行。"王金堂故意把自己的年龄说小了，他怕人家以为他老朽，明日就把他扔进沟里做肥料。而且他故意把那可恶的工头称为长官。工头自然喜不自禁，他运足劲狠狠踢了王金堂的屁股一脚，见他并没有倒在地上，身体只是微微动了动，还跪在原地，就说："好了好了，你去伙房吧，会做饭吗？"王金堂连忙说："长官，我做了好几十年的饭了。会做好几道拿手菜呢，酸菜炖白肉，鲇鱼炖茄子，土豆炖猪骨头——"他还要说下去，工头不耐烦地又踢了他屁股一脚，说："行了行了，没人把你当成哑巴，啰嗦个屁！"王金堂心想，你个狗日的，骂我踢我算什么，能让我留口气活着出去就行，我可不能白了老伴，她这辈子命苦，老了老了又把伴儿给丢了，不知怎么难过呢。我得想方设法出去伺候她。当夜祝兴运便对王金堂爱理不睬的，觉得他没骨气，腿也真是贱，那么容易就弯了。王金堂悄悄对他说："我要是不这么着，明年的今天你若还记得我，就得给我烧纸了！你也得学乖点，忍着，家里老婆孩子一堆人还等着呢。"说得祝兴运再无话了。本来王金堂也是因为他才被抓来的，人家在街上弹棉花挺自在，不是因为那车并未到手的黏豆包，怎么会出了新京城呢。祝兴运愈想愈觉得愧得慌，对王金堂也就格外尊重了。这一年里，他们总共见了不到二十次面，王金堂和另外几名伙夫住在伙房旁的木屋里，条件虽然很差，但他们的温饱基本能得到保障。劳工们四点左右出工，他们三点就得起来。每天的开始不是享受阳光，而是星光。星星在此时虽然稀少，但分外明亮。王金堂每天早晨都要和星星自言自语地说上几句话，他会问："我老伴昨夜睡得好不好？咳嗽没咳嗽？"他认为星星能看到这世上所有的事情。星星若是眨眼了，他就说："噢，我明白了，她昨夜睡得好，也没咳嗽。你去她的梦里告诉她，我这里都平安，牙没掉一颗，脚也没长冻疮，就是想她想得慌。"说完，还有些儿女情长地掉下几滴眼泪。至于星星能否去老伴的梦里，他可就不知道了。有时候天阴，满天找不到一颗星星，王金堂就忧心如焚，暗自私忖老伴是不是出了什么事，冬天怕她伤风，夏天怕她起热痱子，秋天就怕她气管炎发作，春天则怕她出门被屋檐下的冰溜儿打着。有时梦里见着她，她不是现时的模样，总是她嫁他时的样子，俏模俏样的，笑得甜，穿得就跟六月的原野一样鲜亮，撩拨得王金堂醒来后只怪岁月太无情，对着星星仰天长叹。每天早晨向星星询问老伴的情况已经成了他的习惯，他曾让祝兴运也这样去做，祝兴运以为老人神经出了问题，就说："你不要吓唬我，我们就是不能活着出去，也不能魔怔了。"气得王金堂把一口痰啐在祝兴运的胸襟上，厉声说："你不学着跟自己的家人说点体己话，熬个三年五年就是个白痴了！你得有念想，有念想才能活下去！"祝兴运思前想后，还是认为老人的话有些离谱儿，人怎么可以跟见不上面的人说话呢！他每每想起老婆，多的倒是怨恨，觉得这个贪婪的丑婆娘带给了他坏运气。她整天叼着杆长烟袋，呆在灰尘累累的杂货铺里，臭屁连天，动辄就发脾气，老嫌祝兴运来钱的道儿少。这女人在性欲上也亢奋，祝兴运觉得做她丈夫的人一定是前世造了天大的孽。他最担心的倒不是老婆，而是他的一双儿女：祝岩和祝梅。他担心那女人虐待他们。祝梅虽是女孩子，但生性泼辣，估计不会受太大的委屈。而祝岩腼腆内秀得像姑娘，谁若大声说话都会把他吓一跳。在他的想象中，老婆这一年中已经不知同多少男人睡过了，没了他的阻碍与监视，她尽可以跟平素她早已相中的男人鬼混。因而祝兴运两次在梦里见到她，她都是在男人的床上极其无耻地折腾。一次跟的是雨伞店的伙计李回回，另一次跟的是屠宰场的丁屠夫。醒来后的祝兴运气愤得连声骂老婆是婊子，下世让她下地狱，而且还诅咒李回回让冰雹砸死，丁屠夫让苍蝇叮死。只是不知道这世上有没有那么厉害的冰雹和苍蝇。骂过后又觉得自己的愤怒因梦而生，实在没有来由，于是只能长长地嘘口气，聊以自慰。

　　昨天除夕，他们听见了虎林镇里有零星的爆竹声传来。还有几盏高高地吊在灯笼杆上的红灯笼在夜空中闪烁。工友们以为会放假一天，然而他们还是照例出工了。只不过提前了一小时收工。伙房的白菜里有了一些肥肉片，白面馒头的霉味也少了些。工头又着腰说："大日本皇军大大的好，知道你们过年了，给肉吃，有馒头，干劲要大大的好！"这工头不惟在打扮上与东洋人接近，就是在言语上，也用日本人说汉话的方式，工友们气不过，背地里给他起了一堆外号。因为他姓陈，手里又总是提着条毒蛇一般柔韧性极强的皮鞭，有人就叫他"陈蛇皮"，当然他们有意识地把"皮"念成"屁"；因为他讨巧谄媚的打扮，工友们又叫他"陈寿衣"，咒他不日将穿着那身黄皮被阎王小鬼捉去；而因了他这种忘了老祖宗的讲话方式，他们又叫他"陈乌鸦"，乌鸦的嘴一叫还能有什么好事呢？后来为了讲究和取笑他方便，人们干脆把"陈"略去，只叫他"蛇皮""寿衣""乌鸦"，这样即使陈工头偶尔听见了，也不知所云，奈何不得。久而久之，有关陈工头的顺口溜也随着几个外号而派生出来，念起

来还朗朗上口呢：黑乌鸦，坐树梢，两眼一眯真自在。树下有狗汪
汪叫，树干有蛇悄悄爬。黑乌鸦，坐树梢，背后让蛇咬一口，疼得
张嘴呱呱叫，一不留神掉下来。黑乌鸦，坠树下，粉身碎骨没了魂，
蛇皮给它当寿衣，大狗给它穿孝衣。这里的"大狗"，当然是隐喻
那些日本人了。他们在工地西北角辟出一处狗圈，这些狗被训练得
能做监工，哪个工人稍稍停下来喘口气了，眼尖的狗就会扑上来咬
你。所以平素工人即使想偷懒，肩上或手上也要拿着活儿，否则便
会遭到狗的袭击。那些奄奄一息无法再出工的人，经常是被人半夜
由工棚抬出去，说是出去给他治病，要单独调养，然而过不上一刻
钟，便从西北角的狗圈方向传来狗的狂吠声和人的声嘶力竭的凄惨
叫喊。不用说，他们是把垂死的人抬着喂狗了。这样既养壮了那些
狗，又省了掩埋尸体。所以劳工们最怕生病，有病也不敢声张，就
像个大姑娘怀了私生子似的，只能沉默。腊月初七的那天，工友王
南怀病得再也爬不起来了，他吐了一夜的血，被子已让血给染紫了。
他挨着祝兴运睡，弄得祝兴运一夜也未安生。清醒的时候，他交代
给祝兴运，说他恐怕不能活着出去了，有朝一日他出去，求他到望
奎告诉家人他的下落，让他老婆及早改嫁，找个心眼好身体好的人，
不要让孩子受后爹的气就行。祝兴运便安慰王南怀，说这不要紧的，
明天你照常爬起来，肯定会平安无事的。然而次日凌晨他无论如何
也起不来了，陈乌鸦见他仍是呆在被窝里，就冷笑着说："看来今
天得让伙房给你做点病号饭吃，好好犒劳犒劳你了。"那一天，北
风呼啸，祝兴运从山洞往外背沙石，走在阴森寒冷的隧道里，想着

晚上他们回到工棚时就看不见王南怀了，越想越心酸，先自为他流了几把泪。然而晚上他们回到工棚时见王南怀还在，他面色如土，粒米未进，祝兴运以为这回陈工头动了恻隐之心，留着他自己慢慢地熬死了。然而到了深夜，王南怀仍是被人给用担架抬走了，走时他哆哆嗦嗦地握了一下祝兴运的手，泪水很快把耳廓打湿。工棚里的人都默不做声地悄悄钻入被窝，用被子蒙住头，堵起耳朵，然而狗的欢叫声和人的惨叫声还是那么明显地传来了，祝兴运痉挛了一下，一股尿水抑制不住地流了出来。以后只要一听到这种声音，他都要这样子。王南怀走后的第五天，祝兴运正午回来吃饭，在一处石堆前看到一条毛发油光锃亮的高大狼狗，它伸着粉红的舌头，竖着耳朵看着过往的劳工。祝兴运忍不住看了它一眼，这一望便使他触目惊心：那狗眼流露的神色怎么看怎么像王南怀的！祝兴运想一定是这条狗吃了王南怀，他的冤魂才会附在狗身上，祝兴运恶心了一下，差点呕吐出来。

初一的凌晨全没有新年的喜庆气氛。天色是昏昧的，冷风飕飕地刮，寒星抽搐着，似是不忍发光的样子。祝兴运提早吃完饭，悄悄溜进伙房，只见里面白雾蒸腾，昏暗的灯影浊得就像黄酱，几名辨不清面目的伙夫忙得不可开交。切菜的嚓嚓声、勺子磕锅沿的咣咣声、舀水的哗哗声此起彼伏着。祝兴运见一个黑影比别人矮上大半截，便知那是王金堂，便三步并做两步上前，"扑通"一声跪在地上重重地连磕三个头，叫道："干爹，兴运给您老拜年了！祝您福如东海，寿比南山！"王金堂大声咳嗽了一声，一搭手把祝兴运扶起来，说："瞧我多有福，还有人来给我磕头，可是我没压岁钱给你呀。我先给你赊着，每年一块大洋，出去后一齐给你，行不？"祝兴运顾不上说行还是不行，他忙着摘沾在头发上的烂菜叶，他磕在了它们身上，因而那三个头就不响，蔫蔫的。想要重新磕，一想没准又弄了满头的土豆皮，也就作罢。王金堂没有现大洋给他，倒是飞快抓了个热窝头塞到祝兴运的棉袄里，说："快走吧，该出工了！干活注意着点，别让冰滑倒，别让石头砸着脚！"祝兴运答应着，怀揣着窝头往出走。他听到有伙夫开干爹的玩笑："金罗锅，你行啊，在这还有干儿子给你磕头！我怎么就没这福气？"王金堂说："你呀，瞧你那两个吊梢耳，那薄嘴唇，怎能赶得上我的福气！"祝兴运听王金堂说过，伙房的人不叫他王金堂，也不依照辈分叫他王哥，而是取了他姓名中间的那个字，唤他"金罗锅"，王金堂说叫个外号不招灾，小孩子起外号不就图希好养活吗，所以乐得伙夫们这样叫他。有个伙夫叫王德，三十来岁，精瘦精瘦的，是在华北战场被关东军俘获来的士兵，他一到晚上就悄悄给王金堂他们讲打鬼子的故事，听得大家非常解气，都管王德叫王司令。王金堂说伙夫中最讨人嫌的是李大手爪，因为他的手大得出奇，跟熊掌似的。李大手爪是被劳工协会招募来的，招工的人说来这里能吃得饱，穿得暖，还能拿现钱。李大手爪二十六岁，因为家里穷一直没有讨上媳妇，他是抱着挣钱的心思来这里的。没想拿不到一文钱，而且生命也难有保障。李大手爪干活时老是气呼呼的，重活累活都不想沾手，尤其欺负王金堂，每每用冰凉刺骨的水洗菜的活轮到他时，他都要吆喝王金堂，不由分说要跟他换活儿，王金堂只能迁就他。他跟干儿子是这么说的："李大手爪也是可怜，这么大了也没娶上个媳妇，如今又落到了这里，心焦着呢。"可祝兴运却不这么看，他觉得李大手爪不仗义，起码他年轻，有力气，腰不弯背不驼的，凭什么要让一个老人做自己该做的活儿？祝兴运便想着找机会教训他一顿，打下他两颗门牙和一摊屎来，他就服帖了。

　　祝兴运踩着星光进了隧道。一进去周身就起鸡皮疙瘩，里面实在太冷了。隧道很宽，能并排走两辆坦克。他和工友们是凭感觉往五号工地走的。隧道每隔五十米左右才有一盏悬在石壁上的灯，那灯球状，泛着幽幽的蓝光，远远一看像是颗骷髅吊在那里，百分之百地能吓着最初见到这灯的人。祝兴运看它看了一年，已无恐怖感了，只觉得它像只狗眼在冷冷盯着你。若是夏天，那灯离隧道口又比较近的话，灯畔就会飞旋着一群灰扑扑的蛾子，有时石壁上也匍匐着蝙蝠，它们突然飞起时总能把你的魂儿吓掉一半。祝兴运趁着隧道的黑暗，掏出怀中的那个窝头啃起来。窝头还温热着，玉米面磨得很粗，有些扎嗓子。但祝兴运觉得它香，有新鲜粮食的气息。他听王金堂说过，除了给劳工们做饭，他们还要负责狗圈那些狼狗的伙食。劳工吃发霉的粮食，而狗永远都是吃新磨出来的粮食。他手中的窝头，就是狗的伙食，狗的伙食是多么好哇！祝兴运想自己还不如变成条狗呢。他在内心咒骂着眼下这暗无天日的生活，然后飞快地将窝头吃掉，免得被人发现。

　　隧道是通向一座山的。这座山周围连着许多座山，工事就是隐秘地在山体下进行。在祝兴运来之前，已经有两座山被掏空了，隧道里纵横着许多小道，有的宽，有的窄，宽的可容一架马车走过，而窄的只能容人经过。宽的通道通向的是更大的空间，存放武器弹药的地方，而窄的则可能通向存放文件的暗室。从外观来看，一座座山似是原封未动的，山上有植被，夏季也长树长草，也开野花，也招惹蝴蝶和蜜蜂的目光。冬季也有灰兔在山脚下倏忽蹿过。谁能想到它却只是一具空壳呢？祝兴运知道这是一个巨大的军事工事，熟悉这里地理位置的人告诉他，此处是关东军设置的第四国境阵地。在它的东方，是一条碧蓝碧蓝的乌苏里江，而在乌苏里江对岸，则是苏联的伊曼。在此修筑庞大的军事工事，其战略意义不言自明。祝兴运有时睡不着觉，想着这变化多舛的世事，会生出无限感慨。他很单纯地认为，这世上如果不分国家就好了，大家便会相安无事过日子，就像一个大家族似的，你不分家时几代同堂都是很和睦的，可一旦分了家，就会闹意见和分歧，利益不可能分均嘛。脾气大的就会滋事，闹将起来。在祝兴运看来，日本就是这地球迫不得已分家时的最无理最蛮横的一个孩子，他总嫌自己的东西少，老要从别人家里再霸占点东西。祝兴运跟王金堂打这比喻时，王金堂不由笑了："这世上这么多的人种，不分家能过到一块吗？"

一旦到了山洞里的工地上，就分不清谁是谁了。劳工们都穿着同样的土黄色棉服，头被帽子遮住，戴着黑黢黢的口罩。向外背运凿下来的沙石要算好活儿，不是因为它清闲，而是较少有危险性。最让人担惊受怕的是爆破之后某一处的通道仍未打开，只能借助人力，往往在钎凿锹铲之中，忽然发生塌方，人就会在顷刻间被石头瓦砾埋住。若是埋得浅，把人扒出来时，虽然气息尚存，但百分之百都动弹不得了，抬回工棚用不上两三天，就会被扔到狗圈，还不如当初一家伙就被砸死来得痛快呢。所以祝兴运最怕分配他做爆破之后的疏通工作。做时心慌气短的，觉得一只脚已经迈入了狗圈，浑身汗淄淄的。他听说在猛虎山附近要修一个起落战机的专用机场，他盼望着有一天能被调配到那里，因为那是在户外做工，没有危险性，能感受到天光的抚爱。有时他们的午饭是在隧道里吃的，这样，早晨进山洞时看着星星，晚上出了山洞还是看星星，一连几个星期望不到太阳都是常有的。为此他又有些羡慕王金堂，在伙房毕竟可以时时刻刻感受到风雨雷电的变化。他想当时自己能像王金堂一样给陈乌鸦跪下，也许能分配到伙房。现在讨好陈乌鸦似乎已来不及了，他对待祝兴运尤其苛刻，常把最苦最累最危险的活派给他。工友们说是祝兴运的英武长相得罪了他，陈乌鸦五官不济，便对那些仪表堂堂的男人恨之入骨。如此说来，他祝兴运算是倒霉到了极点，难见天日了。所以当一位老工友悄悄告诉他，山洞外最近有一窝窝的黄鼠狼在兴风作浪，祝兴运就喜不自禁。他听说黄鼠狼除了有吃老鼠的本事外，还能放出一股臭气使人昏迷。昏迷者就会鬼话连篇，一日一日黄瘦下去。你若不及时给黄鼠狼上供，它可能就会把人置于死地。当地人把这种事叫"黄鼠狼附体"。祝兴运希望黄鼠狼能深明大义，迷上陈工头，让他一点一点地熬干油，成为骷髅。为此，他们悄悄在工棚的西北角供奉了黄仙牌位，虽然没香敬奉给它，但他们相信心诚则灵，晚睡前偷偷跪在那牌位前磕上几个头，念叨念叨。他们听说有位日本中尉被黄鼠狼迷得见了人就脱裤子，丧失了廉耻，逢人就说："我住在西山上，原本挺好的，是你们把我的家给弄坏了。"老工友说，黄鼠狼的窝轻易端不得，它们是魔法无边的。这个工事捣毁了多少黄鼠狼窝，不得而知。

陈工头今天没有来洞里吆五喝六地巡视，祝兴运不知道他是否被黄鼠狼迷住了。倘真如此，大年初一出工也算不得委屈了。

二

初春的吴老冒就像一条嗅觉灵敏的狗一样在村中窜来窜去。他依然穿着长衫，套着马甲，戴着黑缎子瓜皮帽，挎着药箱，神气活现地沿街走着。这种时候，必是村中流行着某种疾病。这时候的吴老冒，眼神活跃得像饥饿的婴儿见到了奶。杨浩站在棺材铺子前远远瞧见了吴老冒，就迎着他走过去。吴老冒觑着眼对杨浩说："全村人有半村人在咳嗽，你个小兔羔子倒结实！"他本意是要讨好杨浩的，不料杨浩以同样的语式回敬他："全村人有半村人在咳嗽，你个老王八蛋倒高兴！"气得吴老冒伸出一只脚来踢杨浩，杨浩敏捷地向后闪了一下，吴老冒踢空了，他嚎叫了一声，在趔趄中不忘捂着那个宝贝药箱。吴老冒嘴有些歪了，他骂："人吃五谷杂粮，别指望你总像小老虎那么结实！早晚有一天你会犯到我手上！"杨浩不以为然地笑着，说："你爷爷我就是生了病，也不找你这个黑心烂肺的东西！"吴老冒便鼓足干劲捂着药箱再次冲刺，结果这次仍没踢着杨浩，倒把他的脚踝骨踢扭了，疼得他"唉哟"叫着，一偏身子坐在张五家门前的石磨上。张五黑着脸，佝偻着身子从院子里咳着出来了，他对吴老冒说："你那是啥鸡巴药，我吃了三天没见好！"吴老冒尖着嗓子说："我那药是好药，打海上来的呢！"他刚说出"打"字，杨浩就在旁跟他一同将话接下去。杨浩说："你的药都打海上来，说说看，海上有你家什么人？你雇了哪里的船？药从哪个地方上岸的？"吴老冒骂了句："你懂个屁！你这个小兔羔子，自打过了年后就成了魔鬼，总是跟人过不去，你还有没有点教养？没爹没妈的野孩子怎么说都是差节气！"吴老冒的话一下子触动了杨浩内心的伤疤，他头也不回地回棺材铺子了。杨三爷端着茶碗出来泼残茶，见了杨浩，说："骂了他吗？"杨浩点点头。杨三爷又问："怎么骂的？学学！"杨浩没吱声，他进了屋，坐在一堆白纸前，一声不吭地用剪子铰鞋样子。栾老四的老婆正月初八去世了。她是中年死的，想必是没活够，天天托梦给栾老四，今儿要衣裳，明日要箱子，后天要脸盆，大后天又可能要枕头。栾老四菩萨心肠，老婆要一样他就来棺材铺求一样，结果这一段他几乎是天天早晨面色青黄地过来。他扶着门框，有气无力地说"给她弄个脸盆吧"，或是"给她弄个水桶吧"。今天他又来了，咳着，断断续续地说："给她、弄、弄个、鞋吧、要单、单的、她说、春、春天了……"听得杨三爷的老婆直擦眼泪，兀自说："唉，可怜人哇。"杨浩就坐在纸堆上，给栾老四的老婆铰鞋样子。他去骂吴老冒，还是杨三爷授意的。去年入冬以来棺材铺的生意不太红火，吴老冒不知使出了什么灵丹妙药，使两个已濒临死亡的人起死回生，白瞎了杨三爷在他们病危时就为他们量身定做的棺材。闲下来的棺材相挨着摆在后院里，麻雀在上面拉了一层白花花的屎，气得杨三爷直骂吴老冒是王八，是魔鬼，是强盗。尤其是开春以后，也不知什么邪风吹来了，村里有一半的人患了伤风。开始是零星咳嗽几声，跟着便是高烧。烧退了之后，便是不断流鼻涕和咳嗽。很多人咳嗽得变了声儿，说是肺都要给咳嗽碎了。吴老冒的生意，又好得像山洪一样汹涌澎湃，气得杨三爷咬牙切齿的。他好几次挑唆杨浩去恶心吴老冒几句，杨浩想我才不给你当枪使呢。后来对面洗染店的高二嫂也患了病，她吃了吴老冒的药总不见轻，怀疑他给她的药是假的，杨三爷这才决定挑衅吴老冒，不料反被他给伤着了。

蛋青色的阳光泛着暖洋洋的气息。它们透过玻璃窗照着那堆白纸，使它们也隐隐泛着蛋青色的光芒。杨浩铰得格外专注，这时栾老四又气喘吁吁地来了，他扶着门框对杨浩说："我忘了告诉你她穿鞋的尺码了，你给她弄大了，她肯定嫌我浪费；你给她弄小了，她又会嫌我抠门儿。"说着，他就说鞋子的尺码。这时杨三爷端着热茶走了过来，对栾老四说："这会儿我瞧你比早晨强多了，那时咳得说不连贯一句话。"栾老四说："也就是赶上这工夫好了，用不了一会儿又得咳。"杨三爷便打听栾老四家后一趟房的马凉，说："马凉家的那个小子，病见轻没见轻？"栾老四说："依我看，没见轻，倒见重了。他一天到晚老是害饿，吃八顿都没够，还害渴，尿大的工夫就得尿泡尿，人瘦得跟根线儿似的。"杨三爷笑了："依你看，他能挺过这春天吗？"栾老四抽抽鼻子说："这可难说着呢。依我看，这病有点邪乎。邪病嘛，说好立马就好，说死就活不到明儿五更！你想想看，人就那么大个肚子，怎么一顿能装得下那么多粮食？还不是有饿鬼附在他身上，帮着他吃！"杨三爷又问："吴老冒看了怎么说？"栾老四将一串清鼻涕擤在地上，"呸"了一口说："他还不是吹牛皮，说这病不打紧，吃了他打海上弄来的药后准能好利索！"栾老四用鞋将鼻涕蹭了，蹭出一块黏黏的湿痕来，说："吴老冒让那孩子忌醋，忌盐，忌腥，让他多吃碱，说他身上酸气重，我看就是瞎说，早早晚晚得把他给治交待了！"杨三爷听了愈发喜不自禁，连忙问那孩子有多高了，说是有半年多没见到他了。栾老四说起比他孱弱的人来也就精神气十足了，他喷着唾沫星子说："那孩子多高了？快赶上要死的那个李富有高了，别看他光吃不长胖，倒是蹿了个头，这半年长了起码有一个茄子那般长！"杨三爷就美得合不拢嘴了，因为闲着的一口棺材就是为李富有做的，马凉的孩子既然有他那般高了，届时只管把棺材抬走便是。杨三爷从枕头底下摸出一盒平素不舍得抽的香烟，抽出一棵甩给栾老四。栾老四"唉哟"叫着忙三迭四地去接，不料使出浑身解数，竟接了个空。那棵香烟笔直地顺着他的胳膊肘跳到地上，然后迅速横躺下来。栾老四也不顾那烟沾了尘土，俯身捡起，放到唇下吹了吹，然后夹在耳朵上，说："现在咳嗽，等好了咳嗽再抽。"杨三爷索性主动向前，将栾老四的另一只耳朵也别上一棵香烟。栾老四一走，杨三爷就边唱戏边准备行装。他联系好了一车价格低廉的木料，准备去进货。他本想带杨浩一起去的，可棺材铺子的活儿又脱离不开，总要留个人在家里才行。杨三爷的婆娘，脏得浑身散发着酸臭气，牙齿上常常沾着米粒或变了色的菜叶，多看两眼都让人吃不下饭。她懒惰得出奇，针落到地上都懒得捡起来，杨三爷本想让她帮助做些女人做更为得心应手的扎纸花、做寿衣的活儿，可她一概不理，只在意自己的臭皮囊不受委屈。她这样贪吃贪睡、好逸恶劳的结果，是使自己的身体突飞猛进地横向发展，睡觉的呼噜声比杨三爷的还响亮。杨三爷似乎有些纵容她，偶尔憋不住骂她一顿之外，大多数时候对她的所作所为都是听之任之的。他们没有后代，传说是杨三爷年轻时没日没夜地逛窑子逛出了毛病，当然也有人说杨三爷的婆娘不济事。别人问起这事，两个人都不做任何解释，仿佛都无责任，又都有责任。这个难以分辨的责任使他们看上去更为团结。

　　杨浩感觉到这两年杨三爷的婆娘对自己不那么苛刻了。她不再讨厌他能吃，而是鼓励他，有了好吃的还特意捧给他，杨三爷不止一次阴阳怪气地说婆娘："嗬，惦着他倒是比惦着我还甚嘛！你想让他给你当干儿子吗？"杨三爷的婆娘便一噏紫嘴唇说："我要干儿子，我怎么会要他呢。他个白眼狼，你喂不熟的！我关心他，是让他多给咱干活，让咱衣食不愁！"杨三爷撇撇嘴，不再说什么。

　　卖油郎穿着套过年才穿的衣裳来了。杨三爷见了他那副打扮，就说："让你跟随着进城是干活的，可不是闲逛去了，你这衣裳弄脏了心疼不心疼？"卖油郎一抽脸说："我要是穿得跟叫花子似的，只怕给三爷您丢脸！人家看咱一副孙子样，不拿咱当回事，咱买的木料肯定会贵，不当冤大头才怪呢。"说得杨三爷也把自己的旧褂子换下，穿上了件紫缎子带扣绊的上衣。最后还将一顶呢毡帽扣到头上。他出门总要习惯地拍拍衣裳，他一边拍着一边对婆娘说："都春天了，别老是躺在炕上死猪似的睡，该出去见见太阳就见见，别憋在屋子里长了绿毛！"杨三爷的婆娘"哼"了一声，然后问："几天回来？"杨三爷说："少说也得三天！"婆娘又说："城里德记号馆子卖的酱猪蹄，我都有一两年没吃了，你给我带几个回来！"杨三爷说："除了嘱咐吃的，我出门你就从来不知道说点别的？"婆娘一撇嘴说："你又不是小孩子，我嘱咐个屁！"卖油郎听了嘻嘻地笑起来，说："你跟我老婆可真是表姐妹，出门时她也这么说我！"杨三爷的婆娘很不高兴地说："她是她，我是我！"卖油郎讪笑道："你们都这把年纪的人了，还惦记着过去那点事儿？为着一个教书匠，值吗？"杨三爷毫不介意地跟着笑，骂了教书匠一句很粗鲁的话，然后走到杨浩所在的屋子嘱咐他要好好做事，让他看好家，说自己的婆娘是个不管家的人，别人就是往出搬东西她都会不理睬。杨浩心想谁愿意偷你家的东西，你家是个棺材铺子，偷了你的东西多晦气。但他还是答应着，一如既往地说了句："回来时我去村口接哇。"杨三爷答应着，其实他也知道，杨浩只是说说而已，他从未去村口接过他。杨三爷每次回到棺材铺子，杨浩对他说的第一句话总是："不知道你是这个时辰回来，正要去村口接你呢。"杨三爷说："有你这句话也就知足了，我没白白养你。"

　　杨三爷和卖油郎走后，杨浩给栾老四老婆做的鞋已经妥了。他拿着那双纸鞋，准备给栾老四送过去，栾老四晚上时好在十字路口烧了它。他刚要出门，女主人走过来对杨浩说："马上晌午了，早点回来吃饭吧。"杨浩答应着，说："我送过去就回来。"女主人又把一些零钱和一只污浊的瓶子放到杨浩手里，说："回来打瓶醋。"杨浩点点头，转身走了。

　　初春的泥泞照例如往年一样在横七竖八的巷子里淤积着。这时节人的走态是颇为有趣的，就像袋鼠一样一跳一跳的，是为了绕过泥泞。然而往往适得其反，你认为双脚企及的那块不算泥泞的地方，往往只是种假象，一脚踩上去，常常是泥泞顷刻就膨胀而起，将鞋子弄脏。所以杨浩走这样的路索性踏踏实实地放开脚走，晚上回去刷鞋子就是了。路上碰见熟人，杨浩该叫叔叔的就叫叔叔，该叫婶子的就叫婶子。他们大部分都咳着和杨浩打招呼，有的注意到了他手里的纸鞋，就问："是去栾老四家里吧？"有的注意了那只空瓶子，则问："打青酱还是醋哇？"杨浩一一作答，也关切地问人家："这咳嗽还没有好哇？"别人都说："这咳嗽真是赖皮，怎么赶也赶不走。"接着便羡慕杨浩没有染上这病。

　　栾老四家的院子乱得像个垃圾场。到处是形形色色的筐、纸箱、旧桶。这些东西里又装着些乱七八糟的玩意儿，好像全村人丢弃不用的东西全被他捡回来了。两只秃尾巴鸡在院子里跑来跑去，看上去贼头贼脑的。杨浩才进院子，就听见一片哭声和骂声。骂者是栾老四，他攥着笤帚疙瘩在揍十三岁的长女栾喜梅。栾喜梅一哭，她的一弟一妹也跟着哭。栾老四听见开门声也没断了骂："我告诉你多少回了，不让你再上他们家，你偏不，你个犟眼子，再去我就敲折你的狗腿！"原来，栾喜梅和马凉那个生病的儿子马林从小在一起玩，玩出了感情，常常是形影不离的。马林害病后，栾喜梅仍然去他家，栾老四的老婆就千般阻挠，怕女儿将来跟了这种病秧子有个闪失。栾老四的老婆死后，栾老四也千叮咛万嘱咐地不让栾喜梅上马凉家，栾喜梅却不听，照去不误。栾老四想想动文的不行，就动起了武。好在这一段他身体虚，也打不上力气，虚张声势而已。纵然如此，栾喜梅还是号啕大哭着，她是把失母的痛楚与马林得了重病而让她难过的酸楚杂糅在一起了。

栾老四看见杨浩后悻悻地住了手，把笤帚疙瘩撇到炕里。栾喜梅也止了哭声，惟有她的弟妹，仍然沉浸在刚才的惊恐中，义无反顾地哭着。栾老四就伸出脚照着他们的屁股各踢了一脚，呵斥道："你爹还活着，别号丧了！"两个孩子就知趣地跑到院子里去了。栾喜梅用抹布擦了擦炕沿，对杨浩说："你坐啊。"杨浩说："不坐了，快晌午了，我还要去打醋呢。"栾老四说："杨三娘在家包饺子吗？"杨浩说："没有吧，她只让我打醋。"栾老四嘟囔一声："杨三娘一年得吃多少醋！"杨浩没吱声，他看着栾喜梅。栾喜梅不算高，又黄又瘦的，但是五官长得好。眼眉是弯弯的，眼睛也是弯弯的，笑起来嘴也是弯弯的，十分惹人怜爱。杨浩特别喜欢她笑的样子，甜甜的，就像初春的阳光一样撩人。他知道她和马林好，也知道马林病得像个骷髅了。他想若是马林真的死了,栾喜梅还会甜甜地笑吗?

他想见栾喜梅的笑，可是偏偏赶上了她的哭。栾喜梅看了一眼杨浩放在炕沿的纸鞋，红肿着眼睛出去了。

杨三娘准备的午饭是一锅黑面馄饨。黑面虽然颜色不好，但是味道纯正，是杨三爷过年时采购来的，已经吃了多半了。馄饨馅是荠菜和鸡杂调和而成的。荠菜是刚从野地采来的，鲜得很，用它做豆腐汤或者包馄饨都妙不可言。杨三娘在吃上常常花样翻新，不断改良各种馅的内容，旁人想不到的两样东西一经她调和，往往收到出人意料的鲜美效果。比如她用牛肉和百合花叶包饺子，再如她用蚂蚱和韭菜烙合子，吃得杨三爷连说如今的皇上吃的都没这么好，说要举荐杨三娘到新京去做御厨。杨三娘便把鼻涕擤在杨三爷的眼前，说："就是八抬大轿来请我，我也不去当那个御厨！我放着好生活不享受，找那个罪受去！"杨三爷就挤对她，说："你去了人家也不会要你，瞧你脏得像个乌鸦，一会儿一口痰，一会儿一把鼻涕的，人家都嫌埋汰！"杨三娘便理直气壮地和杨三爷辩解，说是乌鸦根本不脏，它只不过颜色黑而已，别看兔子白，兔子哪里都钻，它是脏的，而乌鸦在天上飞，天上能有什么灰尘呢？杨浩很喜欢听杨三爷与杨三娘斗嘴，若是斗急了，他们还会动手，打得个鼻青脸肿的，分外有趣。杨三娘每每吃得得意了，都要不由自主地吆喝："好哇，好哇！"这时你看她那如醉如痴的神态，真仿佛她已得道成仙。这时候的杨三娘不再是那个指挥杨浩干这干那却心犹不甘的丑婆娘了，她满面祥和，甚至有些可爱了。你这时候求她什么事，定是百求百应。

　　杨浩喝了三碗黑面馄饨，喝得直流汗。他放下碗筷的时候杨三娘说："你做了一头晌的纸鞋，累了吧？中午就歇歇吧，上炕眯一小觉儿，反正你三爷又不在家。"杨浩颇觉意外，他说："我还有个童女没扎呢。再过几天，还愿的人家就得来取了。"杨三娘仿佛没有听进去，她觑着眼问杨浩："过了这个年你满十五了吧？"杨浩"嗯"了一声。杨三娘有滋有味地喝了碗馄饨汤，说："看你这两年长高了，也壮了，是个半大小伙子了！"说完，兀自嗬嗬地笑了起来。杨浩便窘迫地到前屋去忙他的活计。那个童女的架子用竹片和柳条支起，有十岁孩子那般高。杨浩将她通体糊得雪白，然后准备给她安上蓝耳朵和黄头发。他用黄纸铰头发的时候听见杨三娘在唱歌，唱些什么是听不清楚的。过午的阳光穿窗而过，带着股酒足饭饱的逍遥气息，落到哪里都妥妥帖帖的。杨浩铰得很仔细，那一缕缕纸头发像真的那般绵长柔软。杨浩联想到了栾喜梅的头发，就铰得更为专注和投入了。他捧着那些头发，竟有些舍不得往架子上粘。有时他扎好一个童女，总是悄悄地欣赏上一会儿。他并不觉得那是个死物，而是栩栩如生的。有时他能感觉到童女在眨眼，在笑，在梳头发，在抹腮红，在打鞋样子。每个童女被订做的人领走之后，他都有些恋恋不舍。她们全部作为替身给烧了，了无痕迹。那好看的头发没有了，微微的笑意没有了，小巧玲珑的鞋没有了。杨浩不明白那个世界为什么这么需要美丽的童女，她们殉身了就能拯救那些濒临死亡的人吗？杨浩仍然像过去一样经常在梦中见到已故的家人，天色总是苍灰夹着血红色的，空气沉闷，他的家人在梦中总是有说不完的话，可梦醒之后他却一句也记不住。杨老汉死了之后，这个世界再无人知道杨浩的身世了。杨浩每想至此都有一种凄凉感，尤其是这两年长大之后，他这种孤独感尤为强烈。他最见不得人家娶亲，七大姑八大姨的全来了，热闹得几近沸腾，让人觉得亲戚多得像夏夜空中的繁星。他不愿意过年，人家的亲戚们断不了寒暄、走访，初二在你家聚聚，初三又去他家，浑和得很。而他没有任何亲人，就像脱离了雁阵的孤雁。杨三爷在过年这一点上与杨浩一样，他讨厌年，他说他天天都在过年。过年时所有的店铺都贴着喜气洋洋的大红对联、福字和挂钱，只有他们的棺材铺子，什么也不贴，也没人来拜访，仿佛大过年的登了棺材铺子的门，那一年便会有祸事临头。所以找杨三爷办事的人，都赶在年三十之前来。杨三爷还讨厌爆竹声，称这是"放狗屁"，他这种对年很无所谓的态度正中了杨浩下怀，他们可以在别人紧张忙年的时候一如既往地忙寻常的活计，在别人的祝福声中呼呼大睡。

阳光实在太温暖了，杨浩在给童女做鞋的时候忍不住犯了困，他就倒在一堆纸上睡了。他常常这样睡。醒来的时候，日影有些倾斜了，撒落在纸上的光芒不那么明朗了。他连连打了三个喷嚏，杨三娘的声音从另一侧传了过来："你醒了？"杨浩张望了一下，没见着她人，他说："眯了一会儿。"杨三娘的声音近了："春困秋乏夏打盹儿，这是有数的。你这个年纪，不犯困才怪呢。"跟着，杨三娘就出现在杨浩面前，吓得杨浩差点拔腿跑掉，以为见到了鬼。杨三娘洗了头发，头发未干，湿漉漉地盘了起来。她穿一件绿底白花的肥裤子，一件白底紫花的祆罩，十个指甲涂得油红，脸上也是刻意修饰过了，眉又粗又黑的，不过一条描得长了些，另一条则短了。粉和胭脂涂得不均匀，弄得红一块、白一块的，她把嘴唇涂得像猪血一样紫红，鬓上还插了三朵纸花，一朵红，一朵黄，一朵绿。整个人花枝招展得吓人。只觉她满身都是令人眼花缭乱的花，却没有一朵是可爱的。杨三娘俯身抚弄了一下杨浩的头发，说："我才洗了头，洗了胳肢窝和脖子，你没觉出干净吗？"杨浩摆了一下头，试图挣脱杨三娘的那双手，他说："干净。"杨三娘笑了，"你没闻出我身上的香气吗？"杨浩头也不抬地说："闻到了。"他怕如果说没有闻到，杨三娘会脱了衣裳让他闻。杨三娘朝后退了几步，离杨浩稍远一些，拍着衣裳问："它鲜亮不鲜亮？"杨浩说："鲜亮。"她又抖了抖肥裤子说："它水灵不水灵？""水灵。"杨浩巴不得她赶快滚蛋。杨三娘得到肯定的答复后，悄声细语地问了声："我这样一打扮，是不是得年轻十岁？"杨浩点了点头。杨三娘就一扭一扭地出去了。杨浩听见灶房里传来锅碗瓢盆的叮当声，想必她又去忙晚饭。杨浩长嘘一口气，接着点缀那个童女。他给她做了双秀气的鞋，又给她的脖颈挂上一串纸珍珠，怕她出了门受凉，还为她的肩头搭了条白围巾。这童女看上去就分外亮丽可爱了。扎好了童女，天色已昏，杨浩拖着酸疼的腿站了起来，他到门外撒了泡尿，之后回来打扫那些废纸。待他把这一切收拾停当之后，杨三娘在灶房喊："吃饭了！"杨浩答应着朝灶房走去。才走到门口，杨三娘端着一盘豆腐丝出来了，她说："今儿不在这里吃，到屋里去肃静。"

杨三娘鬓上的那朵绿花松动了，半垂着，像是只大肚蝈蝈蹦了下来。杨浩跟着杨三娘来到后屋，炕擦得油光可鉴，八仙桌子已经支在炕中央，窗帘早早拉上了。炕桌上已有两个菜，一绿一红，绿的是生菜，红的是别人送给杨三爷的腊肉。腊肉切得极薄，上覆辣椒丝、葱丝和花椒，用笼屉蒸过，油汪汪的，非常诱人。以往逢了杨三爷或杨三娘的生日，他们就要单独在这间屋子吃饭。这是他们的住屋，向西，终日都很昏暗。杨三爷说人住的屋子不能太亮堂，夜里睡觉不踏实。杨三娘放下那盘豆腐丝后，将手放在唇下吹了吹，说是刚才端腊肉时烫着了她的手。她让杨浩先坐下，她还要取东西去。杨浩便忐忑不安地搭腿坐在炕沿，见那腊肉实在令人馋涎欲滴，就忍不住用手拿起一片先扔进嘴里，没敢多品它的味道，只嚼了两口就咽下了，惟恐被杨三娘撞见。灯泡也是特意擦过了的，很亮，以往那上面浮着灰尘和苍蝇屎。杨三娘摇摇摆摆地一手提着酒壶，一手捏着两个酒盅进来了。她把酒壶往桌中央一放，然后麻利熟练地把两个酒盅一左一右响亮地一蹾，之后上炕盘起腿，将两个酒盅满上，说："喝吧，你是个大小伙子了，该学会喝酒了。"杨浩觊觎的是菜，而不是酒，他说："我不会喝。"杨三娘嗬嗬地大笑起来，前仰后合的，这下便把那朵绿花给抖搂下来了，它落在了豆腐丝上，她说："人身上长着的东西都是有用的，你不用学它就什么都会干！第一回就会很熟练！"她越发笑得不可收拾了，笑得紫色的牙床像藤蔓一样伸出来，沾满牙垢的黄牙就像几年没有擦拭的窗户一样一排排地横着。她说："你尝一口，尝一口就知道它的好处了！"杨浩便端起满盅的酒，由于心慌意乱，送到唇边时已洒了大半，他啜了一口，辣得直咂舌头，只觉一股热流顺着口腔一直沸腾到腹腔。"热乎吧？"杨三娘问。"热乎。"杨浩麻着舌头说。杨三娘便夹了一块腊肉塞进杨浩的嘴里，说："压一压。"杨浩不由脸热心跳起来，他不习惯杨三娘这么亲密地对待他。他张口结舌地说："我晚上还不饿呢，中午吃馄饨吃撑着了。""馄饨怎么能顶饿？"杨三娘将盅里的酒一饮而尽，然后将盅脆生生地蹾在桌子上，倾着酒壶满上，说："那点食儿三泡两泡尿就给弄没影儿了！"杨三娘喝过三盅之后，脸颊越发红了，话也多了起来。她问杨浩记不记得小时候的事了，他是怎么成了孤儿，流落街头的，又怎么被杨老汉捡着的。杨浩便说他记不得父母长得什么样子了，他打小就在街上要饭，后来碰上杨老汉，这才过上了安生日子。"可怜人啊！"杨三娘伸出手抚了一下杨浩的脸颊，说："咱娘儿俩的命都苦。"仿佛是为了把这苦水全都冲走，她又干了一盅酒，而且命令杨浩也干。杨浩也觉得这热辣辣的东西进了胃里后头晕目眩的感觉很舒服，就干了。干了酒之后就口渴得厉害，杨三娘出屋给他倒了杯白水，杨浩一饮而尽。岂料喝过后竟晕得天旋地转，眼皮直往下耷拉，杨浩便躺倒在炕上，有气无力地说："我得眯一会儿了。"杨三娘这边已经把棺材铺子的两道门都给闩上了，她看着杨浩熟睡，又喝了两盅酒，将炕桌推到炕角，饭菜也不收拾，就那么撂着，拉了床被子躺在杨浩身边，迫不及待解开他的裤带，将热乎乎的手伸进他的裆间。她在那杯白水中下了蒙汗药。杨三爷这几年身下的活儿越来越不济，熬得杨三娘时时有偷汉子的欲望。但她知道杨三爷的霸道，若是被他察觉，她的后半生肯定就被葬送了。当她发现杨浩唇间长出了毛茸茸的小胡子，身体一天天强壮起来之后，就仿佛看到了快乐的源泉，喜不自禁。她巴不得杨三爷有个外出的机会，如今它降临了。杨三娘将衣裳一件件地脱掉，赤着身子灭了灯，在黑暗中剥光了杨浩的裤子，使劲揉搓他。然而杨浩毫无反应地睡得格外投入，杨三娘把自己都折腾累了也无济于事。杨三娘心想不是他没真正成熟，就是自己的蒙汗药下重了。她叹息了一声，搂着杨浩睡了。春夜的微风拂动着窗棂，使它发出极细微的嚓嚓声，就像雏燕在叫。

三

王小二觉得女人真是这世上最奇怪的动物。你若对她经心而客气，她对你不理不睬。你若疏远了她，反倒使她对你风情万种、柔情蜜意。苍泉的女主人就是这样。当王小二和四喜意外地在锦绣阁邂逅之后，王小二就不去苍泉了。苍泉女主人开始还沉得住气，后来终于忍耐不住，一遍遍地来醉云烟馆找他，也不顾她店里的生意了。每当烟馆的伙计远远觑见了她，就会对王小二说："哎，你那个妈又来了。"臊得王小二直想往地里钻。她进烟馆时总要提着一个油汪汪的纸包，里面定然装着红烧猪耳。王小二吃腻了，一打开纸包就反胃。她每回来总要仔细看一番王小二，仿佛看他缺没缺鼻子少没少眼睛，然后一言不发地从兜里摸出块奶糖填进嘴里。待那糖全部融化之后，她就起身默默走掉。王小二送她到门口，说："下次不要给我带猪耳了，我吃够了。"她头也不回地飞快走着，也不搭腔。下次照例来，还照样提着个油汪汪的纸包。这样醉云烟馆上上下下的人在这一年里都品尝了红烧猪耳的味道。有的人干脆还给她起了个"猪耳"的绰号，不过没有叫开，让王小二给止住了。尽管他不喜欢她这样执意寻他，还是对她抱有某种尊重。他还让善于交际的谢子兰通过各种关系打探苍泉女主人的身世遭遇，结果只知她叫什么名字、从哪里来，初来哈尔滨又做了些什么。至于她的家世则是一概不知。谢子兰跟舅舅是这么说的："你那个老妈子，她叫陆天羽，打上海来。刚来哈尔滨时住在道里，租了间房，每天起得晚，一天到对面的餐馆吃两顿饭。隔了不久她就开了餐馆，一开就开红火了。"谢子兰说完，不忘了嘲讽舅舅："瞧瞧你呀，舅舅，你都理睬些什么样的女人，不是苍泉卖猪耳朵的，就是锦绣阁卖身的，你就不能出息一下，下次找个正正经经的姑娘？"王小二就用眼睛的余光瞥着自己空荡荡的右臂说："就我这样子，不正经的女人能搭理我，我就算烧了高香了！"谢子兰一龇牙，扮个可爱的鬼脸给舅舅看，对他说："要有信心，舅舅！"王小二可没什么信心，他是越发显瘦了。他也很少到姐姐家去，姐姐一见他就哭，他不想让她跟着自己伤心。姐夫和谢子兰的事已经让她操心不完了。姐夫所在的面粉厂在年初划归为"满洲国"特殊经营的一个产业，成立了株式会社，大量往下裁员。姐夫也未能幸免。失业的他就像掉了魂儿似的，天天还一大早就去制粉厂的门前，只是进不得门，在门外长时间徘徊着。晚上回家也不吭声儿，独自坐在窗前一支一支地吸烟，常常发出不由自主的笑声。王小二的姐姐怕丈夫一时想不开而精神失常，整日找话宽慰他。然而他却置之不理，沉浸在自己的世界里。他每次独自发笑时都会给妻子带来一种毛骨悚然的感觉，你若问他笑什么，他就会擦着眼角溢出的泪花解释说："笑什么？我想起小时候的事了，就想乐。"而他复述那乐的缘由，不外乎小时上树掏鸟窝，在鸟窝里发现了乌鸦蛋，采榆钱儿时捋着了毛毛虫，下河里捞虾时捞起了烟嘴，到集市买肉时被熙熙攘攘的人流踩掉了鞋子。王小二的姐姐只能陪着他干笑几声，确证这事是该笑的。姐夫一失业，家里的经济来源就没有了，因为姐姐已先于姐夫从制革厂失业了。王小二就紧下一些钱来送过去，这也是他不再坐苍泉的一个原因。谢子兰看上去依然那么快活，她的个子高了，穿着也更为入时，中学毕业后她一直闲在家里，整日做的事就是出去交际。她的主意变得也快，今天说到慈善机构看管小孩，明天又说要上日本留学去。你若问她和羽田交往得怎样了，她就会一瞪眼睛说："什么羽田啊，我现在认识的可是张田！"王小二每每教育她的时候，她总有一千句话回敬他。王小二便觉得这个伶牙俐齿的外甥女实在难以调教，将来谁娶了她都会受罪。想想让那个日本人受她的罪也未尝不可，便懒得再过多规劝她。谢子兰经常出入高级餐馆，去过后见着舅舅就要炫耀一番，说新世界的扒鱼唇和葱爆海参如何好吃，说厚德福的冰糖肘子和铁锅鸡蛋如何香嫩，气得王小二直说她是个吃货，将来成不了大器。王小二担心的，是她在青春年少的年龄过多地交往了社会上形形色色的人，而又涉世不深。她所穿所用的，毫无疑问都是男人给提供的。男人凭什么要把钱浪费在一个女孩子身上？王小二想这肯定是为了色。而色只是大饭店门前的招幌，风光不了几年就陈旧了。可他跟谢子兰讲不通这些道理，对她只能听之任之。谢子兰的姐姐谢子君已经工作了，在一家啤酒厂当质检员。她嫁给了啤酒厂的一个师傅，专管麦芽发酵。他们回到家里，就是一身的酒气。谢子君的公公瘫痪多年，两个小叔子在上学，家庭拮据困窘，但他们的日子过得倒平静、浑和。谢子兰一点都看不上姐夫，嫌他长得矮，嫌他吃饭时发出吧唧吧唧的声音，嫌他笑起来伴之以哼哼的怪叫声，嫌他穿衣服土里土气，更嫌他的臭脚丫子味。总之，在谢子兰眼里，姐夫是一无是处的。她也不叫他姐夫，直呼其名，叫他马三。马三也不介意，到了丈母娘家里，该吃就吃，该喝就喝，该笑就笑。只要他们一回家，谢子兰就捂着鼻子往出躲。马三倒也宽宏大度地不计较，依然挪动着臭脚在屋子里走来走去。他总能找到一些零活儿，台灯的按钮坏了，阳台的窗棂断了，椅子撑松动了，桌子的木节孔垂落了，他都能想方设法地修复如初。王小二的姐姐倒也喜欢这个憨直的姑爷。

　　醉云烟馆来的人杂，带来的消息也是五花八门的。三月中旬时抗日联军在依兰一带一举歼灭了三百余名日军，使许多老百姓拍手称快。有个从依兰来的马贩子在醉云烟馆绘声绘色地讲他亲历的一幕。听得伙计们手直痒痒，恨不能开枪的是他们自己。每逢王小二听到了这样的故事，就要赶快去锦绣阁传达给四喜。四喜爱听打鬼子的故事。她的屋子里供奉着一尊泥塑的白眉神，他骑马持刀，长髯伟貌，酷似关公。人们称其为洪涯先生。他白眉赤眼，傲岸俊美，是妓女们的保护神。四喜每至晨昏都要叩拜白眉神，祈祷平安。每逢她听到了打鬼子的故事，就要立马跪拜白眉神，给他上一炷香，说声"洪涯先生有眼"。

四喜的一家人据四喜讲都死在日本人手里。这祸的确是因王小二而来的。当年刘麻子发现王小二押载的三马车粮食后，不惟报告给了日本人，使王小二锒铛入狱，还在其后究根溯源地寻到那个村子，由刘麻子带队，将李秀娟一家人给抓了起来，非说他们给抗日队伍提供了粮草。王小二在李秀娟家闲来无事，喜欢摆弄他的那支枪，结果日本人在他住过的炕上搜到了一颗遗落的子弹，便判定他们一家人还窝藏过抗联队伍里的人而进行严刑酷打。李秀娟之所以幸免于难，是因为那天和村里的几个姐妹去城里买花线去了。待她晚上回来，邻居们告诉她家里发生了大事，就将她转移到邻村了。半个月后，有消息传来，说她的家人都被杀害了。李秀娟无依无靠，又不能在本地生活，就独自逃亡到哈尔滨。她想城市大，人多，她改头换面后无人认识她。她先是在一家餐馆当招待员，餐馆老板看上了她，对她动手动脚的，她就离开了那里。当她在街头流落时，被锦绣阁的老鸨看中了。老鸨只说让她去旅馆干活，没料到来了之后却是家妓院。而此时她被老鸨严加看管，身不由己地沦落风尘了。老鸨给她起了个四喜的名字。在锦绣阁里，四喜的待遇算是最好的，她的屋子比别的姐妹的大，陈设讲究，用具也精良，铺盖更是非绸子即缎子的，奢华富丽。她给老鸨带来了不薄的收入。老鸨也舍得在她身上投资，买最时兴最富挑逗性的衣裳，她化妆用的粉和胭脂、唇膏及眉笔也多是洋货。偶尔她闷着的时候，老鸨也准许她上街逛逛，不过给她限定时间，不能超过某个时辰就得回来。

四喜初来锦绣阁时，老鸨为了训练这些雏妓，便讲一些房中秘诀给她们，还拿出一些猥亵的图片给她们看。老鸨还嫌不够，就把自己的老相好找来，身先士卒地在一间屋子里掌着灯变着法子做给她们看。四喜和姐妹们在隔壁的窗前看得极为真切。那浪笑那喘息从此便与四喜的生活形影不离了。四喜想着自己将来可以赚上一大笔钱，然后找个对她实心实意的人过日子去。她知道妓女人老珠黄之后会是个什么悲惨结局。她曾经深深憎恨过王小二，认为他是个丧门星，可见了他之后又觉得他也是个可怜的人。他用左手提着茶壶在醉云烟馆招待客人的样子十分惹人心疼。四喜有空儿时就请王小二过去吃酒喝茶。不过他们纯粹是朋友之间的交往，没有性上的接触。王小二觉得即使自己使了钱，与四喜上床都是种罪孽。他让四喜唤他"叔"，这样能时刻提醒自己是个长辈，而对四喜有某种责任感。四喜听烟馆的伙计讲过苍泉女主人的故事，她听得受感动了，就悄悄地看过陆天羽。过后对王小二分外感慨地说："这人确是满面善相，就是年龄太大了。"王小二说："我也没说要娶她呀。"说这话的时候王小二觉得自己是个背信弃义的负情男子，因为他去苍泉第一眼见到陆天羽时便被她的安详之美深深吸引了，心想若是能讨这种女人做媳妇，自己断两条胳膊都值得。陆天羽似乎也知道王小二与四喜之间的事，有时她来醉云烟馆会轻描淡写地说："我路过锦绣阁时，听见了里面的笑声。有男人的，也有女人的。"王小二就故作浑然不知地说："噢，去那里的人当然憋不住要笑的了。"有时他也想深入了解一下陆天羽的背景，她来哈尔滨前在上海做什么？她的父母是否健在？她没有结过婚吗？陆天羽一旦离开了苍泉那特殊的环境和氛围，也就消去了魅力，普通平凡得像这街上所有年过半百的女人一样，臃肿、笨重、衰老。王小二不止一次想劝她不要再来找他，可他张不开这个口。

自从知道四喜一家人的遭遇后，王小二就对自己产生了某种嫌恶。觉得自己确如丧门星，谁招上他都会有灾祸。吉来的姑姑死了，李秀娟的父母和哥哥都死了。他甚至觉得自己如果不来哈尔滨，姐夫也不会失业。所以每当他踏上姐姐家的门槛时，都有种忐忑不安的做贼的感觉，惟恐把厄运带进去。他还托人暗中打听刘麻子的下落，若他还活着，不管活得多凄惨，他也要想方设法除掉他。要把他的尸体大卸八块，让乌鸦啄他的眼，让狼啃他的腿，让老鼠钻透他的胸腔，在里面爬来爬去。最后，再让一群苍蝇蚊子去围歼他。

四喜这日接连接了三个客，到黄昏时便头晕眼花得不想吃东西。恰好王小二过来看她，给她带了一只陆天羽提来的红烧猪耳，王小二见四喜有气无力的样子，就说让她体恤自己的身体。不料四喜竟嘤嘤哭起来，抖着肩膀说："我的身体在锦绣阁里是什么东西？就是尿壶！"说得王小二无言以对，极其汗颜。心想若不是当初住在李秀娟家里收粮食，怎么会使她沦落到如此地步呢。刚好他口袋里装着这个月刚发的工钱，就想带四喜出去逛逛，让她散散心。谢子兰几次提到厚德福加了牛奶的汤菜极其鲜美，他要带四喜尝尝去。四喜说老鸨不会准她出去的，这一段生意红火，夜晚是接客的高潮，她不会放着现成的钱不挣的。王小二便下楼去找老鸨，好说歹说地使她答应了。

　　道外六道街因为有了厚德福饭店而显得车水马龙的。街上的大大小小、色彩各异的灯亮了，街面被这灯影一照，显得富丽堂皇。从锦绣阁到厚德福，要穿过三个街区，步行至少要四十分钟。四喜愿意在街上走，因而没有叫车。天阴着，雷声不时轰隆隆响起，有零星细雨落下。他们没有带伞，紧贴着沿街的建筑物走，若是雨来个突然袭击了，他们也能迅速踅到屋檐下避雨。四喜跟王小二说，她小时最怕打雷，因为母亲告诉她雷爱劈那些撒谎的孩子，而她常常撒谎。王小二便问她都撒些什么谎？四喜笑了，说："我爱睡懒觉。早晨不爱起来时，总说自己肚子疼。我妈妈便说我肚子长蛔虫了，给我扒南瓜子吃，说南瓜子打虫子。"王小二笑了，说："就这？"四喜说："不止呢。我要是嫌饭不好吃，就说自己不饿。要是看上了哪件衣裳妈妈不给买，我就把旧衣服偷着烧了，说衣裳丢了，自己没穿的了，她就得给买。"王小二笑了："你打小就不听说，够坏了！"四喜说："我撒了那么多谎，也没见雷跟我发过脾气。"她的话音刚落，一阵暴雷炸响，雪亮的闪电在云层中银蛇般狂舞，王小二说："不是没发脾气，而是时候未到呢。"四喜吐了一下舌头，不由自主地拉住王小二的手说："你可别吓唬我。"

　　袁世凯当政时，河南菜风行一时。河南人陈连堂在北京开设了厚德福，其后又在全国发展了十二个分号。哈尔滨的厚德福是其中颇有声誉的一个。来这里的多是达官显贵。大门口的侍卫穿着挺括的制服，戴顶高檐蓝呢帽，神气活现的，像个新郎官。王小二一进餐馆就有些紧张，因为他相貌寒伧，而四喜明眸皓齿、唇红腮艳的。四喜梳着光亮的发髻，戴一枝缀玉银簪，穿件银粉色软缎旗袍，看上去丰腴艳丽。他们一进来，立刻引起许多食客的注意。王小二不由垂下头，希望快些落座。然而这日生意实在红火，一楼的客位满了，二楼的也满了，只有三层才闲着几张桌子。王小二他们就得在众目睽睽之下穿厅而过，一层层地来到三层。他们择了张靠窗的桌子，能低头看到街上的人影灯火。跑堂的很快递上来两杯花茶，跟着点菜的小伙子来了。王小二点了道铁锅鸡蛋，四喜点了只烤鸭，外加一道汤。餐馆里装饰着华丽的吊灯，有人大声说话，还有的猜拳行令，王小二的紧张情绪在这喧哗声中得以缓解。他手忙脚乱地把白色餐巾铺在膝盖上，小心翼翼地握起筷子接触刚上来的铁锅鸡蛋。四喜见他如此窘态，就悄声说："哎，是我请你呀，别担心！"王小二拍了拍口袋很豪迈地说："我这儿满着呢，你别张罗了。"王小二想想自己既然花了钱，在这儿享受是天经地义的，干吗畏手畏脚？他暗骂自己没出息，见不得世面，然后心平气和地畅快吃起来。仿佛是为了证明自己毫不介意，还煞有介事地"吧吧"吃出响来。四喜叹口气，举着筷子对桌上的美味失去了胃口。正在此时，忽然有个阴沉的男中音传来："这不是四喜吗？"王小二抬头一望，见是汽车修配行的万担米。他穿着套白色西装，扎条紫花领带，细眯着眼笑着，笑得腮上多余的肉直往下坠，给人一种猪脸的感觉。四喜叫了声"万先生"，然后放下筷子，寒暄道："怎么这么巧啊，今天请人啊？"万担米将肥得似没有骨头的手搭在四喜肩头，说："请四喜请不来，只好请其他姐姐了。"万担米指了一下他身后的一张桌子，那里坐着个浓妆艳抹的金色头发、高鼻深目的女人，她的鬓上插朵红玫瑰。见四喜和王小二张望她，还笑着摆摆手。四喜叫道："哟，万先生还找了个洋姐儿。"万担米俯身在四喜耳边低声说了句："没有你好，腥。"四喜便捂着嘴笑起来。万担米也不顾王小二在场，将四喜旗袍最上的一颗纽扣解开，将手插进去，说："我看看四喜戴没戴我送的玉佩。"别看万担米人长得愚钝，可是解扣子的动作极为干净利落，他很快撩出一颗刻有观世音菩萨的玉佩，这玉佩用根红绳吊着。万担米喜不自禁地亲了口四喜的脸颊，说："还是我们四喜讲义气。"王小二气得怒火中烧，他"啪"地扔下筷子，满面愠色地盯着万担米。万担米说："我好像在醉云烟馆见过你，你不认识我吗？"四喜连忙给王小二使个眼色，王小二只能说："我是那个烟馆的，见过你。"万担米笑了："知道我上次叫人砸你们烟馆的事吧？"王小二点点头。万担米说："人都是欠收拾的，你教训他一顿，他就服服帖帖了，都是属驴的，不打不走！"万担米大约意识到把洋姐一个人撂在那里不妥，掐了一下四喜的脸蛋就过去了。走前他说："我们家老爷子买了辆新汽车，说要带你出去兜风呢。"王小二看着四喜气冲冲地说："还吊着那个鸟人送的玉佩，真是对他有情有义呀。"四喜落落大方地扣上衣扣说："这怎么了，人就是不好的话，东西也没什么不好啊。我喜欢这块玉佩。""你才在锦绣阁呆了一年，就变成这模样了。"王小二说，"瞧你说话看人的那样子，真让人受不了。我在乡下刚见你的时候，你是个多么纯净的姑娘啊，看一眼就让人喜欢，让人忘不了。"王小二动情地说着，说得忧伤、难过，几乎要落泪了。四喜说："别提过去了。"王小二却固执地非要把心里话一古脑儿说出来："有时我想，你凭什么要到锦绣阁去？就没有更好的活法了吗？我想也许你天生就好这个，就是吃这口饭的人，不然在锦绣阁里怎么活得那么舒服和高兴呢？"四喜没有吭声，她在悄悄地等待那道汤。当侍者小心翼翼地捧上用青花白瓷碗装的那道奶白色浮着碧绿菠菜和洋红的柿子的汤时，四喜接了过来，对着那只大碗很不雅观地喝了起来。连喝了几口之后，她忽地站起将那碗汤泼到王小二的头上，在王小二的叫声中从容不迫地走出厚德福。

　　街上有雨了。四喜走在雨中，走在湿漉漉的灯影里，忍不住哭了起来。没人注意她，更没人听到她的哭声，天地间回荡的是沙沙的雨声，因而她哭得很放纵。当她浑身湿漉漉地走进锦绣阁时，守候在楼下的老鸨冷冷地对她说："四喜，你得跟我上来一趟了。"四喜便跟着老鸨上了二楼西侧的公堂。这个公堂只有十平方米，西窗前有把高脚椅子，椅旁放着张黑漆矮桌，桌上摆放着皮鞭、木棒、锥子、剪刀、钉子、铁瓮等刑具。这都是老鸨惩罚妓女用的东西。四喜常常听见这屋子里传来姐妹的哭声，她也听人描述过这公堂的阴森可怖，不过老鸨从未对她施过暴。老鸨将公堂的门关上、锁死，命四喜脱光了衣服。四喜在这一刻不知怎的忽然有了要接受暴力的欲望，她想老鸨能把她打死最好。她哆哆嗦嗦脱衣服的时候老鸨坐上了那把高椅子，这样她就仿佛是被吊了起来似的，有种悬空的感觉。由于湿衣服沾在身上，四喜费尽周折才脱下了旗袍。老鸨很麻利地空抽了几下鞭子，使之发出"啪啪"的响声，然后丢下鞭子，举着铁瓮走了过来。那铁瓮足有二三十斤重，黑色，瓮底是椭圆的。她令四喜跪下，然后将那瓮加在四喜头顶，说："若是你敢让它掉下来，我就扒光你的皮！"四喜只觉得脖子仿佛被什么钳住了，马上就要折断。老鸨不舍得在她身上动用皮鞭和锥子，怕那伤痕影响她接客。四喜喘着粗气跪着顶瓮，老鸨则抽起了烟。她说："从今往后，你是不能再出锦绣阁的门了。那个烟馆的小伙计，他若再来缠你，我就叫人把他的那只好胳膊也打断了。今天你们出去，是最后的一次。你得知道自己是干什么的，你吃谁的，喝谁的，用谁的！"四喜憋足劲，努力顶着那个铁瓮。她在想王小二此刻在干什么，那汤是否把他烫着了，他还能做工吗？老鸨吧嗒吧嗒地吸着烟，由于气不顺，不时地打干嗝儿，"呃呃"叫着。她觉得不能对四喜再骄纵下去了。一则锦绣阁的妓女们有意见，二则四喜在外交往频繁了，翅膀硬了难免"高飞"，她的辛苦就付之东流了。四喜顶着瓮一直坚持了半小时左右，最后嘴唇青紫了，老鸨才结束处罚，拿了块醋糕勒令她吃下。为了使妓女们绝经而不影响接客，老鸨将醋熬干了，给她们吃乌黑的醋糕。吃得很多人倒行经，鼻口流血不止。四喜默默地吃掉醋糕。老鸨站起来说："这就对了，以后要听话。现在回房梳弄梳弄吧，待会儿你得见个客。"

王小二在厚德福狼狈地付了钱，脱下上衣将头发和脸上的汤水擦干净了，这才光着脊梁走到街上。幸而那碗汤并不很烫了，加之他脸皮很粗糙，所以只是微微发痒发红。他在雨中慢吞吞地朝醉云烟馆走，心中那股挥之不去的凄凉感又重重地将他缠绕了。他发誓以后不再理睬四喜了，也许她天生是个下贱的女人。他想自己还是坐苍泉的好，陆天羽从来不会给他气受。他分外怀念坐苍泉的那段时光了，怀念从窗幔透过来的柔和的光线中那个神态安详的修指甲的女人。他想偎在她怀里大哭一场。

四

祥贵人夜里做了噩梦，说是她在北平就读的那个中学忽然闯进来一头青面怪兽，它张着血盆大口，伸出长长的獠牙，见人就吃。最后吃得肚子又圆又大，"砰"的一声爆裂了，祥贵人只觉得一股血水朝她兜头喷来，同学的碎牙和碎骨如砂粒一样抽打她的脸，把她吓得昏倒在地。

醒来后天已亮了。祥贵人拉开芭蕉叶式的幔帐，穿上拖鞋去看天色。她习惯先看天色忖度时间，然后再去看摆放在梳妆台上的表。如果时间估算得与实际相差无几，她就会不由自主地哼支歌。如果估算的失误比较大的话，多半是由于阴天，她就会独自对着黯淡的天光骂一声"鬼天"。当然，当着皇上是绝对不敢如此任意妄为的。

祥贵人进宫不到半年，可她却觉得来了半辈子。这里上上下下的人没有叫她谭玉龄的，都叫她祥贵人，开始时她很不习惯。别人叫得多了，熟了，她也就习惯了，接受了。她才十七岁，未进宫时偶尔还梳辫子，而如今只梳齐肩短发。头缝分得很偏，使大半刘海向右倾斜，呈半月形，宛若被云彩遮住的满月的一部分，因了这种发式，她省去了好多头饰，梳起来也方便。夏季时她喜欢穿碎花薄丝旗袍，领口镶红色或深蓝的流苏，扣子盘得就像一朵朵随心所欲开放的花，带着那份无与伦比的浪漫。她算不得漂亮，细眉细眼，圆脸，鼻子微微上翘，嘴唇和眼皮甚至有些厚，但她笑起来很好看，右唇角上翘，唇形弯弯的，像是雨后的一道彩虹悬在那儿。进宫以后，她白胖了，皇上心情好时会捏一下她的脸蛋说："宫里还是养人吧？"谭玉龄笑笑，不承认，也不反驳。只要他们俩在一起时，谭玉龄就会给他讲宫外的事，皇上这时候喜欢和她并排躺在床上，轻轻捏着她的手指，而祥贵人则抚摸他的头发。谭玉龄对皇上讲日本人在华北杀了很多中国人，让他不要太轻信他们。她讨厌无事不过问的吉冈安直，说他一脸凶相。皇上就会捂着祥贵人的嘴让她小声点，不要对人乱讲，否则会没命的。祥贵人便嗬嗬笑起来，笑得厉害了就在床上打滚，直嚷肚子疼。

祥贵人住在西暖阁。屋子很宽阔，四壁裱着粉花丝绢，地上铺着兰花地毯。她烦闷难以入睡时，就喜欢打开天棚上的五色玻璃吊灯，赤着脚去踩地毯上的那一朵朵兰花，仿佛脚被沾染了香气似的，踏花后上床的她就能安然入眠。皇上虽然和她在一起说笑和玩乐，但从来不下楼住她的屋子，而是住在楼上自己的寝宫。祥贵人和皇上还从来没有同床共眠过，这使她暗自掉了不少眼泪，想也许自己丑陋，皇上才对她没胃口。有时她在皇上对她柔情有加的时候，下意识地抚摸他的胸腹，皇上就会很嫌恶地撇她而去。初始她觉得委屈，几个月下来后就适应了。她的房间配有齐备的淋浴设备，她无聊至极时，乐意泡在澡盆里，这时微闭双眼，就能在温暖的水中看见许多奇异的风景。树木一排排地从她眼前掠过，河流喧嚣着从她脚下穿过。有时跑来的是两三只梅花鹿，有时则飞舞着上千只彩蝶。可从澡盆出来后这些幻觉就全部消失了。她的穿衣柜是镀金的，梳妆台可以转动，窗前的矮桌上是放膳食的地方。皇上从不和她一起进食。有一次她去楼上，正赶上皇上要用膳。御膳房的两个孩子提着食盒垂立在门外，不敢进去。她觉得蹊跷，正要推门，忽然听见里面传来一阵嘟嘟囔囔的声音，很低，仿佛皇上害了牙疼，抑制不住地哼哼。原来皇上信佛，每逢吃肉前都要念往生咒，以免惹下灾祸。谭玉龄听时，每每想乐，心想你若彻底信佛就不吃肉，何苦还要念那些咒语呢。皇上很爱惜自己，他自己有个药房，里面存了许多洋药，时不时地就要吃点。他还爱出汗，冬天也不盖棉被，只用一条毛巾被。在缉熙楼东侧住着的皇后婉容，祥贵人一次都没见过。服侍她的老妈子告诉她，皇后与宫内的随侍不检点，被人捉了奸，皇上从此后就不许她出门了。她生下一个女婴，被人送到内廷东侧的锅炉房给烧了。从此后，她就衣冠不整，披头散发，形容枯槁，每日吸大烟度日。召祥贵人进宫，多半是出于对皇后的处罚。祥贵人有一次听见从皇后的屋子里传来放肆的笑声，很凄厉，吓得她汗毛直竖。皇上从不提起皇后，祥贵人也就不敢说皇后半个字，惟恐惹皇上发怒。

除了在沐浴时能松弛神经外，西暖阁里还摆着一架钢琴，有时祥贵人也弹上一两曲自娱自乐。天气晴好时，她就在宫中随处走走，她喜欢畅春轩正前方的西花园。园内的假山上有一座八角亭榭，周围植满了名贵花卉。站在假山上，可以看见青色的甬道尽头的畅春轩那一排带有五彩长廊的平房，还可以看见夹在其间的一个小型高尔夫球场。有一天皇上高兴，就教她打高尔夫，那天皇上穿着挺括的白色西装，皮鞋，击球时板身又板脚，打了一会儿就兴味索然地离开了。祥贵人觉得皇上性格多变得像小孩子，一会儿兴高采烈的，一会儿又变脸了，满脸阴云。

祥贵人吃过早饭，见天还阴着，也没有出去的欲望，因为能转的地方都转过了。她从梳妆台里取出一把剪子，对着窗子铰荷花鲤鱼。在北平时，一位邻居老奶奶曾教过她。她想铰得逼真些，好拿给皇上看。七七卢沟桥事变后，来宫里的日本人越发多了。皇上召见了这一伙，下一伙又来了。他心里烦，可还得硬撑着。而且与以往不同的是，无论皇上召见什么人，帝室御用挂吉冈安直都侍立在侧，虎视眈眈的样子，使皇上整日提心吊胆。每一句话都要经过仔细斟酌方敢出口。他曾跟祥贵人骂过吉冈安直，可当着他的面只能作出笑脸和恭顺神情。祥贵人觉得皇上实在可怜，皇上做不了主。有时她异想天开地幻想有一天皇上带着她离开新京，去北平，回她的老家堂堂正正地做皇上。这样幻想的时候她的心情就豁然开朗，仿佛已经看到了那光明前程。有一次她还和自己暗中打赌，她去看西花园的花，当它还在蓓蕾中时，她认定一朵，对自己说如果三天之内它开了，那幻想就会成为现实。然而她下了赌后接连三天都阴雨连绵，一丝阳光都不见，那蓓蕾非但未开，反而枯萎了，气得她直想哭，以后再不敢轻易跟自己打这种赌。

快近中午时，刘妈来唤她，说皇上叫她过去。祥贵人就用一块粉色丝绸手帕把刚剪好的荷花鲤鱼包好，准备带给皇上看。走前她坐在梳妆台前梳顺了头发，重新描了眉，拍了胭脂，这才走出西暖阁。皇上起得晚，刚刚用过早饭，正坐在床上摆弄收音机，看见祥贵人进来，把收音机一撇，十分兴奋地说："我昨儿做了个好梦。"祥贵人俯身给皇上请过安后站直，说："我比不得皇上，我昨儿做的可是坏梦。"皇上两眼放着亮光，神情活跃地说梦。说是他梦见新京忽然变成了一片大海，当时他正站在假山上向远方眺望，忽然宫墙消失了，绿树红瓦消失了，房屋也消失了。跟着他的随侍也消失了，他只觉得脚下一阵发软，猛然间被人给扔进了云彩里似的发晕。待他眨了一下眼睛之后，先前的天色忽然变得格外清澈起来，他的眼前竟是一望无际的碧蓝的大海！波浪声温柔地敲击他的耳鼓，发出比音乐还要动听的声音。海上一艘船也没有，只有他，他能像船一样浮在海上而不沉沦。他在大海上肆意行走着，踩出一串串动人的水声，它们与悦耳的波浪声汇合在一起，一高一低，一粗一细，就像钢琴和笛子的声音融合到了一起。他一直向前走，大海没有尽头，他摸不着边，心里畅快极了，海天广阔得就像要把他溶化似的。

祥贵人听得感动了，她说："到底是皇上，做的梦也比我们这些凡人的宽阔。"皇上却怅然若失地说："可是这梦还是醒了，就让我高兴那么一会儿。"皇上伤感时喜欢闭着嘴，鼻翼会微微抽搐。祥贵人连忙把铰的鲤鱼荷花拿出来，抖搂给皇上看。皇上果然转移了注意力，说那鲤鱼实在太胖了，尾巴铰小了，鱼鳞片稍嫌细碎，这么肥大的鱼，它的鳞片一定小不了。不过荷花倒是很动人，荷叶很阔，花也娇羞。皇上故意用鼻子触了一下花蕊，说："嗯，还有香气。"这下把祥贵人逗得哈哈乐起来。祥贵人喜欢笑，你若不制止她，她笑起来就没完没了。皇上喜欢听她的笑声。她的笑声就像雨后的阳光一样湿润、亮堂，甚至有种毛茸茸的感觉，让人心里发痒。皇上怕她笑大发了又会闹肚子疼，就板起脸说："笑得差不离就行了。"祥贵人便戛然止住了笑声，气喘吁吁地跟皇上讲她在北平时教她剪窗花的邻居老奶奶。说她最喜欢听京戏，缠着足，脚小得只有常人的一半，屁股却大如碾盘。因而她走起路来就给人一种头重脚轻的感觉，飘飘摇摇的。她喜欢吃馄饨，一顿能吃三海碗，爱讲故事，喜欢教训儿女，而儿女们对她的话总是置若罔闻。别看她粗手粗脚的，做一些巧活儿倒是谁人也不能比。例如铰窗花，她就很有独创性，能铰出八仙过海、猴子爬树、梅花雀鸟。有一回她还别出心裁铰出个坐在石头蛋子上吸烟的老头。那老头脸上的核桃纹都很清晰，烟袋锅长长的，能看到里面漫溢了的青烟。皇上听祥贵人谈起了吸烟的老头，不由得想起五月时会见的刚刚到任的关东军参谋长东条英机中将。溥仪听说他爱吸烟，一天要吸六十支左右。于是就劝阻说，据医生讲，每天吸二三十支对身体尚无大碍，吸六十支岂不过量？不料东条英机反驳说，人常说人生有五十年足矣。我已过了五十，往后的日子便都是赚来的了，节制自己的嗜好实在是有害无益，想吸多少就吸多少算了。溥仪把这话学给祥贵人，祥贵人便说："那就早一天把他吸死算了。"溥仪捂了一下祥贵人的嘴说："跟我说行，在外面可不许乱说。"祥贵人说："我又出不得宫，我跟谁说去。"皇上强调："我是说除我之外的人都是外面的人，明白？"祥贵人撒着娇，说："怎么不明白，我不过故意跟你装糊涂的。"在关东军参谋部最近提交的关于"满洲国"的治安报告中指出，胡匪及被日满军追捕的中国兵经过六年讨伐，目前大约只有一万人了。这些人窜入了满洲东部的山岳森林地带。报告指出，现在道路和电话日益齐备，自卫团已强化，保甲制度正逐步完善，集团部落形成规模，散在民间的枪支弹药业已收回，料这些匪贼不日将被全部剿灭。而溥仪的侍卫官佟济熙传达给他的却是相反的消息，说是抗联队伍虽然被日满军的一次次的讨伐损伤了一部分兵力，但他们巧妙利用地形，与强大的敌人进行周旋，并且屡屡重创日满军队。他们不断扩大队伍，争取民众，深得老百姓欢迎，行踪神出鬼没，难以捕捉。卢沟桥事变后，全国抗日风潮骤起，溥仪料到对抗联军队的讨伐形势将会越来越严重。而他越来越觉得，他的个人命运也将更加飘摇不定。

今年以来已经有两件事令溥仪深感恐惧和气愤了。一个是四月三日弟弟溥杰与日本嵯峨胜侯爵的女儿嵯峨浩在东京结了婚。在关东军的授意下，"满洲国国务院"通过了一个"帝位继承法"，其中明文规定："皇帝死后由子继之，如无子则由孙继之，如无子无孙则由弟继之，如无弟则由弟之子继之。"溥仪曾经奉劝过溥杰，叫他不要上日本人的当，万万不可娶个日本女人，这样就等于败坏了皇家的血统，使大清江山彻底葬送了。溥杰听从了溥仪的话。然而拗不过日方的关于"日满亲善"的宣扬，只能与嵯峨浩结婚。溥仪觉得灾难已经步步逼近了。他想这一定是个阴谋，他自己无子无孙，溥杰将来必然将他取而代之。这样他对胞弟开始戒备，与他讲话也谨慎起来，嵯峨浩送过来的点心他一概不吃，惟恐有毒。他担心溥杰会生一个儿子，因而在夜深人静时遥拜祖宗的灵位，祈祷他们保佑自己，让溥杰断子绝孙。

另一件令溥仪深感气愤的事是发生在六月下旬的护军事件。护军，也就是溥仪出资培养的宫廷军队，只有三百多人，由佟济熙负责管理。有时溥仪会站在西花园的假山上，观看护军的训练。看到他们队列整齐地在宫中行进，他还油然生出某种自豪感。他明白这支队伍实在太小了，然而总比没有强。正因为如此，他才授意佟济熙要增加训练科目，按照军官标准来训练。在他看来，一个军官就可以代表一个团一个师的兵力。他对他们寄予厚望，希望有一天每个人都能带出一大批训练有素的队伍。护军在宫里呆得久了，难免有些腻烦。有一天恰好护军二、三队放假，又逢了个天清气朗的星期日，两个队的队长商量之后，决定让二、三队出宫玩个痛快。当日上午，这部分护军穿戴整齐，出宫游玩。二队去了大同公园，三队去了儿玉公园。在儿玉公园里，护军因为租借游艇，与几名带着狼狗的日本人发生争执。日本人首先动手，把几名护军打得鼻青脸肿，护军还击，日本人便放出狼狗来咬，护军气急之下打死这条狼狗。当天晚上，惹了祸的护军回到宫里就受到关东军宪兵队气势汹汹的挑衅。他们来到宫里，勒令把去公园的护军全部交出来。佟济熙只能战战兢兢从命，交出那些护军。日本宪兵队认为他们有反满抗日的嫌疑，护军矢口否认，便遭到了严刑拷打。溥仪连忙派吉冈安直从中斡旋，结果他回来带的是东条英机的强硬口信。其一，须由管理护军的佟济熙向受伤的关东军参谋赔礼道歉；其二，将肇事的护军驱逐出境；其三，保证以后不再发生类似事件。溥仪这才醒悟，去公园的那几名日本人，原来是关东军特意委派的，他们蓄意闹事，其目的就是给这支皇家队伍颜色看看，矛头不言自喻是冲他而来的。溥仪只能一一照办，关东军却不依不饶地又逼迫他革了佟济熙的职，由日本人长尾吉五郎接任，还顺理成章地缩小了护军编制，把他们的长枪换成了短枪，使护军名存实亡，几近瓦解。溥仪越来越觉得，自己不过是日本人盛筵前的一把筷子，借用它攫取美味算是斯文的。如果嫌它啰嗦，干脆就弃之不用，直接用手抓着大嚼大咽就是。现在他们可以对他弃之不用了。

祥贵人知道发生在最近的这两件事使皇上非常灰心和绝望，所以在一起时尽量讲笑话给他听，好让皇上高兴高兴。她与二格格等人一起打麻将时，二格格也奉劝她，要顺着皇上，每天要摆着笑脸，不要与他顶嘴。祥贵人便觉得自己很可怜，只能以一种方式侍奉皇上，他的喜怒哀乐她要百般顾及，而她的内心世界则无人问津。有时这样一想，就幻想谁会突然施了魔法，让她变只鸟，从这深宫里展翅飞出。她在北平时，特别喜欢逛那些卖瓜果的摊床。这边有人举着刀吆喝着切西瓜，那边有人握着铁铲"嚓嚓"地炒栗子。她会买一包新炒的栗子边走边吃，剥皮时把手弄成栗子皮色，指甲里嵌了金黄的栗子泥，她就忍不住用嘴去吮指甲，十分有趣。进宫之后，她难见亲人了，那些同学和熟悉的街道都离她远去了。虽然有时她也在梦中再见旧时场景，不过已不是活生生的样子，而是死气沉沉的，如晚秋薄暮时分沉重的烟云。她还特别怀念屋顶瓦楞上的青草，冬季枯了的时候，麻雀会在上面做窝，她和女伴们便淘气地往上面撒石子，喊："麻雀麻雀，给你谷子，快快出来，给你新娘！"麻雀的新娘是布谷还是黄鹂，她们可就不知道了。

　　一个有关大海的梦就能让皇上如此振奋，祥贵人觉得皇上又可怜又可笑。她把荷花鲤鱼的剪纸包好，央求皇上画几笔画给她看。溥仪一时兴起，便拉着祥贵人的手去了书斋。他拿出几张淡黄的宣纸，铺在桌上，然后用琉璃厂造的上好的软笔饱蘸浓墨，刷刷点了几笔，几块不规则的峭石便峥嵘呈现了。跟着，他又换了支细笔，飞快地画了几枝瘦竹。竹叶尖尖的，宛若鱼苗。远远一看，巨石上的竹子非但没有给人孱弱之感，反而有一种生气勃勃的印象，仿佛那石头里蕴藏的是一汪汪清水，竹子才如此青翠。祥贵人叫着"真美"，让皇上题了字，再盖上金印赠与她。溥仪道："我还能画更好的，这幅就算试笔了。"然后将它揉成一团，弃在纸篓里，在祥贵人的一片惋惜声中展开另一幅宣纸，兴致勃勃地画了一株枯树。正在祥贵人诧异这树老气横秋、缺乏生气的时候，皇上开始用细笔在这枯树上一通点缀，刹那间，这株老树竟然挂满了灿烂的花朵，原来是一株迎雪怒放的老梅！它开得洋洋洒洒，热情奔放，如火如荼！皇上又画了双相依相偎的雀鸟，它们栖在梅树最细的一条枝上，晃悠悠的，似乎就要折下一枝梅的样子。祥贵人忍不住点着那对鸟说："尾巴长的是雄的，尾巴短的是雌的。"见皇上会心笑了，祥贵人越发大胆地开起玩笑，补充道："尾巴长的——"她点了下皇上的脑门，"尾巴短的——"她拍了拍自己的屁股，皇上不由板起脸，呵斥了一声："没规矩，明儿把你逐出宫！"结果自己反倒扔了画笔，抑制不住笑了起来。那画笔落在画上，使那株梅花洇了好大一片墨迹，彻底毁了。心疼得祥贵人直揉胸口。只得再次团了这幅画扔进纸篓。跟着皇上展开第三张宣纸，卖力地画起了小人儿，他们一个个虎头虎脑的样子，煞是可爱。溥仪一边画一边跟祥贵人说，人要多习字，习画，这样能养精蓄锐，无病无灾。祥贵人便笑了："皇上是说这纸就是药方子，这墨就是汤药了。"皇上夸祥贵人聪明，接着说自己都藏着哪些名画，像《清明上河图》，像宋徽宗的《柳鸦芦雁》，像马麟的《荷香清夏》，仇英的《汉宫春晓》等等。祥贵人对画没有研究，无从插嘴，这时她便觉得皇上的学问到底还是不浅。见那一个个小人儿画得神态憨然，比风景还要动人，祥贵人便胆大包天提出一个过分要求，让皇上画一画皇后，说是自从她进宫后，还从未见过她，未给她请过安，只听见她的哭声、笑声、摔东西的声音和骂声。她特别想看看皇后的模样，见不得真人，见见画也行。皇上听完祥贵人这一席话，脸刷地拉长了，他握着笔的手微微颤抖，然后将它撇向祥贵人，正打在她肩头上，墨汁水珠般四溅着，将她的脸和月白色印粉花的缎子旗袍弄上点点墨迹。脸就仿佛是长满了瘊子，而旗袍则像沾了一层耗子屎。皇上骂道："滚！以后再提这个女人，我就让人割了你的舌头！"祥贵人哽咽地说了声："是，皇上。"然后捂着嘴跑出了书房。她跌跌撞撞地下了楼回到西暖阁，跑进卫生间，将水龙头拧开，在哗哗的流水声中纵声哭起来。

五

中村正保穿着满族的传统服饰，一袭蓝底印着金黄色铜钱图案的缎子长袍，喜气洋洋地去迎新娘。新娘其实是外村人，娘家离这很远。为了迎娶方便，这新娘像这屯子里来的绝大多数新娘一样，早早就住过来，随便找处人家当娘家。中村正保接触过几次这个"配给"他的满族姑娘，她中等微胖的身材，肤色黑红，眼皮同他一样厚，因而她的眼睛给人一种深藏着的感觉。他太喜欢那双深藏的小眼睛了，它们黑黑的、亮亮的、晶莹莹的，遥远而亲切，就如夜空中最神秘和灿烂的两颗星星。她的脚掌很宽，鞋子被撑得肥肥的，走路咚咚的，胸脯微微颤动着。她梳发髻，不留刘海，光光的宽阔的额头给人分外明净之感，中村正保总是联想到散发着馨香气息的打谷场，总想到上面尽情打几个滚。这个姑娘叫张秀花，二十二岁。她下地干活时格外活跃，仿佛有使不完的力气，看她干活俨然是一种享受。而闲下的她则喜欢顺着眼睛，厚厚的眼皮几乎遮住了眼睛，给人安详之感。

中村正保问张秀花对结婚有什么要求时，她很平静地说只有一桩，就是穿满族服装结婚。因为"配给"到开拓团的中国姑娘在结婚时都沿袭日本的婚礼方式，穿和服。张秀花不喜欢穿和服。中村正保欣然答应了她的请求，还请来了一支五人小乐队，两个吹喇叭的，一个敲锣的，一个打鼓的，另一个吹笛子的。他们也都是满族人，不过没穿传统服装。中村正保雇用他们的酬金是每人给十斤白米。为了这十斤白米，他们把闲置多年的乐器折腾出来了，擦拭一新。吹喇叭的一胖一瘦，瘦的有肺病，底气不足，吹着吹着就要咳嗽，全靠胖的支撑。敲锣的是个高个子，他的锣敲得很响，咣咣的。打鼓的是个侏儒，那面鼓又大，他胸前挂着鼓的样子就格外滑稽可笑，好像那鼓是只巨大的车轮要把他碾碎。吹笛子的身材适中，模样斯文，是个教书的，据说他的笛子是因失恋而练出来的，他在乐队中很深情地吹着清幽的笛子，很有些曲高和寡的意味。中村正保戴着一朵红花，牵着头驴，在热热闹闹的小乐队簇拥下朝大岛健一郎家走去。大岛健一郎比他早十天娶了亲，妻子秀模秀样的，有一对笑涡，叫张丽华，与张秀花同村。张丽华爱哭，哭起来嘤嘤的，仿佛受了委屈。她一哭，大岛健一郎就在屋中央舞剑，她就立刻不哭了。张丽华干农活恹恹无力的，总给人一种无精打采的印象。不似张秀花，明朗、健硕、快人快语，而且食量很大，吃东西时满面幸福。

　　他们在北满东部安家落户足足有四年了。中村正保逐渐适应了这里的气候。冬季虽然寒冷，西北风把人抽打得脸颊生疼，但因为是农闲时节，倒也快活。外面冷，而屋子却是暖的。他们聚在一起谈故乡，唱歌谣，当然也想念女人。他们与当地妇女几乎接触不上，一则语言不通，二则这些姑娘对他们有抵触情绪。他们在一九三四年的春天便开始大面积种植农作物，还辟出一些良田进行水稻种植。政府对开拓团成员有特殊优惠政策，每户每年都可获得一些固定补贴，这些钱可以用来买酒和肉。除了务农，他们每周接受两次正规军事训练，拥有武器。中村正保用那枪在秋季的沼泽地上打死过几只野鸭子。野鸭很肥，开锅就烂，极嫩，那是他来满洲后吃到的最美的食物。他在这里还学会了抽旱烟，从当地老百姓手中买几捆烟叶，将它们一把把吊在房梁下，由着风去吹打。抽时将烟叶碾碎，一捏捏地放进烟锅，点着，吧嗒吧嗒地抽，很过瘾。抽完后就去门槛磕烟锅，将灰抖搂掉，极为有趣。去年夏末，政府开始为开拓团成员寻找家属，他们选择那些本地的未婚姑娘，强行让她们出嫁。先从那些年龄大的人开始，今年轮到了中村正保。配给妻子与配给粮食差不多，给什么就是什么。当中村正保第一眼望见张秀花时，她穿着件褪了色的绿褂子坐在几名女人当中，有声有色地吃着一条黄瓜，那股清香气分外撩人。别的女人都蔫蔫的，而她却生气勃勃的，宛若飞旋在死寂柴灰上的几点火星。中村正保梦寐以求的就是这样的女人。他曾唱歌给她听，她听歌的表情颇为专注，若是当时正吃着什么东西，她立刻就不吃了；而若是手中忙着活，则干脆撂下了。听过后总是喜欢咂咂嘴，仿佛歌声没有进入耳朵，进的是嘴。咂嘴后的她会心满意足地"嗯"一声，接着去做她的活计。中村正保觉得她不苟言笑的平静、隐忍和宽和深深打动了他。他来满洲能遇上这样一个女人，实在福分不浅。中村正保给远在故乡的亲人写了一封热情洋溢的长信，盛赞了张秀花，甚至不由自主地描写她的神态，她的话语，她的习惯，确如一个热恋中的男人，不管别人是否愿意听，他自己是喋喋不休的。

　　麦子、高粱和玉米都已收割完毕，大雁开始嘎嘎叫着南飞了。这天天气晴朗，天上的白云呈莲花状，一朵朵迤逦着十分优雅。他们在晴朗中走到大岛健一郎家中。大岛养了一条黄狗，长得很威风，它首先充当张秀花的娘家人，冲到中村正保面前围着他的裤脚嗅来嗅去，仿佛在检验他对张秀花的感情究竟有多深。这时乐队的喇叭吹得甚为欢快，锣鼓也咚咚锵锵地爆响，把笛声给掩盖得无影无踪了。吹笛人不知是因为笛音杳无踪影还是因为想起了昔日的女友，竟伤感得抽搐着脸，落下了几行泪水。黄狗在喧哗声中又耸身站起，将两只前爪搭在中村正保胸前，伸出粉红的长舌头，晃着脑袋，仿佛在追问新郎官是否会对新娘子好。这时中村正保才后悔没有给这条黄狗预备下吃食，一条肉骨头或者一块干粮。狗得意洋洋地晃着身子，两只脏爪子将他的胸前弄上了两块泥印，还是大岛笑着过来吆喝走了黄狗，给他解了围。中村正保顺着红砖铺就的甬道朝屋里走去。只见一个蒙着红盖头的女人将手放在膝上坐在窗前。这女人穿着红色丝绒旗袍，头微微垂着。陪她坐着的是张丽华，她穿着绿缎子小袄，红肿着眼睛，很为新娘子伤心的样子。中村正保抓起新娘子的手，说了声"走"。张丽华就放声哭了起来，仿佛新娘子与她这一面是永诀。中村正保有些毛骨悚然，恨不能张丽华立刻化成一只蜜蜂从窗前飞走。张丽华让中村正保给新娘穿上鞋子，然后背着她出门。鞋子是手工缝制的布鞋，做得紧了些，她的脚又肥，给她穿的时候颇费周折。而且他触到新娘的脚的时候，她因为害痒吃吃地笑，忙得他满头大汗，所以当他把新娘背在肩上时，只觉得背上像压了块沉重的石头，让他透不过气来，走起来像醉了酒似的摇摇晃晃。新娘大约害了痒，在他背上还是吃吃地笑，双手死死地掐着他肩膀，宛若一对大铁锚卡着他。中村正保越发气喘吁吁，后悔没有把毛驴牵到屋里，直接扶她上驴。本来不长的甬道在他脚下显得格外漫长，如同他从日本来到满洲的漫漫征程一样。小乐队见新郎官背出了新娘子，吹打得就越发热烈了。胖的喇叭手前仰后合地跺着脚吹着，两个腮帮子鼓得溜圆。围观的人发出各种各样的欢叫声，中村正保只觉得脚底发软，腿肚子直哆嗦，只恨那驴没有同情心，自动过来接新娘子。越想就越没有力气，最后是一步也迈不动了。可他还想硬撑着挪步，结果和新娘一同倒在地上。围观的人便爆发出山呼海啸一样的笑声。张秀花倒在地上也没忘了用红盖头遮住脸，她吃吃笑着，让中村正保牵着她的手走到驴前，麻利地跨上去，小乐队便吹吹打打地跟着离开了"娘家"。中村正保有些狼狈地牵着驴，心想刚才这一幕实在有些丢人。不过反过来再一想，张秀花没有介意，只要她不介意，摔个跟头又有什么呢？

到了中村正保家里后，他们按照风俗拜天拜地，然后又遥拜未能到场的父母，最后是夫妻对拜。中村正保这才揭下红盖头，看一眼盛装的新娘。张秀花本来脸色黑红，又打了腮红，看上去真的就像猴子的屁股了。她挽着发髻，上面插一朵红绒花，脖颈吊着串牛角项链，而手腕上则是一对银镯子。这对银镯子是中村正保送给她的聘礼，在佳木斯一家珠宝店买来的。银镯子上的图案雕琢得很细，有水纹、云纹和鱼纹。水纹细细的，微微有曲线；云纹妖娆、浪漫，弯弯的；鱼纹是匀称的小三角，一片片相挨着，像是猫耳朵。张秀花很喜欢这对镯子，说是将来留着给儿媳妇用。听她的口气，她一准能生下个白白胖胖的儿子。中村正保喜欢她以这种口吻说话，带着一股女性在生殖上的天然自信。张秀花进了洞房，从被垛上拽下枕头，将两只鞋子脱下往门口一甩，说"脚累得慌"，就舒舒服服地光着脚躺在炕上。躺下后又觉得脑后的发髻硌得慌，复又坐起三下两下把它解除了，这下全身心就有一种无与伦比的放松感，她四仰八叉地躺下，眯起眼睛。中村正保的两个邻居正忙着招待小乐队的人，给他们递茶、点烟、送糖球。中村正保去了仓房，提着一杆秤，给乐手们称每人十斤的白米。当五份白米称齐了之后，乐手们已经抽完了烟、喝完了茶。中村正保将米分送给每个人，俯身说着"谢谢"。他是开拓团里学汉语学得最快的一个人，如今说起来格外流利了。乐手们领了米，就带着乐器各自回家了。他们走前都特别想看一看新娘子，和她逗几句嘴，乐和乐和，然而那边的张秀花已经进入梦

乡了，她甚至发出了鼾声。中村正保进屋后将窗帘拉上，蹑手蹑脚
走到她面前，俯身吻她的脸颊。张秀花的脸颊很热，他这一吻就有
些控制不住自己的情欲，一把抱紧她，将她弄醒，把本该晚上缠缠
绵绵做的事情立刻速战速决地完成了。在这过程中，张秀花一直处
于半梦半醒的状态，微垂着眼睑，时时哼哼几声，他从她身上起来
之后，她继续香甜地睡她的觉，仿佛刚才的事情与她毫无关系，这
使呆望着新娘的中村正保有些怅然若失。

　　张秀花睡醒之后，已是下午三点的时光了。她哈欠连天地起来，
不住地打逆嗝儿，似乎吃了什么不对口的东西，伤着了她的胃。中
村正保煮了一碗鸡蛋面给她，张秀花几口就把它们吞下去，然后咕
咚咕咚地喝了一瓢凉水。喝过水的张秀花脱下了旗袍，换上了一件
蓝色圆领斜襟布衣，穿上条翠绿色的肥裤子，趿拉着黑布鞋，开始
清扫每一个房间。中村正保连忙给她打下手，帮助拧抹布、倒脏水、
扫地。张秀花擦玻璃窗时喜欢嘬起嘴往上呵一口气，然后趁着湿润
用袖子将它擦干净。中村正保忍不住发笑，想这女人真是愚笨，用
袖子擦了玻璃，过后还得洗衣服。张秀花擦完了玻璃，天色已昏了，
金黄的流云恰好有了一个明亮、干净的栖息之所，一丝丝地盘桓在
玻璃上，宛若一群游龙。张秀花将脏水泼到院子里，抱柴点火做饭。
中村正保搬了只小板凳坐在灶房里看着她忙活。

　　张秀花煮了一锅绿豆白米粥，又煎了一盘鸡蛋。将它们端到餐
桌时中村正保打开了灯，张秀花就站在灯下仰望了半晌，说："我
总想，这里面的亮是怎么来的？它在里面烧时间长了不爆吗？"张

秀花家所在的村子没有电，电灯在她眼里是新奇的东西。她总觉得灯泡里那团黄火令人不可思议，因为它不用油，燃烧起来干净、明亮。看灯看得眼花了，她这才坐下来吃饭。她吃东西时声音很响，就像春天开江的声音一样。她已经吃完一碗，中村正保却只喝了几口。她望望他，笑了笑，接着盛第二碗，并且把鸡蛋吃了多半。吃饱后也不顾丈夫还没吃完，她撂下筷子，打着响嗝儿出屋透气去了。

　　月亮升起后张丽华来了。她哭哭啼啼的样子，鼻音浓重，眼睑红肿。她告诉张秀花，下午小乐队的鼓手与吹笛子的打了起来，为的是那十斤白米。吹笛子的总觉得自己那份白米不够数，要跟其他四个人换。可没有一个愿意的。吹笛子的盯上了鼓手，非要他和自己换，鼓手态度强硬，说是换老婆也不能换这十斤白米。吹笛子的急了，动手去打鼓手，岂料一动手米袋落到地上，那十斤白米洒了多半，吹笛子的越发恼怒，就骑在鼓手身上，骂他是下三烂。别看鼓手是个侏儒，却是不那么容易被欺负的，力气蛮大，教书先生一骑上他，反倒被他狠命一掀，给笛子手来个人仰马翻。侏儒骑着教书先生，把他打得鼻青脸肿。喇叭手和敲锣的都袖着手看笑话，直到侏儒觉得教训笛子手可以罢手了，三个看热闹的人中的一个才说了句："中了，就这样了，赶路吧，别打了。"仿佛这戏他们看足了，可以散了。张秀花问："后来呢？""后来？"张丽华说，"事情本来该结束了，可吹笛子的爱面子，他将袋里剩下的那点米全泼到了小矮人头上，小矮人能干吗？这么着又打起来了，教书的后来脑袋被打出血了，昏了。人倒是没打傻，还念叨他那十斤白米呢。""这是何苦呢。"张秀花说，"多个几两，少个几两，又不能缺鼻子少眼睛，真是傻。""可不是傻嘛。"张丽华幽幽地看了一眼中村正保，说："他分过白米，当时让每个人掂量掂量就好了，谁也说不出啥。""狗娘养的白米！"张秀花骂了句。中村正保觉得无趣，就起身到户外望月亮去了。他的确是平均分配了白米，不存在谁多谁少的问题。他心里也有些酸楚，明白张秀花骂白米跟骂他没什么区别。因为自去年冬天起，政府就不供给当地百姓白米，只配给粗粮和杂和面，而开拓团的成员则有大量的白米和面粉。配给到开拓团的这些姑娘，初来总是几近疯狂地吃白米。张秀花倒是个例外，她什么都爱吃，不挑食，似乎能咽到肚子里的东西都是好的。中村正保想起初春时嫁到开拓团的一个姑娘，叫顾玉芬，十九岁，瘦得出奇。结婚后才发现她是个石女，日本丈夫觉得上了当，要把她退回去。她娘家妈在她十岁时就死了，爹好吃懒做，整日出去赌钱，她没有什么去处了。她就跪下来给丈夫磕头，说只要留下她来，给他当牛做马都行，他再娶一个她也乐意，就当佣人侍奉他们。日本丈夫怜悯她，就留下她来。她每日很早就起来劳作，把屋里屋外收拾得井井有条，到了夏天，原本黑瘦的她竟然白胖起来。屯里很多人便在背后讲究这个石女，说她胳膊是胳膊腿是腿的，外形发育也正常，怎么下边就会和别人不一样？有好事的就怂恿懂医的人去看个究竟。懂医的自然不会去让人家尴尬，好事的竟然有时透过厕所木板缝隙偷窥。日本丈夫承受不了这些，整日搂着个热气腾腾的女人却毫无用武之地，就把这事跟联络配给妻子的人说了，公开了秘密。石女自然被领走了，走前她出奇的平静，把日本丈夫的衣裳洗得干干净净，叠得平平展展，又把屋子打扫得一尘不染，将玻璃窗擦得像婴儿的眸子那般明亮。她走后，日本丈夫还有些后悔，尤其是家里一乱，饭菜供不上嘴之后，对她的怀念愈深了。在石女走后不久，又一个姑娘来到他家，是个终日愁云满面的人，脸颊总是青黄的，时不时呆呆地坐在窗前望云，耽误做饭。都说她有相好的，是她表哥，自小定下了娃娃亲。她被强行配给日本人做老婆后，曾自杀过，被人及时发现救了下来。所以她嫁过来时脖颈上还有一道上吊时勒出的青印，远远一看，以为她戴了个银项圈。日本男人越发怀念石女，托人打听过好几回，都没有下落。那时中村正保还是单身汉，他就常常上门来向他倾诉这种思念。一次一个磨刀的来到屯子，他道出了石女的下落。说她嫁了个大她三十岁的老头，那老头开着个榨油坊，老伴死了三年，儿女们不孝顺他，他就想再找个老伴。有人介绍了石女，他一想反正自己年岁大了，那种乐事也做不成了，需要的也就是个做饭的，于是欢天喜地地把她迎娶到榨油坊。石女进了榨油坊后脸越发白胖了，出门时满身香喷喷的油味，引得很多人跟在她屁股后面转。有的男人脸皮厚，就涎着脸跟她说："石女，跟我走吧，爷爷给你身下开个沟！"石女就骂："开你奶奶的沟！"磨刀的只是闲着无事才讲这笑话的，因为想起了石女就是从这屯子出来的。闻听这消息的人马上把它传给了那个日本男人，日本男人听后痛不欲生，第二天清晨起来满嘴都是燎泡，半面脸肿着，说是牙疼了一夜。中村正保有空就过去陪他坐坐，但见他的新婆娘似无家可归的孩子一样站在院子里漫无目的地四处张望，头发落满灰尘，衣裳也脏得难以看下眼。有人便给这日本男人出主意，让他揍她，永远不许她回娘家，断了她与表哥的交往，她就会归顺了。日本男人接受了建议，当晚即付诸行动，把她打得遍体鳞伤，连哼哼的力气都没有了。岂料日本男人第二天起床，身边不见了那女人，出去找，在米仓里发现了她。她吊在房梁下，舌头伸得老长，早已僵硬了。她身下铺着白花花的米，她是踩着米袋把自己悬上去的，然后蹬开它，使米撒了满地。她这次勒着的地方与上次极为吻合，只是痕迹加深加粗了。日本男人后悔打了她，买了副好棺木葬她，发誓以后不再作孽娶女人了。那女人出殡后的第三天，日本男人早晨到院子里抱柴，不承想一脚踩响了个炸药包，幸而他刚刚迈出了一条腿，炸药爆炸的惯力又把他弹回室内，所以只炸掉了一条腿。人们分析这一定是死去的女人的表哥干的，于是就寻到那个村子捉拿他。村子里的人说他已离家出走了，永远不会再回来了，他们就把他住过的房子一把火点着。如今日本男人截肢后在家静养，如果正午时阳光好，他就挂着拐到院子中溜达几圈。他跟当局提出申请，要回日本去，不想再留在满洲了。他的请求遭到了拒绝。中村正保结婚的前两天去看他，他还哭着说真不该到满洲来。

　　这一年的秋天像长颈鹿的脖子那样长。天高云淡的好日子，张秀花三天两头就回娘家。走时哼着歌，背着几斤白米，十分快意。她每天起得很早，天才蒙蒙亮，她就出门了，中村正保也不知她去了哪里。等他起来后，张秀花已经从外面回来，守着锅灶做饭。他们在一起聊天的次数很少，张秀花除了吃、睡、干活之外，对任何言语都显得无动于衷，说得最多的是"嗯"，有时也"啊"或"噢"一声。说"嗯"时她多半是赞同中村正保的说法，说"啊"时便是对他的说法不以为然，显得有些不耐烦。而说"噢"时多半是对那话题产生了疑问。夜里中村正保与她求欢时，她永远是一副半梦半醒的姿态，似乎无动于衷，又似乎格外投入，中村正保只是往好处去理解。有一天屯子里的一个人告诉中村正保，说是有天一大早他到河滩去捕鸟，看见了张秀花。那天下着雾，她在雾中呕吐不止。吐过后她就用河水洗洗脸，然后等到太阳快要升起来时往回返。中村正保觉得蹊跷，她每天早早出去难道就是为了吐吗？她是不是得了什么大毛病？中村正保颇为提心吊胆。张秀花回娘家，通常要在那里住上两三天，回来时两手空空，面色红润，仿佛她娘家永远阳光普照，把她映得满面绯红，而中村正保这里却总是阴霾满天似的。中村正保也不计较，心想只要你觉得快乐就好。秋天的落叶在几场霜冻中彻底从树上脱落，田野先前泛绿的草彻底枯黄之后，一天清晨张秀花呕吐后很平静地告诉中村正保，说她"有了"。中村正保的汉语领悟力还没有达到如此炉火纯青的地步。他不明白"有了"是什么意思。张秀花只得拍了拍自己的肚子，做了个乖乖睡觉的动作，中村正保这才恍然大悟：他要做爸爸了。中村正保兴奋得手舞足蹈，整整唱了一天的歌。晚上同她亲热的时候，张秀花微笑着将他推开，申明自此以后，她要精心保胎，不能再与他行乐了。中村正保背着枪到河边去寻觅野鸭子，希望能打到一两只，熬汤给张秀花补身子。然而几天下来，他一只也未打得。河水已经结了一层银色薄冰，天气越来越冷，冬天仿佛在一夜之间倏忽而至。雪来了，第一场雪足足下了一天一夜，房屋被白雪掩映得有下沉的感觉，猫冬的日子来临了。张秀花日渐显怀，邻居见了中村正保就喜欢开他的玩笑，问他愿意要个男的还是女的，问那孩子叫中国名还是日本名。中村正保只是笑，并不回答。有一日张秀花又回娘家，大岛来中村正保家闲坐。大岛说，听他的媳妇张丽华说，张秀花有一个相好的，俩人好了三年，就差过门了。张秀花配给中村正保时，那男人绝食了七天，差点没把张秀花给心疼死。大岛说虽然她已是中村正保的人了，但不能掉以轻心，不能让她三天两头就回娘家。所以张秀花两天后从娘家回来，中村正保就很认真地对张秀花说："娘家的、以后、回的不行了。"

六

送饭的狱卒一进牢房，王亭业就会展现出极温存的笑容。王亭业双颊塌陷得厉害，肉几乎是空了，所以他的笑容就干瘪得让人难以入眼，看了心里不舒服，像嘴里被人塞了只死老鼠似的别扭。好在狱卒看惯了犯人们各式各样变态的表情，对王亭业的笑容也就能欣然接受了。狱卒放下饭后，与王亭业同牢房的人会立刻奔食物而去。只有王亭业如以往一样半倚着墙壁不看食物，而是深情凝视着狱卒。狱卒便吆喝他："三号！我又不能当饭吃，你要把自己饿空了，不想活着出去了是不是？"狱卒顾长身材，生得一双秀目，王亭业从这秀目上看到了于小书的影子，他就抓住机会目不转睛地看。狱卒关上铁栅栏时又说："三号！今天可是大年三十，菜里有肉，你不吃就是犯傻了。"王亭业张开瘦骨嶙峋的双手，自言自语地说："年又来了，三号明白，三号要吃肉了。"王亭业战战兢兢地靠近食物，抓起一个饭团，狼吞虎咽地吃起来。一旦王亭业抗拒食物，狱卒就说今儿过年，菜里有肉，三号便驯顺地吃了。这样王亭业觉得在狱中已经度过了几十年了。

王亭业在狱中熬过两年后精神逐渐崩溃。先前他只是想尝试一下装疯，对审讯者说一些云山雾罩的话，期待着他们认定他是个疯人而将他当成条遭人遗弃的狗赶出去。岂料他进入了假想的疯癫状态后精神竟获得了无限快感，他的眼前的景色也变得妖娆起来，想象什么就能看见什么，河流、花鸟虫鱼、日出、蓝天碧海、彩虹、夕照下的丽人等等，他竟全能在瞬间看见了。不过在那种状态中他不敢流连太久，浅尝辄止而已，因而他对现实仍然保有一份清醒的记忆和判断。半年前原来的老狱卒死了，新来的狱卒很让人眼亮，尤其是他的秀目，怎么看都像是于小书的。王亭业见到他就会涌起一股无限怜爱的心情，特别想拉拉他的手，抚摸一下他的眼睑。狱卒每次离开，他都要怅然若失很久。

王亭业换过两所监狱，也更换了许多狱友。初始时他对监狱的环境难以容忍，内心很痛苦、焦虑；时间一久他习惯了冰冷的石墙、光溜溜的板铺、恶劣的伙食以及种种刑罚。现在的狱友共有三个，一个七号，一个十三号，还有一个是二十五号。王亭业最讨厌七号狱友，他年纪老大，满嘴黄牙，能吃能睡，臭屁连天。他常吩咐王亭业讲才子佳人的故事，不厌其烦地听，听后咂摸着嘴，很过瘾的样子。他爱抽烟，不知用什么办法疏通了狱卒，偶尔会有一两包烟被狱卒带进来。若是故事听得舒坦了，他就会抽颗烟。他的烟藏在板铺下，受了潮，一支烟能吸二十来分钟。他声称有三房老婆，六个孩子，家里良田万顷、骡马成群。他问王亭业有几个老婆，王亭业说："一个我都养活不了。"想起病病歪歪的老婆，王亭业心里仍是很酸楚，他也惦念宛云，她上学后学习好吗？她也得学日本语吗？放学后她一个人会过马路吗？有没有坏孩子欺负她？每每想起这些，王亭业就心如刀绞。七号夜里做梦时爱说话，说的尽是些荤嗑儿，让我抱抱呀，跟我亲个嘴呀，等等，让人听了直想乐。问他犯了什么罪，他说看上了个窑姐儿，每周他去云雨阁会她两次，周末和周三晚上，都是固定的。可是有一个周末他去了，窑姐接的是另一个客，外号刘大梨的水果商人。七号觉得窝囊，就用窑姐儿放在桌案的一把剪子捅了刘大梨一下。原想只是吓唬他一下，岂料扎进了肺部致命位置，刘大梨胸前涌出一汪一汪的血水，送到医院不到一小时就死了。七号犯了命案后逃到乡下的亲戚家，亲戚铁面无私，把他送进大牢。七号想起来便要骂这亲戚长着个猪脑袋，说有朝一日出去后就灭了他。十三号狱友干干瘦瘦的，小眼睛，脸上总是挂着惊恐的表情，一听七号要杀亲戚，浑身上下就打哆嗦，好像他就是那亲戚似的。他最喜欢正午时捉虱子，捉了虱子后他不用指甲挤破捏死，而是放进嘴里吃掉。王亭业见了就恶心得慌，问十三号何以如此对待虱子？十三号一歪肩膀说："它喝我的血，我得把它吃了，要不然我的血慢慢就给喝没了，我就吃了大亏了！"十三号吃虱子时偶尔还会咬出响声，这是最让王亭业受不了的。十三号杀了老父亲，他说他的老婆生得天仙似的，他的父亲就打儿媳的主意，一天到晚想"扒灰"。灰到底是扒成功了，媳妇哭哭啼啼跟他说，说不准肚里的孩子是丈夫的还是公公的。十三号受到了奇耻大辱，觉得父亲丧尽天良，必须把他除掉方能解心头之恨。他先是去药铺抓了几服堕胎药让媳妇流了产，这才实施杀父复仇计划。他买了一把菜刀，将它磨得雪亮，刀刃锋利得似乎能切碎空气中的尘埃。恰好有个远房亲戚要在秋天开工造房子，十三号是个瓦匠，就被请去了。走前父亲心花怒放地拍着儿子的肩膀说："别惦记着家，家里有爹呢。"十三号明白这是杀父的最好时机，走时他背着菜刀。没有走远，只走到村外的破庙，在那儿一直挨到夜深才摸回家。他跳过矮墙进了院子，家里的狗热情洋溢地上来用嘴叼他的裤脚。东房父亲的炕赫然空着，他就去了西房自己的屋子。父亲果然在做本该是他跟媳妇做的事，他上前揪下父亲，赤条条的好砍，他几刀便把父亲结果了，媳妇在一旁已吓得昏厥过去。他觉得父亲罪孽滔天，几下弄死他算是便宜了他，又在他身上连砍数刀，差点把他剁成肉酱，然后投案自首。他在狱中对生活的总结是：娶个漂亮老婆是祸害。他的道理是：太漂亮的东西人人都想摸一摸、碰一碰，媳妇过于姿色动人，公公当然就不会安分守己了。他甚至有些后悔杀死父亲了，罪魁祸首还是媳妇。爹死了，他入狱了，可媳妇又嫁了人，又给别的男人暖被窝生孩子去了。十三号每每慨叹的时候都要捶胸顿足，恨不能自己顷刻间灰飞烟灭，省得在自责中苦苦煎熬。他吃虱子的时候，七号就会揶揄他："弄个火给你烧烧吧，那样吃了更香。"十三号也不恼，见到虱子照吃不误。他把虱子分为三个等级，一等的肚大皮白，且长着双眼皮；二等的触角纤细、色泽暗黄，血不多不少；三等的干干巴巴，单眼皮，萎黄无血色，吃不出个滋味。王亭业不明白虱子怎么还会分个三六九等，而且还有什么双眼皮单眼皮之分。十三号吃光了自己身上的虱子，就要吃其他狱友的，王亭业和七号都不让他吃，只有二十五号心甘情愿、驯顺地把内衣内裤脱下给他。七号说："我在这里面怪寂寞的，有几个虱子在我身上爬，能咬我喝我的血，说明我还活着，还有东西惦记着。"二十五号是个机灵健壮的年轻人，他话语不多，外号泥人邱。他是一个手艺人，泥人捏得好，捏啥像啥。有一回他捏了一只大公鸡，为它染了色，放在鸡架上，立刻就招来了一群花母鸡。他捏人物最拿手，神态逼真，惟妙惟肖。他捏的老人抽着烟袋锅，似乎能感觉到他的唇角在微微颤动；他捏的赶鸭的儿童手执竹竿，竹竿上似乎有着阳光般明朗的笑意；他捏的阿飞撇着嘴歪着鼻子，似乎一不留神，他就会把一口痰唾在你身上。泥人邱用捏泥人的手艺养活着七十多岁的老母亲。捏了泥人，他就用箩筐挑着去街上卖，小孩子和老人最青睐它们，泥人又不贵，买的人就很多。久而久之，人们与他混熟了，知道他看到什么就能捏出什么，一些人家就朝他订做泥人。结婚的人求他捏金鱼和蝴蝶，然后染上鲜艳的色彩；出殡的人求他捏死者生前喜欢而未到手的东西，镯子啦，箱子啦，马啦，银酒壶啦，等等。有一次他还捏了棵榆树。死者生前喜欢家中院子里的榆树，那榆树有五十多岁的样子，树干遒劲，枝繁叶茂，死者入殓后那榆树突然就蔫了叶子，树干也一天天枯了。泥人邱就捏了棵树，这树与真树一般无二，也是树干遒劲，枝繁叶茂的，死者的家属将这树送到墓地。第二天，院子中那棵树竟奇迹般复苏了，蔫软的叶子一律蓬蓬勃勃地舒展开了身子，叶片挺挺括括的。泥人邱的手艺名声远扬。人们不去照相馆里照相了，"咔嚓"闪光灯一闪，出来的照片不过是自己的翻版，跟镜子里的一模一样，没什么看头。而捏出来的头像却是耐人寻味的。人都说他捏人时神态抓得准，似乎捏出了你的脾气。泥人邱干脆就开了个小作坊，使泥人生意红火起来。被捏的人物通常是坐在作坊的矮板凳上，这间屋子有两面向阳的窗口，采光通风都好。人在那里只管随便坐，该抽烟就抽，该唠嗑就唠，该纳鞋底的就纳，泥人邱守着一堆泥揉揉搓搓的就开始了泥塑，捏出来的人物百分之百效果都好，令被塑者开怀不已。泥人邱闲着无生意的时候，就捏神话传说中的人物。嫦娥啦、玉皇大帝啦、王母娘娘啦、灶王爷、观世音、孙悟空、猪八戒、七仙女、关公、诸葛亮等等他也悉数捏来。他捏的观世音比庙里的还要安详端庄；他捏的猪八戒袒露着肚皮，像大肚弥勒佛一般人见人爱；他捏的七仙女让许多老婆婆啧啧称赞"真跟天仙似的"。泥人邱越发胆大起来，他开始捏如今"满洲国"的皇帝，捏日本天皇，"满洲国"的皇帝愁眉苦脸地骑在羊上，而日本天皇则挎着军刀骑在虎上。这下就惹下了大麻烦，泥人邱遭到了逮捕，说他破坏五族协和、日满一家。说是羊虎犯相，不是一家，他这么捏泥人是别有用心的。要说有用心，倒真是有点，泥人邱觉得"满洲国"的皇帝跟羊一样驯顺，容易遭到欺凌；而日本天皇别看个子矮矮，消瘦异常，但却威风八面，因而他让他骑在虎上，也算是发了点愤懑之情。泥人邱入狱的时间短，因而求生的欲望最强，不管饭菜多么恶劣，只要有剩余的，他都打扫干净。十三号要吃虱子的时候，他就脱下衣服给他去捉，省得身上痒得难受。王亭业很钦佩泥人邱镇定自若的神色，他不插话，喜欢闭目养神。有时他的双手会不由自主地在胸前上下翻动，做出搓搓捏捏的举动，王亭业明白他是想捏泥人，手痒了。七号最喜欢挑逗泥人邱，问他虽然没结过婚，接没接触过女人？见泥人邱沉默不语，七号就信口开河地说："我看你是失了童身了，你都快三十的人了。"七号还有更阴损的话挖苦泥人邱，说是你老母亲七十多了，你才三十不到。你说你老父亲比你母亲大十三岁，你母亲五十岁生你倒不稀奇，可是你爹六十来岁还能举起锄头撒种吗？泥人邱依然不恼，抿着嘴角闭目养神。王亭业看不过去，就对七号说："他这么小的年纪，你惹他伤心做什么。"七号就像好斗的公牛一样放弃了泥人邱，转而攻击王亭业，说他比骷髅还难看，说他裆里的玩意儿永远跟霜打的茄子一样蔫软。王亭业没城府，愤怒反抗，说自己用裆里的东西弄出了孩子。七号就笑得前仰后合，他的目的不外乎激怒王亭业，让他说出粗鲁的话，王亭业果然中计，七号是如愿以偿了。

监狱的窗口很小，又很高，高高在上的像个鸽子窝。王亭业最喜欢仰望窗口，有一次从窗口飘进来一枚圆圆的榆钱儿，王亭业便知外面是暮春时节，他捡起这枚榆钱儿，如获至宝，深深嗅着，爱不释手。以后每逢眼皮发跳，他就拿起榆钱儿贴在眼皮上，它果然就不跳了。有一次一只麻雀还光顾窗口，它冲着里面探头探脑了半晌，最后还是踮着脚尖飞走了。七号啐了口唾沫骂："他妈的，也不知道飞进来瞧瞧你爷爷，你爷爷又不能把你给吃了！"七号说完眼泪汪汪的。泥人邱也许是因为王亭业曾经在他与七号的争执中仗义执言，所以有时主动凑过去跟王亭业说说话。他说的也无非是捏泥人的故事，一讲起来就有些动情，恨不能眼前突然出现一大块滋润的泥巴，让他过过瘾。王亭业问他若是有朝一日出去了，还捏泥人吗？他一顿头很坚决地说："不捏泥人我干什么？就得捏！不捏那些狗日的就是了。"阳光从窗口将它的光明吃力地投入室内时，泥人邱就会迎着这缕阳光站立，他说要让阳光给自己增加点血色。七号就会焦躁地嚷："就那么一缕阳光，都让你享受了，我们怎么办？"七号就咆哮着唤来看守，说二十五号偷他们的阳光了，他不能就这么受欺负。泥人邱就对七号说："那你来揍我吧。"七号龇着满嘴黄牙无可奈何地说："我怎么下得了手呢，你一个童男子，进了这种地方，让人心里疼得慌。我死了是值了，娶了三房老婆，又常常逛窑子，风流够了。你呢？你个傻小子捏什么鬼泥人，捏出了毛病是不是？"他一旦数落泥人邱，就连带着奚落王亭业，"你也是手欠，写那几笔字有什么好？写出毛病来了，你自己还蒙在鼓里。

谁受罪？老婆孩子受罪！你自己受罪！依我看，你们俩的手都应该剁掉！"王亭业不恼，泥人邱也不恼，他们都下意识地看看自己的手，然后小心翼翼地放回去。王亭业沉默许久后会冷不丁反抗一句，说一句极粗鲁的话："依我看你的屌也应该剁掉！"七号听了开怀大笑起来，连说王亭业够交情，将来若有出头之日，一定把王亭业当亲兄弟对待。要是王亭业的老婆等不了这么多年跟人跑了，他就把自己的第三房老婆聘给他。七号无论讲什么话，都能与女人联系上。

四个重刑犯随时随地都有被处决的可能，因而他们格外警惕狱卒的脸色和他送来的饭。狱卒和颜悦色，又送上简单的日常饭菜，说明他们的命仍能像浮萍一样在阴冷的水上漂着。而狱卒若脸色阴沉，又送上酒肉来，说明必有一个要与死神遭逢了。有一天他们看见狱卒提着个篮子从他们的牢房前经过，篮子里斜伸的酒瓶让人心惊肉跳。然而他没有停下来，去另一间牢房了。几个人在一起虽然有龃龉，但他们在心平气和时还是互相交代了遗言。七号的遗言是：家里的金银细软埋在磨盘下，把它分为六份，一份给老母亲，一份给妹妹，一份给瘸腿的叔叔，另三份给他的三个孩子。王亭业的遗言是：老婆可以改嫁，要嫁个体格壮的，不能让宛云受气。宛云若是长大了，每年清明就在十字路口给他烧一蓬纸。十三号的遗言是：把他和被他杀死的父亲葬在一处。只有泥人邱，他是不交代遗言的，他自信能活着出去。

北风呼啸声越来越厉害了，王亭业明白这是深冬时令了。天亮得很晚，又黑得极早，白天仿佛只是那么闪闪就过去了。送饭的狱卒一来，王亭业照例对他展览一派温存笑意，狱卒也如以往一般说：
"三号！今儿可过年，菜里有肉，你不吃可就是犯傻了。"每逢此时，
王亭业就有一种神思恍惚之感，不知身处何方，手中仿佛握着于小
书绵软的手，他们正行走在月光如水的夏夜，鸟语花香、蛙声悠扬。
他与于小书的浪漫爱情故事正在他的想象中一点点地进展着。他们
相识在一个宅院深深的小花园，于小书当时正拈扇扑蝶，蝴蝶没扑
住，却发现了坐在花间石凳上读书的王亭业，王亭业被她沉鱼落雁
般的美貌深深吸引了。后来他们开始在小花园幽会，王亭业知道她
是大户人家的女儿，知书达理，琴棋书画无所不能。他们一起作画，
一起读书，一起赏月，一起看花。雨中他们撑着伞慢慢散步，风中
于小书则把头缩在他腋窝下。这故事的开端使王亭业乐陶陶的，但
是又觉得这类开头过于直白和传统，与才子佳人的老故事太相似了，
于是又别开蹊径，与于小书相识在七月十五的庙会上。赶庙会的人
太多，于小书跟着表哥出来，不慎走散了。她平素受惯了表哥无所
不在的看管，此时就像出了笼的小鸟，自由自在地东游西逛着。她
在卖瓷器的摊床前停住了脚步，挤进人丛，选了件翡翠色的烟嘴。
她拿着烟嘴出来时就被冒冒失失的王亭业给踩掉了鞋，于小书非但
不恼，还咯咯乐着，弄得王亭业面红耳赤，张口结舌的。于小书就
依偎着他一同进庙里去了。他们在文殊菩萨塑像下烧香的时候，刚
好飞来一对喜鹊，正落在他们肩头，于是两人海誓山盟，私订终身，
于小书将送给表哥的烟嘴送给王亭业作为定情信物。从此后他们就
花前月下地幽会，当然有时也闹别扭，比如王亭业穿着不得体时于

小书就不爱和他上街，比如她的表哥给于小书送玫瑰时王亭业就气得七窍生烟。当然还是和风细雨的日子居多，此时他们在一起其乐融融，能听见鸟叫，能看见云飞。于小书说话的声音悦耳动听，只要他心情烦闷，一听那声音就云开日朗了。以往他是不吸烟的，自从于小书送了他烟嘴后，对它爱不释手的王亭业就吸烟了。那烟仿佛饱含了日月的精华，绵长醉人，令人筋骨舒坦，心旌摇荡。想象至此的王亭业在狱中就不停地做出抽烟嘴的动作，抽得吧嗒吧嗒地响，扰得七号牙根痒痒，说那声音让他有憋尿的感觉。王亭业就说："那你就去尿哇。"

狱卒送饭停留的时间太短暂了，王亭业觉得于小书与他心存隔阂了，因而连日来心情灰暗。于小书也不让他拉她的手了，她说要出国留洋，永远不回来了。王亭业诅咒冬天，诅咒在窗外嗥叫着的北风，是它们破坏了他们之间那种春天般的温暖情怀。王亭业蜷缩在角落里，觉得浑身的每一处关节都在疼痛，并且发出冰河破裂般的响声。他想自己早晚有一天就会像被雨沤烂的稻草人一样倒在地上。泥人邱见王亭业常常自言自语，就给他讲狱外的故事，他入狱时间短，比王亭业多知道点世事变化。王亭业瞪圆了眼睛仿佛在听泥人邱的讲述，其实他的心早已与于小书漂洋过海了。七号对煞费苦心的泥人邱说："你让他想他的吧！"

第七章 一九三八年

民国二十七年 昭和十三年 康德五年

一

　　吉来搀扶着张荣彩老人，由丰源当回丽水巷。他唤张荣彩老人时总要加一个语气助词："奶奶哟"，"奶奶哇"，"奶奶啊"。张荣彩老人嫌吉来唤她时加的语气词像猫叫春，听了心里发毛，就不让他那么叫。可吉来是我行我素的，张荣彩老人只得无可奈何地答应。她也不过多数落吉来，入冬以来她就心情不畅，言语不多，饭量下降，牙齿脱落了多半，她说是活够了。

　　这是腊月二十七，眼瞅着就是春节了。老人远在南京的儿子本来说今年要回奉天过年，因为张荣彩要过八十大寿了。然而这两个月来他忽然杳无音信了。王恩浩得知南京去年年底遭受到的日军的屠杀暴行，据说有许多人死于劫难！王恩浩想张荣彩老人的儿子十有八九被害了。阳历新年后，一位从南京逃难出来的商人战战兢兢地向王恩浩诉说劫难情景，说是日军谷寿夫师团从中华门进入南京后，先就在中山北路、中央路开始了屠杀。被押解到江边的已放弃武器的士兵和市民计有十余万人，他们遭到了十挺机枪的扫射。刹那间，半空中血肉横飞，江水猩红，人们就像遭受到飓风袭击的芦苇一样迅疾地倾伏了。商人侥幸落入江水中潜逃出来。他说南京城在那几天一直火光冲天，炮声隆隆，逃难出城门的人黑压压地挤成一团，有无数人被踩死，一些兽欲发作的日军还在光天化日之下强奸妇女。商人说他出城时经过楼下的酱鸭馆，看见几名日军正在门前轮奸酱鸭馆老板的小女儿。她是个中学生，很活泼。她被剥得光光的，看上去就像放在屠宰场里的动物，发出凄厉的号叫。

王恩浩知道张荣彩老人的儿子就是在世，喜欢北方生活的她也不会到南京去，但是儿子的信和偶尔寄来的东西还是使她的心灵有某种寄托和依靠。老人也每年寄两双鞋给儿子。想着南京太热，怕走路时烫着儿子的脚板，张荣彩就将那鞋底纳得厚厚的，看上去就像高高翘起的官靴。

吉来已经有父亲那般高了，他的唇上长出了毛茸茸的小胡子。于小书教了他半年以后，吉来基本上就放任自流了。最近他忙得不亦乐乎，认识了两位姑娘，一位是千代田街开料亭的日本姑娘麻枝子，一位是丽水巷张荣彩的邻居李小梅。他之所以自告奋勇送老人回来，也是为了趁机去看看李小梅。李小梅家开着洗衣房，主管浆洗的三个女人出来时手指都是白白的。不过不是那种滋润的白，而是长久浸泡在碱水中的浮肿的白。李小梅家的院子纵横交错着六根晒衣绳，那上面又夹着许多蝴蝶般的夹子。遇到生意好的时候，晒衣绳就五彩缤纷地展览着各式衣裳。李小梅十三岁，爱耍小脾气，常常不高兴，给人的印象总是噘着嘴。幸而她的嘴生得小巧秀丽，噘起来不难看，倒有种惹人怜爱的娇嗔。她与吉来在一起说话，经常是才说三言两语她就气鼓鼓地走开了，说是吉来伤着她了。而吉来却糊涂得很，觉得自己所说的每句话都是讨好她的，真是愈想讨好就愈出乱子。李小梅一生气了就要哭，她哭起来什么事也不耽误，能吃饭，能洗衣，能扫院子，甚至能看小人儿书。李小梅只上过三年小学，后来就辍学在家洗衣，认得的字少而又少。可她却喜欢翻书，翻得如春风吹拂柳树一般哗哗响。吉来若是想教她识字，她就会一撇嘴鄙夷地说："你能比我多认几筐字？你认得的字肯定超不过一驴车！"吉来便笑得乐不可支，伸出手就要碰李小梅的脸。她肤色白净，却生了不少雀斑，就像一张白面饼上滚了层芝麻，引得人直想吃。若是别人生了雀斑，让人联想到的就不是芝麻，而是老鼠屎了，而李小梅的雀斑却不然，它总能让吉来联想到美好事物，芝麻、花籽儿、星星。洗衣房的女主人四十来岁，矮个子，微胖，总是低眉顺眼的，她对喜怒无常的小女儿李小梅的脾气了如指掌，心想将来什么样的男人能受得了她，内心为她隐隐担忧着。现在吉来就像一块砸破了她家窗纸的石头一样飞进了家，虽然她觉得吉来生性懒惰，难有作为，但一想着他是丰源当王恩浩的独子，家境殷实，而且他心肠善良，五官生得漂亮，就动了把李小梅许配给吉来的念头。吉来到了洗衣房，最欢喜的不是李小梅，却是她的母亲。李小梅见了吉来总要先"哼"一声，很不屑一顾的样子，而她的母亲则满面笑容地放下手中的活计，给吉来搬凳子倒水，问寒问暖的。李小梅有时看不惯母亲那分明有些低三下四的做派，就当着吉来的面数落她：“又不是我爷爷从坟里回来了，你那么恭敬他做什么？咱又不上他家当东西去！”吉来也不觉难堪，他嬉皮笑脸地帮李小梅做活，常常是把刚熨好的衣裳又弄出了无数波纹似的褶皱，把没用利索的洗衣水给当院泼了。李小梅就气得恨不能把吉来当成块柴火填到炉膛烧了。她气到极端时会下逐客令，让吉来滚蛋，吉来涎着脸皮不走，她就又哭又叫的，无奈只得先到张荣彩老人家避一避，待到李小梅的脸上风和日丽了，他又滚回她家。吉来的所作所为更加深了李小梅母亲要把女儿嫁给他的念头，她认为吉来宠辱不惊，肚量宽阔，与风雨无定的女儿刚好是绝配。因而几次三番想到丰源当求亲，可又碍于面子，觉得找个中间人最合适。惟一的人选，也就是张荣彩了。也正是她，把吉来招到了她家的洗衣房。李小梅的母亲本想过小年时提提此事，不料张荣彩家关门闭户，人说她让干儿子接到丰源当享福去了。谁料她腊月二十七又会回来呢。

　　丽水巷的老住户几日不见张荣彩，见了她都殷勤打招呼问：“怎么不过了大年再回来呢？”张荣彩就说：“人多了我烦，在那儿呆不惯，还是自己家里清静。”有会说的就指着吉来说：“这是你孙子吧？看着多招人稀罕啊，你老可真有福啊。”张荣彩嘴上说着：“我有个屁福。”脸上却绽开了笑意。她一路走一路埋怨着，出了丰源当先是嫌天空灰蒙蒙的，总是亮堂不起来；接着就嫌大街上的冰雪没人清扫，她老是想跌跟斗。到了丽水巷，她是越发气恼了，有人竟把宰鸡的血水泼在巷子里，凝成红色的冰，看了让人恶心得慌。她嫌那人家没有德性，不是什么东西都能往路上泼的。

　　吉来帮张荣彩老人生了火，见屋子里有暖意了，就要去看李小梅。吉来说："奶奶哟，我要去洗衣房了，你先躺下歇会儿吧。"张荣彩拍了一下腿说："滚你的去吧。我可告诉你，你十五了，不是小小孩伢了，你这么招惹人家小梅，回头你要是不说她，她不剜下你的眼珠当琉璃玩才怪呢。"吉来一龇牙说："我跟她闹闹笑话，就得说她做媳妇呀？"张荣彩吐了口痰说："我看你要不说她，她妈就不会答应！她妈上个月给我送来十个黏豆包，凭什么送？奶奶我心里明白。可我不能给你做这个主。你们只是愿意凑在一起玩，真要是过了日子，非得闹个鸡犬不宁。那李家的老闺女可不是好惹的。打小她就厉害，你打听打听去，丽水巷跟她般搭般儿的孩子，谁没挨过她的欺负？"

　　吉来才没想那么久远呢，他只是喜欢逗引李小梅，而且她越生气越是惹人怜爱。偶尔李小梅与他和颜悦色了，吉来还怅然若失呢。从张荣彩家到洗衣房，只有十来米远，一分钟便到了。冬季时洗衣房里雾气腾腾的，因为衣裳晾在外面已不可能，屋子的空地上就拉起了七八条交错的铁丝，为了使衣裳干得快，室内温度还不能低，弄得空气又湿又热，黏糊糊的，呼吸起来很难受。李小梅的姐姐正在埋头洗衣，她的母亲则在晾衣，为了使衣裳少些褶皱，抻着两只肩头抖得刷刷地响。见了吉来，母亲一脸笑容地说："吉来，冷不？快屋里坐。"她所说的"屋里"，就是指李小梅身处的房间。因为每次吉来进了洗衣房，她都这么说，而引他所进的"屋里"，虽然环境不同，但必定是李小梅在此。吉来便想若是李小梅去了茅房，茅房也会成了"屋里"。

　　"屋里"的李小梅正在熨衣裳。烙铁里盛着一团红火炭，她垫着一块湿手巾在熨一件水红色的缎子旗袍。见了吉来，一撇嘴角，眼睛一翻一翻的，似乎很不情愿见到他。吉来说："谁大冬天的这么臭美，还敢穿旗袍哇？"李小梅有条不紊地熨着衣裳，对吉来爱理不睬的。吉来连忙解释说："我这些天没来，是因为把我奶奶接到当铺去了。今天才把她送回来。"李小梅嘟囔一句："你爱来不来，不来我倒自在，懒得听你说话。有时听你说话心烦，上火，屎都拉不出来。"吉来见她气呼呼的样子，不由"扑哧"一声乐了，他说："我又不是橡子面，你拉不出屎来怪你的屁眼不好使。"李小梅恼上加恼，她举着烙铁，声言要让他的肉冒蓝烟。这时李小梅的母亲端着一碗蛋花进来，把它放在柜上，对吉来说："特意给你冲的蛋花，加了糖，你趁热喝了吧。"李小梅见母亲反身出去了，就迅速放下烙铁，白了吉来一眼，捧起碗呼呼喝起来，顷刻间就喝得光光的，还用舌头舔碗边，然后把空碗很响地蹾在柜上。她咂了咂嘴对吉来说："这蛋花你是喝不惯的，你不是爱去料亭吃生鱼片吗？麻枝子会笑哇，笑得你吃屎都香！"吉来便知李小梅这气的由来了。近日他没来洗衣房，李小梅认定他天天去千代田街的料亭找麻枝子去了。他有几次跟李小梅讲到麻枝子，说她脾气特别好，天天都笑吟吟的。李小梅当时就顶撞他："他们整天吃香的喝辣的，又能开日本馆子挣钱，不用费力气洗衣裳，要我我也得天天笑呢！"说完就扑簌簌地落泪。吉来跟于小书和山口川雄去一家叫做金丸的日本料理馆子吃饭，奉天的老百姓称其为"料亭"。金丸料亭在千代田街的繁华路段，四四方方的白房子，红屋顶，很眼亮。窗户都有石膏浮雕，有云彩和龙的图案，料亭的空间被无数木格玻璃墙断开，玻璃饰有云字纹，望不穿，很朦胧。灯光投在上面，那微微凸起的云彩仿佛在涌动。料亭里经营的全是日本菜，餐具多为黑红色饰有精美图案的漆盒，菜量不大，做工讲究，吃起来清淡爽口。吉来喜欢料亭门前吊着的那盏钟形的红灯笼，那上面绘有日本民间传说中的英雄，黑体的线条，简朴生动。每次去料亭，他都要在灯笼下端详片刻，回家后就在纸上用炭笔模仿，但终归是不得要领，笔韵不足，将纸团了。料亭的食桌很矮，木质本色，条形，每张桌子上有一个银灰色瓷花瓶，插一枝时令鲜花。有时是月季、菊花、百合，有时则是乡下的野花，如马莲花、野罂粟、芍药等等。食桌前没有椅子，而是苇席上摆放的一个个圆形蒲团。去的食客多为居住在大和区的日本人，他们依照风俗跪在蒲团上吃饭，看上去十分古板可笑，倒像是乞食的。吉来每次去都是大模大样地坐在蒲团上，盘着双腿，像个打坐的小和尚。

麻枝子十七岁，矮个子，肤色白里透粉，瓜子脸，剪着齐耳短发，刘海又齐又密。吉来喜欢她的笑态，她细眉细眼的，鼻子小巧，嘴巴也小，笑起来五官就发生了变化，眉毛长了，眼睛也眯眯着拉长了，唇角则弯弯上翘，看上去喜气洋洋的。吉来看见这笑容就联想到满园子的花，花开时节，每一朵都灿烂得让人恋恋不舍。麻枝子一家人开料亭，她的父亲负责进货、采买，而麻枝子和母亲则操持内务，端茶送饭，结账等等。她们母女总是穿着和服，无论冬夏都是如此。不过出了料亭的麻枝子喜欢穿中国服装，尤其喜欢斜襟的红袄。麻枝子在料亭穿的是月白色底子印着无数碧绿叶片的和服，这使她看上去像是一棵枝繁叶茂的小树，而她的脑袋则是这树结着的果子。麻枝子喜欢于小书，爱和她玩翻绳游戏。她的汉语很流利，因而有许多中国朋友。她管吉来叫"家雀"，因为他虎头虎脑的样子很像冬季时在屋檐前低飞的红脑门的胖乎乎的家雀。麻枝子爱打听事，吉来去料亭，她必定要问他小时候生活在什么样的地方，爷爷奶奶做什么，还能吃动饭吗，他上了几年学，都学了些什么。甚至连以往过的节日，吃了些什么，麻枝子都要打听，让人觉得她满脑子都是问题。她与人说话时也是微微笑着，笑得很浅淡。吉来问她为什么老是笑，麻枝子一歪头说："笑着舒服嘛。"吉来便也跟着笑了。吉来与麻枝子混熟后，不等麻枝子问他什么，他便心甘情愿地讲他生活中的事。王小二、私塾先生的故事，他都和盘托给了麻枝子。

　　吉来回家后若是跟父亲说他去了料亭，王恩浩就会板起脸来教训他，说他不务正业，只知游手好闲，还吓唬吉来，说是料亭的生鱼片含有一种致人于死命的东西，常吃人会失聪失明。吉来自觉命大，而且心明眼亮，才不把父亲的警告放在心上呢。麻枝子有几次提出要跟吉来去丰源当玩，都被吉来拒绝了。他知道父亲讨厌日本人，虽然山口川雄对父亲念念不忘，可父亲仍然不与他续交。而于小书去丰源当却如回娘家一般便利，王恩浩热情款待她，与她聊天。

然而，于小书怀孕之后，王恩浩对她就冷淡了，于小书去丰源当的时候也少了，所以吉来就常常到千代田街于小书的住处，他仍唤她云彩，于小书总是笑吟吟地答应。张荣彩老人早先听说于小书往丰源当跑，说是给吉来教书，她以为只是打个旗号，目的是冲干儿子来的。岂料那个姑娘竟嫁了个日本人，这让她怒不可遏，骂于小书没骨气，是个卖国女贼，将来生的孩子就是个坏杂种。她让干儿子少搭理她，让她滚得远远的，更不让吉来接触她。所以吉来到千代田街，总是背着张荣彩，更不要说给她讲开料亭的麻枝子的事了。张荣彩只要是一周不见吉来了，就会朝洗衣房张望个不休，以为吉来只知跟李小梅胡闹，不知陪她说几句热心话。倘若她得知吉来不到丽水巷的日子基本是去了大和区的千代田街，她不气得咳碎了肺才怪呢。

李小梅使够了性子，也就把旗袍熨完了。见吉来有些兴味索然，她倒高兴了，饶有兴致地跟吉来说这旗袍的来历。说是乌云巷有个八十几岁的老婆婆近日身体不爽朗，怕是活不了多久了，她说死时不穿那明黄色的袍子寿衣，要穿她年轻时最喜欢的这件水红色旗袍。老婆婆嫌旗袍压在箱底有几十年了，樟脑味太重，就拿洗衣房里洗。本来她的儿媳要在家里帮她洗的，可她嫌家里洗熨衣裳不正规，随随便便的，若是洗坏了她就不想死了。吉来听了不由乐了："她不想死还不好吗，你干脆把这衣裳给她洗烂算了。"李小梅说，这老婆婆也怪，身上已经没有多少力气了，单单是怕旗袍洗得败坏了，就亲自出来寻洗衣房，走起路来还不用人搀扶，风快。进了洗衣房千叮咛万嘱咐个没完，说是洗时要用温水，肥皂不要打得过多，漂洗时要用凉水，省得缩水。熨烫时要顺着一个方向，不可来来回回地让烙铁像蟑螂似的在旗袍上乱爬。李小梅说："老婆婆又干又瘦的，穿上这旗袍就跟老和尚穿的大袍子一样，我看她挺不起来了。一个人老了就缩成了这样子，真让人想不到。"吉来说："她反正是躺着穿它，挺不挺起来都一样。"

午后四点，天便昏昧了。李小梅用衣架撑好旗袍，待潮气散尽，就用一张薄纸小心翼翼将它包好，欲送到乌云巷去。李小梅对吉来说："你回家吧，我得去送旗袍了。"吉来说："你着什么急呢，你给她送得晚，她就死得晚。让她多活几天不好吗？"李小梅一咬牙恨恨地说："你以为人人都像你似的这么爱活，活个没够呀？"吉来急了："这么说许多人是不爱活的了？我可没觉得。你看这街上走着的人，谁不穿得暖暖和和的？要是想死，大冬天光着身子的人肯定就多了。"李小梅的眼泪又如夏夜的繁星一样闪烁不休了。吉来只得承认自己说错了，许多人是活够了，只是还没到死的时辰而已。李小梅这才擦干了眼泪，拿起旗袍出门。吉来连忙跟上，李小梅头也不回地呵斥："别像尾巴似的跟着我啊。"李小梅的母亲倚着门框数落小女儿："怎么跟吉来这么说话？真是不知好歹。"她又转而对吉来说："别跟她一般见识，天都黑了，你跟着她去，再把她送回来，我也就放心了。"吉来答应着，紧跟着李小梅出去了。那一瞬间他想起了在新京时私塾先生给他讲的老鹰抓小鸡的故事，无论小鸡蹦到哪里，老鹰都穷追不舍。吉来觉得自己就是那只老鹰，而李小梅则是小鸡。只是真正的小鸡不落泪，而李小梅不落泪就像没了魂儿似的。

丽水巷里几乎没有人了。一则天冷且黑，没什么大事谁愿意在外面走呢。二则临近春节，家家都有该忙的活儿。巷子里有冰雪，走起来很滑，要小心翼翼的。李小梅垂着头走，也不和吉来说话。吉来就快步超过她，迎着她吹悠扬的口哨，终于感动了她，李小梅主动说话了："你奶奶过年去当铺，还是在丽水巷？"吉来说："我爸让她去当铺的，可她不来，她说她儿子一准能在大年三十的那天从南京赶来。""她净胡说。"李小梅说，"我打小时只见过她儿子两次，他儿子不孝敬她，只喜欢南京，年年都是她自个儿过年。年年过年前她都要跟别人吹牛，说'我儿子要从南京回来了'。"吉来听说李小梅见过奶奶的儿子，就问："他长得什么样？""什么样？黑不溜秋的，瘦得跟个麻秆儿似的，说话还一个字一个字地蹦，慢得让人着急，都说他是教书落下的臭毛病。"吉来"噢"了一声，对李小梅小声说："我爸跟当铺的人说，南京城里死了好多人，奶奶的儿子说不准也死了。""你净胡说。"李小梅说，"要是你奶奶听见，不骂你才怪呢。"吉来不作声了，他在想奶奶做过的那些梦。近日她经常说梦见儿子，儿子在梦中总是八九岁的光景，乖得很，拉着她的手说要和妈妈回老家。张荣彩平时会给人圆梦，按她的话说，梦见棺材是升官发财，梦见长新牙是要加寿，梦见发大水预示运气兴旺，梦见娶媳妇唱大戏是有灾祸，梦见小男孩是犯小人，而梦见小姑娘则是有贵人，梦见水井枯了是要背井离乡，梦见灶坑渗水是要发横财。吉来跟着她听到了不少解梦的说法，然而她对梦见独生子一下子退回几十年却难以做出解答。她就问当铺上上下下的人，大家众口一词说她是想儿子想的，一个活生生的大人怎么可能突然就变成小孩子了呢？只有张弓子实在，他说："没准你儿子没命了，人一死就死回过去了，他自然就是小时候的模样了。"说得张荣彩哭了整整一下晌，晚饭也没吃，说是胃里胀气。王恩浩便数落了一番张弓子，回到屋里他又被瑶琴骂了个狗血淋头，说要把他的舌头割了。张弓子啧啧舌，连连表示以后再不敢给人胡乱圆梦了。李小梅见吉来默不做声，就问："你想什么？"吉来的脑子一时没有反转过来，因而没搭腔。李小梅就跺了一下脚说："我不用你陪我，看你跟丢了魂儿似的。你爱去料亭就去料亭吧！"吉来张着嘴刚"哦"了一声，就听见不远处传来一阵阵寒冷的哭声。他们接近乌云巷那户人家时，正巧有个女人慌慌张张哭着出来，见了李小梅，说了句"我正要取它去呢"，就飞快拿过旗袍，反身回屋了。老婆婆恰在此时咽气，这让吉来觉得无限神秘又无限伤感，他不由得拉起李小梅的手呜呜哭了。

二

刘秋兰的脸色越来越晴朗和鲜润了。王亭业几年来没有音信，她渐渐习惯了周围人的说法，认定他死了。因而这两年每逢清明、八月十五和除夕，她都要领着宛云在十字路口给丈夫烧些纸钱，让他在那里别穷着，嘱咐他该添置什么就添置什么，别心疼钱，他可以随时随地要，她则会随时随地寄。至于王亭业怎么个要法，她是不知道的。十一岁的宛云长高了，她学会了做家务，每天跟着母亲去南市街的酱菜园做工。早先是刘秋兰照看傻子阿永，宛云只是随从。可从去年开始阿永只喜欢和宛云在一起，也不称刘秋兰为"兰"了，而是惊天动地地跺脚叫她的大名，直呼"刘秋兰"。阿永对宛云却仍如过去一般，叫她"云"，把好吃的都留给她。有时在街上看到了好玩的东西，就嚷着要给云也弄一个，朴善玉对儿子只能百般顺从、听之任之。这样一来，宛云的小屋里就多了许多有趣好玩的东西，彩蛋、风车、泥人、花手绢、木船、镜子等等。张家老太每晚都必来家中串门，每次都要看看宛云的小屋里是否添了东西，一旦有了新发现，她就大惊小怪地"唉哟哟"叫着，夸宛云好福气。宛云一直不喜欢张家老太，懒得理她，有一次听见她推门，就把刚从锅台上烫死的几只蟑螂放到她常坐的地方。恰好那天她穿着条绸裤子，平素不舍得穿的，回家后发现沾了一屁股的蟑螂残骸，气得来找刘秋兰，说她好心没得好报，串个门惹了一肚子的气。刘秋兰只能低眉顺眼地听凭数落，小心翼翼地赔不是，然后还要给她送点小礼物，亲自把她送回家门口，张家老太才算顺了气。

张家老太近一年来不厌其烦地给阿永说媳妇。她声称自己活不了多久了，她的死老头子夜夜来梦中叫她去做伴儿，说是饭没人做、衣裳没人洗、地里的杂草也没人除。张家老太说她走了之后，不惦记自己的儿女，最让她放心不下的就是阿永。她夸阿永心儿好，知冷知热，因为张家老太一去酱菜园，阿永就会自作主张地给她捞各式各样的酱菜，让她带回家里吃。张家老太介绍给阿永的媳妇，非老即残。按她的说法，那些老寡妇知道疼人，理家能力强，而残疾的姑娘有缺陷，就不会嫌弃阿永。所以她领进酱菜园的人，不是人老珠黄、瘦骨伶仃的，就是腿脚不利索、缺鼻子少眼睛的，再不就是聋哑人。即使如此，她们当中绝大多数都看不上阿永，找个借口就溜了，仿佛多留一刻就会被强行推入洞房。偶尔有一两个同意的，也不是冲着阿永，相中的是酱菜园，欲做它将来的女主人。朴善玉看透了这种女人的心思，因而断然拒绝。在对待阿永的婚事上，李金全抱的是无所谓的态度，因而他依然忙他的事情，吃茶，听戏，遛街，过着神仙般的日子。阿永的姐姐坚决反对弟弟娶媳妇，说一个傻子娶媳妇，纯粹是找罪受，不会有人心甘情愿伺候阿永一辈子的。因而她回家时若恰好赶上阿永相媳妇，就会又哭又闹地把事情搅黄。她也因此憎恨张家老太，骂她是母夜叉、毒老鸹，看见她就往地上一口一口地吐唾沫。朴善玉便呵斥女儿，嫌她太过分，别人都是一番好意，谁吃饱了撑的没事干找挨骂？阿永相媳妇时总要被穿扮得干干净净的，无论对谁，他的脸上都展览着笑意，仿佛他已经看中人家。逢到他比较乐意接受的女性，阿永就会在人家面前竖起大拇指叫一声"妙"，惹得朴善玉一阵脸红，不愿意将如此混沌不开的阿永塞给某一个女人，心想自己只要活一天，就能照顾他一天，若有一天自己不行了，给阿永提前做一顿美餐，在饭菜里下了毒便了。在朴善玉看来，傻子的命在父母健在时是命，父母死后也就不是命了。张家老太跟刘秋兰私下嘀咕,嫌朴善玉挑肥拣瘦的,这样会害了阿永。她总是坚定不移地认为,阿永只要说了媳妇,慢慢就会开窍,说不定还能抱上一个大胖小子呢。然而她的奔走却总未见成效,这使她忧心如焚。

春节过后,刘秋兰一直为丁立成对她的热情而犯难。这个豁唇的单身伙计常常来她家帮助干活儿。宛云开始时很喜欢他,愿意看他令人眼花缭乱地耍刀子,也喜欢丁立成叠的各式各样的纸玩具。她和阿永买了颜料,将那些纸玩具涂得五彩缤纷的,后来她多长了一岁,就多长了一些心眼,发现丁立成并不是喜欢她,而是把她当作了通向母亲的一块跳板,宛云对丁立成就没那么友好了,她不再接受他的小礼物,而且申明她看见他耍刀子就头疼。丁立成一来家里,宛云就冷着脸子,不留下他和母亲单独在一起,而是大模大样夹在其间,讲父亲的故事。王亭业的音容笑貌就在宛云的叙述中生动地呈现,弄得丁立成红头涨脸,分外尴尬。刘秋兰也苦不堪言,她再去酱菜园时,看见丁立成的目光就躲躲闪闪,觉得很对不起他。虽然她心里认定王亭业死了,但因为未见尸首,总觉得自欺欺人。

春节后天气渐渐转暖,地上的雪一天天发乌了。朴善玉经常分派丁立成和刘秋兰一同出去送酱菜,他们推着独轮小木车,装着几坛酱菜,去餐馆和食杂店送货。订酱菜的多是老主顾,他们对南市街酱菜园的酱菜一直赞不绝口。他们在街巷中行走的时候很少讲话,有时只是默默地彼此观望一下。宛云若是恰巧领着阿永在街上碰见了母亲,便不由分说地跟在他们身后,弄得他们连观望的机会也丧失了。阿永走累了便跟宛云撒娇，憨声憨气地说："云，我累，云，我走不动了。"这时宛云就唤阿永坐上独轮车。阿永发育得好，身子沉，一坐上去独轮车就不稳了，左摇右摆的，有一次他还踢翻了一坛酱菜，摔在地上，惹得众人围观。朴善玉听刘秋兰细说原委后就劝宛云，让她不要过于难为母亲，她实在不容易。宛云就说："那谁容易呢？我也不容易！我本该去上学的，凭什么要天天看阿永？"顶撞得朴善玉面红耳赤，哑口无言。下回就不敢贸然派刘秋兰和丁立成一同去送酱菜了。

二月初二的早晨，刘秋兰起大早给阿永穿龙尾时惹了风寒，不断打喷嚏、流眼泪，就唤宛云独自去酱菜园，跟朴善玉告个假，同时让宛云把穿好的龙尾带给阿永。那龙尾是用空心的蒿秆和花布穿成，花布铰成铜钱形状，五颜六色的，煞是可爱。本来是幼儿在龙抬头的日子挂在胳膊上的东西，刘秋兰却给阿永穿了一串，在她的心目中，阿永就是个幼儿。宛云提着那串龙尾向南市街走。虽然天气晴朗，可风还是冷飕飕的。走到南平街，赶上路口戒严，军警穿着长靴呵斥过往行人闪开，宛云便知皇上又要出宫了。宛云不喜欢皇上，因为皇上没来新京时，她还有爸爸。她认为爸爸突然离去与这个倒霉的皇上有关，心中认定皇宫就是个茅屎坑子，从里面出来的人都像绿头苍蝇一样令人恶心。可她不敢跟任何人说这种话，包括她的母亲，省得她为此提心吊胆。南平街的一些店铺赶紧关门闭户，做小买卖的连忙拐入幽僻的巷子。在一处茶馆门前，宛云遇见了李金全，她叫了他一声"伯伯"。李金全穿着灰布裤子，黑缎子对襟棉袄，戴顶呢毡帽，肩头还搭着条驼色围巾。他问宛云："你妈呢？"宛云说："她受风了，没有力气，今天我一个人去。"李金全"哦"了一声，指着宛云手中的那串龙尾说："怎么不戴在胳膊上？"宛云笑了，说："这是我妈给阿永做的。"一提阿永，李金全的脸就拉长了。本来他的个子就高，加上这一瞬间脸长了，使他看上去高得直晃荡。李金全还要说什么，赶上有人与他打招呼，宛云就赶紧钻入另一条小巷子，绕着去南市街，她不喜欢看皇上的"卤簿"经过。以往皇上出宫时，街上也一律戒严，有时会有一些欢迎的人群站在路两侧，手中晃动小旗子，不过宛云看见这些人的表情是冷漠的、木然的。此时的十字路口都由荷枪实弹的军警把持着，行人不敢越雷池半步，然而狗却不识时务，狗胆包天地在戒严的路口摇尾巴。宛云在去年初夏时就碰到过这样的事。那是个晴朗的上午，阳光照着街道和树叶，使街道像河那般亮堂，而树叶则绿得宛若涂了蜡。宛云领着阿永到六马路的一家冷饮店，正赶上皇上的车队出来。兴运路、长通路、六马路、朝日通、大经路等等都已戒严，过往行人敛声屏气，静默在路旁，更像是在守候灵柩通过。宛云扯着阿永湿乎乎的手，候在街的一侧。阿永见路上的行人都被吆喝到两侧，路突然就像被掏空了食物的肠子一样空起来，就乐得手舞足蹈的，非要去跑一跑不可。宛云吓唬他，若是他去路中央，她以后就不再理他，绝不会陪他上街吃雪糕了。恰好此时有一条狗溜到路中央，很威风地叫着，阿永就指着狗说："狗能去跑，怎么就不让我跑？"说着大吵大闹。宛云拽不住他，就求旁观者帮忙，上来两个男人捺住了他。而路中央的狗被搡得东逃西窜的，不得不离开六马路。皇上的车队经过之后，路面解除了戒严，宛云领着阿永回南市街时，阿永满肚子的不乐意。他不断地指着天空的云彩说："坏！坏！"并且使劲"呸"地唾了一口。宛云也不计较，百般哄着把阿永带回了酱菜园，这才长嘘了一口气。所以宛云去街上时，一旦领着阿永，最怕皇上出来。阿永跟狗一样不识时务，说不准什么时刻会蹦到清理得空荡荡的街上，到时军警用枪托搡他，也就是个白搡，宛云可不想让阿永受罪。

阿永在酱菜园门前已经张望宛云好一刻了。见到宛云，他咧开嘴大声笑着，连声叫着"云"。宛云说："鼻涕都冻出来了，怎么不回屋？"朴善玉循声出来，迎着宛云说："今天二月二，我跟他说让云领着去剃龙头，他就急得火烧火燎的，炕也坐不住了，非要到外面去等。"宛云摘下围巾，告诉朴善玉，母亲早起给阿永穿龙尾时受了风寒，今天就不来了。朴善玉拈着那串龙尾很内疚地说："都是我们阿永拖累的，真是不好意思。他这么大个人了，还得让大家当小孩子哄着。"说着，叹了口气，将龙尾挂在阿永的胳膊上，问："漂亮不漂亮？"阿永抖着肩膀，看着龙尾摇摇晃晃的，十分可爱的样子，连连嘻嘻笑着说"漂亮"。朴善玉又对宛云说，今天二月二，她炒了一些黄豆，回头给刘秋兰带些回去。还说领阿永剃完头后，早早把他带回来，别由着他逛个不休，这样她可以早些回去照顾母亲。宛云在火炉前烤了烤手，问朴善玉领阿永去哪一家理发店剃头。朴善玉说："他一个鬼头，去王大疤拉家开的就行。你要是去金发宝，等的人多，一时半会儿也剃不上。"阿永的头平素在金发宝剃，离家近，剃头师傅也熟悉阿永，知道该怎么剃。不过每年的二月初二，金发宝的生意红火得让人难得有插足的机会，而且这一天价格高，朴善玉不愿意儿子去。她想那里人多，阿永若是驻足其间，就会成为被人取笑的对象。所以二月初二时，她都领着阿永去王大疤拉开的理发店。那家理发店门脸不大，剃头师傅绰号王大疤拉。王大疤拉给人剃头时喜欢叼根烟，心不在焉的样子。你让他理个平头，他却给你剃个光头，你让他理个分头，他却给你理成个平头，因而他的理发店生意很衰败。王大疤拉的老婆一向风骚，风传她最近与几个日本宪兵打得火热，穿着打扮也讲究起来，而且趾高气扬地对邻里的招呼视而不见。宛云听母亲和酱菜园的人议论过这个女人，说她个子很高，十指的指甲总是涂得油红，一双眼睛抹得乌青乌青的，像是两粒要烂的紫葡萄。宛云明白，若是母亲讨厌的女人，她一准是把她形容得比鬼还不如，而她看得起的人，即使相貌平平，也会被她形容成嫦娥。阿永给宛云抓来一把黄豆，让她拿在路上吃。阿永喜欢边走路边吃东西，无论冬夏。刘秋兰不让宛云在路上吃，一则不雅观，二则路上有灰尘，风又大，呛进胃肠里会做病。可是随心所欲的阿永在路上吃过东西后从不闹毛病，也许正应了那句俗话"不干不净，吃了没病"。宛云把黄豆塞进棉袄口袋里，留在指缝里两粒，放到嘴里一嚼，对阿永说："好，香！"阿永便笑得如沸腾的水似的，哗哗响，并且抑制不住地晃着腰，扭秧歌似的。

　　天空灰蒙蒙的。这种天气往往让人以为没出太阳，可仰头一望，太阳却明明白白站在空中，只是苍白乏力，颤颤巍巍的，缺乏生气。宛云抬头望天的时候阿永知道她在找什么，就指着太阳说："在那儿！"沿街的铺子都开了，生意最好的确实是理发店，路过金发宝的时候，宛云听见了里面的喧闹声，门口的台阶上散着一些被剃下来的寸长的头发，一定是打扫卫生的往出扫垃圾时遗下的。他们经过的每一家铺子的主人都熟悉阿永，若是刚好他们出门来，就问阿永："阿永干什么去？"阿永就会拈起龙尾给人家看，然后说："剃龙头去！"有好事的还接着问一句："阿永相没相媳妇？"阿永就会说："相了，我没相中！"口气蛮大的样子，逗得人家哈哈笑。每逢此时宛云就加快步伐，阿永也只能快步跟上，这样就能摆脱好事者，她不喜欢别人轻贱阿永。

　　王大疤拉家开的理发店名叫"寸草"。店铺只有十平方米，憋屈得很。屋子里糊着低矮的纸棚，棚上沾满了密密麻麻的蝇屎，足见历年的夏季苍蝇在理发店里生活得多么热闹。王大疤拉矮个，圆脸，光头，微胖，喜欢喝茶，抽烟，嗜好掏耳屎。他的脸原先是满脸麻子的，有个自称神医的跛脚先生说是只要给他糊上三次草药，就能让那些麻子像黎明前的星星一样消失。结果麻子倒是连根除掉了，却落下一脸的疤拉，那些白色疤痕在他的黑脸上就像一群银鱼在游动，看了令人眼晕。王大疤拉是招赘的女婿，他岳丈岳母只有这么一个女儿，想要一个养老女婿，王大疤拉就跟着上门了。他待岳丈岳母很孝敬，先后为他们送了终。岳丈家比较富裕，临街有三间瓦房，还有一个小仓库。王大疤拉没正经事做，就把仓库腾空了，改造成理发店。由于他手艺不好，加之铺子寒酸，来的人就比较少，王大疤拉也不介意，只不过是想让自己别闲着，有个营生做而已。王大疤拉一天要掏几回耳屎，一掏就龇牙咧嘴的，掏得耳朵都背了，你得大声跟他说话才是。他老婆瞧不起他，骂他时就当着他的面小声嘀咕，他一句也听不到。风传他女人要夜夜睡野汉子，否则会熬不住。王大疤拉也因此多了另一个绰号：老王八头。

宛云推开“寸草”的门时见王大疤拉正忙着给一个老头剃头。他肩上搭条白毛巾，嘴上叼着烟，烟灰随时落着，弄到顾客的肩上。见宛云和阿永进来，王大疤拉乐了，他直起腰冲阿永吆喝：“阿永，你美呀，还挂了串龙尾，谁给你缝的？”“刘秋兰！”阿永大声叫道，嘻嘻笑着凑到王大疤拉身边，流着涎水歪头看那位顾客的脸。老头抬起头，冲阿永说：“没见过别人剃头？”阿永就吓得往后跳了几步，撞在对面的镜子上，把镜子撞出了两道有弧线的裂痕。王大疤拉说：“阿永，你可得赔我的镜子了！”阿永自知惹了祸，讪讪地溜到角落的椅子里，抓住宛云的手，说：“云，不剃龙头了。”王大疤拉笑了，说：“我这是吓唬你呢，你就是把我的店放火烧了都行，你是谁，你是阿永呀，我能和你掰扯吗？”说得阿永手舞足蹈，起身走到王大疤拉跟前，稳稳实实地亲了他两口。弄得王大疤拉的半面脸湿淋淋的。那些银鱼似的疤痕仿佛得到了水的滋养，越发活灵活现了。

王大疤拉一边剃头一边跟宛云说话，问她今年还不上学吗？不上学这么耽误下去怎么行？宛云噘着嘴不作答，手中反复揉搓着给阿永剃头用的纸币，很委屈的样子，看着窗外渺茫的天色，后悔把阿永带到这里来。正心神不定的时候，店门"咣"地被人撞开，一个高个子女人带着三个矮个日本宪兵进来了。那女人个子高高，高得就像风筝的长线，穿一件雪青色呢子大衣，肩搭湖绿色围巾，双手插在大衣口袋里，眼睛抹得乌青，像两颗鸟蛋，而脸上则涂了厚厚的白粉和胭脂。待到她把双手伸出，露出十指蔻丹之后，宛云明白这就是酱菜园的人经常议论着的王大疤拉的老婆了。

　　理发店只有两条长椅，阿永和宛云坐了一条，那女人吆喝王大疤拉："行了，行了，今儿头晌别的活儿不能接了，先剃这仨头！"她指了指那三名日本宪兵，然后笑着撵阿永："你回家吧，要来就下午来，上午你等不上了。"说着去揪阿永的衣领。她的衣袖碰着了龙尾，阿永叫道："你敢动我，我让龙尾咬你！"女人不在意，让那三个日本人坐在长椅上，将阿永拉开。阿永跺着脚骂："我来得早，我先剃！"王大疤拉将烟蒂吐在地上，对女人说："一个傻子，你让他先剃了再说。"日本宪兵穿着土黄色制服，个个都留着小胡子，他们指着阿永用母语叽哩哇啦议论着。阿永最忌讳别人叫他傻子，他暴跳如雷，把已有裂痕的镜子踹了个粉碎。宛云怕阿永惹更大的事，就对他说："咱们回家吧，下午再来。"阿永却斩钉截铁地宣称："我来得早，我先剃。"然后冲到日本宪兵面前，指着他们的鼻子说："他们来得晚，他们后剃！"说着，飞起一脚踢到一个宪兵腿上，骂："这是我和云的凳子，滚开！"日本宪兵被激怒了，三个人一齐上前捉住阿永，对着他拳打脚踢。阿永哭叫着，眼睛立时被打得乌青了，鼻血也哗哗地流了出来，吓得呜呜直哭的宛云只得央求高个女人："求求你，别让他们打他了！"女人笑着捏了一下宛云的肩膀，说："你是不是这傻子的小媳妇？"阿永号啕大哭着，不断地叫着"云"。王大疤拉扔下剃头推子，那位老头也扯下了蒙在胸颈处的白布，嘟囔一句"真不像话"，然而他什么也不管，推开门带着他的牢骚走了。阿永最后像摊烂泥似的倒在地上，身上到处是血。一名宪兵摘下帽子，坐到了刚才老头坐过的皮椅上，示意王大疤拉该给他剃头了。王大疤拉帮助宛云去搀阿永，可阿永打着挺儿，说什么也不起来。女人只得唤另外两名宪兵将阿永强行抬到门外，然后关上店门。宛云再推门无论如何也推不开，只能哀求过往行人，让他们帮助她把阿永弄回去。后来一个卖糖葫芦的动了恻隐之心，把阿永背到小车上，推他回酱菜园。朴善玉正出门扔霉烂的菜叶，见阿永被打得如此模样，立刻就吓白了脸，手也哆嗦起来，阿永肿着眼睛跟母亲诉苦："不让我先剃，还揍我，云也不管，坏！"他们手忙脚乱地把阿永搀进屋，朴善玉拿出棉球和药水为儿子擦拭伤口，边擦边落泪。宛云也哭着，说是头没剃上，反倒挨了揍，都怪王大疤拉不帮忙。朴善玉骂道："王大疤拉这个老王八头，真是该杀！"继而又骂王大疤拉的婆娘不是个东西，说她早晚有一天会横尸街头，咒她脸上长天花，肚子长瘤子，胳膊生烂疮。阿永听后这才笑了几声。宛云依照吩咐给帮忙的人装了一包酱菜，岂料卖糖葫芦的拒不接受，他说："别以为人人都像王大疤拉！"朴善玉只能口头上对他千恩万谢。

　　待屋里只剩下宛云和阿永的时候，朴善玉骂："那些狗兵的头是头，我们的头就不是头了？！"然后将阿永的头抱在怀里，轻轻摩挲着他的头发，说："妈给阿永剃头，以后再也不让阿永出去受欺负了。"说着，泪水扑簌簌地落了下来。

三

　　李文将半面铜镜恭恭敬敬地摆在向阳山坡的小树下，然后又将一个馒头放上去。清明的阳光雪亮地照着山林，使那些还未复苏的衰草闪着绸缎般的光泽。李文坐在地上，说："杨路，今天是你的节日，没有酒和肉，这个馒头还是三天前老乡送来的，我没舍得吃，想着就要清明了，把它留给你，你慢慢吃吧，别噎着，就着水吃。噎着了在那里就说个媳妇吧，让她给你捶捶背。"李文与杨路开了几句玩笑，心里就不那么憋闷了，他敞开心扉，与杨路长谈着。

　　咱们的队伍这一年里又损失了不少人，有些人死得跟你一样冤，是因为出了叛徒。我小时候做游戏时，最怕当叛徒，小朋友们会一齐上前对你拳打脚踢，给你画鬼脸，头上还戴顶高高的白纸帽子。可现在有的中国人出卖自己人，那么心安理得，我想起来就气得想把满口的牙都咬碎。还记得李家碾盘吧，就是你出事的那个村子，告密的人只因为日本人给了他家两袋白米和一只鸭子，他就把咱们的行动计划给泄露了。想想令人心寒。不过那个叛徒已经被结果了，他到河边捞鱼，我一枪打在他的小便上，他"嗷——"地叫了一声栽进河水，我又在他的胸口和脑袋上各补了两枪，那是我第一次杀同胞，不过我杀的是败类，他死有余辜。有趣的是杀死他后我还梦见过他冲着我张牙舞爪地叫，说他的魂儿被我弄破了，没法转世了，他朝我身上吐唾沫，我就在梦中又给了他一枪。从此后他就不入我的梦了。李育德在那天被日本人俘虏了，他真坚强，至死什么也没交代。日本人杀了他还将尸体吊在树上示众，直到那肉因腐烂而像一块块泥巴似的掉下来。李育德的老婆无人照顾，她每天都去河边，听见河水就笑，回家后见什么吃什么，抹布、苍蝇、老鼠甚至蜡烛。李家碾盘的人见了她都害怕。她夜间坐在门槛上整宿整宿地哭，让李育德回家拉二胡给她听。你说可怜不可怜？这女人最后掉进井里淹死了，村里人就再也不吃那口井的水，张罗着另打一口井。咱们没有端下了石碴子那个贼窝，我一直心里不痛快。李家碾盘的事情发生后，下石碴子的兵力又有增强，为了保存实力，暂时还不能惹他们。躲开这群禽兽的滋味是多么难受啊。你常说小日本是秋后的蚂蚱，蹦跶不了几天了，可我看他们蹦跶得挺欢势，什么时候能把他们斩尽杀绝了呢？咱们队伍去年战绩不错，打死了三十多个鬼子，缴获了不少武器弹药。老百姓拥护咱们，省下口中的粮食悄悄送过来。不过凡是咱们住过的村子，走后都给人家惹了大麻烦，鬼子闻讯进村后就抓村民，严刑逼供，不招供就杀。你记得新苗屯的王九斤吗？那个爱说书和喝酒的人。鬼子把他抓去了，他说他招供，不过得唱着说。他唱了足足有两个时辰，鬼子也没能弄明白我们是去哪里了。用铁鞭抽他时，他说他的肉嫩，受不了这个，命比什么都重要，他招。结果招了一个荒无人烟的地方，那地方狼多，寻找我们的鬼子被狼咬死了一个。王九斤怎么着？给鬼子带路的他趁拉屎

的工夫溜了，你说这人平时看上去大大咧咧的，还这么有心计。还
有大发屯的刘老铁，他跟鬼子说我们跟正常人不一样，走夜路时眼
睛会放光，冬季时不用穿棉鞋，饿三天三夜肚子照样跟鼓一样圆。
还说我们长着千里眼，顺风耳，什么都能看得见听得着，根本用不
着他们给提供粮草和情报。刘老铁的话音刚落，气急败坏的鬼子就
砍下了他的头。你说刘老铁的头奇不奇？在地上滚了好几圈，就像
被旋风吹着似的，不过一点灰也没沾，最后还端端正正地自己立住
了。气得鬼子上前去踩这颗头，结果崴了脚，疼得呜哇直叫，你说
奇不奇？你要是在那里见到刘老铁，就替我给他点颗烟，说我尊敬
他。他的儿子刘江到咱们队伍来了，这小子可没他爹那么有骨气，
第一次参加战斗时，吓尿了裤子，开枪时手直哆嗦，回来时我说了
他几句，他还呜呜哭，说他本不想参加队伍的，他娘非要他来给爹
报仇。他不想报仇，只想养鸭。他喜欢鸭子，说鸭子走路总是不紧
不慢的，而且鸭肉肥而不腻，蒸煮烹炸怎么吃都入口，只是现在他
回家也没鸭可养了。队伍里让我带带他，这小子不喜欢摸枪，却喜
欢那次缴获的笛子，吹起来还挺上口的。他说他也恨鬼子，鬼子让
他没了爹，让他养不成鸭，只是怕战斗的场面。他说过年放个炮仗
他都胆突突的。有一次村子里的粮库失火，别人都赶着去救，可他
一看冲天的火光就吓得瘫在了地上。最有意思的还是他怕人结婚，
若是听见唢呐喜洋洋地叫，听说谁家要娶媳妇了，他连门也不敢出，
生怕撞上热闹。说是结婚跟战斗一样没什么区别。刘老铁是天不怕
地不怕，而他的独生子却是胆小如鼠。但是我慢慢喜欢上了他，他

心灵手巧，会缝衣裳，剪纸也在行，会编故事，还会做饭。现在他在队伍里搞宣传和后勤工作，给大家唱唱歌、说说书什么的。他还把你的故事编了个段子，说你长得比关公还英武，爱学习，手心常常攥着字，管你叫"杨字迷"。他还喜欢看你留下来的这半面铜镜，用它来照脸，说他的脸在铜镜里比鸭子还漂亮。你听了肯定要笑，他一旦喜欢什么东西，就把它们比作鸭子。杨靖宇司令有一回来连部，他见司令的眉眼生得英武，脱口而出的就是："司令比我见过的鸭子都帅。"你能想象得出杨司令会笑成什么样子吗？他当时披着大衣，这回大衣披不住了，掉地上了，警卫员也笑得里倒歪斜的顾不上去捡大衣了。

鬼子这一年没少跟咱们动心思。去年冬天在森林里，他们在路口放了酒和肉，还压着劝降书。有的树上还贴着美女的照片，那些女人光巴赤溜的，屁股和奶子都圆滚滚的，骚得很。咱们对那东西不闻不碰。酒算什么东西？自己庆功的酒是美酒，而他们的酒就是马尿。肉算什么东西？他们放的肉跟干柴棒一样难咽。可也有意志薄弱的，看了女人的照片夜夜都胡思乱想，最后溜下山回老家了。鬼子对咱们实行了大讨伐，凡是与咱们有联系的村屯都在他们严密控制之下，所以给养成了问题，粮食、棉衣、盐等东西都很缺。他们还把许多村屯给烧毁了，把人都赶到一个地方圈起来，周围修炮台，进出村屯还要登记和搜身，这一招可真是歹毒啊。这种办法就跟抓鸡似的，放个大笼子养起来，主人是鬼子，他们想什么时候宰就什么时候宰。虽然条件艰苦，但我们还是能打胜仗，有个大胜仗是非跟你说不可的。

年初杨司令领我们进了辑安的老岭山区。这个山区地形多变，大大小小的山一座连着一座，很容易隐蔽。鬼子当时正修通化到辑安的铁路，抓了不少劳工。我们到达辑安后的一个黄昏，杨司令就亲自指挥，把五百多人兵分三路，袭击了老岭隧道西口"东亚土木会社"的工地、十一道沟发电所和十二道沟供应仓库。这次出兵神速，鬼子丝毫不觉，一家伙就打死了七个鬼子，还俘虏了五个，把那些劳工全部解救了。劳工们有的回家了，有的干脆就挎上枪跟着我们打鬼子去了。我们放火烧了鬼子的老窝，烧了三台汽车，把修铁路的材料也都烧了，真是过瘾啊。我打死的一个鬼子当时正站在工地上撒尿，打中他时他的帽子先飞了起来，在半空转了好几圈。刘老铁的儿子说我不该那时开枪，等他尿完了也不迟。说那鬼子夹着一泡没尿完的尿下世，肯定憋得难受，气得我骂他是胆小鬼，只配在村子里养鸭。你猜怎么着？他呜呜又哭了，我还得哄他，给他笛子让他吹。这小子，我估摸着将来胜利了，他可以回家养鸭娶媳妇了，他在婚礼上也会吓得哇哇直哭，到时新娘子不气歪鼻子才怪呢。你跟刘老铁说一声，不管这小子怎么样，也是他的后代，我会好好照顾他，不让他受委屈。

以后打鬼子的日子更艰难了。鬼子人多，切断了我们的给养，武器装备上我们也不如他们先进。越是这样，我们就越想打胜仗。我这条命，这一生就交给这件事了。说不准哪一天枪子长歪了眼睛，我也会到你那里报到。你平时帮我留意着，差不离帮我物色个好对象，我在这里要是娶不上媳妇，去那里娶也是一样的。我不要那种太漂亮的，那种女人水性杨花的居多，我要贤惠的、温柔的、说话声音轻的。我最烦女人说话大嗓门，没个女人样子，她吆喝你时你觉得是在吆喝牲口。

我舅舅去年底做了件很丢人的事情，这也是非跟你说说不可的。你知道我是被遗弃的孩子，捡到我的舅舅也不是亲舅舅，只不过他不愿意让我叫他爸爸，才喊他舅舅的。舅舅待我确实也好，吃穿住行，没有照顾不到的。他在大学里教西洋文学，懂几国外语，跟我舅妈如胶似漆的。我以前没有跟你说过，我有个姐姐，是我舅舅舅妈的独女，比我大两岁，人长得很漂亮，但就是娇气、蛮横。我舅舅舅妈有意让我跟姐姐结婚。姐姐那时在大学读三年级，学的也是西洋文学，她让我也报考这个系。我离家参加队伍时想到他们可能会找我，就把名字改为李文，我的原名叫李尔。去年年底在靠山屯的火车站，我意外地发现一张寻人启事，是我舅舅拟的，寻外甥李尔，上面还模模糊糊地印着我的照片。说是舅舅舅妈因我的出走而身体欠安，姐姐也形容憔悴，盼知情者能够告知下落，必有重赏。这些倒也没有什么，最可耻的是最后一条，舅舅猜到我可能打鬼子去了，就申明如果是大日本皇军抓到我，一定手下留情，他愿出钱赎我的身，还说我少不更事，要是参加了抗日队伍也是受人唆使。里面竟然有"日本和满洲本是一家，一家人要和睦相处"这样的屁话，看得我真是无地自容。据说，在一些大小城市甚至城镇的火车站和码头都贴有这样的寻人启事。幸而我改名了，长头发剃短了，胡子也留了起来，谁也不会想到那上面的人就是我。我不明白舅舅这是为了什么，他也算是个正直的教书人啊。我开始怀疑这寻人启事是姐姐以舅舅的名义搞的把戏，她身前缺少一个夸他漂亮的人，她就不顺心。我夸她完全是因为她一天要问我许多回："我漂亮吗？"你若说她不漂亮，她就三天都不跟你说话。夸她漂亮之后，她就会买小礼物送给你。不管这寻人启事是谁策划的，我都觉得很可悲。

　　杨路，我知道你还有个同胞兄弟叫杨昭，他拿着另半块铜镜。你不是说他可能当教士了吗？这一年里每逢路过大大小小的教堂，我都要问有没有一个叫杨昭的教士，他的喉咙有块青记。然而我至今没有打听到他的下落。有时路过大些的市镇，我就把这半面铜镜拿在手上，盼望着过往行人有认出它来的，虽然我知道这希望很渺茫。你在那里放心，我一定想方设法找到他，把他当亲兄弟对待。如果我死了，就把这任务交给别人。谁见了杨昭都会说：杨路是个好样的。你在那里安心过日子吧，那里肯定没有鬼子，喜欢骑马就弄匹马骑骑吧，只是别骑得太野，万一撞着了谁可不大好办。我该回营房了，馒头你吃完了，我不能这么搁下，我有好一段没有吃白面了，你不介意我跟你一起分享吧？你不是小气鬼，我知道的。

四

　　狗耳朵推说天太热，汗出得多，不愿意和寡妇一个被窝睡觉了。女人一到春天就十分难缠，三天两头就想要他，狗耳朵身子虚，没那么多的精气，就找各种借口搪塞。原想着春天一过她就不发情了，谁承想入夏以后她的情欲仍如野火一样旺盛。狗耳朵耗得头晕眼花的，私下里跟已经十一岁的丁阳说："你妈要累死我了。你的亲爸肯定也是这么累死的。"丁阳一派天真地问："她怎么累你了？要是我能帮你的活，我就做一点，让你少挨点累。"狗耳朵听了笑得直咳嗽。

狗耳朵拒绝女人时，她总是说不做那事她就胡思乱想，睡不着觉。她想已逝的丈夫和丁力。想念丁力狗耳朵可以理解，毕竟丁力死得惨，又是她的亲生儿子。她对丈夫的念念不忘却使狗耳朵觉得受到了奇耻大辱。许多次在他们交欢时女人都要亢奋地喊"葫芦"，狗耳朵不明白她这"葫芦"里卖的什么药。有一次与丁阳一道玩耍时才知道那是丁阳父亲的绰号。丁阳对狗耳朵说："我给你起个外号吧，叫'铲子'。"丁阳有时淘气了，狗耳朵常常握着铲子吓唬他，说要铲碎他的脑袋。狗耳朵骂："没大没小，好歹我也是你继父，怎么敢给我起外号？"丁阳很委屈地说，给家里人起外号是母亲的习惯，父亲在世时，他们每个人都有外号，丁阳叫兔子，丁力叫苞米，而父亲叫葫芦。但父亲去世后，母亲就没心思叫他们的外号了。狗耳朵闻听后更加怒不可遏，他不但拒绝与女人同床，还煞费苦心地找来一个葫芦，当着女人的面用刀在上面一下一下地划，划得葫芦伤痕累累，女人的脸白得如纸，这还不过瘾，狗耳朵还将拍死的苍蝇粘在葫芦上，将鼻涕也往它身上抹。女人皱着眉头，可不敢声张什么。事后狗耳朵又觉得自己这样做过于残忍，跟一个死去的人计较未免太没肚量了。这样一想，他就把葫芦擦拭干净，将刀痕用砂纸磨平，使那葫芦的黄色骤然脱落，成了个白葫芦。

集团部落的规模又有扩大。去年又并过来一个屯子，有七十多户人家。他们衣衫褴褛、步履蹒跚地迁到集团部落时，只有少数家当跟着迁移过来。部落里本来够狭窄的了，这下更加拥挤不堪了，猪圈鹅圈狗圈都起了新房子，由着新户入住。由于房屋密集，互相挡光，房屋里少见阳光了，总给人阴沉沉的感觉。狗耳朵出部落时都要跟着大伙儿一起走，种地、铲地或者秋收，有专人监管着，你想跑都跑不掉。收获的粮食大部分上缴了，留下的根本不能让人吃饱。人们私下管集团部落叫"人圈"。狗耳朵越发怀念他提着打狗棍自由自在乞讨的日子。在他看来现在虽然有了家，但这种日子不是人过的，不如当叫花子来得洒脱。他在梦中就常见过去的时光，虽然凄凉了些，但心却是敞亮的。他不止一次动了离家出走的念头，可最后还是动摇了。一则很难走脱，就是出去了这世道也不太平，找过去的伙伴们已经很难了。二则他是个有妻室的人了，不管女人怎么难以忘怀旧情，他作为一个男人总不能一拔腿撇下他们母子俩一走了之，那样也太不仁义了。女人自丁力死了之后，落下了个毛病，时常坐在酒窖口发呆，有时还自言自语着。这时你跟她说话，她一动不动，眼睛一眨不眨。狗耳朵理解她失子的痛楚，也不过多打扰她。只是她呆坐久了，狗耳朵有些担心，怕她沉浸在哀伤的气氛中不能自拔而疯掉。这时狗耳朵就会轻轻走到她背后俯身搂住她的腰，将脸贴在她的脸颊上轻轻摩挲，女人就会骤然转身泪如泉涌地抱住狗耳朵，声声地说："我活着干什么，我活够了！"狗耳朵也会落下眼泪，他说："我也活得够够的了，要不咱们一块死吧，只是丁阳太小，没爹没妈怪可怜的。"狗耳朵知道一旦提起丁阳，女人就会燃起生的希望。他还觉得她之所以乐此不疲地要他，也是因为她的生活实在太黯淡了，没有别的乐趣。所以多次拒绝她之后，狗耳朵又汗涔涔地往她的被窝里钻了。

夏夜的星空如多年以前一样清爽。夜空中如果有圆月，那夜色就微微泛白，幽蓝的夜空也成了宝蓝色的。有的星星在闪烁中漾着红光，有的则泛着蓝光，如猫头鹰的眼。狗耳朵喜欢夜深时到院子里仰望星空，直看得脖子发酸。他给很多颗星起了名字，有的叫麦子、玉米、土豆，还有的叫荷花、牡丹、秋菊。除了花名就是庄稼名，好像天空那沉重的不可洞穿的蓝色就是厚重的泥土，而每一颗星星都是植物。女人怕狗耳朵在外面站久了着凉，就一遍遍地隔着窗户叫他："屋里睡吧，星星有个什么看头，你看不死它，它却能看死你。"狗耳朵烦她在他神思遐想的时刻打断他，回去后对她也就没有温存。他爱星星，太爱了，觉得它们每时每刻都活生生的，那么有朝气，不似他，一天到晚无精打采的，不敢看镜子里形销骨立的自己。为了节省粮食，狗耳朵每天都半饥半饱着，肚子总是空空落落的，人的脚步声也就比麻雀还轻。有好几次他推门进屋吓着了女人，她捶着胸口，"唉哟唉哟"地叫着埋怨狗耳朵："你吓死我了，进屋怎么也没个动静？"狗耳朵分外委屈，心想我就这么点力气，你拿去了这么多，余下的够我喘气说话走路就不错了，哪儿来那么大的劲头弄出声响？心里虽然这么想，下回他进屋前就先在门口咳嗽一番。岂料那咳嗽常常是一发而不可收，直把他咳嗽得蜷成一团，哆嗦到地上。女人出来为他捶背顺气，埋怨他："让你半夜三更的出去看星星，着了凉了吧？"按照女人的说法，星星都是女人，有的浪荡，有的则遵守妇德。狗耳朵望见的都是浪荡星星，它们缠着他不放，耗他的气血。她的谬论常常引得狗耳朵哑声哑气地笑起来。他笑时只觉胃部一阵阵痉挛，而且胸骨像被沙子抽打似的刷刷地响。狗耳朵便立即收了笑声，惟恐笑得大发了，自己就会像烧落了架的柴火一样化为灰烬。

集团部落在南门的老屠宰场附近成立了个小学，十一岁的丁阳得以在骄阳下上学了。他回家说同班的有比他还大的学生，当然也有比他小的。老师在课堂上常常骂他们是笨蛋，因为他们连"天地人马猪"这样简单的字也不会念。跟丁阳同班的有个叫李大风的孩子，十三岁，新近随父母来集团部落的。他长得又黑又壮，小眼睛，厚眼皮，上课时爱放屁。他的屁来得也及时，这边老师在讲台上四溅着唾沫星子骂他们是笨蛋时，李大风的屁就响了。他的屁是名副其实的响屁，清脆悠长，惹得全班学生哄堂大笑。老师气急败坏地把李大风叫到讲台前罚站，问他是不是故意捣乱。李大风就理直气壮地说："我跟你捣什么乱呀，我想管住屁，不让它出来，可憋不住，我有什么办法，又不能把屁眼儿割了。"同学们笑得更欢了，余下的课也就没法上了。李大风说他以前不是这么放的，自从来到这个新地方，他喝不惯这里的水，说有股土腥味，没有他过去呆的屯子的水好喝，因而整日胀肚，常常有屁，他实在是没有办法对付这些屁。他下课时很野，喜欢冲着聚堆儿玩耍的同学大喊大叫，同学们都怕他。但他对丁阳比较友好，也许是因为他们在班级里都属于个子偏高的一类人的缘故。丁阳管他叫老哥，而李大风则称丁阳为老弟。老哥老弟在放学之后经常走动，连带着也加强了家长之间的交往。狗耳朵时不时到李大风家和他父亲聊上片刻。他父亲李进财，原先开着家裁缝铺子，尤其擅长做女人穿的衣裳。也许是由于他经常触摸丝绸的缘故，那双手又白又细腻，像画中拈扇扑蝶的小姐的纤纤玉手。他的老婆胡玉兰却生着一双满是老茧的手，地里的农活和家里的杂活都由她来做。狗耳朵常想若是把李进财的老二割了，身下开一个洞，他就是个不折不扣的女人。他和李进财很谈得来，有时出部落料理农田就有意赶在同一个时辰出门。李进财对农活一窍不通，连锄把都攥不住，一见阳光就头晕目眩，每隔十分钟就得喝一次水。他还分不清哪是庄稼哪是杂草，常把不该铲的清除了。狗耳朵就得帮他辨认庄稼，可他无论如何也记不住，下次照例把庄稼给铲了。狗耳朵只好帮他做活，由着他在一旁挂着锄头垂头丧气地看着席卷着庄稼地的阳光。李进财有个毛病，特别喜欢看女人，他看的倒不是脸庞，而是衣裳。有的女人不明真相，以为他是色狼，就朝他啐唾沫，知道他是老裁缝的也就宽宏大量地笑笑。有一次他见到一个穿着黄缎子衣裳的中年女人，他追上前，说那衣裳做得不合体，后襟不该开，扣子也不该盘成梅花形的，要盘成莲花形的才大方好看，非要人家脱下来，他带回家改改不可。女人呸了他一口，骂他心存歹意，李进财只好垂下头蔫蔫地走开。原想事情也就到此为止了，岂料那女人多事，回家大肆渲染新来的李进财如何看上了她，竟敢青天白日下让她脱衣裳。她男人一听几乎气炸了肺，不由分说冲到李进财家，对他一顿拳打脚踢，弄得李进财鼻青脸肿的。李进财的老婆在一旁助威，说："打得好，谁让他眼贱了！"狗耳朵知道后劝诫李进财："女人都是欠揍的，你就不该关心她，她穿得再难看，跟你也没什么关系。扯这个王八犊子图希个啥？好心没得好报！"李进财却捂着肿胀的脸死不改悔地说："我看着她们穿的衣裳不对头，心里就不舒服，不帮着改周正了就难受。"

李大风放学回家见父亲被揍成这副样子，什么也没说，他吃过晚饭就去了那女人家。进了他家屋子，见那女人正坐在灶房烧火，他笑了两声，解开裤带，从容不迫地掏出老二，往女人头上撒尿。女人被这一幕吓傻了，任尿水在她身上恣肆。李大风说："你个骚女人，诬赖我爸，我让你再敢胡说八道！这回让你喝点黄金汤，下回就让你吃黄金饭！"学生们都知道，李大风管尿叫黄金汤，而管屎叫黄金饭。那女人受了污辱大气不敢出，惟恐事情闹大，本来丈夫去打李进财已使她心生愧意了。李大风撒完尿就问那女人的丈夫在哪里，他想给他的脑袋栽棵葱，吓得那女人"扑通"一声跪在地上，连连给李大风磕头，叫他小少爷，求他放过自己一家人。李大风这才拍拍手走出她家，临出门时放了个沉重无比的屁，吓得女人直激灵。

李进财偶尔也到狗耳朵家来。他不爱进屋，喜欢站在仓棚下的阴凉处和他说话，看上去鬼鬼祟祟的。狗耳朵的女人不喜欢李进财，背地管他叫蚯蚓，专往肮脏、阴湿的地方钻，对他的纤长十指更是嗤之以鼻。李进财有一次提出要进酒坊看看，说是听人说了，那酒坊的窖里还摔死过一个孩子。这话正巧被耳灵的女人听见，她指桑骂槐地将李进财赶出家门。事后她拧着狗耳朵的腮帮子教训他："你少和他来往，他就专盯女人的奶看，你跟着他，早晚有一天会学坏！"狗耳朵疼得龇牙咧嘴地叫道："就我这个熊样，谁愿意跟我？我看人家一百眼，人家也看不上咱一眼！"那女人住了手，咯咯笑起来，说："我谅你也没这个胆儿。要不叫我，你还不是个没人要的小叫花子，起五更爬半夜，吃了今天没明天的主儿！"这话深深刺痛了狗耳朵，本已熄灭的出逃的欲望在那一瞬间又变得强烈起来。然而当夜女人对他温存备至之后，他这种念头又如薄冰一样被轻易地踩碎了，心想不如就在这人圈里得过且过混日子，况且他还舍不得离开丁阳。

　　丁阳无论遇到什么事，回家后都要悄悄告诉狗耳朵。哪个同学的裤裆开了，哪位老师的脸上沾了女人的胭脂等等他都要说。他还喜欢听狗耳朵讲他过去乞讨的故事，觉得魅力无穷，认定这世上最逍遥的生活就是当个叫花子。气得狗耳朵骂他没出息，不谙世事，讨人家的饭怎如自己有饭吃踏实！丁阳乖顺，但懒惰，家里任何活儿都不想沾手，连拿碗吃饭都嫌累。狗耳朵看不惯他这毛病，时时教训他，派给他诸如抹桌子、扫地一类的轻活儿，丁阳迫不得已地做，但往往是把桌子上的茶杯抹到地上摔碎，或者将垃圾扫进灶坑后连笤帚也扔在那里，隔不多时，"噗——"的一声响，笤帚被引着了，气得狗耳朵直嚷牙根儿疼，说若丁阳是他亲生的，非要揍得他满地捡牙不可。

集团部落里也成立了协和会。女人们穿着千篇一律的协和服，看上去十分古板。李进财尤其看不上这种衣裳，嫌它拘谨、僵直，不显女人的身材。看到谁穿协和服了，他管不住自己的嘴，非要告诉人家穿上那衣裳匠气，不美。女人应该穿显出腰身的衣裳来。然而没有人把他的话当一回事，穿什么不穿什么，在人圈里已无足轻重了。多数女人都因生计所累而蓬头垢面的，她们哪有心思打扮自己呢？就是有心思，也没那份财力呀。去哪里弄那水灵灵的花布？去哪里买柔软光滑跟月光一样动人的丝绸？李进财在集团部落里也没法开裁缝铺子了。只是同他一起迁来的乡亲知道他的手艺，逢到婚丧嫁娶一类的事，偶尔还请他出马，裁件寿衣或者缝个镶花边的新嫁衣。李进财的手里还存着不少花边，有紫色、红色、黄色和白色。他还有一个大包袱，里面鼓鼓囊囊地装着过去裁衣服剩下来的边角残布，色彩繁复得很，看一眼就让人眼花缭乱。每一块布角都能勾起他无穷无尽的回忆，他能对着它们讲上三天三夜。狗耳朵穷极无聊时，就喜欢从那包袱里搜出一块布角，逗引李进财讲故事。有一回他抻出的是一条月白色底印有紫花的绸缎，李进财一拈那布条脸就白了，眼神也凄凉了，泪花涌上了眼眶，这更加勾起了狗耳朵无穷的兴致。他说："讲讲吧，这是谁做衣裳剩下的布角？依我看，能穿这么水灵的布料的人一定年轻，再看这上好的料子，她也不会穷着！"李进财连忙忍着泪水把狗耳朵拉到僻静处，悄声告诉他，这布角的主人叫夏荷，听她的名字就让人觉着清爽。她人也确实清爽，不漂亮，但肤色白皙，气韵温柔，举手投足之间总给人一种温情脉脉的感觉。夏荷十八岁嫁给了他，三年之后他们还没有孩子，李进财料定她不能生养了。李进财是李家独苗，父母一心要抱孙子，他们对待夏荷波澜不起的肚子充满敌意。夏荷的经期在每月中旬，每逢此时夏荷的婆婆就要拄着拐杖频频跑厕所，察看是否有月经痕迹。一旦发现了红色，她就气喘如牛地回屋咒骂夏荷，让她滚回娘家去。夏荷就挽着包袱一趟趟地回娘家，愁得李进财不到三十岁就白了双鬓。在父母的威逼下，李进财只得休了夏荷。走前他给夏荷做了件斜襟的缎子上衣作为纪念。本来该两天做完的活，他足足用了十天，每缝一针他的心都要抽搐一下。夏荷穿上那件新衣后看上去更加楚楚动人，让人疼爱得舍不得与她分手。然而李进财还是把她送回娘家了。岳父岳母操着烧火棍将他赶出村口，他看见夏荷哭得像个泪人。这之后，李进财经媒人介绍又娶了个女人，转年就生下了李大风。之所以叫他大风，是因为生他的时候狂风大作，几株小树都被折断了枝。明明是正午，可因为狂风卷起了尘沙，空中昏黄昏黄的。待给小家伙剪断了脐带，狂风才骤然止息。有了孙子的父母整日喜笑颜开，可李进财每逢夜阑人静时就要想念夏荷。李大风五岁时，李进财领着儿子到夏荷所在的村子串门，忽闻夏荷生下了个白白胖胖的儿子，这让他吃惊不小，后悔不迭。没想到夏荷再嫁后，终于开花结果了。这使李进财更加憎恨父母，如果夏荷不走，说不定也会生出孩子了。孩子有早生的，也有晚生的，为什么不能耐心再等几年呢？李大风六岁时，李进财的父母先后去世了，只是因为夏荷的缘故，他连滴眼泪都没掉。从那以后他总是心慌气短，干不得一点力气活，也不想见人，整日在家裁裁剪剪、缝缝连连。他的女人知道他心里有个夏荷，因而对他动辄恶语相加，也罢了给他添丁进口的念头。偶尔再怀上身孕后，她就一定想办法堕胎。然而这惩罚对李进财来说算不得什么，他认为自己罪孽深重，活该要断子绝孙。

李进财显然压抑太久了，跟狗耳朵讲夏荷时脸颊渐渐潮红了，且声调也愈来愈高，狗耳朵渐入情境，跟着叹息不已。这时李大风的母亲端着一盆洗衣水出来泼，她瞄了一眼李进财，将水用力泼在他们脚下。狗耳朵和李进财同时跳了一下，但他们不是神仙侠客，很快又落到地上，鞋子还是湿了。女人笑着骂："我泼那臊荷花，泼死它！"吓得李进财脖子上青筋直跳，口中连叫"阿弥陀佛"。李进财说，这女人感觉实在灵敏，每当他跟人提起荷花，她就是隔着几里地都会有察觉。接下来她不骂李进财，而是大骂荷花，骂荷花你又能说出什么来呢？只能忍气吞声地听她骂，骂够了她也就消停过日子了。

狗耳朵回家后想起李进财的事，当夜辗转反侧，难以入眠。他索性爬起来去望星空。银河亮得饱满充盈，让人觉得那里的水就要流下人间。他发现有一颗星星白而硕大，泛光时周遭仿佛有无数花瓣在绽放，怎么看都像一朵荷花。他想起了李进财描述的夏荷，不觉内心有种怅然若失的感觉。想想别人都有一段难以忘怀的男女情事，他却一无所有，越想越觉得凄凉。这时女人推开窗户哑声哑调地唤他："狗耳朵！你望星星都望魔怔了，好好的晚上不在被窝呆着跑出去发什么疯！被窝是热的！星星是凉的！"她的后两句话颇具有喜剧效果，听得狗耳朵笑了起来。

狗耳朵从此后就不乐意到李进财家走动了。因为原先他觉得他们气质相近，趣味相投，后来发现李进财的情感世界里有个美若晨星的夏荷，可他一无所有。

一个夏日黄昏，狗耳朵正打扫遗落在酒坊窗台的一堆白花花的鸟粪，丁阳背着书包气喘吁吁地跑了进来。他"爸、爸"地叫着，跟狗耳朵说："李大风他爸像我哥一样给吊起来打了，把裤子都打烂了，你还不上他家看看！"原来，李进财愣是把自己老婆穿的协和服给改了，领口缩小了，袖口给弄得蓬松了，后面还开了襟儿。他女人口无遮拦，别的女人夸她的衣裳式样别致时，她以实相告："我们家李进财把协和服给改了！"这话传到了日本警察口中，就把李进财捉去吊在南门下打，说他是个反日分子，大逆不道，死有余辜，用刀剁下了他的一双手，让他永远也别想再改一件协和服。狗耳朵本想去看看失了双手的李进财，骂他为什么手欠，骂他的女人为什么嘴欠。想想那情景肯定很令人难受，也就绝了那心思。只是从此之后，警察所的住所频频受到袭击，石子三天两头飞来打碎玻璃，新鲜的人屎被抹在门楣上。丁阳悄悄告诉狗耳朵，这一切都是李大风干的。狗耳朵叮嘱丁阳不要出去胡说，接着竖起大拇指说："还是儿子好哇！"

五

　　羽田与北野南次郎相聚在苍泉。他们是中学时代的同学，南次郎喜欢医学，从小就去山中捉麻雀回家来解剖。有一回羽田放学后去南次郎家，见他双手鲜血淋淋地掏一只死羊的内脏，将心肝肺分别切下摆在木板上，看上去极为恐怖。南次郎对医学无限迷恋，来到满洲后，他进了特殊部队从事医学研究，久而久之羽田才知道那是研究细菌的。最近北野南次郎随扩编了的部队迁至哈尔滨平房，他们得以重叙同学之谊。

　　北野南次郎见到羽田的第一句话是"落叶了"，羽田笑着应了一声"秋天了"。他们落座后彼此打量了半晌，一个说对方"白了"，另一个则说"瘦了"。羽田确实瘦了许多，而南次郎在学生时代的脸色是黑红的，现在却面如白纸，也许是长期呆在实验室里少见阳光的缘故。羽田点了两道餐馆的拿手菜，红烧猪耳和蒜蒸鲇鱼，然后又要了新近推出的鲜蘑玉米汤。汤里放了牛奶，很鲜嫩。南次郎尝了一口便连声赞叹。羽田又要了一瓶红葡萄酒，两杯酒落肚，他们之间的话多了起来。窗外也已是暮色沉沉的景色，灯火点点滴滴地亮了，从窗前晃过的人在穿过灯影时给人一种摇曳之感。南次郎几次指着窗外的人影说："哈尔滨，花姑娘的好！"羽田只能频频给他使眼色，制止他在苍泉如此信口开河。

北野南次郎看上去变化很大，原来他是个颇为腼腆的人，不爱说话，如今他不但滔滔不绝地说个没完，而且喜欢谈论女人了。他伸出一只手说他睡过五个满洲的花姑娘，有一个还想跟他到日本去。羽田听了心里很不是滋味，只能转换话题，谈刚刚发生过的张鼓峰之战。羽田认为苏军赢得了胜利，而日军损失惨重，张鼓峰之战说明苏军是强大而不可遏制的，日军应该从中汲取教训，不要把胃口放得太大，一个满洲已经够了。北野南次郎对这场战争则不感兴趣，他感兴趣的是苏联女人，说若是日军的统治范围扩大到那里，他就睡那些高鼻子蓝眼睛的姑娘。他用母语小声跟羽田说，到满洲来，就是享受来了，不享受就是傻瓜了。你在满洲就是洁身自好，回到日本也没人相信你。他说自己现在并不关心战争会进行到何种地步，只是能够做他的医学研究，并且能时常寻到快乐便知足了。羽田讥讽他所做的医学研究不是神圣的，他们研制的细菌是让人死亡的，而医学研究却应该是治病救人的。北野南次郎气得几乎要将叉子剁进羽田的双眼，他咒骂羽田不是个军人，是胆小鬼，发誓以后不再和他畅叙同学之谊。羽田微微一笑，草草结束了这场不欢而散的聚会，将南次郎送出苍泉后他在飘零着落叶的街头散步，突然有了一种归乡的念头。

哈尔滨的秋天如果没有雨水的袭击，倒有点春天的气氛。天高云淡不说，微风中的柳树叶子一瓣瓣地红着或黄着，色彩极为艳丽，宛若春天盛开的迎春和桃红。羽田很欣赏这样的秋天，清爽、高洁，又不乏温馨。最近他与谢子兰的关系颇为紧张，已经有两个多月没有交往了。柳芭的母亲突然故去，常去她家的谢子兰与阿廖沙的交往就频繁了起来。虽然阿廖沙比谢子兰大二十几岁，足以做她的父亲了，但他对谢子兰还是抱有爱慕之情。他不顾母亲和柳芭的反对，带谢子兰去餐馆和戏院，当然也带她去天主教堂做弥撒。柳芭为此哭过好多次，找到王小二，让他劝劝外甥女，能不能不和她父亲保持这种恋爱关系？王小二听了柳芭的诉说后气得七窍生烟，心想你跟什么人不好，非要跟一个比自己大二十多岁的老毛子？况且你和柳芭是好朋友，怎么想着去当她的后妈？让柳芭怎么见人？被谢子兰气得晕头转向的王小二找到她的第一句话就是："柳芭把事情都告诉我了，你再这么下去，我非把你杀了不可，让你少出去祸害人！"谢子兰愣怔了一下，继而伶牙俐齿地回敬道："你和苍泉的老女人交往，不也差几十岁吗！"王小二说："那是两码事！我没想跟她怎么着！"谢子兰说："那我也没说非要嫁给他呀，柳芭真是没道理，我和她爸单独出去几趟她就不高兴，不高兴直接跟我说好了，又不是不认识我，告的哪门子状呢！"王小二只能苦口婆心地规劝："你想想你出生在一个什么样的家庭？这个家能存在着多么不容易？你爸爸失业后这几年精神不太好你知道不知道？你妈妈浑身是病你知道不知道？你姐姐姐夫过得艰难你知道不知道？"谢子兰鄙夷地说："我就是知道了又能怎么着？照我看爸爸也是该精神不好，失业了找不着工作就应该想开些，你想不开的话工作也不能像馅饼似的从天上掉下来，还伤你的神，值不值得？妈妈身体不好也怪她整天忧心忡忡的，人都说笑一笑，十年少，我看她总是愁眉苦脸的，没个笑模样，身体不闹毛病才怪呢。还有我那个傻姐姐，她模样虽说比不上我，可也不错，刚去啤酒厂上班就搞了个管麦芽发酵的师傅，那么轻易就结婚了，日子怎会过得不艰难？你就不知道先跟他处两年，有更好的再另寻高枝，非把自己弄到一棵树上吊死，照我看都是自作自受！”王小二目瞪口呆地看着谢子兰，怔了许久才说一句：“你真是个妖魔，你要把家里搞得鸡犬不宁才算完吗？”谢子兰哈哈笑着，说：“我们家穷得连人都养不起，哪里有鸡和狗呢，我惹不着它们，它们是神仙！”气得王小二四肢发麻，脑袋像装满了蜜蜂一样嗡嗡地叫。谢子兰参加了一个剧团，平素有一些小型演出，她要登台演唱了，因而在后台对舅舅下了逐客令。

王小二无计可施，便去苍泉找陆天羽。这女人奇怪得很，你若长久不理睬她，她定然沉不住气忙三迭四地去醉云烟馆找你，而你若主动来找她，她反倒有些端着架子，跟你说话时眼神游移到别处。王小二几次想探明她的身世，她在上海做过什么，她是否有过丈夫。看她的体态，他猜测她不但结过婚，而且生过孩子。然而陆天羽闭口不谈过去，让王小二觉得虽然自己是股爽利的风，而陆天羽却是一道密不透风的墙，他无法逾越，只能在墙下徘徊，这也使他们的交往不能深入，又因不能深入而欲罢不能。陆天羽在夏天时对苍泉进行了一番改造，菱形餐桌换成了三角形的，周遭刚好摆三把椅子。中空垂下的南瓜形的吊灯换成了钟形的，更显得古朴、和谐。此外她又独创了一道汤，那就是鲜蘑玉米汤，所有用过它的人都称这道汤不同凡响。苍泉在其他餐馆经营渐走颓势的时候，却能使营业额直线攀升，不能不承认陆天羽经营有方。她听了王小二所说的阿廖沙与谢子兰的事情后一点也不吃惊，说如果他们结婚，她送谢子兰一只翡翠玉镯。王小二本来是想让她帮自己出出主意，或者规劝一下谢子兰的，没想到她却推波助澜地说："我看阿廖沙不错，苏联男人四十岁跟二十岁的模样几乎没什么区别，他们就好像停住不长了似的，根本看不出他比谢子兰大那么多！"王小二就像隆冬时节吃冰一样，透心地凉。他问陆天羽，阿廖沙是否单独带谢子兰来过苍泉？如果他们再来，就打发人通知他，如果她不想通知他，就悄悄听他们说些什么，有没有结婚的打算，谢子兰是否只是头脑一时发热。陆天羽说："他们是否一起来过我不能告诉你。他们就是来了我也不会通知你，他们是奔苍泉来的，图的是吃喝和环境气氛，我不能破坏这个。你要是真想找能帮助你的人，我想你应该去找羽田。""找那个日本人？"王小二使劲一甩空空荡荡的右衣袖说，"没门儿！我不跟他犯话！""他喜欢谢子兰，你求他帮忙，他肯定会竭尽全力。""这就跟让狼去救小羊没什么区别。"王小二说，"要是让谢子兰跟那个日本人，还不如跟阿廖沙老头呢！"王小二离开苍泉时不由得在门口重重"呸"了一口，这才觉得胸中的恶气出了一点。他放开步子回醉云烟馆的时候老想唱歌，于是就哼哼唧唧害牙疼似的唱了一路，回到地方却仍觉不痛快，这才想起了"男愁唱，女愁哭"的谚语，觉得这是千真万确的。

　　羽田是在苍泉遇见阿廖沙与谢子兰的，看到他们手挽着手进来，他就不想再问谢子兰任何话了。谢子兰那天穿一件天蓝色软缎旗袍，头发高高挽起，有风韵，但令羽田伤感，他觉得她这样的妇人打扮实在太早了点。谢子兰微笑着过来跟他打招呼，说她刚刚进了一家剧团，每周有三次演出，让羽田有时间去看。羽田礼貌地答应着，然后早早结了账离开苍泉，发誓以后不再来这里了。然而谢子兰的笑靥却常常出现在他的梦境中，因而与北野南次郎重逢后他把聚会的地点选在了苍泉。他没有遇到谢子兰，与南次郎的谈话也没有任何乐趣，这使他的心情更加郁闷了。

北野南次郎却不然，他很快就把发生在苍泉的事忘却了。他所在的石井四郎部队在哈尔滨平房，占地面积很大，拥有二十一个村屯。他们部队对外称"关东军防疫给水部"，实际上是大量而秘密地研究细菌的一个场所。在此之前，他们成功培殖了鼠疫菌，他们曾做过试验，用飞机将鼠疫菌撒在湖北的一条河流里，那里是中国军人经常出没的地方，结果喝了这条河里水的士兵大部分感染了鼠疫，附近的居民也不断有感染者出现，死了许多人。消息反馈回来，北野南次郎兴奋异常，不由得与同事举杯相庆。他关心的不是在什么人身上做试验，他关心的是这试验是否成功。在他眼里，世界上最美的昆虫不是色彩斑斓的蝴蝶和羽翼透明的蜻蜓，而是善于跳跃的棕黄色跳蚤，因为它是传染鼠疫和斑疹伤寒等病的媒介。在他眼里跳蚤就像天使一样美丽，只有借助它，他的研究才能开展和深入。他常常无限迷恋地看着试管里被囚的那些跳蚤，和它们说话，比跟知心朋友交谈还亲密。跳蚤的体温和血，非常适宜于细菌的生存与繁殖。它怕光，喜欢寄生在猫、狗特别是老鼠身上。而鼠类中的黄

鼠具有冬眠的特性，每年的九月份，它便深深钻入冻土层，处于假
死状态，次年春天它才在草芽萌发的温暖天气中苏醒过来，重新返
回地面。南次郎知道黄鼠身上寄生着多种跳蚤，而其中的方形角叶
蚤和开皇客蚤则是传播鼠疫的最理想媒介物。所以南次郎向上打了
报告，欲大量收购黄鼠。在此之前，南次郎已经成功地在几个活人
身上做了细菌试验。那时他们在五常的背荫河那个大约有六百平方
米的实验场里关押着许多戴着手铐和脚镣的人，他们多为青年男性，
至于是何种来历，南次郎是从不过问的。实验场周围筑有高墙、电
网、炮楼、护城壕，有重兵把守，进来的活人实验材料处于严密监
视之中，很难逃脱出去。有一次南次郎押解来一个活人做试验，他
们称这类人为"马路大"。马路大很瘦，满脸的络腮胡子。他一言
不发看着南次郎，很沉静的样子。当南次郎命令他伸出手来，欲从
他的胳膊上抽血时，马路大突然将一口唾沫啐在他脸上。南次郎本
想为他做伤寒试验，马路大的口水激起了他的愤怒，他认为试验材
料是不可以反抗的，于是将他押到地下室，给他做了残酷的对高压
电流承受力的试验。南次郎给马路大通了五千伏的高压电流，使他
的身体一阵阵地抽搐震颤，但并没有马上致死。电流持续通下去后，
马路大终于在一股烧焦的气味中气绝身亡了。南次郎朝马路大的尸
体啐了一口唾沫，说："要听话的好！"虽然实验场如此戒备森严，
但是有一年中秋节的晚上，还是有三十多名囚犯暴动越狱，背荫河
实验场的秘密自此暴露了。从此之后他们多次遭受到抗日联军袭击，
不得已将试验场废弃了，迁往别处。平房实验基地，是他们所搬迁

的第四个地方了。

南次郎是首批进驻平房的人，这里还有一部分设施没有完工。这片土地被划为特别军事区域，出入的农民必须携有身份证明书。这些农民之所以还敢壮着胆进出，是因为这里有他们的土地，他们虽然被强迫迁走了，但是还不忘了回来种粮食。南次郎想，等本部全部迁过来后，这些种地的农民永远别想踏进这个区域半步了。南次郎来后首先参观了动物饲养室和实验室，他对这些设施颇为满意。动物饲养室里有无数个水泥方格槽和木格槽以及铁皮盒子，里面饲养着少量的黄鼠。南次郎想，再过两年，这里将到处是黄鼠和跳蚤，那该是多么喜人的景象啊。

黄鼠被放在铁皮盒子里，然后再投几只跳蚤让它繁殖。为了怕黄鼠伤害跳蚤，还得把它紧紧系住。铁皮盒的温度保持在摄氏零上三十度，三个月为一个培殖周期。南次郎预计，如果一切正常的话，一年生产二百公斤的跳蚤应该不成问题。跳蚤在他眼里就是盛开的樱花，就是黎明前的星星，就是翩飞的彩蝶。

饲养班里雇来一个叫姜山岳的饲养员。他生得又黑又瘦，衣服总是脏乎乎的，闲时喜欢蹲在院子里望天，听见飞鸟的声音他要笑，看见太阳落下了山他也要笑。他这莫名其妙的笑令南次郎很反感。有一次他又袖着手蹲在院子里嘿嘿笑着看落日，南次郎从他背后走过，听着那笑声十分愤怒，就踢了一下他的屁股，将姜山岳踢得像球似的在地上滚了两下。"你的、落日的、为什么的笑？"南次郎大声呵斥道。姜山岳连忙拱手叫道："长官莫要生气。我打小就喜

欢看日头落山，看着带劲，就要笑。""日头落山的笑？"南次郎狐
疑地看着向地平线摇摇欲坠着的黄澄澄的夕阳，然后霸道地又踢了
姜山岳一脚，说："你的自己笑的好，声音的出来的不好！"姜山
岳连忙点头哈腰地说："长官说得对，以后我声音的不出了。"姜山
岳才被招来不久，他家原先是正黄旗五屯的，日军将这一带强行划
为特殊军事区域后，他们被赶到别处。他上有老，下有小，知道在
日本人面前干活随时有掉脑袋的危险，因而对日本人一律称长官。
他在喊"长官"的时候，心里却在说："你个黄皮鬼子算个鸡巴？"
他之所以看落日，是因为把它当成了日本，落了日他们离灭亡之日
就不远了。因而只要有太阳，逢到黄昏时，他必定是蹲在院子里始
终不渝地望，太阳越落得快他就越高兴。他不明白这群日本人养着
这些黄鼠干什么，听说过一段还要养马，在他看来他们的脑袋有毛
病，把他们赶出家园而养些败类玩意，不是疯子是什么！

　　南次郎回到平房已经很晚了。夜凉如水，他在院子里碰到了姜
山岳。月下的姜山岳看上去不像白天那么肮脏了，他袖着手，见了
南次郎恭恭敬敬地叫了声"长官"。南次郎饶有兴致地问："你的、
落日的看了？"姜山岳一抖肩膀说："今儿那会儿阴天，太阳裹在
云彩里出不来，没看见。"南次郎古怪地笑了两声，突然问："花姑
娘的、有？"他指了指远处的农田。姜山岳一迭声地摆着手说："没
得！没得！"可南次郎听说，农民悄悄种下的农田，这一段正趁着
天黑而加紧收获。收获者虽然以男性居多，但也有少数妇女。南次
郎没作声，他去厕所撒了泡尿，然后就朝极远处的庄稼地走去。月

下的蒿草微微拂动着，泛着银光，秋虫的哀鸣持续传来。南次郎果然发现了两个正猫腰偷偷秋收的农民，不过从体态上看出他们是男人。他心有不甘地继续前行，快走到铁丝网附近时，在一片土豆地里终于看见了一个正在刨土豆的女人。这女人很胖，干起活来气喘吁吁的。南次郎快步走到近前时她才听到响动，慌忙扔下铁齿，背起已经起了半麻袋的土豆就跑。然而她太胖了，加上背着土豆，根本跑不快，南次郎紧赶几步就把她抓到手里了。土豆袋也从她肩头掉了下去，女人"扑通"一声跪在地上，哭着说："饶命啊，我记着你的恩，你会有好报的，放了我吧！"南次郎讨厌这女人哭哭啼啼的，他在撕扯她衣服的时候厉声说："叫的，死了死了的有！"女人吓得再无声息了。南次郎剥光她的衣裳后，觉得这女人在月光下格外的白，他在趴上她身体的时候有一种游泳的感觉，南次郎顺手从麻袋里掏出一只土豆塞到女人的嘴里。

六

紫环在温暖的地窖子里听着户外呼啸的北风，给那些春秋时节晒好的中草药打包。四岁的除岁正是淘气的年龄，他在紫环刚刚裁好的牛皮纸上爬来爬去，将纸都弄皱了。紫环拍着他的屁股说："除岁坏，该打！"除岁就跟着说一句："打！"底气很足，但却奶声奶气的。紫环看着胖乎乎的儿子，总是充满无限怜爱和幸福感。她又说："除岁，妈刚才教你认识的草药你记住了哪种？"除岁流着鼻涕从纸堆上爬起来，歪着脖子把那十多种草药看了个遍，指着黄褐色的缩成球形的草药说："马粪包！"紫环笑了，说："除岁真聪明，它是叫马粪包。不过这里人叫它'克库尼担嘎逆'。"除岁在学舌时将它精简为"库嘎"，惹得紫环更加笑个不休了。紫环说："妈告诉你马粪包是干什么用的，你要是咳嗽了，嗓子发炎了，或者手被割破出血了，用它一治就好了。"除岁就拈起一个马粪包往紫环嘴里塞，说："妈妈不咳。"紫环跟着乌日楞认识了二十多种草药，草药也能卖上个好价钱，这使得紫环也有了收入，日子比以往更滋润一些。况且上山采草药十分风光，爬山过河的，能和林中各色鸟儿说话，其乐无穷。采爬山松时最艰苦，它长在石崖上，要小心翼翼地攀上去，采时往往还会被它身上尖利的小针刺破手指，当时人称它为"阿叉"。阿叉治疗风湿有奇效，胡二每到春秋时节就腰腿酸疼，紫环把阿叉煮好，给胡二在患处反复擦拭，如今已经痊愈。紫环辨识了不少草药，也知道它们的功效。如治疗腹泻的狼舌头草，治疗痔疮的节节草，治疗月经不调的柴胡和刺玫花，治疗神经衰弱的五味子，等等。她还认得黄芪、党参、车前子、玉竹、婆婆丁等等。紫环依照当地人的指点把它们精心采集晾干，然后由胡二拿出去卖钱。胡二依然喜欢喝酒、发牢骚、打猎，他对除岁百般疼爱，外出时总不忘买糖给他吃。

　　他们夫妻学会了鄂伦春语。夏季时鄂伦春人就居无定所了，他们用马驮着搭斜仁柱的狍皮，在森林河谷中游走。斜仁柱就是三角形的小帐篷，汉族人称其为撮罗子。它搭起来很简单，把数十根五米长的木杆围成圈,中间有三根主要支柱,上苫犴皮,既防风又防雨。它的面积不大,也就十平方米左右,正门一般向南,中间有取暖做饭的设备。斜仁柱一般都搭建在临河的位置,这样取水方便。另外,斜仁柱与斜仁柱之间有很大距离,少则五里,多则二三十里。如果你想在河谷一带搭建斜仁柱,应该避开垃圾比较多的地方,因为这里肯定曾有人搭建过斜仁柱,猎物就会少了。

　　胡二和紫环本来已经习惯了冬暖夏凉的地窖子生活,但鄂伦春人夏季离开后,他们也觉得生活过于单调,于是今年他们也买了匹马,驮着犴皮到一处避风而又靠近河流的地带搭了斜仁柱。胡二白天打猎,走前总要喝点熊油,再拜一拜山神。只要打回了鹿和熊,紫环就像当地妇女一样晒肉干。将剔好的大块肉放到大锅里煮烂,加盐,然后用手撕成小块,放在阳光下暴晒,直到晒干,可以留着冬季吃。她还学会了提炼熊油,学会了做桦皮船。在河谷地带,稠李子颇为稠密,秋天时紫环就忙得不亦乐乎了。这边树上沉甸甸的稠李子等着她去采,那边河里的大马哈鱼又闹开了锅。稠李子被开水烫过晾干后,冬季时可以蒸着吃,甜而微涩,十分入口。而拼死拼活涌到河里企图产卵的大马哈鱼就多如繁星了。胡二穿着胶皮水衩,站在河里用鱼叉去叉,一天少说也要叉上几十斤。除岁站在岸上见鱼叉上的鱼银光闪烁地被甩过来,就兴奋得咯咯笑个不停。紫环本想跟着他们叉鱼,但一想稠李子还得等着她去采,就只有顾一头了。往往她黄昏时背着装满紫黑色稠李子果的沉甸甸的桦皮篓回来时,河岸的鱼已堆了许多,除岁因为抓鱼玩而弄得满身腥气,满手鳞片。紫环就得先给除岁洗手，然后再回斜仁柱拿出干净衣裳给除岁换上。胡二会在夕阳的河面上冲着她大声吆喝："又够你忙活一晚上的了！"的确，胡二喜欢收拾猎物，却不喜欢剐鱼，这活只有紫环来做了。她就近在河边点起一簇簇篝火，剐几条尾巴还在摇摆的鱼用柳条穿上，放到篝火上烤。不久，夕阳消失之后，烤鱼的香味就会把胡二诱惑到岸上，他扔下鱼叉，脱下水裩，先抱起儿子亲个够，然后再咬紫环几口，这才坐在篝火旁将烤鱼拿下来吃。胡二的晚饭必须有酒，喝到动情处，又唱又流泪的，他常说做梦也没想到这一辈子还能混上个家，还会有儿子。他说不管世事如何变化，只要有老婆孩子、有山有河、有动物和植物，他们就能活下去。在这个季节紫环总是简单吃过饭后，就蹲在河边剐鱼，一直剐到夜深，腿都蹲麻了。月亮向西去了，河面的凉气变得萧瑟起来，她才能将鱼剐完。大马哈鱼被切成块后放在向阳的坡上晾晒，以便冬季食用。这样一个秋天下来，他们拆了斜仁柱用马驮着犴皮回地窖子时，还带回来许多晒干了的食物。

紫环说服了胡二，没有让他去山林队伐木。她知道胡二的脾性，稍受委屈他就会闹事，弄不好把命都搭上，不值得。再说男人离家太远，她没个依靠，她和孩子有个小病小灾的，心里就不是滋味。再说用猎物去换钱也是一样的，胡二的个性更适合单枪匹马自由自在地生活。紫环在夏秋时节大量采集浆果和蘑菇，晒干的东西填满了大大小小的桦皮篓，够吃小半年的。

紫环边用牛皮纸包草药边回忆秋天的捕鱼生活，不免心中有了失落感，就微微叹息了一声。除岁摇着脑袋绷着小脸说："爸说了不叹气！"紫环笑了，说："妈这可不是叹气，是草药呛着我了，咳嗽个一声半声的。可不许跟爸爸告状呀，你要是敢告状，妈就把你扔到外面喂黑熊！"除岁撇着嘴，顺手拿起一个马粪包挥舞着胳膊跃跃欲试地说："打妈妈！"

胡二穷极无聊时爱和紫环惹是生非。刚回地窨子的时候，除岁有一次跟胡二说妈妈自己坐在门槛上叹气了，胡二不由分说就打了紫环一顿。他强词夺理，认定紫环在想念过去的日本男人，非说要割下她的奶子当馒头蒸了吃不可。紫环怕吓着除岁，不回嘴也不反抗，由着他发泄。胡二只能自讨没趣地住了手，不过一连几天他对紫环都爱理不睬的。紫环明白胡二并非不知道她依恋他，只是内心深处对她的来历还是有某种嫌恶感。紫环就尽量不提过去，夫妻俩躺在炕上偶尔说说话，也都以除岁为中心。除岁的话题胡二是百说不厌的。还有一个话题，那就是乌日楞，胡二也是不反感的。乌日楞在雷声中的那次害病，许多人都以为他挺不过来了，谁料一月之后他却奇迹般地康复了。他仍然匍匐着身子给人看病。你去看病，只需说就可以，他什么都能听得懂。然后他配上草药，打手势告诉你分几份吃，饭前还是饭后。若是饭前吃，他就用手拨弄一下左耳，而若是饭后吃，他则拨弄一下右耳。他那双蒲扇似的薄耳朵也好拨弄，一晃一颤的，就像两片红叶在秋风中拂动。乌日楞喜欢除岁，秋末紫环一家回地窨子时，几个月不见除岁的乌日楞猛然看见了除岁，还眼泪汪汪的。乌日楞常用尖利的牙齿磕松子给除岁吃，还喜欢用野鸡的五彩翎毛给除岁做笔。除岁拿着羽毛笔到处胡涂乱抹，胡二便兴高采烈地对紫环说："咱儿子大了肯定是个舞文弄墨的秀才！"胡二仍然不忘了将自己会的一些字写在桦树皮上吊在墙上，天天让除岁念。有些字根本就是写错了，也没有高人纠正，就以讹传讹下去了。比如"肉"字，胡二就写成了"内"，而"羊"字非要多上一横，好像要给羊多加一根肋骨。可惜胡二认得的字微乎其微，因而近一年只要有外出机会，他不忘了学上几个字回来教除岁，让紫环颇为感动。

乌日楞只要听到与日本人有关的事，眼睛就会流露出极端惊恐的神色。胡二认定他早年肯定给日本人当过向导，然后日本人抽断他的舌筋，使他成为哑巴。胡二还说他的利齿是后来改变的，由于吃了过多的兽肉，身体各器官才发生了变化。至于他为什么匍匐着行走，胡二的解释仍与野兽有关，说他在深山密林中见不到人，看到的活物都是爬行的野兽，久而久之就与它们的习性一致了。紫环对他的解释将信将疑，因为一个人变成哑巴容易，而牙齿发生变化的可能性不大。紫环认为只有一种可能，那就是乌日楞生就一副尖牙。紫环有的时候非常羡慕这个来历不明的人，他没有亲戚，没有任何人认识他。他的经历肯定非同凡响，可惜这一切只能深藏在他心底。她想若是乌日楞会写字该有多好啊，他会把发生的一切写出来。乌日楞由于在户内时间居多，因而经常穿着旗袍，即使冬天也不穿皮大哈。他的旗袍是藏蓝色的，左开襟，沿襟、袖口、领口和下摆的边缘用黑绸布衬底，镶上绿色花边。肩关节处用金丝线绣着云纹图案，腰扎一条绿绸带。只是因为他经常弯着腰行走，绸带端头总是脏的，沾着泥土和草屑。紫环因为除岁的缘故，把乌日楞当作了大恩人，去黑河时还给他买了几尺蓝绸子。她想乌日楞若是腰扎蓝绸子，即使垂在地上也不会像绿色的那么显脏。然而乌日楞却偏爱绿色的，胡二说这是由于他常年在森林里多见绿色的缘故。

那年在黑河，紫环和胡二还闹了不和，紫环一气之下差点背着除岁出走。离开黑河的前一天晚上，胡二一个人悄悄离开了客栈，一直到凌晨三点才晃晃悠悠地回来。见他没有喝酒却如此疲惫不堪，紫环就明白他做什么去了。胡二也不隐瞒，说："原先想忍着的，自己有女人又不是不能睡，出去还得花钱，可你知道吗，那可是毛子娘们儿，味儿是不一样的！"气得紫环给了胡二一巴掌，咒他打猎时被野兽咬死。胡二说："一回就够了，以后不去那里玩花的了。毛子娘们儿有劲，把我口袋的钱全掏光了，狗娘养的吸血鬼，哪儿有我们环儿好！"说完，满不在乎地倒头便睡了。紫环在冰冷的客栈中一直坐到黎明，她觉得周身的血液都凝固了。她曾想趁胡二熟睡之际抱着除岁逃走，可去哪里她却是一派茫然。转而一想胡二的诸般好处，也只能忍气吞声了，心想胡二过去习惯了那种生活，偶尔重犯一次也未尝不可，只是心里有些委屈得慌，想着以后再不要朝有热闹的地方去，胡二也就会死心塌地过日子了。

紫环与三合站的王五牛的妻子果然成了好朋友，紫环叫她姐姐。快快不快地从黑河归来路过三合站时，她们俩又一起在夜晚时去了江边。紫环把临离开黑河前一晚发生的事情说了，王五牛的妻子说：

"胡二仗义，他要是不承认你能怎么着？男人不正经的多了，不过回到家里都装得没事似的，你王哥还不是一样？有一年他去鸥浦，一去就是五天，人回来时瘦得不成样子，见了我也没热情，我能不知道他去找女人了吗？他不说，我也就不问，有时日子糊涂着过反而太平。结果有一回他得了大病，起不来炕了，我一天天给他擦屎接尿，煎汤熬药的，他受感动了，跟我哭了，说他对不起我，去鸥浦时天天逛窑子，我能说什么呢？"从此后紫环就更加信赖这个与她身世相仿的同病相怜的姐姐，只要她听说有鄂伦春人去三合站了，她就会捎点东西给她，无非是肉干鱼干之类，王五牛的妻子也捎回东西，都是给除岁用的，肚肚兜、虎头鞋、玩具小手枪、鱼骨穿的手镯等等，他们计划着今年两家合在一处过年，热闹热闹。

　　紫环将草药一一包好，用绳子捆成一摞，放在墙角里。除岁每到中午时就要犯困，犯困时使劲揉眼睛，非说里面进了东西。紫环便抱着除岁悠荡几下，说是瞌睡虫进了他眼了。除岁很省事，悠几下就睡了。紫环把他轻轻放到炕上，盖上犴皮被，又往炉子里扔了两块柴火，然后找出一双崭新的犴皮做的靴子，将乌拉草塞进去，冬季时穿这种靴子轻便暖和。摆弄完靴子，她又捧出苏因（棉袍），这是用狍皮缝制而成的，非常保暖，沿襟、袖口和下摆都染了色，使它看上去更为美观。这些东西都是紫环为春节准备的穿着，闲来无事时，她总要拿出来看上几眼。胡二对她的这种做法甚为恼火，说她一天到晚穷折腾，把新东西都摸成旧的了。

　　本来说中午不回来的胡二突然进来了。胡二见紫环又在摆弄穿的东西，便没好气地说："不等你过年穿，它们就得成破烂了。"紫环不敢言声，乖乖地把东西又放回原处。胡二脱下狍皮大哈后就开始翻找枪，他有一支七星子短枪和一杆套筒子长枪。此外还有半箱子弹。胡二把枪支弹药归拢到一处，说是要尽快把它们藏到一个隐秘地点，除了猎枪之外，只要搜出长枪短枪，日本人就一律没收。紫环问胡二把它们藏到哪里，胡二说："咱家屋后有棵樟子松的树洞足足能放三四条枪。"紫环说："万一熊钻了进去，把那枪祸害了不就可惜了？"胡二啐了口唾沫说："你懂个屁！熊才不钻离人住的地方近的树洞呢！"

胡二的两支枪，还是王五牛帮着从苏联人手里换来的，沿江一带的村屯很不安宁，夜深时常有苏联流匪偷着过境抢劫。这一带居民为了防身，迫不得已自备武器。一般都是由一些小贩子偷偷用白酒过境去交换手枪，沿江居民几乎家家都藏武器。日本人怕居民拥有武器而惹是生非，因而下令收缴枪支弹药。胡二听说，他们已经在鸥浦搜了许多五凤子、六轮子、汉阳造、别列旦科等等品牌的枪。估计要不了多久，搜枪行动就会进行到这里。紫环说："把枪藏起来是好事，有了枪人就爱出事。就像去年秋天在西口子金矿，那些人要是没有手枪，就不会惹是生非了。"胡二知道西口子金矿暴动的事，发起者是金矿的工人，他们都拥有武器。听说主要发起者一个是邮差，一个是如他一样进过匪缟的人。还有一个是国民党军的排长，和日本人作战时被打散，后来到西口子金矿当了工人。他们每个人都私藏着枪支。在金矿里，日本把头任意殴打工人，克扣口粮，引起了他们的愤怒，于是几个人聚在一起，商议武装暴动，周密布置了行动计划。他们先后攻下了乌码金矿、八道卡金矿，缴获了大批枪支弹药。在攻打西口子途中，又枪毙了两名日本人，一时士气大振。他们沿途宣传抗日，佩戴红袖标，手持红缨枪，深为老百姓喜爱。然而不久领导层发生了内讧，胡匪出身的人首先动摇了意志，他见财起意，私分黄金。日本人也成立了讨伐队，前往西口子围剿暴动工人，他们连连败退，只能撤到苏联境内。胡二觉得那个曾当过胡匪的人真是给自己丢脸，要么就不干，要干就干到底，何至于中途反戈呢，真是孬种！听说这名胡匪最终是被自己人以破坏军纪处死了。胡二想日本人之所以大批收缴武器，与这起暴动也有关系。不过紫环以这种口气提起西口子暴动的事，胡二还是格外反感，他说："有枪怎么了？西口子闹事又怎么了？照我看闹得不够凶，你是不是心疼那些日本狗屄了？是不是想去西口子看看，打死的人里有没有你的心上人，好给他披麻戴孝哭一场？"

紫环没有吭声，她不想和胡二争执什么，由着他羞辱。胡二也觉过分了，他俯身看了看熟睡的除岁，轻声问紫环："上午他闹人不？"紫环点点头，胡二就趁势捏了一下她的脸蛋，说："下午就有人来取草药了，卖了钱你就上鸥浦逛逛，办点年货回来吧。"紫环知道跟胡二怄气怄不得，只能长嘘一口气，对胡二说："想要藏枪就快去吧，一会儿回来吃晌午饭，我蒸鹿肉给你吃。"胡二越发愧疚了，他又一次捏着她的脸蛋说："我看你最近气色不好，是不是怀上孩子了？让乌日楞看看，咱们早点做些准备！"紫环笑了："一个除岁都够我操心的了，可不敢再要了。"她宽慰胡二："还是刚入冬时我受了风落下了咳嗽的毛病，一咳嗽脸色肯定就不会好看了。你不用惦记着。"

待胡二走后，紫环便撕了一碗鹿肉放到锅里去蒸。她守着金色的炉火，不由想起了夏日在河谷见到的情景。那时天色已昏，残阳使河面泛起阵阵金色流光。她吃过饭走出斜仁柱，习惯地朝河边走去。这时一幕令她触目惊心的场景出现了，从河上游漂下来一具被鲜花装点着的女尸，她平躺在用两根桦木捆着几根横木的木排上，平静安详地朝下游去了。那一段水流不急，这种被当地人称为"如意"的专门运送尸体的工具走得很缓慢，紫环就沿着河岸急走，想多看一眼那女人。由于如意走在河中央，紫环只能看见她穿的乌布和紫白红黄的野花，却辨不清她的面貌。但她知道那是具女尸，只有运载女尸的如意才会点缀上花朵。紫环不觉得那女人死了，她越是跟着她行走，越觉得她是有呼吸的人。她仿佛化成了一条红鱼，优雅地穿行于河水之中。她的归宿在哪里？如意会漂进大海吗？紫环一直跟了二里多地，直到黑夜降临，河流有一个大转弯，如意转眼间从模糊的视线中消失了，紫环才往回走。她一路走一路流着泪，回到斜仁柱时，胡二已寻她寻得心急如焚了。紫环指着河水说："看见有个如意漂了下来，就跟着往下走。那如意可真漂亮哇，插着那么多花，躺在上面又能闻到香气又风凉，真是不错。等有一天我死了，你也这样让我躺在如意上走，我就不枉活一场了。"胡二便说："那你可不能冬天死了，不然河冻了，你怎么躺在如意上往下漂呢？"

紫环叹口气，说："那我就夏天死。"虽然只是一句玩笑话，紫环却浑身起了鸡皮疙瘩。胡二气急地踢了她一脚，说："跟着我，就别想着死！"以至于他们秋末离开河谷回地窖子时胡二长嘘了一口气说："冬天了，再也不会有如意在水上漂了。"每每重温起这句话来，紫环都有一种要流泪的感觉。